Stenen van de rivier

Ursula Hegi
Stenen van de rivier

Vertaald door Tinke Davids

Amsterdam · Antwerpen

Voor Gordon

Archipel is een imprint van BV Uitgeverij De Arbeiderspers

Copyright © 1994 Ursula Hegi
Copyright Nederlandse vertaling © 1999 Tinke Davids/
BV Uitgeverij De Arbeiderspers, Amsterdam
Oorspronkelijke titel: *Stones from the river*
Uitgave: Simon & Schuster Inc., New York

Omslagillustratie: Caspar David Friedrich, *Heuvels en omgeploegde
velden bij Dresden*, 1824 (Hamburger Kunsthalle)
Foto: Elke Walford
Omslagontwerp: Nico Richter

ISBN 90 295 2154 6 / NUGI 301

Hoofdstuk een [1915-1918]

Als kind dacht Trudi Montag dat iedereen wist wat er vanbinnen in anderen gebeurde. Dat was voordat ze had begrepen dat anders-zijn iemand macht gaf. En dat anders-zijn lijden met zich meebracht, en de zonde van opstandigheid tegen een onbekwame God. Maar vóór die tijd – jaren en jaren voordien – had ze gebeden dat ze mocht groeien.

Elke avond was ze in slaap gevallen met op haar lippen het gebed dat haar lichaam zich, tijdens haar slaap, zou rekken, dat het de lengte mocht krijgen van dat van andere meisjes van haar leeftijd in Burgdorf – niet eens een lichaam als van lange meisjes als Eva Rosen, die op school korte tijd haar beste vriendin zou worden –, maar een lichaam met armen en benen van normale lengte en met een klein, welgevormd hoofd. Om God een handje te helpen ging Trudi in deuropeningen hangen aan haar vingers tot ze gevoelloos werden, en dan was ze ervan overtuigd dat ze kon voelen hoe haar botten langer werden; 's avonds bond ze vaak haar moeders zijden sjaals om haar hoofd – de ene rond haar voorhoofd, de andere onder haar kin geknoopt – om te voorkomen dat haar hoofd nog verder uitzette.

Wat had ze gebeden. En elke ochtend, als haar armen nog steeds gedrongen waren, en haar benen de vloer niet wilden raken als ze uit haar bed kwam, zei ze tegen zichzelf dat ze niet hard genoeg gebeden had, of dat het nog niet het juiste moment was, en dus was ze blijven bidden, verlangen, en geloven dat alles waarvoor je zó hard bad, toch vast en zeker vervuld zou worden, als je maar geduld had.

Geduld en gehoorzaamheid – twee dingen die bijna onscheidbaar waren, en de oefening daarin begon met de eerste stap die je zette: je leerde gehoorzaamheid aan je ouders en alle andere volwassenen, en vervolgens gehoorzaamheid aan je kerk, je onderwijzers, je regering. Ongehoorzame daden werden efficiënt en snel bestraft: een tik op je knokkels met een liniaal; drie rozenkransen; naar je kamer.

Als volwassene zou Trudi minachting voelen voor de gehoorzame dwazen die in de kerk knielden, almaar wachtend. Maar als meisje ging ze elke zondag naar de mis en zong ze in het koor; in de loop van de week glipte ze soms de kerk binnen op de terugweg van school, en dan putte ze troost uit de gewijde geur van wierook terwijl ze haar gebeden fluisterde tegen de geverfde gipsbeelden van de heiligen langs de wanden van de Sint-Martinuskerk: Sint Petrus naast de biechtstoel, met eeuwig opgetrokken wenkbrauwen, een expressie van ontzetting, alsof hij alle zonden had afgeluisterd die de mensen van Burgdorf generaties vermoeide pastoors hadden toegefluisterd; Sint Agnes met haar treurige ogen omhooggeslagen en haar vingers ineen op haar boezem, alsof ze stond te repeteren om tal van andere aanvallen op haar zuiverheid te weerstaan; Sint Stefanus met een bergje chocoladekleurige rotsblokken dat zijn voeten verborg – afgezien van één fletse teen – en met zijn bloedige armen opgestoken alsof hij zijn vijanden uitnodigde nog grotere stenen te werpen en zodoende zijn eeuwige verlossing te bewerkstelligen.

Tot al die heiligen bad Trudi, en haar lichaam groeide, alleen – alsof haar gebeden bij wijze van gruwelijke grap waren verwrongen – rekte haar lichaam zich niet opwaarts, zoals ze had aangenomen, maar nooit duidelijk in een gebed had gezegd; haar lichaam zette uit, werd log en breed, zodat haar onderarmen ten slotte even massief zouden worden als die van Herr Immers, de eigenaar van de slagerij, en haar onderkin even indrukwekkend als die van Frau Weiler van de kruidenierswinkel daarnaast.

Tegen die tijd had Trudi het moment achter de rug waarop ze wist dat bidden om iets er niet voor zou zorgen dat het ook gebeurde, dat ze zich erbij moest neerleggen dat God niet kon toveren; dat ze nooit langer zou worden; dat ze ooit zou sterven; en dat alles wat haar vóór die tijd zou overkomen, afhankelijk zou zijn van haar eigen besluitvaardigheid. Dat alles was tot haar doorgedrongen, met een verbijsterende helderheid die haar tot op het bot verkilde, op die zondag in april 1929, in de schuur van de Braunmeiers, toen die kring van jongens haar insloot – jongens die haar benen spreidden, die haar ziel spreidden totdat ze het gevoel kreeg of dat opgedroogde snot op haar gezicht daar altijd zou blijven, haar huid strak zou trekken als gemorst eiwit – en zij zichzelf zag als heel oude vrouw en tegelijkertijd als zuigeling, alsof haar verleden en toekomst zich bevonden aan beide uiteinden van een gespannen elastieken band die iemand eventjes had losgelaten, zodat haar hele leven – elke minuut die ze had geleefd en zou leven – ineen was gekronkeld en haar raakte op de plaats waar ze op dat moment was, in die schuur, en ze wist dat ze in staat zou zijn nogmaals zo te zien: ze keek toe hoe ze haar moeder uit de kuil in de aarde naast het huis trok; hoe ze een deel van de stenen muur in de kelder sloopte om door de aarde een geheime tunnel te graven naar het huis van de familie Blau; hoe ze met beide handen de rug van haar geliefde streelde en het dunne ovaaltje van haren onder aan zijn ruggengraat voelde terwijl de nachtelijke hemel rond hen wervelde; ze zag hoe ze terugdeinsde voor de hitte van de vlammen die uit de gebroken ramen van de synagoge schoten en de school en het Theresienheim bezaaiden met vonken in de kleur van de ster van stof, de jodenster, die haar vriendin, Eva Rosen, op haar jas zou moeten dragen.

Na de geboorte van Trudi Montag had haar moeder haar maandenlang zelfs niet willen aanraken. Uit flarden van gesprekken zou het meisje later opmaken dat haar moeder één blik op haar had geworpen en haar gezicht had bedekt, als om het beeld te verdrijven van de korte ledematen en het iets te grote hoofd van de zuigeling. Ook had het niet geholpen dat Frau Weiler, toen ze in de rieten wieg had gekeken, gevraagd had: 'Heeft dat kind soms een waterhoofd?'

Trudi's ogen leken ouder dan die van andere baby's, alsof ze de ervaring vasthielden van iemand die al heel lang had geleefd. De vrouwen in de buurt zorgden er beurtelings voor dat ze in leven bleef en schoon werd gehouden. Zij waren degenen die haar zilverblonde haar borstelden tot een grote plukkerige krul boven op haar hoofd en die vastzetten met een likje dennenhoning, die geitenmelk kookten en haar die te drinken gaven in een zuigfles, die fluisterden als ze haar lichaam vergeleken met dat van hun eigen kinderen, die naast het bed van Trudi's moeder zaten en haar rusteloze slaap in het oog hielden, telkens wanneer ze weer terug was gebracht als ze was weggelopen uit haar huis aan de Schreberstrasse.

Het was de zomer van 1915, en de stad was in handen van de vrouwen. Nu hun mannen het afgelopen jaar aan het Oostfront hadden gevochten, hadden ze opnieuw geleerd hoe ze zelfs de lastigste haakjes van hun zalmkleurige korsetten konden losmaken; ze waren eraan gewend geraakt beslissingen te nemen–zoals welke herstelwerkzaamheden ze zelf zouden doen en welke moesten wachten tot na de oorlog; ze bleven hun stoepen vegen en herinnerden nog steeds hun kinderen eraan dat ze piano moesten studeren; ze haalden Herr Pastor Schüler over een voormalig schaakkampioen uit te nodigen om hun kinderen gedurende een volle week les te geven, na schooltijd; ze verdreven de bedrieglijke beelden van hun mans gezicht onder de aarde wanneer ze de plantjes op het familiegraf water gaven. Soms, wanneer ze hun honger vergaten, en hun afkeer van rapen, die nu hun hoofdvoedsel vormden, leek het vreemd dat overal om hen heen een jubelend leven bleef bestaan, alsof er geen oorlog was: de bloesem van kersen- en appelbomen, de zang van vogels, de lach van hun kinderen.

In dat kleine stadje, beladen door eeuwen traditie, pasten geen vrouwen zonder man: dat waren wezens met wie men medelijden had, of over wie men roddelde. Maar dat was allemaal veranderd door de oorlog. Zonder de mannen vervaagden de grenzen tussen de getrouwde en de ongetrouwde vrouwen: opeens waren er tussen hen meer gelijkenissen dan verschillen. Respect kregen ze niet meer op grond van de positie van hun man, maar door hun eigen vaardigheden.

Dat was iets wat de bejaarde weduwen al lang geleden hadden ontdekt. Zij waren degenen die in werkelijkheid de stad regeerden, alleen waren ze zo verstandig dat geheim te houden. Zij bepaalden de grenzen van de gemeenschap met een onzichtbare aaneenschakeling van in elkaar grijpende handen, terwijl ze hun adviezen doorgaven aan hun kinderen en oeroude sprookjes vertelden aan hun kleinkinderen, alsof ze nooit eerder waren verteld.

Ze voelden argwaan jegens de weinige mannen die in Burgdorf waren achtergebleven en ze roddelden over hen – bijvoorbeeld over Emil Hesping, een bekwaam atleet, die de gymnastiekclub leidde en beweerde wegens zwakke longen te zijn afgekeurd voor militaire dienst, en over Herbert Braunmeier, die volhield dat niemand anders zijn melkveehouderij zou kunnen verzorgen. Zelfzuchtige kerels, zeiden de oude vrouwen, maar ze verwenden de mannen die in de oorlog gewond waren geraakt, zoals Leo Montag, de eerste militair die terugkwam; ze breiden wollen hemden voor hem en brachten hem geweckte pruimen uit hun schamele voorraadjes, om zijn verwonding goed te maken.

Twee maanden na de Slag bij Tannenberg, in oktober 1914, was Leo Montag Burgdorf komen binnenhinken, met een stalen schijf in plaats van zijn linkerknieschijf, gehuld in een lange jas van zeehondenbont die eigendom was geweest van een van de Russische gevangenen. Op die zilvergrijze bontmantel – uitgespreid op de vloer tussen de planken van de haastig gesloten leesbibliotheek – was Trudi Montag verwekt, op de middag dat haar vader was teruggekeerd. Hij was maar een paar maanden van huis geweest, maar hij klampte zich vast aan zijn vrouw alsof het jaren waren. Gertruds gezicht, dat vaak een koortsachtige indruk maakte als ze opgewonden raakte, was bijna doorschijnend van schoonheid, en ze lachte en huilde terwijl ze hem in haar armen hield. Mensen in Burg- dorf zeiden van haar dat ze vreugde en verdriet van andere mensen in zich opnam.

Het was niets voor haar, daarover waren de meesten het eens, om haar eigen kind af te wijzen. En het was ook niets voor haar om van huis weg te lopen. Enkelen echter beweerden dat eerste begin van waanzin in Ger- trud te hebben aangevoeld, lang voordat ze echt gek was geworden: ze hadden het over de zomer dat ze vier was geweest, en een vol jaar geen woord meer had gezegd, en ze herinnerden elkaar aan haar eerste com- munie, toen ze geweigerd had haar lippen te openen voor de heilige hos- tie, zodat de andere kinderen hadden moeten wachten in de communie- bank totdat de pastoor er eindelijk mee had ingestemd haar de zonden te vergeven die ze had begaan in de uren sinds haar laatste biecht.

Drie dagen na Trudi's geboorte was Gertrud Montag gevlucht uit haar slaapkamer, weg van het gehuil van de baby, waardoor haar borsten prik- ten van ongedronken melk. Bloed uit haar lege baarmoeder bloeide op in de voorkant van haar batisten nachtpon tegen de tijd dat Herr Pastor Schüler haar vond achter de Sint-Martinuskerk, met haar armen dwars over de deur van de sacristie, als om hem tegen te houden. Zonder na te denken sloeg hij een kruis, alsof de contouren van haar lichaam hem dwongen dat te imiteren. Terwijl hij probeerde haar handen los te maken van de deur en haar de sacristie binnen te trekken om haar schande te verbergen, was een van de misdienaars Trudi's vader gaan roepen, en hij was snel de twee straten door gehobbeld uit de leesbibliotheek, waar de mensen van Burgdorf nog steeds de stuiversromans en detectives kwa- men lenen waartegen Herr Pastor Schüler fulmineerde in zijn zondagse preken.

Leo Montag droeg zijn vrouw naar huis, gewikkeld in een van de al- taarkleden. Haar bloed sijpelde door in de oude kant, en hoewel de huis- houdster van de pastoor de doek in zout water zou weken, verbleekten de vlekken slechts tot roze gekleurde wolkjes. Algauw was Gertrud weer terug bij de deur van de sacristie – ditmaal geheel gekleed, was de eerste gedachte van de pastoor toen hij haar ontdekte in haar wollen japon en met het grijze vest van haar man, al was de lucht bedompt en veel war- mer dan hij aangenaam vond. Hij voelde reeds het gekriebel van zweet op zijn borstkas en onder zijn geslachtsdelen, een zweet waarvan hij walgde, maar dat hij nergens mee kon stelpen, behalve met medicinaal voetpoeder dat beenkleurige ringen op zijn kleren achterliet, en een soort kalk-stof op het bovenleer van zijn schoenen.

De pastoor – wiens ronde gezicht je deed denken aan een zwaargebouwd man als je hem pas kende – bleef op veilige afstand van Gertrud Montag staan, met zijn tengere lijf in haar richting gebogen. Duiven pikten in de grond rond zijn voeten en vlogen op toen hij zijn hand in zijn zak stak om zijn zakdoek los te peuteren uit zijn rozenkrans. Hij depte zijn nek.

'Waarom bent u gekomen?' vroeg hij.

Ze sloeg haar ogen op om te kijken naar een witte ooievaar die op trage vleugels over de open markt gleed, op weg naar het dak van het raadhuis; zijn lange oranjegele poten sleepten over de dakpannen voordat hij landde naast de schoorsteen. Uit de open ramen van de bakkerij, een straat verderop, kwam de gistgeur van warm brood drijven. Twee tekkels keften bij de hoeven van het paard van de voddenman.

'Waarom bent u gekomen?' vroeg de pastoor nogmaals.

Maar ze weigerde te antwoorden, die lange vrouw met die felle ogen die dwars door hem heen boorden, en omdat hij niet wist wat hij anders moest doen en zichzelf graag zag als barmhartig man, zegende Herr Pastor Gertrud Montag, ongeveer op dezelfde manier waarop hij het heilig oliesel toediende. En toen dat geen enkel effect had, deelde hij haar mee dat hij haar al haar zonden vergaf, want dat had haar per slot van reke-ning al eens eerder tot rust gebracht, op de dag van haar eerste communie. Terwijl hij over zijn schouder bleef kijken, en vurig wenste dat haar aardige, ongeruste echtgenoot zou komen, vergaf hij haar zelfs – onbewust – de enige zonde die zij zichzelf nooit zou vergeven.

Nog lang nadat haar borsten waren opgehouden melk te lekken, bleef Gertrud Montag van huis weglopen, maar ze verborg zich niet altijd achter de kerk. Soms zocht ze een plekje in de seringenhaag achter het huis van de Eberhardts. Renate Eberhardt had de weelderigste tuin van het stadje: leeuwenbekjes, rozen, geraniums en madeliefjes bloeiden overvloedig, enorme kleurmassa's – niet ordelijk als de meeste andere tuinen – en een schitterende perenboom die goudgele vruchten droeg. Zij liet Gertrud dan in haar tuin een boeket bloemen plukken voordat ze haar naar huis bracht, en dan bleef ze en stopte haar in bed, met haar koele vingers op Gertruds gloeiende voorhoofd. Renates slanke nek leek te lang voor de zware vlechten die ze rond haar hoofd gespeld droeg.

Gertruds favoriete schuilplaats was onder het hoger gelegen deel van haar huis, dat tegen een glooiende heuvel was gebouwd, op straatniveau waar de ingang van de leesbibliotheek was, en achteraan gestut door oude pilaren van hout en grijze natuursteen. Dicht bij de opening hing het rek waarin Leo zijn bamboehark en tuingereedschap bewaarde. Daarachter was een hol waar zwarte kevers met harde schildjes opgingen in het duister, waar dunne spinnenwebben van de balken hingen te schommelen in een briesje, zo ver weg dat geen mens het kon voelen. Leo moest dan achter zijn vrouw aan kruipen en haar eruit sleuren, terwijl zij kerkliederen zong en zich verzette en haar blote hielen in de aarde zette, zodat holten in de aarde achterbleven. Later waren de spieren van haar kuiten dan zo stijf dat hij ze moest masseren.

Soms kon hij haar helemaal niet vinden, hoewel hij dan de leesbibliotheek, waar ze voor Trudi's geboorte samen hadden gewerkt, op slot deed en op zijn fiets – trappend met zijn rechterbeen, het gewonde recht vooruitgestoken – door de straten rond de kerk reed, en vandaar door het hele stadje, door de Römerstrasse, om het marktterrein, tegen de Barbarossastrasse op en in de richting van de Rijn, waar hij en Gertrud als schoolkinderen in de brede uiterwaarden tussen dijk en rivier hadden gevliegerd.

Soms vond hij haar, maar meestal kwam ze uit zichzelf terug, en dan zat haar zwarte haar verward, en het rook naar de rivier bijvoorbeeld, of naar de tarwevelden die hun stadje omringden. Hij haalde dan zijn kam uit de zak van zijn overhemd en hield haar voorzichtig met één arm vast terwijl hij de tanden van de kam door de klitten trok. Op een zondag groef hij een jonge kastanjeboom uit in de bosjes bij de meelfabriek, en die schonk hij aan Gertrud; hij zei – terwijl hij haar hielp de boom te planten voor de ingang van de leesbibliotheek – dat die boom haar thuis zou houden. Maar de volgende ochtend was ze weer verdwenen, en werd ze teruggebracht door twee nonnen.

Om haar moe te maken besloot Leo haar mee te nemen op langere wandelingen dan hun dagelijkse *Spaziergänge* als hij tussen de middag de leesbibliotheek sloot, maar zij haastte zich voor hem uit, terwijl hij worstelde met de dubbele last van zijn stijve been en de kinderwagen. Hij plukte bosjes kamille en zette van de bloesem thee, omdat hij hoopte dat ze daarvan zou kalmeren – deze vrouw die hij gekend had sinds ze allebei kinderen waren, deze vrouw die één dag ouder was dan hij. Hij had het altijd prettig gevonden dat ze even oud waren, al was dat ongewoon voor een echtpaar. De meeste getrouwde mannen die hij kende, waren heel wat ouder dan hun vrouw, en hij kon zich niet voorstellen getrouwd te zijn met iemand met wie hij niet was opgegroeid.

's Nachts probeerde hij zijn ledematen om Gertrud heen te slaan, maar zij lachte in zijn armen, een rare, wilde lach die zijn schoot gevoelloos maakte van kou, en hoewel ze de huid van haar lichaam over de volle lengte tegen hem aan drukte, schrikten zijn genitaliën voor haar terug en kon hij haar slechts als een zuster omhelzen.

Voor de geboorte van hun dochter had Gertrud haar werk in huis en in de leesbibliotheek met plezier gedaan, maar nu bewoog ze zich schokkerig en luidruchtig. Ze was vergeten wat ze wilde kopen als ze boodschappen deed, en ze morste met as wanneer ze het keukenfornuis uithaalde, of de groenbetegelde kachel tussen woon- en eetkamer.

Vroeg op een ochtend in september, toen Leo eerder wakker was geworden dan zij en naar haar kalme gezicht keek, zag ze er net zo uit als vroeger, en hij was ervan overtuigd dat ze weer de oude zou worden, dat ze klaar was om een moeder voor hun kind te zijn. Hij trok de gewichtloze donsdeken weg, stond op en trok zijn goede pak aan, hoewel het een doordeweekse dag was. Hij haalde zijn dochter op bij Frau Abramowitz aan de overkant, waar ze gelogeerd had – de nacht daarvoor was ze bij Frau Blau naast hen geweest –, maar in plaats van haar in de wieg in de kinderkamer te leggen, als gewoonlijk uit het gezicht van haar moeder, ging hij met haar op de rand van het bed zitten, aan Gertruds kant.

Trudi was de eerste baby die hij ooit had vastgehouden, en in zijn ogen was ze niet zoveel anders dan de zuigelingen die hij in de loop der jaren van veilige afstand had bekeken. Toen hij in haar wijze ogen keek, stond hij versteld dat het kind, zo tussen hem en zijn vrouw in, twee lange, hoekige mensen, meer leek op een kiezelsteen – rond en stevig. Ze had zijn lichte kleur haar, zijn krachtige kin en hoog voorhoofd. Haar tong duwde tegen haar bovenlip, alsof ze probeerde wat voedsel te pakken te krijgen, en er ontstond een heel klein, glanzend spuugbelletje. Hij liet haar op zijn pink sabbelen, en stond versteld van de heftigheid waarmee haar tong en kaken daaraan trokken. Kanten gordijnen bolden op in het open raam, en in het ochtendlicht glansde het gladde bruine houtwerk als honing. Toen hij de hoge welving van Trudi's gehemelte tegen zijn nagel voelde, keerde hij zachtjes zijn pink opzij, om haar niet te krabben.

'Kijk naar haar, Gertrud,' zei hij toen zijn vrouw haar ogen opende en overeind ging zitten, geschrokken. 'Kijk nou alleen eens even. Alsjeblieft.'

Maar zijn vrouw, naar wie hij het kind had genoemd, zoals ze tijdens de zwangerschap hadden afgesproken, kneep haar ogen dicht en wendde haar gezicht af.

De leesbibliotheek bestond nu al drie generaties, en voorzag in een inkomen voor de familie Montag, zelfs in de magere oorlogsjaren, omdat de mensen kolen en eten en kleren brachten in ruil voor de felgekleurde boeken die een ander soort avontuur in hun naargeestige huizen brachten dan het avontuur waarin ze leefden – het grauwe avontuur van oorlog, van armoede, van angst.

Ook tabak was te koop in de leesbibliotheek. Houten sigarenkistjes en glazen stopflessen die negen soorten tabak bevatten, stonden aan het ene uiteinde van de lange toonbank, naast het register waarin Leo Montag de boeken in de bibliotheek noteerde, met een afzonderlijke pagina voor elke titel. Aan de lengte van elke kolom onder die titel, een opsomming van de namen van degenen die het geleend hadden, kon je zien hoe populair een boek was.

De zijmuren van het huis van de Montags waren minder dan een armlengte verwijderd van de muren van de aangrenzende huizen – dat van de familie Weiler links, en dat van de familie Blau rechts. Herr Blau was een gepensioneerde kleermaker, en Frau Weiler had de kruidenierswinkel. De gevels van de drie smalle huizen waren witgepleisterd, met een rij bakstenen onder de ramen en boven de hoge deuren; de funderingen waren gebouwd van grote, gladde stenen die uit de bedding van de Rijn waren gekomen. De meeste andere winkels en bedrijven in Burgdorf waren eveneens gevestigd in de straten die het dichtst bij het kerkplein waren: de bakkerij van Hansen en de kapperszaak, de ijzerwinkel en de hoedenwinkel, twee herbergen en de open markt.

De Weilers hadden één zoon, Georg, verwekt in de nacht voordat zijn vader naar het Oostfront was vertrokken. Frau Weiler, die al grootmoeder had kunnen zijn in de tijd dat ze Georg kreeg, had een breed gezicht met treurige, uitpuilende ogen, en haar stem klonk vaak ongerust, alsof ze bang was al het werk niet aan te kunnen. Ze had haar zoon nooit vergeven dat hij geen meisje was, en ze probeerde die vergissing nog steeds te corrigeren door hem jurkjes aan te trekken en te weigeren zijn haar af te knippen.

De kinderen van de familie Blau waren al volwassen: Margret en haar gezin woonden op een huuretage bij de kerk, en Stefan Blau, die als jonge knaap stiekem naar Amerika was vertrokken, was maar één keer terug geweest in Burgdorf, in 1911, toen hij getrouwd was met Helene, de zuster van Leo Montag; zij was zijn derde bruid en moest de moeder worden voor de kinderen van zijn eerste twee vrouwen, die in het kraambed waren gestorven. De laatste tijd had Leo er vaak naar verlangd dat zijn zuster nog bij hem en Gertrud woonde. Zij zou geweten hebben hoe ze Gertrud moest overreden hun kind te aanvaarden. Maar Helene was duizenden kilometers ver weg, en had drie stiefkinderen en nu ook een eigen kind.

De leesbibliotheek, de keuken en de woonkamer met de piano namen de benedenverdieping van het huis van de Montags in beslag; de slaapkamers waren op de bovenverdieping. Op de tweede verdieping was een naaikamer met violet behang en een smal venster; dat was de kamer waar Leo Montag zijn vrouw zou opsluiten om haar tegen zichzelf te beschermen, toen ze was begonnen haar kleren uit te trekken voor de engelen. De eerste keer was tijdens de zondagsmis geweest. Leo, die tussen twee oudere mannen zat, was zich bewust van de pastoor daar op de kansel, die een preek hield, maar hij luisterde niet naar de woorden omdat hem opviel hoe fel het licht–hoewel het buiten regende–gloeide door de gebrandschilderde ramen, als blauwe en paarse en gouden sterren, alsof de zon scheen. Het was niet eens tot hem doorgedrongen dat Gertrud de knopen van haar japon had losgemaakt voordat de pastoor midden in een zin ophield en één magere arm uitstak naar de vrouwenkant van de kerk, waardoor iedereen naar Gertrud ging staren tijdens het eindeloze moment voordat Frau Eberhardt, die in de bank achter Gertrud geknield zat, haar mantel over Gertruds schouders had geworpen.

De volgende keer was Gertrud niet zo snel betrapt: ze was naar buiten geglipt toen de ijsman een blok ijs kwam brengen. Nadat Leo had betaald, had hij gekeken hoe het paard de ijswagen voorttrok, en pas toen had hij gezien hoe Gertrud naar het einde van de Schreberstrasse liep, naakt, met geheven hoofd. Hij had het rood en wit geruite tafellaken van de keukentafel gerukt en was haar achternagerend.

Vanaf die tijd maakte hij–elke ochtend voordat hij de leesbibliotheek opende–een glas wortelsap waar Gertrud dol op was, hij schilde een appel voor haar, en worstelde vervolgens om haar naar boven te krijgen, naar de naaikamer, waar hij haar opsloot. Om haar een plezier te doen hing hij daar een kleine spiegel met een vergulde lijst op, die ze bewonderd had in de woonkamer van de familie Abramowitz. Zij hadden hem meegebracht van hun reis naar Venetië, samen met voldoende foto's voor een compleet album, als altijd wanneer ze een reis ondernamen naar verre streken als China en Venezuela. In ruil voor die spiegel had Leo Frau Abramowitz een abonnement van vijf jaar aangeboden, voor alle boeken die ze wilde lenen.

'Ik zou hem u liever willen geven,' had ze gezegd. De talloze fijne rimpeltjes, die ze al had sinds ze een jonge vrouw was, waren niet zichtbaar tenzij je van dichtbij keek – net de structuur van een zijden stof die verfrommeld was en vervolgens gestreken, zodat het oppervlak glad was, afgezien van de diepere, fijnere kreukels.

'Maar ik wil u er iets voor teruggeven.'

'Twee jaar boeken lenen is meer dan genoeg.'

'Vijf. Minstens vijf.'

'Ik neem aan dat ik in die boeken meer zal zien dan ik ooit in die spiegel zal ontdekken,' had ze ten slotte toegegeven.

Leo had voor Gertrud een porseleinen kamerpot gekocht, met geschilderde rozen langs de rand, en acht glimmende platen karton met aankleedpoppetjes en al hun kleren. Omdat hij liever niet wilde dat ze een schaar gebruikte, had hij zelf de poppen uitgeknipt en Gertrud laten zien hoe ze de japonnen, mantels en hoeden op hun heel dunne lijfjes moest bevestigen door de papieren uitsteeksels om hun schouders en middel te buigen.

Hij bracht haar een met blauw fluweel beklede sofa die Emil Hesping had gewonnen bij een schaakwedstrijd, maar vertelde Gertrud niet waar die sofa vandaan kwam. Hoewel Emil sinds de eerste klas zijn vriend was geweest, weigerde Gertrud hem tot het huis toe te laten. Zij verliet de leesbibliotheek als Emil binnenkwam om zijn tabak te kopen.

'Het ligt niet aan jou,' zo stelde Emil Leo gerust als hij probeerde zich voor het gedrag van zijn vrouw te verontschuldigen. Emil was de broer van een bisschop, maar ging nooit naar de kerk. Hoewel hij pas even in de dertig was, had hij al tien jaar een kaal hoofd; toch zag hij er jonger uit dan andere mannen van zijn leeftijd omdat de roze huid van zijn gezicht gewoon doorging voorbij zijn voorhoofd en vervolgens over de achterkant van zijn hoofd. Hij lachte veel, en als hij dat deed, kwamen de enige haren op zijn gezicht – zwarte wenkbrauwen in een vrijwel ononderbroken lijn – samen boven zijn neus.

Leo, die tot aan zijn oorlogsverwonding lid van Emils gymnastiekclub was geweest, miste het vliegen aan de trapeze, het zwaaien van zijn lichaam over de brugleggers van glad hout en het springen over het zware leren lijf van het paard, waarbij zijn vingers het oppervlak nauwelijks raakten. En hij miste de vlotte camaraderie van de omgang met Emil. Aan de aarde gekluisterd met zijn pijnlijke knie voelde hij in Emil de opwinding van het winnen, zoals hij die als lid van de club had gekend. Emil Hesping kon je laten geloven dat je toch nog kon winnen. Hij kreeg je zo ver dat je glimlachte, en zelfs schaterde. Hij nodigde je uit in de 'Traube' voor een paar biertjes wanneer je vrouw hem niet meer tot je huis wenste toe te laten.

Op een middag kwam Emil langs bij de leesbibliotheek met een oude klassenfoto van de vijfde klas. Leo stond naast hem, terwijl Gertrud op de voorste rij geknield zat, samen met de andere meisjes. 'Kijk eens wat ik gevonden heb,' zei hij opgewonden, en drukte Gertrud de foto in de handen. 'Herken je ons nog?'

Even bleef ze staan met de sepiakleurige foto in haar handen, haar lippen opgetrokken alsof ze zou gaan snauwen; vervolgens liet ze de foto voor zijn voeten vallen en schoot ze de keuken in.

Toen Leo haar achternakwam, was ze bezig de witte kastdeurtjes open en dicht te smijten, zo hard dat de verzameling gebloemde porseleinen kopjes van haar overgrootmoeder stond te trillen op de plank boven het aanrecht.

'Emil was vroeger ook een vriend van jou,' zei Leo.

'Hij denkt dat hij alles kan krijgen wat hij maar wil.'

'Hij had iets voor je meegebracht. Bovendien betaalt hij voor zijn tabak.'

Ze staarde hem aan, met wilde ogen, staarde naar het zachtmoedige gezicht en de stijve boord van de man die ze had liefgehad sinds ze allebei acht waren geweest, de man die vaak het symbool was van alles wat ze onaangenaam vond aan dit stadje, waar het leven trager verliep dan in de grote stad waar ze haar eerste levensjaren had doorgebracht.

'We betalen allemaal, Leo.' Ze luisterde naar haar eigen woorden en moest lachen. 'We betalen allemaal.'

Terwijl zijn dochter in haar rieten wagentje lag, tussen de houten toonbank en de boekenplanken, bediende Leo zijn klanten, of hij bestudeerde ingewikkelde zetten op het schaakbord dat altijd op de toonbank stond, in wisselende fasen van een partij tegen een denkbeeldige tegenstander. Af en toe bleef een van de oude mannen staan voor een partijtje tegen

Leo, en dan praatten ze over de mannen aan het front. Ze haalden herinneringen op aan de schaakclub van Burgdorf en maakten plannen om de bijeenkomsten op de maandagavonden te hervatten zodra de oorlog voorbij was.

Van tijd tot tijd wierp Leo een blik op het plafond om zich ervan te vergewissen dat zijn vrouw nog in de naaikamer zat. Hij kneep dan zijn ogen tot spleetjes, alsof hij door de stenen en het houtwerk wilde dringen die tussen hem en de tweede verdieping lagen. Hij voelde zich ongerust als hij haar geagiteerde voetstappen hoorde, maar werd nog bezorgder als hij niets hoorde, want Gertrud slaagde erin te ontsnappen–minstens een keer per week. Het was hem een raadsel hoe de enige sleutel van de gesloten deur–een lange sleutel die hij aan de buitenkant in het slot liet steken–in Gertruds zak kon zitten wanneer hij haar eindelijk weer gevangen had.

Op een dag, toen hij haar door de gang zag schieten, langs de open deur van de leesbibliotheek, graaide hij Trudi uit haar wagen, en met haar tegen zijn borst gedrukt hinkte hij rond de zijkant van het huis naar achteren.

'Gertrud?' Hij bukte zich en tuurde in de donkere opening. 'Gertrud, ben je daar?'

Het duurde even voor hij haar onderscheidde, gehurkt tussen het onkruid en de rotsen, haar gezicht half verborgen achter haar haar. Leo wist niet waarom hij deed wat hij vervolgens deed–hij wist niet eens dat hij het deed, tot hij merkte dat hij zijn dochter voor zich uit hield, eigenlijk precies als een priester die het sacrament omhoogsteekt. Trudi hing daar in het parelgrijze licht, en hij hield haar daar heel lang tussen zichzelf en zijn vrouw, het leek wel een heel leven, terwijl haar dikke babyhandjes in de doffe luchtlagen bewogen als tropische vissen, totdat zijn vrouw met een snik op hen af kwam schuiven en het kind met haar vuile handen naar zich toe rukte, en ze alle drie omgeven werden door de muffe geur van de aarde.

Leo's armen voelden gewichtloos–bijna als vleugels–en toen de lichtheid overging naar zijn keel en borstkas, wilde hij zijn armen om zijn vrouw en kind slaan, om op aarde te blijven; hij deed echter een stap achteruit, niet zo ver dat Gertrud zou schrikken, maar voldoende om haar de afzondering te gunnen om de sokjes van de baby uit te trekken, het jurkje en het hemdje en de luier, om het drie maanden oude lijfje te bekijken–teentjes, navel, hals, billen, vingertjes, oortjes–zoals een jonge moeder doet wanneer het kind na de geboorte in haar armen wordt gelegd.

Voor Leo symboliseerde deze dag de geboorte van zijn dochter, alsof alle momenten die hierheen hadden geleid, slechts een voorbereiding waren geweest op wat hij verwachtte van een gezin, en hij werd overvallen door grenzeloze hoop – zelfs toen Gertrud aan haar japon frunnikte en de mond van het kind tegen haar droge borst drukte. Hoewel hij later tegen Trudi zou zeggen dat men zich onmogelijk iets kon herinneren wat zo vroeg in de kindertijd was gebeurd, zou het meisje dat moment onthouden: toen haar moeder haar voor het eerst had aangeraakt, en die heftige zaligheid die ze had gevoeld, al bleef haar maag hongerig en waren haar moeders handen ruw, alsof ze gewend waren grote hoeveelheden aarde weg te ruimen.

Sinds die dag was Trudi de enige die haar moeder, zonder geweld te gebruiken, kon weglokken uit haar hol onder het huis – in het begin in haar vaders armen, en later, toen ze leerde lopen, ook alleen. Dat was de plaats waar ze begon te zoeken, elke keer dat haar moeder verdwenen was. Met een schoon schortje over haar jurk, op leren veterlaarsjes tot boven haar enkels, vertrok ze om haar moeder te zoeken, en wat ze ontdekte was een merkwaardige schoonheid in die donkere ruimte die verlicht werd door haar moeders stem en luchtige bewegingen, het soort schoonheid dat bij de onderkant van dingen hoort en zelden zichtbaar wordt, het soort schoonheid dat – als je het eenmaal kent – je zal dwingen ernaar op zoek te gaan. Je begint het te herkennen waar niemand anders het kan zien – in het ingewikkelde patroon van rimpels rond de lippen van een oude man; in de manier waarop de lucht zwaar wordt van een sterke stank van rotte eieren, vlak voordat bliksem de hemel splijt; in het hoge krijsen van een woedend klein kind.

En omdat ze zo was gaan kijken, peinsde Trudi er niet over terug te deinzen op de middag dat haar moeder een zwarte kever ving, hem fijnkneep tussen haar vingers en er verrukt aan rook. 'Hij ruikt naar aardbeien,' zei ze, en duwde haar vingertoppen onder Trudi's neus. En het wás zo. Het rook naar verse aardbeien, en de rode vlekjes op haar moeders witte vingertoppen hadden gemakkelijk zoete stukjes vruchtenmoes kunnen zijn.

Zelfs toen Trudi nog maar twee was voelde ze zich veel ouder dan haar moeder wanneer ze haar volgde onder het huis en bij haar zat, haar vertelde wie er die dag allemaal in de leesbibliotheek waren geweest. Ze maakte haar bezoekjes zo aangenaam dat haar moeder weer bereid werd haar te volgen naar het licht, en dan begon ze haar te overreden, zachtjes, tot haar moeder naar haar toe kwam kruipen, met zijdelingse bewegingen, als een kreeft.

En het ging er niet alleen om dat ze haar te voorschijn haalde – ze moest het ook zonder getuigen doen, zodat de buren het niet tegen haar vader zouden zeggen, want die zou haar moeder alleen maar weer opsluiten. Daarom werd het Trudi's geheim wanneer haar moeder zich onder het huis verstopte – haar oudste geheim, een zwaar geheim voor iemand van haar leeftijd, vooral sinds haar moeder haar het kunstje had laten zien waarmee je uit de naaikamer kon ontsnappen: je schoof een stukje papier onder de deur, prikte in het slot met een haarspeld, en als de sleutel buiten de deur op je papiertje viel, trok je hem zorgvuldig naar binnen, en dan deed je de deur van het slot.

Haar moeder met beide handen uit het donker halen – dat was het enige wat Trudi kon doen ter compensatie van haar schuldgevoel dat het door háár kwam dat haar moeder de grens naar de waanzin had overschreden. Dat wist ze niet alleen doordat ze geluisterd had naar wat Frau Weiler en Frau Buttgereit zeiden in de kruidenierswinkel, maar ook doordat ze staarde in haar moeders ogen en keek naar de werveling van beelden achter de blauwe irissen, een web van beelden die haar moeder in verwarring brachten en die Trudi niet begreep, al voelde ze wel hun angstwekkende kracht. En ze zag nog iets anders: dat haar moeder zichzelf de schuld gaf, dat er een zonde van langgeleden was, iets wat zo weerzinwekkend was dat haar moeder geloofde dat ze daardoor een kind met een misvormd lichaam had gekregen.

Haar moeder uit het donker halen, over dat netwerk van strepen van haar hielen waarmee de stoffige aarde was overdekt, net als de heel fijne sporen van de pootjes van de aardbeikevers... Haar moeders handen afspoelen in de beek die stroomde aan het eind van de Schreberstrasse achter de leesbibliotheek, waar hij zich splitste op zijn weg naar het kermisterrein... Als Trudi haar op die manier had kunnen terugbrengen naar geestelijke gezondheid, zou ze haar geboorte ongedaan hebben gemaakt, evenals elke ademtocht die ze sindsdien had gedaan. Als ze die lange vrouw met dat schaduwhaar maar weer had kunnen veranderen in de vrouw op de oude foto's. Maar hoe had ze dat moeten doen, als zelfs de pastoor en de dokter het niet wisten?

Het was de gezamenlijke beslissing van de oude vrouwen in het stadje dat Gertrud Montag – zonder kleren aangetroffen op het trapje voor de katholieke school – een tijdje in het gesticht Grafenberg moest verblijven. De oude vrouwen hadden haar ziekte geduldig opgevat, maar onzedelijkheid was een risico, want dat was slecht voor jongeren. Ze stuurden een afvaardiging naar Herr Pastor Schüler, die Leo Montag in de pastorie uitnodigde, waar hij hem, bij koffie en *Apfelstrudel* met rozijnen, vertelde van de zorgen die de mensen in het stadje zich maakten.

'Ik zou willen dat ik een betere oplossing wist,' zo begon de pastoor, met een stem vol medelijden.

Leo luisterde, beleefd, zoals hcm als jongen was geleerd; hij prees het korstje van de *Strudel*, accepteerde een tweede stuk, maar verzette zich tegen het advies van de pastoor om Gertrud naar Grafenberg te sturen. Zoals hij het anders-zijn van zijn dochter aanvaardde, en de pijn in zijn been – met af en toe plotseling een gevoel van spijt, maar over het geheel genomen vol hoop –, zo aanvaardde hij zijn vrouw zoals ze was geworden. Pas nadat Gertrud haar pols had gebroken tijdens een van haar ontsnappingen, en nadat Frau Doktor Rosen, nadat ze Gertruds pols had gezet, gezegd had dat het misschien beter was als ze eens in Grafenberg werd onderzocht, gaf Leo toe aan het advies van de pastoor – zij het ook pas nadat deze hem gewezen had op het Theresienheim, het klooster vlak om de hoek, waar de nonnen bejaarden en zieken verzorgden.

'Dan zou ze dicht in de buurt zijn,' zei hij tegen de dokter. 'Dan kunnen Trudi en ik bij haar op bezoek.'

'De zusters...' Frau Doktor Rosen aarzelde en wreef over het dikke witte litteken tussen haar neus en bovenlip, een overblijfsel van haar hazenlip. 'De zusters,' zei ze zacht, 'bedoelen het goed... Ik ben ervan overtuigd dat ze veel goed werk doen voor de bejaarden, maar wat uw vrouw nodig heeft, dat is een specialist, iemand die veel af weet van de menselijke geest.'

Gertrud bleef drie weken in het gesticht, en tijdens haar afwezigheid kwam het geschenk van de onbekende weldoener – een houten fonograaf met acht dikke zwarte platen met muziek van Beethoven en Bach, die Leo op een ochtend, toen hij de groene luiken opendeed, op de toonbank van de leesbibliotheek vond. De onbekende weldoener had nu al bijna twaalf jaar geschenken gegeven aan mensen in Burgdorf – kleding en manden met voedsel en enveloppen met geld die binnen in afgesloten huizen verschenen in tijden van onrust, zonder briefje of wat dan ook waaruit de gulle gever afgeleid kon worden–diens identiteit was voor het hele stadje een raadsel. De onbekende weldoener moest een van henzelf zijn, dachten de mensen, want de geschenken waren altijd precies goed–bijvoorbeeld de glimmende fiets die Frau Simon in haar slaapkamer had gevonden, twee dagen nadat haar oude fiets was gestolen, of de doos met nieuwe jassen voor de hele familie Buttgereit nadat de oogst door onweer was vernield.

Leo Montag zette de fonograaf in de leesbibliotheek, en Trudi vergat bijna haar moeder toen die eerste klanken de lucht vervulden van extase en woede en hartstocht. Ze stond doodstil, ademde de trillingen in en voelde hoe hun kracht door haar heen ging, vorm gaf aan emoties die ze nog niet had ondergaan, maar waarvan ze vagelijk voelde dat ze op haar wachtten.

Toen haar moeder naar huis werd gestuurd met haar japon dichtge-knoopt tot aan de hals en haar pols in het gips, waren haar ogen te dof om beelden door te laten, en ze bewoog zich alsof ze waadde door water dat tot aan haar borst reikte. Maar de oude vrouwen knikten die zondag goedkeurend toen ze tussen Frau Blau en Trudi in de kerk kniede, met een blauwe hoed uit de winkel van de hoedenmaakster, Frau Simon; de enige onbedekte huid was die van haar gezicht en haar gevouwen han-den. Toen Frau Blau de bladzijden van het zwarte gebedenboek voor haar opensloeg, bewoog ze braaf haar lippen mee met de woorden die oprezen uit de gemeente om haar heen.

Met de dag werden haar bewegingen minder geremd. Dat was de mooi-ste tijd voor Trudi–nadat haar moeders ogen helderder waren geworden, en voordat ze weer zo onrustig door het huis begon te ijsberen–, de tijd dat haar vader de leesbibliotheek sloot, haar moeder uit de naaikamer haalde en hen tweeën meenam naar de Rijn. Daar trok Trudi haar laars-jes uit, ze hees haar rok op en waadde heen en weer in het ondiepe water van de poel, of ze huppelde op één been, een voorstelling voor haar ou-ders die op de strekdam zaten en naar haar wuifden terwijl zilveren lin-ten van hun sigaretten de hemel vastmaakten aan de rivier.

'Beloof me dat je me niet meer naar Grafenberg stuurt,' smeekte Gertrud Leo op een avond toen hij witte worstjes en uien aan het bakken was.

Hij omhelsde haar teder. 'Als ik kan,' zei hij, 'als ik kan, *Liebchen*.'

Trudi klom op de houten ijskast om dichter bij haar ouders te zijn en hurkte neer tussen de suikerpot en de eierwarmers. Haar vaders vest hing als gewoonlijk over de rugleuning van een keukenstoel, en op de vensterbank van het open raam zat een vlieg, met iriserende vleugels en voorpootjes die schuin over elkaar bewogen, net als de breinaalden van Frau Blau. In het gras achter de kruidenierswinkel was Georg Weiler aan het kopjeduikelen, waarbij zijn jurk over zijn hoofd viel, alsof hij de mensen met zijn ondergoed wilde laten zien dat hij geen meisje was.

Trudi's moeder was even lang als Trudi's vader. 'Beloof je het?' vroeg ze opnieuw, recht in zijn ogen kijkend.

Hij drukte zijn voorhoofd tegen het hare. Zij droeg haar lievelingsjurk, wit met kleurige geborduurde bloemen die manchetten en hals afzetten en doorgingen in één lange rank die van haar hals naar haar middel liep. Het was een jurk–zo hadden ze Trudi verteld–die haar moeder twee jaar voor Trudi's geboorte had gemaakt voor een gemaskerd bal. Ze was daarheen gegaan als prinses, met een kroon en een scepter, terwijl Trudi's vader zich had vermomd als piraat, met een ooglapje en een kartonnen sabel.

'Beloof je het?'

Hij knikte.

'Je zult blij zijn,' zei ze, en ze lachte. Haar hand–die zonder gips–glipte tussen zijn benen.

Hij schoot achteruit. 'Gertrud!' zei hij, maar hij staarde naar Trudi, alsof ze hem had betrapt op iets wat niet mocht.

'Paus Leo...' Trudi's moeder begon luid te zingen. 'Hoeveel pausen hebben we gehad die Leo heetten?' Ze draaide in het rond en greep Trudi vast. 'Goedheilig man... Leo, Leo goedheilig man...'

Trudi hield de stof op haar moeders schouder vast terwijl ze ronddraaiden door de keuken.

'... goedheilig man. Voortaan zullen we je vader Paus Leo de Zeventiende noemen, die er niet in slaagt...'

'Gertrud!' Hij greep haar moeder bij de ellebogen vast om haar te laten ophouden met dansen, en trok Trudi uit haar armen. 'Je moeder moet rust hebben,' zei hij.

Buiten was Georg gestopt met zijn buitelingen, en hij stond te gluren naar hun raam, met zijn hoofd schuin om beter te luisteren. Blonde pijpenkrullen hingen tot op zijn ronde kraagje.

'Heiliger dan elke goedheilig man...' zong Trudi's moeder. 'Gij zijt de gezegende onder de pausen, en gezegend is de vrucht van...'

'Het kind,' zei hij. 'Laat dat... Waar het kind bij is.'

In de weken daarna verwierf Gertruds lichaam een kwikzilverachtige snelheid, waardoor ze van kamer naar kamer rende, ononderbroken babbelend of gezangen zingend, vier maal sneller dan de organist van de Sint-Martinus ze kon spelen. Nadat het gips van haar pols was verwijderd, besloot ze het huis op te knappen. Hoewel Leo het behang dat ze voor de woonkamer had gekozen, niet mooi vond – ijle witte varens tegen een bruine achtergrond –, was hij zo opgelucht dat ze belangstelling had voor het creëren van een speciale ruimte *binnen* het huis, dat hij haar hielp met behangen. Hij timmerde een houten bankje waarop twee potten met varens stonden en de opgezette eekhoorn die zijn grootvader als jongen had geschoten, maar voordat hij klaar was met het houtwerk in de kamer, dat hij wit maakte zodat het er lichter leek, begon Gertrud zich weer onder het huis te verstoppen, alsof het hem niet gelukt was de enige plaats waar ze zich nog veilig voelde te kopiëren.

Leo vond haar dan, nam haar mee naar boven en deed – als gewoonlijk – de deur van de naaikamer op slot; alleen was de sleutel nu met een gerafelde veter vastgemaakt aan de deurknop zodat hij, zelfs als zij erin slaagde hem naar buiten te duwen, niet op de vloer kon vallen.

Als Trudi bij haar bleef in die kamer, hield Gertrud op met haar geagiteerde ijsberen tussen de deur en het raam, dat zo smal was dat zelfs een kind er niet doorheen kon kruipen. In plaats daarvan liet ze Trudi zien hoe ze de papieren poppetjes moest aankleden. Frau Simon had haar een satijnen hoedendoos gegeven, en daarin bewaarde ze de poppetjes; ze ontdeed ze altijd van hun kleren voordat ze het deksel sloot, alsof ze dan naar bed gingen. Ze zong '*Hänschen klein...*' voor Trudi, en '*Fuchs, du hast die Gans gestohlen...*', en ze leerde haar tot twintig tellen op haar vingers en tenen, en in haar handen klappen op de maat van '*Backe backe Kuchen...*' Vaak tilde ze Trudi op bij het raam, ze deed het open en liet haar zien hoe ver je kon kijken – over de hele Schreberstrasse en voorbij de kerktoren, naar de graanakkers en de melkveehouderij van de Braunmeiers, naar de dijk die de stad beveiligde als de Rijn in het voorjaar buiten zijn oevers trad.

Trudi was nooit bang voor haar moeder, zelfs niet als ze woorden in de muren kraste, altijd hetzelfde woord: *Gefangene*, alsof ze een boodschap achterliet voor een mysterieuze redder. Daarvoor gebruikte ze haarspelden, de steel van een lepel, of zelfs haar nagels. *Gefangene*: het sneed door het violette behang tot in het pleisterwerk, zodat bleek stof langs de muur sneeuwde. *Gefangene*: het was een woord dat je kon leren, zelfs als je nog veel te jong was om te schrijven, een woord dat je in je hart voelde door de letters met je vingertoppen te volgen.

Trudi was drie toen de mannen van Burgdorf terugkeerden uit de oorlog. Enkelen van hen – bijvoorbeeld Herr Abramowitz, die twee rijen tanden had en veel te veel te koop liep met zijn linkse opvattingen, zeiden de mensen – waren gewond teruggekomen, net als haar vader. Veel meer mannen – ook Herr Sturm, de eigenaar van de speelgoedfabriek, die een van de rijkste mannen van het stadje was – waren naar huis gestuurd in een houten kist; dan waren de mensen van Burgdorf bijeengekomen op de begraafplaats, waar keurig verzorgde bloemen op familiegraven werden ontworteld om ruimte te maken voor nieuwe doodkisten.

De meeste mannen bereikten de stad in ordelijke formaties, die snel uiteengingen. Het was een tijd van kleinschalige revoluties: er verschenen vrachtwagens met geweren en pistolen die werden verdeeld onder gewone mannen die op klaarlichte dag met die wapens rondliepen, alsof ze door de oorlog extra ledematen hadden gekregen.

Kinderen die de afwezigheid van hun vader als vanzelfsprekend hadden aanvaard, moesten zich weer vertrouwd maken met hun gezag en tederheden, en vrouwen moesten de verantwoordelijkheden die ze tijdens de oorlogsjaren op zich hadden genomen, weer loslaten – sommigen opgelucht, anderen tegenstribbelend. Wanneer ze in de rij stonden te wachten om hun dagelijkse voedselrantsoenen te kopen bij bakker en slager en kruidenier, praatten ze niet meer met elkaar over hun prestaties en angsten, maar over wat hun man of vader graag at.

Nu de mannen weer thuis waren, leken in het stadje de grenzen van de ene dag op de andere te zijn ingeperkt; straten leken nauwer, kamers voller; laarzen, wachtend op een poetsbeurt van dochter of echtgenote, namen ruimte in naast het keukenfornuis; de twee herbergen – 'Potter' en de 'Traube' – zaten weer vol; stemmen klonken luider en zelfs de kerkklokken hadden een diepere toon.

Herr Abramowitz opende zijn advocatenkantoor weer, stofte zijn dure camera-uitrusting af en kocht een gebruikte Mercedes uit 1908 met imperiaal en witte banden. Op zondagen nam hij zijn vrouw en twee kinderen mee voor ritjes naar buiten, waar hij hen posteerde tegen achtergronden van meren en wouden en heuvels, voor eindeloze reeksen foto's.

Toen Anton Immers tien kilo worst had geruild voor het uniform van een van de teruggekeerde officieren – Kurt Heidenreich, een opgewekte,

24

royale man die preparateur van zijn vak was–, vroeg hij of Herr Abramowitz een foto van hem in uniform wilde maken. Hoewel de advocaat niet
zo gesteld was op de arrogante slager, wees hij nooit een verzoek om een
foto van de hand, want hij beschouwde zich als de fotograaf en kroniek-
schrijver van de streek. De slager–die zich doodgegeneerd had sinds hij
was weggestuurd toen hij zich meldde voor het leger–hield zijn pijnlijke
rug zo recht mogelijk en staarde langs de camera met een gezicht waarop
triomf te lezen stond, alsof hij slagvelden kon zien die zo ver verwijderd
waren dat geen ander ze kon onderscheiden. Zes jaar voor de oorlog was
een koe over hem heen gerold terwijl hij haar slachtte; daarbij had hij
zijn rug gebroken, en hoewel hij weigerde over het ongeluk te praten,
kon men aan de manier waarop hij liep–enigszins naar links overgebogen–zien dat hij voortdurend pijn had.

Herr Immers lijstte een vergroting van de foto in, en elke keer dat hij
ernaar keek in zijn winkel, waar hij hing naast de beschermheilige van
de slagers–Sint Adrianus, de heidense soldaat die christen was geworden
en de marteldood was gestorven–, kon hij zich voorstellen dat hij echt in
de oorlog had gevochten, niet als gemeen soldaat natuurlijk, maar als
officier met tal van onderscheidingen. Mettertijd zou hij zelf gaan geloven in dat verzinsel, en zou het onverstandig zijn als zijn vrouw en klanten hem erop wezen dat de waarheid anders luidde. Uiteindelijk zou het
hele stadje de slager naar de mond praten, zelfs de preparateur die zijn
uniform met hem had geruild, en de jonge generatie zou die illusie als
historische waarheid gepresenteerd krijgen.

Zo ging het ook met allerlei andere gebeurtenissen, en de weinigen die
de waarheid trouw wilden blijven, moesten al hun moed bij elkaar rapen
als ze die niet wilden laten verdwijnen onder het netwerk van zwijgen en
samenzwering dat door de mensen–vaak met de beste bedoelingen–
werd gevlochten om elkaar te steunen en te beschermen.

Trudi's vader, die zoveel langer dan de andere mannen terug was geweest, kreeg een zeker onofficieel leiderschap toegewezen naarmate de
terugkerende militairen een beroep op hem deden om hen weer te intro-
duceren bij het leven dat ze hadden achtergelaten. Zijn stilzwijgende
aanvaarding lokte hen naar de leesbibliotheek, waar ze wat tabak kochten–zulke kleine beetjes dat ze een excuus hadden de volgende dag weer
terug te komen. Veel van hen konden maar niet begrijpen hoe Duitsland
deze oorlog tegen de rest van de wereld had kunnen verliezen, en ze bleven speculeren over complotten en boze krachten die de schande van de

nederlaag hadden bewerkstelligd. Hun gezichten waren stijf en gerimpeld van uitputting, als maskers, en ze liepen vermoeid schommelend rond als slaapwandelaars, omdat ze niet meer wisten hoe ze een hele nacht konden doorslapen zonder te luisteren of de vijand eraan kwam. Ze hoefden Leo niet te vertellen over hun dromen van versplinterde botten en lege oogkassen, want hij kende al die dromen die je uit je hazenslaapjes verjoegen naar smerige herinneringen, al was hij maar een paar maanden soldaat geweest.

Met een van zijn handen boven een schaakstuk terwijl hij nadacht over de volgende zet luisterde Leo naar de mannen, en zelfs als hij niet veel zei, voelden ze zich beter wanneer ze vertrokken. Leo sprak zich tegen heel weinig mensen uit – niet omdat hij verlegen was of zich wilde verbergen, maar omdat hij niet het verlangen kende dat anderen hem zouden begrijpen. Toch wilden de mannen van hem horen wat er in Burgdorf was gebeurd nadat zij in 1914 met bloemen en muziek waren vertrokken – gevierde helden nog voordat ze ooit een vijand hadden gezien –, alsof de waarheid alleen door een andere man verteld kon worden.

Verborgen op het krukje achter de toonbank van de leesbibliotheek, gehuld in overdadige tabaksgeuren, dronk Trudi de woorden in die haar vader koos om de mannen te vertellen over het stadje tijdens hun afwezigheid. Zijn visie was ruimer dan de hare, breder, en hoewel hij sprak over gebeurtenissen waarvan ook zij getuige was geweest, werden ze kleuriger, en nog weelderiger werden ze als ze die beelden – achteraf, alleen – liet opgaan in haar eigen waarnemingen.

Hoewel Leo Montag graag at, was zijn lichaam bijzonder mager, en zijn huid was zo kleurloos dat hij er meestal uitzag als een patiënt die herstellend was van een langdurige ziekte. De vrouwen in de buurt drongen er altijd bij hem op aan dat hij melk dronk of vlees at. Toch was hij verrassend sterk en lenig. Als gymnast had hij tal van prijzen gewonnen – glanzende beeldjes van mannen met spieren die, anders dan de zijne, hun brons- of zilverkleurige huid deden uitzetten, met lichamen in houdingen die je het idee gaven dat ze elk moment konden opstijgen van de plank in de leesbibliotheek waar hij ze glimmend en wel bewaarde. Mensen die boeken kwamen lenen, gingen het van jaar tot jaar moeilijker vinden die schitterende mannengestalten in verband te brengen met de man die achter de toonbank hinkte en zich over zijn register boog om vast te leggen wie welk boek meenam.

Vroeg op een ochtend in oktober, toen Leo appelpannenkoeken aan het bakken was, haalde Gertrud opeens Trudi uit haar bed en droeg haar op haar heup mee naar de wereld van gedempt licht en spinnenwebbenkant en aardbeienkevers. Rijp had de grasprietjes zilver gekleurd, maar onder het huis was de aarde nog zacht, zodat Gertruds voeten erin wegzonken. Gertruds handen bewogen drukker, ze waren hard en knepen bijna, en voor het eerst werd Trudi bang voor haar.

'Mensen gaan dood als je niet genoeg van hen houdt,' fluisterde haar moeder, met haar lange lichaam gekromd tegen de aarde, alsof ze de plek van haar graf al aangaf.

'Jij gaat niet dood,' zei Trudi.

Haar moeders ogen glinsterden in het vage licht.

'Ik hou genoeg van je,' zei Trudi.

Haar moeder trok haar rok op en liet haar linkerknie zien. 'Hier,' zei ze, en bracht Trudi's hand naar haar knieschijf. 'Voel maar.'

Trudi schudde in verwarring van nee. Haar vader was degene met de zieke knie. Soms kon je de randen van de stalen plaat zien, door de stof van zijn broek heen.

'Harder.' Haar moeder drukte Trudi's hand tegen haar knie.

Diep onder de warme huid voelde ze inderdaad hoe iets – een soort rauwe rijstkorrels – onder haar vingers verschoof. Ze keek omhoog in haar moeders ogen; die spraken van zoveel angst dat ze vond dat ze de andere kant uit moest kijken, maar dat kon ze niet.

'Dat is grind,' fluisterde haar moeder. 'Van toen ik gevallen ben... Van de motor van Emil Hesping...'

Trudi's ogen bleven op haar moeder gevestigd, en ze nam het verhaal achter die angst in zich op, al sprak haar moeder slechts weinig woorden; door de paar woorden die ze zei, werden echter andere, die ze nooit hardop zou kunnen zeggen, leesbaar in haar ogen. Met haar ene hand op haar moeders knie voelde Trudi hoe het geheim overging in beelden die door haar huid drongen, beelden vol kleur en beweging en wind – ja, wind. Ze zag haar moeder achter op een motorfiets, met haar armen om het middel van Herr Hesping. Haar moeder was jonger dan Trudi haar ooit had gezien, en ze droeg een gele zomerjurk met korte mouwen. Stof wolkte op achter de motor terwijl hij de Schlosserstrasse afreed, in de richting van de Rijn, en haar moeder hield zich steviger vast toen het voorwiel even de grond losliet en de motor tegen de dijk opreed, en vervolgens aan de andere kant weer naar beneden. Haren geselden haar gezicht, en toen

Emil Hesping de motor stilzette onder een populierenbosje, droeg het brede leren zadel nog de warme indruk van haar dijen. Hij liet zijn handpalm even op die indruk rusten, en zij voelde een plotselinge warmte tussen haar dijen, alsof hij haar huid aanraakte. Toen hij haar omhelsde, moest ze haar ogen dichtdoen tegen de zon en tegen de vrees die ze had gevoeld sinds de dag dat haar man was vertrokken naar het Russische front – de vrees dat Leo niet levend zou terugkeren.

'We zijn geslipt... op de terugweg... aan de andere kant van de dijk.' Trudi zag Emil Hesping opstaan, onhandig, van de onverharde weg. Hij sloeg het stof van zijn armen en wankelde langs de omgevallen motorfiets naar waar haar moeder was neergekomen. Ze had schrammen in haar gezicht. Bloed parelde rond de brokjes grind die in haar knie zaten, en stroomde over haar kuit in haar witte sandaal.

'Dezelfde knie.' Haar moeder liet die wilde lach horen. 'Dezelfde knie als bij je vader. Het is hem ook overkomen. Op diezelfde dag.' Ze nam Trudi plotseling in haar armen en legde haar in de welving van haar middel en buik, alsof ze een veel kleiner kindje was. 'Vanwege mij,' zei ze zangerig, en ze wiegde haar dochter alsof ze alle dagen dat ze haar als zuigeling niet gewiegd had moest goedmaken, 'vanwege mij is hij gewond geraakt...'

'Gertrud?' De schaduw van Leo Montag verscheen schuin in de opening tussen de balken. Tussen zijn laarzen glinsterde zonlicht op het bevroren gras. 'Gertrud?' riep hij. 'Trudi?'

Voordat Trudi kon reageren legde haar moeder een van haar vingers op Trudi's lippen. Haar adem was warm tegen Trudi's gezicht. Zorgvuldig liet het meisje haar vingers over haar moeders knie glijden. Die was glad; er was huid gegroeid over de kleine wondjes, als het oppervlak van de rivier nadat je steentjes in de golven had gegooid. Alleen jij wist dat ze er waren.

Tenzij je het doorvertelde.

Hoofdstuk twee [1918-1919]

Die dag opende Trudi's vader de leesbibliotheek niet. In plaats daarvan leende hij de Mercedes van Abramowitz. Achterin zaten raampjes, en hij leek zozeer op een koets dat je bijna verwachtte dat er paarden voor gespannen waren, maar de voorkant van de auto was open, met doorgestikte stoelen en een stuurwiel aan een lange schuine stang. Terwijl Frau Abramowitz Trudi het sprookje van de duivel met de drie gouden haren voorlas en haar *Brötchen* met Hollandse kaas te eten gaf, zette Leo Montag zijn vrouw in het gesloten achterste gedeelte, met een deken en twee kussens van hun bed, die ze uit elkaar zou plukken, zodat de hele achterkant vol veren zat die aan haar groene mantel en hoed bleven hangen als sneeuwvlokken, tegen de tijd dat ze aankwamen in Grafenberg, waar ze bijna zeven weken zou blijven.

Er viel echte sneeuw toen Trudi eindelijk bij haar moeder op bezoek mocht. Ze was al eerder in het bos van Grafenberg geweest – het was een geliefd wandelgebied –, maar ze had de hoge muren van het gesticht alleen uit de verte gezien. Ditmaal echter liepen zij en haar vader naar die muur toe, zo dichtbij dat ze de glasscherven in het cement langs de bovenrand konden zien. Ze waren scherp en puntig en konden je handen openrijten als je probeerde te vluchten. Trudi verborg haar handen diep in de bontmof die paste bij het konijnenbont rond haar muts en op de kraag van haar jas. Ze vroeg zich af of iemand ooit over die muur was geklommen. Misschien was de keizer in zijn prachtuniform over een dergelijke muur geklommen toen hij uit Duitsland was gevlucht. Maar hoe moest het als landen door zelfs nog hogere muren werden omgeven?

Een paar dagen eerder had haar vader haar verteld dat de keizer was afgetreden en het land ontvlucht was. 'Hij is nu in Nederland,' had haar vader gezegd. 'Nu krijgen we vrede.' Trudi had plaatjes van de keizer gezien: zijn mond leek ijdel onder de opgekrulde snor, en hij droeg een glimmende helm met bovenop een stijve, glinsterende vogel – ter grootte van een duif –, met zijn gespreide vleugels, zodat hij er niet afviel.

Een portier in een soort militair uniform opende het hek. Zijn nek puilde uit en zijn vingers vertoonden tabaksvlekken. In zijn ogen herkende Trudi die zweem van nieuwsgierigheid die ze al eerder bij vreemden had opgemerkt, maar vandaag werd ze er prikkelbaar van: die nieuwsgierigheid gaf haar het gevoel dat zíj thuishoorde binnen deze muren waar ze mensen opsloten die anders waren. In de ogen van de portier – daar was ze van overtuigd – was zij anders, en dat inzicht zou haar vanaf die dag kwellen, het zou voedsel geven aan haar verlangen tot groeien: ze wilde groeien en wraak nemen op degenen die haar verachtten.

Toen de portier wees naar het grootste van de gebouwen, aarzelde Trudi, maar haar vader pakte haar bij de schouders, en de portier sloot het hek vlak achter hen weer af, alsof hij hen daar wilde houden. Ze had haar moeders verjaardagscadeautjes willen meebrengen – een dikke ochtendjas en bontlaarsjes – maar dat had haar vader niet goedgevonden, hoewel haar verjaardag al over twee dagen zou zijn.

'Dat is gevaarlijk,' had hij gezegd. 'We vieren haar verjaardag als ze weer thuis is.'

In zijn familie waren allerlei rampen gebeurd doordat feesten te vroeg waren gevierd: zijn tante Mechthild was in de Rijn verdronken toen de picknick voor zijn grootvaders verjaardag één dag te vroeg was gehouden; een neef, Willi, was gewond geraakt bij een treinongeluk nadat zijn ouders hun zilveren bruiloft een week te vroeg hadden gevierd; en zijn zuster Helene had haar arm gebroken toen ze een belijdenisgeschenk drie dagen te vroeg openmaakte.

In de hal, die naar kaneel en kaarsen rook, veegde Trudi's vader haar neus af, en hij maakte de knopen van haar mantel los. Een vriendelijke verpleegster met krakende schoenen nam hen mee door een gang en door een kleiner hek, dat eveneens achter hen op slot ging. Trudi's moeder stond te wachten in een kamer met witte stoelen, allemaal met de rugleuning tegen de muur. Haar ellebogen waren gekromd alsof ze iets breekbaars in haar lege handen droeg toen ze op hen toe kwam lopen. Haar ogen waren verbleekt, en opeens vond Trudi het niet erg meer om binnen die hekken te zijn; ze had haar moeder zo erg gemist dat elke plaats goed zou zijn geweest, zolang ze maar bij allebei haar ouders kon zijn. Haar moeder rook net als de hal. Ze viel op haar knieën voor Trudi neer en legde beide handpalmen tegen Trudi's wangen, als om zich de vorm van haar gezicht in te prenten.

Een paar andere families waren op bezoek bij patiënten, en Leo Montag nam zijn vrouw en dochter mee naar een hoek, waar hij drie stoelen in een driehoek plaatste, om hen te scheiden van de anderen in de kamer. Pas toen omhelsde hij zijn vrouw en raakte hij haar voorhoofd aan met zijn lippen. Haar haar zat in vlechten op een manier die Trudi nog niet eerder bij haar had gezien – het begon al bij de slapen, zo stijf gevlochten dat de huid was weggetrokken, alsof het voor haar gedaan was door iemand die haar niet goed kende.

Haar moeder had nog diezelfde vlechten de week daarop, toen ze naar huis terug mocht, en ze liet haar vermoeide ziekenhuisglimlach zien toen Trudi de strikken losmaakte en het haar borstelde tot het vonken schoot en op haar schouders zweefde als engelenhaar. Hoewel het niet zilverkleurig was als het engelenhaar dat je over de takken van je kerstboom drapeerde, nam de donkere massa met elke beweging van de borstel meer licht in zich op.

In het begin sliep haar moeder elke dag veel, alsof ze kracht moest verzamelen voor elke beweging die ze misschien moest maken, maar omstreeks Kerstmis, toen Leo de waskaarsen in de dennenboom in de woonkamer aanstak, leek ze veel meer op de moeder die Trudi zich herinnerde.

Ze aten karper in biersaus, en de witte kalfsworstjes die de slager alleen van half december tot Kerstmis maakte. Toen Trudi twee liedjes zong en een gedichtje opzei, bleef haar moeder almaar klappen tot Trudi zo nerveus werd dat ze haar moeders handen tussen de hare nam om ze te laten stoppen.

Ze maakten de geschenken open die op het ronde rotan tafeltje lagen, te beginnen met het pakje uit Amerika: tante Helene had zilveren servetringen gestuurd met bijpassende lepels en een *Hampelmann* – een trekpop. Toen Trudi het grootste cadeau van haar ouders openmaakte – een porseleinen babypop met vuurrode lippen – trok haar moeder Trudi bij zich op schoot.

'Zou je niet graag een echte baby willen, een broertje of zusje?' vroeg ze, stralend, alsof ze al een kind voor zich zag dat volmaakt was.

'Nee,' zei Trudi.

'Een klein broertje of zusje dat...'

'Nee!'

'Gertrud...' zei haar vader waarschuwend.

'Ooievaars zijn dol op suiker.' Haar moeders stem klonk blij. 'En ze brengen baby's naar huizen waar de mensen suikerklontjes voor hen op de vensterbank leggen. Zo weten de ooievaars waar ze de baby's naartoe moeten brengen.'

Trudi drukte haar kin tegen haar sleutelbeen en vroeg zich af of ooievaars zich ooit vergisten. Zoals in haar geval. Ze gleed van haar moeders schoot af en rende langs de plank met de varens en de opgezette eekhoorn, naar de voordeur van het huis. Met haar voorhoofd tegen het koude glas van de ruit staarde ze naar de ijle wervelingen van de sneeuw. In het midden van de straat stond de man-die-zijn-hart-aanraakt. Hij bracht zijn rechterwijsvinger naar zijn hart, zijn linkerwijsvinger naar zijn neus, en raakte beide tegelijkertijd aan. Met een glimlach, alsof hij tevreden was over deze prestatie, liet hij zijn armen vallen, en bracht ze toen weer omhoog, voor een omgekeerd ritueel: linkervinger naar zijn neus, rechtervinger naar zijn hart. Voor de oorlog was hij leraar biologie geweest, maar door zijn tijd in het leger was iets in hem veranderd. Men zei dat de man-die-zijn-hart-aanraakt zijn hele bataljon had zien sterven. Nu woonde hij bij verschillende familieleden – hij bleef een tijdje bij de een, tot hij naar de volgende werd doorgestuurd.

Maar wat moest je doen als je geen familie had? Trudi huiverde. Misschien was de ooievaar op weg geweest om haar te deponeren in een land waar iedereen korte armen en benen had. Misschien was ze door een koekoek gebracht in plaats van een ooievaar. Koekoeken legden hun eieren in de nesten van andere vogels, en lieten het uitbroeden aan hen over. Maar als de jonge koekoeken uit het ei kwamen, werden ze uit het nest geduwd. Tot dusver hadden haar ouders haar gehouden, ook al was ze de verkeerde baby. Maar wat zou er gebeuren als de ooievaar hun de goede baby bracht?

Ze voelde haar vaders hand op haar haar. 'Je hebt nog niet al je cadeautjes opengemaakt, Trudi.'

Toen hij haar weer de woonkamer binnendroeg, was haar moeder bezig een rood lint om haar pols te winden, almaar in het rond. Ze lachte toen ze Trudi zag, en toen ze haar armen naar haar uitstak, raakte het lint los en viel aan haar voeten neer als een bloederige slang. Die avond praatte haar moeder niet meer over de baby. Ze hielp Trudi met haar nieuwe blokkenpuzzel. Elke kant van de blokken was voorzien van een stukje van een plaat van een sprookje, en als je ze allemaal neerlegde en aan elkaar paste, kon je zes platen maken, waaronder *Hans en Grietje*, *Sneeuwwitje en de zeven dwergen*, *Repelsteeltje* en *Doornroosje*, die honderd jaar had geslapen.

Haar moeder speelde 'Stille nacht' op de piano, en Trudi zong mee. Telkens wanneer haar stem opging in die van haar moeder, bij een van de lange noten, voelde haar lichaam onbegrensd en warm aan. Maar toen haar ouders haar goedenacht kusten in haar kamertje en een ingepakte kruik bij haar voeten legden, stopten ze de stijve babypop naast haar onder de dekens. Toen het huis weer stil en donker was, duwde Trudi de pop onder haar bed, maar ze kon de aanwezigheid van dat porseleinen lijf door haar matras heen voelen. De volgende avond vouwde haar moeder Trudi's vingers om twee suikerklontjes heen en tilde ze haar op naar de brede vensterbank van de keuken, waar ze neergelegd moesten worden op een schoteltje, voor de ooievaar.

Zodra Trudi de volgende ochtend wakker werd, rende ze naar het raam. Hoewel het dicht was, kon ze zien dat het schoteltje leeg was. Ze trok het kanten gordijn weg, maar het enige dier buiten was de hond van de bakker, die almaar blafte naar de waslijn achter het huis, waar de vorst de was in stijve menselijke gedaanten had veranderd.

'De ooievaar moet zijn geweest,' zong haar moeder, met een blos op haar wangen.

Haar vader keek op van zijn krant, met een ernstig gezicht.

Trudi kon zien dat ook hij die nieuwe baby niet wilde. Maar als ze almaar suiker op de vensterbank neerlegden, zou de ooievaar haar vast en zeker een broertje of zusje brengen dat na korte tijd langer zou zijn dan zij. Ze begon uit haar bed te klauteren, telkens als ze midden in de nacht wakker werd. Op haar blote voeten sloop ze dan naar de keuken, ze duwde een stoel tegen de muur onder het raam, en als de suikerklontjes die haar moeder haar de vorige avond had gegeven er nog lagen, stopte zij ze in haar eigen mond, terwijl ze de hemel afzocht naar de witte gedaanten van ooievaars en snel kauwde, om te voorkomen dat er een nieuw kind zou arriveren dat haar uit huis zou duwen.

Ooievaars. Hoewel Trudi in geen maanden zo'n grote vogel had gezien, zocht ze ze nu overal: op schoorstenen, in bomen, tussen wolken. Ze bedacht dat ze geen baby's onder hun vleugels konden verstoppen, want zodra ze hun vleugels spreidden om te vliegen, zouden die baby's naar beneden vallen. Nee, ze zouden de baby's dragen in een doek aan hun lange snavel, of ze zouden hen op hun rug vervoeren.

Ze trof voorbereidingen, als ze op de stoep voor het huis zat, om elke ooievaar weg te jagen met haar moeders rieten mattenklopper. Soms hoorde ze dan de melodieuze stem van de Italiaanse voddenman. '*Lumpen, Eisen, Papier...*' zong de voddenman terwijl zijn houten kar door de straten van Burgdorf rammelde. Hij rinkelde met zijn bel onder het zin-

33

gen van *'Lumpen, Eisen, Papier...'* Achter in zijn kar stond een weeg-schaal waarop hij oude kleren en metaal en papier woog voordat hij wat munten uitbetaalde uit de leren buidel aan zijn riem. *'Lumpen, Eisen, Papier...'* De voddenman heette Herr Benotti. Hij kwam uit Italië en droeg altijd een wit overhemd, zelfs wanneer hij zijn kar met de buit van de dag aflaadde op het omheinde erf achter zijn huis aan de Lindenstrasse.

Elke dag praatte Trudi's moeder over de nieuwe baby, en Trudi lette nog scherper op eventuele ooievaars. Op de ochtend na Pasen vertelde haar vader dat de baby gestorven was. 'Je broertje,' zei hij. Hoewel Trudi de baby niet had gezien – hoe kon een baby doodgaan voordat hij er was? –, kwam er wel een begrafenis. Frau Blau bracht haar beste linnen om de tafels in eetkamer en keuken te dekken, en de buurvrouwen dien-den een begrafenismaal op: bakplaten vol pruimengebak en diepe kom-men aardappelsalade; terrines met erwtensoep en gerstesoep; schotels met bloedworst en hoofdkaas; zwart roggebrood en mandjes met knappe-rige *Brötchen*; kaas uit Nederland en Zwitserland; en heerlijke witte as-perges uit de tuin van de Buttgereits.

Frau Doktor Rosen drong erop aan dat Trudi's moeder rust nam, maar ze draafde door de kamers, herschikte de narcissen uit de tuin van Frau Abramowitz, bood de gasten voedsel aan. Haar mooie ogen glansden koortsig, haar huid was bijna doorschijnend. Uit gefluisterde verhalen maakte Trudi op dat haar broertje te vroeg was geboren om in leven te kunnen blijven. Nu kende ze in totaal al zes dode mensen. Maar de ande-re vijf waren als oude mensen gestorven, zoals Herr Talmeister, die altijd op de stoep had gespuwd voordat hij de leesbibliotheek binnenkwam.

Ze was ervan overtuigd dat de dood van haar broertje te maken had met de suiker die ze had gestolen; daarvoor had de ooievaar de baby ge-straft. Dat schuldgevoel zou haar bijblijven, zelfs als volwassene, zodat een misselijk makende zoete gal in haar keel opkwam zodra ze suiker proefde; toch zou het verlangen naar die smaak terugkomen, een ver-langen naar de verboden heerlijke smaak op haar tong, gevolgd door de schaamte die ze gevoeld had op die dag van het begrafenismaal, toen ze drie stukken pruimengebak had gegeten en twee chocolade-eitjes uit haar paasmandje en – met één plotseling hikgeluidje – paarsbruin braaksel over de voorkant van haar jurk had gespuugd.

Haar moeder had haar meegenomen, de achterdeur uit. Hun voeten drukten de smalle richels aarde plat die Trudi's vader die ochtend vroeg had geharkt. Hij harkte de tuin een keer per week en had dat twee dagen daarvoor al gedaan, maar die ochtend, toen Trudi wakker was geworden, was hij weer buiten geweest met zijn bamboehark, en had hij takjes en steentjes en duivenpoep weggeharkt.

Bij de modderige oever van de beek was haar moeder neergehurkt, had het snelle koude water met haar vingers opgevangen om Trudi's gezicht en jurk te reinigen. 'Kijk,' zei ze, en ze tuurde in de beek alsof ze zocht naar iets wat ze verloren had.

Langzaam verscheen onder het oppervlak van het snelstromende water een ander patroon voor Trudi's ogen – dat van jonge bladeren, waarvan de langgerekte spiegelingen bewogen waar het water erdoorheen schoot, en tussen die bladeren de zilverige maanvormen van twee gezichten.

Sinds die dag leek haar moeder afgeleid – zelfs wanneer ze zich onrustig gedroeg leek ze afgeleid, alsof ze al werd aangetrokken door iets voorbij het huis en het stadje. Ze pakte Trudi niet meer vast om haar tegen zich aan te drukken of naar het raam te tillen; het was bijna alsof ze terugkeerde naar die periode na Trudi's geboorte, toen ze haar nooit had willen aanraken.

In mei adviseerde Frau Doktor Rosen opnieuw een verblijf in Grafenberg, en Gertrud Montag vertrok bereidwillig, maar Trudi was ontroostbaar. Leo ontdekte dat hij Trudi kon kalmeren met muziek, en hij tilde haar op de toonbank in de leesbibliotheek, waar ze dan stilletjes zat naast de fonograaf, met een vinger de vlammen van het hout volgend terwijl ze naar de platen luisterde. Het stemde hem ongemakkelijk als zijn klanten hem prezen om zijn geduld, ondanks de last die hij te dragen had, met zijn vrouw en kind. 'Ze zijn me niet tot last,' zei hij dan.

Toen Gertrud terugkwam, was ze nog verwarder dan vóór die tijd. Als Trudi haar armen naar haar uitstrekte, glimlachte ze en boog ze zich soms voorover om Trudi's kraagje recht te trekken of een van haar veters opnieuw te strikken, al was die goed en stevig geknoopt geweest. Ze hoefde niet meer overreed te worden naar de naaikamer te gaan – ze ging zelf op zoek naar dat isolement, en begon zelfs te slapen op de fluwelen sofa, met opgetrokken knieën op slechts de helft ervan, alsof haar lichaam was gekrompen.

Elke ochtend rende Trudi, zodra ze aangekleed was, de trap op om samen met haar moeder opgesloten te worden; ze deed alsof ze thee zette en duwde een denkbeeldig kopje in de slappe handen; ze kleedde de papieren poppetjes aan en klom op de sofa om ze voor de spiegel te houden, zodat elke pop een tweelingzusje had; ze kwam op haar moeders schoot zitten en streelde haar gezicht. Maar onder dat alles worstelde ze tegen de schaamte dat haar moeders blik voorgoed verward was.

De laatste keer dat Gertrud Montag naar het gesticht ging, omhelsde ze Trudi bij de open deur van de kleerkast, en ze drukte haar zo lang tegen zich aan dat het was of ze haar nooit meer zou loslaten. Dat was begin juli, twee weken voor Trudi's vierde verjaardag, en haar moeder droeg een katoenen jurk, bedrukt met perzikkleurige rozen. Een van haar reistassen was ingepakt, maar de koffers en hoedendozen stonden nog op de berkenhouten kast – een teken dat ze niet lang zou wegblijven.

'Als ik terugkom,' zei ze, 'zal het beter gaan tussen ons tweeën.'

En Trudi – met haar gezicht tegen haar moeders heup, waar ze de vertrouwde frisse geur van haar huid en kleren opving – Trudi geloofde haar.

Die dag bleef ze bij de buren, bij Frau Blau, wier huis altijd naar vloerwas rook. Terwijl de oude vrouw haar sleutels poetste en haar vensterbanken afstofte, liep Trudi achter haar aan. Het puntje van de rechterwijsvinger van Frau Blau was opzijgebogen, en Trudi was ervan overtuigd dat dat kwam van te veel stof afnemen. Frau Blau had zachte, poederige wangen en een gebroken hart. De mensen zeiden dat haar hart gebroken was in 1894, toen haar zoon Stefan was weggelopen, naar Amerika. Het was een verdriet dat twee eeuwen besloeg, een verdriet dat – zo rekende Trudi uit – al vijfentwintig jaar duurde.

Aangezien de familie Blau nooit iets weggooide, zat hun huis volgepropt met heel oud speelgoed, heel oude meubels, onderleggertjes en bloempotten, cadeautjes die hun zoon uit Amerika had gestuurd en kleren die van hun kinderen en sinds lang overleden ouders waren geweest. Frau Blau, die van Nederlandse afkomst was, maakte elke dag haar huis schoon. Als haar Verlosser die nacht zou komen, zei ze tegen Trudi, dan wilde ze dat Hij zag dat haar huis op orde was.

'Jij kunt me helpen,' besloot Frau Blau, en ze liet Trudi zien hoe ze de tafelpoten, die elk uitliepen op een leeuwenklauw die een bal vasthield, moest afstoffen. Met een doek om haar scheve wijsvinger veegde ze in alle gleufjes.

'Jij mag de volgende poot doen,' zei ze, en ze stak de doek naar haar uit.

Trudi hield haar handen op haar rug, want ze was als de dood dat haar vinger net zo scheef zou worden als die van Frau Blau. Ze wist niet wat erger zou zijn: een scheve vinger of een duim als die van Herr Blau die tijdens zijn lange jaren achter de naaimachine – een keer door zijn duimnagel had gestikt, zodat een zwarte, kratervormige opening was achtergebleven.

'Kinderen moeten gehoorzamen,' zei Frau Blau vermanend.

Trudi staarde naar de degelijke schoenen van Frau Blau. De barsten in het leer werden vergroot door laagjes schoensmeer.

'Kinderen moeten gehoorzamen!'

Vanaf het dak kwam de zachte, kreunende roep van duiven. Trudi voelde dat Frau Blau stond te wachten, en ze was blij dat ze thuis geen grootmoeder had, al konden grootmoeders bakken en strijken en breien en prachtige bloemen kweken. In de meeste huizen was een grootmoeder. Grootmoeders dwongen je op te eten wat op je bord lag en zeiden dat het onbeleefd was naar grote mensen te staren. Van grootmoeders moest je je gebedje zeggen en je achter je oren wassen. Grootmoeders konden je alles laten doen wat zij wilden, omdat ze oud waren.

Frau Blau streek over Trudi's haar. 'Komt het doordat je je moeder mist?'

'Nee, ik wil niet net zo'n vinger krijgen als u,' flapte Trudi eruit.

'*Ach so.*' Frau Blau grinnikte en hield haar scheve vinger omhoog tussen zichzelf en Trudi. 'Dacht je dat? Dat dit komt van het schoonmaken?'

Trudi knikte.

'O, maar die vinger is altijd zo geweest. Vanaf mijn geboorte. Precies zoals jij...' Ze zweeg.

'Is hij altijd zo geweest?'

'Altijd. Je kunt een heleboel zien aan iemands vingers. Laat mij eens naar de jouwe kijken.' Ze hurkte neer en bracht haar gezicht dicht bij Trudi's handen. Het grijze haar vertoonde stijve golfjes, van de kapperszaak. 'Zie je die witte vlekjes onder je nagels?'

Trudi keek naar haar nagels. Die hadden dezelfde kleur als haar huid, en onder een paar ervan zaten heel kleine witte vlekjes.

'Daaraan kun je zien hoeveel doodzonden iemand heeft begaan.' Frau Blau liet haar duim over Trudi's nagels glijden. 'Maar bij kinderen... voordat ze de jaren des verstands hebben bereikt zijn die vlekjes alleen een waarschuwing voor de doodzonden die ze zouden kunnen begaan als ze niet uitkijken. Jij hebt er... eens even kijken–in totaal vijf. Dat betekent dat je je vijf keer moet verzetten tegen de duivel. Kom...' Ze kwam met een zucht overeind en ging, nog steeds met Trudi's pols in haar hand, op weg naar de keuken. 'Laat me een kopje warme melk voor je maken.'

Elke ochtend werd Trudi wakker met de herinnering aan wat haar moeder had gezegd–'*Als ik terugkom, zal het beter gaan tussen ons tweeën*' –en dan probeerde ze zich hun nieuwe leven voor te stellen: haar vaders ogen zouden die bezorgde blik kwijtraken; zij en haar moeder zouden aan de rivier zitten in plaats van in de naaikamer of in het hol onder het huis; met hun drieën zouden ze na de mis op het kerkplein staan, pratend met andere gezinnen.

Alleen kwam haar moeder die belofte niet na.

Ze kwam nooit meer terug.

En ze herkende Trudi niet, de volgende keer dat ze haar zag, in Grafenberg. Door haar reutelende ademhaling was haar nek achterovergebogen op het kussen. Boven het ijzeren bed hing een houden crucifix. Jezus had zijn vingers uitgespreid als om de spijkers af te weren die zijn handen aan het kruis bevestigden. Dat was de enige verwijzing naar mogelijk protest: de rest van zijn lichaam had zich aangepast aan de vorm van het kruis, alsof het ervoor geschapen was.

Meer dan een uur luisterde Trudi naar haar moeders ademhaling, ze stond er verstard bij, met haar rug naar het raam, omhuld door de geur van kaarsen en kaneel die altijd in het gesticht hing. Haar moeders gezicht was verwrongen van de inspanning om nog een keer adem te halen, het geluid hing in de kamer en gaf Trudi het gevoel dat ze zelf stikte. Ze voelde een hevig verlangen te weten wat er van nu af in haar leven zou gebeuren–elk uur, elk moment zelfs, want als je het van tevoren wist, kon je voorkomen dat akelige dingen gebeurden.

Toen de gruwelijke ademhaling van haar moeder eindelijk ophield, was Trudi opgelucht dat het nu stil was, totdat de zuster zich over het bed boog om haar moeders ogen te sluiten. Die zuster had harige polsen, en Trudi's vader hield haar tegen door die polsen vast te pakken. Toen rende Trudi weg.

De kamer uit.

De gang door.

Langs openstaande deuren.

Aan het eind van de gang kreeg de zuster haar te pakken bij het afgesloten metalen hek. Ze sloeg haar armen om Trudi heen en fluisterde woordjes die het meisje niet kon horen doordat haar eigen ademhaling het patroon had overgenomen dat haar moeder had losgelaten.

De zuster bracht haar naar een groene kamer en liet haar een bitter groen drankje slikken dat eruitzag alsof het door de groene muren gefilterd was. Na een tijdje merkte Trudi dat ze op een houten bank zat in de tram, naast haar vader, met een heet gevoel achter haar ogen en in haar benen. Haar vader staarde recht vooruit, met zijn vingers verkrampt in de rand van zijn zwarte hoed die op zijn knieën lag. Toen de conducteur langskwam om kaartjes te verkopen, moest hij klikken met de zilverkleurige wisselautomaat die aan een leren riem op zijn borstkas hing voordat Trudi's vader hem zag en naar zijn portefeuille greep.

Bij een paar haltes sprongen mensen van de tram voordat die helemaal stilstond. Frau Abramowitz had Trudi gewaarschuwd dat ze dat nooit mocht doen. Dat was gevaarlijk, had ze gezegd. Haar dochter Ruth had een stukje van haar voortand afgebroken toen ze uit de tram sprong en haar zoon Albert – die op hetzelfde moment was gesprongen – boven op haar was gevallen. Trudi wreef over haar voortanden. Die waren glad en gelijkmatig. 'Trudi heeft een mooi gebit,' had de tandarts tegen haar moeder gezegd. Ze was niet gesteld op dr. Beck – uit zijn lange neusgaten groeiden stugge, kroezende haren.

Thuisgekomen wilde haar vader met niemand praten. Hij zat aan de tafel in de eetkamer, en zijn handen waren niet meer ineengeklemd, maar lagen slap op het gepoetste mahoniehout, alsof er geen botten in zaten. Frau Weiler en Frau Abramowitz belden de begrafenisondernemer op, kozen een kist en bloemen, verstuurden zwart omrande overlijdensberichten aan verwanten en vrienden.

Als ik terugkom, zal het beter gaan tussen ons tweeën.

Trudi had geloofd in wat haar moeder had gezegd.

Haar vader nam Trudi mee naar de ruimte achter de kapel op het kerkhof, waar de doodkist stond, maar toen Trudi erin keek, moest ze glimlachen: die vrouw leek maar heel in de verte op haar moeder. Haar gezicht was scherp en wasachtig. Ze droeg een witte jurk en lag op een wit kussen, met een wit laken tot aan haar borst. Als een bruid, dacht Trudi. De polsen van de bruid waren gekruist op haar borst, en drie kaarsen in hoge kandelaars brandden aan het hoofdeinde van de kist.

Trudi lichtte het laken op van de benen van de bruid, maar voordat ze de linkerknie had kunnen aanraken om voor zichzelf te bewijzen dat er geen steentjes onder de huid verborgen zaten, trok haar vader haar achteruit en legde hij het laken terug. Hoe kon hij de vrouw in de doodkist voor haar moeder aanzien? Zag hij het dan niet? Stel dat haar moeder maar gedaan had alsóf ze doodging, om uit het gesticht te komen en – volgens een of ander ingewikkeld plan – haar lichaam verruild had voor dat van een zwartharige bruid die al dood was? Dan zou ze dat toch zeker heel spoedig aan Trudi laten weten. Het enige wat ze moest doen was afwachten en gaan kijken of haar moeder in de opening onder het huis zat, en daar zou ze zitten – met de geur van aardbeikevers aan haar vingers, terwijl ze *Panis Angelicus* zong, of *Agnus Dei*.

De volgende ochtend vroeg, voordat Herr Abramowitz naar zijn advocatenkantoor in Düsseldorf vertrok, vroeg Leo Montag of hij met zijn camera naar de kerkhofkapel wilde komen, en de dag daarop zette Frau Simon Trudi een nieuwe zwarte hoed op, met een elastieken band onder haar kin, terwijl Herr Blau peuterde aan de knopen van Trudi's zwarte mantel die hij gemaakt had van een jasje waar zijn zoon Stefan een kwarteeuw eerder uitgegroeid was.

Kransen en boeketten rozen en lelies bedekten de aarde rond de langwerpige kuil waarin men de kist liet zakken. Enkele oorlogsweduwen hadden hun gieters meegebracht om de bloemen vochtig te houden en te voorkomen dat ze verwelkten. Vijf nonnen uit het Theresienheim stonden er roerloos bij, met gebogen hoofd, terwijl hun vingers langs de kralen van hun rozenkransen gingen. Uit de esdoorns zweefden dubbelgevleugelde zaadjes met de kleur van botten traag naar beneden in de smoorhete lucht.

Toen de mensen van Burgdorf naar voren stapten – een voor een, de vrouwen met een hoed of een onder de kin vastgeknoopte zwarte hoofddoek, de mannen in zwart pak met hoed – om handenvol aarde in het graf te strooien, bleven ze almaar kijken naar Trudi, klaar om haar te troosten als ze huilde, en toen ze dat niet deed, waren ze verbluft, maar tegen haar zeiden ze dat ze een flinke kleine meid was. Ze wisten niet dat haar haarwortels pijn deden, en dat elke ademhaling haar borstkas benauwde.

Leo Montag stond er verstard bij, alsof hij bij het landschap hoorde. Naast hem stond een van zijn oorlogskameraden, rechter Spiecker. Hoewel de rechter net zo oud was als Leo, verspreidde zijn lichaam via zijn adem en zweet een oude geur die ergens diep vanbinnen kwam, hoewel hij zich fanatiek schoonhield.

Zwaluwen en duiven zaten op takken in bomen en heggen, en de viooltjeslucht van het parfum van Frau Simon verdrong de bloemengeur. Toen Herr Pastor Schüler zich vooroverboog en onder de omslag van zijn broek greep om zich te krabben, zag Trudi dat de huid van zijn benen strak en glimmend was, alsof alle haren weggekrabd waren. Vlokjes wit dreven onder zijn toog vandaan en kwamen neer op zijn zwarte glimmende schoenen.

Trudi vroeg zich af waar het graf met de hand was. Ergens in het katholieke deel van de begraafplaats, zo had ze van verschillende mensen gehoord, was het graf van een vrouw die haar ouders had geslagen toen ze een meisje was. Als straf en als waarschuwing voor andere kinderen – 'Hef nooit je hand op tegen je ouders' – was haar hand uit het graf gegroeid, zeventig jaar later, toen ze gestorven was. Hoewel Trudi dat graf nooit gevonden had, was ze ervan overtuigd dat het er was, de hand ingekruld tussen de struiken, als een knop, klaar om een klauw te vormen die je zou grijpen als je te dichtbij kwam.

Een plotselinge windvlaag lichtte de zoom van de rok van Frau Doktor Rosen op en ritselde door de boeketten en kransen, zodat ze – even maar – de kuil in dreigden te glijden. Eva Rosen en haar twee oudere broers stonden naast hun moeder, maar Herr Rosen was niet meegekomen. Hij was afkomstig uit een rijke, oude familie en verliet zelden zijn huis. Op dagen dat de zon scheen – zelfs in de winter – zag Trudi hem rusten op de canvas ligstoel op zijn veranda, een zachte man met een wijkende haargrens en een roze huid, zijn lichaam bedekt met een geruite plaid. Sommigen zeiden dat hij heel ziek was; anderen hielden vol dat hem niets mankeerde; toch vroeg iedereen zich af waarom Frau Doktor Rosen niet in staat was haar man te genezen.

Terwijl de pastoor wijwater in het graf sprenkelde, trok Trudi met één vinger aan het elastiek onder haar kin, en ze liet het terugspringen, telkens en telkens weer, tot ze alleen nog die scherpe pijn voelde.

'Doe jezelf geen pijn,' zei de preparateur, en hij omsloot Trudi's hand met zijn warme vingers.

Eenmaal weer thuis bedankte Frau Blau, als om het zwijgen van Leo Montag goed te maken, de rechter voor zijn komst. 'Wij zijn heel vereerd,' zei ze. Dat was haar manier om aan te geven dat de rechter uit een hogere klasse stamde dan de meeste gasten. Ze sneed stukken *Streuselkuchen* af voor Frau Doktor Rosen en haar kinderen, maar ze vermaande Trudi: 'Handen wassen voor het eten.' Toen ze op haar gestreken zakdoek spuugde om Trudi's gezicht schoon te maken, wrong het kind zich weg.

De tafels waren overdekt met zelfs nog meer heerlijkheden dan op de dag dat haar broertje begraven was, en Trudi pakte alles wat ze wilde: drie stengels sappige witte asperge, bloedworst, pruimengebak, een *Brötchen*, tomatensla en twee soorten haringsla – de ene was rood van bietjes.

Nieuwe gele vliegenvangers hingen kronkelig boven de tafels, met al heel wat vliegen eraan. Trudi telde er elf. Twee ervan waren nog met hun pootjes aan het wriemelen. Bij het begrafenismaal voor haar broertje was het te koud geweest voor vliegen.

Alle gasten wilden met haar praten of over haar haar strijken, en ze voelde zich belangrijker dan ooit tevoren. Ze kreeg zelfs een cadeautje – een wit lammetje met een echte vacht – van Alexander Sturm, de eigenaar van een speelgoedfabriek. Hij was pas veertien geweest toen zijn vader als soldaat was gesneuveld, en hij had het gymnasium verlaten om zijn vaders bedrijf te leiden voor zichzelf en zijn oudere zuster.

Emil Hesping liep door de kamers alsof hij oude rechten opeiste en schonk, als was hij de gastheer, voor iedereen moezelwijn in uit groene flessen die hij in een houten kist achter op zijn motorfiets had meegebracht.

De preparateur, Herr Heidenreich, hielp Herr Hansen twee *Schwarzwälder Kirschtorten* over te brengen uit diens bakkerij. Herr Heidenreich legde zijn sigaar tegen een bord en sneed de eerste taartpunt af voor Trudi. Op zijn hurken gezeten overhandigde hij haar het schoteltje. Zijn ogen waren bruin en vriendelijk. 'Je boft dat je zulk mooi haar hebt, Trudi,' zei hij.

'Zulk mooi haar,' herhaalde de bakker, en hij streelde Trudi's hoofd met de hand waaraan twee vingers ontbraken, door de oorlog.

Hoewel Trudi zich slecht voelde omdat ze al die aandacht wel leuk vond, genoot ze er toch ook van. Het was allemaal zo opwindend, zo nieuw, zo onbekend. En toch, als ze dacht aan die gesloten doodkist, dan voelde ze iets kouds door haar lichaam gaan. Zolang de kist open was geweest, was ze ervan overtuigd geweest dat haar moeder niet die vrouw was, maar toen het deksel eenmaal dicht was gegaan, was het moeilijker geworden die overtuiging staande te houden.

Ze liep langs Herr Immers, maar de slager zag haar niet eens omdat hij en Herr Braunmeier druk tegen elkaar stonden te klagen over iets wat het Vredesverdrag van Versailles heette – een *Schandvertrag*, noemden zij het. Vervolgens begonnen ze zich kwaad te maken over vluchtelingen die fatsoenlijke mensen het brood uit de mond stootten, bijvoorbeeld die familie Baum die uit Silezië was gevlucht en een fietsenwinkel in Burgdorf was begonnen.

'Die vluchtelingen hebben geen manieren, geen waarden.' Herr Braunmeier stak zijn sigaret aan. Hoewel hij de rijkste boer van het plaatsje was, gapte hij woorden wanneer hij naar de leesbibliotheek kwam. Hij kocht dan zijn tabak en bleef staan tussen de achterste planken, waar de Amerikaanse cowboyverhalen stonden, en zijn ogen gleden haastig over de bladzijden van nieuwe boeken, met zijn uitgeteerde lichaam in de richting van de uitgang gebogen alsof hij elk moment wilde vluchten, waarbij zijn schouderbladen uitstaken als gekortwiekte vleugeltjes.

'Ze denken dat ze zomaar hierheen kunnen verhuizen en dat wij die fietsen gaan kopen alsof het om karbonaadjes gaat,' zei Herr Immers.

Aangezien het stadje een eigen ingewikkeld klassenstelsel had – vastgelegde grenzen, gebaseerd op rijkdom, ontwikkeling, familiegeschiedenis en andere netelige overwegingen – sloten de inwoners zich aaneen tegen nieuwelingen. Hun vooroordeel werd echter vaak op de proef gesteld door hun nieuwsgierigheid, en velen hadden voor de etalage van de winkel gestaan toen de zwaargebouwde Herr Baum zijn vier fietsen uitstalde. Hoewel ze al glommen, bleef hij ze oppoetsen met een vettige lap. Achter de etalage, in de winkel zelf, stond zijn vrouw, tenger en zwijgend. Op elke heup droeg ze een kind. 'Een tweeling,' zei iemand onder de kijkers, hoewel de jongen groter was dan het meisje. Ze hadden allebei een snotneus en waren bijna van Trudi's leeftijd, veel te zwaar om nog door hun moeder gedragen te worden.

Trudi liep naar de gang waar de kapstok vol hing met zwarte zomermantels en jasjes. Ze kroop eronder, maar toen haar vingers tussen de lagen stof doordrongen, stootten ze op iets veel zwaarders – een mouw met een arm erin.

'Wat is dat nou?' De stem van een man.

Het ingehouden lachen van een vrouw en de geur van rozenparfum.

Trudi kwam achter de kapstok vandaan, waar de vrouw van de bakker en Herr Buttgereit elkaar stonden te zoenen. Ze gingen zo ijlings uiteen dat ze een grappig gevoel van macht kreeg, want ze was er zeker van dat ze iets gezien had wat niemand anders mocht weten.

Herr Buttgereit keek haar verwonderd aan. 'Je mag niet zo rondsluipen, kleine meid.'

'Maak haar niet overstuur,' zei Frau Hansen. 'We waren op zoek naar mijn bril, Trudi. Heb jij mijn bril gezien?'

Trudi schudde van nee en liep bij hen weg. Bij de keukendeur bleef ze staan. De vrouwen zaten te fluisteren over haar moeder: ze waren het onderling eens dat Gertrud Montag altijd een beetje te overdreven was geweest – niet alleen lachte en huilde ze te gemakkelijk, maar ze was ook te royaal geweest. Frau Simon gebruikte het woord 'houding' voor Trudi's moeder. Frau Simon was een uitbundige vrouw met prachtige enkels, en krullend rood haar dat ze hoog opstak. Als iemand iets van houding af wist, dan was het wel Frau Simon – per slot van rekening praatte ze er voortdurend over en maakte ze de elegantste hoeden van de hele streek. Alle vrouwen uit Oberkassel en Krefeld kwamen naar haar winkel, die gevestigd was op de eerste verdieping van het flatgebouw aan de Barbarossastrasse en die ze met haar zelfverdiende geld had gekocht. Men roddelde over haar omdat ze gescheiden was en argumenteerde als een man, maar men was het erover eens dat ze een aangeboren gevoel voor mode had en dat ze – hoewel iedereen wist dat joden je alles konden aanpraten – weigerde je een hoed te verkopen als hij je niet stond.

Trudi kon zien dat de vrouwen Frau Simon anders behandelden: ze waren afgunstig omdat ze zulke uitgesproken meningen had; ze probeerden haar een vleiend woord te ontlokken; maar ze hielden haar buiten hun kringetje. Zo deden ze ook tegen Frau Doktor Rosen, voor wie ze respect hadden en bij wie ze kwamen met de ziekten die de nonnen in het Theresienheim niet konden cureren, maar wie ze hun vriendschap onthielden.

'Gertrud Montag heeft altijd houding gehad,' zei Frau Simon.

Frau Buttgereit vroeg zich hardop af waarom Gertrud dan met Leo Montag had willen trouwen. Spataderen puilden door haar steunkousen heen, en ze had zo'n dikke buik dat ze hem met haar beide ineengeslagen handen steunde.

'Dat komt door zijn ogen.' Frau Blau zuchtte en nam een lange trek aan haar sigaret. 'Leo Montag kijkt je aan met die prachtige ogen van hem, en dan volg je hem, waar hij ook gaat.'

Frau Simon lachte. 'Op uw leeftijd?'

'Op elke leeftijd.'

'Leo is een heilige, zoals hij de afgelopen vijf jaar voor Gertrud heeft gezorgd,' verklaarde Frau Weiler. 'Een heilige, en laat niemand...'

'Ik weet een grapje over een heilige,' zei Trudi.

De gezichten van de vrouwen wendden zich geschrokken naar haar toe.

'Een grapje.' Frau Weiler leek zenuwachtig. 'Dit is niet echt de gelegenheid om grapjes te vertellen.' Haar zwarte hoofddoek zat nog geknoopt om het kroezende haar met een middenscheiding. Niemand in het stadje kon zich herinneren ooit haar hele hoofd gezien te hebben, want ze droeg altijd een hoofddoek die alleen de voorkant van haar haar vrijliet.

'Ik wil dat grapje graag horen, *Kindchen.*' Frau Abramowitz knielde neer naast Trudi en kuste haar voorhoofd. De kraag van haar zwarte jasje bestond uit vossen – kleine klauwen en koppen die elkaar in twee puntige vossensnuiten ontmoetten tussen haar borsten.

Trudi sloeg allebei haar armen om haar hals en trok de vrouw stevig naar zich toe. Het vossenbont kietelde haar kin. Ze zou Frau Abramowitz bij haar voornaam willen noemen – Ilse, zoveel mooier dan Abramowitz –, maar kinderen moesten grote mensen bij hun achternaam noemen en aanspreken met 'u'. Alleen kinderen werden door iedereen bij hun voornaam genoemd en met 'jij' aangesproken. Dat was een van de fijne dingen als je een kind was. Veel grote mensen noemden elkaar hun hele leven bij de achternaam, en als ze besloten over te stappen op voornamen, moesten ze eerst 'broederschap drinken' met bier of schnaps, om dat tutoyeren te vieren.

'Toe maar Trudi,' zei Frau Abramowitz. 'Vertel jij ons jouw grapje maar.'

'Het gaat over Sint Petrus.' Trudi probeerde zich de juiste volgorde te herinneren van de grap die ze Emil Hesping had horen vertellen aan haar vader, de vorige maand, toen hij naar de leesbibliotheek was gekomen met het nieuws dat hij promotie had gekregen: hij ging een tweede gymnastiekclub leiden in Düsseldorf. Die was groter dan die in Burgdorf en was van dezelfde eigenaar die al met Emil had overlegd over het openen van andere clubs in verre oorden als Keulen en Hamburg.

'Het begint met de Maagd Maria,' zei Trudi. 'Ze wil voor drie weken naar de aarde. Sint Petrus laat haar beloven dat ze elke week zal schrijven... De eerste week schrijft ze dat ze drie kerken en twee musea heeft gezien. Ze ondertekent haar brief met "Maagd Maria"...'

Frau Doktor Rosen, die net de keuken binnenkwam, trok een elegante wenkbrauw op. Eva hield zich vast aan de ceintuur van haar moeder, met donkere, waakzame ogen. Trudi had haar al vaak gezien – ze leek op haar moeder, met die lange polsen en zwarte krullen – maar ze had nooit met haar gepraat of zo dicht bij haar in de buurt gestaan. Als ze nu een wens mocht doen, dan zou ze lang willen zijn, net als Eva.

Trudi keek Eva recht aan. 'In de tweede brief,' vertelde ze haar, 'staat: "Beste Sint Petrus, ik heb een treinreis gemaakt en ben met een veerboot overgestoken." Ze tekent de brief opnieuw met "Maagd Maria". Maar de derde brief...' Ze zweeg even, en hoopte dat ze de grap goed zou vertellen, zodat Eva zou lachen, net zoals haar vader en Emil Hesping hadden gelachen. Daaraan had ze gehoord dat het een goede grap was, al had ze zelf niet begrepen wat er zo leuk aan was.

'In de derde brief staat: "Beste Petrus, ik ben naar een herberg geweest en heb met een matroos gedanst." En die brief is getekend met "Maria".' Ze wachtte op het lachen, maar het enige geluid was een abrupt kuchje van Frau Weiler. Het was stil in de keuken. Te stil. Had ze een onderdeel van de grap vergeten? Nee – er was iets mis. Ze had iets stouts gedaan. Het was warm in huis, warm, en blauw van tabaksrook, al stonden de ramen open.

Frau Immers joeg een vlieg weg van de vruchtencompote. 'Ik kan beter even kijken hoe het met de aardappelsla staat.'

'Ik help u even,' bood Frau Blau aan.

'Herr Hesping...' zei een van de vrouwen.

Ze keken allemaal naar de deur waar Emil Hesping stond, in een nieuw pak, zo nieuw dat het nooit eerder gedragen was. De vouwen in de broek waren messcherp, en zijn paarlen manchetknopen glansden. Hij leek op een bruidegom op zijn eigen bruiloft – alleen wist iedereen dat hij het type man was dat grappen maakte over anderen die trouwden en zondigde tegen het zesde gebod, al was zijn broer dan bisschop.

Hij tilde Trudi op. Hoewel zijn lippen glimlachten, kon ze zien dat hij gehuild had omdat zijn ogen rood waren. 'Ik ga je een grapje vertellen dat door kleine meisjes verteld mag worden. Luister jij ook maar, Eva.' Hij pakte Eva bij de hand. 'Moet je horen, er is een onderwijzer die een hond heeft, Schatzi, en hij wil niet dat ze op de sofa slaapt, maar elke dag als hij naar school vertrekt, springt Schatzi op de sofa, en daar slaapt ze de hele dag. Als de onderwijzer thuiskomt, ligt ze op de vloer, maar hij weet wat ze gedaan heeft. Hoe kan dat?'

De meeste vrouwen hadden het druk met het opsteken van sigaretten, of ze schoven pannen heen en weer op het gladde oppervlak van het fornuis; alleen bewogen ze zich langzaam en geruisloos, om maar geen woord te missen. 'Ik weet het niet.' Eva Rosen keek Trudi aan en trok een gezicht door haar neus op te trekken. Toen Trudi glimlachte en ook haar neus optrok, moest Eva lachen.

'Aha, maar de onderwijzer wél,' zei Emil Hesping, 'omdat de sofa nog warm is. Dus geeft hij Schatzi een standje – onderwijzers zijn heel goed in standjes, dat ontdekken jullie wel als jullie naar school gaan. De volgende dag is de sofa opnieuw warm wanneer hij thuiskomt. Hij geeft de hond slaag, en als hij de volgende avond thuiskomt, is de sofa niet warm als hij eraan voelt. Hij denkt dat hij Schatzi eindelijk haar lesje heeft geleerd. Maar op een dag komt hij een paar minuten eerder dan gewoonlijk thuis, en raad eens wat hij ziet? Daar is Schatzi, staande op de sofa...' Hij neep zijn lippen samen en blies telkens even, zodat Trudi's kin kriebelde. 'Daar staat Schatzi te blazen op de sofa om hem af te koelen.'

Een paar van de vrouwen lachten beleefdheidshalve. Trudi vond het een flauwe grap. Ze kon zien dat Emil Hesping hem ook flauw vond, want hij knipoogde naar haar. Het was hun geheim dat hij de grap over de Maagd Maria veel leuker vond. Maar hij knipoogde ook naar Frau Simon, en er gebeurde iets eigenaardigs: de nek van Frau Simon werd langer en haar gezicht werd net zo rood als haar haar.

Toen Eva wegliep, ging Trudi haar achterna. Ze dwaalden door de kamers waar rook in nevelige lagen onder het plafond hing. De mensen hielden op met praten als de meisjes in de buurt kwamen; ze staarden Trudi aan, zeiden opnieuw tegen haar dat ze zo flink was. Haar vader leunde tegen de zijkant van de piano, zijn gezicht was roerloos, zijn ogen leeg. Trudi herinnerde zich wat Frau Blau over zijn ogen had gezegd – prachtig – maar ze waren heel gewoon, grijs met blauwe vlekjes, en ze zagen haar niet, zelfs niet toen ze op de pianokruk klom. Toen ze de eerste pianotoets aanraakte, klonk die luider dan ooit tevoren.

Herr Hesping liep naar haar vader toe met twee kleine glaasjes en een fles schnaps. Hij vulde beide glaasjes, gaf er een aan haar vader en klonk met zijn glas tegen dat van haar vader. Ze knikten elkaar toe, met grimmige gezichten, en goten – precies tegelijk – de heldere vloeistof door hun keel.

Trudi's vader huiverde alsof hij ontwaakte uit een lange droom.

'Rustig aan,' zei Emil Hesping, en greep hem bij zijn schouder. 'Rustig maar.'

Ze stonden daar in een halve omhelzing, als dansers, wachtend, met slanke gymnastische lijven die door de rouwkleding verhuld werden, tot Leo Montag zijn glaasje weer uitstak.

Trudi sloeg alle hogere zwarte toetsen aan, en toen de witte. Alexander Sturm kwam naast Eva staan en boog zich naar haar toe toen ze iets tegen hem zei. Ze zeiden dat Alexander, toen hij zijn vaders speelgoedfabriek had overgenomen, van de ene dag op de andere was veranderd van een jongen in een man: zijn stem was diep geworden, en zijn snor was gegroeid, wat enige afgunst had gewekt onder andere jongens bij wie de schaarse snorharen meer op een toevallige vuile veeg leken.

Trudi spreidde haar armen zo wijd mogelijk en trok haar wijsvingers van de beide uiteinden van het toetsenbord naar het midden, en overstemde de stemmen om haar heen met een opwekkend crescendo waardoor ze alles vergat, totdat Frau Abramowitz haar van de houten kruk tilde en meenam naar haar huis aan de overkant van de straat. 'Het is belangrijk dat je nooit je waardigheid verliest,' zei Frau Abramowitz tegen haar.

Zo hoog in de lucht slaagde Trudi erin haar hand te laten glijden over het smalle kokertje aan de rechter deurpost van de voordeur van de familie Abramowitz, precies zoals ze Herr Abramowitz had zien doen. In het hout van de koker waren heel kleine bloemen en symbolen te zien. Van haar vader had ze geleerd dat zo'n kokertje een *mezoeza* heette, en dat daarin een rolletje papier zat met een gebed, dat het *sjema* heette. 'Dat betekent dat God het huis beschermt,' had hij gezegd.

Frau Abramowitz deed de vanboven afgeronde voordeur open en zette Trudi neer op het Perzische tapijt dat de parketvloer in de hal bedekte. De luiken van de zitkamer stonden open, maar de damasten gordijnen waren te zwaar om in de bries te bewegen. Trudi kon de leeuwenbekjes en paarse geraniums in de bloembakken zien. Frau Abramowitz had zelfs een moestuin, al kon ze gemakkelijk alles betalen wat ze wilde, en ze gaf altijd rodekool of koolrabi weg aan de buren.

Ook had ze een piano, een kleine witte vleugel. Het deksel was gesloten, en erop stonden twee zilveren kandelaars en rijen kleine zilveren lijstjes met foto's van haar kinderen op verschillende leeftijden. Op het pianobankje lag een doktersroman, het laatste boek dat Frau Abramowitz uit de leesbibliotheek had geleend op grond van de ruilovereenkomst voor haar Venetiaanse spiegel. Uit de afgesloten vitrinekast haalde ze een album met haar mans foto's van olifanten en paleizen. Trudi mocht de bladzijden omslaan, en terwijl Frau Abramowitz haar vertelde over al die exotische reizen, werd haar stem zo zacht dat Trudi moest ophouden met slikken om haar te kunnen verstaan.

Toen Trudi slaperig werd, legde Frau Abramowitz een omslagdoek over haar heen, en ze wiegde haar in haar armen. Ze voelde zich veel meer verbonden met dit meisje met dat korte, dikke lijfje dan met de kinderen die uit haar eigen schoot waren geboren. Ruth en Albert waren intelligent en zelfstandig en bereid over van alles in debat te gaan–'Zo leren we denken, door vragen te stellen,' had hun vader tegen hen gezegd–, en ze waren al spoedig gegeneerd gaan reageren op hun moeders liefdesbetuigingen. Hoewel haar lichaam er nog steeds naar snakte hen te omhelzen, hadden zij vergeten hoe heerlijk ze het hadden gevonden haar armen om zich heen te voelen toen ze nog klein waren. Ze hadden liever naar kostschool gewild, in Bonn en Keulen, en als ze op bezoek kwamen, voelden ze zich meer op hun gemak met hun vader, die het druk had met zijn advocatenkantoor en zijn radicale politiek. Hij beschouwde zichzelf als communist en had zich aangesloten bij de Onafhankelijke Sociaal-Democraten. Wanneer hij zijn kinderen stil liet zitten voor alweer een familieportret om hun ontwikkeling vast te leggen, maakten ze daar minder bezwaar tegen dan tegen hun moeders zoenen, omdat ze zich op hun gemak voelden met zijn afstandelijke aanwezigheid achter de camera.

Door halfgesloten ogen keek Trudi naar het vroege middaglicht dat viel over de rozen in de kristallen vaas en over het pijpenrekje van Herr Abramowitz; het honingkleurige hout waarmee de onderste helft van de wanden was betimmerd, glansde in dat licht, en het onthulde de heel kleine rimpels in het dierbare gezicht boven haar; het voerde de schrille kreet van een haan mee, evenals de stemmen van de vertrekkende gasten aan de overkant.

Frau Abramowitz bleef Trudi in haar armen houden, lang nadat ze in slaap was gevallen. Ze nam zich voor Trudi goede manieren te leren nu het meisje geen moeder meer had. Er was daar niet eens een grootmoeder in huis. Het was veel te veel voor een man alleen. Niet dat Leo Montag niet een buitengewoon tedere vader zou zijn... Of echtgenoot, dacht ze. Of echtgenoot. En haar gezicht werd warm.

In de week na de begrafenis viel Trudi's vierde verjaardag, en haar vader nam haar in de tram mee naar Oberkassel, waar een vuurwerk naast de Rijnbrug naar Düsseldorf zowel hemel als rivier in alle mogelijke kleuren dompelde. Muziek van trompetten en trommels weerklonk snel en luid. Als duizenden anderen spreidde Trudi's vader een deken uit in het gras. Toen de lucht afkoelde, trok hij zijn wollen vest uit en trok dat over Trudi's hoofd, zodat het van haar schouders afhing, langer dan haar jurk, en haar omhulde met de heerlijke geur van tabak en boeken toen hij haar optilde naar de hemel, naar die rode en groene en gele fonteinen van sterren die omhoogschoten en heel in de hoogte uiteenspatten – als door een wonder zonder op haar neer te komen – en hoewel haar vader haar had verteld dat het vuurwerk was georganiseerd ter gelegenheid van de opening van het Opernhaus, was Trudi ervan overtuigd dat al die mensen daar waren voor haar verjaardag, en langzaam kwam een zekere treurigheid over haar, omdat niet één verjaardag ooit nog zou kunnen zijn als deze.

De volgende dag overdekte haar vader de wanden van zijn slaapkamer met de foto's van de vreemde vrouw in de doodkist. Iemand had de lange stengel van een lelie onder de gekruiste polsen van de bruid gelegd, en de witte bloem lag tegen de ronding van haar kin. De vlammen van de drie kaarsen waren melkwit – nog witter dan het gezicht van de bruid. Trudi begon te bidden om haar moeders terugkeer. Ze hoefde er niet een apart gebed voor te zeggen, want het had alles te maken met de omvang van haar eigen lichaam. Zodra dat eenmaal langer was geworden, zou haar moeder weer beter zijn. Ze bleef alleen tot die tijd weg – opdat niemand haar meer zou opsluiten in Grafenberg. Op een dag, dat wist Trudi zeker, zou ze haar moeders vertrouwde voetstappen in de naaikamer horen. Ze zou de trap oprennen. De deur zou openzwaaien en haar moeder zou bij het raam staan. Ze zou zich omdraaien en naar haar kijken. 'Maar Trudi... wat ben je lang geworden,' zou ze zeggen.

Maar vóór die tijd moest Trudi elke nieuwe dag zien door te komen zonder haar moeder, en ze moest zich verzetten tegen de macht der gewoonte, waardoor ze de trap op wilde rennen zodra ze wakker werd. Dat ze haar moeder niet kon bereiken vervulde haar van een bodemloze paniek die niet door gebeden gesust kon worden, een paniek die maakte dat ze in haar moeders kast kroop, enkel en alleen om dat verlangende gevoel te laten ophouden. Terwijl ze daar roerloos tussen de hangers stond, voelde ze de zijdezachte stoffen van de japonnen tegen haar gezicht, ze rook de frisse geur van de uiterwaarden van de Rijn in de vroege zomer, en voelde opeens de blije zekerheid dat haar moeder spoedig terug zou komen. Als ze uit de kast kwam, glimlachte ze naar de foto's van de dode bruid, de enige die deelde in het geheim dat haar moeder nog leefde.

'Maar Trudi... wat ben je lang geworden.'

Er moest een of andere pil zijn om mensen sneller te laten groeien. Frau Doktor Rosen zou dat weten. Op een ochtend glipte Trudi het huis uit terwijl haar vader bezig was met een klant, ze stak de Schreberstrasse over en liep over het kerkplein naar het natuurstenen huis van de dokter. Anders dan de meeste gebouwen in Burgdorf stond dat huis – dat vijfhonderd jaar voordien een klooster was geweest – niet dicht bij andere huizen; het was omgeven door een beschutte tuin en een lage bakstenen muur met een smeedijzeren hek. Op de veranda eenhoog lag de man van de dokter te rusten in zijn canvas stoel, met zijn ronde gezicht naar de hemel gekeerd. Oranje bloemen met de vorm van lampions groeiden naast het trapje naar de voordeur.

Die deur zat op slot, maar toen Trudi op de dieper gelegen belknop drukte en almaar bleef kloppen, deed Frau Doktor Rosen open.

'Ik wil een pil om te groeien.'

De hand van de dokter ging naar de fraaie zilveren broche aan de kraag van haar witte jas. 'Aha. Weet je vader dat je hier bent?'

Trudi schudde haar hoofd.

'Wil je niet binnenkomen?'

Trudi volgde de dokter door de woonkamer naar haar lange spreekkamer die uitkeek op de achterkant van de tuin, waar de goudvissenvijver en het kippenhok waren. Planken met papieren en flessen met troebele inhoud bedekten de wanden tot aan het hoge plafond.

'Kom hier maar zitten.' De dokter wees op een leren stoel en liep rond haar bureau, waar ze zelf ook ging zitten en een sigaret rolde; haar elegante vingers waren zo onhandig met de tabak en het dunne vloeitje dat Trudi het veel sneller had gekund. Dat had ze geleerd door naar haar vader te kijken. Soms liet hij haar een hele doos sigaretten rollen, voor klanten die hun tabak het liefst direct rookklaar kochten.

'Weet je,' zei de dokter, 'er is geen pil om te groeien...'

Acht potloden lagen op haar bureau, en Trudi bleef die potloden almaar tellen, telkens en telkens weer, terwijl de zachte stem van de dokter vertelde over mensen die *Zwerge* waren, en zei dat Trudi er ook een was. Trudi bleef in haar hoofd tellen – *eins, zwei, drie, vier, fünf, sechs, sieben, acht. Eins, zwei, drei* – Ze lachte en schudde haar hoofd. Dwergen hoorden thuis in sprookjes, net als draken en elfjes en betoverde wouden. Ze kende het verhaal van Sneeuwwitje. Ze had zelfs een puzzel van de zeven *Zwerge* die Sneeuwwitje hadden gered van de boze heks – *eins, zwei, drei, vier, fünf, sechs, sieben.* Zeven dwergen. Maar acht potloden. *Eins, zwei, drei, vier* – Ze wist dat ze er anders uitzag dan de dwergen van Sneeuwwitje. *Zwerge* waren mannen, kleine, dikke mannetjes met dikke buiken en malle puntmutsen als eierwarmers.

'Er is geen meisjes-*Zwerg* in *Sneeuwwitje en de zeven dwergen*,' zei ze tegen Frau Doktor Rosen.

De dokter stak haar sigaret aan en zei dat dat volkomen waar was. Ze keek zo treurig dat Trudi zin kreeg haar gerust te stellen, te zeggen dat wat het ook was dat binnen in haar was opgehouden met groeien, alleen maar aan het uitrusten was en binnenkort weer zou beginnen, dat het alleen een kwestie was van uitzoeken waardoor de groei weer op gang zou komen. Maar ze wist niet hoe ze die dingen hardop moest zeggen tegen Frau Doktor omdat in haar hoofd de aantallen potloden en de aantallen *Zwerge* almaar met elkaar verward raakten, en ze wist: als ze ook maar iets zou zeggen, dan zou het niet meer dan een wirwar van cijfers zijn.

Hoofdstuk drie [1919-1920]

Ze besloot zichzelf langer te maken door aan haar benen te gaan hangen aan de ijzeren kloplat in de achtertuin, waar Frau Blau elke vrijdag het stof uit haar kleedjes klopte; maar als ze ondersteboven hing werd haar hoofd zo warm en zwaar dat ze ermee moest ophouden. In plaats daarvan sleepte ze de keukentafel naar de deuropening van de woonkamer, ze klom erop en ging met haar vingers aan het kozijn hangen, tot haar armen en schouders pijn deden. Langzaam maar zeker hield ze het langer vol. Soms waren er nachten dat ze droomde dat ze groeide, en in die dromen voelde ze een heftige vreugde, die echter meteen weer wegtrok wanneer ze wakker werd in haar onveranderde lijf.

Op een middag, toen ze aan het deurkozijn hing, kwam haar vader uit de leesbibliotheek naar de keuken om een kopje Russische thee te zetten. Hij zag haar pas nadat hij een beetje van de sterke thee die hij elke ochtend zette, had ingeschonken en daar voldoende heet water bij had geschonken. Met het kopje in zijn handen draaide hij zich om.

Toen zag hij haar. 'Wat dóé je?' Hij zette zijn kopje op de vloer.

'Ik ben aan het groeien.'

De plotselinge uitdrukking van pijn – net als wanneer zijn knie onder het lopen scheeftrok – verscheen rond zijn mond. 'Dat hoef je niet te doen.' Zijn stem klonk hees, en ze wist opeens dat Frau Doktor hem verteld had dat ze op bezoek was geweest.

'Ik hou op als ik lang ben.'

'Niet iedereen hoeft lang te zijn.'

'Ik wel.'

Hij deed zijn mond open alsof hij haar wilde bevelen naar de vloer terug te komen, maar in plaats daarvan bleef hij staan kijken, over zijn kin strijkend. 'Wees voorzichtig, Trudi.'

Ze voelde aan dat zijn waarschuwing niets te maken had met de waarschuwingen die bedoelen je voor verwondingen te behoeden, maar dat hier naar een veel dieper gevaar werd verwezen. 'Ik val heus niet. Kijk maar.' Ze zwaaide met haar benen. 'Zie je wat ik kan?'

Hij greep haar bij haar middel, tilde haar naar beneden.

'Nee.' Ze worstelde zich uit zijn armen en stampte met haar ene voet op de vloer. 'Nee.'

'Kom,' zei hij. 'Ik heb je hulp nodig, buiten.' Hij vroeg of zij zijn theekopje naar de achtertuin wilde brengen, waar hij de droge aarde aan het harken was. Terwijl zijn lange armen de hark naar zijn lichaam trokken, deed hij telkens een stap achteruit in de richting van het grasveld dat helemaal tot aan de beek reikte. Zijn haar was de dag daarvoor geknipt bij de kapper, en de stijve blonde krulletjes lagen plat op zijn schedel als de vacht van Trudi's speelgoedlammetje.

'Het gaat me er niet om dat je kunt vallen,' zei hij. 'Dat overkomt ons allemaal wel eens.'

Haar ogen volgden de bamboe tanden van de hark die brokjes rommel grepen en smalle, gelijkmatige strepen achterlieten in de aarde.

'Je bent volmaakt zoals je bent,' zei hij, als om zichzelf te overtuigen.

Ze slikte, moeilijk, en klemde haar vingers om haar vaders theekopje. Hij had nooit eerder tegen haar gelogen.

Sinds die dag zorgde ze ervoor te gaan hangen aan het deurkozijn van haar slaapkamer boven, en naar beneden te komen zodra ze haar vaders voetstappen hoorde. Haar armen begonnen al sterker te worden, en ze was er trots op dat ze zwaardere stapels boeken kon dragen, van de toonbank naar de planken, wanneer ze haar vader hielp ze weer op hun plaats te zetten. Algauw zouden haar benen sterk genoeg zijn om haar eigen fiets voort te trappen als ze met haar vader naar het kerkhof ging, of naar de rivier, in plaats van tussen zijn uitgestrekte armen te zitten op het leren zadel – net als het zijne, alleen kleiner – dat hij voor op zijn fiets had geschroefd.

Ze hielp hem graag met afdrogen nadat hij de vaat had gedaan in twee metalen teiltjes: het ene gevuld met heet water dat hij op het keukenfornuis had verwarmd, en het andere met koud water om de zeep af te spoelen. Daarna nam hij haar vaak op schoot, en dan las hij haar voor uit de speciale boeken die hij niet aan klanten uitleende, boeken van Stefan Zweig en Heinrich Mann en Arthur Schnitzler, die hij in de woonkamer bewaarde op planken achter glazen deurtjes. Al begreep Trudi niet veel van wat haar vader haar voorlas – ze luisterde aandachtig en sloeg de bladzijden voor hem om.

Een paar van die boeken hadden een leren band en voelden kostbaar aan. Trudi vond het akelig als haar vader die boeken meenam naar de badkamer. Hij bleef daar altijd te lang, rokend en lezend, en als zij naar de wc moest nadat hij uit het bad was, hield ze haar plas op, want de lucht daarbinnen zou nevelig zijn van de stank van sigaretten en poep.

Elke avond probeerde ze zo lang op te blijven als haar vader goedvond; ze haalde hem over nog een verhaaltje voor te lezen nadat hij gezegd had dat het bedtijd was, of ze klom op zijn knieën om het kammetje uit de borstzak van zijn overhemd te halen en het in zijn handen te drukken, om haar haar te kammen. Ze was bang voor de lege naaikamer op de verdieping boven haar slaapkamer, want die werd elke nacht groter, en die leegte dreigde het hele huis op te slokken. Alleen haar moeders aanwezigheid had kunnen voorkomen dat die leegte zich uitbreidde. Zelfs als oude vrouw zou Trudi nog achtervolgd worden door beelden van zichzelf als klein meisje, dat terugkeerde naar die deur waarachter haar moeder altijd opgesloten was geweest, en geen antwoord kreeg als ze aanklopte. Ze zag dan hoe haar vader haar wegtrok, heel zachtjes, en haar probeerde te troosten met argumenten waarin hij zelf niet leek te geloven: 'Je moeder heeft een vrediger plek gevonden.' En dan zag ze zichzelf, hoe ze de spiegel van Frau Abramowitz van het haakje in de naaikamer haalde en hem naar de woonkamer bracht, op de dag dat ze definitief zou begrijpen dat ze haar moeder nooit meer zou zien.

Maar op haar vierde jaar was Trudi nog niet tot dat inzicht gekomen – zelfs niet toen haar vader en Herr Hesping, die bijna elke dag langskwam voor tabak op weg naar de gymnastiekclub in Düsseldorf, de fluwelen sofa de twee trappen af sjouwden en bij het achterraam van de woonkamer neerzetten; zelfs niet toen Frau Blau haar vader hielp met het leeghalen van haar moeders kleerkast en alles aan de kerk gaf, voor de armen, afgezien van twee zijden sjaals en een paar suède handschoenen die Trudi onder haar rok had kunnen verbergen; en zelfs niet toen ze, na de mis, een houten kruis op haar moeders graf vond dat sinds de vorige zondag uit de welige aarde leek te zijn gegroeid.

Haar vader keek naar het kruis, met ogen als de bodem van de beek die achter hun huis liep. Het kruis had een afdakje boven Christus' doornenkroon, en onder zijn voeten waren twee paneeltjes met opgewerkte letters: op het ene stonden haar moeders naam en twee data – haar geboortejaar, 1885, en het jaar van haar begrafenis, 1919 – en het andere was voor haar broertje, met zijn dood op dezelfde datum als zijn geboorte. Haar broertje heette Horst, en voordat Trudi het kruis zag, had ze niet eens geweten dat haar ouders hem een naam hadden gegeven.

Ze hoopte dat haar vader erin geslaagd was haar broertje te dopen voordat hij was gestorven. Zo niet, dan was haar broertje een heidenkindje. Naast het wijwaterbakje in de kerk stond een collectebus waar je geld in kon doen voor heidenkindjes. Op de voorkant van de bus was een afbeelding geschilderd van Jezus met kinderen op zijn schoot. Trudi maakte zich zorgen over de manier waarop geld die baby's kon bereiken als ze al in het voorgeborchte verbleven.

Heidenkindjes, zo wist ze, konden in je eigen woonplaats wonen of in Afrika of in China. Zolang ze niet gedoopt waren, zei de pastoor, waren het heidenkindjes. Protestantse kindjes waren heidenkindjes, al was hun huid blank. Joodse kindjes waren net als protestantse kindjes, alleen zeiden joden hun gebeden in een synagoge en geloofden ze niet in Jezus. Protestanten geloofden wel in Jezus, maar ze geloofden de verkeerde dingen. Het was of ze sinds de begrafenis van haar broertje aldoor had gehoord van andere baby's die gestorven waren. Bijna elk gezin had wel een dode baby. De Buttgereits hadden drie dode baby's. Die waren nu in de hemel bij het kindje Jezus.

Alleen katholieken konden naar de hemel gaan, had Frau Buttgereit Trudi verteld. Maar niet als ze gezondigd hadden. Door zonden kwam je in het vagevuur, halverwege tussen hemel en hel. De hemel was waar engelen in witte gewaden rondzweefden rond het kindje Jezus, en de hel was waar Lucifer heidenen martelde, en katholieken die gestorven waren voordat ze hun doodzonden hadden gebiecht. Lucifer was vroeger een engel geweest, voordat hij uit de hemel was gevallen en in de duivel veranderde. Het vagevuur was wel warm, maar niet zo heet als de hel. Je moest in het vagevuur blijven tot je je zonden verzoend had of tot mensen op aarde – katholieke mensen, natuurlijk – genoeg voor je ziel hadden gebeden, zodat je uit het vagevuur werd vrijgelaten. Zoals Frau Weiler, die elke avond acht weesgegroetjes bad om haar moeder uit het vagevuur te halen. Over twaalf jaar zou haar moeder, die heel oud was geworden, oprijzen naar de hemel. Haar stiefvader, zei Frau Weiler, zat al in de hel – er was geen reden om goede gebeden aan hem te verspillen.

Twee maanden na de begrafenis van Gertrud Montag kwam Leo's zuster, Helene, over uit Amerika met haar zoon Robert, die van Trudi's leeftijd was. Ze waren met een stoomboot van New York naar Bremen gevaren, en op de middag dat ze per trein in Burgdorf aankwamen, regende het zo hard dat ze er – met hun drijfnatte kleren en haren – precies zo uitzagen als Trudi zich had voorgesteld van reizigers die enorme watervlakten waren overgestoken.

Hoewel Robert veel langer en zwaarder was dan zij, leek hij zoveel op haar dat ze hem – binnen een paar minuten na zijn komst – meesleurde naar haar moeders spiegel en hem op zijn hurken liet zitten, zodat zijn schouders even hoog waren als de hare. Somber staarden beide kinderen naar hun spiegelbeeld: de zware kin en het hoge voorhoofd van de Montags, het zilverblonde haar – hoewel het zijne aan zijn slapen plakte – en even geloofde Trudi echt dat ze van dezelfde lengte waren. Maar toen ging Robert weer rechtop staan, en verschenen de knopen van zijn jasje in de spiegel.

Trudi deed een stap achteruit. 'Ik ga vooral komende winter groeien,' deelde ze mee, en toen Robert knikte, alsof dat hem totaal niet verbaasde, voegde ze daaraan toe: 'Het hoort in de week na Kerstmis te beginnen.'

Robert had cadeautjes voor haar meegebracht uit Amerika: een rode houten vis op wielen, een zilveren eierdopje, porseleinen bordjes voor haar poppen. Hij sprak even vlot Engels als Duits en leerde haar tot tien tellen in het Engels, terwijl zij hem de woorden van haar lievelingsliedje leerde, 'Alle Vögel sind schon da...'. Hij kon gemakkelijk een melodietje vinden op de piano, en zij keek gefascineerd toe hoe zijn ronde vingers over de zwarte en witte toetsen dansten, en noten tot melodieën vormden. In Amerika, zo vertelde hij, had hij een pianolerares die elke dinsdag en vrijdag naar hun flat kwam.

'Ik wil ook pianoles,' zei Trudi tegen haar vader.

'Misschien later, als ik het kan betalen.'

Robert was attent en inschikkelijk, maar Trudi was doortastend en werd algauw de baas. Hij volgde haar overal – onder het huis, waar ze aardbeikevers vingen en speelden met de kisten waarin de boeken werden geleverd; naar het kermisterrein en naar de bakker; naar de winkel van de preparateur, waar Herr Heidenreich zo blij was hen te zien dat hij hun elk een glazen oog cadeau deed en hen de glanzende vacht liet strelen van de cockerspaniël die hij aan het opzetten was; naar het postkantoor waar ze in de rij voor het loket wachtten om postzegels te kopen voor de brieven die Roberts moeder naar Amerika stuurde.

Helene Blau, inmiddels veertig, bloosde nog steeds gemakkelijk en liep met de onhandige bewegingen van het jonge meisje dat te snel gegroeid was en nooit helemaal gewend was aan haar lengte, of aan de breedte van haar schouders; toch leek ze juist door die onhandigheid nu jonger dan andere vrouwen van haar leeftijd. Ze was nog even intelligent en nieuwsgierig als toen ze een meisje was, en omdat haar broer Leo een van de weinige mensen was voor wie ze niet verlegen was, zat ze samen met hem in de bibliotheek of in de bruine woonkamer–die zelfs overdag een donkere indruk maakte–en praatten ze urenlang over hun kinderen en over de wegen in hun leven die ze alleen moesten afleggen.

Leo was in staat haar de vraag te stellen die hem voortdurend gekweld had sinds de dood van zijn vrouw–of Gertrud zich gelukkiger gevoeld zou hebben als ze in de grote stad had gewoond, waar ze geboren was.

'Dat zou ze je wel verteld hebben,' zei Helene.

'Misschien had ik haar gewoon mee terug naar de stad moeten nemen.'

'Je bent goed voor haar geweest.'

'Geloof je dat?'

Zijn zuster knikte. 'Gertrud was... ongewoon.' Ze zag zijn schouders verstrakken en sprak zacht verder. 'Dat vond ik juist zo aantrekkelijk in haar–zelfs toen jullie allebei nog kinderen waren.'

Ze haalde hem over de foto's van zijn dode vrouw van de muur te halen, en zolang zij op bezoek was borg hij ze op tussen de bladzijden van een boek over wilde bloemen dat hij bij zijn bed had liggen. Toen ze een wasvrouw voor hem vond die één dag per week naar het huis kwam en de was uitkookte in de kelder, keken Trudi en Robert toe hoe de vrouw een vuur ontstak onder de enorme ketel, die op bakstenen stond, en met een houten stok in het sop roerde.

Helene drong er bij Leo op aan dat hij weer lid werd van de schaakclub waar hij sinds zijn jongenstijd bij was geweest, maar die hij verlaten had toen Gertrud ziek was geworden. Op de tweede maandagavond van haar bezoek trok hij zijn beste pak aan en ging naar het huis van de Stosicks, waar sinds vier generaties de schakers van Burgdorf bijeen waren gekomen en honderden schaakboeken hadden verzameld, over alle grote partijen uit de geschiedenis. Hoewel Leo nog steeds een van de beste spelers in het stadje was, was schaken voor hem niet zo opwindend als vroeger de gymnastiek: bij schaken had hij zichzelf als tegenstander, en niet een ander.

De mannen haalden de schaakborden en -stukken uit de berkenhouten kast, gingen aan de lange tafels zitten en speelden, waarbij de stilte alleen werd onderbroken door het indrukken van schaakklokken en de kortaffe waarschuwing 'Schach'. De witte tafellakens bewogen, door het ritme van rusteloze knieën. Geleidelijk, naarmate het warmer werd, trokken ze hun jasjes uit en zaten ze daar in hun hemdsmouwen.

Trudi was dolgelukkig dat er nog een kind in huis was, en ze kwam 's ochtends meteen uit haar bed. Ze liet Robert zien hoe je de zakdoeken moest vouwen die dienden als luiers voor het witte speelgoedlammetje dat Alexander Sturm haar had gegeven, en ze voedden het beurtelings door zijn wollige neus tegen hun tepels te drukken. In de achtertuin, bij de beek, balanceerden ze op een plank boven het water. Ze plukten de laatste madeliefjes van die zomer en brachten ze naar het kerkhof, waar ze ze in de puntige vaas zetten op het familiegraf van de Montags. Toen ze gingen zoeken naar het graf waaruit de hand van die vrouw stak, konden ze dat niet vinden, en Trudi nam Robert in plaats daarvan mee naar het andere graf dat haar intrigeerde, dat van Herr Höffenauer, die aan het graf van zijn moeder door de bliksem getroffen was.

Dat was lang voor Trudi's geboorte gebeurd, en ze vertelde Robert het verhaal dat ze had gehoord – met een paar verfraaiingen die ze onder het vertellen verzon. Die Herr Höffenauer, een onderwijzer, had bij zijn verweduwde moeder gewoond, lang nadat andere mannen hun moeders huis verlaten om een eigen gezin te stichten. Hij had voor zijn moeder gezorgd tot hij zo oud was dat hij kleinkinderen had kunnen hebben, en toen ze dood was, bezocht hij haar graf elke dag na schooltijd – en dan stond hij precies op de plaats waar Robert en zij nu stonden – totdat hij, op een benauwde dag, was geveld door de bliksem terwijl hij wat mos van zijn moeders grafsteen verwijderde.

Ze nam Robert mee voor een bezoek aan Frau Abramowitz, die hun bonbons en rozenbottelthee gaf. Terwijl Frau Abramowitz haar Engels oefende met Robert, speelde Trudi met de zilveren specerijendoos die van Herr Abramowitz' grootmoeder was geweest, een vrouw die in dit huis geboren was. Ze rook de geurige specerijen in de doos, die de vorm van een torentje had, met filigraan balkonnetjes en een heel klein zilveren vlaggetje bovenop. Toen ze naar foto's van de piramiden keken in de reisbrochures die op tafel lagen, stelde Trudi zich voor dat Frau Abramowitz haar zou meenemen op haar volgende reis. De mensen in de trein zouden denken dat ze haar moeder was. Alle kinderen die ze kende hadden een moeder. Heel veel kinderen hadden geen vader, maar dat kwam door de oorlog.

'Laat me je zakdoek eens zien,' vroeg Frau Abramowitz toen Trudi en

Robert op het punt stonden weg te gaan. Ze had tien zakdoeken voor Trudi geborduurd en ze wilde graag weten of ze altijd een daarvan, keurig opgevouwen, op zak had. Schone zakdoeken hoorden bij goede manieren – dat wist Trudi omdat Frau Abramowitz haar in de week na haar moeders begrafenis had verteld dat zij haar voortaan goede manieren zou leren. 'Goede manieren leren kinderen van vrouwen,' had ze gezegd.

Goede manieren betekenden dat je niet in je neus peuterde en niet in de rede viel als grote mensen praatten. Goede manieren wilden zeggen dat je je zitplaats in de tram aanbood aan grote mensen, dat je je bukte naar dingen die grote mensen lieten vallen, dat je de deur opendeed voor grote mensen. Trudi was er al achter gekomen dat je het behoorlijk druk kon hebben met goede manieren.

Goede manieren hadden veel te maken met grote mensen en met wat kinderen deden of niet deden als zij in de buurt waren. Ze had altijd al van volwassenen gehoord dat het onbeleefd was hen aan te staren, maar hoe kon je mensen zien als je niet naar hen keek? En eerlijkheid... Grote mensen zeiden altijd dat je eerlijk moest zijn, maar dat betekende alleen dat je goede dingen over hen moest zeggen, en slechte dingen over jezelf. Als je slechte dingen over hen zei, was je onbeleefd, en als je goede dingen over jezelf zei, was je een opschepster. Ze kon het niet afwachten groot te worden, want grote mensen hadden altijd gelijk – behalve de grote mensen die dienstmeisje waren, of kokkin, of bediende: die moesten net zo gehoorzaam zijn als kinderen.

'Kom maar gauw weer terug,' riep Frau Abramowitz hen na toen ze het trapje voor haar huis afrenden.

Voor de Sint-Martinuskerk was Herr Neumaier, de apotheker, de dood van Christus aan het eren, zoals hij elke vrijdagmiddag tussen drie en vier deed. In de loop der jaren hadden heel wat gelovigen geklaagd bij Herr Pastor Schüler dat het ritueel van de apotheker wel erg overdreven was – ze noemden het een spektakel – en het was voor de kinderen van Burgdorf een spelletje geworden om achter de dunlippige apotheker aan te lopen; zijn vlezige wangen werden nog dikker terwijl hij het kerkplein rondwankelde, met in zijn armen een groot Jezusbeeld dat hij verwijderd had van een kruis in een verwoeste kerk in Frankrijk.

'Hij woont helemaal alleen met dat beeld,' vertelde Trudi Robert terwijl ze voortdrentelden achter de apotheker die op zangerige toon teksten uit de bijbel reciteerde. Een mantel die uit een aardappelzak was vervaardigd, hing over zijn pak heen. 'Het beeld slaapt in een bedje. Hij dekt het toe als een baby... tot aan de hals, met een donzen dekbed.'

'Hoe weet je dat?'

'Dat heb ik een keer gezien... Toen mijn vader een hoestdrankje kocht. Ik ben in het magazijn gaan kijken. Wil jij dat ook zien?'

'Nee,' zei Robert haastig, 'nee', met zijn ogen gericht op het beeld dat op en neer schommelde in de bevende armen van de apotheker. De huid was vanillekleurig, en de doornenkroon en de strepen opgedroogd bloed waren bruin als runderlever.

'Hij praat tegen niemand van zijn familie.'

Robert keek neer in Trudi's brede gezicht dat naar hem was opgeheven. Haar blauwe ogen kregen een opgewonden uitdrukking terwijl ze wachtte op zijn vraag: *Waarom niet?* 'Waarom niet?' vroeg hij.

'Omdat...,' fluisterde ze, 'zijn dochter, weet je, die is getrouwd met een protestant... Ze wonen in dezelfde straat als hij. Maar hij wil geen woord tegen hen zeggen. Zelfs niet tegen zijn kleinkinderen. Of tegen zijn vrouw. Zij is bij die dochter ingetrokken.'

'Loopt hij daarom rond met dat beeld?'

Op die vraag wist Trudi geen antwoord, en Robert vroeg het nog een keer die avond, toen ze – als elke avond sinds zijn komst – allemaal naar het buurhuis gingen, naar de familie Blau, om te eten bij zijn grootouders en zijn tante Margret.

'De apotheker is gek geworden,' zei zijn grootmoeder.

Zijn grootvader bracht haar tot zwijgen. Hij zei: 'Wees voorzichtig met wat je hardop zegt. Je zou niet willen dat hij je hoort.' Zijn gebit maakte een grappig, klikkend geluid.

Zijn grootmoeder schudde haar hoofd en schepte te veel spruitjes op Trudi's bord. 'Ik durf het hem best recht in zijn gezicht te zeggen.'

'Wat Herr Neumaier doet is net zoiets als de rozenkrans bidden,' zei Leo Montag tegen de jongen. 'Alleen nog meer dan dat. Sommige mensen denken, als je een bepaald ritueel doet, vooral als het je doet lijden, dat je zonden dan worden vergeven.'

Frau Blau boog zich naar Robert en drukte een kus op zijn haar. Nog maar een paar maanden geleden was Trudi blij geweest dat Frau Blau niet haar grootmoeder was, maar nu was ze zo jaloers dat ze Robert in zijn arm kneep. Onmiddellijk pakte Frau Blau haar bij de schouders en bracht haar naar de woonkamer, waar ze een *Katzentisch* dekte, een afzonderlijk tafeltje waar kinderen die zich hadden misdragen, in hun eentje moesten eten.

Maar op de terugweg speelde Robert verstoppertje met haar in de schemering, en ze vonden een bij die worstelde in een spinnenweb achter het huis van de familie Blau. Trudi stuurde Robert erop uit om zijn grootvaders naaischaar te halen, en zij hield de wacht bij de spin die uit een spleet in de muur kwam en weer verdween zonder de bij iets te doen. Toen Robert terugkwam met de schaar, knipte hij de bij voorzichtig los zonder het web te scheuren.

Op zaterdag, terwijl haar vader de hoge, cilindervormige kachel in de badkamer opstookte voor het wekelijkse bad, nam Trudi haar tante mee naar haar kamer om haar de begrafenismantel te laten zien die van Stefans jasje was gemaakt.

Helene liet een vinger over de mouw glijden en zei dat ze het aan Stefan zou vertellen omdat hij dat graag zou willen weten. 'Je moet ooit eens bij ons op bezoek komen.'

'Wanneer?'

'Als je vader je wil brengen... Weet je wat je vóór die tijd kunt doen? Praten met je oom, over de telefoon.'

'In Amerika?'

Haar tante knikte. 'Frau Abramowitz heeft gezegd dat ik haar telefoon mag gebruiken.'

De familie Abramowitz had, als een van de weinigen in Burgdorf, telefoon. Dat had te maken met het feit dat ze van hogere klasse waren. Meestal hadden de mensen met telefoon ook dienstmeisjes en huisnaaisters die verscheidene dagen per maand naar hun huis kwamen om nieuwe kleren te naaien of om andere kleren te vermaken. De werkgeefsters concurreerden met elkaar door die naaisters de heerlijkste maaltijden voor te zetten – een gewoonte die niet zozeer met gulheid te maken had als wel met de verwachting dat die naaisters hun andere werkgeefsters zouden vertellen hoe goed ze wel behandeld waren.

Hoewel sommige mensen met telefoon niet goedvonden dat hun buren die gebruikten, nam de familie Abramowitz altijd met plezier een boodschap voor je aan, of ze nodigden je uit in hun woonkamer om op te bellen. Trudi had de telefoon horen gaan als ze in hun huis was, en ze had geluisterd hoe Frau Abramowitz antwoordde, maar ze had nooit zelf getelefoneerd.

'Ik weet niet hoe dat moet,' zei ze tegen haar tante.

'Ik zal het je laten zien.' Haar tante keek de kamer rond. 'Dit was vroeger mijn kamer, toen ik een meisje was. Stefans zuster, Margret, was mijn beste vriendin, en haar slaapkamer was vlak hiernaast. We gaven elkaar briefjes door, via de ramen... Wil jij als eerste in bad?'

Trudi knikte.

'Armen omhoog.' Haar tante lichtte de zoom van Trudi's jurk op en trok hem over haar hoofd. Haar vingers maakten de knopen los die Trudi's hemd aan haar wijde katoenen onderbroek vastmaakten.

In de badkamer ging haar tante op de rand van het bad zitten, en ze liet Trudi staan terwijl ze haar haar waste en haar rug met een spons inzeepte.

'Robert zegt dat kinderen in Amerika grote mensen bij hun voornaam aanspreken.'

Haar tante knikte. 'Dat was wat mijn man het fijnste vond toen hij pas in Amerika was.' Ze glimlachte. 'Ik miste dat formele wel een beetje.'

'Waarom?' Trudi ging in het warme water zitten en bewoog haar benen heen en weer.

'Misschien omdat ik ouder was toen ik naar Amerika ging en gewend was aan bepaalde gewoonten. Stefan was nog een jongen toen hij immigreerde.' Ze vroeg Trudi achterover te leunen om het schuim van haar hoofd af te spoelen. 'Hij is mij pas bijna twintig jaar later komen halen.'

'Mijn vader zegt dat jij zijn derde bruid was.'

Opnieuw glimlachte haar tante, maar ditmaal was het een treurige glimlach. 'Ze zijn jong gestorven, zijn andere vrouwen. Stefan had een moeder voor zijn kinderen nodig.'

'Misschien zijn ze niet doodgegaan,' opperde Trudi.

Haar tante keek haar strak aan.

'Misschien hebben ze maar gedaan alsof.'

'Waarom zouden ze dat doen?'

'Omdat niemand ze dan kan opsluiten.'

Haar tante tilde haar uit het bad en droogde haar zorgvuldig af. 'Ze is heengegaan – je moeder,' zei ze, terwijl ze Trudi naar haar slaapkamer droeg. 'Dat weet je toch wel?'

Trudi gaf geen antwoord.

Haar tante kamde de knopen uit Trudi's haar en vlocht het voor de nacht. 'Ze is echt heengegaan,' zei ze toen ze zich vooroverboog om haar een nachtzoen te geven.

Toen Trudi over de telefoon met oom Stefan in Amerika mocht praten, was zijn stem ijl, en het kraakte een beetje in haar oor.

Overvallen door een plotseling verlangen naar die oom die ze nooit had gezien, schreeuwde ze: 'Ik kom bij je op bezoek!'

'Je hoeft niet te schreeuwen,' fluisterde Frau Abramowitz haar toe.

'Dat is mooi,' zei haar oom. 'Daar ben ik blij om. Neem ook je vader mee.'

Tante Helene en Robert bleven vijf weken, en voordat ze vertrokken, gaf Trudi Robert haar witte lammetje en een eivormige steen die ze in de beek had gevonden. Dagen na hun vertrek bleef ze om zich heen kijken waar Robert was en verwachtte ze zijn zachte lach te horen. Ze had nooit geweten hoe het was om een vriend te hebben. Nu ze weer alleen was, had ze het gevoel dat iets van haar was verdwenen, samen met hem. Het was anders dan wanneer grote mensen weggingen. Je wist dat die anders waren dan jij.

'Wanneer kunnen we bij Robert op bezoek gaan?' vroeg ze aan haar vader.

'Het is erg ver weg,' zei hij. 'En het is te duur.'

'Maar wanneer dan?'

'Misschien als je ouder bent...'

Als ze in bed lag, staarde ze door haar venster naar het donkere raam aan de andere kant. Tante Helene had wél een vriendin vlakbij gehad toen ze hier woonde. Maar nu was Margrets vroegere kamer een bergruimte voor rollen stof en paspoppen en onderdelen van naaimachines. Ze kon het niet afwachten naar school te gaan, want daar, zo dacht ze, zou ze vrienden als Robert krijgen. Maar naar school zou ze pas over ruim een jaar gaan, en de kinderen in de buurt en de kinderen die met hun ouders meekwamen om boeken te lenen of tabak te kopen, schrikten voor haar terug, alsof ze bang waren dat ze hen zou aanraken, en dat ze dan net zo zouden worden als zij.

Behalve Georg Weiler bij de buren. Maar dat was alleen omdat hij ook anders was dan andere kinderen. Een jongen die eruitzag als een meisje. Hoewel hij en Trudi elkaar altijd hadden gekend, werden ze pas vrienden op de dag dat hij haar vroeg waarom ze zo'n groot hoofd had.

Om het kwetsende van die vraag tegen te gaan repliceerde ze onmiddellijk: 'Het is kleiner dan het jouwe.'

Ze zaten op de bakstenen trapjes van hun huizen, zij voor de leesbibliotheek, hij voor zijn ouders kruidenierswinkel. De lage winterzon scheen in hun ogen, en hij speelde met zijn knikkers, die hij op een rijtje legde, op de onderste tree.

'Het lijkt groter,' hield hij vol.

'Het is helemaal niet zo groot.' Haar nek begon te jeuken. 'De rest van mijn lijf is alleen kleiner. Daarom lijkt het groot... Maar dat is niet zo.'

Daar moest hij over nadenken. Zijn ogen boorden in haar. Ze hadden de kleur van fijn zand. 'Ik wil er mijn mooiste knikker onder verwedden dat jouw hoofd groter is dan het mijne.'

'Welke knikker is dat?'

'Georg...' Frau Weiler stak haar hoofd uit de winkel. Haar hoofddoek was een beetje afgegleden, en grijze haarlokken hingen om haar gezicht alsof ze in de wind had gelopen. De middenscheiding van haar haar had zo lang op dezelfde plaats gezeten dat hij breder was geworden en de hoofdhuid blootlegde. 'Georg!'

Georg kromp ineen.

'Haal die knikkers van het trapje! Je wilt toch niet dat er klanten over struikelen en hun nek breken en de rest van hun leven ongelukkig zijn.'

Trudi haalde diep adem. Dat was wel erg veel om allemaal tegelijk te overdenken, al was ze wel gewend aan de sombere voorspellingen van Frau Weiler: als je in het bos ging wandelen, kon je uitslag krijgen van brandnetels; als je je eten niet goed kauwde, zou je voor je twintigste gaten in je maag krijgen; als je vergat een doodzonde te biechten, kwam je zéker in de hel...

Georg raapte zijn knikkers op.

Zijn moeder deed de deur dicht, maar haar stem bleef buiten, bij de kinderen: '...en dan doen ze ons een proces aan en dan raken we de winkel kwijt... alles waarvoor ik zo hard gewerkt heb...'

Georg stak een rood en geel glazen kogeltje, ter grootte van een kers, tegen de zon. Het glinsterde. 'Wat krijg ik als jij verliest?'

'Ik verlies niet.'

'Jawel.'

'Dan krijg jij al mijn knikkers.'

De deur ging weer open en Georgs moeder verscheen met twee kopjes dampende chocolademelk; haar ogen stonden treurig als steeds. 'Niet te heet opdrinken, anders branden jullie je tong.'

'Dank u, Frau Weiler.'

'Dank je, Mutter.'

'En mors niet op je kleren.' Ze ging de winkel weer binnen.

De chocolademelk was warm en zoet. Een onstuimige windvlaag blies dorre blaadjes over het trottoir, zodat de droge randjes fluisterden tegen

de stenen. Trudi kreeg een kastanjeblad te pakken, en toen ze het probeerde uit te vouwen, verkruimelde het in haar handen. Ze zou willen
dat Robert er was, in plaats van Georg. Bij de laatste brief van zijn moeder had hij een tekening ingesloten van zichzelf, zittend aan de piano.

'Zelfs je schoenen lijken niet op jongensschoenen,' zei ze tegen Georg.

'En jij – jij bent maar een meisje.'

'Daarom heb ík een jurk.'

Hij keek haar woedend aan.

Zij keek woedend terug. 'En lang haar,' zei ze.

'Haal een touwtje,' zei hij bevelend.

'Waarvoor?'

'Om onze hoofden te meten.'

'Haal jij het maar.'

'Dan mag ik van mijn moeder niet meer naar buiten.' Hij hield zijn
hoofd schuin en glimlachte opeens naar haar. 'Toe nou, Trudi?'

Ze aarzelde.

'Toe nou, toe nou, toe nou, Trudi?'

Ze wist hoe ze zich tegen zijn pesterijen moest verdedigen, maar niet
tegen zijn charme. Ze rende de leesbibliotheek in en kwam weer te voorschijn met een eindje touw dat om een recente lading romannetjes had
gezeten.

'Jij eerst,' zei hij.

Met geheven hoofd liep ze naar de ingang van de kruidenierswinkel,
waar ze op de tree boven hem klom. Haar neus kwam desondanks nog
niet eens tot zijn schouders. Een hond blafte uit de richting van het
marktplein. Wind gleed tussen haar kraag en haar huid, koud en onverwacht, en rammelde aan de houten luiken van de leesbibliotheek.

Georg legde het touwtje rond haar voorhoofd en legde een knoop om
de omvang vast te leggen; toen zij het om zijn hoofd legde, boven zijn
oren, bleek het een vingerbreedte groter te zijn.

Ze lachte hardop toen ze het hem liet zien. 'Dat wist ik wel,' zei ze,
met het gevoel dat haar hoofd volmaakt van omvang was.

'Voor jou,' zei hij, en hij gaf haar zijn knikker.

'Ben je niet boos?'

Hij keek haar stralend aan. 'Ik win hem wel terug.'

Georg won zijn knikker weer terug, zoals hij had voorspeld; bovendien
verloor Trudi vijf van haar stenen knikkers aan hem. Sinds die dag speel-

den ze vrijwel dagelijks. Georg had geluk als het ging om het rollen van de knikkertjes in het kuiltje dat hij in de vochtige aarde tussen twee traptreetjes had gemaakt, maar hij was gul als Trudi al haar knikkers had verloren – dan mocht ze knikkers van hem lenen. Blijven spelen was voor hem veel belangrijker dan winnen. Winnen kon altijd nog wel. Trudi plaagde hem niet meer met zijn haar en zijn lieve jurkjes met knopen op de rug. Ze was blij hem te zien als hij voor haar raam verscheen en riep of ze buiten kwam spelen.

Op de ochtend na 6 december deelden ze het snoepgoed dat Sint Nicolaas voor hen had achtergelaten in de schoen die ze 's avonds voor hun slaapkamerdeur hadden gezet, en in de laatste decemberweek likten ze verse sneeuw van dennenappels die eruitzagen of ze in suikerglazuur waren gedoopt. Ze maakten een sneeuwpop met een wortel als neus en kooltjes als ogen, waarvan hun wanten vuil werden. Trudi's vader gaf hun een oude hoed voor de sneeuwpop; ook mochten ze de keukenbezem lenen, die ze in zijn arm staken, met de borstels omhoog.

Ze droegen laarzen en wanten naar de kerk met Driekoningen, toen de pastoor en de misdienaars de kerststal verwijderden die op het zijaltaar was geplaatst – een Jezus ter grootte van een echte baby, Maria en Jozef even lang als echte ouders. Beide kinderen gingen graag naar de kerk: de kostelijke geur van wierook en de prachtige gewaden van de pastoor, de gebrandschilderde ramen en de wandschildering van Christus' Laatste Avondmaal boven het altaar, maar het meest genoten ze van het koor met die stemmen die oprezen naar de hemel. Ze genoten zelfs van de ogenblikken van stilte, die veel zinvoller waren dan andere soorten stilte, wanneer ze knielden in een bank, half verborgen door het blonde hout, en de polsslag voelden van de gemeente om hen heen.

Je kon veel aan mensen zien, zo ontdekten ze, aan de manier waarop ze in een bank gingen zitten, hoeveel ruimte ze innamen en hoe dicht bij het altaar ze knielden. Er waren mensen die graag vroeg naar de kerk gingen om alle anderen te zien binnenkomen, en anderen die knielden met hun gezicht in de handen en nooit opkeken. De trotsen en de nederigen – allemaal in hun zondagse goed. In de kerk kon je zó zien hoe de mensen het maakten: je zag zowel nieuwe kwalen als nieuwe hoeden; je voelde nieuwe vriendschappen aan, evenals nieuwe vijandschappen.

De banken voor de mannen waren links, die voor de vrouwen rechts. Voordat je je eerste communie had gedaan, mocht je aan beide kanten knielen met een van je ouders. Dat betekende dat Trudi en Georg nog in dezelfde bank konden knielen. De mannenkant in de kerk was altijd minder vol dan die van de vrouwen – en niet alleen omdat sommigen niet uit de oorlog waren teruggekeerd; veel mannen brachten het uur van de hoogmis door in de 'Traube', de oude herberg met houten plafonds, die al vijfhonderd jaar bestond. De 'Traube' – 'dat is de plaats waar ik bid,' zeiden de mannen voor de grap – was het café dat het dichtst bij de Sint-Martinus stond, recht voor de kerk, ideaal voor mannen die hun vrouw en kinderen naar de mis wilden brengen; dan ontmoetten ze hun vrienden voor een paar snelle biertjes aan hun *Stammtisch*; ze dronken hun laatste glas leeg wanneer de kerkdeuren opengingen, en dan stonden ze weer klaar voor hun gezin, om naar huis te wandelen voor het zondagsmaal.

Natuurlijk waren er altijd een paar echtgenoten die nog één glas extra moesten bestellen; de vrouwen van die mannen stonden dan met een zogenaamd opgewekt gezicht op het kerkplein en deden alsof ze niets heerlijker vonden dan een praatje met de pastoor na de mis. Maar zodra hun man kwam, gaven ze hem een arm en sleepten ze zo'n arme zondaar naar huis, verwijten sissend onder hun kerkse glimlach.

Die winter werd het ijs op de Rijn zo dik dat mensen er met hun auto overheen reden naar Kaiserswerth en Düsseldorf. Herr Immers reed met zijn nieuwe vrachtauto over het ijs, ondanks de rampen die zijn vrouw voorspelde, en Herr Hesping leende de paardenslee van zijn oom en nam zijn vrienden en hun kinderen mee voor woeste slederitten op de rivier. Toen het ijs eindelijk dunner werd, scheurde het in platte schotsen die probeerden elkaar te beklimmen, als troepen wilde honden, terwijl het water ze stroomafwaarts sleurde.

Met de dag kwam de rivier hoger te staan, en toen hij buiten de oevers trad, overspoelde hij de uiterwaarden met hun winterse gras, hij maakte de wortels van jonge bomen los van de slappe aarde en beklom de stenen traptreden naar de kruin van de dijk die het stadje tegen de rivier beschermde. Daar kwamen de mensen van Burgdorf staan zodra het licht werd, en gehuld in de rook van hun sigaretten en pijpen staarden ze naar de grijze watermassa's en gingen ze na hoe ver het water gedurende de nacht was gestegen.

Toen Trudi's vader haar op zijn schouders naar de Rijn droeg, met de mantel van de Russische soldaat om hen heen gewikkeld, zodat ze eruitzagen als één heel lange man, kon ze de modderige velden ruiken, nog voordat ze de overstroming zag. Draden koude regen stikten de aarde

68

vast aan de grijze hemel. De lagere stammen en takken van de half onder water staande wilgen waren donkerder dan de kronen, soms wel een meter boven de golven, als het water had geklotst. Dorre herfstbladeren en afval waren blijven hangen in de takken, en vormden drassige eilandjes die op de golven dansten als weggegooide haarnetjes. Dunnere takken werden meegesleurd door de stroming en onder water getrokken voordat ze weer omhoogschoten, in een oneindige kringloop. Eenden zaten in de v-vormige uitsteeksels van bomen als op een ontvangst; elke keer dat ze in het razende water gingen, werden ze in het rond gewerveld of in de verkeerde richting gedreven, totdat ze zich met grote moeite bevrijdden uit de witte kopjes en weer omhoog fladderden, om een schuilplaats in de wilgen te zoeken.

Trudi telde drieëntwintig bomen die voorbijdreven, twee dode kippen en vier dode katten. Ze was goed in het onthouden van cijfers. Hoewel haar moeder haar slechts tot twintig had leren tellen, had ze geoefend met het tellen van de boeken in de leesbibliotheek, totdat ze de namen van de cijfers tot honderd kende. Ze telde elf struiken die door de golven werden meegesleurd, negentien dingen die ze niet kon identificeren, en één dode geit, met een buik die blauwachtig wit gekleurd was, als zure melk. Dik en opgezet, met de poten stijf uitgestoken, dreef ze tussen de rommel.

Het enige menselijke slachtoffer – de vader van Georg – zag ze niet, want dat was nog niet gevonden. Twee avonden eerder was een groepje mannen in de regen naar de rivier gewankeld met een fles schnaps, nadat café 'Potter' gesloten was, en Franz Weiler – altijd een meegaand man totdat hij had gedronken – had alle anderen vermaakt door boven op de dijk op zijn handen te gaan staan.

'We hebben niet eens een plons gehoord,' zei de preparateur aldoor tegen Frau Weiler. 'Franz is domweg verdwenen.' Toen hij haar zijn hulp wilde aanbieden, had ze hem weggestuurd.

Trudi hoorde verscheidene mensen aan haar vader vertellen dat Frau Weiler volhield dat haar man op de dijk moest zijn uitgegleden toen hij op weg was naar de vroegmis.

'Vroegmis, me reet,' zei Herr Immers.

'Hij had nog een laatste rondje voor ons besteld bij "Potter",' zei de apotheker.

Frau Blau wees erop dat de kerk maar twee straten van de Weilers vandaan lag, en de rivier minstens tien minuten lopen voorbij de kerk.

'Zeker een nieuw soort omweg,' zei Herr Bilder.

Toch sprak niemand Frau Weiler tegen; men hield – zoals al generaties de gewoonte was – de schijn op, want die beschermde bovenal het aanzien van een familie, ongeacht het feit dat achter die schijn alle mogelijke roddels woekerden. Het was een samenzwering van zwijgen die het stadje al eeuwen goede diensten had bewezen. Gekleed in het zwart en met oprechte condoleanties verzamelden de mensen zich voor de dienst die werd gehouden ter nagedachtenis van Franz Weiler: de mannen van zijn stamtafel; de gezinnen die al jaren hun kruidenierswaren hadden gekocht bij hem en zijn vrouw; een groepje nonnen uit het Theresienheim, die een eigen kapel hadden, maar zelden een rouwdienst in de Sint-Martinus oversloegen; en de weduwe natuurlijk, met haar zoon Georg, vermoedelijk halfwees, die een zwarte jurk droeg die haastig uit een van haar blouses was gemaakt.

Hij zat naast Trudi geknield en fluisterde tegen haar tijdens de communie – waarvoor beide kinderen nog te jong waren – dat zijn vader alleen een lange zwemtocht was gaan maken. Als mannen van Franz Weilers stamtafel de jongen had verstaan, zouden ze het met Georg eens zijn geweest: ze hadden al vermoed dat Franz, eenmaal in de rivier, was blijven doorzwemmen om weg te komen bij die vrouw met haar ijzergrauwe haren.

Toen de mensen de kerk verlieten, stond de man-die-zijn-hart-aanraakt op de natte treden, zonder hoed of paraplu. Hij was een van de weinigen die Trudi altijd recht aankeken. Zie je wel, leek hij te zeggen terwijl zijn handen op en neer gingen. *Zie je wel wat ik kan.* De meeste grote mensen keken Trudi niet recht aan: ze deden alsof ze onzichtbaar was en zeiden dingen die ze nooit zouden zeggen waar andere kinderen bij waren. Ze had gemerkt: als ze zich heel stil hield, bleven ze vaak doorpraten en onthulden ze veel meer over zichzelf dan ze beseften – zelfs degenen die zich aangeleerd hadden een strak gezicht te zetten. De gevoelens die ze probeerden te verbergen, kwamen naar buiten in hun stem, en ze kon vrees en vreugde onderscheiden, ongeduld en woede. Wanneer ze voorzichtig probeerden te zijn, kreeg hun stem een zekere vlakke klank, maar als ze opgewonden werden, kregen hun woorden kleur en schoten ze uit hun mond.

Als ze de mensen er niet aan herinnerde dat zij erbij was, kreeg ze allerlei geheimen te horen. Ze fascineerden haar, die geheimen, en ze verzamelde ze, ze herhaalde ze voor zichzelf voordat ze ging slapen, ze voelde hoe ze zich uitrekten en uitgroeiden tot verhalen – zoals dat van Frau Buttgereit die elke ochtend knielde op linzen wanneer ze bad tot de heilige Ottilie, de patroonheilige van de blinden naar wie ze genoemd was, en wie ze smeekte ervoor te zorgen dat haar volgende kind niet wéér een dochter zou zijn. Trudi kon nauwelijks geloven wat over die uitgemergelde vrouw, die altijd een opgezette buik leek te hebben, werd gezegd: dat ze ooit het mooiste meisje van Burgdorf was geweest.

En dan was er het verhaal over Herr Hesping, die duizend dekens had gekocht van het ene legeronderdeel, en ze binnen een week aan een ander onderdeel had verkocht, voor tweemaal zoveel geld. Hij was vaak betrokken bij zaakjes die op de rand van de wet balanceerden zonder deze te overschrijden. Als je bij hem informeerde naar een bepaalde transactie, kwam hij met zo'n lading feiten en logica aanzetten dat je blij was als hij met zijn uitleg stopte. Er waren mensen die zeiden dat hij geen gevoel voor waarden had; anderen beweerden dat hij het allemaal deed uit minachting voor de regering.

De overstroming van 1920, die Georgs vader het leven had gekost, was niet de ergste die het stadje ooit had meegemaakt: het water sijpelde slechts door een paar kleine scheuren in de dijk en drong door tot de weilanden en de perzikboomgaard van de Braunmeiers, alsof het de bewoners wilde overtuigen dat het niet alleen ongevaarlijk was, maar ook nog goed voor de boeren; toch kwamen de mensen tot de conclusie dat het nodig was de massa aarde te versterken die hen tegen het water beschermde, water dat het stadje bijna elke lente bedreigde.

De mannen praatten over Franz Weiler terwijl ze zwoegden aan de dijk, in de vrijwel ononderbroken regen, en toen de zon zich eindelijk van wolken had bevrijd, hielden ze op met werken en keerden ze hun gezicht naar het witte licht, dat nog stralender leek doordat het zo lang was weggebleven. Vrouwen lieten hun winkels en huizen in de steek en kwamen buiten zitten op klapstoelen, met hun naaiwerk. De onderwijzers van de protestantse school en de nonnen van de katholieke school namen de kinderen mee naar buiten en leerden hun bladeren en insecten onderscheiden, al stond op het rooster misschien schoonschrijven.

Toen de dijk gereed was, bleek hij een meter hoger en een meter breder dan vroeger, en als je ernaar keek vanuit het stadje, in de zomer na de overstroming, zag je de naad tussen het oude en het nieuwe gedeelte, want het gras bovenop was zo groen als paassnoepjes.

Trudi zou die beelden in haar herinnering bewaren in de komende decennia, en zelfs als ze helemaal niet in de buurt van de rivier was, wist ze altijd hoe die eruitzag. Ze kon haar ogen sluiten en zich de Rijn voorstellen vanaf de dijk, of van dichtbij, vanaf haar lievelingsplaatsje op de strekdam. Ze wist precies hoe hoog het water rond de wilgen kon stijgen; ze wist hoe snel de kleur kon veranderen – van mosgroen naar gesmolten zwart – en hoe de zon op het wateroppervlak kon schijnen, zo fel dat het je verblindde als je naar de rivier keek; ze kende het patroon dat de stroming laat in de zomer vormde rond rotsen die in het begin van het voorjaar onder water lagen.

Zo ging het ook met verhalen: ze kon onder hun oppervlak kijken, ze kende de onderstromingen, de draaikolken die je konden meesleuren, de verborgen rotsformaties. Verhalen konden je verblinden, om je heen oprijzen in tal van kleuren. Elke keer dat Trudi een verhaal door haar geest liet stromen, van begin tot einde, werd het vollediger en weliger, gevoed door haar fantasieën over de mensen van het verhaal, totdat het zijn bedding verliet, net als de rivier die ze zo liefhad. En dat was het moment waarop ze het verhaal aan iemand moest vertellen.

Georg was de ideale toehoorder. Onder het huis, waar Trudi's moeder zich had verstopt, zaten de twee kinderen op rotsblokken, met de knieën bijna tegen elkaar, terwijl ze de klamme ruimte om hen heen met woorden vulden. Zelfs in het donker leek Georgs haar te glanzen, alsof hij de zon had gevangen in zijn pijpenkrullen. Als er iemand was die de zon kon vangen, dat wist Trudi, dan was het Georg. Zolang hij het gevoel had dat hij bofte, kwam hij almaar schatten tegen om op te rapen – een leeg slakkenhuis, een eindje touw, de glimmendste kastanje. Hij bewaarde zijn verzameling in een doos onder zijn bed.

Een keer probeerde hij Trudi te leren een vogel te maken van modder. 'Zoals het kindje Jezus ook heeft gedaan,' zei hij. Gehurkt naast het trapje voor de leesbibliotheek kneedde hij een balletje modder tussen zijn handen tot het vleugels en een kop kreeg. Hij hield het omhoog tegen de lucht. 'Eerst zal hij zijn vleugels openen,' zei hij tegen Trudi, 'en dan vliegt hij naar de hemel.'

'Het ziet eruit als een stuk modder.'

'Dat komt omdat het nog niet klaar is.'

'Misschien heb je iets vergeten.'

De broodkar, die eens per week kwam, rammelde langs hen heen, voortgetrokken door een oud paard, en stopte aan het eind van de straat.

De kar was afgedekt met zwaar zeil. Verscheidene vrouwen met manden aan de arm groepten eromheen.

'Vliegen,' schreeuwde Georg, en hij gooide de vogel de lucht in. Hij viel voor zijn voeten neer, platgeslagen. 'Hij heeft niet gevlogen omdat wij zondaars zijn,' zei hij.

'Misschien is het de verkeerde soort modder.'

'Dacht je?'

Ze knikte. 'Als we de goede soort modder vinden, dan lukt het.'

'Ik wil wedden dat de onbekende weldoener ons de goede soort zou kunnen bezorgen.'

'De onbekende weldoener kan alles.'

Ze waren allebei geïntrigeerd door de onbekende weldoener, wiens identiteit nog steeds een raadsel was voor de bewoners van Burgdorf en die–ondanks de armoede–nog steeds de huizen van mensen binnensloop om zijn gaven achter te laten, als een dief die de gedachte van stelen op zijn kop had gezet. In de *Burgdorf Post* hadden verscheidene artikelen gestaan over de onbekende weldoener, telkens langer, aangezien de lijst van zijn weldaden groeide. Een week nadat Georgs vader was verdwenen, had de onbekende weldoener Georg verrast met een geschenk waarnaar hij het allermeest verlangde–*Lederhosen*, een leren broek met leren bretels en een leren band dwars over de borstkas, met een hert dat gesneden was uit de witte kern van een gewei. Natuurlijk wilde zijn moeder hem die *Lederhosen* niet laten dragen–'Als je ouder bent,' zei ze–maar ze vond wel goed dat hij de broek in zijn kamertje bewaarde, waar hij hem minstens eenmaal per dag te voorschijn haalde om het dikke leer aan te raken.

Voor Trudi's vijfde verjaardag gaf Georg haar een kartonnen doosje met gaatjes die in het deksel waren geprikt. Toen ze het openmaakte, vond ze een zwart-en-oranje gekleurde vlinder op een bed van blaadjes.

'Hij vliegt niet weg,' zei hij trots. 'Nooit meer.'

'Waarom niet.'

'Hij kan niet weg. Ik heb al het stof van zijn vleugels geveegd.'

Ze raakte de ijle vleugeltjes aan en voelde zich slap van een eigenaardige treurigheid.

'Vind je–vind je hem niet mooi?'

'Kan hij blijven leven zonder het stof?'

'Ik zal een andere voor je vangen.'

Ze wilde tegen hem zeggen dat ze liever keek naar vlinders die in de lucht vlogen, maar zijn moeder kwam de winkel uit en haalde iets uit haar schortzak. Het was een zilveren medaille waarop een engel gegraveerd stond.

'Je engelbewaarder, Trudi. Zorg ervoor dat je hem niet verliest.'

'Ik zal hem niet verliezen.'

'Hij is gezegend door de bisschop.'

Georg werd gefascineerd door manieren om zijn geluk te beproeven, hij liet zich erdoor pakken in plaats van ernaar te grijpen, en hij had tegen Trudi gezegd dat je geluk, zodra je eraan twijfelde, spoorloos verdween. Je moest er altijd van uitgaan dat het er was. Toch kon ze zien dat het Georg moeite kostte het geluk te voelen wanneer zijn moeder in de buurt was – hij bewoog zich anders, gedwee en voorzichtig. Het was of in hem iets zat opgesloten waarvan hij geen hoogte kon krijgen.

Dingen vinden was niet de enige vorm van geluk die hij haar leerde. Ook schoorsteenvegers brachten geluk, en hij hield bij hoeveel schoorsteenvegers hij in een week zag. Dan was er nog het geluk van niet betrapt worden als je iets stouts deed. Dat ontdekte Trudi aan het eind van die zomer, toen de perenboom van de Eberhardts vol hing met vruchten die rijpten in de kleur van de zon en die zo zacht waren dat je ze kon snijden als boter. Frau Eberhardt, wier man pas aan longontsteking was gestorven, had Georg en Trudi elk een peer gegeven op de ochtend na zijn begrafenis, toen ze langs haar witgepleisterde huis waren gekomen, maar toen ze de volgende dag terugkwamen, in de hoop weer een paar van die zoete vruchten te krijgen, waarvan het sap over hun hals was gedropen tot in hun kraag, kwam Frau Eberhardt niet naar de deur.

Georg gooide een *Pfennig* op om te zien wie zou moeten aankloppen. Het bleek zijn beurt. Hij klopte met zijn knokkels tegen de ruit in de deur. Ze wachtten, klopten nog een keer, en toen renden ze – zonder te hoeven overleggen – allebei naar de boom. Met dansende pijpenkrullen sprong Georg naar een van de lagere takken, die boog onder zijn gewicht, terwijl Trudi's vingers zich sloten rond een peer. Hij liet los in haar hand toen Georg de tak liet schieten, maar in plaats van haar peer te bekijken, rende hij weg, dwars door een perkje met geraniums, langs de seringenhaag, de straat op, waar hij bleef hollen.

Trudi's rug voelde alsof de zon dwars door haar jurk brandde. Ze wilde niet omkijken, maar ze wist dat het moest. Langzaam draaide ze eerst haar hoofd, en toen haar lijf.

Frau Eberhardt stond twee stappen van haar vandaan, en haar buik puilde door haar rouwjapon heen, als een halve peer. Haar ogen stonden treurig, en haar dikke haar hing in twee strengen neer op haar borst, alsof ze gestoord was voordat ze ze had kunnen vlechten en opsteken.

Trudi probeerde te vluchten, maar ze kon geen voet verzetten.

Langzaam stak Frau Eberhardt haar hand omhoog tussen de takken, en ze plukte nog een peer. 'Hier.' Ze gaf hem aan Trudi. 'Je vindt ze zeker erg lekker.'

Trudi knikte, maar de peren voelden zo zwaar aan dat ze dacht dat haar handen van haar polsen zouden breken en in het gras vallen, met haar vingers nog om de vruchten geklemd, net als die leeuwenklauwen aan de poten van de tafel van Frau Blau.

'Ik zal eraan denken voortaan ook een paar voor jou te bewaren.'

'Het spijt me.'

'O–maar dat weet ik toch wel.' Frau Eberhardt glimlachte naar haar.

Georg zat op haar te wachten achter de huizen, waar de beek zich splitste. Met een wilgentak tekende hij spiralen in de modderige oever. In plaats van Trudi te zeggen dat het hem speet dat hij was weggelopen, keek hij haar beschuldigend aan. 'Je had met me mee moeten komen.'

'Ik had haar niet gezien.'

'Wat heeft ze gedaan?'

Trudi overhandigde hem beide peren.

'Bof jij effe.' Uit zijn stem klonk oprecht respect. Hij koos de kleinste van de twee peren en gaf haar de andere terug. Nadat hij het steeltje eraf had gedraaid, beet hij boven in de peer en zoog hard, om te voorkomen dat hij met het sap morste. Hij was al bijna klaar toen hij zag dat Trudi niet at. 'Jij moet de jouwe opeten.'

'Ik wil hem niet hebben.'

'Het moet.'

'Waarom?'

'Want als je het niet doet...,' hij gebaarde naar haar met zijn vochtige kin, 'dan betekent dat dat je denkt dat het allemaal mijn schuld is.'

Ze gaf geen antwoord.

'Je moet. Dus dan staan we quitte. Als je...' Hij zweeg even en zijn ogen schitterden alsof hij versteld stond van zichzelf.

'Als ik wat?'

Hij bekeek haar alsof ze een dier was dat klem zat in een donker hol, te smal om te keren. 'Als je mijn vriendje wil zijn.'

Iets kleins en hards verschoof vanbinnen in haar buik.

'En je moet zeggen dat je niet boos op me bent.'

'Ik ben niet boos op je.'

'Bewijzen!'

Toen ze een hap nam, deden haar tanden pijn alsof alle laagjes tussen haar zenuwen en de vrucht waren opgelost. Ze kauwde, langzaam, worstelend tegen een braakneiging toen ze het zoete moes doorslikte om ruimte te maken voor de volgende hap.

Twee weken later kwam Frau Eberhardt de leesbibliotheek binnen met een pasgeboren baby en een vlekkeloze peer voor Trudi. Toen Trudi vroeg of ze de baby, die op de punt van een waslapje lag te sabbelen, mocht vasthouden, moest ze van Frau Eberhardt op de toonbank klimmen en gaan zitten voordat de baby voorzichtig in haar armen werd gelegd; Frau Eberhardt zelf sloeg haar armen om beide kinderen heen. De baby heette Helmut, en zodra Trudi zijn huid aanraakte, voelde ze een koude rilling die ergens zo diep uit hem voortkwam dat ze hem niet meer wilde vasthouden; toch wilde ze hem liever niet aan Frau Eberhardt teruggeven omdat ze, heel plotseling, wist dat hij beschikte over de macht zijn moeder te gronde te richten. Ze zou dat gevoel opnieuw krijgen in later jaren, telkens wanneer ze bij Helmut in de buurt kwam – dat gevaar –, hoewel hij een van de mooiste kinderen van het stadje was, met zijn tarweblonde haren en hemelsblauwe ogen. Dat angstige voorgevoel zou haar bijblijven, zelfs nadat hij misdienaar was geworden en als vromer werd beschouwd dan alle andere jongens van zijn leeftijd – de mensen dachten allemaal dat hij wel priester zou worden.

'Zo moet je hem wiegen,' zei Frau Eberhardt. Met haar armen in zwarte mouwen hield ze Trudi en de zuigeling vast, terwijl ze heen en weer schommelde, alsof ze alledrie met elkaar verbonden waren.

Starend in Helmuts ogen voelde Trudi zich oud, veel ouder dan al die oude mensen die in het Theresienheim woonden, en ze raapte al haar moed bij elkaar. 'Als u wilt,' bood ze ernstig aan, 'dan houd ik hem.'

Frau Eberhardt lachte en tilde haar zoontje op tegen haar borst. Kleine plukjes haar staken uit de knot van haar vlechten, en vormden een halve cirkel van licht. 'Jij krijgt later wel een eigen baby,' zei ze.

Hoofdstuk vier [1920-1921]

Terwijl Trudi de gedachte liet varen dat haar moeder nog leefde, bleef Georg – zij het zonder enthousiasme – verwachten dat zijn vader zou terugzwemmen naar Burgdorf, of dat hij misschien zou terugkomen op een van de aken die de Rijn op en af voeren. Zijn ouders waren laat getrouwd, en zijn moeder was zesenveertig geweest toen hij geboren werd. Franz Weiler had het toezicht op zijn winkel, zijn zoon en zijn leven overgedragen aan zijn vrouw, Hedwig.

Af en toe had hij Georg een afwezige glimlach geschonken, alsof hij lichtelijk verbaasd was dat die jongen net als hij verbleef in deze woning, die vol stond met zware meubels. Georg had het gevoel gehad dat zijn vader was gekrompen tot de schaduw van zijn moeder, en in zijn gedachten zag hij hem zelden als een afzonderlijk persoon.

Maar vrijwel elke avond laat, als de lichten gedoofd waren, was Franz Weiler opgestaan, had zich in het donker aangekleed en was vertrokken naar café 'Potter', uitstapjes waarover niemand in de familie sprak. Zijn vrouw, die geen alcohol in huis wenste te hebben, had Franz nooit gezien wanneer hij een paar glaasjes van die heldere schnaps ophad, een drank die achter zijn ogen prikte en de spieren in zijn armen opzette, zodat hij een totaal ander mens werd, het type man dat met zijn danspartner over de vloer zou rondzwieren. Maar dat was nu precies waar Hedwig bang voor was – het soort hartstocht dat kwam van de drank, het soort hartstocht dat haar stiefvader vele nachten naar haar kamertje had gedreven toen ze nog een meisje was. Voor haar betekende drank een grove hand over haar mond en het loden gewicht van zonde op haar lichaam, een gewicht dat nog steeds niet was verwijderd, door geen duizenden rozenhoedjes.

Elke ochtend nam ze haar zoon mee naar de vroegmis, en daar bad ze voor zijn ziel, want de zielen van mannen – tot die conclusie was ze langgeleden gekomen – waren nog zwarter dan de zielen van de vrouwen die ze besmetten. Hoewel ze probeerde haar gebeden in te wisselen voor geluk en absolutie, voelde ze zich gelukkig noch bevrijd, en zelfs de veelbegeerde eer van het schoonmaken van de Sint-Martinus, om de andere woensdag, gaf haar het gevoel dat de wereld haar tekort had gedaan.

Omdat Georg ervan overtuigd was dat er iets aan hem mankeerde omdat zijn moeder anders was dan andere moeders, die tegen hun kinderen glimlachten, probeerde hij manieren te bedenken om haar ook te laten glimlachen, maar ze gaf hem alleen op zijn kop omdat hij haar door de winkel achternaliep in zijn pogingen een handje te helpen, of omdat hij te veel praatte. Hij had haar nooit zijn vader zien omhelzen, en maar zelden bukte ze zich om Georg op zijn voorhoofd te kussen wanneer ze hem 's avonds naar bed bracht.

Eén keer had ze hem naar het raam geroepen, ze had hem op de wijnrode fauteuil getild en had gewezen naar de straat beneden, waar de oudste zoon van de Meiers, Alfred, wandelde met de tweede dochter van de Buttgereits, Monika; zijn arm was om haar schouders geslagen, en de hare lag om zijn middel. 'Dat is onzedelijk,' had ze gezegd. 'Kijk uit dat jij er nooit zo bij loopt.'

Soms zagen vreemde mensen in de winkel Georg aan voor zijn moeders kleinkind, en als man zou hij nog ineenkrimpen als hij zich haar gêne herinnerde, en zijn verlangen haar te beschermen wanneer ze uitlegde dat dit, nee, haar zoon was. Maar zijn moeder leek zich er niets van aan te trekken dat de jongens uit de buurt hem plaagden omdat hij eruitzag als een meisje. Terwijl andere jongens rondrenden en speelden, keek hij toe. Hij voelde zich onhandig, geremd door de wijde jurken die zij voor hem naaide, misschien naar het voorbeeld van de kleren die ze zelf als meisje had gedragen. Toch waren er momenten dat hij zichzelf vergat en dat hij – dolgelukkig buiten in de zon te zijn – zijn armen in de lucht stak, en sprong en lachte. Maar zijn moeder, die zich zorgen maakte zodra ze maar iets van hartstocht in hem vermoedde, stak dan haar grijze hoofd uit de winkel en vermaande hem stil te zijn.

Langzaam leerde Georg te kijken in haar treurige ogen die in de zijne staarden, zoekend naar tekortkomingen. Als hij had weggekeken, zou dat tot vragen hebben geleid. De eerste zonde waarin hij handig werd, was liegen. Dat werd onvermijdelijk. Maar hij zou nooit liegen tegen Trudi. Zelfs niet nadat hij groot was geworden en zou trouwen met Helga Stamm, tegen wie hij wél zou liegen. Hij zou nooit liegen tegen zijn eerste vriendin, degene die zijn anders-zijn zoveel gemakkelijker aanvaardde dan dat van haarzelf, al zou hij haar uiteindelijk op andere manieren bedriegen.

Leo Montag was gesteld op de speelse, gulle jongen die zich zoveel vrijer bewoog wanneer hij bij zijn moeder vandaan was, en hij moedigde Georg aan Trudi te bezoeken wanneer hij maar wilde. Hij nam de jongen mee wanneer hij Trudi leerde hoe ze bootjes moest maken van berkenbast en blaadjes. Ze lieten ze te water in de gracht rondom de Sternburg. Dat was geen burcht meer met ridders en een ophaalbrug, maar de gracht en de baroktoren maakten dat het nog steeds op een kasteel leek – ook al werd de kerker nu gebruikt als opslagplaats voor aardappels, en al waren de geharnaste paarden vervangen door makke witte koeien die overal op de weilanden dampende vlaaien achterlieten. Achter de Sternburg lag de stam van een gevelde eik over de gracht, en daar kon je overheen balanceren als je durfde. Maar als je uitgleed, dan viel je in het troebele water, en dan kwam je krijsend weer boven, met groene en gele rupsen in je haar – zoals Alexander Sturm, wiens vrienden hem hadden uitgedaagd de gracht geblinddoekt over te steken op de avond van zijn zeventiende verjaardag.

Hoewel Alexander er niets aan had overgehouden, weerhield dat verhaal Trudi en Georg van een poging de gracht over te steken, maar sommige avonden, als ze niet meteen in slaap viel, zag ze zichzelf over de stam lopen, met haar armen aan weerszijden uitgestoken, en haar blote voeten op de witte bast.

Een keer nam Leo beide kinderen mee naar een poppenkastvoorstelling in Neuss; een andere keer leende hij de auto van de Abramowitzen om een zak meel te kopen bij de fabriek aan het noordelijk uiteinde van het stadje. Met die bakstenen bogen en hoge ramen leek het gebouw meer op een landhuis dan op een fabriek, en toen de kinderen tikkertje speelden in het bos eromheen, holden ze niet alleen voor elkaar weg, maar ook voor een vaag voorgevoel van instorting en verval, een voorgevoel dat Georg geheel zou vergeten, en dat Trudi zich pas weer zou herinneren op een juniavond, tweeëndertig jaar later, toen ze terugging naar de meelfabriek, lang nadat hij verwoest was door bommen en verlaten in een steeds dichtere wirwar van bos en moeras lag, terwijl de rest van Burgdorf alweer herbouwd was. Ze zou door het gebouw zonder dak lopen, een droge distel uit een pol kamille plukken, en zichzelf en Georg zien, op die dag dat haar vader hen had meegenomen naar de fabriek, toen ze distels met wortel en al uit de grond hadden getrokken en met hun stekelige boeketten naar de leesbibliotheek waren gegaan, waar ze met een pan en twee lepels bij de beek de paarse distelbloemen hadden vermengd met water en zand. Distelsoep, hadden ze die prut genoemd toen ze hem haar vader aanboden – en hij had gedaan of hij ervan slurpte, en geluidjes gemaakt alsof het heerlijk smaakte.

In november ging Trudi mee toen Georg en zijn moeder in de Allerheiligenprocessie meeliepen. De processie begon bij de Sint-Martinus, trok rond het hele kerkplein, door de aangrenzende straten, en kronkelde langs de katholieke school en de synagoge naar de begraafplaats, waar de mensen van Burgdorf kransen legden op hun familiegraven en dikke witte kaarsen aanstaken in glazen lantaarntjes.

Afgezien van Trudi nodigde Georg nooit een van zijn vriendjes uit mee naar boven te komen, naar de tweede verdieping, en zelfs haar bezoekjes eindigden op de dag dat hij haar had weten over te halen zijn haar af te knippen met zijn moeders borduurschaartje. Terwijl hij op een houten krukje in de keuken zat, hing zij op de rand van de keukentafel in de rode wollen jurk met bijpassende kousen die haar tante haar voor Kerstmis had gestuurd, klaar om de schaar door Georgs krullen te halen.

Maar iets weerhield haar van de eerste knipbeweging – de vrees dat ze Georg, als hij eenmaal meer op andere jongens zou lijken, als vriendje zou verliezen; en toch wilde ze dat de andere jongens hem aardig vonden, wilde ze dat hij gelukkig was. Ze hield de schaar in haar ene hand, en een haarlok in de andere.

'Knippen,' zei hij.

Vier opgezette roodborstjes en een opgezette uil zaten boven op de kast, en hun glimmende, harde oogjes hielden haar in de gaten. Het was koud in de keuken want Frau Weiler kon het fornuis alleen opstoken om te koken; toch was de huid in Georgs nek heel warm tegen Trudi's vingers.

'Knippen.'

Het schaartje piepte toen het één krul afknipte.

'Laat zien.' Hij graaide hem uit haar hand en staarde ernaar, verrast deze oude vijand eindelijk los van zijn lichaam te zien. 'Schiet op, Trudi.'

Snel knipte ze, vervuld van een plotselinge woede, op hem, omdat hij hun vriendschap op het spel zette.

'Korter,' zei hij toen hij in zijn moeders handspiegel keek. Zijn haar hing nog over zijn oren, en hij zei steeds weer 'Korter' tegen Trudi als ze ophield, totdat hij er niet meer uitzag als Georg, maar als de andere jongens die haar uitscholden, en ze bereidde zich erop voor te doen alsof ze hem nooit aardig had gevonden, en bleef maar knippen en knippen tot zijn oren en voorhoofd bloot lagen en er nog maar een paar bleke plukjes uit zijn hoofdhuid staken. Hij greep haar handen en sprong op en neer op de glimmend gepoetste vloer, maar zij kon zich er niet toe brengen met hem mee te lachen.

Leo Montag stond op het punt de leesbibliotheek te sluiten toen Hedwig Weiler haar zoon en Trudi naar binnen sleurde.

'Dat heeft jouw dochter gedaan,' fluisterde ze. De rimpels in haar wangen leken dieper, en haar lippen trilden.

Rustig bekeek Leo Montag de jongen, de stuurse, angstige ogen, de trotse houding van de nek. 'Een kleine man,' zei hij. 'Georg, het staat je goed.'

'Je dochter had geen toestemming...' begon Frau Weiler.

Maar hij schudde zijn hoofd. 'Hedwig,' zei hij zacht, 'Hedwig,' en hij richtte zijn blik op de hoekige vrouw in de zwarte jurk, totdat zij – even – het gevoel kreeg dat hij alles begreep wat haar zo verontrustte. Het was een blik waarin een vrouw kon uitrusten, een blik die haar respecteerde en beschermde. En toen Leo die overweldigende treurnis in haar ogen herkende, dacht hij aan wat de mensen in het stadje over Frau Weiler zeiden – dat ze een verbitterde vrouw was die haar man had neergehaald en haar zoon dwong zijn toevlucht te zoeken bij het geluk –, maar omdat hij altijd verder gekeken had dan de meeste anderen, voorbij façades naar de vele nuances van schaduw en licht, wist Leo dat Hedwig Weiler niet alleen doodsbenauwd was voor God en voor wat de buren over haar zouden zeggen, maar dat ze er ook naar snakte als gulhartig beschouwd te worden.

'Hedwig, het werd tijd,' zei hij, en gaf haar de gelegenheid gulhartig te zijn, door haar te vertellen over de dag dat zijn vader hem had meegenomen naar de kapper. 'Dat is een grote dag in het leven van een jongen, Hedwig, een belangrijke dag. De meesten onthouden die hun leven lang. Ik was drie, en ik kan nog die kou in mijn nek voelen.'

Ze keek neer op het kortgeknipte hoofd van haar zoon en hief haar ene hand op om het zacht aan te raken.

'Heeft hij niet nog die *Lederhosen*?' vroeg Leo.

Georgs gezicht schoot omhoog. Zijn ogen flitsten heen en weer van zijn moeder naar Herr Montag naar zijn moeder.

'Van de onbekende weldoener.' Ze knikte. 'Maar waarschijnlijk is die broek hem nu te klein geworden.'

'Je zult versteld staan, Hedwig, zoals je die dingen kunt bijstellen.'

'Hij is een stuk gegroeid.'

'Ik heb er als jongen een gehad – die moet ik jaren hebben gedragen...'

Hoewel Trudi niet meer in de woning boven de kruidenierswinkel mocht komen, werd Georg handig in wegsluipen wanneer zijn moeder met klanten bezig was, en de twee kinderen speelden dan tussen de boekenplanken in de leesbibliotheek of ze maakten zich uit de voeten met chocoladesigaretten die Georg uit zijn moeders winkel had gepikt. Dan deden ze of ze rookten, bliezen denkbeeldige wolkjes de lucht in; ze joegen duiven dwars over het kerkplein en door de tarwe- en aardappelakkers die rond het stadje lagen, ze plaagden de ganzen achter de zaak van de preparateur en renden weg wanneer de enorme vogels op hen toe waggelden, sissend met hun harde snavels. Georg was veel sneller op dagen dat hij zijn *Lederhosen* mocht dragen, maar die zat nooit echt goed omdat zijn jurk erin gepropt zat.

In Trudi's kamer legden ze plaatjes van de sprookjesblokken, of ze bouwden er torentjes van op de vensterbank, tot die neervielen op de geverfde vloerplanken. Georg probeerde altijd weddenschappen met haar af te sluiten – hoeveel vogels voorbij haar raam zouden vliegen, of hoeveel wurmen ze zouden vinden bij de beek.

Soms beklommen ze de wenteltrap naar de toren van de katholieke kerk, waar Trudi zich groter voelde dan alle mensen die ze kende, en als ze het stadje heel uit de hoogte bekeek en zich voorstelde dat ze door de daken en schoorstenen in de huizen van andere mensen kwam, deed het er niet meer toe dat haar lichaam was achtergebleven in groei.

Daar in die toren vertelde Georg haar dat hij wilde sterven op zijn drieendertigste. 'Zo oud was Jezus toen Hij aan het kruis stierf.'

'Drieëndertig is heel oud.'

'Misschien kunnen we samen doodgaan.'

'Goed.'

Soms probeerde ze Georg bang te maken door hem verhalen te vertellen over skeletten en opgehangen mensen die kwamen spoken. Wanneer ze daar zoveel succes mee had dat niet alleen Georg, maar ook zij de wenteltrap wilde afrennen, stapte ze over op verhalen over waterfeeën die in de Rijn zwommen, over sterren met felle staarten die door de nacht gierden, totdat ze ze voor zich zag, die sterren en die waterfeeën. Dat was iets waarop ze zelfs als volwassene nog zou teruggrijpen – verhalen vertellen om de angst op afstand te houden.

Georg mocht niet spelen met protestantse kinderen of met de joodse kinderen die naar de katholieke school gingen omdat die tegenover de synagoge was gelegen. De protestantse school en kerk waren aan de Römerstrasse, ver van het centrum van het stadje, waar de toren van de Sint-Martinus in de wolken priemde. Georg en Trudi vroegen zich af hoe het er binnen in de protestantse kerk uitzag. Die was lager en breder, zonder klokkentoren en pinakeltjes – eigenlijk meer een huis dan een kerk. Maar een protestantse kerk betreden was een zonde. Georg zei dat de duivel je kon pakken als je de deur opendeed, en zelfs als je aan de duivel ontkwam, zou Herr Pastor Schüler het weten, gewoon door je aan te kijken.

Omdat Trudi Georgs enige vriendinnetje was, wilde hij haar best helpen met de taken die ze had overgenomen na haar moeders dood, dagelijks naar de slagerij van Anton Immers, naar de markt waar boeren fruit en groenten verkochten, naar bakkerij Hansen voor *Brötchen* of *Schwarzbrot*, naar de boerderij van de Braunmeiers voor eieren en melk, die ze naar huis bracht in een metalen emmertje met een liter inhoud, en soms naar het huis van de Buttgereits aan de noordkant van het stadje, voor witte asperges. De Buttgereits hadden negen dochters, en verkochten de heerlijkste asperges van het hele plaatsje. Mensen kwamen helemaal uit Düsseldorf om ze te kopen. Ze waren wit en mals, en hadden een heerlijke smaak die niemand anders die groene asperges teelde, had kunnen evenaren, en die de Buttgereits bewaarden als een familiegeheim.

Toen Trudi eindelijk pianolessen bij de slagersvrouw mocht nemen – wat haar vader had geregeld door lessen te ruilen voor bibliotheekboeken – kwam Georg mee, en hij zat geduldig in de keuken van de Immersen, luisterend naar de hortende klanken en pauzes uit de aangrenzende kamer, terwijl hij staarde naar de schoonmoeder van de slager, een verschrompeld wijfje dat bijna doof was; ze woonde in bij het gezin en zat meestal in haar schommelstoel bij het vuur stil te zijn, behalve wanneer ze zwaar zuchtend haar speeksel opslurpte.

Het maakte Trudi razend dat de valse klanken die ze aan de ivoren toetsen ontlokte, niet overeenkwamen met de muziek die haar met zoveel eerbied had vervuld, al toen ze nog een zuigeling was. Zulke muziek kon ze niet maken, al studeerde ze urenlang, en ze was bang voor die zuinige blik van Frau Immers, elke keer dat ze een verkeerde toets aansloeg. Maar ze was vastbesloten even goed te leren spelen als Robert voordat ze hem in Amerika ging opzoeken. Ze wist dat het nog wel even zou duren voordat zij en haar vader die reis zouden maken, want de leesbibliotheek leverde nauwelijks genoeg op om eten en brandhout te kopen.

Een keer, toen Herr Abramowitz een nieuwe camera had gekocht, maakte hij een foto van Trudi en Georg bij de beek. Ze hadden van stenen een dam gebouwd, en hun kleren en gezichten zaten onder de modder. Hoewel Trudi op een rotsblok stond, met geheven kin, was het duidelijk dat ze veel kleiner was dan Georg. Haar lichaam was breder dan het zijne, en haar heupen begonnen al uit te zetten, alsof de hand van een reus boven haar zweefde en probeerde haar de grond in te drukken en die trage, diep bedolven pijn in haar heupen en rug veroorzaakte waardoor ze haar leven lang gekweld zou worden.

Als jonge vrouw zou Trudi die foto tegenkomen in een oude bonbondoos waarin de andere foto's uit haar kindertijd zaten, sommige van haar als zuigeling, en dan vroeg ze zich af hoe haar moeder meteen had kunnen zien dat ze anders was. Op de vroege foto's waren de verschillen zo gering – bijna niet op te merken. Misschien had haar moeder iets anders in haar gezien – dat slechte in haar, dat Trudi haatte en in stand hield, teneinde te overleven.

Sinds haar man door de rivier was meegesleurd had Georgs moeder de winkel in haar eentje gedreven. Staande achter de u-vormige toonbank, die de rij van wachtende klanten scheidde van de brede planken vol dozen, blikken en zakken, pakte ze de dingen die de mensen oplazen van hun boodschappenbriefjes. Op een stukje pakpapier rekende ze uit wat ze haar schuldig waren, en dan veegde ze haar vingers af aan haar witte schort, dat tegen het eind van de dag groezelig werd. Als kinderen hun *Pfennige* brachten om drop of snoep te kopen, keek ze hen streng aan met haar uitpuilende ogen en vroeg ze of ze wel toestemming hadden van hun ouders. Als ze die niet hadden, maar wel snoep wilden, dan moesten ze samen met het genoegen ook de zonde van de leugen kopen.

De kerk was de plaats waar de kinderen van Burgdorf alles leerden over de zonde. Zonde was jokken of iets pakken wat niet van jou was. Zonde was een grote mond tegen volwassenen of ongehoorzaamheid. Zonde was jezelf aanraken tussen je benen of toelaten dat iemand anders je daar aanraakte. Zelfs daarover denken was een zonde, en ook als je je daar te lang waste met een washandje. Sommige mensen zaten onder de zonden, die vormden een soort tweede huid, en zelfs de zonden van hun ouders. Zoals Anton Immers, de slager, die ouder was dan de meeste van hun vaders, maar iedereen in het stadje wist dat hij drie maanden na het huwelijk van zijn ouders was geboren. Een driemaandskindje. Dat betekende zonde. Of zoals Helga Stamm, die net zo oud was als Trudi, maar een onecht kind was omdat haar moeder helemaal niet getrouwd was. Die huid van zonden – het stadje liet nooit toe dat die mensen die ooit geheel aflegden, al deed iedereen alsof hij niet bestond. Het stadje wist het. Behalve de zonden die door de huid heen drongen en geheim bleven – dan wist het stadje niet precies wat er gebeurd was, alleen dat de persoon in kwestie veranderd was door wat er gebeurd was. Zoals de stukjes steen onder de huid van de linkerknie van Gertrud Montag. Die waren daar blijven zitten, een herinnering voor haar, maar voor niemand anders, tenzij ze je hand pakte en je vingertoppen liet glijden over de verdikkingen onder haar huid, met de woorden: 'Daar, voel je dat?'

En dan waren er natuurlijk nog zonden die je rechtstreeks naar de hel zouden voeren als je niet biechtte voordat je doodging, zonden waarmee je je foto in de krant kon krijgen, zoals moord of inbraak. Het duidelijkste verschil tussen de zonden was dat sommige je rechtstreeks naar de hel brachten, terwijl andere maakten dat je moest wachten in het voorgeborchte. Het leek zinvol zo vaak mogelijk te biechten, zelfs als je je niet kon herinneren gezondigd te hebben.

'Er zijn dingen,' had Trudi's vader haar verteld, lang voordat ze oud genoeg was om te biechten, 'die de kerk zonde noemt, maar die horen bij het menszijn. En die zonden moeten we aanvaarden. Het belangrijkste is...' hij zweeg even, '...dat is dat je vriendelijk bent.'

In zijn ogen zag ze zoveel zachtaardigheid en wijsheid dat ze haar armen om zijn middel sloeg. 'Beloof je dat je niet doodgaat?'

'Ik blijf hier nog heel lang.'

'Hoe lang?'

'Lang genoeg voor jou om genoeg te krijgen van mijn praatjes.'

Hoewel Georgs haar nu kort was en hij zijn jurken in zijn *Lederhosen* droeg, behandelden de andere kinderen hem nog steeds alsof hij eruitzag als een meisje; Trudi voelde echter aan dat hun herinneringen aan hem geleidelijk vervangen zouden worden door zijn nieuwe uiterlijk. Soms haatte ze hem omdat hij wél kon veranderen. Was het maar zo gemakkelijk voor haar – haren knippen, een nieuwe manier van lopen... Hoe meer hij zijn anders-zijn kwijtraakte, des te verder leek hij bij haar vandaan te raken. Pijnlijk helder begreep ze de aard van hun vriendschap – die had alleen kunnen bestaan omdat ze geen van beiden andere vriendjes hadden kunnen vinden.

Georg raakte in verwarring wanneer Trudi – om te wennen aan het verlies van haar vriend – excuses verzon om niet met hem te spelen. Hij liep haar achterna, pikte geld uit zijn moeders portemonnee om haar terug te veroveren. Op een dag zeurde hij net zo lang bij zijn moeder tot ze Trudi uitnodigde voor de zegen van de voertuigen. Frau Weiler hees beide kinderen op haar fiets, Trudi op de bagagedrager boven het achterwiel, Georg in het kinderzitje dat aan het stuur was bevestigd, en fietste naar het kermisterrein om haar rijwiel met wijwater te laten besprenkelen.

Terwijl ze op Herr Pastor wachtten, kwamen twee van de klanten van Frau Weiler die Trudi optilden en haar als een klein kindje vasthielden, al was ze daar veel te oud voor. Niemand tilde Georg op, en die was vier weken jonger dan zij. Trudi was woedend: ze wilde spugen, krabben, en ze moest zichzelf herinneren aan haar goede manieren om zich te beheersen.

'Wat een mooi haar,' zeiden de vrouwen, en ze lachten toen ze zich aan hun armen ontworstelde.

Georg stond met zijn elleboog tegen Trudi's schouder terwijl de pastoor, omgeven door zes misdienaars met wierookvaten en zilveren wijwaterbakjes, druppels wijwater liet vallen op fietsen, vrachtauto's, landbouwmachines en een paar auto's. Trudi had tegen Herr Abramowitz gezegd dat hij zijn auto ook moest brengen, in de hoop dat ze met hem mee mocht rijden, maar hij had gelachen met al die tanden van hem, en had gezegd dat joodse auto's gingen roesten van katholiek water.

Georg bracht Trudi een steen met gouden adertjes die hij op het kermisterrein had gevonden, een gespikkelde staartveer van een duif, chocoladetorren in glimmend rood papier met zwarte stippels uit de winkel van zijn moeder. Maar zijn chocolade herinnerde haar alleen aan de zoete gal van het verlies, bij de begrafenis van haar broertje. Toen de jongens Georg eenmaal lieten meespelen, kreeg Trudi het gevoel dat alles wat hij samen met haar had gedaan, slechts tijdvulling was geweest, terwijl hij op die anderen wachtte.

Ze keek naar hem van achter de kanten vitrage van haar kamer wanneer hij achter een bal aan rende of verstoppertje speelde met andere jongens. Als haar keel dicht ging zitten, heet en zurig, rende ze naar beneden en vroeg ze haar vader een van de platen te draaien die de onbekende weldoener had achtergelaten, en terwijl ze luisterde naar de *Eroica* van Beethoven, die uit de houten fonograaf schalde – een wonder dat iets dergelijks in zo'n klein doosje paste –, werd het haar weer mogelijk te slikken.

Op een bewolkte lentemiddag volgde ze Georg naar de Rijn, waar hij en Paul Weinhart, die zo gek liep, met zijn tenen naar binnen, probeerden in weckflessen kikkervisjes te vangen. Ze hurkten aan de oever van de rivier onder de afhangende takken van een oeroude wilg, met hun rug naar haar toe. De nek van Paul was zo dik dat zijn schouders rechtstreeks uit zijn hoofd leken te groeien.

Trudi verborg zich achter een wirwar van braamstruiken – ze was bang, maar hoopte tegelijkertijd, dat ze haar naam zouden roepen en vragen of ze samen met hen kikkervisjes kwam vangen. Haar vader had haar laten zien hoe je dat deed. Maar de jongens riepen haar niet. Ze wenste vurig dat ze de weckpotten zouden laten vallen, dat ze in de scherven zouden trappen, hun voeten zouden openhalen. Haar gezicht gloeide toen ze hun bloed op de keien zag, en hoe ze op hun kop kregen dat ze weckflessen hadden gebruikt. 'Dat zijn toch dingen waar je zuinig mee omgaat,' zou Georgs moeder zeggen, en Paul Weinharts moeder zou hem een draai om zijn oren geven, tweemaal, dwars op zijn kaak. Ah – ze huiverde van woede.

Georg en Paul vingen niet één kikkervisje, en dat was net goed. Nadat ze waren teruggegaan, kwam Trudi achter de braamstruiken vandaan, en ze dompelde haar armen in de koude rivier. Een gevlochten eind touw dat een paar oudere jongens aan de langste tak hadden geknoopt, hing boven het ondiepe deel van het water. Daar maakte de Rijn een bocht, zodat er een elleboogvormig strandje was ontstaan dat door de woelige golven met rust werd gelaten. De lange strekdam die stroomopwaarts in de rivier uitstak, bood extra bescherming tegen de stroming. Op warme zomerdagen gingen de mensen van Burgdorf hier graag zwemmen: gezinnen picknickten op dekens in het zand, en de oudere kinderen klommen in de boom, grepen het touw bij een van de vele knopen vast, zwaaiden zich naar buiten boven het water en lieten zich dan in de rivier vallen.

Trudi zette haar handen in de zij. Ooit, zo dacht ze, zou zij dat ook proberen, en ze zou verder naar buiten zwaaien dan alle anderen. Maar eerst moest ze nog leren zwemmen. Net als een kikkervisje, dacht ze. Nee –

als een volwassen kikker met vier poten. Ze had gezien hoe kikkers door het water schoten, had hun vlotte, snelle zwemslagen afgunstig bekeken. Als zij hen kon nadoen, dan zou ze kunnen zwemmen. Ze zag het al voor zich: ze zou haar benen recht uitsteken, ze optrekken naar haar lichaam, en ze dan in een wijde boog spreiden, ze zou haar armen voor zich uitsteken, haar handpalmen naar buiten keren en het water opzijduwen. Als Mozes die de Rode Zee uiteen liet gaan.

Ze keek om zich heen. Het pad dat langs de rivier liep, was leeg. Dat gold ook voor het weiland dat voor de dijk lag. Snel trok ze haar schort en de jurk met de matrozenkraag uit, haar kousen en schoenen, het witte katoenen broekje dat met knopen aan haar hemd vastzat. In het kille water dat nog de herinnering aan de winter meevoerde, oefende ze de zwemmethode die ze zich had voorgesteld. Het was verbijsterend eenvoudig–zolang ze maar dat beeld van die kikker in haar hoofd hield. Kikkers waren thuis onder water, en zo zwom zij ook, alleen boven komend om diep adem te halen.

De volgende ochtend vroeg verliet ze het huis voordat haar vader wakker was, en ze liep naar de rivier. Die hele lente kwam ze daar bijna elke ochtend, als er niemand in de buurt was. Ze bleef vlak bij de strekdam en schoot als een kikker door het ondiepe water, ze dook in de bruine modder op de bodem en liet die om zich heen wolken, met de wens dat haar lichaam diezelfde kleur kreeg, zodat ze gecamoufleerd was. Hier was de rivier van haar. In het water voelde ze zich elegant, gewichtloos zelfs, en als ze haar armen en benen bewoog, voelden ze lang aan.

Op haar eerste schooldag kreeg Trudi een leren schooltas en een *Schultüte*–een enorme, glimmende kartonnen hoorn, gevuld met kleurkrijtjes, gummetjes, snoep, potloden, sinaasappels en noten, zoals alle kinderen kregen als ze voor het eerst naar school gingen. Ook bracht ze jaren van verlangen mee, verlangen om net zo te zijn als de anderen. Hoewel ze dolgelukkig was eindelijk door andere kinderen omringd te zijn, werd ze zich ook veel sterker bewust van haar anders-zijn. Het kwam niet alleen door de vorm van haar lichaam en de slecht passende kleren, ontworpen voor meisjes van drie, dat ze opviel, maar ook door haar heftig verlangen erbij te horen.

'Opdringerig,' noemde het hoofd van de school, zuster Josefine, het als ze met de andere leerkrachten over Trudi praatte. 'Ze willen haar niet laten meedoen, en dan doet ze alleen maar nog meer haar best.'

'Opdringerigheid,' zei haar onderwijzeres, zuster Mathilde, waarschuwend tegen Trudi, 'maakt je leven alleen maar moeilijker.' Ze legde haar mooie, melkblanke handen om Trudi's wangen. 'Kijk eens naar de andere meisjes. Die komen niet meteen aanzetten met antwoorden. Die wachten tot ik hun naam noem.'

Trudi keek inderdaad naar de andere meisjes, en wat ze zag, stemde haar onbehaaglijk – ze hielden hun mond, zelfs als ze de antwoorden wisten, terwijl de jongens hun hand opstaken, eisten gehoord te worden. Ze reageerde ongeduldig op die meisjes, net als op vrouwen als Frau Buttgereit, en zelfs Frau Abramowitz, die altijd in stilte leden en het als een teken van deugdzaamheid beschouwden nooit te klagen. Een keer had ze gehoord hoe Herr Abramowitz zijn vrouw een standje gaf: 'Je lijkt wel een van hen, Ilse. Het leven moet nú geleefd worden.'

Het tafeltje van de zuster stond onder een groot houten crucifix, en de kinderen zaten in rijen dubbele banken, met hun rug naar de enige plaat in de klas, een schilderij van een biddende Maagd Maria boven de kapstokken.

Een van de jongens, Fritz Hansen uit de bakkerij, fluisterde Trudi toe dat de nonnen nooit sliepen.

'Waarom niet?'

'Dat hoeven ze niet. Ze bidden de hele nacht.'

Trudi begon op het mooie gezicht van zuster Mathilde te letten, of het tekenen van vermoeidheid vertoonde, maar het enige wat ze in haar ogen zag was het mysterie van het religieuze leven. Zo had Frau Blau het genoemd – het mysterie van het religieuze leven. Dat kwam doordat je de bruid van Christus was en in een klooster woonde, samen met zijn andere bruiden.

Trudi had lief, snel, onoverdacht – ze hield van zuster Mathilde, wier stem kon beven van emotie wanneer ze over de martelaren sprak; van Eva Rosen die naast Trudi in de bank zat, met zo'n rechte rug dat ze altijd de anderen als voorbeeld van een goede houding werd voorgehouden; van Herr Pastor Schüler, die Trudi's eerste biecht zou horen en tegen haar zou zeggen dat ze niet mocht vergeten dat ze een kind van God was – ze had snel en onoverdacht lief, zoals ze ooit van Georg had gehouden, alsof zich geen lucht bevond tussen haar en de ander.

Er was steeds maar één innig geliefde – al kon dat van de ene dag op de andere wisselen – en die persoon hield ze dan in het oog met haar kuise, jaloerse liefde. Het stemde haar dieptreurig wanneer Herr Pastor een bezoek aan de klas bracht en vergat speciaal even naar haar te glimlachen, of wanneer zuster Mathilde ontevreden naar haar keek omdat ze niet stil zat, of wanneer Eva Rosen van school naar huis hand in hand met Bettina Buttgereit liep.

Anders dan de meeste andere meisjes die met hun beste vriendin naar huis liepen, had Trudi nooit met een ander kind hand in hand gelopen. Na schooltijd liep ze op haar gemak naar huis, meestal op de stoep tegenover die waar Georg liep. Georg zat bij haar in de klas, maar vermeed haar rechtstreeks aan te kijken. Voor zichzelf herhaalde ze de letters die ze die dag had geleerd, en verbond ze de lussen zodat ze woorden vormden. Ze bleef staan, overal waar kinderen hinkelden of met een bal speelden, en hoopte dat ze zouden begrijpen dat zij vanbinnen net zo was als zij. Ze wilde zo graag meedoen aan hun spelletjes, maar ze nodigden haar niet uit–zelfs niet als ze er zelf om vroeg–en na een paar maanden gaf ze het op. Ze bleef op enige afstand staan kijken naar de andere kinderen, hield haar brede gezicht onaandoenlijk alsof het haar niets kon schelen. Ze kon voelen dat ze haar verafschuwden. Kon voelen dat ze haar niet wilden aanraken. Maar als ze haar uitscholden–voor *Zwerg*, voor *Zwergenbein*–namen waarvan ze wisten dat ze pijn deden, graaide ze handenvol aarde die ze naar hun plagende gezichten gooide. Ze schold hen ook uit, voor *Schweinesau* en *Arschloch*–smerige woorden die haar de naam bezorgden dat ze een vuilbek was en resulteerden in waarschuwingen van de nonnen dat ze zich moest beheersen, smerige woorden die bij haar een angst wekten dat haar ziel even lelijk als haar lichaam begon te worden.

Zelfs in het speelkwartier wilden de meisjes haar niet laten meedoen; ze vormden een kring en liepen rond en zongen 'Ringel Ringel Rose...', terwijl zij buiten de kring stond en woede in zich voelde opkomen, een woede die blinkende tranen naar haar ogen bracht en maakte dat ze die meisjes pijn wilde doen.

Meestal kon ze die tranen inslikken, maar op een middag kwam ze huilend thuis. Haar vader stond bij de deur, met zijn handen vol witte vlekken doordat hij het kruis op haar moeders graf had geverfd. Door zijn zachtmoedige vragen ging Trudi alleen harder huilen, tot ze een weerspiegeling van haar pijn in zijn ogen zag, alsof híj degene was geweest die niet mocht meedoen.

De volgende ochtend vlocht hij haar haar, hij stak de vlechten op boven haar oren en maakte haar zilveren kettinkje met het kruisje vast. Hij trok het jasje van zijn zondagse pak aan over zijn gebreide vest en hinkte naast haar mee naar de school, waar hij met zuster Mathilde praatte in de hal, naast het beeld van Sint Christoffel, de lelijke reus die het kindje Christus over de rivier had gedragen. Het kindje was klein, maar droeg desondanks de hele wereld. Turquoise gipsen golven klotsten rond de voeten van Sint Christoffel, wiens naam 'Christusdrager' betekende. Gebogen onder het mateloze gewicht van het kind leek de reus op het punt neer te storten. Volgens de zusters was het kind almaar zwaarder geworden, al was het zo klein, altijd even klein, alsof het veroordeeld was tot een eeuwigheid als *Zwerg*. En toch kon Trudi in zijn ogen al de man herkennen, met een doornenkroon die zijn voorhoofd openreet terwijl hij strompelde onder het gewicht van het kruis, even duidelijk als de reus had gewankeld onder zijn last.

Zuster Mathilde kwam pas laat de klas binnen, fladderend met haar zwarte rokken en sluier. Terwijl ze haar gesteven witte kap rechttrok, vormden haar lippen een strakke lijn – een waarschuwing voor de kinderen haar geduld niet op de proef te stellen. In de pauze nam ze Trudi's hand in de hare, alsof zij elkaars beste vriendin waren, en toen nam ze haar mee naar het schoolplein, waar ze de bijeengegroepte meisjes meedeelde dat Trudi voortaan moest meedoen aan de spelletjes. Trudi had willen wegkruipen voor die afwijzende blikken, voor de stijve manier waarop de kring zich opende onder de waakzame ogen van de zuster. Gehoorzame handen trokken Trudi mee. En ze haatte hen. Haatte hen omdat ze haar niet moesten. Haatte hen omdat ze wilde dat ze haar aardig vonden. Haatte hen omdat ze voelde dat het nooit gemakkelijker zou worden.

Die zondag duwde haar vader haar een mandje, afgedekt met een handdoek, in de armen. 'Niet laten vallen,' zei hij waarschuwend.

Toen ze de handdoek wegtrok, keek een heel klein hondje haar recht aan. Hij was zwart, afgezien van de donkergrijze vlekken die zijn kop bedekten als een masker. Ze tilde hem op, drukte hem tegen haar wang. Zijn lijfje leek verloren tussen plooien losse huid. Zijn snuit was vochtig, en hij wriemelde in haar armen.

'Je moet hem tweemaal per dag te eten geven tot hij volgroeid is.'

'Hoe heet hij?'

'Dat mag jij zeggen. Het is jouw hond.'

Ze zette hem op de houten vloer en hurkte naast hem neer. Nadat hij aan haar voeten had gesnuffeld – wat haar aan het lachen maakte – schoot hij naar haar vader toe, liep weer terug, en verkende de vloer in steeds wijdere cirkels, die allemaal terug naar haar leidden.

'Ik weet niet hoe ik hem moet noemen.'

'Je mag best even wachten. Binnenkort weet je het wel.'

'Hoe dan?'

'Hij zal het je laten weten.'

De hond bleef maar een paar weken zwart – toen begon zijn vacht in zilvergrijs te veranderen en werd het zwart minder, alsof er maar een beperkte hoeveelheid pigment aanwezig was terwijl zijn lichaam groeide. Het grijze masker behield echter zijn diepe kleur, al werd hij voor het overige grijs als de mantel van zeehondenbont, van die Russische soldaat. En daarom noemde Trudi hem ten slotte Seehund. Zeehond. Herr Abramowitz maakte een foto van haar en Seehund, te midden van haar poppen. Soms, wanneer haar vader voor haar een boterham met reuzel besmeerde, doopte zij haar vinger in de reuzel, en dan mocht Seehund die aflikken.

Terwijl zij op school was, sliep de hond op een oud kussen achter de toonbank van de leesbibliotheek, en als ze thuiskwam, ademloos van het hollen omdat ze zo naar hem verlangde, sprong hij tegen haar op en wierp hij zijn puppygewicht tegen haar stevige benen. Ze liet haar leren schooltas vallen en tilde hem op. Niemand had haar ooit zo uitbundig liefgehad: haar moeders liefde was grillig geweest, en haar vaders liefde was weliswaar van blijvende aard, maar vermengd met een vertederde treurnis. Seehund echter slingerde haar zijn liefde tegemoet, met zijn hele lijf. Het was een liefde die ze herkende – zoiets had ze in zichzelf gevoeld, maar nooit zo uitgelaten kunnen tonen. Seehund maakte dat mogelijk. Ze kon haar armen om hem heen slaan en zijn vacht tegen haar gezicht voelen, ze kon door het hoge onkruid langs de beek rennen en weten dat hij achter haar aan kwam, ze kon hem te eten geven en zien hoe hij met zijn hele achterwerk kwispelde van dankbaarheid. En als ze zich treurig voelde, nam hij de zijkant van haar hand in zijn bek en beet er zachtjes in, tot ze met haar andere hand zijn kop streelde.

Toen Seehund vier maanden was, leerde ze hem aan de lijn te lopen, zodat ze hem door het hele stadje kon meenemen. De mensen bleven staan om hem te bewonderen. Ze glimlachten naar haar terwijl ze hem aaiden. Op een zaterdag, toen ze met haar hond op het trapje voor de deur zat en treindienstregelingen uit haar hoofd leerde uit het spoorboekje dat ze van Frau Abramowitz had gekregen, kwamen Eva en haar moeder naar de leesbibliotheek lopen. Terwijl Frau Doktor Rosen naar binnen ging om een nieuw voorraadje Amerikaanse westerns voor haar man te halen, vroeg Eva of ze met de hond mocht spelen.

Trudi knikte. 'Hij vindt het fijn als je over zijn rug aait.' Ze zou willen dat ze zo'n groene jurk had als Eva, van dunne stof die om je benen fladdert onder het lopen.

Zachtjes wreef Eva over Seehunds vacht, te beginnen bij zijn oren, en toen helemaal naar zijn staart toe. Hij schudde zich als een eend, en beide meisjes moesten lachen.

'Ga je op reis?' Eva wees op het spoorboekje.

'Ik lees alleen waar de treinen heen gaan en waar ze stoppen.'

'Waarom?'

'Om het te weten.'

'Mag ik met je hond wandelen?'

Trudi aarzelde, en overhandigde toen de leren riem aan Eva, en de twee meisjes liepen naar het eind van de Schreberstrasse en weer terug. Eva was meer dan een hoofd groter dan Trudi, met lange enkels en polsen. 'Ik hou van honden.' Ze bukte zich om de uiteinden van Seehunds snorharen aan te raken. Een gouden hartje hing aan het dunne gouden kettinkje om haar hals. 'Maar katten...' Haar ogen kregen een angstige uitdrukking en ze keek om zich heen om te zien of er geen katten in de buurt waren. 'Katten,' fluisterde ze, 'die vinden je warme plekje, en dan smoren ze je.'

'Wat is je warme plekje?' fluisterde Trudi terug.

'Ze komen 's nachts in je kamertje en gaan op je keel liggen, omdat het daar warm is. En zacht.' Dunne krulletjes waren ontsnapt aan Eva's vlechten en kleefden aan haar voorhoofd, alsof ze met zwarte inkt op haar huid waren geschilderd. 'Mijn vader zegt dat katten je smoren als ze de kans krijgen. Op een avond had hij vergeten zijn slaapkamerraam te sluiten, en raad eens wat er gebeurde?'

'Kwam er een kat binnen?' Trudi kon de kat voor zich zien, een rode kat met witte pootjes.

'Mijn vader lag te dromen...' Eva knikte. 'En in zijn droom lag er iets zwaars op hem. Toen hij geen lucht meer kreeg, deed hij zijn ogen open, en die kat, die lag te slapen, die kat, dwars over zijn keel...' Ze streek met haar ene hand over haar keel als om de schim van die kat weg te vagen. 'Wij slapen altijd met de ramen dicht.'

'Ook in de zomer?'

'Ook in de zomer.'

'En overdag? Als je vader op zijn ligstoel ligt, op het balkon?'

'Overdag slaapt hij nooit. Dat lijkt maar zo. Hij is niet erg sterk.'

'Mijn moeder was ook niet erg sterk.'

'Maar mijn vader wordt weer beter.'

'Mijn moeder ziet eruit als een dode bruid. Herr Abramowitz heeft foto's van haar gemaakt. In de kist.'

Eva huiverde. 'Mag ik ze zien?'

'Ik weet het niet. Ze hangen in mijn vaders slaapkamer.'

'Ik heb een keer een foto van een dode baby gezien. Die had iemand aan mijn moeder gegeven omdat ze die baby had behandeld voordat hij doodging.'

'Was die baby door een kat doodgemaakt?' Trudi voelde een verhaal over een kat, een kat die een baby had doodgemaakt.

'Misschien wel.'

'Wat voor kleur had die kat van je vader?'

'Dat heeft niemand me verteld.'

'Wat is ermee gebeurd?'

'Hij sprong weg door het raam toen mijn vader begon te schreeuwen.'

Trudi sloot haar ogen. De kat – een slanke, rode kat – sprong weg van de vlezige keel van Herr Rosen en door het slaapkamerraam, en kwam geluidloos neer op het gras beneden, terwijl Herr Rosen almaar schreeuwde. De kat schoot achter de kippenren en onder de waslijnen door, stak de straat over, op zoek naar een ander open raam, een andere keel. Trudi rilde, hoewel ze van katten hield en gefascineerd was door hun lenige bewegingen, en de strakke blik van hun ogen die veel leek op de hare.

Toen Eva opstond om weg te gaan, zag Trudi zichzelf weer alleen, opnieuw in vertrouwd isolement. 'Mijn vader is een keer bijna doodgegaan,' zei ze snel, om Eva bij zich te houden.

'Door een kat?'

'Nee, door een Russische kogel. Die was recht op zijn hart gericht.' Ze zweeg expres even, want ze wist dat verhalen nieuwe kracht kregen als je ze eenmaal onder woorden bracht. Ze moesten binnen in je ziel beginnen, waar je ze heel lang kon bewaren, maar als je ze wilde laten vliegen, dan moest je er woorden voor zoeken en kijken naar de gezichten van de luisteraars. 'Maar die andere soldaat...' zei ze, terwijl ze de nieuwsgierigheid van Eva vasthield zoals ze vroeger met Georg had gedaan, omdat ze zo graag wilde dat ze bleef. Omdat ze vurig wenste dat ze bleef. 'Die andere soldaat struikelde – ze waren allemaal op een modderig veld, moet je weten – en toen kwam die kogel in mijn vaders knie terecht.'

Eva boog zich naar haar toe. 'En wat is er met die Russische soldaat gebeurd?'

'Die is gevangengenomen, en mijn vader mocht zijn jas houden.' Ze pakte Eva's hand, trok haar overeind van het trapje en naar de gang, waar de lange jas van zeehondenbont aan een van de houten haken hing. Uit het raam aan de eind van de gang viel licht over de Perzische loper en door het ingewikkelde vlechtwerk van de rieten stoel.

'Voel maar, die jas,' zei Trudi. 'Die is gemaakt van de vacht van zeehonden.' Ze had haar eigen versie gemaakt van het verhaal hoe haar vader in de oorlog gewond was geraakt en in het bezit van die jas was gekomen – voor haar gevoel moesten die twee dingen uiteindelijk met elkaar in verband staan – maar voordat ze Eva daarmee kon fascineren, kwam Eva's moeder de leesbibliotheek uit, met een aantal boeken.

Die avond deed Trudi haar raam dicht en lag ze lang wakker, luisterend of ze katten hoorde en bedenkend hoe ze de rest van het verhaal aan Eva zou vertellen. Ze glimlachte voor zich heen, denkend aan Eva's gezicht, luisterend. *'Die Russische soldaat was de langste man die mijn vader ooit had gezien, en ze werden vrienden. Nou ja, niet echte vrienden zoals...'* Ze wilde zeggen *'jij en ik'*, maar zelfs in haar fantasie kon ze zich zoiets niet veroorloven. *'Hij probeerde mijn vader zijn jas te geven. Als geschenk. Om goed te maken dat hij op hem had geschoten. Maar mijn vader ruilde hem voor zijn eigen rantsoenen. En een paar laarzen...'* Omdat ze verwachtte dat Eva iets zou vragen over schoenmaten, besloot ze eraan toe te voegen: *'Weet je, mijn vader heeft altijd grote voeten gehad. Ze waren even groot als die van die Rus.'*

Maar de volgende ochtend, toen ze naar school draafde, op het punt haar verhaal te vertellen, wendde Eva zich af zodra ze haar zag en begon ze te praten met Helga Stamm, het lelijkste meisje van de klas, met die dikke armen en bleke lippen, zodat ze eruitzag alsof ze uit deeg bestond. Trudi's hart klopte als een razende, en ze schoot langs hen heen, de klas in, en haalde de lei uit haar schooltas. Onder in haar rug voelde ze een pijn die de hele dag bleef.

Op weg naar huis hoorde ze kinderen achter zich lachen. Omdat ze ervan overtuigd waren dat ze lachten om haar lichaam, liep ze sneller door, met gloeiende wangen, vol haat jegens haar korte benen, die ook nog krom waren – ze bogen naar buiten bij de knieën, en dan weer naar binnen bij de enkels, als probeerden ze de omtrek van een groot koe-koeksei aan te geven. Ze deed alsof ze alleen wilde zijn. Zelfs als ze haar nu vroegen om mee te spelen, zou ze niet blijven staan. Niet voor hen.

Ze was niet langer dan een uur thuis toen Eva voor de leesbibliotheek verscheen, en riep of ze buiten kwam spelen.

'Neem Seehund mee,' schreeuwde ze toen Trudi haar hoofd uit het raam van haar kamertje stak. 'Ik heb wat voor je.'

Trudi wilde wegduiken en zich onder haar bed verstoppen, ze had zin een emmer vuil water over Eva's hoofd te legen, ze wilde naar beneden hollen en met Eva spelen. Langzaam liep ze de trap af, en telde de treden – *eins, zwei, drei, vier...* Haar gezicht begon te gloeien. *Eins, zwei, drei, vier, fünf, sechs, sieben. Sieben Zwerge.* Ze bleef staan. De week daar-voor had ze aan de pastoor gevraagd of er een patroonheilige voor dwer-gen was, en hij had haar als verbaasd met zijn vriendelijke ogen aange-staard.

'Ik geloof van niet, mijn kind.'

'Maar iederéén heeft een patroonheilige.'

De pastoor knikte, treurig. 'Kappers, weduwen, mensen met vallende ziekte, kooplieden...' Hij stak zijn hand in zijn linkermouw en krabde aan zijn magere arm met lange, gelijkmatige halen.

Trudi dacht aan Frau Simon, die een gezegende medaille van Sint An-tonius droeg–de patroonheilige van alles wat verloren is–naast een joods amulet, aan een dun zilveren kettinkje.

'... bedelaars, tandartsen, weeskinderen,' somde de pastoor op, 'bedien-den, bibliothecarissen...'

'Dieren zelfs,' zei Trudi. Ze had een bidprentje van de patroonheilige van dieren, Sint Antonius. Hij was een kluizenaar die in een graf op een begraafplaats woonde. Ze wachtte tot de pastoor op de proppen kwam met een patroonheilige speciaal voor *Zwerge.* Een dergelijke heilige zou vast en zeker helpen, zodat ze zou groeien.

'Misschien Sint Egidius...' De pastoor stak zijn hand in de andere mouw.

Ze klapte in haar handen. 'Ik wist wel dat u er een zou vinden.'

'Hij is patroonheilige van de invaliden.'

'Maar ik ben geen invalide,' riep ze uit.

'Dat weet ik wel, lieve kind...' Hij streek over haar haar. 'Maar Sint-Egidius komt nog het meest in de buurt. Hij is gevoed door de melk van een hinde, en...'

'Trudi...' Eva was buiten aan het roepen.

'Ik ben geen invalide,' fluisterde Trudi, en ze liep de laatste treetjes af. Seehund wachtte al tot ze de deur zou opendoen.

'Moet je horen...,' zei Eva, alsof het nog de vorige dag was en ze niet waren opgehouden met praten, '...als die kogel je vader had gedood, zou jij niet geboren zijn.' Ze overhandigde Trudi een lampionbloem uit haar tuin, met een stengel die elegant doorboog onder het gewicht van de oranje bloem.

'Dan zou de ooievaar me wel ergens anders hebben gebracht.'

'De ooievaar?' Eva lachte. 'Ooievaars hebben niets met geboorte te maken.'

'Wél waar.'

'Mijn moeder is dokter, en die kan het weten. Zij zegt dat baby's uit hun moeder komen. Ze groeien vanbinnen, en als ze te groot worden, dan kruipen ze naar buiten.'

Trudi schudde van nee.

'Echt waar,' hield Eva vol, en ze lichtte Seehunds oren op, in een poging ze rechtop te laten staan, maar hij schudde er even mee, zoals hij ook deed om vliegen te verjagen.

'Hij wil een wandelingetje maken,' zei Trudi.

Eva hield de riem vast en Trudi droeg de bloem terwijl ze met de hond naar het eind van de Schreberstrasse liepen, en toen weer terug. Toen Trudi voorstelde met Seehund naar de rivier te wandelen, keek Eva even de straat in, als om te controleren dat geen van de andere kinderen haar met Trudi kon zien. 'Laten we vandaag hier blijven,' zei ze.

Toen ze terugkwamen bij de leesbibliotheek, ging Trudi op het trapje buiten zitten, en Seehund legde zijn kop op haar knieën. Eva stond voor haar, alsof ze verwachtte dat ze iets zou zeggen, maar Trudi plukte zwijgend aan de stengel van het lampionnetje.

'Moeders hebben een babyzakje in hun buik,' flapte Eva eruit, 'en vaders doen daar zaadjes in voor een baby, en dan begint de baby te groeien.'

Het was het raarste verhaal dat Trudi ooit had gehoord; en toch kreeg ze opeens een beeld van haar dode broertje, nog in de buik van haar moeder, bij haar begraven, zodat hij altijd in haar zou blijven – een bevoorrecht plekje – terwijl ze beiden onder de aarde tot stof vergingen. Ze merkte dat ze zich afvroeg of die kiezelsteentjes zouden blijven bestaan, en ze zag voor zich hoe ze de doodkist openmaakte en zag dat hij leeg was, afgezien van een handjevol grijze steentjes.

'Het is echt waar,' zei Eva.

'Bloemen en groenten groeien uit zaad,' legde Trudi haar uit, 'maar baby's niet.'

'Nadat de man de vrouw heeft gekust, stopt hij het zaad in haar.'

'Waar dan?'

Eva haalde haar schouders op en krulde Seehunds oren om haar vingers.

'Zie je wel, dat weet je niet.' Trudi lachte haar uit. 'Het is maar een verhaaltje dat je moeder je verteld heeft omdat ze denkt dat je te klein bent om het te begrijpen.'

'Ik ben niet te klein.'

'Ik weet wat er gebeurt. Ik weet zelfs wat je moet doen om te zorgen dat er geen baby komt.'

Eva staarde haar aan, en in haar ogen verscheen opeens twijfel aan haar eigen zekerheden.

'Ik heb een keer gezorgd dat er geen baby kwam. Dat is een geheim.' Trudi zweeg. Hoewel ze heel nieuwsgierig was naar andermans geheimen, hield ze haar eigen geheimen liever voor zich, omdat ze wist hoeveel macht ze anderen konden schenken.

Eva sloeg haar ene arm om Trudi's schouders. 'Ik zal het aan niemand vertellen.'

'Beloof je me dat?' Trudi had wel horen fluisteren over vrouwen die manieren kenden om baby's niet te laten komen. Zoals Frau Simon, die nooit een baby had gehad. Het was een zonde als je ervoor zorgde dat er geen baby's kwamen.

'Ik beloof het.' Eva's mond stond halfopen, alsof ze vergeten had adem te halen.

'Zelfs niet aan je moeder.'

'Ik beloof het.'

Trudi zei zo snel als ze kon: 'Ik heb de baby laten doodgaan voordat hij hier kon komen doordat ik de suiker van de ooievaar heb opgegeten en toen kwam de baby te vroeg om te kunnen leven en toen hadden we een begrafenis.'

Eva ademde uit. 'Wat voor baby?'

Opeens kon Trudi niets meer zeggen.

'Wat voor baby?'

'Mijn – mijn broertje.'

'En kreeg je straf?'

'Niemand weet ervan.'

'Ik zal het niet vertellen.' Eva wreef met haar knokkels over haar hoge, smalle voorhoofd. 'Zou je het nog een keer doen?'

Trudi moest goed nadenken. 'Ik wil het niet meer doen,' zei ze ten slotte.

'Ik weet hoe je kan zien of je een baby krijgt.'

'Hoe dan?'

Eva drukte haar ene vinger tegen Trudi's rok waar deze de driehoek van botten bedekte. 'Als je daar eenmaal haar krijgt,' zei ze, 'dan moet je daar goed op letten. Als het tot aan je navel komt, dan krijg je een baby.'

Hoewel het Trudi kwetste dat Eva haar op school negeerde, probeerde ze het te begrijpen. Als Eva liet merken dat ze haar vriendinnetje was, zouden de andere kinderen Eva eveneens buitensluiten, alsof ook Eva's lijf van de ene dag op de andere was gekrompen. In haar liefde wilde Trudi net zo zijn als Eva – maar ze voelde aan dat het in de ogen van het stadje omgekeerd zou zijn: Eva zou behandeld worden als een verschoppeling. Daardoor kreeg ze het gevoel dat ze een gevaar was voor de mensen van wie ze hield. Omdat ze bang was Eva te besmetten, hield ze haar liefde geheim, al had ze soms het idee dat iedereen het wel moest zien, omdat die gevoelens zo heftig in haar brandden dat ze in vurige vlekken door haar huid brandden.

En omdat ze het effect van besmetting kende, liet ze dus toe dat Eva haar verried, telkens en telkens weer. Als zij Eva was geweest, had zij waarschijnlijk hetzelfde gedaan. In zekere zin dééd ze dat al: sinds ze op school was, had ze zich afgekeerd van mensen die haar vroeger zo geboeid hadden, mensen die nog opvallender anders waren dan zijzelf – bijvoorbeeld de derde dochter van de Heidenreichs, Gerda, die kwijlde over haar kleren en met haar hoofd heen en weer wiebelde, al had haar vader haar meegenomen naar talloze dokters, tot in Berlijn toe; of Ulrich Hansen, de oudste zoon van de bakker, die zonder armen was geboren en door zijn ouders gevoerd moest worden, hoewel hij al twaalf was; en dan natuurlijk de-man-die-zijn-hart-aanraakt. Het deed haar pijn naar al die mensen te kijken, maakte haar bang dat ze zich bij hen zou moeten aansluiten als ze vriendelijk tegen hen durfde te zijn, maakte dat ze zichzelf wreed vond als ze hen meed.

Ze wist Eva terug te lokken met de foto's van de dode vrouw aan de muren van haar vaders kamer. Op een middag, toen haar vader vier klanten in de leesbibliotheek had, slaagde ze erin Eva mee te nemen naar haar vaders slaapkamer. Eva, die eerder alleen de foto van één dode baby had gezien, bleef zo ver mogelijk van die foto's vandaan, terwijl de zon scheen door het boompatroon van de kanten vitrage en schaduwen liet vallen op de vele gezichten van de dode bruid.

Ze wist Eva terug te lokken met haar verhalen – verhalen over haar vader die een beroemd atleet was geweest en heel veel prijzen had gewonnen voordat hij aan zijn knie gewond was geraakt; verhalen over haar neef die in een schitterend landhuis in Amerika woonde; verhalen over de mensen in Burgdorf. Soms spioneerde ze zelfs bij Eva en haar familie, en gaf ze haar, in haar verhalen, terug wat ze had gezien. Haar verhalen groeiden en veranderden terwijl zij ze uittestte om te zien hoe ver ze kon gaan, hoeveel Eva ervan geloofde, wat erin paste en wat niet, maar allemaal begonnen ze vanuit een kern van wat ze wist en aanvoelde over mensen. En het was niet eens zo dat ze ook maar iets verzon, maar eerder dat ze heel goed naar zichzelf luisterde.

Hoofdstuk vijf [1921-1923]

Soms speelden Trudi en Eva met Seehund bij de beek achter in de tuin van de leesbibliotheek, maar hij liep altijd jankend bij hen weg als ze hem met water gooiden. En elke keer dat ze hem de beek in sleurden om hem te leren zwemmen, ontsnapte hij zodra ze zijn halsband loslieten. Algauw leerde hij op veilige afstand van Trudi te blijven als ze in de buurt van water was.

'Je had hem een andere naam moeten geven,' zei Eva op een herfstmiddag nadat ze hun pogingen om Seehund in het water te houden hadden opgegeven. 'Een zeehond is altijd gek op water.'

'We zullen hem Aardslak noemen,' stelde Trudi voor.

Eva lachte. 'Schildpadbries.'

Met beide armen uitgestrekt tolde Trudi in het rond. 'Schildpadbries,' zong ze. 'Aardslak...' Ze stootte met haar rechtervoet tegen het uiteinde van de houten planken over de smalle beek, even voorbij de aftakking. Ze slaakte een kreet.

'Knijp in je oorlelletje,' gilde Eva.

Met haar teen in de ene hand geklemd hinkte Trudi heen en weer op haar andere voet.

'Probeer het,' riep Eva bevelend. 'Dan houdt de pijn op.'

Toen Trudi in haar oorlelletje kneep, prikte het. Als door een wonder deed haar teen geen pijn meer. 'Hoe kan dat?' Ze liet zich naast Eva in het gras vallen.

'Dat is nou eenmaal zo. Ik zal je nog wat laten zien.' Eva bracht haar gezicht vlak voor dat van Trudi. Haar adem rook naar frambozenpudding toen ze haar lippen opende–zo wijd dat Trudi diep in haar mond kon kijken. Het gehemelte was gewelfd als het plafond in de Sint-Martinus, en de donkere opening achterin werd doormidden gedeeld door een roze ijspegel. Toen Eva's tong zich omhoogkronkelde, verborg hij die opening, maar er werden blauwige aderen onder haar tong zichtbaar, evenals een strak gespannen vlies dat haar tong aan de bodem van haar mond bevestigde. 'Probeer het maar eens.' Eva's stem klonk verstikt. Het puntje van haar tong danste tegen haar gehemelte. 'Je moet het bewegen zodat het kietelt.'

Trudi probeerde het. 'Wat een gek gevoel.'

Eva deed haar mond dicht, maar geeuwde vlak daarop, alsof ze haar lippen moest blijven bewegen. 'Je moet eraan denken dat je dat doet als je je ooit verstopt hebt en moet niezen, en als je dat niet durft omdat je dan door iemand gepakt wordt.'

'Wie zou mij nou willen pakken?'

'Je weet maar nooit. Het is een oud kunstje van de indianen. Dat doen ze als ze niet willen dat hun vijanden hen vinden.'

'Hoe weet je dat?'

'Van mijn vader. Dat had hij gelezen in een boek uit jullie bibliotheek. Ik weet allerlei andere middeltjes.'

'Kun je daarmee ook...' Trudi voelde dat haar handen klam werden. Die ochtend, toen ze tegen zuster Mathilde had gezegd dat ze onderwijzeres wilde worden, had de zuster gezegd dat dat niet zo'n goed idee was, want kinderen zouden geen respect hebben voor een onderwijzeres die kleiner was dan zij. Ze wreef met haar handpalmen over haar rok voordat ze aan Eva durfde te vragen: 'Zijn er ook middeltjes die je kunnen laten groeien?'

Langzaam trok Eva aan een pol gras tot hij met wortels en al losliet. Ze gooide hem in de beek, waar hij trage kringen beschreef onder het wegdrijven.

'Ik weet geen enkel middeltje.' Eva's stem was zacht. 'Je zult vanzelf wel groeien.'

'Zuster Mathilde–die zegt dat ik geen onderwijzeres kan worden.'

'Mijn moeder zegt dat alle mensen alles kunnen worden wat ze willen.'

'Wat wil jij worden?'

'Dokter. Ik word dokter en jij wordt onderwijzeres.'

'Onderwijzeressen moeten lang zijn.'

'Onderwijzeressen moeten knap zijn. Jij bent het knapste meisje van de klas.'

'Dat weet ik,' zei Trudi, zonder enig enthousiasme. Ze had graag haar knapheid willen opgeven als ze in ruil daarvoor lang kon worden. 'Ik wil er niet anders uitzien.'

'Kijk.' Eva maakte de knopen van haar vest en blouse los. 'Ik ben ook anders.' Ze trok haar hemd op. Een donkerrode wijnvlek in de vorm van een onregelmatige bloem spreidde zich uit over haar magere borstkas. De bloemblaadjes lagen over haar tepels, en waren in de richting van haar middel lichter rood dan in het midden, alsof ze verbleekt waren onder fel zonlicht.

Lucht en geluid en geur wervelden door Trudi heen toen ze haar ene hand uitstak en die dicht bij Eva's bloem bracht, ze wervelden door haar heen, wervelden haar in het rond alsof ze ronddraaide in een wereld die altijd en eeuwig door haar draaiende zou blijven. Haar oren tuitten en haar armen tintelden en het kostte onmogelijk veel inspanning haar hand niet tegen Eva's borstkas te leggen voordat Eva knikte, maar toen ze het ten slotte deed, had de huid van de bloem dezelfde temperatuur als haar eigen hand, en voelde het alsof ze zichzelf aanraakte.

Eva slikte tweemaal, en Trudi voelde onder die bloem haar hart kloppen. Met haar andere hand ging ze langs de omtrek van de bloemblaadjes, en ze wenste dat ze haar anders-zijn kon inruilen voor dat van Eva.

'Wat mooi is dat,' fluisterde ze.

Eva rukte haar hemd zo hard naar beneden dat Trudi's hand werd weggedrukt. Haar lange vingers duwden de knopen weer door de knoopsgaten. 'Jij zal groeien, maar ik zal dit altijd houden.' Ze sprong overeind. 'En als ik baby's krijg, zullen ze rode melk bij me drinken.' Ze rende over de planken naar de overkant van de beek en over de helling die naar het kermisterrein leidde.

Toen Trudi achter haar aan ging, rende Seehund naar de beek, hij blafte, maar deinsde een paar maal terug voordat hij over de planken sjokte als een heel oud hondje. Zodra hij aan de overkant was, haalde hij Trudi in, en vervolgens Eva, en hij cirkelde om de twee meisjes heen als een herdershond die de kudde naar de kooi moet brengen. Trudi wilde blijven rennen, wilde blijven luisteren naar die overtuiging in Eva's stem: *Jij zal groeien.* 'Meen je dat echt?' riep ze, en haar benen voelden lang en licht aan, alsof ze al waren gaan groeien.

'Wat?' Eva bleef staan. Een van haar vlechten was losgeraakt en hing in golfjes langs de zijkant van haar gezicht.

'Van dat groeien!'

'Ja,' riep Eva terug, en ze liet zich in het hoge gras vallen. 'Ja ja ja.' Haar hoofd verdween, en ze stak haar benen hoog in de lucht – boven de klaver en de madeliefjes en korenbloemen – en haar benen trapten in de lucht alsof ze fietste.

Trudi liet zich naast Eva vallen, en ze haalde snel en droog adem, maar Eva's benen bleven door de lucht fietsen, alsof ze probeerde weg te komen van waar ze ook mocht wezen. Trudi plukte een handjevol paarse klaver en begon de stengels te vlechten.

'Wat ben je nou aan het doen?' Eva liet haar benen vallen en bleef roerloos liggen.

'Ik maak een kroon, voor jou.'

Seehund gaf een zetje tegen Trudi's schouder, en sprong toen weer weg. Voorzichtig, om geen van de stengels te breken, weefde ze nog meer paarse bloemen tot een kroon voor Eva. De lucht was vochtig en stil, heel stil. Toen Trudi de kroon in Eva's bezwete haar plaatste, had ze Eva willen meenemen naar de naaikamer en haar daar vasthouden, opsluiten, voor altijd haar vriendin.

Ze stonden op, en toen Seehund naar hen toe rende, schoot een vogel– een grijze vogel met een robijnrode borst – omhoog uit het gras vlak bij hem. Als een scheve tol draaide en wervelde hij in het rond, met één vleugel uitgestoken terwijl hij neerdook op de hond. In zijn speelsheid hield Seehund die dolle vlucht met één poot tegen, en voordat Trudi de vogel te hulp kon schieten had hij hem tussen zijn tanden.

'Laat hem ophouden,' gilde Eva.

Met beide handen drukte Trudi Seehunds kaken uit elkaar. Een schrikwekkende vleug van iets heel ouds en rottends kwam met zijn adem mee. Toen hij de vogel losliet, nam Eva hem in haar handen. Het borstkasje ging snel op en neer, en één vleugel hing scheef neer.

Eva droeg de vogel naar huis in het mandje waarin Seehund was gekomen. Haar moeder zou de vleugel zetten in haar spreekkamer, en Eva zou de vogel twee dagen en twee nachten in het mandje bewaren, tot ze hem dood aantrof. Ze zou ontroostbaar zijn, totdat haar vader bereid bleek Herr Heidenreich op te bellen. In zijn winkel zou de preparateur de vogel in zijn handen nemen en Eva beloven hem een nieuwe ziel te geven. Om haar van zijn magische kunst te overtuigen liet hij haar de levensechte lijfjes vasthouden van andere vogels die hij had opgezet, waardoor in Eva een geboeide belangstelling voor opgezette vogels ontwaakte, die zou aanhouden tot in haar volwassenheid.

Maar de nacht nadat Seehund gebeten had in die vogel, die hoogstwaarschijnlijk al gewond was geweest, liet Trudi hem niet toe in huis. Met een stuk waslijn vastgebonden aan een van de houten palen voor het aardhol waar Trudi's moeder zich vroeger had verborgen, had de hond de nacht buiten moeten doorbrengen. Trudi, alleen in haar kamer, zag telkens weer de bloem op Eva's borstkas voor zich, ze zag hem steeds voor zich, dwars door de laagjes kleding, verlicht door het inwendige van Eva's lichaam.

Op school leerden Trudi en Eva dat de joden Jezus hadden vermoord. Dat was waar, want de zusters hadden het gezegd; maar Trudi wist niet of het ook waar was wat Fritz Hansen zei – dat joden christenen vermoordden en hun bloed dronken en hen offerden aan de duivel die hun God was. Dergelijke joden leken heel ver weg en uitheems – heel anders dan Eva en de Frau Doktor; of Frau Simon; of de familie Abramowitz; of Fräulein Birnsteig, de concertpianiste die, zo zeiden de geruchten, geniaal was. De joden in Burgdorf waren joden van een ander soort, niet van het soort dat Jezus doodde – of wie dan ook.

Ze gaven je misschien een pak slaag, maar ze maakten je niet dood. Trudi was al te weten gekomen: als je van de ene godsdienst was, dan betekende dat dat je een pak slaag kreeg van de kinderen van andere godsdiensten. Maar meestal waren het de katholieke kinderen die achter de joodse of protestantse kinderen aan gingen. Er waren tal van andere redenen om een pak slaag te krijgen: als je een meisje was of als je er – hoe dan ook – anders uitzag dan anderen.

Op school leerde je ook dat het verkeerd was je twijfels uit te spreken over ook maar iets wat te maken had met God en de heiligen. Je hoorde te geloven. En voor antwoorden waaruit je geloof bleek, kreeg je bid-prentjes – afbeeldingen van heiligen met lichtende kringen rond hun op-geheven hoofd. Vragen stellen betekende twijfelen. En twijfelen was een zonde. Zelfs als je je afvroeg waarom de Heilige Geest eruitzag als een duif, dan heette dat twijfelen. Of als je probeerde te bedenken hoe die duif daar hoog in de lucht tussen God en Jezus bleef hangen zonder zijn vleugels te gebruiken zoals andere duiven.

'Er zijn dingen die we niet vragen...'

'Als God wilde dat wij dat wisten, dan zou Hij ons een bewijs hebben gestuurd, maar God wil dat we geloven...'

Maar bij Trudi bleven vragen die geen antwoord kregen almaar door-zeuren. Toen ze aan zuster Mathilde had gevraagd wat God at, had de zuster gezegd: 'God wordt gevoed door zijn eigen eeuwige liefde,' en toen Trudi had willen weten hoe Jezus had kunnen veranderen van God in dat kleine, zware jongetje op de schouder van de heilige Christoffel, zei de zuster tegen Trudi: 'Dat is nu waar het geloof om gaat – geloven in wat niet verklaard kan worden.'

Maar niet alleen tijdens de godsdienstlessen praatte de zuster over God. God en de heiligen leken bij elk vak op het lesrooster te kunnen opduiken.

'Als Sint Hedwig tien pruimen heeft, en er zijn vijf melaatsen–hoeveel pruimen geeft ze dan aan elke melaatse?'

'Toen God de wereld schiep, waar heeft Hij toen de Noordzee geplaatst?'

'De Moedermaagd is heel blij als ze keurig handschrift ziet.'

Het mooiste beeld van de Moedermaagd werd in de crypte van de kerk bewaard, maar op de laatste dag van november werd het afgestoft en tentoongesteld op het zijaltaar van de Sint-Martinus, als onderdeel van de kerststal. Maria's japon had de kleur van de hemel, en haar mond krulde in een geheimzinnig glimlachje terwijl ze knielde naast de hoop stro waarop het Christuskindje lag. Sint Jozef leek nogal saai en oud, net Herr Blau, zoals hij achter haar stond, geleund op een staf. Maar alledrie hadden ze identieke glinsterende stralenkransen, en ze waren omgeven door bijna honderd bloempotten met bloeiende viooltjes, die toebehoorden aan de winnares van de jaarlijkse viooltjeswedstrijd, een eer waarvan de oude vrouwen van Burgdorf het hele jaar droomden en waarom ze fel strijd leverden.

In die decembermaand werd Trudi lid van het kerkkoor. Zuster Mathilde had haar en Irmtraud Boden uitgekozen omdat zij de beste stemmen van de klas hadden en hele gezangen uit het hoofd konden leren. Trudi vond het heerlijk om op het hoge balkon te staan, naast het orgel, ze genoot van de manier waarop de andere stemmen van het koor haar stem aanvulden, en terwijl ze de gezangen liet schallen, voelde ze hoe ze vibreerden in haar borstkas, in haar tenen, haar optilden op de klanken van de muziek.

'Ze heeft de stem van een engel,' zei Herr Heidenreich, die ook in het koor zong, tegen Trudi's vader. Dat was een belangrijk compliment uit de mond van de preparateur, die zo'n prachtige stem had dat de pastoor hem altijd uitkoos voor een solo.

Toen Herr Pastor Schüler op de eerste zondag van advent een van de vier kaarsen aanstak op de krans van dennentakken die boven de Heilige Familie hing, voelde Trudi zich vanbinnen helemaal heilig en stil. De kleurige draden in de brokaten kazuifel van de pastoor glinsterden, en de geur van wierook vermengde zich met haar adem. Kon ze maar priester worden. Maar alleen mannen konden priester worden. Vrouwen konden non worden, maar zij wilde geen non worden. Nonnen moesten luisteren naar priesters en dikke lagen zwart laken dragen, en stijve kappen waardoor ze moeilijk hun hoofd konden omdraaien. Maar–nonnen trokken soms heel ver weg om in de missie te werken, en dan zou ze door de hele wereld kunnen reizen net als Sint Franciscus, en honderdduizenden heidenen kunnen dopen in India en China.

Toen het op een middag begon te sneeuwen, speelde Trudi misje in de naaikamer. Ze bedekte een appelkist met een witte sloop, stak twee kaarsen aan en zong Latijnse woorden die ze zich herinnerde van de mis terwijl ze het sacrament – ronde plakjes roggebrood die ze met een kopje had uitgestoken – naar het plafond ophief. Maar vervolgens verkruimelde ze dat brood haastig en verstopte ze het in de sloop, omdat ze zich herinnerde dat meisjes die priester wilden worden, opgesloten konden worden, zoals die jonge non in het Theresienheim die, zo zeiden de geruchten, betrapt was op een poging de mis op te dragen.

'Alsof ze een man was,' zeiden de oude vrouwen. 'Een priester, stel je voor.'

Ze heette zuster Adelheid, en ze was afkomstig uit een adellijke familie. Ze had de heilige hostie gestolen – drie communieouweltjes – uit de kapel van het klooster, en ze had ze in haar tandenpoetsglas bewaard op een laag altaar dat ze in haar cel had gemaakt. Sinds de keer dat ze betrapt was, hadden de andere nonnen haar eenzaam opgesloten op de bovenste verdieping van het klooster.

'Uitgesloten en opgesloten,' zeiden de oude vrouwen, hoofdschuddend.

Maar Trudi's communieouweltjes waren niet echt, het was alleen maar brood. Ze had zuster Adelheid maar tweemaal gezien, geflankeerd door oudere nonnen, op weg naar de begraafplaats; haar hartvormige gezicht schoot heen en weer alsof ze geen minuut wilde missen van zo'n uitje, en haar rusteloze stappen waren getemperd door het tempo van de andere zusters. Trudi vroeg zich af of zuster Adelheid boodschappen in de muren van haar cel grifte. Hoewel nieuw behang de letters afdekte die haar moeder in de muren van de naaikamer had gekrast – *Gefangene* –, wist Trudi waar ze stonden, want als je je vingers tegen het gestreepte papier drukte, kon je de groefjes voelen.

Een paar grote meisjes op school fluisterden dat zuster Adelheid een heilige was omdat er elke vrijdag bloed uit haar handpalmen kwam. Net als bij Jezus aan het kruis. Stigmata heetten zulke wonden. Je was een heilige als je zoiets kreeg. Maar hoe kon je het verschil zien tussen een opgesloten heilige en een opgesloten krankzinnige? Hoe kon iemand ze onderscheiden?

Hoog in de nevelige hemels leken de sneeuwvlokken heel klein en allemaal hetzelfde, maar als ze langs het smalle raam van de naaikamer dwarrelden, waren ze allemaal uniek–lang of rond of driehoekig–alsof ze hun vorm hadden ontleend aan de wolken waaruit ze vielen. Willekeurige windvlagen bliezen de sneeuw tot woeste wervelingen, voordat ze weer aan hun eenzame afdaling begonnen. Met haar gezicht tegen het koude glas probeerde Trudi één vlok te volgen, maar zodra ze er een had gekozen, gleed hij weg en was ze hem kwijt. Algauw bedekte een zachte witte laag de daken en de bevroren grond.

Voor het avondeten smeerde Trudi's vader de glijders van de houten slee die van Trudi's moeder was geweest toen ze een meisje was. Hij maakte er een touw aan vast en trok Trudi door het centrum van het stadje en helemaal naar de Rijn, met zijn schouders gekromd tegen de wind. Boven op de dijk kwam hij achter haar op de slee zitten, met zijn gewonde been rechtuit, en hij sloeg zijn armen om haar heen. Ze lachte hardop toen hij met haar naar beneden gleed, naar het weiland, met Seehund die naast hen voortholde, blaffend, terwijl de witte poedersneeuw tussen hen omhoogstoof. Onderaan bleef de hond staan, en hij rolde zich in de sneeuw, waarbij hij wriemelde met zijn lijf, net als Herr Blau wanneer hij zijn rug schurkte tegen een deurpost. Op weg naar huis, toen Seehund aan een bevroren plas likte, kon Trudi zijn tong tegen het ijs horen raspen.

Ze beschreef dat geluid voor Frau Abramowitz toen ze met haar naar Düsseldorf reed om een kerstcadeautje voor haar vader te kopen. Ze had gespaard, het merendeel van het verjaardagsgeld dat haar tante Helene in juli uit Amerika had gestuurd. Ze had twee kleine geschenken voor hem gemaakt–een gehaakte pannenlap en een vilten boekenlegger–maar omdat ze nog nooit iets voor hem had gekocht, wilde ze dat haar grote cadeau iets prachtigs werd. Het enige wat hij zich af en toe veroorloofde was een nieuwe plaat voor de fonograaf. Wat hij het allerliefst zou willen hebben, dacht ze, was een eigen auto. Fietsen deed pijn aan zijn stijve been. Sinds de fiets van de Talmeisters was gestolen, had hij de zijne in de gang opgeborgen. 'Het komt van de werkloosheid,' had hij tegen Herr Hesping gezegd, toen ze het hadden over het toenemend aantal diefstallen, en ze waren het erover eens dat armoede heel slecht was voor de jongeren, die zonder idealen opgroeiden.

'Misschien kan ik een auto voor mijn vader kopen,' zei ze tegen Frau Abramowitz.

'Misschien wel... als je groot bent. Auto's zijn heel duur.'

Frau Abramowitz nam haar mee naar vijf winkels, en pas toen Trudi de gouden das met zilveren strepen zag, die glansden als je de stof bewoog, wist ze dat ze het volmaakte geschenk voor haar vader had gevonden – tot de tijd dat ze groot was, tenminste – en zelfs toen Frau Abramowitz zei dat zo'n feestelijke das misschien niet dagelijks gedragen kon worden, liet Trudi zich daardoor niet weerhouden.

In een restaurant dat uitkeek op de *Hofgarten* bestelde Frau Abramowitz warme chocolademelk met slagroom. Hun tafeltje keek uit over de bevroren vijvers, en Trudi vroeg zich af wat er gebeurd was met de zwanen die daar 's zomers waren. Toen Frau Abramowitz vertelde over haar reis naar Italië, veranderde het winterlandschap buiten in aardbruine huizen aan de kust bij Amalfi, op elkaar gestapeld op de berghelling boven zee; rijen en rijen wijnstokken groeiden langs de kust van het Gardameer... Trudi kon zelfs de heldere zon voelen, die begon te schijnen zodra je een voet over de Italiaanse grens zette, waar glimlachende douaniers je platte ronde flessen rode wijn overhandigden.

Toen Frau Abramowitz Trudi's jas dichtknoopte voor de rit terug, drukte ze haar een kus op het voorhoofd. Zij was veel hartelijker dan de meeste grote mensen, die nooit in het openbaar omhelsden of zoenden. Soms wenste Trudi dat Frau Abramowitz bij haar en haar vader woonde. Ze kon merken dat Frau Abramowitz haar vader aardig vond – niet alleen omdat ze hun graag dingen bracht, zoals groenten uit haar tuin in de zomer of vruchtengebak van ingemaakt fruit in de winter – maar omdat ze vertrouwen in hem had.

'Mijn kinderen hebben me niet meer nodig,' had ze een keer tegen Trudi's vader gezegd, met een wankele glimlach en ogen die tranen wegknipperden.

Trudi verstopte de kerstdas onder haar bed toen ze terugkeerden naar de leesbibliotheek, en Frau Abramowitz leende twee romannetjes en stond erop, zoals ze het afgelopen jaar steeds had gedaan, ervoor te betalen. Het was een gesprek dat Trudi kon voorspellen, een gesprek dat zich nog zou herhalen.

'Laat me er alsjeblieft voor betalen.'

'Absoluut niet, Ilse.'

'We hebben oorspronkelijk afgesproken dat de spiegel geruild werd voor vijf jaar boeken lenen. Dat is nu al zes jaar geleden.'

'Maar wij genieten nog steeds van die spiegel.'

Die avond zette Trudi haar schoenen buiten haar slaapkamerdeur voor Sint Nicolaas, en 's ochtends bleken ze gevuld met noten en marsepein. Sint Nicolaas kwam op school in het speelkwartier, in zijn purperen bisschopsgewaad, met staf, vergezeld door Knecht Ruprecht, die in het zwart gekleed was en krom liep. Terwijl Sint Nicolaas snoep uitdeelde aan de kinderen die het hele jaar zoet waren geweest, zat Knecht Ruprecht de stoute kinderen achterna, die hij elk een roe van dorre twijgen gaf. De meesten kregen op zijn minst een paar stukjes verpakte chocola die aan de takjes waren vastgemaakt, maar de roe van Hans-Jürgen Braunmeier was helemaal kaal. Dat was een slungelachtige jongen met uitdagende lippen, en hij kwam met vuile nagels naar school. Hij kon beter fluiten dan alle andere kinderen, maar hij loog tegen de nonnen, gapte geld en koekjes van de meisjes en pestte de jongens op het schoolplein.

Hans-Jürgen gooide Paul Weinhart met een ijsbal voor het Theresienheim waarheen zuster Mathilde de eersteklassertjes had meegenomen om kerstliedjes te zingen en gedichten op te zeggen voor de oude mensen. Je woonde in het Theresienheim als je oud was en niemand meer had die je onderdak wilde geven – bijvoorbeeld als je niet getrouwd was geweest, of als je kinderen eerder gestorven waren dan jij. Zolang je zelfs maar nichten en neven had, woonde je bij hen. De Buttgereits hadden beide grootmoeders bij zich in huis; een van hen was blind sinds haar geboorte. 'Een huis vol vrouwen,' mopperde Herr Buttgereit wel eens.

De meeste oude mensen zaten in de eetzaal, die versierd was met verse dennentakken en talloze kaarsen. Ze bewogen zich traag, en in hun ogen zag Trudi een verwondering en een stilte die geen woorden nodig hadden, en die hun een zekere waardigheid schonken, ondanks hun ontbrekende tanden en de ouderdomsvlekken op hun handen en gezichten. Sommige oude mensen luisterden naar de kerstliedjes vanuit hun bed, met de deuren wijd open toen die beeldschone zuster Mathilde de kinderen door de lange witte gang leidde, en het was moeilijk te zien of hun tranen door dankbaarheid waren veroorzaakt of door wanhoop.

Trudi mocht haar liefste kerstgedicht tweemaal opzeggen: 'Es weht der Wind im Winterwalde...', waarbij ze de w's in weht en Wind en Winterwalde met haar lippen liet zoemen als een zwerm bijen. Ze herinnerde zich elk woord van het gedicht. Dingen onthouden ging haar altijd gemakkelijk af, en ze was trots geweest toen ze hele woorden en zinnen had leren lezen, veel eerder dan de andere kinderen; ze vond het echter saai om haar hand te oefenen in de volmaakte letters die de zuster van

haar verwachtte. Wanneer ze haar huiswerk maakte in de leesbibliotheek, hield haar vader haar rechterhand vast bij de frustrerende lussen
en lijnen van de letters, maar hij hoefde haar nooit te helpen met optel-
len of aftrekken van cijfers. Dat deed ze wel uit haar hoofd.

Zuster Mathilde prees haar omdat ze zo goed kon rekenen, maar Trudi's lievelingsvak was geschiedenis. Daarbij luisterde ze naar verhalen
over mensen die niet meer leefden, verhalen die haar een nieuw soort
bevrediging schonken – dat ze nu wist hoe iets eindigde. Geschiedenis
verhevigde haar verlangen tevoren te weten te komen wat er later in haar
leven zou gebeuren, voor een deel uit nieuwsgierigheid, maar vooral om
zich te beschermen tegen dingen die ze niet wilde. En toch, dat drong nu
al tot haar door, had ze, als ze geweten had dat haar moeder in het gesticht zou sterven, daar niets tegen kunnen doen.

Geschiedenis was anders dan de sprookjes waar ze zo van hield: in
sprookjes hadden de gebeurtenissen meestal een bepaalde betekenis en
triomfeerden de goeden meestal, ook al moesten ze eerst lijden; bij geschiedenis daarentegen kregen de pestkoppen vaak hun zin. Geschiedenis was ook anders dan de verhalen die zich elke dag om haar heen bleven ontwikkelen, zonder duidelijk einde – en toch begon geschiedenis
invloed uit te oefenen op de manier waarop ze die actuele verhalen zag:
ze leerde daaruit hoe mensen zich gedroegen, en ze leerde wat voor patronen tussen hen ontstonden. Napoleon bijvoorbeeld – toen ze wist hoe
hij steeds nieuwe landen was binnengevallen om zijn eerdere verove-
ringen veilig te stellen, begreep ze de plaaggeesten op het schoolplein. En de
oude Romeinen – toen ze erachter kwam dat maar vijf van hun vele kei-
zers echt goed waren geweest, begreep ze iets van de desillusie in haar
vaders stem wanneer hij over politiek praatte met Herr Abramowitz, die
vaak brieven opstelde voor andere communisten, doorgaans ongeschool-
de arbeiders zonder veel vooruitzichten.

Politiek leek op geschiedenis. Alleen gebeurde dat nu. Maar het had
wel met geschiedenis te maken. Haar vader had haar verteld over het
feodale systeem, waar mensen land van grootgrondbezitters kregen, in
ruil voor volstrekte trouw. Bijvoorbeeld bij veldslagen. 'Wij Duitsers hebben een geschiedenis van alles opofferen terwille van één sterke leider,'
had haar vader gezegd. 'Dat komt doordat we zo bang zijn voor chaos.'

Het noodlot, zo ontdekte Trudi bij de geschiedenisles, herhaalde zich
nogal eens, zelfs door toedoen van andere personen, en gevoelens die
haar misschien uniek voorkwamen – zoals haar woede als andere kinde-

ren haar pestten–waren misschien ook ondergaan door een ander meisje, honderden jaren geleden. Door de mensen die in de geschiedenis voorkwamen, voelde Trudi een veel sterkere band dan ooit tevoren met de mensen in haar stadje, en uit dat alles ontstonden nieuwe verhalen, die ze vertelde aan Eva en aan haar vader, en aan Frau Abramowitz, die haar helemaal liet uitspreken en dan verzuchtte: 'Trudi, wat heb je toch een schitterende fantasie.'

Maar op school kon je geen verhalen vertellen.

Op school moest je in je dubbele bank zitten en afwachten–zij was het enige kind van wie de voeten hoog boven de vloer bengelden–en alleen antwoord geven op de vragen die zuster Mathilde stelde. Je moest je hand opsteken voordat je iets zei, en als je de regels vergat en het antwoord eruit flapte, moest je in de hoek staan, links van het schoolbord. Met de droge geur van krijt kriebelend in je neusgaten moest je daar blijven staan, met je gezicht naar de muur die van onderen poepbruin was geverfd, en wit boven het sjabloonrandje. Dat overkwam Trudi minstens tweemaal per week, maar Hans-Jürgen Braunmeier, die op het schoolplein vocht en altijd blauwe plekken had, bracht meer tijd in die hoek door dan alle andere leerlingen samen. Ze raakten gewend aan het versleten achterste van zijn broek, zijn gerafelde bretels, zijn ongelijke hakken.

Uit de manier waarop Hans-Jürgens ouders zichzelf en hun vier kinderen in afleggertjes kleedden, had je nooit kunnen afleiden dat zij de grootste boerderij van Burgdorf bezaten. Alle Braunmeiers hadden magere gezichten en dunne armen en benen, maar terwijl de ouders en de jongere kinderen door het stadje slopen als magere spoken, stapte Hans-Jürgen rond met wraaklustige ogen, op zoek naar vechtpartijen, alsof hij zich wilde wreken voor iets wat te groot was voor één enkele veldslag. Welige bruine krullen, die zelfs door een drastische kappersbeurt niet te temmen waren, schoten uit zijn hoofd alsof hij altijd tegen een woeste storm in liep.

Omdat hij verscheidene keren per dag in die hoek stond, kostte het zuster Mathilde moeite andere kinderen te straffen, bijvoorbeeld voor het doorgeven van briefjes, of omdat ze een regel van een gebed hadden vergeten, of omdat ze steentjes gooiden naar die vervelende raven die tijdens het speelkwartier boven het schoolplein zweefden, krijsend om broodkruimels. Na overleg met het hoofd der school wees zuster Mathilde Hans-Jürgen een eigen hoekje aan–rechts van haar tafeltje, achter de rubberplant die ze van de bisschop had gekregen. Elke keer dat Trudi in de hoek moest staan, keek ze even naar de hoek van Hans-Jürgen, en dan grijnsde hij–zonder zijn hoofd om te draaien–, en stak zijn tong uit tegen de muur voor hem. Bij wijze van antwoord rolde zij met haar ogen en trok ze een vissenmondje naar de muur.

In de tweede klas was Hans-Jürgen de enige leerling die niet naar het jaarlijkse lenteconcert in het landhuis mocht komen, de enige plaats waar kinderen van de katholieke en protestantse school elkaar vreedzaam ontmoetten. Dat concert werd gegeven door Fräulein Birnsteig, die in heel Europa beroemd was, elk jaar in juni voor de kinderen van Burgdorf. Ze huurde boeren met hooiwagens in om hen te vervoeren naar haar landhuis, dat vier kilometer van het centrum verwijderd was. Ze waren dol op dat concert, dat begon in de schemer en tot lang na hun bedtijd duurde.

Ze speelde voor hen piano in haar muzickkamer, waar de vlammetjes van talloze kaarsen glinsterden in de lucht. Zij wierp haar fraai gevormde hoofd achterover, en haar met kant bedekte armen waren als zwanenhalzen terwijl haar vingers neerdaalden op de toetsen. Hoewel ze nooit getrouwd was, had ze een geadopteerde zoon die rechten studeerde in Heidelberg. Als jonge vrouw was ze door haar ouders onterfd omdat ze de muziek had verkozen boven een huwelijk, maar ze was zo beroemd geworden dat ze nu veel rijker was dan haar ouders.

Ze gaf les aan protégés–altijd maar één tegelijk–, lessen waarvoor ze zich niet liet betalen. Het was een enorme eer bij haar te studeren, en het betekende dat je aangenomen werd op de beste conservatoria van het land.

De dubbele glazen deuren van haar muziekkamer stonden wijd open naar het terras van flagstones, waar tuinstoelen voor de leerkrachten waren neergezet. Zuster Elisabeth, de onderwijzeres van de tweede klas, was zo dik dat ze hulp nodig had om in haar stoel te gaan zitten. Klimop rankte tegen de natuurstenen muren van de witte villa en hing neer van de rode dakpannen. De weelderige geur van bloeiende seringenhagen vervulde de lucht terwijl de kinderen dekens uitspreidden op het dikke gras in de rozentuin, waar de gesnoeide struiken nieuwe scheuten vertoonden.

Op de een of andere manier–vast niet opzettelijk, dacht Trudi–kwam Eva naast haar te zitten, met haar rok om zich heen gespreid. Trudi trok aan haar rok zodat die op dezelfde manier neerviel. Twee dienstmeisjes met gesteven schorten gaven mandjes door met aardbeien en vanillewafeltjes, en toen de klanken van de piano naar de kinderen toe dreven, gingen ze rustig zitten in het frisse gras – zelfs degenen die het meestal moeilijk vonden stil te zitten – en lieten de magie van de piano opgaan in de geurige lucht, met de feestelijke sfeer die bij bijzondere gelegenheden hoort. Ze droegen hun zondagse kleren: de meisjes gesmockte of geborduurde jurken; de jongens kostuums met korte broek en kniekousen. Het haar van de jongens was met een natte kam bewerkt, en je kon de rechte scheidingen zien, evenals de richels die de kammen hadden gemaakt; het haar van de meisjes was gevlochten of opgestoken boven hun oren of om hun hoofd gewonden.

Georg Weiler wuifde met zijn handen als een dirigent, en Helga Stamm begon haar handen op diezelfde manier te bewegen. Meisjes van normaal postuur, daar was Trudi van overtuigd, hadden het gemakkelijk, en ze was afgunstig op hen, vooral op arme meisjes als Helga, omdat de opvallende streep van haar uitgelegde zoom iedereen duidelijk maakte dat dit meisje aan het groeien was.

De gloed van de kaarsen wekte de indruk dat Fräulein Birnsteig buiten was, bij haar publiek. De mensen zeiden van haar dat ze geloofde in dromen, dat ze ze opschreef en aan de hand daarvan haar beslissingen nam. Eens had ze een toernee naar Amerika afgezegd omdat ze gedroomd had dat het schip dat haar daarheen zou brengen, was gezonken. Een andere keer was ze in Hamburg geweest en had ze een bedelvrouw in huis genomen, omdat ze het gezicht van de vrouw herkende uit een droom. In die droom was die bedelares haar zuster geweest. Ze woonde nog steeds bij de pianiste en deed voor haar de huishouding, en zorgde ervoor dat Fräulein Birnsteig absoluut niet gestoord werd gedurende de lange uren dat ze piano studeerde.

De muziek vervulde Trudi, en ze hoorde daarin baby's huilen in een veel latere tijd; ze zag de dikke, gezwollen buiken van meisjes; ze hoorde het staccato van laarzen op marmeren vloeren. Ze had geen idee wat dat allemaal betekende, ze wist alleen dat het er al was – wachtend, in zijn eigen tijd, en dat het door haar heen trok in een vlaag van vrees. Haastig kneep ze haar ogen dicht, en vervolgens deed ze ze weer open om te kijken naar de sterren die het donker uit de hemel begonnen weg te zuigen.

Een hand – de hand van Eva – raakte haar haar aan, verwijderde de vrees uit haar hart. Vingers speelden met de uiteinden van Trudi's vlechten om er krulletjes van te maken, kamden erdoorheen alsof er niemand anders bij was. Sprakeloos van plotselinge zaligheid keek Trudi even naar haar vriendin, maar Eva's ogen waren op de pianiste gevestigd, alsof ze zich niet bewust was van het geschenk dat ze gaf, en Trudi begreep dat de liefde die zij voelde, voor haar veel meer betekende dan voor Eva. Ze had al aangevoeld dat dit liefde op zijn allerzuiverst was. Ze hield haar hoofd schuin, blij dat ze mooi haar had, fijn en dicht haar, dat langs haar nek ging en door Eva's vingers gleed. De geur van vers gras en heel oude seringenstruiken was overweldigend, en ze had willen huilen toen Eva haar hand weghaalde, maar kreeg het gevoel dat de muziek voortging met die aanraking van haar haar.

Maar op de dag na het concert begonnen de kinderen op school Eva te mijden. Met rode ogen en afgewend hoofd bleef ze bij Trudi uit de buurt, en Trudi haalde haar moeders sjaals weer te voorschijn en knoopte ze 's avonds strak om haar hoofd, om te voorkomen dat het nog groter werd. 's Ochtends deden haar slapen pijn en voelde haar onderkaak stijf aan.

Ze besloot op te houden met pianoles, omdat ze nooit goed genoeg zou zijn om Fräulein Birnsteigs protégee te worden. Misschien kon Robert gaan studeren bij de pianiste, die hem vast en zeker zou uitkiezen als hij in Burgdorf woonde. Trudi schreef hem een brief waarin ze hem vertelde van de pianiste, en haar vader beloofde hem de volgende dag op de post te doen, samen met twee tekeningen die ze had gemaakt: een van Robert zittend naast de pianiste, en de andere van haarzelf en haar vader en haar hond aan boord van een groot schip dat naar Amerika voer.

Uit de bibliotheek van de kerk leende ze acht plaatjesboeken die ze in één dag uitlas, aldoor denkend aan Eva. Samen met Frau Abramowitz bracht ze *Streuselkuchen* naar de schoonmoeder van de slager, die haar heup had gebroken. Liggend op de sofa in de woonkamer klaagde de oude vrouw niet over de pijn, alleen over het feit dat ze niet kon opstaan om het huishouden te doen. Achter de bril leken haar ogen gevangen te zitten, alsof ze zich opgesloten voelde in haar lichaam. Ze droeg een roze vest over haar nachtpon, en ze was bezig weer een vest te breien – een bruin vest, voor haar kleinzoon Anton.

Toen Eva twee weken na het concert haar bezoeken aan de leesbibliotheek hervatte, liet Trudi niet merken hoe blij ze was dat ze haar weer terug had. Eva leek minder bang dat men haar met Trudi zou zien, en op hun wandelingen in de buurt gingen ze nu ook naar andere straten, en ze wandelden zelfs naar de Rijn, waar Seehund op bijen jaagde in de uiterwaarden. Hij was gegroeid, en als hij tussen de meisjes stond, reikte zijn kop tot Trudi's schouder en Eva's middel.

In bijna alle gezinnen moesten alleen de meisjes helpen in de huishouding, wat ook inhield dat ze de schoenen van hun vader en broers moesten poetsen, maar bij Eva thuis werden de taken verdeeld. Afgezien van haar vader hielp iedereen met schoonmaken en koken nadat het meisje voor halve dagen was vertrokken, karweitjes die – zo zeiden sommige oude vrouwen – ongepast waren voor jongens.

Eva's zevende verjaardag viel op een maandag, en haar vader stond die middag op van zijn rustbed. Trudi stond versteld dat hij de deur voor haar opendeed toen ze haar officiële cadeautje kwam brengen – een mondharmonica in een fluwelen etui. Hoewel ze nooit eerder met Herr Rosen had gepraat, wist hij haar naam, en hij zei tegen haar dat haar vader een flinke man was. Hij moest zich inspannen voor elke ademhaling, en zijn stem was even sponsachtig als zijn lichaam. Toen ze achter die omvangrijke rug de eetkamer binnenging, liep hij voorzichtig, alsof hij op mos stapte, zodat zij het gevoel kreeg dat de vloer onder haar voeten lang niet zo stevig was als toen ze de eerste keer bij Eva thuis was geweest. Ze voelde zich akelig opzichtig in de gele feestjurk die haar vader voor haar had gekocht uit het rek voor kleine meisjes in warenhuis Mahler in Düsseldorf.

Ingelijste portretten van elegante vrouwen en sombere mannen hingen aan de wanden, en de stoelen hadden leuningen met houtsnijwerk. Hoewel de glas-in-loodramen dicht waren – om katten buiten te houden, nam Trudi aan – waren de kamers heel licht omdat de binnendeuren voorzien waren van matglazen panelen waarin ingewikkelde bloempatronen waren gegraveerd. De vogel die Seehund had gevangen in het hoge gras, bijna een jaar daarvoor, zat opgezet en wel op een plank in een nest, met zijn snavel omhoog, en zijn robijnrode borst was voorgoed pluizig.

Terwijl Eva's moeder naar het Kaisershafen Gasthaus reed, zat Eva's vader te dommelen in de passagiersstoel, en zijn gezicht en handen waren honingbruin van de zon. Maar toen ze daar aankwamen, was hij degene die een tafeltje op het terras wenste en voor iedereen limonade bestelde, en *Erdbeertorte mit Sahne*. Zijn benen waren zo opgezet dat hij wijdbeens moest zitten, en zijn buik rustte op zijn knieën als een slapend kind. Een van Eva's broers had zijn gitaar meegebracht, en allemaal zongen ze 'Lang zal ze leven' voor haar.

Eva's moeder droeg haar parels en een chic hoedje. In de diepte stroomde de Rijn in weelderige, groene golven, en in de trillende hitte leken de bomen aan de overkant boven de aarde te zweven. Een ooievaar vloog langs het terras, in de richting van het stadje, en een witte toeristenboot worstelde tegen de stroom, zo langzaam dat hij nauwelijks vooruit leek te komen.

Terwijl Eva en Trudi om de beurt op de mondharmonica speelden, rolden haar broers kartonnen bierviltjes over het tafelkleedje. Het gezicht van Herr Rosen glinsterde van vocht, en toen Frau Doktor Rosen naar hem keek, zag Trudi dezelfde uitdrukking waarmee haar vader had gekeken naar haar moeder – een blik vol zorg en vrees en medelijden – en ze zwoer dat ze nooit iemand op die manier naar háár zou laten kijken.

Tijdens de terugrit werd Eva's oudste broer misselijk van te veel limonade, en ze stopten net op tijd met de auto, zodat hij naar buiten kon wankelen om in de berm over te geven. Voor Eva's huis stonden twee meisjes Buttgereit te wachten, en Frau Doktor greep haar zwarte dokterstas, keerde de auto en reed met de meisjes naar hun boerderij.

De timing voor Eva's tweede cadeau had niet beter kunnen zijn, want Trudi's vader was die avond naar zijn schaakclub. Zodra het donker was, rolde Trudi twee sigaretten in de leesbibliotheek, en toen sloop ze naar buiten, waar Eva achter de kerk wachtte. In de struiken buiten de muur van de pastorie namen ze hun eerste trekjes, ze trokken gezichten en moesten hoesten, en toen ze in de verte een deur hoorden dichtslaan, gooiden ze allebei hun sigaret over de muur. Die hele nacht lag Trudi wakker, uit angst dat pastorie en kerk in brand zouden vliegen. Zij en Eva zouden branden in de hel. Maar stel dat katholieken en joden niet naar dezelfde hel gingen? Terwijl ze Jezus beloofde een vol jaar elke dag naar de kerk te gaan – als Hij maar zorgde dat er geen brand kwam – zag ze zichzelf al de kerk binnengaan en een kruis slaan met koud wijwater.

Ze was ervan overtuigd dat haar gebeden beantwoord waren toen het enige licht dat door haar raam viel, dat van de dageraad was. Na het ontbijt hoorde ze van Frau Blau dat Frau Doktor de hele nacht in het huis van de Buttgereits was geweest voor de geboorte van hun tiende kind. 'Een jongen, stel je voor,' zei Frau Blau, en Trudi vertelde haar dat ze – vanaf het terras van het Kaisershafen Gasthaus – de ooievaar had gezien die de baby had gebracht.

Aan de andere kant van het stadje kwam Frau Buttgereit overeind op haar elleboog, en ze tuurde voorzichtig naar de zuigeling die in de wieg naast haar bed lag te slapen. Na negen dochters had ze niet meer op een zoon gehoopt, en toen haar het kind, nog overdekt met haar bloed, was overhandigd, had het meer op het kind van een andere vrouw geleken –

niet alleen omdat het tengerder gebouwd was dan haar meisjes, maar ook omdat ze niet de berusting had gevoeld die was begonnen bij de geboorte van haar derde dochter, en die was toegenomen met elke dochter sindsdien.

'Een erfgenaam voor de boerderij,' verklaarde haar man toen hij een kistje sigaren kwam kopen bij Leo Montag.

'Een erfgenaam voor de boerderij,' deelde hij mee toen hij de sigaren uitdeelde onder de mannen aan zijn stamtafel.

Soms namen Trudi en Eva melkbusjes mee op hun wandelingen naar de rivier, en ze zwaaiden ze rond aan hun handvatten terwijl ze door de tarwevelden liepen om op de terugweg melk of eieren bij de boerderij van de Braunmeiers te kopen.

Ze werden dan geholpen door Frau Braunmeier, met het jongste kind op haar heup, terwijl haar handen vol kloven hun geld telden. Zij was afkomstig uit een arm protestants gezin in Krefeld, had Trudi gehoord, en ze had zich tot het katholicisme bekeerd om te trouwen met de rijke Braunmeier; de ironie had echter gewild dat haar man haar in grotere armoede deed leven dan ze ooit eerder had meegemaakt. Terwijl de schuur enorm was en goed onderhouden, woonde het gezin in tochtige kamers vol sjofel meubilair, ze droegen verstelde kleren en leefden van boerderijproducten die niet meer geschikt waren voor de verkoop – melk die op het punt stond zuur te worden, beurse perziken, eieren die niet vers meer waren.

Op een middag, toen Trudi en Eva het hek van die boerderij binnenkwamen, sprong Hans-Jürgen te voorschijn van achter de waslijn waar tot op de draad versleten beddenlakens hingen te drogen. De wind liet de lakens golven en drukte de bladeren van de kruisbessenstruiken plat. De krullen van Hans-Jürgen woeien op van zijn voorhoofd toen hij de meisjes de weg versperde.

'We hebben jonge poesjes. Willen jullie ze zien?' Zijn ogen glinsterden. 'Ze zijn in de schuur.'

Eva tastte naar haar keel. Trudi aarzelde. Iedereen wist dat kinderen niet in de schuur mochten komen, maar ze was één keer naar binnen geslopen terwijl haar vader eieren kocht van Frau Braunmeier. Hans-Jürgen en twee van zijn vriendjes hadden op de hooizolder gezeten en hadden tegen haar gesist dat ze weg moest gaan, maar ze was gebleven, om wat terug te doen omdat ze haar daar niet wilden hebben.

'Jullie kunnen me niet wegsturen,' had ze gezegd, terwijl haar bloed zo luid in haar oren bonsde dat ze nauwelijks haar eigen woorden kon verstaan, en het enige wat haar ervan had weerhouden de benen te nemen, was de wetenschap dat zijn moeder – als ze hem verklikte – hem zou straffen dat hij in de schuur was geweest.

Maar ditmaal vroeg Hans-Jürgen haar te blijven. Hij wilde haar zelfs zijn jonge poesjes laten zien. 'Kom mee,' zei hij, en hij rolde met zijn ogen, en imiteerde het vissenmondje dat ze op school trok, tot ze moest lachen en met hem meeliep naar de ronde deur van de schuur, met Eva en Seehund vlak achter hen.

'Je hond moet buiten blijven.' Handig bond hij Seehund vast aan een paal naast de lange trog. 'Af, jongen,' zei hij, en klopte op Seehunds achterwerk. Zijn ogen schoten naar het huis. 'Niemand mag in de schuur komen,' zei hij met gewichtige stem.

'Ik wil naar huis,' zei Eva, en haar rug en nek waren nog rechter dan gewoonlijk.

'Stomme gans.' Hij deed de deur van de schuur open.

Het was daarbinnen bijna een kerk – net zo stil en hol en hoog. En omdat het verboden was daar te zijn, was het nog opwindender. Trudi trok Eva aan haar hand mee toen ze Hans-Jürgen volgde langs de rij koeienruggen naar de achterkant van de schuur. Achter een houten schot lag een dikke grijze moederpoes in een hoopje schoon stro, met een nest jonge poesjes.

Trudi hurkte neer en aaide de rug van de kat. Eva kwam een stap dichterbij, met een gezicht waarop een mengeling van nieuwsgierigheid en behoedzaamheid te lezen stond.

'Wil je een poesje vasthouden?' vroeg Hans-Jürgen.

Eva knikte.

'Hier.' Hij pakte een gestreept jonkie, maar de moederkat gromde. Een snelle poot schoot uit en krabde hem bij de pols. Hij slaakte een kreet en wendde zijn gezicht af van de meisjes. Met zijn voet duwde hij de moederpoes opzij en greep hij iets harigs van de plaats waar ze had gelegen, voordat ze weer tussen de resterende wezentjes kon gaan liggen, met ogen als gloeiende kolen.

Trudi wilde de kat troosten, maar ze was bang dat ze dan nog angstiger zou worden. 'Zet dat katje terug,' zei ze.

Hij verborg het tegen de voorkant van zijn verschoten blouse. 'Wat voor katje?'

'Het katje dat je gepakt hebt,' zei Eva.

'Het is niet eens een katje,' zei hij. 'Het is een mol. Een blinde mol, zie je wel?' Hij stak Trudi het diertje toe, en trok het weer haastig weg voordat zij het kon pakken, en op dat moment zag Trudi een razernij in hem die ze herkende, een razernij die ook zij wel eens had gevoeld, de razernij om iets te vernietigen, en ze huiverde.

'Leg terug,' zei ze bevelend, al wist ze dat het te laat was.

Hij lachte. 'En nu – nu is het een vogeltje. Zien jullie wel?'

Hij hield het katje bij zijn staart en zwaaide het in het rond. Eva jammerde, een lang, klaaglijk geluid dat galmde in de schuur, terwijl Trudi zijn arm probeerde tegen te houden. Maar hij bleef ronddraaien, sneller, en het gestreepte katje slingerde aan het eind van zijn uitgestoken arm, nog sneller, en zijn gezicht straalde merkwaardig, als de gezichten van heiligen wanneer ze wonderen verrichten. Zijn vuist ging open, en terwijl hij bleef slingeren met zijn arm alsof hij niet uit zichzelf kon stoppen, vloog het katje in een grote boog naar de verste muur, waar zijn lijfje een verrassend luide smak maakte voordat het op de grond viel.

Eva hield op met krijsen en bleef heel stil staan, met beide handen voor haar mond geslagen, maar Trudi rende naar het katje toe. Ondanks haar ontzetting kon ze al de woorden voelen die ze zou gebruiken om voor zuster Elisabeth en haar vader te beschrijven hoe slap en kleverig het katje in haar handen voelde. Ze zou hun vertellen over het bloed dat uit zijn bekje droop, over zijn oogjes die dof waren, als bedekt met een bruidssluier. En ze zou zich die ogen herinneren, precies zoals ze zich de snelle schaduw van paniek zou herinneren die de volgende ochtend over het gezicht van Hans-Jürgen ging, toen hij voor de klas moest komen voor twintig klappen met de houten liniaal van zuster Elisabeth. Met zijn rug naar haar toe stond hij een uur in de hoek, en ze was er zeker van: zelfs als zij naar de andere hoek werd gestuurd, zou hij doen alsof hij haar niet zag.

Die zondag praatte Herr Pastor Schüler na de kerk met Herr Braunmeier, en op maandagochtend verscheen Hans-Jürgen op school met nieuwe blauwe plekken in zijn gezicht en op zijn armen. Zijn ogen stonden nors, maar een keer, toen Trudi merkte dat hij naar haar keek, zag ze wraakgevoelens in zijn pupillen schitteren. Hoewel haar haar pijn ging doen, dwong ze zich hem strak aan te kijken, totdat hij zijn ogen afwendde.

'Hou vooral je raam open, vanavond,' siste ze hem toe toen ze de klas uitging en langs zijn bank kwam.

Hij stond op, met zijn schouders en gezicht boven haar, en ze kon kijken tot in de donkere holten van zijn neusgaten. Zijn handen kwamen omhoog als om haar te grijpen en rond te slingeren, net als dat katje.

'Hans-Jürgen!' zei zuster Elisabeth streng. Hoewel ze niet oud was, liep ze met een stok.

Hans-Jürgen greep zijn schooltas en rende de klas uit.

'Wat zei je tegen hem?' wilde Eva weten toen ze bij de leesbibliotheek verscheen met een bot voor Seehund.

'Dat hij zijn raam open moest houden. Zodat de moederpoes kan binnenkomen om op zijn keel te gaan liggen.'

Eva rilde. 'En dan sterft hij een gruwelijke dood.'

'Hij zal worstelen om elke ademhaling.'

'Maar de moederpoes gaat niet van hem af.'

'Zelfs niet als hij schreeuwt.'

Hun ogen rustten in elkaar, als voor een belofte, en ze ademden allebei zwaar uit.

'Zelfs dan niet.'

Ter voorbereiding op de eerste communie gaf zuster Elisabeth elk kind een rozenkrans en liet ze zien hoe je de rozenkrans begon door een kruis te slaan met het kruisje aan het eind van het staartje. Dan zei je het credo, één onzevader, drie weesgegroetjes, één onzevader en – helemaal aan het eind – het Salve Regina.

'Jullie rozenkrans heeft vijf decaden met tien weesgegroetjes en één onzevader,' legde zuster Elisabeth uit. 'Bij die rozenkransen heeft elke decade een andere kleur, zodat jullie kunnen bidden voor de bekering van de werelddelen: zwart is natuurlijk voor Afrika; geel voor Azië; rood voor Rusland; groen voor Zuid-Amerika; en blauw voor Australië.'

'Kan blauw ook voor de noordpool zijn?' vroeg Hans-Jürgen Braunmeier.

'De noordpool telt niet mee. Daar wonen alleen maar pinguïns.'

Hilde Sommer stak haar hand op. 'Waarom mogen we niet bidden voor pinguïns?' Dit krachtige, zware meisje woonde nog maar pas in het stadje en was tot dusver tweemaal flauwgevallen in de kerk, van de wierookgeur.

De zuster neep haar lippen opeen, als gewoonlijk wanneer ze ongeduldig werd, en toen ze ze weer opendeed, deelde ze Hilde mee dat er weliswaar niets aan mankeerde als je af en toe voor dieren bad, maar dat je dat pas deed nadat je al je gebeden voor mensen had gezegd. 'Dieren hebben geen ziel. Behalve misschien de ezel en de os die in de stal van het kindje Jezus waren.'

'En de schapen,' vulde Paul Weinhart aan. Zijn ouders hadden veel schapen op hun boerderij.

Zuster Elisabeth knikte, met een gekwelde uitdrukking op haar gezicht, alsof ze er al spijt van had ooit over dieren te zijn begonnen. Haar gezichtsbeharing was kleurloos, maar heel dik boven haar bovenlip.

Trudi stak haar hand op, en toen de zuster haar naam noemde, zei ze: 'Als rood voor een werelddeel is, dan kan dat niet Rusland zijn.'

De knorrige uitdrukking op het gezicht van de zuster werd dieper.

'Mijn vader is daar geweest in de oorlog. Rusland ligt in hetzelfde werelddeel als Duitsland.'

Zuster Elisabeth vertelde over de apostel Thomas, die getwijfeld had aan Jezus' verschijning aan de andere apostelen, totdat hij diens wonden had kunnen aanraken. 'Alleen al twijfelen is een zonde,' zei ze, en ze benadrukte haar woorden met een klap van haar stok, en vertelde de klas vervolgens hoe Thomas zichzelf verlost had door martelaar in India te worden.

Om de zuster te laten merken dat ze spijt had van haar twijfel bleef Trudi binnen tijdens het speelkwartier om de plantjes water te geven en het bord schoon te vegen. Toen zuster Elisabeth haar een bidprentje gaf van de heilige Agnes, de patroonheilige van meisjes, voelde Trudi vanbinnen de heilige ontroering die ze wel eens kreeg als ze naar een processie keek of dacht aan Jezus die voor haar zonden was gestorven. Thuis legde ze het plaatje bij haar verzameling bidprentjes en oefende ze haar eerste communie voor haar moeders spiegel met die gouden lijst. Terwijl ze haar mond zo ver mogelijk opensperde, wenste ze dat Eva samen met haar de eerste communie kon doen. Ze zouden allebei een witte jurk dragen en kransjes van witte satijnen rozen in hun haar. Jammer dat Eva joods was. Joden konden niet te communie gaan. Trudi stak haar tong uit – waarbij ze hem plat en recht hield. Als je hem niet plat hield, kon de ouwel eraf vallen. Je mocht hem niet aanraken met je tanden. En als je je ouwel uitspuugde in je zakdoek, veranderde hij in bloed.

Hoewel Trudi de biecht vreesde – het prijsgeven van haar eigen geheimen –, begonnen veel van haar klasgenootjes te verlangen naar de beloning van de biecht. Toen ze eenmaal de vrees voor knielen in die sombere biechtstoel hadden overwonnen, keken ze uit naar de absolutie van de zaterdag, die hun ziel blank en stralend maakte. Als toneelspelers die leren hoe ze op het podium moeten huilen, leerden zij hoe ze hun berouw moesten wekken. Maar hun nieuwe zielen zouden iets van hun zuiverheid verliezen op zondagmiddag, nadat ze geglansd hadden tijdens de mis van negen uur. Binnen de eerstvolgende dagen zouden die zielen nogal groezelig worden, en tegen het eind van de week zaten ze vol vlekken. De kinderen stelden zich voor dat hun ziel zich ergens onder hun hart bevond, een wolkvormig, langgerekt iets binnen hun ribbenkast. De druk van de ribben liet strepen achter op de ziel, zo zacht en plooibaar waren ze. En zonden lieten lange vlekken achter, als kolenstof.

Zonden en geheimen – voor Trudi vielen ze vaak samen. Zonden leverden de beste geheimen op. Ze zwollen op en haalden adem, totdat een priester ze slachtte met zijn absolutiewoorden. Het bloed van het lam, bloed van de zonden, stierf voor je zonden. *Voor je moeders zonden.*

Misschien had de kat van de Braunmeiers nooit geweten hoe gevaarlijk ze voor Hans-Jürgen had kunnen worden, want hij kwam gewoon elke dag naar school, lang nadat zijn blauwe plekken waren weggetrokken en vervangen door sporen van nieuwe gevechten op het schoolplein.

In het voorjaar, kort nadat de Fransen het Rijnland hadden bezet, verscheen hij in de kerk met zijn rechterarm in een mitella. Zijn vader had hem betrapt toen hij met lucifers in de schuur aan het spelen was, en dat – het gevaar voor gebouw en vee – was in zijn vaders ogen veel erger dan wat Hans-Jürgen met die lucifers had gedaan: hij had de vlezige kussentjes aan de poten van een kater verbrand. Misschien waren een paar krabben op gezicht en nek van de jongen afkomstig van de kater, die met hem gevochten moest hebben, maar zijn arm was gebroken toen zijn vader hem tegen de vloer had gegooid en de vlammen van de lucifer die zijn zoon had laten vallen, had uitgestampt. Als je trouwens naar het strakke gezicht van Hans-Jürgen keek, dan zou je zweren dat het vuur niet gedoofd was, maar zich had teruggetrokken in zijn ogen, waar het zou blijven branden.

Trudi kende dat vuur maar al te goed, ze kende het uit haar eigen binnenste. Soms had ze heftig lief. Soms voelde ze een schicht van haat door zich heen scheuren. Ze kon zich gemeen voelen. Of vriendelijk. Of bang. Zoals op die woensdag toen de tweedeklassertjes *Völkerball* zouden spelen – een balspel dat steeds populairder was geworden sinds de Franse bezetting.

Zuster Elisabeth koos de aanvoersters: voor het Franse team Eva Rosen, en voor het Duitse team Hilde Sommer, die door haar flauwtes tijdens de mis het medelijden van de nonnen had gewekt. De zuster liet nooit een jongen voor aanvoerder spelen. Jongens waren onhandelbaar, zei ze, met een huivering van vrees in haar stem, en ze liet hen in hun banken zitten met hun handen op het houten blad, om te voorkomen dat ze in hun broekzak zochten naar een katapult of iets wat nog gevaarlijker was. Meisjes, zo geloofde de zuster, werden lang niet zo sterk bedreigd door mysterieuze neigingen.

Eva en Hilde stonden voor de andere kinderen, en telkens als ze een naam riepen, kwam een meisje of jongen achter hen staan. Trudi probeerde Eva te beïnvloeden dat ze haar koos, al zouden de Fransen beginnen op het middenveld, waar ze moesten wegduiken voor ballen die het Duitse team naar hen toe gooide tot ze allemaal geraakt waren. Daarna zouden de teams van positie wisselen, en dan begon het weer van voren af aan.

Maar Eva bleef dwars door Trudi heen kijken terwijl de rijen achter de aanvoersters almaar langer werden, tot iedereen gekozen was. Behalve Trudi.

'Jouw beurt,' hielp Eva Hilde herinneren.

'Ik wil haar niet in mijn team.'

'Maar je moet.'

'Neem jij haar maar.'

'Het is jóúw beurt.'

Toen Hilde iets tegen Georg Weiler achter haar zei, begon hij te lachen. Georg kon hard lopen en werd meestal als een der eersten gekozen. Hij droeg zijn *Lederhosen* en een gewone jongensblouse.

'We verliezen altijd als zij met ons meespeelt,' schreeuwde Fritz Hansen.

'Kinderen!' De dikke zuster klapte tweemaal luid in de handen. 'Houd daarmee op. Onmiddellijk.'

'Ik wil niet meedoen.' Trudi deed alsof ze haar veters moest vastknopen, zodat de anderen niet konden zien dat ze huilde.

'Je moet meedoen, Trudi.' De stem van de zuster was streng. Ze pakte Trudi's arm en bracht haar naar het uiteinde van de rij achter Hilde.

Trudi's benen voelden korter dan ooit tevoren, en terwijl ze de regels van het spel volgde – ze moest proberen leden van het Franse team te raken en voor de bal weglopen als het Franse team aanviel – voelde ze de andere kinderen om zich heen bewegen als één vloeiende massa, voelde ze hun gezamenlijke eenheid alsof zij tot een andere soort behoorde. In haar botten voelde een zeker trekken alsof de groei zijn best deed door te zetten. Zo'n gevoel had ze vaak, vooral in haar rug en benen; maar die pijnen waren niets, vergeleken met de schaamte die ze voelde.

Na schooltijd verborg ze zich achter het gymlokaal tot alle kinderen weg waren. Vanuit het Theresienheim kwam de geur van stilstaand water, en een geit mekkerde uit de richting van de fietsenwinkel. Ze voelde in haar zak en telde het geld dat haar vader haar had meegegeven om op weg naar huis een brood te kopen – vijftien bankbiljetten, elk voor een miljoen mark. Vroeger waren het biljetten van elk duizend mark geweest, maar de Reichsbank had het nieuwe bedrag schuin over het origineel gedrukt. Ze kon zich nog de tijd herinneren dat brood maar een paar *Pfennige* kostte. Maar de dingen werden met de dag duurder: in slechts één maand tijd was een pond kip van zes miljoen naar tien miljoen gegaan. Voor een tramritje betaalde je zeven miljoen mark.

Herr Abramowitz, die lid van de communistische partij was geworden, praatte wel eens met Trudi's vader over de armoede die toenam bij elke devaluatie van het geld. De mensen waren bang. Velen hadden hun baan verloren en verdrongen zich om werk te doen dat ze minachtten, bijvoorbeeld huis-aan-huisverkoop van naaimachines of werk als dagloner. Ze voelden zich vernederd wanneer de rechtbank hun meubels in beslag nam wegens onbetaalde rekeningen en de deurwaarder het bewijs van hun falen, het zegel, de *Kuckuck*, op de achterkant van een kast of bureau plakte. En als ze voedsel zagen achter de ruiten van winkels en restaurants, zonder dat ze dat konden kopen, werden ze alleen maar afgunstiger op joden als Herr Abramowitz en Fräulein Birnsteig, die succes hadden en konden betalen wat ze maar wilden. Sommigen hadden de voorkeur aan zelfmoord gegeven, boven de schande van de armoede. Bijna iedereen was het erover eens dat het vredesverdrag van Versailles vernederend was en hen allen tot de bedelstaf bracht. Ze snakten naar het leven dat ze voor de oorlog hadden gekend, een ordelijk bestaan dat – als ze eraan terugdachten – leek te baden in zonneschijn.

Veel mensen waren hun spaargeld en pensioen kwijtgeraakt. En Trudi had Herr Hesping horen zeggen dat ze allemaal nog veel meer zouden moeten opgeven. Terwijl ze naar bakkerij Hansen liep, bedacht ze wat zij zou willen opgeven als ze maar lang kon worden. In elk geval een arm. Misschien zelfs een been, want dan zou ze altijd nog één lang been overhebben. Een arm zou ze gemakkelijker kunnen missen. En als ze allebei zou moeten opgeven–een arm en een been? Je zou onmogelijk met krukken kunnen lopen als je geen twee armen had. Tenzij–en ze probeerde zich dat voor te stellen–tenzij het been en de arm die je opgaf, zich aan verschillende kanten bevonden.

Ze trok haar rechterknie op en hupte verder op haar linkerbeen, waarbij ze zich voorstelde met een kruk in haar rechterhand. Hoewel het moeilijk was haar evenwicht te bewaren, slaagde ze erin zich op één been voort te bewegen tot aan de hoek van de straat, waar ze struikelde. Maar toen ze op de grond zat, wist ze dat ze beide zou opgeven. Als haar engelbewaarder op dit moment bij haar kwam en garandeerde dat ze lang zou worden in ruil voor een been en een arm, was ze bereid beide door hem hier ter plekke te laten afzagen.

Ze stond op en hupte op haar linkervoet, en toen op de rechter, waarbij ze de tegenoverliggende arm als een vleugel uitstak. Dan zou zuster Elisabeth haar tenminste niet meer dwingen mee te doen aan stomme balspelletjes. Maar misschien hoefde ze geen been en arm op te offeren. Ze hield op met huppen en stond stil. Misschien zou het voldoende zijn als ze twee vingers afstond, net als de bakker, die ze in Rusland was kwijtgeraakt, tijdens de oorlog. Als je iets kwijtraakte wat je vroeger had gehad –een van je ledematen bijvoorbeeld, of een oog–dan behandelden de mensen je niet als een wangedrocht. Maar als je geboren werd zonder armen of zonder ogen, dan was je een wangedrocht. Als je lichaam niet leek op de lichamen van anderen, dan was je een wangedrocht. En als je maar lang genoeg in het lichaam van een wangedrocht woonde, al voelde je je vanbinnen geen wangedrocht–wat kon je dan doen om ervoor te zorgen dat je lichaam je niet helemaal in een wangedrocht veranderde?

Die middag kwam Eva niet naar de leesbibliotheek, en de volgende ochtend op school weigerde ze ook maar één keer naar Trudi te kijken. De eerste aan wie Trudi verteld had van Eva's wijnvlek was Helga Stamm, die de gevreesde *Blaue Brief* van school had ontvangen, een waarschuwing dat ze misschien zou blijven zitten.

'Het is net een rodekool,' had Trudi gefluisterd, 'helemaal over Eva's borstkas heen. Zelfs haar moeder kan er niets aan doen, en die is dokter.'

Ze had Irmtraud Boden en Hilde Sommer apart genomen en hun verteld dat de vlek op Eva's borstkas eerst nog kleiner dan een kersenpit was geweest, en dat hij nog steeds bleef groeien, hoewel Frau Doktor er alle mogelijke medicijn in had gewreven.

'Binnenkort,' had Trudi tegen Fritz Hansen gezegd, 'zal iedereen het weten, want het rood zal tegen Eva's nek op kruipen, en over haar armen. En als het eenmaal op haar vingers zit, zal alles wat ze aanraakt ook rood worden.'

Ze bogen zich vlak over haar heen om haar gefluisterde woorden te verstaan, alsof ze haar vrienden waren, en hoewel ze hen niet kon vasthouden voorbij haar verhaal, had ze begrepen dat ze hen altijd weer terug zou kunnen lokken met nieuwe geheimen.

In de gang probeerde Paul Weinhart de voorkant van Eva's trui omhoog te trekken, maar zij rende weg, terug de klas in; de volgende dag vroegen twee van de meisjes of ze haar borstkas mochten zien. Eva's gezicht was even rood geworden als haar wijnvlek, en ze had zich met een ruk afgewend, en toen haar ogen zich op Trudi richtten, waren ze donker en ontzet, alsof ze, eindelijk, wist hoe het was als je door je beste vriendin werd verraden.

Pas aan het eind van de week, in het speelkwartier, drukten verscheidene meisjes Eva's armen tegen het hek en maakten ze de knopen van haar blouse los om haar wijnvlek bloot te leggen. Toen ze naar de kamer van het schoolhoofd werden geroepen, waar ook Frau Doktor Rosen zat, de arts die veel van hen door de bof en de mazelen heen had geholpen, mompelden de meisjes dat ze Eva alleen maar hadden willen kietelen.

Eva bleef de volgende maandag en dinsdag weg van school, en Trudi kreeg een droom dat Eva was veranderd in een invalide, net als haar vader. Eva lag naast hem, in een ligstoel. Beiden hadden ze de ogen gesloten. Alleen had Eva geen deken die haar toedekte. De bovenkant van haar jurk was open en de bloem op haar borstkas had ranken gekregen die haar omgaven als de doornenhaag die rond Doornroosje was gegroeid, op Trudi's puzzelblokken. Eva's gezicht stond vredig, alsof ze voor honderd jaar was gaan slapen, en de ranken maakten haar vast aan de veranda, en beschermden haar tegen de buitenwereld.

Toch stond Eva op woensdagmiddag voor het raam van Trudi, met een nieuwe riem voor Seehund, en ze riep of ze buiten kwam spelen. Toen Trudi naar haar keek van achter de vitrage, voelde ze hoe de liefde en de haat in haar binnenste in elkaar opgingen en iets zwaars en onbuigzaams vormden.

'Trudi,' riep haar vader uit de gang naast de leesbibliotheek, 'daar is Eva.'

Ze kon geen antwoord geven.

'Trudi.' Zijn hinken stopte onder aan de trap.

Ze voelde niets, afgezien van die koude druk. Een licht briesje kwam door de vitrage en koelde haar gezicht. Toen ze bij het raam vandaan stapte, kneep ze de witte kant tussen haar vingers, en opeens voelde ze een verlangen iemand te kennen die er net zo uitzag als zij, iemand met een stevige romp, met benen die kort en stevig waren, met armen die niet verder reikten dan de hare, iemand die haar met een blik van her-kenning zou aankijken – en niet vol nieuwsgierigheid of minachting.

Hoofdstuk zes [1923-1929]

Het was Frau Simon die Trudi vertelde over de *Zwerg*-man in Düsseldorf. Frau Simon had hem gezien onder het publiek in het Opernhaus, waarop ze een abonnement had. 'Ongeveer even lang als jij, Trudi, en zo –zo elegant. Je had hem moeten zien. Hij droeg een nachtblauwe smoking, bijna zwart... en een prachtige bijpassende hoge hoed.' Frau Simons sproetige handen schoten door de lucht om de vorm van die hoge hoed aan te geven.

Vanaf die dag streefde Trudi ernaar die *Zwerg*-man te vinden, en ze smeekte haar vader haar mee te nemen naar Düsseldorf. Ze haalde hem over kaartjes te kopen voor de opera, en ze zat *Der Bettelstudent* uit, en met de toneelkijker die Frau Simon haar had geleend bekeek ze het publiek. In de pauze ging haar vader in de rij staan om gesuikerde amandelen voor haar te kopen, terwijl zij zich een weg baande door groepjes mensen–langs heupen en middels en buiken en handen–in de verwachting tegenover de *Zwerg*-man te komen staan. Maar ze had hem niet gevonden, en toen ze die amandelen opat tijdens de tweede helft van de voorstelling, verkrampte haar maag door de misselijk-zoete herinnering aan de suiker van de ooievaar.

Wanneer Trudi met Seehund speelde of op weg naar school was, verfraaide ze de weinige bijzonderheden die ze over die man wist–zijn lengte, zijn smoking, zijn hoge hoed–tot een verhaal, en ten slotte had ze een heel leven voor hem verzonnen. Het paste eerst niet allemaal in elkaar, het waren meer brokstukken die met elkaar botsten in haar hoofd en zich vasthechtten aan de wortels van haar verhaal, totdat zich een stam vormde, met takken en een hemel vol blaadjes. De *Zwerg*, zo had ze besloten, was een beroemd schilder–nee, een musicus net als Fräulein Birnsteig, een componist zelfs. Dat was de reden waarom hij in de opera was geweest.

Die componist woonde in een villa in Düsseldorf, aan de overkant van de brug van Oberkassel, en hij had twee kinderen die ook *Zwerge* waren. De een was zeven, een jaar jonger dan Trudi, en de ander was een jaar ouder dan zij. De componist zou niets liever wensen dan een vriendin voor zijn kinderen. Op een zondag zou hij door Burgdorf rijden en daar toevallig Trudi zien, voor de deur van de leesbibliotheek. Hij zou haar uitnodigen voor een ritje in een auto net als die van Herr Abramowitz, hij zou vragen wat ze het liefste at, en...

'Neem nooit chocola aan van vreemden,' hadden de zusters alle kinderen gewaarschuwd. Er waren massamoordenaars, zeiden de zusters, die vreselijke dingen met kinderen deden, bijvoorbeeld ze tot worst verwerken en die worsten te eten geven aan nietsvermoedende mensen. Er was zelfs een liedje over een veroordeelde moordenaar, dat de kinderen niet mochten zingen: '*Warte, warte nur ein Weilchen*...' Het liedje vertelde hoe hij binnenkort ook bij jou zou komen en met zijn '*kleine Hackebeilchen*' gehakt van je zou maken. Nadat Trudi de schok had verwerkt dat de wereld onveilig was, had ze de tekst van dat griezelige liedje met de andere kinderen meegezongen – '...*aus den Augen macht er Sülze*', '*aus dem Hintern macht er Speck*', en ze had gehuiverd van heerlijke angst.

Maar de *Zwerg* was vast en zeker geen massamoordenaar. Hij leek eerder op de onbekende weldoener, en hij zou al weten wat zij leuk vond voordat ze het hem vertelde. Haar vader zou kennis met hem maken en met hem praten over muziek en schaken en politiek. En dan zou de *Zwerg* haar en zijn kinderen meenemen naar een bergtop waar het hele jaar sneeuw lag, en ze zouden een sneeuwpop maken met kooltjes als ogen en een wortelneus. Ze zouden op één lange slee de helling afglijden, en de *Zwerg* zou de slee aan de achterkant van zijn auto vastmaken en hen weer omhoogtrekken.

Ja, met een *Zwerg* meegaan zou iets anders zijn.

Niet met hem meegaan zou ondenkbaar zijn.

Trudi zou pas een andere *Zwerg* zien toen ze dertien was geworden, en die *Zwerg* was de nieuwe dierentemster van het circus dat elke jaar in juli naar de kermis van Burgdorf kwam. Die vrouw, gekleed in een witte lovertjesjapon met zwarte revers die als puntige blaadjes aan de halslijn ontsprongen, bracht de olifanten de piste binnen, en toen haar snelle zweep rond hun enorme poten knalde zonder hen aan te raken, bogen ze hun knieën, uit respect voor haar, zo leek het.

Ze heette Pia. Ze had een massa blauwzwarte krullen en een fors lichaam dat zich lenig voortbewoog. Hoewel de mensen lachten om de clowns en de aapjes, lachten ze niet om de *Zwerg*-vrouw – ze waren onder de indruk van haar kundigheid en moed, en toen ze haar hoofd in de wijdgeopende bek van de leeuw legde, werd het zo stil in de circustent dat zelfs de jongste kinderen zwegen, en gedurende dat lange ogenblik, voordat ze haar hoofd weer uit die gevaarlijke holte haalde – het moment waarop de geur van dieren en zaagsel en zweet zwaarder werd en doordrong tot in het zeil van de enorme tent – werden alle toeschouwers onderling verbonden door één ademtocht. Toen Pia naar het midden van de piste rende en boog, waarbij ze één hand elegant naar de vloer bracht en vervolgens hoog de lucht in, stonden de mensen op om te klappen.

Trudi wist dat ze niet klapten omdat Pia een *Zwerg* was, en zelf klapte ze tot haar handen pijn deden, in de hoop dat de mensen ook haar zouden opmerken om de dingen die zíj kon doen – zoals hoofdrekenen of bijna elke treinverbinding in Duitsland onthouden –, en niet omdat ze een *Zwerg* was. Maar al vreesde ze de aandacht die ze ontving, toch was ze er zo aan gewend geraakt dat ze ernaar snakte, het verwachtte.

Toen Trudi weer ging zitten op de voorste rij, hoopte ze vurig dat de dierentemster naar haar zou kijken. Ze wist dat haar vlechten er mooi uitzagen zoals ze ze boven op haar hoofd had opgestoken. Haar nieuwe roze jurk voelde alweer te nauw aan, maar de lengte was tenminste goed. De wasvrouw die haar vader nog steeds in dienst had, ondanks geruchten dat ze stiekem bleekpoeder meenam naar de huizen waar ze werkte, was goed in het uitleggen van naden en het inzetten van bijpassende stroken stof. Haar vader kocht nog steeds kinderkleren voor Trudi, rokken en blouses en jurken met strikjes en kantjes, want in kleren voor grote mensen verdronk ze: het middel zat op de verkeerde plaats, en de zoom hing scheef. Mannen begrepen niet veel van dat soort dingen.

Als haar moeder nog geleefd had, daar was Trudi zeker van, zou ze kleren hebben die haar precies pasten, zoals die witte japon met lovertjes die eruitzag alsof hij speciaal voor Pia was ontworpen. Trudi vroeg zich af of Pia ook had geprobeerd haar lichaam te rekken, maar Pia was niet langer dan zij. Ondanks alles wat Trudi had ondernomen, waren haar ledematen definitief opgehouden met groeien tegen de tijd dat ze elf was. Ze had de beperkingen van haar lichaam met een felle haat gevolgd, en ze had niet alleen aan haar vingers in deurkozijnen gehangen, maar ook aan boomtakken, en af en toe was ze gevallen zodat ze blauwe plekken en schaafwonden had opgelopen. Vaak hadden haar armen en schouders dagenlang pijn gedaan, en ze had zich getroost met de belofte dat ze, als haar lichaam eenmaal volgroeid was, zou verhuizen naar een verre stad waar niemand zou weten dat ze vroeger een *Zwerg* was geweest. Daar, zo stelde ze zich voor, zou het gemakkelijker zijn diefstal of moord te bekennen dan toe te geven dat je een *Zwerg* was geweest.

Een dikke clown op een heel klein fietsje kwam de piste binnenrijden, terwijl een papegaai met felgekleurde staartveren zich als een gier aan zijn rug vastklemde. Nadat hij als een woesteling rond de dierentemster was gereden – zij bekeek het schouwspel met geamuseerd opgetrokken wenkbrauwen – liet de clown zich in het zaagsel vallen, aan haar voeten, alsof hij haar smeekte hem te redden.

Pia knipte met haar vingers, en de papegaai vloog weg van de rug van de clown en kwam op haar pols zitten. 'Ik heb een vrijwilliger uit het publiek nodig,' deelde ze mee, met een glimlach vol zelfvertrouwen.

In plaats van haar arm op te steken, zoals anderen, gleed Trudi van haar zitplaats en deed ze een stap naar voren, waarbij de ruches van haar jurk langs haar ellebogen schuurden.

Even keek Pia verbaasd op, en haar zwarte ogen schoten voorbij Trudi en weer terug, alsof ze gevangen was door haar eigen evenbeeld. Maar toen lachte ze van verrukking. 'Kom hier.' Ze stak haar andere hand uit, en Trudi hield zichzelf goed rechtop toen ze naar Pia toe liep. 'Het ziet ernaar uit dat we een vrijwilligster hebben. Afkomstig van het betoverde eiland dat ik mijn thuis noem. Het eiland van de kleine mensen, waar iedereen onze lengte heeft...' Ze wuifde met haar hand van Trudi naar zichzelf. 'Waar vijgen en sinaasappels en orchideeën in elke tuin groeien, waar vogels als Othello' – ze fluisterde de papegaai iets toe, en hij kwam op Trudi's pols zitten – 'even gewoon zijn als jullie eenden.'

Trudi hield haar pols stil. De klauwen van de vogel waren koel als de schil van een sinaasappel.

De clown slaakte een kreet, nam zijn fietsje onder zijn ene arm en verliet de ring in een opeenvolging van duikelingen.

'Het is een eiland waar maar weinig mensen van weten.' De dierentemster vestigde haar blik op Trudi. Haar gezicht was leeftijdloos – zonder rimpels, en toch oeroud – en mooi met die geverfde mond en brede jukbeenderen. 'Kun jij je ons eiland herinneren?'

Trudi's nek voelde stijf aan toen ze knikte.

'En wat herinner je je het best, mijn lieve vriendinnetje?'

Trudi was bang om voorbij haar te kijken naar de vertrouwde gezichten onder het publiek, gezichten die vast en zeker niets dan spot uitdrukten, maar toen ze toch keek, zaten ze vol bewondering naar haar te kijken. Ze streek met één vinger over de rug van de papegaai en haalde diep adem. 'De waterval,' zei ze.

'Ze herinnert zich de waterval,' deelde Pia mee. 'En wat een prachtige waterval is dat, daar op ons eiland. Koel in de zomer, warm in de winter.' Ze greep opeens drie gouden hoepels uit de leegte, en terwijl ze ze ophield, maakte de papegaai een geluid en vloog hij erdoorheen alsof ze een tunnel vormden, waarna hij weer op Trudi's pols kwam zitten.

'En de tunnel.' Trudi sprak nu luider, meegesleept door de bonte schittering van dat moment. 'Ik herinner me een tunnel... die met juwelen bekleed was.'

'Die leidde van jouw huis naar het mijne, inderdaad.' In de ogen van de dierentemster zag Trudi een ondeugende schittering die haar inspireerde verder te gaan.

Samen verzonnen ze het verhaal van een eiland dat zo prachtig was dat alle mensen uit het publiek hen zonder vragen daarheen gevolgd zouden zijn, en al die tijd vloog de papegaai tussen hen heen en weer als de schietspoel van een wever, waarna hij weer telkens even uitrustte op Trudi's pols. Een keer, toen hij zijn veren schudde, kietelde hij in Trudi's gezicht, en ze onderdrukte de neiging tot niezen door haar gehemelte aan te raken met haar tong, zoals Eva haar had laten zien. Kon Eva haar maar hier zien, met Pia. Maar Eva was nu op het gymnasium in Düsseldorf, en hoewel ze bleef staan om Trudi te groeten als ze elkaar op straat tegenkwamen, was het anders dan vroeger, toen ze vriendinnen waren geweest.

Voordat Pia Trudi terugbracht naar haar zitplaats, stak ze haar hand in de lucht, plukte uit het niets een enorme crêpepapieren roos en die gaf ze aan Trudi, met een kus op de wang.

Terwijl de clowns en acrobaten het publiek amuseerden, keek Trudi nauwelijks naar hen. Ze wachtte aldoor tot de dierentemster zou terugkomen, maar Pia verscheen nog maar één keer – helemaal aan het eind, toen alle optredenden de piste in kwamen rennen om te buigen voor een langdurig applaus. Te midden van anderen van normale lengte was ze lang niet zo indrukwekkend.

Toen de tent leeg was, ging Trudi op zoek naar Pia, met de papieren roos in haar hand. Ze had er geen idee van wat ze zou zeggen; toch móést ze haar spreken. Pia zou haar kunnen aankijken en verder zien dan haar lichaam. De mensen in het stadje zagen haar lichaam en wezen haar af: ze was niet een van hen.

Een van de acrobaten wees Trudi de weg, langs de draaimolen en de tent van de waarzegster naar een blauwe woonwagen die op een weitje

133

met klaver en boterbloemen stond. Een waslijn met kanten lingerie en kousen was tussen het zijraam en een berk gespannen. De houten wanden waren met glansverf bestreken, evenals het trapje dat naar de deur leidde. Even durfde Trudi niet aan te kloppen, maar toen stelde ze zich haar moeder voor, die gewoon dat trapje zou oplopen en haar hand opheffen. Haar moeders sterfdag zou over twee dagen zijn. Merkwaardig dat het haar tijd kostte om zich de datum van haar moeders verjaardag te herinneren – ergens half maart – terwijl de dag waarop ze was gestorven, 9 juli, in haar herinnering gegrift was. Ze vreesde die datum omdat er niet één jaar was verstreken zonder dat ze opnieuw dat laatste uur had beleefd, toen ze haar moeder had zien sterven in het gesticht waar ze mensen opsloten die hun kleren uittrokken voor de engelen. En het was verontrustend te bedenken dat de datum van haar eigen dood al vaststond, dat die elk jaar verstreek zonder dat zij het wist en – wat misschien wel het ergste was – dat die datum nooit zo belangrijk voor iemand zou zijn als de sterfdatum van haar moeder voor haar.

Ze trok haar schouders naar achteren en klopte aan. Pia droeg een geborduurde zijden kamerjapon en leek niet verbaasd haar te zien.

'Er moeten er nog meer zijn,' flapte Trudi eruit.

Pia deed een stap opzij om haar te laten binnenkomen. De binnenkant van de woonwagen was van hetzelfde korenbloemblauw als de buitenzijde: blauwe kussens, blauwe kastjes, een tafelkleed met blauwe franje.

'Ik heb nog nooit iemand ontmoet die er net zo uitziet als ik.' Trudi zei het langzaam. En toen zei ze het nog een keer. 'Ik heb nog nooit iemand ontmoet die er net zo uitziet als ik.'

'O, maar je vindt ze overal.' De Zwerg-vrouw rolde met handige vingers een dikke sigaret en stak hem op. 'Op allerlei plaatsen. Allemaal even alleen. Op mijn reizen hoef ik nooit naar hen uit te kijken. Ze weten me te vinden.' Haar ogen waren op dezelfde hoogte als die van Trudi. 'Ze willen, net als jij, horen over anderen.'

'Dat eiland...'

'Voor ons allemaal. Daar droom je je heen.'

'Waarom kunnen we niet allemaal op één plaats wonen?'

'Daar wonen we toch al. Op aarde.'

'Dat bedoel ik niet. U weet wel.'

'Zou het dan beter zijn?'

'Dan zou ik niet de enige zijn.'

'Je bent niet de enige.'

'In dit stadje wel.'

Pia knikte, ernstig, en plukte een draadje tabak van haar tong. Haar weelderige haar viel op haar schouders neer. 'Als ik dat gevoel van alleenzijn krijg, stel ik me honderden mensen voor die er net zo uitzien als ik... overal ter wereld, allemaal met het gevoel dat ze alleen zijn, en dan voel ik me met hen verbonden.' Ze wees op een laag fauteuiltje. 'Ga toch even zitten.'

Toen Trudi ging zitten, raakten haar voeten de vloer, en bengelden ze niet hoog daarboven. Ze glimlachte in zichzelf met de belofte dat zij, in deze wereld van hoge trambankjes en toonbanken, van hoge krukken en tafels, voortaan meubels zou hebben die bij haar pasten, binnen haar huis. Terwijl andere kinderen in hun ouders meubels waren gegroeid, waren de dingen voor haar te groot gebleven; toch was ze zich blijven aanpassen, ze beklom stoelen, rekte zich uit bij het aanrecht om te koken, schoof een houten krukje rond om op te klimmen, elke keer als ze iets moest pakken. Nooit meer, dacht ze, nooit meer.

'Vertel eens hoe je heet.' Pia nam een trek van haar sigaret.

'Trudi. Dat is een afkorting van Gertrud.'

'Een sterke naam. Past bij je.'

'Hebt u wel honderd mensen ontmoet die net zo zijn als wij?'

'Honderdvier.'

'U telt ze dus.'

'Natuurlijk!'

'Maar er zijn er nog meer.'

'O ja. In Rusland en Italië en Frankrijk en Portugal...'

Trudi, duizelig van vreugde, kon hen voelen – honderdvier mensen – als het ware met haar verbonden hier in de woonwagen, en op dat moment begreep ze dat het voor Pia normaal was een *Zwerg* te zijn, mooi zelfs. In Pia's ogen waren lange armen lelijk, lange benen wankel. Lange mensen zagen er raar uit, te ver van de grond, met hun wiebelige manier van lopen. Trudi keek naar Pia, die haar zat op te nemen, zwijgend, alsof ze wist wat Trudi dacht, en ze voelde zich verbonden met de aarde, veel steviger dan als ze lange benen had gehad.

Ze dacht aan de boekomslagen waarop vrouwen en mannen in elkaars ogen keken en vroeg zich af hoe het zou zijn een *Zwerg*-man te kussen, met hem te trouwen. Deel één van een kus – dat was haar verteld door Hilde Sommer, die het weer had van Irmtraud Boden nadat die gezoend was door de zoon van de slager – was lippen tegen elkaar. Deel twee van

een kus was de tong van de man – hoe weerzinwekkend dat ook klonk –
in de mond van een vrouw.

Trudi slikte moeizaam. Ze moest het aan Pia vragen. Niet dat ze verwachtte dat ze ooit een man zou krijgen die van haar hield, of dat ze kinderen zou krijgen, maar... 'Trouwen ze wel eens?'

'Sommigen wel.'

'Met elkaar?'

'Ja. Of met lange mensen.'

'En hun baby's...?'

'Sommige zijn *Zwerge.* Andere niet.'

'Hebt u een baby?'

'Hij is al groot.' Pia lachte. 'Een raar woord voor ons, groot. Wij zijn
groot geworden al zijn we niet gegroeid... Maar mijn zoon – die is allebei,
groot, en gegroeid.' Ze hield op met lachen. 'Maak ik je in de war?'

'Nee.' Trudi draaide de papieren bloem tussen haar vingers. 'Komt u
hier weer terug?'

'Misschien. Ik weet dat nooit van tevoren.'

'En als ik u dingen wil vragen?'

'Stuur ze maar naar de sterren – die weten me wel te vinden.'

'Wenst u wel eens dat u de mensen recht kunt aankijken?'

'In plaats van altijd omhoogkijken en de onderkant van hun kin zien,
of de haren in hun neusgaten?'

'En de snottebellen.' Trudi giechelde.

'Kijk niet omhoog.'

'Maar dan zie ik alleen hun buik, hun ellebogen, hun riemen...'

'Hun dikke billen. Kind...' Pia wiste lachtranen uit haar ogen. 'Maar
dat hoeft niet. Vertel me eens – wat doe jij als iemand een heel zachte
stem heeft?'

'Dan buig ik me naar zo iemand toe.'

'Precies.'

Trudi wachtte af, maar Pia keek haar aan zonder verder iets te zeggen,
met een geamuseerde uitdrukking op haar gezicht.

'U bedoelt...'

'Probeer het maar eens.'

'Buigen zij zich dan naar mij toe?'

'Niet allemaal. Maar veel wel. Zolang je er maar aan denkt niet omhoog te kijken.'

'Dat zal ik proberen. Dank u.' Trudi keek de woonwagen rond, die kleiner was dan haar eigen slaapkamer. Maar ach, ze had niet veel ruim-te nodig en kon altijd op de sofa slapen. 'Als ik eens met u meereisde?' vroeg ze, terwijl het bloed in haar keel klopte.

'Maar dat wil je niet.'

'Hoe kunt u dat zeggen?'

'Jij hoort hier thuis, in dit stadje... hier heb jij een rol.'

'Ik wil met u meereizen.'

'Je bent nog een kind.'

'Volgend jaar word ik veertien.'

'Een kind.' Pia knikte. 'En zelfs als ik het wilde – het zou geen verande-ring brengen in dat gevoel dat je de enige bent. Dat kan niemand veran-deren, behalve jijzelf. Zó.' Ze sloeg haar korte armpjes om zichzelf heen. Almaar schommelend glimlachte ze naar Trudi.

Trudi keek haar fronsend aan.

'Er komt een dag dat je je dit zult herinneren,' beloofde de *Zwerg*-vrouw.

Toen de kermis Burgdorf had verlaten begon Trudi haar eigen kleren te naaien. Tot die tijd had ze de naailessen op school vreselijk gevonden, maar nadat ze gezien had hoe goed die japon Pia had gepast, bedacht ze manieren om de patronen te wijzigen en korter te maken voordat ze ze op de stof vastpinde. Herr Blau liet haar zien hoe ze zijn oude naaimachi-ne kon gebruiken: ze moest staan om ermee te werken, maar hij wilde haar graag lesgeven, en hij gaf haar goede raad over figuurnaden en zo-men en vlieseline, en waarschuwde haar dat ze haar vingers moest weg-houden bij de snelle naald, opdat ze niet net zo geprikt werd als hij met zijn duim.

In de bovenkamer, waar de dochter van de familie Blau over het smalle steegje briefjes had doorgegeven aan de jonge Helene Montag, stond Tru-di achter de naaimachine van Herr Blau, trappend met haar ene voet, omringd door rollen resterende stof en paspoppen zonder hoofd – gevlek-te, met katoen beklede torso's op een voetstuk – terwijl Herr Blau, die ouder was dan alle andere mensen die ze kende, almaar in zijn stijve han-den wreef en op zijn vingertoppen blies, alsof hij het niet kon afwachten zelf voor haar te gaan naaien.

Het eerste kledingstuk dat ze voltooide was een blouse in dezelfde tint blauw als Pia's woonwagen. Ze naaide een bijpassende rok, een wit jasje met blauwe bladvormige revers, een witte mantel. Zij hoefde niet meer in kinderkleding rond te lopen. Ze naaide onderjurken die voorkwamen dat haar rokken en jurken aan haar benen bleven kleven, zijdezachte voeringen waardoor jasjes glad tegen haar rug lagen, een badpak dat ze maar twee keer droeg voordat de herfst de diepten van de rivier te koud maakte. Knoopsgaten waren het moeilijkst, en ze was dankbaar toen Herr Blau aanbood die voor haar te doen.

Toen Frau Simon haar een complimentje gaf over haar uiterlijk en zei hoe belangrijk zelfverbetering was, werkte Trudi aan haar zelfverbetering met een bezetenheid die een aanslag deed op haar spaargeld, en haar dromen vulde met visioenen van schoudervullingen en revers, getailleerde jurken en schoenen met hoge hakken. Veel vrouwen bedierven de stijl van een jurk door er een vest over te dragen, en Trudi zwoer dat ze die gewoonte nooit zou overnemen.

'Je kunt zoveel aflezen aan de handen van een vrouw,' zei Frau Simon, en ze schreef het merk van haar handlotion op voor Trudi. 'Die kun je alleen in Düsseldorf kopen.'

Toen Trudi haar vader vertelde over Pia's meubels, verontschuldigde hij zich zo geschrokken dat hij zelf niet op dat idee was gekomen, dat ze bijna wilde dat ze niets gezegd had. Maar vervolgens kocht hij hout en timmerde hij voor haar een berkenhouten stoel met lage poten. Toen hij zag hoe blij ze met die stoel was, begon hij aan allerlei aanpassingen. In de keuken maakte hij een platform naast de kastjes en de ijskast, hoog genoeg voor Trudi om op te staan en bij aanrecht en planken te kunnen, maar zo smal dat hij er geen last van had als hij in de keuken bezig was. Hij vroeg zich bezorgd af of hij een tafel moest timmeren die bij haar stoel paste, en toen ze hem verzekerde dat ze aan dezelfde tafel als hij wilde eten, ontwierp hij een stoel die hoger was dan de zijne, met drie brede treden die naar de zitting leidden. Hij timmerde verscheidene brede krukjes, en die zette hij neer in de leesbibliotheek en overal in huis. Op een avond, toen Trudi naar bed ging, ontdekte ze tot haar verbazing dat ze niet meer op de matras hoefde te klauteren; na een duizelig moment waarin ze geloofde dat haar lichaam opeens zijn volledige lengte had bereikt, zag ze sporen van geel stof op de vloer, en toen ze zich bukte om onder haar bed te kijken, zag ze dat haar vader de onderste helft van de poten had afgezaagd.

Op de dag dat Hilde Sommer haar verteld had dat wimpers langer en donkerder werden als je de puntjes regelmatig afknipte, leende Trudi het gekromde nagelschaartje van Frau Abramowitz en knipte ze haar blonde wimpers bij. Ze wachtte tot ze uitgroeiden, dicht en donker, en toen ze totaal niet veranderden, informeerde ze ernaar bij Hilde, die naar bleek niet geprobeerd had haar eigen wimpers bij te knippen – nog niet, zei ze – maar erover had gehoord van haar nicht in Hamburg die gezworen had dat het werkte.

'Misschien kan ik beter wachten tot ik zie wat er met jouw wimpers gebeurt,' zei ze tegen Trudi.

Hilde, die later vroedvrouw wilde worden, was aardiger tegen Trudi dan de meeste anderen in de klas. Ze droeg graag rood, en zelfs van de gedachte aan wierook kon ze flauwvallen. De kunst van het flauwvallen had Hilde populair gemaakt op school, waar ze de meisjes had geleerd hoe ze heen en weer moesten slingeren en door hun knieën zakken. Ze hielden wedstrijden wie het snelst kon flauwvallen terwijl anderen klaar-stonden om hen bij de ellebogen op te vangen en naar een denkbeeldige kerkdeur te dragen. Hoewel Hilde van alle meisjes de zwaarste was, werd zij vaker daarheen gezeuld dan alle anderen.

Toen een van de meisjes in hun klas het stadje moest verlaten om bij haar tante te gaan wonen omdat ze zo dik werd, vertelde Hilde aan Trudi dat dat meisje zwanger was. Hoewel Trudi niet meer in de ooievaar ge-loofde en haar twijfels had over de theorie van Eva dat haren van daar beneden naar je navel groeiden wanneer je zwanger was, controleerde ze soms nog wel de bleke haartjes die krulden uit de harde driehoek tussen haar dijen. Baby's, zo had ze geconcludeerd, kwamen uit de buik van vrouwen. Maar ze had er geen idee van hoe ze erin kwamen. Wat ze wel wist, dat was dat heel wat baby's kwamen als een schok voor hun moe-der; dat sommige vrouwen doodgingen als er een baby werd geboren; en dat andere vrouwen mysterieuze dingen deden om te voorkomen dat ba-by's in hen kwamen, of dat ze groeiden als ze er eenmaal in zaten.

Om zichzelf te verbeteren bestudeerde Trudi de manier waarop ande-ren liepen – niet heen en weer waggelend zoals zij, maar recht vooruit – en ze oefende zich in die nieuwe manier, en keek naar haar spiegelbeeld in elke etalage waar ze langskwam, teneinde haar vorderingen te controle-ren. Elegante hoedjes uit de winkel van Frau Simon voegden een paar centimeter aan haar lengte toe. Ze was verrukt toen ze ontdekte dat ze een nog langere indruk kon maken door iets langere rokken te dragen en haar jasjes kort te houden. Inmiddels kon ze elke kamer binnenkomen en ieders lengte tot op de centimeter schatten via vergelijking met zich-zelf.

Ze had haar vlechten laten afknippen zodat haar haar eindigde in één lijn met haar schouders, net als bij Pia, maar de kapper wist haar over te halen het niet blauwzwart te verven; hij liet haar zien dat haar gezicht smaller leek als ze het links achter haar oor vastspeldde.

Telkens wanneer ze zich voorstelde dat ze Pia was, veranderde er iets in de manier waarop ze haar lichaam aanraakte. Ze genoot nu van baden in geparfumeerd water–niet alleen op zaterdag, maar ook op woensdag–, en ze genoot van het wassen van haar haar. Met haar vingertoppen wreef ze geurige lotion in haar gezicht en hals, genietend van het contact met haar eigen huid.

'Je ziet er volmaakt uit,' zei haar vader altijd wanneer ze hem nieuwe kleren liet zien.

De mensen van Burgdorf zeiden tegen hem dat zijn dochter–bijna van de ene dag op de andere–was veranderd van kind in jonge vrouw. Trudi stond er versteld van, zoveel mensen bereid waren te bukken en hun gezicht op dezelfde hoogte als het hare te brengen als zij eraan dacht zacht te spreken en niet naar hen te kijken terwijl ze iets zei.

Gedurende die herfst dagdroomde ze van een leven met Pia, en voelde ze zich ontrouw aan haar vader, telkens als ze wenste dat de *Zwerg*-vrouw haar had meegenomen. Haar vader rekende erop dat ze een paar weken later, als ze de achtste klas van de *Volksschule* had afgemaakt, al haar tijd aan de leesbibliotheek zou besteden. Ze vroeg zich af of Stefan Blau zich ontrouw aan zijn ouders had gevoeld toen hij was weggelopen om naar Amerika te gaan. Hij was dertien geweest, net als zij. Hoewel ze er zeker van was dat ook zij de moed zou hebben Burgdorf te verlaten, wist ze dat ze, waar ze ook heen ging, haar lichaam zou meenemen–zoals het er nu uitzag–terwijl Stefan was gegroeid, in een man was veranderd.

Ze was ervan overtuigd dat de meeste jongens in Burgdorf onmiddellijk met Stefan zouden willen ruilen: onder hen was sprake van een zekere rusteloosheid, alsof ze zich verveelden in hun eentonig bestaan en weinig hadden om trots op te zijn. Veel van de meisjes echter waren afgericht om zonder klagen alle verveling en ongemak van hun leven te verduren, te wachten tot iemand anders daarin verandering kon brengen. Als het om veranderingen ging, voelde Trudi zich veel meer als een jongen, en maakten de meisjes haar ongeduldig.

Meer dan ooit tevoren ging Stefan Blau haar fantasie overheersen wanneer ze zichzelf met Pia mee zag gaan wanneer ze terugkwam in de zo-

mer. Er waren veel werkjes die ze in het circus zou kunnen doen terwijl
Pia oefende met haar tamme leeuwen en olifanten: ze kon vegen en koken, kostuums naaien, de dieren voeren. Stefan had gekozen voor een
nieuw leven, en zijn moeder had dat overleefd – al was het dan met die
treurnis in haar ogen. Trudi zou terugkomen om haar vader te bezoeken.
Misschien zou ze zelfs naar Amerika reizen om Stefan te bezoeken, en
haar tante Helene, die nog steeds brieven en geschenken stuurde, zij het
niet meer zo vaak als in de jaren na haar bezoek, terwijl Robert slechts
een korte groet krabbelde aan het eind van zijn moeders brieven.

In januari vond Frau Abramowitz goed dat Trudi een kopie maakte van
de loden mantel die zij pas had meegebracht van een reis naar Oostenrijk. Hij had acht leren knopen, en Trudi kocht precies evenveel knopen
voor haar jas en verminderde simpelweg de afstanden tussen de knoopsgaten terwille van eenzelfde effect. Ze droeg haar nieuwe kleren naar
school en naar de kerk, en kleedde zich zelfs speciaal voor haar wandelingen met Seehund, die zich allang niet meer zo uitbundig gedroeg als in
zijn jonge jaren. Als je ervan uitging dat een jaar in het leven van een
hond gelijkstond aan zeven jaren voor een mens, dan was hij nu over de
vijftig, ouder dan haar vader die zich – hoewel hij geduldig was met haar
en alle andere mensen – aan zichzelf ergerde als hij iets haastig wilde
doen en zijn pijnlijke been hem niet snel genoeg wilde gehoorzamen.
   Soms schoot hij 's nachts overeind van een droom over een oorlog die
erger was dan de oorlog waarin hij had gevochten. In die droom – en het
was altijd dezelfde droom – werd de hemel ondersteund door zuilen van
schoongevreten botten, en het was zijn taak te voorkomen dat ze instort-
ten. Stemmen, te zwak om te schreeuwen, lieten voortdurend een bevend gejammer horen dat in zijn borst sneed zonder dat er bloed uitkwam, en als hij weer boven water kwam, zag hij Trudi's gezicht boven
zich.
   'Wakker worden,' zei ze dan dringend. 'Je riep in je slaap.' Ze gaf hem
een extra kussen in de rug en zette voor hem een pot kamillethee, voordat ze terugging naar haar eigen slaapkamer.
   Hij zat dan rechtop in bed en hield zijn ogen wijd open. Aan de muur
tegenover hem hingen nog steeds de foto's van zijn overleden vrouw. Het
houten kruis op haar graf was sinds lang in stukken gevallen, ondanks al
die laagjes verf, en hij had nu een marmeren steen laten plaatsen. Het
doodsbleke, vreemde gezicht in de kist was zo vertrouwd geworden in de

jaren sinds haar begrafenis dat hij geen verlangen had gevoeld te slapen met een van de vrouwen in Burgdorf – hun blozende huid en hun glimlachjes kwamen hem onnatuurlijk voor.

Toch bracht elk jaar in celibaat meer hartstocht in Leo's ogen. Ze bleven zich hechten aan een vrouw totdat ze zich gedwongen voelde hem aan te kijken. Zijn blik was dan vol tederheid, verlangen, bewondering – met een vage belofte die je kon verblinden. Hij voelde zich levend, ontwaakt, wanneer je ogen in de zijne rustten, en ze keerden daarheen terug alsof er een band – veel belangrijker dan ooit een aanraking had kunnen zijn – was ontstaan tussen jullie tweeën. Het gebeurde in de kerk, in winkels, en natuurlijk ook in de leesbibliotheek, waar de vrouwen zijn advies vroegen voor boeken die ze mooi zouden vinden. Als ze de boeken terugbrachten, prezen ze niet alleen Leo omdat hij hun hart zo goed begreep, maar brachten ze ook lekkere hapjes uit hun keuken: vanillepudding met aardbeiensaus; linzensoep met varkenspootjes; eierkoeken met ingemaakt fruit of dobbelsteentjes ham.

Een enkele keer liet Leo zijn hand over de arm van een vrouw glijden, heel licht, eerbiedig bijna. De vrouwen wisten dat dat geen toevallige aanraking was, en ze voelden zich vereerd dat ze daarvoor uitverkoren waren, maar als ze probeerden in te gaan op de belofte van die streling, praatte hij tegen hen over Gertrud. En degenen die méér wilden, ontmoedigde hij zachtjes door hun toe te vertrouwen dat hij nog steeds rouwde om het verlies van zijn vrouw.

'Ik heb geen belangstelling voor een andere vrouw kunnen krijgen,' vertelde hij dan, alsof hij het geheim van een tragische ziekte verklapte die – zoals elke vrouw ging geloven – alleen door háár genezen kon worden. 'Als de zaken anders stonden...' zei hij dan, en elke vrouw mocht dan haar eigen fantasieën invullen, terwijl zijn hand omhoogging en over zijn eigen wang streek.

Met hun ogen in de zijne moedigden de vrouwen hem aan over zijn vrouw te praten. Ze merkten dat ze zijn volle aandacht kregen als ze hun herinneringen aan Gertrud met hem deelden: ze herinnerden hem eraan dat hij en Gertrud – toen ze nog kinderen waren – vliegers hadden gemaakt van rood vloeipapier en dunne stukjes hout, versierd met een staart van touw en papieren strikjes; ze plaagden hem door te zeggen hoe zenuwachtig hij was geweest toen hij vijftien was en Gertrud had uitgenodigd met hem te gaan dansen; ze beschreven zijn trouwdag en het stralende gezicht van Gertrud toen ze aan zijn arm uit de Sint-Martinus kwam; ze lokten hem met brokstukken van halfvergeten dingen waarbij Gertrud betrokken was, en ze voedden zijn verlangen door de rest erbij te verzinnen.

Uit die afgeluisterde gesprekken begon Trudi te begrijpen hoe haar moeders leven was geweest voordat zij geboren was, en ze dronk die verhalen in, opgelucht dat niemand begon over die paar jaren van waanzin voordat haar moeder was gestorven.

Als de vrouwen in de buurt van Leo Montag waren, voelden ze zich begeerd maar deugdzaam, en als ze onrustig werden van het verlangen dat hij in hen wekte – een verlangen dat hen verhinderde te slapen of te bidden, omdat ze zich bijvoorbeeld afvroegen hoe zijn handen zouden voelen als hij hun haar zou losmaken en hun gezicht strelen, in één langgerekte beweging; of dat hij hen de eerste keer, de allereerste keer, liggend zou nemen, of staande tegen de wand van de afgesloten leesbibliotheek – dan konden ze zich geruststellen dat er eigenlijk niets was gebeurd en dat er niets zou gebeuren, een overtuiging die het hun mogelijk maakte hun tong uit te steken voor het heilig sacrament en terug te keren naar hun man, met ongeschonden eer.

En als ze de stralende stem van Leo's *Zwerg*-kind in het kerkkoor hoorden, zwevend vanaf het hoge balkon, raakten ze hun buik aan, door hun jas heen, en herinnerden zichzelf aan het lot van de enige vrouw wier schoot Leo's zaad had opgenomen, en dat sterkte hen in hun besluit trouw te blijven aan hun man. Trudi's stem glansde tijdens de mis – hoog en krachtig en helder – ver boven de woeste stroom van de orgelmuziek. Het was een stem die je vroegste verlangens wekte – de extases die zich veilig aan het geloof hadden gehecht voordat je toestemming van je familie had om die hartstochten te richten op een specifieke katholieke jongen. Als je die gevoelens vóór die tijd een naam had gegeven, zou dat je tot zonde verleid hebben. Uitstel was verstandiger, je moest die hartstocht temmen tot zingen in het koor of flauwvallen bij de communiebank, of het voelen van Christus' hevigste smart – elke Goede Vrijdag om drie uur – toen de spijkers in zijn heilige handpalmen werden geslagen.

Als de vrouwen naar Trudi's zuivere stem luisterden, wisten ze dat het een stem was waarheen je nooit kon terugkeren, een stem die je nooit kon terugveroveren als je lichaam eenmaal de strelingen van een ander lichaam had gekend, als je eenmaal had begrepen waarnaar al die oude hartstochten eigenlijk hadden gestreefd. En toch, soms, vroeg in de ochtend, in de herfst bijvoorbeeld, als je als eerste opstond en vuur maakte in de keuken, kon je je afvragen of de hartstochten van de vrouwen die non waren geworden, jouw eigen hartstochten hadden overtroffen, en dan werd je jaloers op hun macht, want zij waren degenen die je kinderen onderwezen, en hun gezag was hoger dan het jouwe.

Nonnen verhulden hun hartstochten evenzeer als hun ledematen. Nonnen verborgen hun handen in hun mouwen, en lieten maar een stukje van hun gezicht onbedekt – ogen, neus en mond – een schamel blijk van vrouwelijkheid. Hoewel sommige nonnen verbitterde en kleinzielige vrouwen waren, hadden de besten onder hen ogen die van zo'n zuivere passie spraken dat je hen nooit lang kon aanzien. Leo Montag had die hartstocht bijna weten te bereiken met zijn ogen – als ter bevestiging van de smakeloze grap die zijn vriend Emil Hesping altijd rondvertelde, dat mensen in maagden veranderden als ze *het* – en iedereen wist wat *het* was – in geen vijf jaar hadden gehad.

Hoewel Emil Hesping nog steeds niet getrouwd was, liep hij geen gevaar in een maagd te veranderen. De mensen vroegen zich af wat zijn broer de bisschop zou zeggen als hij wist van al die vrouwen – niet alleen uit Burgdorf, maar ook uit andere plaatsen – die samen met Emil Hesping waren gezien. Zelfs als je aan zijn arm over het kerkplein liep was dat voldoende om je reputatie te beschadigen. Hij had een eeuwig wisselende opeenvolging van vrouwen, op één uitzondering na, Frau Simon, die een constante in zijn leven was gebleven. Ze hadden met hun gevoelens te koop gelopen voordat ze met haar man getrouwd was, en sinds haar scheiding was hij tussen zijn talloze verhoudingen door naar haar teruggekeerd. Elk jaar zag hij er jonger uit; zijn gezicht had geen rimpels, en zijn schedel was nog steeds even glad als vroeger.

Die hele winter wachtte Trudi tot het weer zacht genoeg werd om te gaan zwemmen, en op de eerste warme zondag stond ze om zes uur op, trok haar badpak aan, met een jurk en een jasje erover, en ging met haar hond op weg naar de rivier.

Zwaluwen stegen op uit de wilgen toen ze de achterkant van de dijk afrende, en even doofde hun wiekslag het ruisen van de Rijn, die dat voorjaar de dijken op de proef had gesteld, zonder overigens zijn bedding te verlaten. Bladeren van de vorige herfst overdekten het pad, verkleefd en bruin, zo anders dan de luchtige wervelingen die als rode en gele sneeuw waren neergedaald. Het gras – nog dood en geelbruin – lag plat tegen de aarde, en de boomkruinen leken verward. Een paar bakstenen, half kapot, lagen tussen de kiezels. De hemel was blauw, maar er waren donker-grijze strepen, die af en toe de zon tegenhielden.

Zo vroeg in de ochtend was er niemand anders op het pad. De rivier leek mosgroen. Trudi had hem soms – wel eens binnen een uur – zien ver-anderen van bruin naar grijs en groen, zilver zelfs, afhankelijk van de lichtval. Twee eenden fladderden uit de kale struiken toen ze de oever naderde. Ze stapte over braamstruiken die over het pad waren gegroeid. Over een paar maanden zou ze hier weer heen gaan om de paarszwarte bramen en rode bessen te plukken – die deed ze dan in een soepbord, met melk en suiker, en dan at ze alles op met een snee roggebrood.

Een ijle mistkolom rees op bij de rivier, zo dik dat het leek op rook van een vuurtje, en even had ze het gevoel niet meer alleen te zijn, alsof iets haar waarschuwde daar weg te blijven. Ze riep naar Seehund, alleen om de klank van haar stem te horen, maar ze bleef doorlopen in de richting van de mist. Een tak bleef aan haar rok hangen. Ze verstijfde. Haar ogen schoten naar de dijk. De hele helling bewoog, elk rottend blad, elk spriet-je gras verschoof, alsof er een enorme golf ontstond. De hele dijk fluister de, fluisterde bruine woorden, fluisterde 'Kom hier naar boven, nu, nu...' Ze voelde die woorden, voelde dat daar iemand was die naar haar riep. Ze worstelde zich door de struiken naar de rivier, weg van de stemmen en de dijk, en toen ze de wilg met het gevlochten eind touw bereikte, was de grijze mist inderdaad alleen maar mist, en de zon was al bezig erdoor-heen te breken, en de dijk was een zware aarden richel, gebouwd om het stadje tegen de rivier te beschermen.

De kleine baai was kalm, de kolkende stroming ging voorbij het uit-einde van de dam. Ze liep langs de dam naar het eind van het elleboog-vormige strandje, waar ze haar jasje en jurk uittrok en samen met haar schoenen tussen twee struiken verborg, en ze trok de bandjes van haar badpak recht. Seehund draaide in het rond, snuffelend aan de grond, voor-dat hij ging liggen in het zand bij een paar struiken. Toen Trudi het water in stapte, was het veel kouder dan de lucht, maar daardoor liet ze zich niet weerhouden. Als een kikker dook ze onder water, schoot langs een paar slijmerige rotsblokken en ging opzij om het diepere water in te zwemmen. Daar behoorde de rivier haar alleen toe. Heel kleine slagen brachten haar naar boven om lucht te scheppen. Vanaf de oever bewaakte haar hond haar met slaperige ogen, met zijn snuit op zijn gekruiste po-ten. De rest van zijn lijf was verborgen tussen de takken. Ze wuifde naar hem voordat ze opnieuw dook. Met wijdgeopende ogen zwom ze recht in de bruingroene vlokjes modder die oprezen van de bodem. Terwijl de zon ze bescheen veranderden ze in oranjegeel, als de druppel barnsteen die Frau Blau aan een zilveren ketting om haar hals droeg; haar Nederlandse overgrootvader had hem gevonden in de Noordzee: in het midden zat een heel kleine, beenwitte krab die eruitzag of hij–elk moment–uit die doorzichtige gele druppel zou kruipen, tegen de hals van Frau Blau op.

Trudi trapte met haar voeten, heftig, op weg naar het ondiepe water dat in de schaduw van de wilgen lag. Ze schoot uit het water en schudde het water uit haar haar. Over drie maanden zou het circus weer in de stad komen, en dan zou ze Pia hierheen meenemen om te zwemmen. Toen ze zich die *Zwerg*-vrouw probeerde voor te stellen in het water naast haar, kon ze haar niet in iets anders zien dan die japon met lovertjes. Op haar rug drijvend bewoog ze haar voeten en handen, zodat zilveren kringen ontstonden. Ze zou dergelijke stof zoeken voor Pia–iets zilverigs, iets wervelends–en een badpak voor haar naaien. Met een glimlach op haar gezicht keek ze even naar Seehund. Hij zat recht overeind, met zijn kop omhoog, de oren gespitst. Van de andere kant van de strekdam klonken stemmen.

Snel liet ze zich onder water zakken, en ze zwom naar het uiteinde van de dam. Ze hield zich vast aan de rotsen om niet door de stroom meegetrokken te worden, en trok zich naar de plaats waar ze kon kijken: ze waren met hun vieren–Georg, Hans-Jürgen, Fritz Hansen en Paul Weinhart–druk bezig met een wedstrijd in windenlaten onder water. Elk salvo van luchtbelletjes werd met gegier en geschater begroet. Ze waren tegen elkaar aan het opscheppen, ze haalden diep adem en hielden hun neus dicht, als om de lucht door hun ingewanden te persen. Als er belletjes door het wateroppervlak braken, deinsden ze zogenaamd ontzet terug.

Met een eigenaardige mengeling van vrees en opwinding zag Trudi hen zoals ze zich nooit aan een meisje of volwassene zouden laten zien, en ze wist dat ze, door naar hen te kijken zonder dat ze het wisten, hun iets had afgepakt, iets wat ze haar nooit uit zichzelf zouden hebben afgestaan. Dat waren de geheimen waar ze het meest van hield–de gestolen geheimen, waarbij haar tong licht in haar mond werd bij de gedachte dat men haar zou betrappen, zoals die dag in de bakkerij toen Herr Hansen *Brötchen* had verkocht aan Frau Buttgereit en haar had toegesist dat ze haar man in haar eigen bed moest houden; of die avond toen ze uit het keukenraam had gezien hoe Frau Blau een bundeltje begroef naast het tuintrapje; of die middag dat Frau Abramowitz haar borsten tegen de arm van Trudi's vader had gedrukt toen ze hem vroeg een boek voor haar te pakken van een van de hoogste planken in de bibliotheek.

Alleen Trudi's ogen en voorhoofd waren boven water terwijl ze de jongens bespioneerde; ze hield haar gezicht lang genoeg boven water om diep adem te halen, en dan dook ze weer grotendeels onder. Seehund was gaan liggen, en ze was blij dat de struiken verhinderden dat de jongens hem zagen.

Toen Georg in de wilg klom, zijn zwembroek uittrok en die over een tak drapeerde, sloot ze even haar ogen, niet van gêne, maar eerder uit medelijden omdat hij – in zijn pogingen net zo te zijn als de andere jongens – verderging dan zij gedaan zouden hebben. De jongens krijsten van het lachen en klapten in de handen. Georg grijnsde en wuifde met beide armen naar hen. Zonder zijn kleren zag hij er mager uit, weerloos, bedreigd zelfs. Zijn haar was zo kortgeknipt dat je de botten van zijn schedel kon zien.

Paul Weinhart legde zijn handen om zijn mond en brulde: 'Er is hier een naakte jongen...'

Geschrokken deed Georg zijn handen naar beneden om zijn geslacht te bedekken.

Hans-Jürgen Braunmeier floot.

'...en hij heet Georg Weiler,' vervolgde Paul.

'Hou je kop!' Georg greep het gevlochten touw en slingerde zich de rivier in. Hij kwam vlak bij Paul terecht en begon hem nat te gooien.

'Een naakte jongen...' brulden Fritz en Hans-Jürgen.

Georg probeerde uit de rivier te komen, terug naar zijn zwembroek, die hoog aan die tak bengelde, maar de andere drie hielden hem tegen – ze wentelden hun armen als molenwieken en smeten dunne massa's water in zijn richting.

'Laat me gaan!'

Toen Trudi de tranen achter zijn stem hoorde, kwamen de beelden van Georg die naakt in de rivier sprong terecht in een verhaal, en ze voelde hoe een vertrouwde kracht in haar ontstond – de kracht die voortkwam uit haar keuze of ze dat verhaal wel of niet zou vertellen. En ze voelde nog iets wat ze goed kende – een binding die even sterk was als liefde of haat, met iedereen wiens verhaal in haar doordrong en begon te rijpen tot iets wat van haarzelf was.

Georg trok zich terug van de jongens, naar de open rivier. Watertrappend met zijn voeten zwom hij op zijn rug naar het eind van de dam, als- of hij besloten had aan de andere kant daarvan uit het water te komen. Toen de drie jongens de achtervolging inzetten, dook Trudi weg tussen de rotsen, in de hoop dat Georg niet verder zou komen, of dat de anderen hem zouden vangen voordat hij haar zag.

Maar hij botste recht tegen haar op. Geschrokken draaide hij zich om, hij staarde haar aan, en terwijl zij terugstaarde in die zandkleurige ogen, was ze zich bewust van zijn vader die verdronken was in de wateren rondom hun lichamen. Georg huiverde alsof hij aan precies hetzelfde dacht, en het leek haar bijna mogelijk dat ze beiden de stilte van hun ontmoeting konden handhaven, om zich van elkaar af te wenden alsof er niets gebeurd was.

Maar de andere jongens kwamen achter hem aan gezwommen.

'O, dáárom heeft Georg zijn broek uitgetrokken.'

'Georg is verliefd op Trudi.'

'Hou je bek!' Met gebalde vuisten wierp Georg zich op de andere jon- gens.

'Georg is verliefd op de *Zwerg*.'

Ze duwde zich af bij de rotsen en onder water, om voor hen weg te dui- ken. Een kikker. Ze was een kikker. Maar haar benen waren haar alleen tot last, en haar armen voelden te kort aan om de massa's water om haar heen te verplaatsen. Een hand greep haar rechterenkel en rukte haar om- hoog. Hans-Jürgen.

Ze hoestte en spuwde water uit. 'Laat los.'

Seehund rende langs de oever, blaffend, maar zodra zijn poten de voch- tige lijn raakten waar de rivier het zand donkerder kleurde, schoot hij achteruit, jankte, en kwam weer naar voren, alsof hij met zichzelf wor- stelde om zijn oeroude watervrees te overwinnen.

Fritz Hansen greep Trudi bij een schouderbandje van haar badpak.

'Laat los,' siste ze, verrast toen de jongens hun handen weghaalden. Toen ze probeerde vaste grond te voelen met haar voeten, was de rivier te diep, en ze merkte het opnieuw – dat vreemde voorgevoel dat ze had ge- negeerd op weg naar de rivier, dat gefluister in de bruine blaren op de dijk, die mistkolom...

Georg was, met krijtwitte billen, bezig in de boom te klimmen om zijn zwembroek te halen, terwijl de andere jongens rond Trudi zwommen, en hun armen en benen in het water bewogen om drijvende te blijven. Hun gezichten dreven op dezelfde hoogte als het hare, en het was een vreemd gevoel recht in hun ogen te kijken in plaats van omhoog te moeten turen.

'Wat doe jij hier?' wilde Fritz weten.

'Ik zwem hier. Net als jullie.'

'Je was aan het spioneren,' zei Hans-Jürgen.

'Niet waar.' Ze was woedend op hen. Dat ze haar gevonden hadden. Dat ze haar zwemplaats verpest hadden. 'Ik was hier het eerst.'

Seehund kefte nu hoog en fel. Hij rende op en neer over het strandje, en zijn poten wierpen zand op, telkens als hij keerde. Paul Weinhart dook en kwam boven met een platte steen, die hij naar de hond gooide. Seehund jankte schel.

Trudi gaf een duw tegen Pauls schouder. 'Laat hem met rust.'

'Zeg jij dan dat hij ophoudt met blaffen.'

'Af,' riep ze. 'Af, Seehund.'

De hond zweeg. Met bevend lijf liet hij zijn achterpoten half zakken, alsof hij klaarstond weer op te springen.

'Af, Seehund.'

Hij jankte zacht en ging liggen.

'Georg,' schreeuwde Paul. 'Trudi zegt dat ze wil dat je je broek weer uittrekt.'

'Leugenaar,' schreeuwde ze.

Met zijn rug naar de rivier worstelde Georg zich in zijn blouse, broek en schoenen.

'Ze wil dat wij allemaal onze broek uittrekken,' deelde Hans-Jürgen mee.

Paul en Fritz lachten, hoge, nerveuze lachjes, terwijl ze Trudi's armen vastpakten en haar naar het strand sleurden. Hans-Jürgen raapte grijze en bruine steentjes in het ondiepe water en gooide daarmee naar Seehund, die op hen toe kwam rennen.

'Naar huis, Seehund,' schreeuwde Trudi. 'Af... Naar huis...'

Maar Seehund zette zijn tanden in de kuit van Fritz Hansen. De jongens lieten Trudi los en vielen de hond aan met vuisten en stenen.

'Hou op,' gilde ze, 'hou op,' en ze hoorde ook Georg, die zei: 'Jullie moeten hem niets doen.'

Seehund bleef vechten, maar elke keer dat hij geschopt of door een steen geraakt werd, nam zijn kracht af.

'Naar huis,' schreeuwde ze, met tranen in haar mond. Ze wilde dat hij vluchtte voor die voeten die hem van haar wegschopten, maar hij bleef janken, kwam steeds weer terug, tot Paul een scherpe steen naar hem smeet, en Seehund omviel en bleef liggen. Toen hij probeerde op te staan, wilden zijn achterpoten niet meer. Jankend sleepte hij zich in Trudi's richting, en het wit van zijn ogen was zichtbaar.

'Laat haar gaan.' De huid rond Georgs mond was strak.

'Die *Zwerg* is dus helemaal van jou alleen?' grijnsde Fritz.

'Doe niet zo stom.' Een trage rode blos kleurde Georgs nek en rees omhoog naar zijn gezicht.

Pauls hand schoot uit en kneep in Trudi's borst.

Ze slaakte een kreet.

'Jouw beurt,' zei hij uitdagend tegen Georg.

Georgs gezicht verstrakte. Zijn ogen waren recht op Trudi gericht, glazig en angstig, zonder haar te zien. Hij probeerde te lachen. 'Wie wil háár nou hebben?'

Hoewel het erop leek dat hij op het punt stond de benen te nemen, bleef hij bij zijn vrienden, zelfs toen ze Trudi meesleurden over het weiland en de dijk. Zij krijste, probeerde haar armen – die nutteloze armen die wel stevig waren, maar niet sterk – los te rukken, en één keer wist ze weg te komen, gegeneerd dat haar benen, die *Zwerg*-benen, weer zijdelings waggelden, terwijl ze dat had willen afleren. Ze voelde de haat in haar slapen bonzen, en ze holde van hen weg, sneller dan ze wist dat ze kon rennen, tot Fritz haar beentje lichtte. Seehund bleef steeds verder achter. Algauw kon ze hem niet meer zien. Ze kreeg schrammen op haar blote voeten en benen, en ze wist niet wat ze vreselijker vond, het vooruitzicht gered te worden door anderen die haar lichaam halfnaakt in badpak zouden zien, of niet gered te worden voordat de jongens haar hadden meegesleurd naar de schuur van Braunmeier – want ze realiseerde zich dat ze daarheen op weg waren. Toen ze bleef schreeuwen, werd een hand – ze kon niet eens zien van wie – over haar mond gedrukt, terwijl ze achter om de schuur heen werd getrokken en geduwd, naar de zijdeur, die niet vanuit de boerderij zichtbaar was.

Trage patronen van licht en schaduw weefden zich in de stofjes, en de hoogste balken waren nevelig, omgeven door een laagje bedompte lucht. Twee metalen emmers stonden ondersteboven op een tafel te drogen. Ze was niet meer in die schuur geweest sinds de dag dat Hans-Jürgen het poesje had gedood, en die enorme, hoge ruimte herinnerde haar aan een kerk. Tegelijkertijd was er de geur van de koeien, een eeuwige warme geur die het om de een of andere reden zoveel erger maakte wat er gebeurde, en wat er gebeurde was warm en in sommige opzichten koud – de kou van de enorme ruimte, de warmte van ineengedoken zitten op een klein plekje dat gloeide van de hitte van haar vrees en de hitte van hun adem en de hitte van de koeien, al kon niets, niets raken aan dat ijskoude plekje diep binnen in haar, de ruimte die ze niet konden bereiken, de ruimte die hen kon laten doodvriezen omdat ze eindelijk wist dat bidden haar niet zou doen groeien, wist dat de *Zwerg* had omsloten wie ze al was, zichzelf leerde kennen op een diepe, verre manier, zoals ze was en was geweest en zou zijn, terwijl een leven van beelden door haar ziel ging; en het ergste was niet dat de jongens haar badpak afrukten en haar borsten bevoelden – dat was al vreselijk genoeg, maar dat zouden ze ook bij andere meisjes hebben gedaan; nee, het ergste was hun nieuwsgierigheid, die handen die haar anders-zijn inspecteerden, die stemmen die lachten om de manier waarop haar nek dik uit haar bovenlijf groeide, om de korte afstand tussen haar benen toen ze die uiteentrokken – niet om zich in haar te planten, nee – maar om te zien hoe ver ze haar dijen kon spreiden, en wat dat alles nog erger maakte was dat ze, zelfs hier, alleen hun nieuwsgierigheid wekte, niet hun begeerte, en toch, en toch, dwars door haar woede, voelde ze een afschuwelijk verlangen aardig gevonden te worden door hen, ze wilde dat ze verder dan haar lichaam keken, naar binnen, waar ze wist dat ze net zo was als alle meisjes.

Georg raakte haar niet aan. Met de handen in zijn broekzakken, als twee stukken hout, stond hij terzijde, klaar om te vluchten, en één keer, toen zijn ogen zich lieten vangen door die van Trudi, waren ze woest van woede op haar – omdat ze zich had laten vangen.

'Frau Braunmeier...' Een stem, zo diep dat het alleen die van Alexander Sturm kon zijn, kwam van buiten de voorkant van de schuur.

Hans-Jürgen schoot naar de zijdeur, met Paul en Fritz vlak achter zich aan.

'*Ich möcht nur ein paar Eier kaufen...*'

Georg greep een koeiendeken en gooide die over Trudi heen voordat hij de zijdeur uit holde.

'*Auch ein Pfund Butter...*'

Het antwoord van Frau Braunmeier verstond Trudi niet. Ze stelde zich voor dat ze om hulp riep, stelde zich voor dat Alexander zich over haar heen boog en haar overeind hielp, haar naar huis bracht, achter op zijn fiets, maar toen dacht ze aan haar vader die met haar naar school was gelopen in zijn zondagse pak om met de zusters te praten, ze voelde hoe ze in die gesloten kring van meisjes werd geduwd, en ze wist dat ze het nooit zou kunnen vertellen – aan hem niet, aan niemand.

Ze wachtte tot het buiten weer stil was. Met de deken om zich heen liep ze naar de deur, merkwaardigerwijs zonder angst te voelen. Het was voorbij. Ze zouden niet terugkomen.

Toen ze uit de schuur kwam, had ze het gevoel op scherven te staan, hoewel de grond uit aarde bestond, aangestampt door koeienhoeven. Het leek gevaarlijk weg te gaan uit de ruimte die ze even intens had leren kennen als haar eigen kamer. Toen ze in die schuur had verbleven, was ze nog meer anders dan de anderen geworden, en de enige verwantschap die ze kon voelen was met die jongens, die veel meer op haar waren gaan lijken dan wie dan ook, omdat ook zij deel hadden uitgemaakt van wat haar was overkomen. Ze voelde de wind tegen haar gezicht, die het koude snot op haar wangen en lippen deed drogen, en haar huid straktrok, zoals dat met eiwit gebeurt als je het aan je handen krijgt bij het bakken.

Voorzichtig lopend alsof ze een woestijn van gebroken glas overstak dacht Trudi aan de scherven op de bovenrand van de muren rondom gesticht Grafenberg, en ze begreep waarom iemand misschien daarbinnen zou willen blijven. Ze zag zichzelf binnen die muren met haar moeder, en ze bedacht hoe troostrijk het zou zijn daar te wonen. Voorgoed. Haar benen deden pijn, en haar lichaam voelde monsterlijk onder de deken toen ze terugliep naar de rivier, die nu gelijkmatig loodgrijs was, de kleur die het patroon van kabbelingen doorgaf, maar niet meer die lichtplekken vertoonde.

Ze wilde in de rivier kruipen van schaamte omdat ze op die manier was aangeraakt, uitgezonderd was. Toen ze zich bukte en onder de struiken voelde om de kleren te pakken die ze zo zorgvuldig had genaaid, bedacht ze dat het voor meisjes van normale lengte helemaal niets uitmaakte of ze door een bepaalde mode een of twee centimeter langer leken. Zij echter kon zomen van rokken en jasjes veranderen zoveel ze wilde, maar ze zou nooit zo zijn als andere meisjes. Seehund pakte de zijkant van haar hand tussen zijn tanden, zachtjes, als om haar te troosten, en ze draaide zich met een ruk naar hem om en schopte hem weg – hij was getuige geweest van haar schande. Onder haar deken kleedde ze zich haastig aan, terwijl Seehund om haar heen hinkte, met vlekken van gedroogd bloed in zijn zeehondengrijze vacht.

Opnieuw drukte zijn vochtige snoet tegen haar hand.

Opnieuw schopte ze hem weg.

Hij volgde haar naar het uiteinde van de strekdam, waar ze knielde in het koele zand en haar woede uitkrijste. Angstig sloop de hond naderbij, hij duwde zijn kop naar haar toe, en hoewel ze zichzelf de schuld van zijn verwonding gaf, kon ze het niet over haar hart krijgen hem aan te raken. Ze voelde zich even lelijk als Gerda Heidenreich, met die lippen waarvan altijd speeksel droop, even weerzinwekkend als de jongste jongen van de Bilders, wiens ogen bijna verdwenen in lagen vet – ze voelde zich de som van alle wangedrochten die ze altijd had gemeden.

Haar handen vonden een zware steen, bedekt met een korst van opgedroogd zand. Oranjerood gloeide de zon door de nevelige hemel, en de lucht was vervuld van haar zweet toen ze de steen hoog boven haar hoofd hield en in de Rijn smeet. *Georg.* Ze pakte nog een steen. Ze hield hem in beide handen, sprong omhoog en smeet hem in de golven. *Paul.* Nog een steen. *Hans-Jürgen. Fritz.* De stenen braken door de huid van de rivier en zonken naar de bodem. *Georg. Fritz.* Nog meer stenen, nu vanaf de strekdam, soms glinsterend van water dat eroverheen was gespat. Haar ogen deden pijn, en ze tuurde in de zon. Aan de andere oever van de rivier schoot een donkere zwerm zwaluwen vlak over het water. De stenen werden zwaarder. *Hans-Jürgen. Paul.* Scherper. *Georg. Georg.*

Hoofdstuk zeven [1929-1933]

Op sommige dagen kon ze niet eten. Haar mond voelde dan droog aan, opgezet, en als haar vader erop aandrong dat ze althans één hap nam van het eten dat ze voor hem had gekookt, bleef het aan haar tong kleven, zwaar en weerzinwekkend. Ze snakte alleen naar snoepgoed, en zodra ze dat had gegeten, werd ze misselijk.

's Nachts had ze moeite met inslapen, en ze stond op voordat het licht werd, ging in de woonkamer zitten met een deken om zich heen en las boeken uit haar vaders privé-verzameling. Ze verliet zelden het huis. Haar nauwsluitende kleren voelden stijf aan, onecht, en ze verborg haar lijf achter de wijde stof van schortjurken, camoufleerde zich met vesten. Toen haar vader haar voor haar veertiende verjaardag verraste met een naaimachine, zette ze die in haar kamer neer, maar ze gebruikte hem niet.

Ze kon het niet over haar hart krijgen de hond aan te raken. Zijn ogen volgden haar met treurige toewijding, en af toe lichtte hij zijn kop op als om haar een zetje te geven, maar hij had geleerd dat het verstandiger was te wachten tot zij hem aandacht gaf dan haar te laten schrikken van zijn aanraking. Hoewel ze hem geen pijn meer had gedaan sinds die ochtend aan de rivier, voelde hij vaag aan dat ze in staat was tot enorm geweld, om zichzelf te straffen voor het deel van haar dat beschadigd was, en om hem te straffen omdat hij daarvan getuige was geweest.

Ze wenste dat ze kon reizen als Frau Abramowitz en haar man, Michel –alleen zou zíj nooit meer terugkomen naar Burgdorf. De Abramowitzen maakten altijd reisplannen, en de meest recente hadden betrekking op China; de tafel in hun eetkamer lag meestal vol met brochures en dienstregelingen. Frau Abramowitz had speciaal voor Trudi een Chinees spoorboekje besteld; het was gedrukt in eigenaardige symbolen, die meer op plaatjes leken dan op letters.

'Als je ooit naar China gaat,' had Frau Abramowitz gezegd, 'kun jij daar bijna voor niets met de trein mee. Ze rekenen niet naar leeftijd, maar naar lengte. Als je kleiner bent dan één meter, hoef je niets te betalen, maar daar ben jij natuurlijk te lang voor.'

Te lang. Niemand had ooit tegen haar gezegd dat ze ergens te lang voor was. 'Ik ben een meter achttien.'

'Dan betaal je maar een kwart van de prijs. Dat geldt voor mensen tussen een meter en een meter negenentwintig.'

Wat Trudi in leven hield was haar werk in de leesbibliotheek. Daar, omgeven door de hartstochtelijke muziek van de grammofoon, kon ze die jongens bijna vergeten, terwijl ze informatie uitwisselde, het leven van haar klanten binnendrong met haar vragen, hun wat roddels vertelde teneinde hen te verleiden hun geheimen met haar te delen.

Maar ze gaf nooit haar eigen geheimen prijs. In het aardhol onder het huis had haar moeder haar ingewijd in de macht van geheimen. Door Trudi's hand te pakken en die tegen haar knie te drukken, had ze haar een transfusie gegeven van de verslaving aan verzwegen verhalen onder de huid van de mensen.

Trudi was bereid aan Frau Simon te onthullen wat rechter Spiecker haar had verteld, de laatste keer dat hij detectiveromans was komen lenen, terwijl Frau Simon op haar beurt Trudi toevertrouwde wat Herr Immers gezegd had over Herr Buttgereit. Ze begon te ontdekken wanneer ze moest zwijgen, wanneer ze eindeloos moest zwijgen zodat de ander zich ongemakkelijk ging voelen en haastig iets fluisterde, terwijl zij – altijd de praatster die in woorden geloofde – luisterde en nieuw materiaal binnenhaalde.

Maar onder de verhalen die door haar heen gingen en haar verdoofden, bleef haar pijn, en de vrees voor haar eigen razernij. Die hele lente en zomer bleef ze binnen, ze at en sliep heel weinig, liep rond in de leesbibliotheek als een ernstig zieke, meed haar vaders bezorgde vragen – ook die hele herfst en winter, tot in de vroege lente, toen de overstroming haar woede losmaakte.

De overstroming was met regen begonnen in een nacht in april. De volgende dag regende het ook, evenals de dag daarna, zodat de meeste vaste klanten wegbleven uit de leesbibliotheek, zelfs de vrouw van de preparateur die steeds voor dezelfde boeken terugkwam. Zowel Trudi als haar vader had Frau Heidenreich uitgelegd dat het veel goedkoper voor haar zou zijn als ze de boeken die ze steeds herlas, zelf kocht, maar ze vond het heerlijk om te bladeren in de boeken op de planken. Ze bracht altijd haar dochter Gerda mee, en dat grote meisje zat dan op de vloer en speelde met een kleurig zakhorloge dat geen wijzers meer had.

Wekenlang bleef het regenen, en het water in de rivier kwam steeds hoger te staan. Hoewel de mensen van Burgdorf aardappelzakken vulden met zand en daarmee de dijk ophoogden, stroomde het water door de straten, en het droop neer over keldertrappen. Trudi hielp haar vader de boeken van de leesbibliotheek naar boven te dragen, naar de naaikamer, en ze daar tegen de muren op te stapelen. De overstroming reikte tot de twee onderste planken in de hele bibliotheek, doorweekte de poten van de rotan tafel en vlekte de onderkant van de sofa, hoewel Trudi's vader, met hulp van Herr Abramowitz, de poten op bakstenen had geplaatst. Ze wikkelden de uiteinden van de lange gordijnen om de roeden heen, wat een merkwaardig rococo-effect had, zodat de woonkamer er veel eleganter uitzag dan eerst.

In de derde week van de overstroming hield de regen op, maar het peil van het grauwe water bleef rijzen. Het was op een zondag, en omdat de banken van de Sint-Martinus half onder water stonden, voeren de mensen in bootjes naar de kapel op een heuvel in de buurt van de Sternburg. Het leek of alle duiven van Burgdorf daar hun toevlucht hadden gezocht, op de klokkentoren, en de leien op het dak waren niet meer te zien door die zwermen grijze en iriserende vogels.

Toen het Rijnwater in Burgdorf en andere plaatsen langs de oever bleef stijgen, kreeg Trudi het gevoel dat de rivier haar achternazat, er bij haar op aandrong wraak te nemen op Georg, Hans-Jürgen, Fritz en Paul – de enige mensen ter wereld die met haar het geheim deelden van wat er was voorgevallen. Geleidelijk herkregen haar bewegingen hun oude energie, en ze dwong zich minstens eenmaal per dag het huis te verlaten. Ze was verbaasd toen de jongens hun blik afwendden als ze haar tegenkwamen, dat ze ineenkrompen wanneer ze hen schroeide met de woede in haar ogen. Hun schaamte, zo ontdekte ze, gaf haar macht over hen. En toen de druk van het gebeurde in haar bleef toenemen – donker en onrustig, met de dreiging haar te verpletteren – wist ze dat ze haar woede moest koelen.

Hans-Jürgen zou de eerste zijn, besloot ze.

Ze wist niet wat ze hem zou aandoen, totdat ze hem hand in hand met een blond meisje zag. Aan de manier waarop hij naar het meisje keek, kon ze zien dat hij haar aanbad. Zijn eerste liefde, dacht ze, ach wat schattig, wat vreselijk schattig. Ze voelde zich kalmer dan al die maanden daarvoor toen ze geduldig ging wachten op een gelegenheid hem onder vier ogen te spreken.

Op een ochtend in juli, toen Hans-Jürgen Braunmeier zich gereedmaakte om een kraampje op de markt op te bouwen, met producten van de boerderij, zag hij het spookbeeld op zich afkomen, die korte, afgeronde meisjesgedaante die almaar in zijn dromen voorkwam, angst wekte, evenals die vreemde lust die hij haatte in zichzelf, en waardoor hij zich nog uren na het ontwaken beroerd voelde. Snel boog hij zich over een open kist, fluitend, en deed alsof hij bezig was.

Toen hij er zeker van was dat ze voorbij was, draaide hij voorzichtig zijn hoofd naar opzij, maar ze bleek vlak achter hem te staan, met haar vollemaansgezicht vol bittere rimpels, en een huid die de kleur van verse rijp had, als tegenstelling tot de hitte die ze nog niet zo lang geleden in zijn vingers had gewekt. Hij veegde zijn vingers af aan de zijkant van zijn broek.

Ze bleef daar staan, zonder iets te zeggen, en ze dwong hem naar haar te kijken, alsof ze genoot van zijn ongemakkelijke reactie op haar lijf.

Tot zijn ontzetting voelde hij dat zijn geslacht op haar reageerde, en hij haatte haar. 'Wat wíl je eigenlijk?' zei hij knorrig.

'Ik weet iets.'

'Nou en?'

'Over jou.'

'Ik heb werk te doen.'

'Ga je gang.'

Hij smeet de planken op de houten bokken, tilde de kisten met fruit en kaas erop, schreef prijzen op leitjes. En al die tijd bleef ze daar staan, met haar korte armen gekruist over haar gebloemde schortjurk, ze stond daar maar en wekte in hem het verlangen de benen te nemen, al zou hij zich dan de woede van zijn vader op de hals halen.

'En – wat weet je dan wel?' vroeg hij ten slotte.

'Dat zij niet van jou houdt.'

Zijn nek prikte – warm en plotseling. 'Wie?'

Ze sloeg haar ogen neer en mompelde iets wat hij niet kon verstaan.

'Wie?' Toen hij hurkte om haar op gelijke hoogte aan te kijken, dacht hij een glimlach op haar gezicht te zien, maar die was zo snel weer verdwenen dat hij aannam dat hij het zich verbeeld had.

'Je weet best wie.'

'Ga weg.'

'Wil je niet weten waarom?'

Hij schudde van nee, niet in staat zijn ogen los te maken van de hare.

'Dan ga ik maar,' zei ze, en ze liep weg.

Hij zei bij zichzelf dat hij er beter niet naar kon vragen. Wat ze ook tegen hem te zeggen had – het zou erger zijn dan het niet te weten. 'Waaróm dan?' riep hij haar na.

Maar zij was al aan de andere kant van de markt en de Barbarossastrasse, waar de doorlopende schaduw van de rij eiken haar onzichtbaar dreigde te maken.

Hij rende achter haar aan, greep haar bij haar elleboog.

Ze rukte zich los en draaide zich fel naar hem om.

'Waaróm?' siste hij.

'Omdat,' zei ze, volstrekt overtuigd, 'geen meisje, geen vrouw ooit van jou zal houden.'

Hij lachte, een schrille lach die pijn deed in zijn keel. 'Je bent gek. Net als je moeder. Getikte *Zwerg.*'

De huid rond haar neusvleugels trilde, maar haar stem bleef beheerst. 'Getikt genoeg om bepaalde dingen te weten. Geen vrouw zal ooit van je houden, Hans-Jürgen Braunmeier.'

Zijn gezicht, zijn hele lichaam was gloeiend heet, en het kostte hem moeite lucht te krijgen. 'Dacht je... dacht je dat je me kon vervloeken, stomme trien?'

'Ssst...' Ze stak haar ene hand op. 'Ik ben nog niet uitgesproken. Geen vrouw zal ooit jouw liefde beantwoorden. En jouw liefde zal maken dat een vrouw een andere man zoekt.'

Die nacht sliep ze – diep en zonder zich haar dromen te herinneren – en toen ze wakker werd, scheen de zon in haar gezicht, en het was laat in de ochtend, en ze begreep dat wraak niet altijd rechtstreeks via haarzelf hoefde te komen.

Genadeloos en zonder haast begon ze verhalen over Fritz Hansen en Paul Weinhart te verspreiden, verhalen die anders waren dan haar andere verhalen en die – dat voelde ze aan – niet verteld hadden moeten worden omdat ze slechts brokstukken van de waarheid bevatten, zodat niet alleen de code van de verhalen geschonden werd, maar ook haar eigen code van waarheidsliefde. Toch schonken ze haar enorm veel bevrediging omdat ze de positie van die jongens binnen de gemeenschap verzwakten. *Maar wat doe je met Georg?* vroeg een stem in haar steeds. *Wat doe je met Georg?*

Tot ieders verbazing, behalve die van Trudi, bedacht Paul Weinharts oom zich en nam hij zijn neef niet als leerjongen in zijn juwelierszaak. In plaats daarvan moest Paul, nadat hij vroeg in de ochtend zijn vader op de boerderij had geholpen, werken voor de aardappelhandelaar en zware

zakken aardappels afleveren, overal in het stadje, ook bij de leesbibliotheek. En toen Fritz Hansen de bakkerij van zijn ouders overnam, begonnen veel oude klanten hun brood en gebak te kopen bij de concurrent, al
was dat dan een protestant. De oude Herr Hansen moest ten slotte een
vrachtwagen kopen die door de straten reed en de bakkerswinkel tot voor
de huisdeur van de mensen bracht. Tegen een witte achtergrond verkon-
digden grote blauwe letters: *Hansen Bäckerei*. De chauffeur was Alfred
Meier, die afremde, telkens als hij langs het huis van de Buttgereits
kwam, snakkend naar althans een glimp van Monika Buttgereit, die alleen met hem mocht praten in aanwezigheid van haar moeder, vlak na
de mis.

Alle boeken in de leesbibliotheek van de Montags waren gehuld in cellofaan, dat in de loop der jaren dof en krasserig werd; en ondanks die bescherming kregen de papieren omslagen van de boeken scheuren. Je kon
zien of ze gerepareerd waren door Trudi of door haar vader: Leo Montags
stukjes plakband waren zorgvuldig bijgeknipt, ze zaten aan de binnenkant van de omslagen en lieten slechts geringe sporen achter, terwijl die
van Trudi niet alleen kriskras liepen over de titels en auteursnamen,
maar ook over de dweperige heldinnen, dappere soldaten, toegewijde
dokters en Amerikaanse cowboys. Omdat het plakband nog sneller vergeelde dan de omslagen, zagen de gezichten van de personen er vaak uit
alsof ze aan geelzucht leden, en dat was strijdig met de titels die spraken
van ontluikende liefde of triomfantelijke overwinningen.

Wanneer mensen bij Trudi kwamen met haar verhalen, genoot ze van
het mysterie van de stilte, vlak voordat een geheim werd geopenbaard.
En hoe groter het geheim, des te zwaarder de stilte die eromheen hing.
De timing was buitengewoon belangrijk – het kiezen van het juiste moment om de stilte te verbreken. Als dat te snel gebeurde, zou de stilte die
de groei van een geheim bevorderde, het als een cocon omsluiten. En als
ze te lang wachtte, was het merendeel van het geheim al weggesijpeld.

Toch waren er dingen, dat moest Trudi voor zichzelf toegeven, die beter geheim konden blijven – zoals de identiteit van de onbekende weldoener, wiens aanwezigheid zich nog steeds manifesteerde in gulle gaven die
los van elkaar stonden: soms kwam er maandenlang niets, maar vervolgens werden binnen een week weer drie of vier geschenken in huizen
van mensen gevonden. Het geheim van die identiteit gaf het stadje Burgdorf iets sprookjesachtigs, een gemeenschappelijke, onuitgesproken

overtuiging dat de onbekende weldoener de mensen zou beschermen tegen alles wat erger kon zijn dan hun alledaagse zorgen.

Achter de toonbank van de bibliotheek stond een van de brede krukjes die Trudi's vader voor haar had gemaakt, en daarop ging ze staan om je tabak te verkopen, het kasregister te bedienen of op te schrijven welke boeken je leende. Vaak was alleen de bovenkant van haar lichtblonde haar te zien boven de toonbank. Ze was bezig een kaartsysteem te maken voor de boeken en bracht de titels uit het rafelige register van haar vader over op lange, beige kaarten, die ze alfabetisch in een houten la plaatste. Maar ze handhaafde haar vaders systeem van het schrijven van de naam van de klant onder de titel van elk geleend boek.

Een ladder op wieltjes stelde haar in staat zelfs boeken van de hoogste planken te pakken, en dan voelde ze zich langer dan iedereen die de bibliotheek binnenkwam. Ze keek graag uit over de hoofden van de mensen – een welkome verandering na al dat omhoogstaren naar hun gezichten. Om diezelfde reden klom ze af en toe nog in de kerktoren, hoog boven de rest van het stadje. Daar ging ze dan zitten, kijkend naar miniatuurmensjes die tussen de huizen en over de markt schoten.

Als haar vader in de leesbibliotheek was terwijl zij op de ladder stond, bleef ze daar in de hoogte als er een klant binnenkwam, maar als haar vader rustte of weg was voor een schaaktoernooi, scharrelde ze naar beneden, waarbij haar o-beentjes de lagere sporten verrassend zeker wisten te vinden.

Jaren van beperkte bewegingsvrijheid hadden haar vaders lichaam van zijn vitaliteit beroofd, en hij had zich geschikt in zijn mankheid alsof die voor hem geschapen was. Omdat hij erop kon vertrouwen dat Trudi de bibliotheek zou openen, sliep hij de meeste ochtenden uit; en tussen de middag, wanneer de klokken van de Sint-Martinus over het stadje luidden en de winkels twee uur lang dichtgingen, ging hij rusten, met een van de nieuwe boeken op de fluwelen sofa in de woonkamer, een deken over zijn benen, en dan lag hij te lezen, waarbij zijn benig gezicht een verzaligde uitdrukking kreeg.

Seehund lag dan op de vloer naast de sofa, met zijn neus op het versleten leer van de schoenen die Leo had uitgetrokken. Het was of hij samen met Leo oud werd – beiden brachten meer uren dommelend door dan in wakende toestand. Het haar van Leo werd wit, terwijl de vacht van de hond verbleekte tot een zachtere tint zeehondengrijs. Vaak haalde Leo zijn kam uit de zak van zijn overhemd om een klit los te maken uit de hondenvacht, of om bijna afwezig de tanden door de dikkere lagen haar rond Seehunds nek te halen. De hond had de gewoonte gekregen te slapen aan de voet van Leo's bed, hoewel zijn dekentje op de vloer van Trudi's kamer bleef liggen. Soms nam hij een van zijn achterpoten tussen zijn kaken en beet hij erin, als om een diep zittende pijn te verlichten.

Trudi nam hem nog steeds mee op haar wandelingen langs de Rijn, hoewel ze niet meer teruggegaan was naar de dam van de Braunmeiers, een oord te gruwelijk om zelfs maar aan te denken. Meestal bleef ze op de dijk en liep ze twee kilometer in zuidelijke richting, de kant van Düsseldorf uit. Haar rug deed minder pijn op de dagen dat ze ging wandelen, dan voelde ze zich leniger. Als ze te lang binnenbleef, had haar bekken de neiging stijf en zwaar te worden. Onderweg liep ze af en toe wat langzamer om op Seehund te wachten, tot ze een pad bereikte dat slingerend door het weiland liep, naar beneden, naar de rivier. Het ging langs een groepje van vier populieren en een enorm vlak rotsblok dat in de aarde lag, precies op de plaats waar het pad uitkwam op het spoor dat langs de oever liep. Het donkere oppervlak van die steen werd zo warm dat je je, zelfs laat in de herfst, daarop kon uitstrekken en voelen hoe je hele rug warm werd, terwijl de koele lucht over je gezicht en lichaam ging, alsof je tussen twee seizoenen zweefde.

Dat weiland was zo ver van het stadje vandaan dat er nooit iemand anders was. De rivier was ruw en hebzuchtig – hij schaamde zich niet zijn rechtmatig aandeel op te eisen: hij duwde tegen de oever, slokte rotsen op en stroomde door de kleinste spleten. Hoewel daar geen beschutte baaien waren, zwom Trudi in die drukke golven, ze dook eronder, zwemmend als een kikker, terwijl haar hart bonsde en zij net zo werd als de rivier, en eiste wat haar toekwam. Net als de rivier spoelde ze door de huizen van mensen zonder gezien te worden, ze kwam in hun bedden, ze jaagde op hun verhalen en voedde zich met hun bezorgdheid over wat ze wist en wat ze misschien zou doorvertellen. Telkens wanneer ze in de rivier veranderde, waren de mensen alleen als groep tegen haar macht opgewassen. Want de rivier kon het hele stadje aan, het hele land zelfs.

Ze dacht aan wat de mensen achter haar rug zeiden – dat ze niet gehuild had op de begrafenis van haar eigen moeder – terwijl ze in haar gezicht zeiden: 'Je boft dat je zulk mooi haar hebt.' Ze hadden er geen idee van hoe ze was: ze zagen haar lichaam, maakten gebruik van haar geringe lengte om hun kinderen bang te maken, keken vol afkeer naar haar. Maar juist door die afkeer werd zij aan hen vastgeketend, door een vreemd gevoel van verbondenheid. Die afkeer – die voedde haar, joeg haar angst aan. Ze zou alles gedaan hebben om door hen te worden liefgehad, en aangezien ze hun aanvaarding niet kon krijgen, nam ze hun geheimen en legde ze die bloot, zoals ze ook Eva's wijnvlek had blootgelegd.

Ze begon weer kleren voor zichzelf te naaien, en genoot van het wijzigen van patronen terwille van haar figuur. Toen ze weer voedsel kon verdragen, merkte ze hoe opgelucht haar vader was. Als ze hem naar de keuken riep, waar ze gedekt had voor het warme middagmaal, vertelde hij haar over de nieuwe boeken en maakte hij een lijstje van de mensen van wie hij wist dat ze ervan zouden genieten. Zijn vrouwelijke klanten voelden zich bevoorrecht als hij een nieuw boek onder de toonbank vandaan haalde en fluisterde: 'Dit heb ik speciaal voor u bewaard. Het is net binnengekomen.' Met verrukte ogen luisterden ze als hij net genoeg vertelde van de intrige om hen te boeien, zonder de afloop te verklappen.

In Trudi's ogen waren die boeken even vlak als haar moeders aankleedpoppetjes: hoewel je hun uiterlijk kon wijzigen door de lipjes van ingewikkelde japonnen over hun schouders te vouwen, bleven ze vlak, en hun glimlach was even constant als de happy endings van de boeken. Zij was veel meer geïnteresseerd in de verhalen die zich om haar heen ontvouwden in Burgdorf, verhalen die ademden en groeiden en een eigen vorm en gewicht kregen, zoals toen de tweede dochter van de Buttgereits, Monika, geen toestemming kreeg zich met Alfred Meier te verloven voordat haar oudere zus een vrijer had gevonden; of toen Frau Weiler, in haar eigen winkel, zag hoe de kapelaan – die lange jongeman die in de pastorie was komen wonen en driemaal zoveel at als de bejaarde pastoor en zijn huishoudster samen – een chocoladereep in de zak van zijn toog stopte alsof hij daartoe alle recht had; of toen Emil Hespings neef, een zwemkampioen, had gewed dat hij zesmaal de Rijn kon oversteken, en op het laatste stuk was verdronken in een draaikolk; of toen Alexander Sturm begon met de bouw van een L-vormig flatgebouw, het grootste bouwwerk van Burgdorf, met twee ingangen, drie verdiepingen, vier winkels en achttien flats; of toen Helmut Eberhardt en een van de andere misdienaars door de zusters ondervraagd maar niet gestraft waren, wegens een poging die heel dikke jongen, Rainer Bilder, voor de kar van de voddenman te duwen.

Sommige verhalen bleven groeien in Trudi's binnenste, ze vonden hun eigen gangen, als mollen die woelden onder de grond. Andere testte ze uit en gaf ze zetjes, om te zien hoe ver ze meegaven, wat erin paste en wat niet, en wat zij zelf aan die verhalen toevoegde, dat was haar nieuwsgierigheid, en haar intuïtieve mensenkennis. Naarmate ze dingen over hun levens verzamelde, verweefde ze die in hun verhalen. Als oude vrouw zou ze in een tijdschrift een artikel lezen over een grot; er stonden foto's bij, en een dwarsdoorsnede waaraan je kon zien door welke gangen je allemaal kon trekken om die grot te verkennen. Een paar van die gangen leidden naar andere gangen; sommige liepen dood, andere vertakten zich in een net van andere paden. Met de verhalen over mensen die ze sinds haar kindertijd had gekend, ging het net zo: één incident in hun leven kon doodlopen, maar andere zouden naar nieuwe gangen leiden, en het fascinerendste was een blik op het geheel te werpen en een patroon te ontdekken, een manier van zijn waardoor die gangen waren ontstaan.

Wanneer Trudi de wereld om zich heen bekeek, zag ze één ding, en leidde ze de rest daarvan af. Het ging niet alleen om wat mensen was overkomen, maar ook om wat had kunnen gebeuren. Ze kon mensen op straat tegenkomen en hen dan, in haar hoofd, volgen naar hun huis en weten wat ze zouden doen en denken – zoals bij Georg Weiler die tegen de tijd dat hij zeventien was een van de knapste jongens was geworden die ze ooit had gezien, maar als de dood voor knappe meisjes was. Gewone meisjes, zo dacht hij, waren minder veeleisend. Die werden gemakkelijk verblind door zijn glimlach, en waren dankbaar dat hij hun zijn aandacht gaf. Voor hen zou hij zichzelf niet hoeven te veranderen of te verbeteren. Ze gaven hem een gevoel van prestatie dat hij eerder nooit had gekend.

Helga Stamm was de vierde in die reeks van meisjes. Haar dikke enkels en onknappe gezicht schonken Georg de overtuiging dat ze wel tevreden móést zijn met hem zoals hij was – knapper dan zij, zowel uiterlijk als wat intelligentie betrof. Trudi was er zeker van dat hij niet op de hoogte was van de stille, diepgewortelde kracht onder Helga's kalme oppervlak. Dat deed Trudi deugd, die kracht, want ze voelde dat zij er zelf niets aan zou hoeven te doen om haar eigen wraakcyclus te voltooien. Ze hoefde slechts te wachten tot de dag dat Georg in conflict zou komen met die kracht van Helga.

Zijn moeder had gewild dat hij in de winkel kwam werken, maar hij was naar Düsseldorf verhuisd, waar hij leerjongen was geworden in een enorm kruideniersbedrijf waar alles tevoren gewogen en verpakt was, en waar de mensen de dingen die ze wilden hebben, van planken pakten en naar een van de drie kassa's brachten. De meeste mensen in Burgdorf konden zich een dergelijke kruidenierswinkel niet voorstellen. 'Het klinkt naar een station,' zeiden ze, en ze inspecteerden Georg op sporen van verandering wanneer hij naar Burgdorf kwam om Helga te bezoeken. Zijn moeder zei elke avond een gebed voor hem – niet alleen de gewone gebeden die ze sinds zijn geboorte voor hem had gezegd, maar ook de tien weesgegroetjes die ze vroeger God had aangeboden voor haar moeders bevrijding uit het voorgeborchte. Volgens haar berekening had ze haar moeder de hemel in gebeden in de tweede week van mei 1932, en ze had haar moeders bevrijding gevierd door beide priesters uit te nodigen voor de zondagse maaltijd.

De boeken in de leesbibliotheek waren voorspelbaar, ze leken op elkaar, en Trudi stond versteld dat ook maar iemand ze almaar kon blijven lezen, zelfs nadat haar vader haar op een middag, toen ze boeken aan het opbergen waren, had uitgelegd dat mensen zich gerustgesteld voelden door zo'n gelukkige afloop, doordat ze tevoren wisten wat er met die helden en heldinnen zou gebeuren.

'Hun eigen levens zijn zo onzeker,' zei hij. 'Met die boeken kunnen ze zichzelf een tijdje vergeten... wegkruipen tussen de bladzijden.'

'Net als jij?'

Hij liet zijn trage, rustige glimlach zien. 'Ik zou kunnen zeggen dat ik moet bestuderen wat ik uitleen.'

'Dat zou je kunnen zeggen.'

'Ik zou willen dat jij ze ook las.'

'Dat doe ik ook. Ik lees een paar bladzijden, sla het een en ander over, kijk naar het midden, naar de laatste pagina, en dan weet ik genoeg.' Ze glimlachte terug naar hem, blij met zo'n badinerend gesprek: het was zo vertrouwd, maar kwam zelden voor. 'Als ik over een gelukkige afloop wil lezen, dan keer ik wel terug naar sprookjes. Die hebben tenminste enige betekenis.'

'Wat de afloop betreft... Tenzij we het goed doen, zullen we die steeds moeten herhalen.'

Vier grijsbruine vogels, met een beetje rood op de borst, landden in de kastanjeboom voor het raam aan de voorkant. Een van hen had een verwonding, een dikke massa weefsel die uit de zijkant van zijn kop kwam, en waarop het oog balanceerde als een eigenaardige telescoop. Terwijl Trudi zich afvroeg of die vogel aanhoudend pijn leed, vloog hij weg, met de andere vogels vlak achter zich aan. Vrijwel onmiddellijk zwaaide de deur van de bibliotheek open, en ontstond er een windvlaag toen Frau Eberhardt binnenkwam, gekleed in haar nieuwe beige mantelpak met de strakke rok waardoorheen je de ronde knopjes van haar jarretels kon zien. Trudi wist niemand in het stadje te bedenken die zo algemeen aardig werd gevonden als Frau Eberhardt.

'Nee, jij gaat niet weg,' zei Frau Eberhardt tegen haar zoon Helmut, die achter haar aan kwam, met een knorrige uitdrukking op zijn beeldschone gezicht, en een verband om zijn linkerarm dat half verborgen werd door de mouw van zijn reebruine blouse. 'Vandaag blijf jij hier, bij mij.'

'Ik ben geen baby meer.' Hij deed de deur dicht.

'Inderdaad. Baby's hebben meer verstand dan jij.' Ze stopte een paar haarlokken onder haar hoed, en haar gebaren waren even onrustig als haar stem.

De jongen liep naar het uiteinde van de toonbank en leunde daartegen, starend naar de vloerplanken alsof hij niets liever zou doen dan iemand kwetsen. In de kerk zag hij er altijd zo zuiver uit in het superplie van de misdienaar, met ogen die nooit afdwaalden van het altaar terwijl hij elk onderdeel van het rituweel foutloos uitvoerde.

'Daar is hij nota bene trots op.' Frau Eberhardt wees op haar zoons arm en wendde zich naar Leo Montag. 'Daar is Helmut nota bene trots op.'

Met ogen vol medelijden deed Leo langzaam één stap in haar richting, en hoewel hij haar niet aanraakte, kalmeerde haar gezicht. 'Wat is er gebeurd, Frau Eberhardt?' vroeg hij.

Met het aloude ongemakkelijke gevoel als Helmut in de buurt was luisterde Trudi, en stelde ze korte vragen, toen Renate Eberhardt vertelde hoe haar zoon een inwijding had ondergaan en een bewijs van moed had geleverd waardoor hij en vijf andere jongens in zijn jeugdvereniging bloedende armen hadden opgelopen. Ze hadden een van haar beste slopen genomen en de stof stevig in elkaar geknoopt; die knoop hadden ze langs hun blote armen gewreven, hard, van pols naar schouder, op en neer schavend tot het vlees rauw was.

'...en degene met de zwaarste verwonding was de held van de dag.' Frau Eberhardt keek even naar haar zoon, die deed of hij geen woord had verstaan.

'Jezelf zo'n pijn doen...' Trudi schudde haar hoofd. 'Waarom zou iemand dat doen?'

'Het heeft niets met moed te maken,' zei Leo zacht. 'Nietwaar, Helmut. Net zo min als wat je met Rainer Bilder wilde doen, ook maar iets met moed te maken had.'

Helmut stak zijn volmaakte kin omhoog. 'Dat vette zwijn,' zei hij. Hij was bijna dertien, en bijna even lang als zijn moeder, en waarschijnlijk – aldus Trudi's conclusie – sterker en sneller dan zij allemaal.

'Ik mag Rainer graag.' Leo's stem klonk waarschuwend scherp. 'Het is een vriendelijke, ongelukkige jongen die verdient...'

'Hij heeft tieten als een meisje, zo vet is-ie!'

'Hou op, Helmut,' zei zijn moeder. 'Ik zeg: hou op, en verontschuldig je bij Herr Montag.'

Helmut kreeg een rood hoofd, wat slecht stond bij het bruine hemd van de Hitler-Jugend. 'Het spijt me, Herr Montag,' mompelde hij, met een buiging in Leo's richting.

Over een paar jaar luistert hij helemaal niet meer naar haar, dacht Trudi. Of naar wie dan ook, van ons. Als hij eenmaal zijn eigen kracht kent, kan zijn moeder niets meer doen om hem te laten gehoorzamen. Hij zal haar niet uit respect aanhoren – híj niet. De enige reden waarom hij zich nu hier bevindt, is dat hij zijn eigen kracht nog niet kent.

Trudi was blij dat haar vader een goed woordje had gedaan voor Rainer Bilder. Dat was een verlegen jongen, met zo'n enorm lichaam dat je je geneerde naar hem te kijken. Hij werd vaak geplaagd en geslagen door de andere schooljongens, die samen tegen hem optrokken. Sommige volwassenen in het stadje, die tegen andere kinderen gezegd zouden hebben dat ze moesten ophouden met vechten, hielden zich erbuiten als Rainer gepest werd, alsof ze vonden dat hij dat zelf had verdiend door zijn anders-zijn. Zijn ouders, die verbijsterd hadden toegezien hoe hun jongste zoon voor hun ogen opzwol, schaamden zich zo voor hem dat ze allang niet meer klaagden bij het schoolhoofd wanneer Rainer thuiskwam met blauwe plekken op gezicht en ledematen.

De ironie wilde dat beide ouders broodmager waren, ondanks een gezamenlijke passie voor eten die hun huwelijk een kwarteeuw lang had ondersteund. Die hartstocht gaf hun iets om over te praten, tegen elkaar en tegen iedereen die ze tegenkwamen. Zoals een hypochonder bij je zou komen met verhalen over nieuwe kwalen, en een reiziger met beschrijvingen van exotische streken, zo begroetten de ouders van Rainer je gegarandeerd met de bijzonderheden van elk gerecht dat ze die dag hadden gegeten. Die verhalen over uitvoerige maaltijden gingen dan gepaard met een zacht klakken van de tong en verrukte zuchtjes. De zes oudere kinderen van het gezin hadden magere lijven, net als hun ouders, maar Rainer was dik op een groteske manier, alsof hij bezocht werd door zijn ouders excessen.

Ook Trudi voelde zich niet op haar gemak met Rainers wanstaltige lichaam, maar lang niet zo erg als met Helmut, die een wangedrocht van-binnen was en er niettemin – zoals sommige oude vrouwen beweerden – uitzag als 'een engel die op aarde was teruggekeerd'. Nu keek die engel naar haar vanaf het einde van de toonbank, met zijn gelijkmatige uit-drukkingloze gezicht, en ze merkte dat ze dacht aan Lucifer, de engel die uit de hemel verbannen was en – tijdens zijn val – veel meer macht had veroverd dan al die trouwe engelen.

Ze had Helmut een week eerder gezien, op de dag van de *Judenboykott*, toen hij koffie had gebracht naar de SA-mannen die de wacht hielden voor joodse winkels, en de klanten die daar naar binnen wilden met dreigementen bestookten. De eerste keer dat Trudi Helmut in zijn uniform had gezien, was tijdens de *Fackelparade* geweest die de nationaal-socialisten in januari hadden georganiseerd om hun overwinning te vieren. In het donker hadden spookachtige vlammen geflakkerd langs de merkwaardig vrome en verrukte gezichten van geüniformeerde meisjes en jongens die zingend marcheerden te midden van een zee van rood-wit-en-zwarte vlaggen, meegesleept door het ritme van muziek. '*Für die Fahne wollen wir sterben...*' hadden ze gezongen. De enige andere plaats waar Trudi die verzaligde uitdrukking op Helmuts gezicht had gezien, was in de kerk, wanneer hij op het punt stond de communie te ontvangen.

Frau Eberhardt haalde twee romannetjes uit haar handtas en legde ze op de toonbank. 'Deze had ik al eerder moeten terugbrengen.' Ze opende haar portemonnee. 'Twee dagen te laat, geloof ik.'

'Ach, dat geeft niets.' Leo wuifde haar pogingen tot betalen weg. 'Andere hebt u weer te vroeg teruggebracht. Dat houdt elkaar in evenwicht.'

Zijn ogen volgden haar toen ze samen met haar zoon vertrok, en toen de deur achter hen was dichtgevallen, hinkte hij naar het raam en keek het tweetal na tot hij ze niet meer kon zien.

'Die jongen deugt niet,' zei Trudi.

Leo knikte. '*Aus Kindern werden Soldaten...* Hij zal een goed soldaat worden. Dat is hún soort moed.'

'Wat voor soort soldaat ben jij geweest?'

'Een tegenstribbelende soldaat. Het soort dat ze maar al te graag naar huis stuurden.'

'Herr Immers had graag jouw plaats ingenomen.'

'Inmiddels gelooft hij dat hij echt in de oorlog heeft gevochten.'

De dag daarvoor, toen Trudi in de slagerij was geweest, had Herr Immers tegen haar gezegd: *'Wir leben in einer grossen Zeit.'* Hij maakte graag een praatje met klanten terwijl zijn zoon, Anton, en Irmtraud Boden – die met Trudi op school was geweest en verliefd was op Anton – vlees afwogen en inpakten. Achter de marmeren toonbank was de traditionele zwart-rood-gele vlag vervangen door de nieuwe vlag van de nationaal-socialisten. Sinds de *Fackelparade* vertoonden steeds meer huizen die vlag.

'Herr Immers zal blij zijn als het weer oorlog wordt,' zei Leo.

'Wat zeg je daar nou?'

Hij tuurde naar Trudi als om na te gaan of ze sterk genoeg was om zijn antwoord aan te horen. 'De mensen fluisteren meer tegenwoordig... Je weet dat we op weg zijn naar een oorlog als er een dergelijke stilte ontstaat. Het geluidsniveau van het stadje, van het hele land, lijkt te dalen... zelfs de rivier, de vogels...'

'Misschien word je alleen een beetje doof.' Ze probeerde met een grapje de spanningen te verdrijven die zij de afgelopen paar maanden had gevoeld en die haar vader nu had bevestigd met zijn woorden. Toen hij geen antwoord gaf, zei ze: 'Ik hoop dat je ongelijk hebt.'

'Ik ook,' zei hij ernstig. 'Maar ik maak me zorgen over de Duitsers, ze voelen zich altijd aangetrokken tot één sterke leider, één vaderfiguur die maakt dat je gehoorzaamt, die sterk genoeg is om je te dwingen tot gehoorzaamheid... Die tegen je zegt: dit is wat je hoort te doen. Ik maak me zorgen over de overtuiging dat onze kracht een militaire kracht is.' Hij liep naar de eerste rij planken en pakte boeken zonder ernaar te kijken. 'De meeste mensen schijnen te denken dat het leven er beter op is geworden: minder werkloosheid, meer opwinding voor onze jongeren... Die groepen met hun marsen en liederen en kampvuren.'

Hij hoefde Trudi er niet aan te herinneren hoe eentonig het leven voor de jongeren was geweest voordat de *Partei* aan de macht was gekomen. Nu waren er uitstapjes, meeslepende muziek en uniformen. De mensen hadden verlangd naar orde, en velen begroetten de nationaal-socialisten omdat dit nu juist was wat ze boden – orde. Hun doelstellingen klonken gemakkelijk en beloofden de trots te herstellen die gekwetst was door het *Friedensvertrag* van Versailles.

'Onze jongelui...,' zei Leo, 'die laten zich gemakkelijk meeslepen door al die toespraken... Hun ziel heeft zo lang honger geleden dat ze verleid worden door de beloften, de onmiddellijke kameraadschap. Er is voortdurend iemand om hen te inspireren, hen te overreden...' Hij schudde zijn hoofd. 'Kleine soldaten – de meisjes ook – met hun schrikwekkende trots op die ordinaire vlag. Ik ben zo blij dat jij daar niet aan meedoet.'

'Mij zouden ze toch niet willen.'

Hij kromp ineen alsof ze zichzelf opzettelijk had gesneden, recht voor zijn ogen.

'Bovendien is het niets voor mij.'

'Omdat jij weet wie en wat je bent. Jij beschikt over moed en kracht... intelligentie... maar de meesten van hen – die hebben geen eigen normen ontwikkeld. Daarom nemen ze die nieuwe dingen zo vlot over. Ze horen alleen wat ze willen aannemen. Kampvuren...' Hij wreef over zijn kin. 'Kampvuren en nieuwe autowegen zullen onze problemen niet oplossen. En bovendien – daarmee zal die Hitler niet tevreden zijn.'

Trudi had Herr Hitler een paar maanden daarvoor gezien. Bij een bijeenkomst in Düsseldorf, kort nadat hij rijkskanselier was geworden. Hij was bij lange na niet zo lang geweest als ze verwacht had op grond van krantenfoto's, en hij had haar recht aangekeken toen hij sprak, hij sloot haar niet buiten zoals de kapelaan, Friedrich Beier, die over haar hoofd heen praatte alsof zij te onbetekenend was om erbij te horen. Elke keer dat ze haar lippen opende en haar tong uitstak om de heilige communie te ontvangen, verwachtte ze half dat hij haar zou overslaan. De mond van Herr Hitler bewoog niet mee met zijn ogen. Er was iets mis met zijn gezicht: de gelaatstrekken vormden geen eenheid. Maar hij had haar recht aangekeken – iedereen in die grote menigte trouwens – als een goochelaar die een verbijsterend kunstje uithaalde, die tegelijkertijd iedereen afzonderlijk aankeek, en het was die blik – vol van mateloze hebzucht – die hen allen in de ban sloeg, terwijl zijn hoge stem zijden koorden om hen heen spon.

Ze had zich verzet tegen de opwinding van zijn blik en stem, want wat hij van haar eiste was maar al te bekend – geloof, zonder enige twijfel – iets waartegen ze zich sinds de eerste klas verzet had.

Ze had zich tegen hem verzet door zich te herinneren wat haar vader tegen Emil Hesping had gezegd – dat ze woonden in een land waar geloven de plaats van weten had ingenomen.

Ze had zich tegen hem verzet tot haar hele lichaam koud aanvoelde. Het was onmogelijk geweest weg te lopen uit de massa die zijn woorden toejuichte, en pas na de toespraak had ze zich naar achteren kunnen dringen. Vanaf het raam op de tweede verdieping van een vrijwel verlaten warenhuis had ze gekeken hoe de donkerharige man met zijn malle vierkante snorretje als een postzegel – de man die er zo helemaal niet uitzag als het arische ideaal waarover hij zojuist had gesproken – de handen schudde van geüniformeerde mannen, en de vrouwen vereerde met een schuwe glimlach. Toen hij een klein blond meisje hoog optilde, kreeg Trudi opeens een visioen van hem, alleen in zijn slaapkamer, waar hij probeerde iets te lezen wat hij op gelinieerd papier had geschreven, maar zijn ogen dwaalden aldoor af van het papier alsof – zonder de hoge klank van zijn eigen stem – zijn eigen boodschap niet in staat was hem te boeien. Toch was de hebzucht die ze in hem had gevoeld, de hebzucht die al die mensen naar hem toe had getrokken, nog bij hem in de kamer, en ze werd overvallen door een intense vrees voor de wereld.

Zowel Herr Heidenreich als Herr Neumaier had Herr Hitler die dag de hand geschud. Die hand was klam geweest, vertelde de apotheker de volgende ochtend toen hij tabak kwam kopen, en zijn ogen waren heel lichtblauw. Op de schaakclub hadden hij en de preparateur zowaar ruzie gekregen over de precieze tint blauw. De apotheker had dagenlang zijn rechterhand niet meer gewassen. 'Het zweet van onze Führer,' had hij gezucht.

Trudi keek even naar haar vader. 'Misschien blijft die Herr Hitler niet zo lang.'

'Misschien niet,' zei hij zonder er zelf in te geloven.

Een tijdlang werkten ze zwijgend naast elkaar verder, en zetten boeken op hun plaats op de planken.

Buiten reed de nieuwe tweedehandsvrachtauto van de voddenman voorbij, langzaam, terwijl Herr Benotti riep: *Eisen, Lumpen, Papier...*' Hij had die vrachtauto gekocht van een bloemist in Düsseldorf en had hem glimmend wit geverfd, als een ziekenauto.

'Goed onthouden...' Leo tikte Trudi zacht op de schouder met een van de romannetjes die Frau Eberhardt had teruggebracht. 'De mensen vinden het prettig als je iets kunt aanbevelen... boeken die ze misschien mooi vinden.'

'Daarvoor komen ze bij jou.'

'Dat zal niet altijd kunnen.'

'Zeg zulke dingen niet.' Ze voelde de paniek in haar stem.

'Van jou krijgen ze alleen maar vragen. Jij peilt ze, in plaats van ze een intrige te geven.'

'Die boeken vertonen in wezen vijf verschillende intriges.' Ze telde ze af op haar vingers, dolblij toen ze haar vader aan het lachen maakte, al had ze nog koude rillingen van hun gesprek. 'Een, ware liefde overwint alle hinderpalen en verandert in eeuwige liefde; twee, cowboys en indianen roken samen de vredespijp nadat ze gestreden hebben om landerijen; drie, beeldschone zusters en briljante dokters redden ongeneeslijke patiënten en trouwen vervolgens; vier, oorlogshelden verslaan hun vijanden tijdens spectaculaire veldslagen; en vijf, slechteriken worden altijd gestraft.'

In het gewone leven, zo wist ze, was het niet zo gemakkelijk te zien wie de slechteriken waren, en zelfs als je ze kon identificeren, waren ze niet door en door slecht. Niemand was volledig één bepaald type. Lafaards konden in sommige aangelegenheden dapper zijn, en liefde werd niet altijd uitgesproken en was misschien geen zuivere liefde, maar vermengd met haat en angst en een krachtig verlangen naar wraak – ongeveer wat zij voor Georg Weiler voelde, die zijn uiterste best deed niet haar kant uit te kijken, zelfs als ze allebei buiten voor hun huis stonden.

En Frau Abramowitz – Trudi was er zeker van dat Frau Abramowitz inmiddels al bijna tien jaar haar vader liefhad; daarvan was ze even zeker als van het feit dat haar vader daar nooit wat van gemerkt had en dat de liefde van Frau Abramowitz onder haar goede manieren verborgen zou blijven. Een vrouw mocht nooit haar liefde als eerste uitspreken, en dan was er natuurlijk ook nog de kwestie van de zonde. Als een getrouwde vrouw een andere man dan haar echtgenoot liefhad, dan was dat een zonde. Begeerte naar wie dan ook was een zonde.

Maar in de boeken van de leesbibliotheek begeerden mannen altijd vrouwen, en daarmee voedden ze de verbeelding van de mensen van Burgdorf, evenals de vete tussen Leo Montag en de kerk, die al zo lang aanhield dat het een traditie was geworden die zich van tijd tot tijd manifesteerde in preken van de bejaarde pastoor, die in de loop der jaren magerder was geworden alsof hij – door aan zijn schilferige huid te krabben – zichzelf aan het afslijten was, laagje na laagje, tot binnenkort alleen nog zijn botten over zouden zijn. Hij was al bezig zijn kapelaan te oefenen in zijn gewoonte de parochianen te waarschuwen voor de hartstochten des vlezes, zo tantaliserend beschreven op de bladzijden van die boeken.

Na elke preek van dien aard beleefde de leesbibliotheek een opleving en kwamen er klanten die nooit eerder waren geweest: jonge moeders, weduwen, schoolkinderen, en mannen die deden of ze alleen voor tabak waren gekomen, bleven tussen de planken staan en kwamen te voorschijn met een of twee romans die ze onopvallend leenden en bijvoorbeeld in een sjaal gewikkeld onder in hun boodschappennetje meenamen, of tegen zich aan gedrukt onder hun jas. Bij hun volgende bezoek aan de bibliotheek hadden ze iets minder haast, en het duurde niet lang of ze verborgen de boeken niet meer voordat ze de deur uitgingen.

Het verbaasde Trudi dat de hartstocht van het geweld de kerk niet leek te storen. Romans over soldaten die hun vijanden op het slagveld doodden werden nooit genoemd door Herr Pastor Schüler, en als hij preekte tegen dokter-en-verpleegsterromans, dan deed hij dat niet vanwege de bloederige operatiekamertaferelen, maar vanwege die momenten van begeerte tussen de artsen en de zusters.

Zij ging nog steeds elke zondag naar de mis, al voelde ze zich ongemakkelijk wanneer de kapelaan af en toe voor het *Vaterland* bad. De gezangen waren voor haar een zuiver ritueel geworden, maar ze vond het aangenaam zoals haar stem opging in de stemmen van anderen wanneer ze in het koor meezong. Bovendien – de kerk was de beste plaats om de modieuze kleren die ze voor zichzelf naaide, te laten zien. Als ze iets nieuws afhad, werd een van haar andere zondagse jurken ingedeeld bij de doordeweekse kleding.

Eén keer had de kapelaan, teneinde geld in te zamelen voor de missie, een Amerikaanse western uit de leesbibliotheek van de Montags meegenomen naar de kansel – het boek was geleend door de apotheker, zoals Trudi al spoedig had uitgevist – en hij had de beschrijving voorgelezen van een Sioux-indiaan die danste voor zijn goden. Terwijl de collecteschaal van rij naar rij werd doorgegeven, sprak hij over heidenen en over de plicht van missionarissen hen van het eeuwige hellevuur te redden door hen tot het katholicisme te bekeren.

Door die preek was Ingrid Baum naar de leesbibliotheek gekomen. Zij was op het gymnasium van de ursulinen in Düsseldorf. Ze was een jaar jonger dan Trudi, en was een paar maanden voor de dood van Trudi's moeder in Burgdorf komen wonen. Samen met haar tweelingbroer Holger en haar ouders had Ingrid het grootste deel van haar leven gewoond in de woning boven haar vaders fietsenwinkel; niettemin behandelde het stadje de Baums alsof ze er nog maar net waren. Zo verging het alle nieuwelingen, en het ging pas over nadat een familie een generatie in het stadje had gewoond.

Ingrid was naar de leesbibliotheek gekomen, zei ze, om dat boek over de missionarissen te lenen waarover de kapelaan had gepreekt, en toen Trudi haar ladder naar de planken met de westerns had gerold en naar boven was geklommen, deelde Ingrid mee: 'Ik wil missiezuster worden.' Toen ze opkeek naar Trudi, viel er licht over haar gelijkmatige trekken, alsof ze iemand op een religieus schilderij was die te horen had gekregen dat ze zo moest staan.

Trudi kon er niets aan doen. Ze voelde zich doortrapt. 'Jij hebt zeker al die bidprentjes bewaard die de nonnen je hebben gegeven.'

Maar het sarcasme in haar stem drong niet door tot Ingrid. 'Ja,' zei ze. 'Ik heb een hele verzameling van die dingen.'

'Verbaast me niets.' Vanaf de ladder overhandigde Trudi haar het boek. 'Er komt geen enkele missionaris in voor,' zei ze waarschuwend, en schoof het angoratruitje recht dat haar tante Helene had gestuurd.

Ingrid bekeek het omslag van een cowboy te paard die een indiaan te paard achternazat. Eigenlijk waren ze zo dicht bij elkaar dat het onmogelijk uit te maken was wie wie achternazat, alleen wist je bij dergelijke boeken dat het altijd de cowboy was die de achtervolging inzette. De flanken van de paarden raakten elkaar bijna, en ze galoppeerden zo snel dat ze – één moment na dit plaatje – op elkaar zouden botsen.

'Heb je dan misschien andere boeken over de missie?' Ingrids bruine haar had een middenscheiding en hing over haar rug in één glanzende vlecht. Om haar hals droeg ze een klein gouden kruisje.

'Hier? Tja – ik heb een boek over een actrice die een zuster heeft die non is. In Brazilië. Of India, geloof ik.' In de afdeling romans liet Trudi Ingrid een boek zien met op het omslag een vrouw in een diep uitgesneden rode jurk die haar rode lippen ophief naar het geelzuchtige gelaat van een zelfgenoegzaam blikkende man, terwijl ze tegen zijn gebogen arm leunde.

Ingrid zuchtte. 'De zus van een missiezuster?'

'Moet haast wel.'

'Dank je. Dat neem ik mee.'

Toen Ingrid het boek terugbracht, vertelde ze Trudi dat de non maar één keer werd genoemd. 'Die actrice snakte naar verlossing... Maar ik vrees dat het voor haar te laat was.'

'Heb je ooit bedacht dat missionarissen arrogant zijn?' vroeg Trudi uitdagend.

'Hoezo?'

'Omdat ze mensen willen veranderen die gewoonten hebben die misschien veel beter voor hen zijn.'

'O, maar er is maar één weg tot verlossing.' Ingrid keek nog een keer naar het omslag met de vrouw in de rode jurk. 'Dat is het treurigste boek dat ik ooit heb gelezen,' zei ze, en ze leende nog twee romannetjes.

In dat voorjaar van 1933 werden meer dan tweehonderd schrijvers decadent verklaard, verraderlijk, marxistisch of corrupt. Overal in Duitsland kregen mensen de opdracht 'Reinigt Eure Büchereien', en ze werden aangezet jacht te maken op boeken van verboden schrijvers als Bertolt Brecht, Sigmund Freud, Irmgard Keun, Stefan Zweig, Franz Werfel, Lion Feuchtwanger, Heinrich Mann, en alle andere auteurs op de zwarte lijst. Omdat er overvallen waren op boekwinkels, bibliotheken en particuliere huizen, riskeerde je arrestatie als je die boeken niet opruimde. Op school werden kinderen aangemoedigd hun ouders aan te geven als ze verboden literatuur in huis hadden.

Trudi en haar vader verpakten meer dan de helft van zijn persoonlijke verzameling in kartonnen dozen en droegen ze naar boven, naar de naaikamer.

'Weet je nog hoe de oude pastoor altijd tekeerging tegen de boeken in de leesbibliotheek?' vroeg Leo. 'Het is wel ironisch, vind je niet?'

Trudi knikte. 'Nu zijn de pulpboeken veilig. Die zou ik liever prijsgeven, stuk voor stuk.'

Ze stapelden de dozen tegen de ene muur, dekten ze af met een geruite deken en een aantal kussens en deden een stap achteruit om het resultaat te bekijken.

'Niet de allerbeste schuilplaats,' zei haar vader.

'Waarom laten we ze niet gewoon in de woonkamer staan?'

Hij fronste zijn wenkbrauwen.

'Laten we het anders doen – laten we het bovenste deel van elke doos vullen met boeken uit de leesbibliotheek, en laten we de dozen gewoon daar bewaren.'

'Natuurlijk.' Hij glimlachte. 'Waar kun je dozen met boeken beter verbergen dan in een bibliotheek?'

Op de avond van 10 mei brandden overal in Duitsland vuren, vooral in universiteitssteden, waar studenten opgeroepen waren om de boeken te verbranden van veel schrijvers die ze anders bestudeerd zouden hebben. Alleen al in Berlijn – zo zouden ze later van Herr Abramowitz horen –

hadden twintigduizend boeken de vlammen doen oplaaien tot in de hemel, terwijl het muziekkorps van de SA nationalistische marsen speelde. In sommige steden reden vrachtauto's vol boeken door de straten, om toeschouwers op te roepen voor de rituele verbrandingen die met hun blonde vlammen oude en jonge gezichten zouden verlichten.

Soms, als Ingrid geleende boeken terugbracht, nodigde Trudi haar uit in de woonkamer achter de bibliotheek, waar ze limonade maakte of rozenbottelthee zette. Terwijl Trudi haar moeders gebloemde kopjes en gebakschoteltjes op het pasgestreken tafellaken klaarzette, liep Leo naar de bakker bij de protestantse kerk – om mee te gaan in Trudi's boycot van Hansens bakkerij, hoewel ze hem nooit haar redenen had verteld – en kocht hij *Bienenstich* of *Schnecken* voor zijn dochter en haar nieuwe vriendin.

Naarmate Trudi Ingrid beter leerde kennen, raakte ze gefascineerd door de kwellingen die Ingrid zichzelf aandeed. Ze werd achtervolgd door de mogelijkheid van zonde en ging minstens tweemaal per week te biecht. Ze deed zo hard haar best deugdzaam te leven dat ze zich bewoog als een koorddanseres die op het punt stond neer te storten. Hoewel haar zonden heel onnozel waren – bijvoorbeeld in slaap vallen zonder avondgebed, of jaloers zijn op Irmgard Boden om haar satijnen jurk, of boos omdat haar broer altijd het grootste stuk cake kreeg – leed ze er hevig onder. Ze voelde zich hebzuchtig wegens haar verlangen naar de eenvoudigste dingen.

Ze had de gewoonte met haar ogen te knipperen – wat zowel een hulpeloze als beheerste indruk maakte. Ingrid was een gekwelde ziel in een beeldschoon lichaam, en ze zou met vreugde geruild hebben met Trudi, enkel en alleen omdat ze zich schaamde voor haar lichaam dat mannen in verleiding bracht. Als ze alleen maar langs hen liep, veroorzaakte ze zonde in hen – in hen allemaal, zei ze, zelfs in haar vader – en dat ze een middel tot zonde was, dat was voor haar het ergste wat ze zich kon voorstellen.

'Zou je echt met mij willen ruilen?' Trudi kon het niet geloven.

'Onmiddellijk,' zei Ingrid zonder enige aarzeling.

'Je bent gek.'

'En jij hebt geboft.'

'Moet ik je soms bedanken?' vroeg Trudi kortaf.

'Nu heb ik je beledigd.'

'Kijk eens naar me...' Trudi spreidde haar armen. 'Kijk naar me en vertel me waarom ik geboft heb. Weet je wat de mensen over me zeggen? Dat mijn moeder gek is geworden omdat ik een *Zwerg* ben. Ze waarschuwen hun kinderen: eet geen boter met een lepel, anders ga je er net zo uitzien als Trudi Montag.'

Ingrid bracht haar ene hand naar haar mond.

Trudi's woorden kwamen zo snel dat haar lippen vochtig van speeksel voelden. 'Doe dit niet, doe dat niet, anders ga je er net zo uitzien als Trudi Montag. Maak geen kikkers dood, val niet op je hoofd, rij niet met je fiets midden op straat...'

Ingrid kwam een stap dichterbij en legde haar ene hand op Trudi's schouder, maar Trudi schudde hem af.

'Niet recht in mijn gezicht – ze zeggen nooit iets dergelijks waar ik bij ben, maar ik hoor het. Ik luister.'

Ingrids oogleden leken op de vleugelslagen van een teer vogeltje. 'Ik dacht dat je het niet wist.'

'Ik weet nog veel meer. En ik zal je nog iets vertellen. Ik ben niet zoals ik ben omdat me iets is overkomen, maar omdat ik altijd zo ben geweest – vanaf het begin.' Met beide vuisten op haar heupen vroeg Trudi nog eens: 'En vertel me nu maar eens waarom ik geboft heb.'

'Ik bedoelde alleen dat ik je bewonder omdat je meer kans maakt naar de hemel te gaan dan alle andere mensen die ik ken.'

'Ik begrijp je niet.'

'Dat komt door de erfzonde,' legde Ingrid haastig uit. 'Daarmee worden we allemaal geboren. We zijn verdoemd wanneer we eenmaal de leeftijd des verstands bereiken.' Haar grijze ogen brandden van overtuiging. 'Maar jij... Snap je me niet?'

Haar stem werd hoger, bijna zoals de stem van Trudi's moeder had geklonken als ze al te opgewonden werd, en even herinnerde Trudi zich hoe haar moeder haar die allereerste keer onder het huis had aangeraakt, ze voelde hoe de pezige armen haar grepen, hoorde de hese snik van haar moeder, ademde de bedompte lucht van de aarde in, en voelde een totale aanvaarding, een thuiskomst, ze hoorde erbij. Dat was de meest sensuele ervaring die ze ooit had gehad, een bevredigd verlangen naar iets wat haar die ene dag was geschonken, en wat ze zich sindsdien nooit had kunnen herinneren. Tot dit moment met Ingrid. En toch werd ze tegelijkertijd overweldigd door een intense treurigheid, want als de omhelzing van haar moeder nog steeds de belangrijkste aanraking van haar leven was – wat had ze dan gemist?

'Jouw ontberingen hier op aarde zijn de grootste zegening,' zei Ingrid eerbiedig.

Trudi knipperde met haar ogen. 'Ik zou best zonder kunnen.'

'Dat moet je niet zeggen. Vroeger heb ik altijd gebeden dat ik voor mijn zevende zou sterven.'

'Waarom in vredesnaam?'

'Omdat zeven jaar de leeftijd des verstands is. Voor die tijd weten we nog niet genoeg om voor de zonde te kiezen. Dat komt doordat er gegeten is van de verboden vrucht.'

'Geloof je al die dingen dan echt?'

'Dat is wat de paus zegt. En de bijbel.'

'Dat weet ik wel, maar...'

'Als je voor je zevende was gestorven, zou je rechtstreeks naar de hemel zijn gegaan.' Ingrid zuchtte diep, en Trudi voelde die ademtocht boven zich. 'Je had daar intussen kunnen zijn...'

'Nee, dank je.'

Maar Ingrid praatte verder over de Maagd Maria die vrij van erfzonde was geweest vanaf het moment dat ze verwekt was. 'Maria is de enige mens die ooit zo geboren is.'

Trudi voelde de verleiding haar oude grap over de Maagd Maria te vertellen, maar het leek haar dat Ingrid daar geen waardering voor zou hebben. 'Ik ken niemand die zich zoveel zorgen maakt over de zonde als jij. Zelfs de kleine priester niet.'

Als velen in het stadje verwees Trudi naar de priesters aan de hand van hun uiterlijk: de oude Herr Pastor Schüler was de kleine priester, en de kapelaan, Friedrich Beier, was de dikke priester. Trudi gaf veel meer om de kleine priester, al had hij dan van dat poeder op zijn schoenen en duurde het een eeuwigheid voordat hij je de absolutie gaf. Een keer had hij haar twee rozenkransen opgelegd voor zonden die ze niet begaan had, alsof de overtredingen van de vorige zondaar nog om hem heen hingen in het benauwde hokje van de donkere biechtstoel. De dikke priester zou nooit dergelijke vergissingen maken, maar hij was lang niet zo vriendelijk als de kleine priester. De dikke priester zorgde dat de dingen gedaan werden. De dikke priester vergat geen preek, vergat geen van je zonden, en zijn ogen doorboorden alles wat ze tegenkwamen – behalve als het om eten ging: dan verloren die ogen hun scherpte en zuchtte hij van tevredenheid.

'Kijk.' Ingrid wees op de Venetiaanse spiegel die van Trudi's moeder was geweest. Een spin kroop over de bovenkant van de vergulde lijst. 'Dat is het moeilijke van de erfzonde,' zei ze terwijl de spin achter de spiegel verdween. 'Vanaf dit moment zal ik die spin zien, elke keer als ik naar die spiegel kijk... Zelfs wanneer ik alleen maar aan die spiegel dénk, zal ik die spin zien.'

Trudi glimlachte. Zij zou een goede kameraad zijn voor Ingrid. Zij zou ervoor zorgen dat ze iets van die vreselijke schaamte liet varen. Ingrid zou blij zijn dat zij haar vriendin was. Ze zouden frambozen en rode bessen plukken bij de rivier, ze zouden naar een concert in het landhuis van Fräulein Birnsteig gaan, ze zouden hun sleeën meenemen naar de dijk, in een bioscoop in Düsseldorf zitten, een reisje naar de Moezel maken en in een jeugdherberg logeren...

Maar Ingrid staarde nog steeds naar de spiegel. 'Die spin zal allang dood zijn,' zei ze, 'en toch zal hij er altijd zijn. Zo is het ook met de erfzonde.'

'Maar snap je het dan niet,' zei Trudi. 'Je kunt toch een andere spiegel kiezen.' Ze gebaarde naar de tegenoverliggende wand, waar een kleine ronde spiegel hing, in een nog fraaiere lijst. Die had ze in Düsseldorf gekocht, op een middag dat ze overvallen was door een stekend verlangen naar haar moeder, en toen ze hem tegenover de Venetiaanse spiegel had opgehangen, had ze een eigenaardige vrede gevoeld, alsof twee spiegels nuttiger zouden zijn om het beeld van haar moeder binnenshuis te houden.

Die nacht werd Trudi wakker, lang voordat het licht werd, en ten slotte hield ze op met haar pogingen weer in slaap te vallen; in plaats daarvan verbeeldde ze zich dat ze ruilde met Ingrid. Ze behield haar eigen gelaatstrekken, haar eigen haar, maar haar lichaam werd lang en slank, als dat van Ingrid, en haar hoofd werd smaller. Haar armen en benen werden langer, en ze keek naar zichzelf zoals ze door de Schreberstrasse schreed, met lange stappen, met een witte blouse in de rokband van haar nauwsluitende rok, met een glimmende leren ceintuur om haar middel. Wind koelde haar voorhoofd en woei door haar haar, en ze glimlachte naar zichzelf toen ze links af sloeg naar de Barbarossastrasse. Ze liep langs de pastorie en over de markt, waar boeren hun groenten en fruit verkochten, en overal waar ze kwam, staarden de mensen haar aan, maar anders dan ze gewoonlijk deden; ze zag de begeerte waarover Ingrid het had gehad in de ogen van sommige mannen; afgunst in de ogen van enkele meisjes en vrouwen; en in de ogen van anderen de vreugde van alleen maar naar haar kijken.

Daarmee zou ik kunnen leven. Dat zou ik kunnen leren.

Maar toen keek ze over haar schouder en zag Ingrid achter zich lopen, vlakbij, met een zwaar, kort en breed lijf, dat heen en weer schommelde op kromme benen, als een afschuwelijk stuk opwindbaar speelgoed, en ze wilde voor haar wegrennen, om haar ervan te weerhouden dat ze vroeg of ze de ruil ongedaan wilde maken. En toch straalde Ingrids brede gezicht van rust, en de vrees die in haar ogen had gewoond, was geweken voor een zachte vermoeidheid, alsof ze lange tijd had moeten worstelen voordat ze zo ver was gekomen.

Hoofdstuk acht [1933]

Elke keer dat Trudi zich voorstelde dat ze Ingrids lichaam had, werd ze zich meer bewust van de manier waarop de mensen op Ingrid reageerden. Ze voelde zich onbehaaglijk wanneer Ingrids vader grinnikte en probeerde in zijn dochters billen te knijpen terwijl hij tegen haar zei dat ze een fatsoenlijke rok moest aantrekken, al was de rok die ze droeg even zedig als al haar andere kleren. En het bracht haar in verwarring als ze zag hoe Klaus Malter, de jonge tandarts met de verlegen ogen en de rode baard, die zijn nieuwe praktijk een halve straat van de leesbibliotheek vandaan had gevestigd, naar Ingrid keek. Ze kon zien dat hij Ingrid aardig vond, en ze was heel verbaasd toen ze merkte dat zijzelf zijn gevoelens beantwoordde, alsof ze inderdaad in Ingrid was veranderd.

Omdat Ingrid nauwelijks knikte naar Klaus wanneer hij haar groette, begon hij haar en Trudi samen uit te nodigen. Trudi was degene die met hem praatte, die zijn vragen over Ingrid beantwoordde, en hij wende zich aan bij de leesbibliotheek langs te gaan als hij geen patiënten had. In zijn gesteven witte jas zat hij dan op de rand van de toonbank door het raam te gluren, klaar om over straat te rennen als een patiënt naar zijn deur kwam. Hij had een volle, krullende baard, en zijn haar was heel kort geknipt. Vaak zette Leo Montag een van zijn schaakborden neer, en beide mannen deden traag een paar zetten voordat de een of de ander gestoord werd. Een partij tussen hen tweeën duurde vaak wel een week. Hoewel Klaus lid was geworden van de plaatselijke schaakclub, hoorde hij ook nog bij een club in Düsseldorf, waar hij was opgegroeid en waar zijn moeder filosofie doceerde aan de universiteit.

Leo had Klaus voorgesteld aan Herr Stosick, het hoofd van de protestantse school, in wiens huis de schaakclub elke maandagavond bijeenkwam. Herr Stosick stond bekend om zijn beslissende, briljante zetten. 'Laat je hand je gedachten niet verraden, Günther,' had zijn vader hem geadviseerd toen hij hem op zijn derde jaar had leren schaken. Om zichzelf voor onbezonnen zetten te behoeden had Günther Stosick zich een gewoonte aangewend waar hij als volwassene nog steeds plezier van had – hij stak beide handen in zijn dikke bruine haardos als hij aan het schaakbord zat, en dwong zichzelf elke mogelijkheid buiten zijn instinct te overwegen, al keerde hij meestal terug naar dat instinct.

De club was gesticht in 1812 door een man die zijn gezin had verlaten voor het schaakspel. Hij had Karl Tannenschneider geheten, en de mannen van de club praatten over hem alsof hij nog steeds lid was.

'Hij heeft vrouw en kinderen in de steek gelaten voor het schaakspel,' zeiden ze eerbiedig en afgunstig.

'Hij heeft alles laten varen voor het schaakspel.'

Terwijl Leo graag in stilte nadacht over zijn zetten, praatte Klaus graag met Trudi onder het schaken. 'Ik heb niet genoeg patiënten,' vertrouwde hij haar op een middag toe. 'De mensen gaan nog steeds naar dr. Beck.'

'Aan hem zijn ze gewend – al hebben ze achteraf nog meer pijn dan toen ze naar hem toe gingen.'

'Dat is nergens voor nodig.'

'Ik ben altijd als de dood als ik naar hem toe moet.'

'Door al die nieuwe uitvindingen op tandheelkundig gebied is het tegenwoordig vrijwel pijnloos.'

'Ik wou dat iemand dat aan Herr Doktor Beck vertelde. Niemand vindt hem erg aardig. Hij is niet zo vriendelijk als jij.'

Klaus grijnsde. 'Misschien willen de mensen geen vriendelijke tandarts. Misschien willen ze een tandarts voor wie ze bang kunnen zijn.' Hij stak zijn handen op, kromde zijn vingers tot klauwen, en de fijne, rossige haartjes op de rug van zijn handen en op de onderste kootjes glansden als dun koperdraad.

Trudi sloeg haar armen over elkaar om zich ervan te weerhouden die prachtige handen aan te raken. 'Ik zal iedereen vertellen dat jij echt griezelig bent,' beloofde ze. 'Wacht maar af – binnenkort zit je wachtkamer vol.' Ze stelde zich voor dat ze aan Ingrid vroeg: *'Vind je Klaus Malter knap?'* Ingrid zou haar wenkbrauwen fronsen en iets zeggen van *'Ach, gewoon'*, of – en dat zou erger zijn – *'Hij is vreselijk knap om te zien.'*

Klaus rolde een sigaret.

Ze schudde van nee. 'Ik houd van de geur, maar niet van de smaak. Waarschijnlijk komt dat doordat ik bijna de kerk heb afgebrand toen ik zeven was.'

'Hoe heb je dat voor elkaar gekregen?'

Haar vader keek even op van het schaakbord.

'Eva Rosen en ik hebben onze eerste sigaret gerookt achter de pastorie, en toen we iets hoorden, hebben we ze over de muur gegooid. Ik heb die hele nacht geen oog dichtgedaan.'

'Dat had je vijftig jaar rozenkransen kunnen kosten,' zei Klaus. 'Minstens.'

'Of levenslang in het klooster,' zei haar vader. 'Ik geloof dat het maar goed is dat ik niet alles weet wat jij hebt uitgehaald.'

Die jongens in de schuur... De kamer helde over. 'Ja, heel goed.' Ze wees naar het schaakbord. 'Wie is aan zet?'

'Ik.' Klaus verplaatste zijn zwarte loper. 'Ik dank God voor grote gezinnen. De Buttgereits sturen me hun dochters – vorige week twee, aanstaande vrijdag twee, en de week daarna drie... Hoeveel zijn er in totaal?'

'Negen. Maar in die familie tellen dochters niet mee. Ik herinner me nog dat de zoon werd geboren... Die dag had ik een ooievaar gezien.'

'Ik geloofde vroeger ook in de ooievaar.'

'Weet je, de Buttgereits hadden de hoop al opgegeven dat ze ooit een zoon zouden krijgen na al die meisjes – ik heb medelijden met die dochters, eerlijk – en toen ze eindelijk een zoon kregen, liep Herr Buttgereit almaar met hem rond alsof hij hun enige kind was, en hij zei, nog voordat het kind kon lopen, dat hij de boerderij zou erven.'

'Die jongen heb ik nog niet gezien.'

'Je krijgt hem ook niet te zien. Hij woont niet thuis. Hij is op een bijzondere kostschool in de buurt van Bonn. Toen hij drie was, is hij van de hooiwagen gevallen, en daarbij heeft hij zijn ruggengraat beschadigd. Daarna heeft hij een kromme rug gekregen. Hij kan niet rechtop lopen.'

Leo tikte tegen het schaakbord. 'Jij bent aan zet.'

'Dank u, Herr Montag.' Klaus zweeg even om zijn positie te beoordelen, rokeerde toen aan de kant van de koning en wendde zich weer naar Trudi, in afwachting van verdere verhalen.

Ze sprak nu zacht, zodat hij dichterbij moest komen. 'Frau Doktor Rosen heeft zijn ouders verteld dat hij nooit sterk genoeg zal zijn voor het boerenbedrijf, en dat hij niet veel ouder dan twintig zal worden.'

'Dat is vreselijk.' Klaus Malter gleed van de toonbank af en hurkte naast haar neer. 'Hoe oud is hij nu?'

Ze voelde de warmte van zijn lichaam, zijn adem. 'Bijna elf, geloof ik. Ja, dat klopt.' In haar verwarring deed ze een stap opzij. 'Iedereen zegt dat hij heel intelligent is... Daarom hebben ze hem naar die school gestuurd. Dat betalen ze met het aspergegeld, neem ik aan.'

Hij boog zich weer naar haar toe. 'Met het wát?'

Pia, dacht ze, wat een fantastisch advies heb je me indertijd gegeven. Wat moet ik nu doen? 'Het geld dat de Buttgereits vroeger verdienden met de verkoop van asperges,' legde ze uit. 'Voordat we erachter kwamen, kochten we altijd asperges bij hen. Nu komen alleen nog de mensen van de restaurants in Düsseldorf. Het waren overheerlijke asperges, zacht en...'

'Waar zijn jullie achtergekomen?'

'Ik dacht dat je niet van roddels hield?'

'Dat klopt.'

'Nou, dit is geroddel. Vorige week heb je me verteld dat al dat geroddel het enige is wat je vervelend vindt aan kleine plaatsjes.'

'Plaag me niet zo. Wat hebben jullie uitgevonden over de Buttgereits?'

'Ze bewaarden de asperges in hun badkuip nadat ze gestoken waren, en de mensen kwamen naar hun huis en kochten ze zó uit de kuip vandaan. Twee jaar geleden heeft Monika Buttgereit in het diepste geheim aan Helga Stamm verteld hoe haar familie die asperges zo'n heerlijke smaak bezorgde...' Trudi wachtte even, liet haar woorden inzinken, en net toen Klaus zijn mond opendeed om een vraag te stellen, fluisterde ze: 'Pis.'

'Wat?'

'Pis. Alle leden van de familie Buttgereit pissen in die badkuip.' Opnieuw een veelzeggende pauze. 'Dat is de reden waarom hun asperges anders smaken dan alle andere asperges overal ter wereld.'

Hij schudde zich als een natte hond. 'Blij dat ik er nooit van heb gegeten.'

'O, misschien toch wel.' Ze glimlachte. 'In een paar restaurants in Düsseldorf staan ze op het menu. Nog steeds.'

'Dat wil ik helemaal niet weten. Waarom gaat niemand dat aan de eigenaars van die restaurants vertellen?'

'Helga heeft het aan Georg verteld, en zijn moeder heeft het weer doorverteld aan Frau Abramowitz en de dikke priester...' Ze haalde haar schouders op. 'In Burgdorf vliegt zo'n verhaal rond, maar...' ze bewoog haar zware handen alsof ze een grote bal ronddraaide, '...het blijft meestal hier in ons stadje, alsof het door onzichtbare grenzen wordt tegengehouden.'

Toen het in juli weer kermis werd, nodigde Klaus Ingrid en Trudi uit. Ingrid droeg degelijke schoenen en haar grijze zondagse jurk, maar Trudi had voor zichzelf een jurk genaaid van chiffon die paste bij het geborduurde bolerootje dat Frau Abramowitz voor haar achttiende verjaardag uit Spanje had meegebracht. Hoewel de hoge hakken van haar sandalen steeds in de grond zakten, zodat ze op haar tenen moest lopen, liet ze zich niet weerhouden van rondjes in het reuzenrad en in de draaimolen, en toen zij en Klaus om de beurt schoten in de schiettent, was zij degene die een pluchen leeuw met stijve manen won, die ze aan Ingrid gaf.

Als elk jaar sinds ze Pia had ontmoet ging Trudi op zoek naar de blauwe woonwagen van de *Zwerg*-vrouw, en hoewel ze die niet kon vinden, ging ze tussen Ingrid en Klaus in de circustent zitten, in de verwachting dat Pia de dieren naar de piste zou brengen. Pia zou dat van haar en Klaus begrijpen zodra ze haar aankeek.

Maar de dierentemmer was dezelfde forse man met diezelfde brede grijns die de afgelopen vier zomers met het circus was meegekomen, dezelfde man die haar had aangestaard toen ze bij hem geïnformeerd had naar Pia, in het jaar nadat ze haar had ontmoet.

'Ik ken niemand van die naam,' had hij gezegd.

Trudi had één hand horizontaal boven haar hoofd gehouden. 'Ongeveer zo lang.'

'Nee.'

'Ze was hier... met de olifanten en de leeuwen en een papegaai die Othello heette en...'

'Dit is geen werk voor een vrouw.' Hij rechtte zijn schouders en zette een hoge borst op.

'Pia wist precies wat ze moest doen.'

Hij was bij haar vandaan gelopen.

'Pia was fantastisch,' had Trudi hem nageschreeuwd. 'Heel wat beter dan jij.'

Hij had zich omgedraaid en Trudi keurend aangekeken. 'Luister, kleine meid...' Zijn stem klonk niet meer zo nors. 'Wij circusmensen zijn rare lui. We blijven niet altijd bij één troep. Sommigen vinden een plaats die ons aanstaat...' Hij liet een verrassend lachje horen en tilde zijn gespierde armen op als om iets los te laten. '...we blijven daar een tijdje tot we rusteloos worden, tot er een nieuw circus komt, met nieuwe dromen.'

Buiten de circustent plukte Klaus een boeket klaverbloemen, en hij verdeelde ze eerlijk tussen Ingrid en Trudi. In de volle tent van de Biergarten aten ze knapperige witte worstjes en dronken ze *Berliner Weisse* – bier met een scheut frambozenlimonade – terwijl ze luisterden naar de accordeonband die walsen speelde en luide kermismuziek. Vliegen zoemden door de wolken blauwe rook en daalden neer op de vorken en de randen van bierglazen. De Biergarten was het jaar daarvoor versierd geweest met ballonnen en slingers, maar nu hingen er enkele grote rode vlaggen met het zwarte hakenkruis in een witte cirkel. Hetzelfde embleem werd door heel wat klanten gedragen, op rode armbanden, of op speldjes in hun revers.

Toen Klaus met Ingrid wilde dansen, schudde ze van nee. 'Vraag Trudi maar,' zei ze, en zijn aarzeling – voordat hij Trudi vroeg en haar naar de dansvloer leidde – was zo kortstondig dat ze zich, jaren later nog, zou afvragen of ze het zich had verbeeld.

Haar benen voelden log aan, en haar armen deden pijn doordat ze omhoog moest reiken. Hoewel ze een stijve nek kreeg doordat ze in het gezicht van Klaus Malter moest kijken, vond ze dat dansen zalig, van begin tot eind. Klaus liet haar zien hoe ze haar voeten moest zetten, en tussen het dansen door gingen ze terug naar Ingrid, die van een hartbrekende schoonheid was in haar kerkjurk en erin slaagde elke man die met haar wilde dansen, af te slaan. Ze had de paarse klaver in een leeg bierglas gedaan, dat ze naast haar pluchen leeuw zette, maar de kelner, die hun *Berliner Weisse* steeds weer kwam bijvullen, vergat aldoor het water dat ze besteld had voor de bloemen.

Het was bijna middernacht toen Eva Rosen en Alexander Sturm de Biergarten binnenkwamen, gearmd, blozend van een opwinding die niets met drank te maken leek te hebben. Trudi had Eva wel eens opgewonden gezien, maar Alexander, die als jongen al zo ernstig was geweest, was later nog afwijzender geworden met zijn indrukwekkende Kaiser-Wilhelmsnor. Hij was een man die zijn woorden zorgvuldig koos, en gunde zich geen frivoliteiten. Hij was trots op zijn speelgoedfabriek en schonk veel te veel aandacht aan wat andere mensen van hem dachten. Maar toen Trudi hem zag dansen met Eva, leek hij veranderd, alsof een afgesloten ruimte in hem eindelijk was opengegaan. Prachtige zilveren lokken waren al begonnen het roetzwarte haar van Eva te verzachten, een contrast met haar meisjesgezicht dat haar zowel jong als wereldwijs maakte. Alexanders haar was veel lichter dan het hare, bijna rossig. Trudi voelde dat er iets nieuws tussen hen was, een band, een geheim, en dat dwong haar aandachtig naar hen te kijken.

Trudi had Eva al bijna een jaar niet gesproken, maar toen Eva bij haar tafeltje bleef staan om 'Goedenavond' te zeggen, had Trudi het gevoel dat ze gewoon hun laatste gesprek voortzetten. Eva praatte zo vlot over Trudi's vader en Seehund, over haar gymnasium in Düsseldorf en over haar plannen om medicijnen te studeren dat Trudi, even maar, zin kreeg haar hand te pakken en haar mee naar buiten te nemen, onder de sterren.

'*Denk je dat je vader ooit weer beter zal worden?*' zou ze zeggen, en: '*Lijkt het rood op je borst nog steeds op een bloem?*', en, wat het allerbelangrijkst was: '*Sorry dat ik het verteld heb.*'

Maar Klaus vroeg aan Alexander hoe de bouw van zijn flatgebouw vorderde, en toen Alexander slechts antwoordde: 'Heel goed, dank je,' legde Eva uit dat het gebouw bijna compleet was en dat Alexanders zuster, een weduwe die naar het stadje terugkeerde, met haar dochter Jutta op de tweede verdieping zou komen wonen. 'Ze heeft problemen met haar gezondheid gehad en moet hulp hebben bij het grootbrengen van dat meisje, want ze is heel onstuimig, zo te horen. Ik ben nogal nieuwsgierig.'

'Roekeloos,' zei Alexander.

'Wat?'

'Eerder roekeloos. Jij zei: onstuimig.'

'Een blond meisje, lang?' vroeg Trudi.

Alexander knikte.

'Is ze niet drie jaar geleden op bezoek geweest, in de zomer?'

'Ja. Toen haar vader nog leefde,' zei Eva. 'Alexander zegt dat het meisje toen al voortdurend bij ongelukken betrokken was. Op de dag dat ze aankwam met haar ouders, brak ze haar linkerarm, maar ze bleef in bomen klimmen, en toen brak ze ook nog haar rechterarm.'

'Alleen had ze eerst haar réchterarm gebroken,' zei Alexander.

Eva haalde haar schouders op. 'Uiteindelijk waren het allebei haar armen.'

Alexander leek op het punt te staan haar nogmaals te verbeteren, maar in plaats daarvan wendde hij zich tot Klaus Malter om hem te vertellen dat hij al verscheidene huurders voor de winkels had. 'De slager, de opticien en de apotheker staan vast. Misschien ook de ijzerwinkel. We zijn nog in onderhandeling.' Maar de kersenboom op het trottoir aan de overkant van de straat, zei hij, was een probleem omdat de timmerlui met hun schoenen aldoor rode prut van afgevallen kersen het huis in brachten, zodat de vloeren vlekken kregen.

Toen Klaus voorstelde emmers water bij de voordeur te zetten en te vragen of ze hun zolen wilden afspoelen voordat ze binnenkwamen, knikte Alexander nadenkend, en hij bedankte hem voor zijn advies voordat hij Eva meenam naar hun eigen tafeltje.

De kelner schonk nog meer *Berliner Weisse* in, en Ingrid fluisterde tegen Trudi toen het schuim een witte streep op Klaus Malters baard achterliet. Toen hij wilde weten wat ze zeiden, weigerde Ingrid antwoord te geven, en Trudi stak haar hand omhoog om het schuim van zijn gezicht te vegen. Zijn baard was dik, maar zacht, en ze bloosde en trok haar vingers terug; maar hij hield haar hand vast, en het enige wat ze kon bedenken is hoe blij ze was dat ze zo regelmatig handlotion had gebruikt.

'Wat fluisterden jullie?'

'Dat die Alexander een saaie kerel is,' loog ze.

'Raar idee dat hij speelgoed fabriceert,' zei Klaus.

Toen de band speelde voor de laatste dans, dacht Trudi dat de tent om haar heen wervelde toen de jonge tandarts een wals met haar danste. Hij lachte hardop, en zij lachte mee, en het deed er niet meer toe hoe moeilijk het was haar hals en armen onder die hoek te houden, en zijn lippen waren vochtig toen hij haar dichter tegen zich aan trok en zijn gezicht naar haar toe boog, terwijl hij haar in het rond draaide, en zijn tong smaakte naar zoete bessen en bier, en pas nadat ze terug bij het tafeltje waren en de accordeonisten het volkslied speelden, 'Deutschland, Deutschland über alles...', realiseerde ze zich dat ze zojuist haar eerste zoen had gekregen.

'Stop,' wilde ze tegen hem schreeuwen, '*stop, dat moeten we overdoen. Ik wist niet eens wat er gebeurde,*' maar de muzikanten waren hun instrumenten aan het inpakken, en Klaus zag er nog net zo uit als eerst, al had hij haar over een grens getrokken die ze nooit verwacht had te overschrijden: zij had zich aangesloten bij het legioen van vrouwen die gekust waren.

Klaus Malter bracht zowel Trudi als Ingrid naar huis, zoals hij eerder had gedaan, tussen hen in lopend, met zijn armen door de hunne. Eerst zette hij Trudi af, en hij zei dat ze voortreffelijk kon dansen. Haar huis was donker en stil, maar de maan verspreidde genoeg licht om de weg te vinden naar de woonkamer, waar ze haar gezicht bekeek in de goudomlijste spiegels. Elke spiegeling liet een gezicht zien dat smaller was, bleker – alsof ze ontelbare ervaringen had gehad sinds ze eerder die dag het huis had verlaten. Dit was het gezicht waarnaar Klaus had gekeken toen ze gedanst hadden, het gezicht waarnaar hij zich had overgebogen om het te kussen.

Ze hield haar hoofd schuin, glimlachte met de zelfverzekerdheid die ze in Pia's glimlach had gezien, en dacht aan het magische eiland van Pia, met zijn waterval en juwelen en orchideeën, het eiland dat ze samen met haar had bedacht–een oord waar je in je gedachten naartoe kon, haar eiland, zolang ze zich herinnerde dat het voor haar bestond.

'Trudi Malter,' fluisterde ze voor zich heen. 'Nee, Gertrud Malter...' Maar de naam Gertrud–de volledige vorm van haar naam, de volwassen versie–was getekend door haar moeders waanzin.

'Trudi Malter,' zei ze nogmaals om te oefenen. Klaus Malter was tien jaar ouder dan zij–een volmaakt leeftijdsverschil, want zij was veel meer volwassen dan andere meisjes van achttien.

'Frau Malter,' zei ze hardop, en ze probeerde Pia's stem diep in haar hoofd te negeren: '*Sommigen zijn Zwerge. Anderen niet.*'

Ze schudde met haar hoofd, hard.

'*Sommigen zijn Zwerge. Anderen niet.*'

Maar Pia's baby was geen *Zwerg*.

'*Groot, en gegroeid,*' had Pia gezegd.

Klaus was lang. Hun baby's zouden lang zijn, net als hij. Ze zouden slapen in een rieten wagentje in de leesbibliotheek, terwijl zij aan het werk was. Ze zou grammofoonplaten voor hen draaien, hen in haar armen wiegen. Klaus zou haar 's ochtends kussen voordat hij de straat overstak naar zijn spreekkamer, en hij zou thuiskomen voor zijn warme middagmaaltijd. Al haar klanten zouden hun gebit door hem laten onderhouden. Hij zou samen met haar naar de kerk gaan, en op zondagmiddag zou hij met haar gaan wandelen, overal in het stadje, trots met haar gezien te worden, en zijn liefde zou zo duidelijk in zijn ogen te lezen zijn dat iedereen het wel moest zien. Voor hun huwelijk...

Ze lachte hardop, toen ze bij zichzelf zei dat het huwelijk toch eerder zou moeten komen dan die baby's. Voor hun huwelijk zou ze een witte satijnen japon naaien met een sleep, en ze zou de hoogste hakken dragen die ze kon kopen. '*Trudi moet gegroeid zijn,*' zouden de mensen zeggen als ze haar de kerk zagen binnenschrijden. Na hun huwelijk zou ze die japon donkerblauw verven, in de kleur van haar ogen, en ze zou hem dragen bij speciale gelegenheden, naar het Opernhaus in Düsseldorf bijvoorbeeld, of naar een chic restaurant.

Maar toen Klaus twee dagen later naar de leesbibliotheek kwam en schaakte met Leo, sprak hij niet over die zoen, zelfs niet toen Trudi hem naar de deur bracht. Hij bukte zich om Seehunds rug te aaien–als om zijn handen ervan te weerhouden haar aan te raken, dacht Trudi, toen ze neerkeek op zijn kruin, waar het haar in een krul groeide.

'Leuk je te zien,' zei ze.

'Wat hebben jij en Ingrid zoal gedaan?' vroeg hij zonder naar haar op te kijken.

De hond kromde zich en drukte zich dichter tegen Klaus Malters handen, zonder enige gêne. Trudi was jaloers.

'Ik heb Ingrid niet meer gezien sinds de kermis,' zei ze, en ze benadrukte het woord 'kermis' om hem ergens aan te herinneren.

Hij keek de straat in alsof hij wachtte op een aanstaande patiënt, en stond op. 'Ik moet terug naar mijn spreekkamer.'

'Wat is er gebeurd?' vroeg Leo toen Trudi langs hem heen stormde, de trap op.

Maar ze gaf geen antwoord. In haar slaapkamer haalde ze patroon en stof voor een nieuwe jurk te voorschijn, en ze begon de gestreepte stof te spelden en te knippen, waarbij ze extra centimeters toevoegde aan de zijkanten, het lijfje en de rok inkortte. Al was ze veroordeeld de wereld te zien vanuit de gezichtshoek van een kind – het bereik van haar gezichtsvermogen voldeed niet meer aan haar wensen. Tegen de tijd dat ze de tweede mouw door de naaimachine haalde, werd het buiten al donker, maar ze bleef naast de machine staan, hield zich in evenwicht op haar linkervoet terwijl haar rechtervoet het brede pedaal trapte, en haar roekeloze vingers de stof naar de snelle naald duwden.

Ze was bang voor haar hartstochten, bang dat haar moeders hartstochten terugkeerden in haar, bang haar waardigheid te verliezen door Klaus Malters' spreekkamer binnen te rennen en haar armen om hem heen te slaan. Ze lachte bitter. Waar zou ze haar armen omheen slaan? Om zijn middel? Zijn buik? Ze zou hem moeten vragen te gaan zitten voordat ze zich de rest van die zinloze fantasie kon voorstellen. Ja, als ze zo lang was als Ingrid, dan kon ze op hem toelopen en heel licht één hand naar zijn wang brengen... Een omhelzing vanuit haar eigen hoogte zou obsceen zijn.

Toen Ingrid die hele week ook niet over die zoen sprak, vroeg Trudi zich opeens af of ze het zich soms verbeeld had. Intussen voelde hij even protserig en onwerkelijk aan als de hele kermis. Misschien had Klaus zich alleen gebukt en haar lippen per ongeluk met de zijne aangeraakt. Maar nee – zijn tong in haar mond was duidelijk deel twee van een kus geweest. Zelfs als deel een – de aanraking van de lippen – toevallig was geweest, kon ze zich geen andere reden voorstellen waarom zijn tong in haar mond was gekomen dan dat hij haar had willen kussen.

Hoewel de Biergarten die avond vol was geweest, had geen van de mensen uit Burgdorf iets tegen haar gezegd over die zoen. Ze wachtte af, maar zelfs zonder bevestiging wist ze dat ze een vrouw was die gezoend was, en dat ze – althans op dat ene moment vlak voor de kus – begeerte moest hebben gewekt bij de jeugdige tandarts.

Aan het eind van die zomer begon een van Trudi's kiezen pijn te doen. Ze probeerde te voorkomen dat haar tong er steeds heen ging, want de linkerkant wreef zich kapot tegen de randen van die kies. Hoe meer ze besloot de pijn te negeren, des te meer dacht ze eraan. Haar tong voelde aan het oppervlak van de kies tot ze niet meer wist of ze zich een gaatje inbeeldde of dat het er echt was. Stel dat ze zich alleen maar kiespijn had aangepraat om een reden te zoeken waarom Klaus haar opnieuw zou aanraken? Hij zou het weten zodra hij haar onderzocht.

Hij kwam niet vaak meer naar de leesbibliotheek, maar Trudi hoorde over hem via haar vader, die Klaus elke maandagavond zag op de schaakclub. Hoewel ze niet ronduit naar Klaus informeerde, vroeg ze bijvoorbeeld – terloops – wie er op de schaakclub waren geweest. Soms vroeg ze zich af of iemand haar vader over die zoen op de kermis had verteld, want hij keek naar haar alsof hij aarzelde haar gevoelens voor Klaus aan te hitsen met nieuwe informatie; toch gaf hij haar wat ze wilde horen, al wachtte hij tot zíj de schaakclub ter sprake bracht, alsof hij hoopte dat ze, hoe dan ook, die jonge tandarts zou vergeten.

Van haar vader hoorde ze dat Klaus erover dacht een assistente in dienst te nemen, en dat hij zijn enkel had verzwikt toen hij van zijn fiets in een greppel was gevallen. Als ze hem op straat zag, of in de kerk, knikten ze elkaar toe, of ze wisselden een paar beleefde woorden. Later herinnerde ze zich dan die woorden, en ze probeerde betekenis te leggen in zijn klemtonen en pauzes, en stelde zich voor wat zij had kunnen zeggen.

Misschien was hij zelfs nog verlegener dan zij.

Misschien had hij afgewacht tot zij over die zoen begon.

Misschien was hij dieptreurig dat zij deed of er tussen hen niets was veranderd.

Ze dagdroomde vrijwel aanhoudend over hem: zijn gezicht had zich aan haar ogen vastgehecht, een zilverig scherm waardoorheen ze al het andere moest zien. Hij verstoorde haar dagen, hechtte zich aan haar dromen. Soms wenste ze dat ze hem van haar ogen kon verwijderen. Al te vaak bezweek ze voor de belofte van zijn zoen en stelde ze zich een voortzetting van die dans voor, rondwervelend tot in een huwelijk, met zijn armen om haar en een roodharige zuigeling geslagen.

Eén keer merkte ze dat ze bijna twee uur van haar verliefdheid bevrijd was geweest, nadat ze door het raam had gezien hoe hij op weg ging naar zijn spreekkamer waar hij, vlak voordat hij de deur opendeed, zijn hand naar achteren had gestoken om de stof van zijn broek los te maken van zijn bilspleet. Verrukt over de afwezigheid van die intense gevoelens dacht ze dat ze voorgoed verdwenen waren, maar als met alles wat men plotseling loslaat: ze lieten een leegte achter, en algauw keerde haar verliefdheid terug in die leegte, vertrouwd en loodzwaar.

Toen haar kies pijn bleef doen, en een zoet, brokkelig gevoel achter in haar mond achterliet – evenzeer smaak als geur – overwoog ze even naar haar oude tandarts te gaan, dr. Beck. Maar als het echt was, dan was het te waardevol om te verspillen aan dr. Beck.

De gevoelige zijkant van haar tong schuurde langs de kies op de dinsdag dat ze Alexander en Eva op de markt zag met een blond meisje met lange armen en benen, zo lang dat ze wel voor vijftien had kunnen doorgaan, als ze niet de geschaafde schenen van een kind had gehad. Het bleek Alexanders elfjarig nichtje te zijn, Jutta, die zojuist met haar verweduwde moeder in zijn flatgebouw was komen wonen. Jutta's ogen stonden nieuwsgierig toen ze aan Trudi werd voorgesteld – niet het soort nieuwsgierigheid dat Trudi ergerde, eerder een manier van kijken, een volledig absorberen zonder een oordeel te vellen. Als Jutta naar je keek, dan voelde dat of je werd vastgehouden en opgeslagen door het oog van een camera – alleen had haar blik niets onpartijdigs: ze had een zekere wildheid, een hartstocht die Trudi deed verlangen haar apart te nemen om alles over haar te weten te komen.

Eva pakte Trudi's schouder vast. 'Alexander en ik – we hebben ons gisteren verloofd,' zei ze, en haar magere gezicht straalde.

'Gefeliciteerd. Jullie allebei.' Trudi slaagde erin te glimlachen, hoewel ze zich ergerde – niet alleen omdat ze niet uitgenodigd was, maar ook omdat ze nu pas van die verloving hoorde. Meestal wist ze van dingen voordat ze gebeurden, en genoot ze ervan de beste tijd te kiezen om anderen erover te vertellen.

'Het was een klein familiefeestje,' zei Alexander, als om haar te sussen.

'En hoe moet dat dan met je studie, Eva?' mompelde Trudi zonder omhoog te kijken.

'Mijn wat?' Eva bukte zich zodat haar gezicht voor dat van Trudi verscheen.

'Je studie. Ik informeerde naar je studie.'

Ook Alexander bukte zich, alsof hij geen woord wilde missen.

Alleen het meisje bleef rechtop staan, en bekeek het drietal met op haar gezicht bijna dezelfde geamuseerde uitdrukking als Pia had gehad, op de dag toen ze Trudi dit kunstje had geleerd.

'Ik wacht wel tot na we getrouwd zijn,' zei Eva.

'Maar je wilt nog steeds dokter worden.' Het klonk alsof ze Eva daaraan wilde herinneren, niet als een vraag.

'Later. Voorlopig doe ik wat administratief werk voor mijn moeder.'

Na die ontmoeting op de markt zag Trudi dat meisje Jutta bijna overal, alsof ze er altijd al was geweest, dwalend door Burgdorf met ongeduldige stappen, een schetsboek vol ezelsoren onder haar arm. Op een winderige septemberavond volgde Trudi haar voorbij de tarwe- en aardappelakkers naar de kiezelgroeve aan het zuidelijk uiteinde van het stadje. De afgelopen maanden hadden hijskranen de grond omgewoeld en grind geladen in vrachtauto's die door het centrum van Burgdorf hadden gedreund, maar nu was al dat materieel weg. Trudi zag het meisje aan de overkant van de wijde kuil, met haar jurk omhooggeblazen als een klok, hoog staande in de takken van een wankele berk die zich met zijn wortels vastklemde aan de rand van het diepe gat. Opeens veranderde Trudi – hoewel haar eigen voeten stevig op de grond stonden – in dat meisje Jutta: ze voelde hoe de boom onder haar heen en weer wiegde, voelde een diepe identificatie toen hun levens in elkaar opgingen, op een onverklaarbare wijze, die tot lang na die dag zou aanhouden en verschuiven zou naar Jutta's ongeboren dochtertje, dat meer dan tien jaar later pas ter wereld zou komen.

Druppels koude regen begonnen schuin op de aarde te vallen, en uit de verte kwam een lage onweerswolk dichterbij. De wortels van de boom lagen half bloot, en dat was voor Trudi een soort voorteken dat Jutta nooit helemaal veilig zou zijn in Burgdorf. Toen de bliksem zijn geur van rotte eieren verspreidde, stak Trudi haar ene hand op om het meisje te waarschuwen, maar het jonge gezicht was naar de hemel gekeerd – niet in overgave, maar eerder in een onbevreesde begroeting van de elementen, alsof Jutta haar gelijken verwelkomde – en Trudi besloot haar alleen-zijn niet te storen en liet de koele rug van haar hand neerglijden tegen de zijkant van haar gezicht die gezwollen en warm was van die kies.

Toen ze haar huis bereikte, had de wind natte, grote bladeren van de kastanje tegen de deur geplakt. Haar kleren kleefden aan haar lichaam, en Seehund snuffelde aan haar doorweekte schoenen zonder op te staan toen ze over hem heen stapte. De laatste tijd kostte het hem meer moei-te overeind te komen op zijn bejaarde poten, en de meeste ochtenden moest ze hem ophijsen en ondersteunen terwijl ze met hem naar de ach-terdeur liep. Haar vader bewaarde graag wat van zijn eten voor de hond. Omdat Seehund de trap niet meer op kon, hadden ze zijn deken naast het keukenfornuis gelegd, maar hij sliep overal waar de zon een warme licht-plek vormde.

'Je kunt beter droge kleren aantrekken,' zei haar vader, en hij stookte de badkamerkachel op voor heet water, al was het geen zaterdag, en zij weigerde dat bad niet, want ze wist niet hoe ze hem moest vertellen dat ze, doordat ze dat meisje bij de kiezelgroeve had gezien, vanbinnen al helemaal gloeide van iets wilds, iets prachtigs.

Laat in de nacht werd ze met een schok wakker en zag ze Jutta in die boom staan, omsloten door regen als door een tweede huid. Die ochtend hoorde ze van Emil Hesping dat er water spoot uit de bodem van de kie-zelgroeve, en toen hij haar en Frau Simon daarheen meenam in zijn auto, ging Trudi onder Jutta's berk staan, en terwijl ze keek hoe het oppervlak van het water steeg, wenste ze dat dat meisje dit samen met haar kon zien. Toch had ze het gevoel dat Jutta het al wist.

Tegen het eind van die week was het water helder geworden, en een paar van de oudere kinderen gingen erin zwemmen. De volgende maan-dag, op de schaakclub, vertelde Leo aan Klaus Malter dat Trudi zo'n kies-pijn had. Toen de jonge tandarts de volgende ochtend langskwam in de leesbibliotheek om haar mee te nemen naar zijn spreekkamer, protes-teerde ze.

'Het gaat wel weer over.'

Maar hij hield vol, met een hartelijkheid waarvan ze versteld stond.

'Ik moet al die boeken nog op de planken zetten en...'

'Dat kan ik ook doen,' zei haar vader.

Klaus Malter glimlachte toen hij haar in zijn verstelbare stoel van me-taal en leer zette. 'Weer een patiënt. Misschien overleef ik toch nog in Burgdorf. Doe je mond maar open.'

'Ik heb er al minder last van.' Ze was blij dat ze haar laatste zondagse jurk aan had, die van groene gabardine met een puntig kanten kraagje, de jurk die ze pas een maand eerder voor dagelijks gebruik had bestemd, toen ze klaar was met het naaien van haar nieuwste pakje.

'Laat me op zijn minst even kijken naar die kies.'

Toen hij zich over haar heen boog om in haar mond te kijken, voelde ze de gesteven mouw van zijn witte jas tegen haar schouder. Een geur van medicijnen hing aan zijn handen en aan de metalen instrumenten waarmee hij op haar kies en tandvlees drukte. Ze wilde haar lippen sluiten, als om te voorkomen dat hij dacht dat zij ernaar verlangde dat hij nogmaals haar mond met zijn tong vulde, wilde dat het voorbij was – het moment waarop hij haar naar huis zou sturen omdat er niets mis was met haar kies. Was ze toch maar naar dr. Beck gegaan.

'Je had niet zo lang moeten wachten,' zei hij. 'Het is nogal ernstig geworden.'

Ze probeerde te slikken.

'Mond openhouden,' waarschuwde hij toen hij begon te boren. Zijn handen waren rustig, zijn ogen oplettend. Zijn baard was even dicht en kroezend als de driehoek van haar die onder aan haar lichaam groeide op de plaats waar haar dijen overgingen in haar lichaam. Zijn huid was lichter dan de hare – alsof hij de hele zomer niet in de zon was geweest – en een paar bleke sproeten op zijn neus tekenden zich donkerder af dan de rest van zijn dierbare gezicht.

Ze voelde de boor nauwelijks terwijl ze voor zich zag hoe ze haar klanten vertelde wat een voortreffelijk tandarts Klaus was – woorden die veel meer invloed zouden hebben nu zij een van zijn patiënten was geworden. 'Hij heeft zachte handen,' zou ze zeggen, 'bij hem groeien tenminste geen haren uit zijn neus, zoals bij dr. Beck.'

Ze was toch blij dat ze naar zijn spreekkamer was gekomen, en ze keek naar zijn gezicht, naar zijn frons van concentratie; tegelijkertijd echter voelde ze zich treurig omdat ze wist dat ze, heel gauw al, niet meer bij hem zou zijn. En al die tijd boorde hij dieper, een zacht gonzen dat haar kaak, haar hoofd, haar gehele lichaam deed vibreren.

Duurde dat boren maar voort zodat ze hier kon blijven, met de vrijheid in zijn ogen te kijken en de huid van zijn handen op haar gezicht te voelen. Was ze maar een schoonheid. Was ze maar naar het gymnasium gegaan en vervolgens medicijnen of rechten gaan studeren – als het maar iets was wat de kloof tussen de klassen overbrugde, zodat ze door zijn familie aanvaard zou worden. Hij had haar verteld over zijn jaarlijkse familiereünie in het Kaisershafen Gasthaus, over zijn moeder die een briljant hoogleraar was, over zijn chique tantes en geslaagde ooms, over familieleden die naar die reünies kwamen uit verre oorden als München en Bremen... Toen Trudi zich voorstelde hoe ze samen met Klaus dat restaurant zou binnenkomen, gekleed in een mantelpakje van lichtgrijze zijde met parelmoeren knoopjes, moest ze haar ogen dichtknijpen tegen de weerzin die op de gezichten van zijn familieleden verscheen.

Opeens hield het trillen van de boor op. 'Trudi? Heb ik je pijn gedaan?'

Ze had het gevoel dat haar lichaam slordig op de tandartsstoel hing, klaar voor zijn inspectie, dik en lelijk als een platgedrukt insect onder een vergrootglas. Haar tong vond het gaatje dat hij in haar kies had geboord – een gat zo groot dat je hele wereld erin kon verdwijnen – en ze slikte de smaak in van koper en verkoold bot en wenste dat ze zichzelf kon inslikken en verdwijnen in die afgrond.

'Trudi!' Zijn hand schudde aan haar schouder.

Het zou zijn verdiende loon zijn als ze hier in zijn behandelstoel doodging. Wat een schandaal zou dat zijn! Dan kreeg hij nooit meer een patiënt. *'God mag weten hoe diep hij in Trudi Montag heeft geboord,'* zouden de mensen bij haar begrafenis zeggen. Degenen die patiënten van Klaus Malter waren geweest, zouden een kruis slaan en uit dankbaarheid kaarsjes branden voor Sint Apollonia, de beschermheilige van tandartsen, die in een open vuur was gesprongen nadat tijdens de marteling haar tanden waren uitgerukt. Klaus zou het stadje moeten verlaten – nee, het land zelfs, want in kranten tot in Berlijn en München zou men kunnen lezen: *Roodharige tandarts doodt patiënte...*, *Tandarts ruimt jonge vrouw uit de weg na haar gekust te hebben...* Maar misschien was Sint Apollonia niet de juiste heilige om aan te roepen. Zij zou de tandarts beschermen, niet de patiënten. Wie was de patroonheilige van de patiënten? Sint Margaretha, die gemarteld was, gevangengezet, ingeslikt door de duivel, vermomd als draak? Nee, Sint Margaretha was slechts de patroonheilige van zwangere vrouwen – een heilige die Trudi in elk geval niet nodig zou hebben, te oordelen naar de manier waarop Klaus haar had gemeden, sinds die zoen.

'Trudi, toe nou...'

Het was ironisch dat haar baarmoeder elke maand bloed verloor, dat ze althans die ervaring gemeen had met andere jonge vrouwen, terwijl hun levens voor het overige zo verschillend waren.

195

'Trudi!'

Met tegenzin deed ze haar ogen open. Hij stond over haar heen gebogen, met de lippen enigszins uiteen alsof hij vergeten had adem te halen. Zijn tanden waren uitzonderlijk wit en gelijkmatig. Ze merkte dat ze zich afvroeg wie zíjn tandarts was.

'Hoe voel je je, Trudi?'

Ze kon al zien tot wat voor afgemeten man hij zou uitgroeien, een man die met verbijstering zou terugzien op zijn jongere ik. De oudere Klaus Malter zou nooit een *Zwerg*-vrouw kussen of haar in het rond wervelen tijdens een eindeloze dans. De oudere Klaus Malter zou een vrouw weten te vinden die paste in zijn competente leven.

'Ik was bang dat je was flauwgevallen.'

'Misschien dat de vrouwen in jóúw familie flauwvallen.' Ze lachte om te voorkomen dat hij iets merkte van haar plotselinge woede. 'Het is toch duidelijk dat ik voor zulke dingen niet fijngevoelig genoeg ben.' Hou op, zei ze bij zichzelf, hij weet toch niet eens dat je naar zijn familiereünie bent geweest, en weer terug. Toch kookte haar woede, roodgloeiend. Als hij zelfs maar had gezegd: '*Luister... die avond toen ik je kuste –ik weet niet precies wat er toen gebeurd is. Ik hoop dat ik je niet beledigd heb,*' dan zou ze geprobeerd hebben het te begrijpen; maar doordat hij niets zei, werd hij net als alle anderen die geloofden dat bij haar, enkel en alleen omdat ze klein was, alles kleiner was – kleinere vreugden, kleinere pijnen, kleinere dromen – zodat ze waardeloos werd, zodat die kus waardeloos werd.

Hij overhandigde haar een glas water. 'Spoel maar even.'

Ze liet het water rondgaan in haar mond, en wenste dat ze de moed had het recht in zijn laffe gezicht te spuwen.

'Spuug maar uit.' Hij hield een metalen kommetje onder haar kin om het schuimende vocht op te vangen. Met een wit doekje droogde hij zorgvuldig haar kin af. 'Wil je soms even rusten voordat ik die kies afmaak?'

'Laat maar.' Ze liet haar hoofd achterover zakken en opende haar mond.

Zijn gezicht drukte verwondering uit, maar zijn handen waren nog steeds even kundig toen hij het gaatje uitschraapte en vulde met iets wat koud was en metaalachtig smaakte.

'Laat het me weten als je er last van blijft houden.' Hij liep met haar mee naar de deur, en toen ze de straat overstak, bleef hij buiten staan, hij hield haar in het oog alsof hij weifelde of hij haar naar huis zou brengen.

Op het trottoir aan de overkant kwam Gerda Heidenreich op Trudi afgewankeld als een dwaalster die zijn baan kwijt is. Haar zakhorloge zonder wijzers hing aan een schoenveter om haar hals, en de voorkant van haar roze jurk was donker van speeksel dat uit de hoeken van haar mond droop. Haar gelaatsspieren waren voortdurend in beweging, als in reactie op een snel veranderende wereld die alleen zij kon zien. Toen ze Trudi herkende, vormden haar lippen een enorme glimlach, en ze greep Trudi's arm vast, wilde haar opnemen in de gemeenschap der gedrochten.

Trudi voelde de ogen van Klaus Malter en kromde haar schouders tegen zijn medelijden. 'Ga weg.' Ze rukte zich los van de jonge vrouw. 'Kssst—ga weg!'

Het gezicht begon te beven.

'Hou op, jij,' zei Trudi waarschuwend. 'Hou op. Onmiddellijk.'

Stille tranen welden uit Gerda's ogen, waardoor haar gelaatstrekken rustiger werden—en even was er een belofte van de schoonheid die ze had kunnen ontwikkelen.

Trudi voelde hoe iets akeligs en wreeds in haar oprees, en ze deed een stap achteruit. 'Ik ben niet zoals jij,' siste ze, 'versta je me?' Ze liet Gerda op de stoep staan terwijl zij naar de leesbibliotheek rende.

Haar vader zat te dommelen, met zijn hoofd op de toonbank naast het schaakbord, de zwarte loper in zijn slappe hand. Zij rukte de gouden spiegels van de wanden in de woonkamer en sleepte ze de trap op, naar haar kamer. Met de deur op slot trok ze haar jurk en onderjurk en korset uit, en ze zette de spiegels zo tegen haar kussens dat ze het grootste deel van haar lichaam lieten zien. Bleek, stevig vlees bolde op uit haar armen en heupen, alsof het zich van haar skelet wilde verwijderen. De haakjes van haar korset hadden vuurrode moeten achtergelaten die over de voorkant van haar romp liepen als een vers litteken, en de deuken van haar jarretels waren brandmerken in haar omvangrijke dijen.

'Dit moet je onthouden,' fluisterde ze tegen zichzelf, met pijn in haar kaak, 'dit moet je onthouden, de volgende keer dat je naar Klaus verlangt. Dit is wat hij zou zien.'

Haar borsten voelden koud aan, en ze bedekte ze met haar handen. Zonder dat ze dit wilde begonnen haar tepels te tintelen, en vrijwel onmiddellijk daarna voelde ze ook zoiets in haar kruis, hoewel ze zich daar niet had aangeraakt. De allereerste keer dat haar vingers die verboden zaligheid hadden ontdekt terwijl ze in het bad zat, had ze zich verbijsterd gevoeld, overweldigd door wat zij, volgens haar, zelf moest hebben ver- zonnen. En wat zijzelf verzonnen had, moest zonde zijn. Alles wat zo heerlijk voelde, moest wel zonde zijn.

Maar dat was niet waar ze nu naar verlangde. Niet nu. En toch duwde ze de genadeloze gezichten van de spiegels opzij om op haar bed te gaan liggen. 'Daar heb ik Klaus niet voor nodig... Ik heb niemand nodig.' Haar handen – die wisten wat ze moesten doen, en ze wenste dat ze zich ervan kon weerhouden de stille tranen van de kwijlende vrouw te huilen ter- wijl beelden van Klaus opgingen in die van de jongens in de schuur – die riepen de vertrouwde doodsangst op die ze nodig had voor haar zonde. Van dat onderdeel walgde ze, maar ze wist niet hoe ze op een andere ma- nier die zaligheid moest verwerven, dus zoog ze met elke ademtocht die doodsangst in, ze zoog hem telkens weer naar binnen en vocht met de jongens die met haar deden – nu, nu – wat ze niet met haar hadden willen doen in de schuur, totdat de dikke priester vanaf de preekstoel begon te schreeuwen en een grote vogel zo hoog uit de hemel viel alsof hij vanuit een toren was neergeschoten.

De nazi-tijd overviel Burgdorf als een *Dieb auf Schleichwegen* – als een dief in de nacht – zoals Herr Blau na de oorlog zou zeggen. In zijn ogen en in die van tal van anderen in het stadje waren de mannen in de reebruine hemden *unsympathisch*, lachwekkend zelfs, maar toch niet echt gevaar- lijk. Wie schonk nu werkelijk veel aandacht aan al die toespraken die werden gehouden – steeds met luide, trage stem – vanaf een podium dat volhing met hakenkruisvlaggen? Wat gaf het eigenlijk dat hun vlaggen in elk openbaar gebouw hingen?

Natuurlijk waren er heel wat fatsoenlijke burgers, onder meer Herr Heidenreich, die heel tevreden waren met Hitler. Per slot van rekening maakte de Führer een eind aan de werkloosheid en zorgde hij voor een herstel van de economie. Hij hielp de jongeren een nieuw doel, een nieuw ideaal te vinden. Herr Heidenreich zag hoe jongelui zich aansloten bij groepsactiviteiten, in plaats van maar wat rond te hangen. De positie- ve verandering was hem overduidelijk, zelfs onder de jongere kinderen van zijn klanten, een zeker zelfrespect, een zekere trots op hun stadje, waarvan vroeger geen sprake was geweest.

Frau Weiler zag een nieuw enthousiasme in haar zoon Georg en zijn vrienden. Hoeveel schade konden de nazi's werkelijk aanrichten? vroeg ze zich af. Als tal van anderen suste ze haar voorgevoelens met de woorden: 'Laten we eerst maar eens afwachten.' Zelfs ouders die een zeker gevaar vermoedden, zoals Frau Eberhardt en Herr Stosick, besloten af te wachten.

Toen Emil Hesping waarschuwde voor de nazi's dachten de mensen dat hij alleen maar jaloers was omdat heel wat jongelui uit zijn gymnastiekclub waren overgelopen naar de SA, aangelokt door toespraken en grotere trofeeën.

'Er zijn dagen,' zei Trudi's vader tegen haar, 'dat ik het gevoel heb in een trein te zitten die in razende vaart naar een onbekende bestemming rijdt.'

Dat was een opmerking die hij en Trudi zich zouden herinneren, jaren later, in de tijd dat hun joodse vrienden en klanten zouden worden weggevoerd, maar op de dag dat Leo dat zei, was er nog geen sprake van zulke dingen. De mensen van Burgdorf werden ingepalmd, geleidelijk, bijna onmerkbaar. Ze kenden hun bestemming niet; ze zagen alleen het begin. Hun leven leek opwindender. Ze hadden werk. Er kwam eten op de tafels. De nazi's verzekerden hun dat het leven onder hun regime veel beter was; ze herinnerden de mensen aan de werkloosheid waaronder ze geleden hadden totdat Hitler was gekomen met zijn belofte iedereen werk te geven, en ze begonnen waren met de aanleg van wegen; ze zeiden tegen de mensen: als de joden en hun genadeloos streven naar succes er niet waren, zou hun eigen positie veel veiliger zijn; ze beloofden dat Duitse kinderen meer kansen zouden krijgen vooruit te komen als ze bevrijd waren van de concurrentie van joden; ze predikten een zuivering van het ras, waardoor het Duitse volk sterker zou worden en meer respect zou krijgen. Joden werden beschreven als een *politisches Problem*.

Velen stemden in met Hitlers idee van herovering van gebieden die hun rechtmatig eigendom waren. Hoewel ze nooit gestemd zouden hebben voor uitmoording van de joden, vonden ze dat ze best hun wrok tegenover joden tot uitdrukking mochten brengen door hun te laten weten waar ze thuishoorden. Ze wisten niet dat ze bezig waren hun macht af te staan, ze wisten niet dat het – tegen de tijd dat het nazi-regime opgeblazen en van een monsterachtige heerszucht werd – te gevaarlijk voor de mensen zou worden om die macht terug te eisen.

Frau Abramowitz was vastbesloten zich niet te laten vergiftigen door de kracht van de haat die veel joden verbijsterd had. 'Het is belangrijk dat we vergevensgezind blijven,' zei ze tegen haar man, Michel, toen ze een getypte, niet-ondertekende brief hadden gekregen.

Die brief begon met 'Verdammte Juden', en vervolgens werden ze beschuldigd van hebzucht, sodomie, bestialiteit, genadeloosheid, ontucht en overspel. De brief stond vol absurde verwijzingen naar de bijbel. 'Joden zijn kinderen van de duivel. Joden zijn verantwoordelijk voor het communisme en voor samenzweringen. Jezus en de profeten zijn vermoord door de joden. Joden zijn niet Gods uitverkoren volk – dat zijn de christenen. Joden hebben altijd samenzweringen tegen het christendom gesmeed. Joden worden geboren met de drang tot moord in hun hart. Het feit dat ze in de loop der eeuwen vervolgd zijn, bewijst alleen dat ze terecht gestraft worden voor wat ze Jezus hebben aangedaan. Joden hebben Duitsland bezoedeld...' De brief eindigde met een dringend advies aan alle joden om het land te verlaten.

Frau Abramowitz wilde niet dat haar man ook maar iemand vertelde van die brief, en ze ging door de grond toen hij niet goedvond dat zij hem verbrandde; hij besloot ermee naar de rabbijn te gaan.

'Die dingen die ze over ons zeggen... Je trekt de aandacht alleen maar naar ons toe.'

Hij vouwde het vel papier op en stak het in zijn vestzak. 'We kunnen het gevaar niet zomaar negeren.'

'Dit alles waait wel weer over. We moeten gewoon volhouden.'

Naar bleek hadden verscheidene joden in het stadje een identieke brief ontvangen, geschreven op dezelfde typemachine; het schonk Frau Abramowitz enige troost dat zij niet de enigen waren, hoewel haar man was geschrokken van de kracht van die afkeer. Terwijl zij een zo normaal mogelijk leven probeerde te leiden, vreugde wilde ontlenen aan haar tuin en haar boeken en reisbrochures, organiseerde hij meer geheime vergaderingen met mensen die lid waren geweest van de communistische partij voordat die verboden was.

Toen bij een van zijn vrienden, een vroegere partijgenoot, het paspoort in beslag werd genomen, besloot Michel de paspoorten van zijn gezin te verbergen, maar ze lagen niet meer achter in de la bij zijn sokken waar hij ze samen met hun trouwboekje had bewaard.

Hij vond zijn vrouw in de leesbibliotheek aan de overkant, waar ze in gesprek was met Leo en Trudi Montag. 'De passen...' zei hij. 'Heb jij die ergens anders opgeborgen?'

Ze wendde haar gezicht af.

'Waar zijn ze?'

'Ik wist dat je boos zou worden.'

'Ilse. Wanneer...?'

'Twaalf dagen geleden. De politie...'

'Zijn ze bij ons aan de deur geweest?'

Ze knikte, met een strak gezicht.

'Michel...' Leo Montag probeerde iets te zeggen.

Maar Herr Abramowitz stak zijn pijp op om hem tot zwijgen te brengen. 'Wat zeiden ze?' vroeg hij aan zijn vrouw.

Ze keek hem niet aan. 'Ze gaven geen reden op.'

'Waarom heb je me dat niet verteld?'

'Ik was bang dat je achter hen aan zou gaan en dat ze je zouden vasthouden.'

'Onze passen.' Hij liet zich tegen de houten toonbank zakken, en zijn mond was geopend zodat Trudi de randen van zijn boventanden kon zien, twee rijen tanden in zijn mond. 'Jij hebt ze onze passen gegeven.'

'Michel – ze hebben ze genómen.'

Impulsief greep Trudi naar de hand van Frau Abramowitz. Haar zachtmoedige vriendin, die de hele wereld bereisd had, kon nu het land niet meer uit.

'Heb je er enig idee van wat dat voor ons betekent?' vroeg Herr Abramowitz.

'We krijgen ze wel weer op tijd terug.'

'Op tijd waarvoor?'

De ogen van Ilse Abramowitz schoten van Trudi naar Leo als om zich te verontschuldigen voor dat twistgesprek.

'Jouw *Anpassungsfähigkeit*, jouw vermogen tot aanpassing,' zei haar man, 'is voor jou veel gevaarlijker dan die lui ooit zullen zijn. Jij zult je blijven aanpassen en aanpassen tot er niets meer over is.'

Hoewel Trudi het met hem eens was, wenste ze dat hij ophield. *Anpassungsfähigkeit*. Ze herinnerde zich hoe Frau Abramowitz haar had toegefluisterd: 'Het is belangrijk dat je nooit je waardigheid verliest.' Voor Frau Abramowitz was het een verlies van waardigheid als ze in opstand kwam tegen het gezag, terwijl voor Trudi rechtmatige woede een eigen waardigheid bezat. Voor haar was het veel natuurlijker woedend te worden op de omstandigheden dan zich daarbij aan te passen. Soms had ze er last van, van die eigenzinnigheid, maar ze had die niet willen inruilen voor de manier waarop Frau Abramowitz de onderdrukking had aanvaard.

Op een donderdag in december, in het speelkwartier, was de dikke jongen, Rainer Bilder, die door andere kinderen geplaagd en uitgelachen was zo lang men zich kon herinneren, van school verdwenen, als om zijn massale lichaam te ontkennen. Hoewel hij pas dertien was, deed niemand veel moeite om hem te zoeken, alsof hij slechts een weerzinwekkend gezwel was dat zich aan de gemeenschap had vastgehecht, een gemeenschap waarin de jongeren met de dag keuriger en gedisciplineerder werden. Een paar buren van de jongen vroegen zich af of hij ontvoerd was. De meesten kwamen tot de conclusie dat Rainer zich gelukkiger voelde in de plaats waar hij was gaan wonen. Zelfs zijn ouders leken opgelucht dat hij weg was. Trudi vroeg zich dan ook af of de mensen net zulke gevoelens over haar zouden hebben als zij verdwenen bleek.

Hoewel ze Rainer niet goed had gekend, voelde ze in de weken daarna steeds zijn afwezigheid – enorme leegten waar zijn lichaam ooit de lucht had verplaatst, leegten waarin een zekere treurnis zat. Algauw werd het zo voor iedereen in Burgdorf: als je in zo'n leegte terechtkwam, werd je lichaam omgeven door treurigheid, en dat riep weer ander, sinds lang vergeten verdriet op – de dood van een geliefd persoon bijvoorbeeld, of het verlies van iemand van wie je had durven geloven dat hij of zij eeuwig de jouwe zou zijn – zodat je lichaam uitzette van dat verdriet, totdat het de leegte vulde die de dikke jongen had achtergelaten. Je probeerde die leegten te mijden als je ze hoorde zuchten met de weemoed van een rusteloos spook, en maar al te vaak werd je erdoor aangetrokken, hoe voorzichtig je ook deed.

Die treurigheid verspreidde zich door Burgdorf als een ziekte; oude kwalen werden erdoor verergerd, en het gevoel drong zelfs door in de politieke toespraken en marsen, met een ruwe melancholie die als zand op iedereen neerdaalde, zodat het propagandalied, 'Wenn's Judenblut vom Messer spritzt...' gedempter klonk, waardoor de eens zo enthousiaste deelnemers aan de marsen langzamer gingen lopen – hun voeten kwamen niet meer zo hoog als vroeger wanneer ze zich oefenden in de paradepas – en onderling enigszins uit de pas raakten, alsof het drijfwerk van een fijn afgestemd mechanisme verstoord was.

Pas toen verstuurde de politie de foto en de persoonsbeschrijving van Rainer Bilder naar bureaus in andere stadjes en steden. De ouders van de jongen plaatsten advertenties in de krant, en loofden een beloning uit voor inlichtingen aangaande de verblijfplaats van hun dierbare zoon. In de kerk kortte Herr Pastor Beier zijn gebeden voor het *Vaterland* in en smeekte hij God en de heilige Antonius – de patroonheilige van reizigers en verloren zaken – om Rainers veilige terugkeer. Mensen merkten dat ze uit hun raam keken, naar het eind van de straat, of ze daar soms het vertrouwde omvangrijke silhouet van de jongen zagen.

Op een middag verspreidde zich een stijfheid onder in Trudi's rug, zodat ze niet meer kon bukken en de trap niet meer op kon komen. Haar vader haalde er Frau Doktor Rosen bij, die bedrust en warme kompressen aanraadde.

'Neem zelfs niet één kussen,' zei ze. 'Blijf plat liggen. Volkomen plat.'

Samen met Leo hielp ze Trudi de trap op, waar ze haar in bed legden, met een gevulde rubber warmwaterzak onder haar rug. Daar bleef Trudi liggen, terwijl vrouwen uit de buurt haar maaltijden brachten, en roddels, en goede raad. Ze vertelden haar bijvoorbeeld over een nicht of een grootvader die geleden had aan een pijnlijke rug, en ze klakten met hun tong terwijl ze haar donzen dekbed opschudden en haar hielpen met de ondersteek. Niemand had iets van Rainer vernomen, zeiden ze.

Trudi las twee van haar vaders verborgen boeken, een van Alfred Döblin en een van Lion Feuchtwanger. Zolang ze zich niet bewoog, had ze geen pijn, maar elke keer dat ze probeerde te gaan zitten, kromp ze ineen. Het maakte dat ze zich oud voelde, ouder dan haar vader die de trap op kwam hinken, waarbij de omtrek van de stalen schijf in zijn knie zich aftekende in de stof van zijn broek, ouder dan Frau Blau die aan haar bed verscheen, met de geur van vloerwas aan haar handen, en met een dienblad met gestoofde duif, aardappelsoep en kerststol.

Op de rand van Trudi's bed gezeten, waar ze eierwarmers breide voor bij de theemuts die ze aan Stefan en Helene in Amerika wilde sturen, vertelde ze over vriendinnen van haar die invalide waren en voor hun verzorging aangewezen op hun volwassen kinderen. '...niet dat ze niet boffen dat ze familie hébben om bij in te wonen, maar het is moeilijk als je je niet nuttig kunt maken... Dan heb je geen recht je wensen kenbaar te maken.'

'Ik ben heus mijn bed wel uit voordat ik een oude vrouw ben.'

'Het is geen grapje, kind. En als je nu al last krijgt, wie weet hoe het wordt als je zo oud bent als ik... En omdat het niet waarschijnlijk is dat je...' Ze zweeg opeens.

'Dat ik wat?'

'Niets.' Frau Blau stofte de bovenkant van het nachtkastje af met een hoek van haar schort. 'Niets.'

'Dat ik trouw?' vroeg Trudi. 'Kinderen krijg?'

'Wie zou zoiets nou zeggen?'

'Kijk me eens aan...' Trudi kwam op haar ellebogen overeind en staarde de oude vrouw aan. 'Kijk me eens aan. Ik ben geen kind meer. Ik–ik ben al eens gezoend.'

'Jij verzint altijd verhaaltjes.' Frau Blau begon haar breiwerk op te bergen. 'Ga maar weer rusten.'

'Het is geen verhaaltje,' riep Trudi haar na.

Net toen ze bang begon te worden dat ze voorgoed stijf en onbeweeglijk zou zijn, verdween de druk in haar rug gedurende een vol uur. De volgende dag was de pijn bijna drie uur lang verdwenen, en tegen het eind van die week was alles weg en kon ze haar wandelingen hervatten. Ze constateerde dat de leegten vol treurigheid die Rainer Bilder had achtergelaten, tijdens haar ziekte waren gaan krimpen, en zelfs als zij er toevallig in terechtkwam, duurde haar eigen treurnis maar even.

Hoofdstuk negen [1934]

Rainer Bilder werd snel vergeten toen de tienjarige zoon van Günther Stosick de liedtekst '*Für die Fahne wollen wir sterben*' zo consequent en gruwelijk ten uitvoer legde. Bruno Stosick was een studieuze, gehoorzame jongen die op zijn tweede jaar had leren schaken – nog een jaar jonger dan zijn vader – en hij had bij een toernooi zijn eerste prijs gewonnen toen hij nog niet oud genoeg was om naar school te gaan. Tegen de tijd dat hij acht was, had hij alle mannen van de club verslagen.

Niemand betwijfelde dat de jongen voorbestemd was een van de grote schaakkampioenen van Europa te worden, en het stadje liet merken hoe trots het op hem was door hem het soort respect te schenken dat gewoonlijk gereserveerd bleef voor volwassenen. Toch behandelden zijn ouders hem als het kind dat hij was, en toen Bruno zich in de week na zijn tiende verjaardag aansloot bij de Hitler-Jugend, deed hij dat in het geheim, want hij wist dat zijn ouders niets dan minachting voor de nazi's voelden. Hij heette nu *Pimpf* en moest zichzelf bewijzen door zestig meter in twaalf seconden af te leggen, over een afstand van twee meter vijfenzeventig te springen en de belofte van eeuwige gehoorzaamheid, liefde en trouw aan de Führer en de vlag uit zijn hoofd te leren: '*Ich verspreche in der Hitler-Jugend allzeit meine Pflicht in Liebe und Treue zum Führer und unserer Fahne.*'

Voor Bruno betekende dit een ontsnappingsmogelijkheid uit het beperkte bestaan van zijn kindertijd – weg van boeken en schaakborden en welgemanierde maaltijden met het gezin – een initiatie in iets wat volwassen was, in iets belangrijks. De toekomstige schaakkampioen van Europa was verliefd op de mysterieuze kracht van de liederen en de trommels en de vlaggen, en hij klom 's avonds uit zijn raam om naar bijeenkomsten te gaan en mee te lopen bij marsen. Bij zijn terugkeer borstelde hij – een jongen die nog nooit aandacht aan zijn kleding had geschonken – zijn uniform, wikkelde het liefdevol in een handdoek en verborg het achter de aardappelkist in de kelder.

Terwijl twee van zijn klasgenoten, die aarzelden met hun lidmaatschap van de Hitler-Jugend, extra tafels van vermenigvuldiging moesten leren en een opstel schrijven met als titel 'Waarom ik mijn *Vaterland* liefheb', leerde Bruno hoe hij een schitterend *Lagerfeuer* moest opbouwen, aan de oever van de Rijn waar hij, met ogen waarin de vlammen weerkaatsten, de belofte opzei die hij, alleen in zijn kamertje, uit zijn hoofd had geleerd.

Bruno was verliefd–vurig en onherroepelijk–op Adolf Hitler en de leiders van zijn groep en de andere jongens; en als veel grote en tragische geliefden in de geschiedenis zou Bruno de scheiding van zijn beminden niet overleven. Toen zijn ouders erachter kwamen dat hij lid was geworden, haalden ze hem niet alleen weg uit de Hitler-Jugend, ondanks de dreigementen van de leiders, maar hielden ze hem ook de hele dag in het oog, ze liepen met hem mee naar school alsof hij een klein jongetje was, ze haalden hem op, ze lieten hem alleen het huis uitgaan als een van hen erbij was.

Toen Bruno zich ophing in de berkenhouten klerenkast waarin zijn vader de schaakstukken en -borden voor de club bewaarde, evenals de verslagen van wedstrijden die vier generaties teruggingen, droeg hij zijn uniform, met op de kraag een speldje met het symbool van de rood-wit-en-zwarte vlag waaraan hij eeuwige liefde had gezworen, als om de tekst '*Für die Fahne wollen wir sterben...*' waar te maken.

Op de ochtend na zijn zoons dood voelde Herr Stosick een ongewone tochtvlaag bij zijn hoofd toen hij wakker werd, en toen hij zijn hand omhoogstak, voelde hij kale huid.

Zijn vrouw staarde hem aan. 'Günther,' fluisterde ze, en ze wees naar zijn kussen, dat in een nest vol bruine rupsen veranderd leek.

Toen Günther Stosick een lok van zijn dikke haardos pakte, stond hij zichzelf toe één moment, één waanzinnig moment, te hopen dat hij een handeltje kon arrangeren met God–zijn zoon in ruil voor zijn haar–want allebei tegelijk verliezen, dat was toch ondraaglijk voor een man.

Bij de begrafenis van de jongen boog Ingrid zich naar Trudi en fluisterde dat ze niet begreep hoe iemand voor een vlag kon sterven, maar dat ze zich heel goed kon voorstellen dat zij voor haar geloof zou sterven. 'Het zou een voorrecht zijn,' zuchtte ze, en haar ogen kregen een dromerige, extatische blik, alsof ze voor zich zag hoe ze terwille van Jezus werd gemarteld.

'Misschien was dit voor Bruno zíjn geloof,' zei Trudi.

'Je weet toch dat er maar één geloof kan zijn.'

Trudi schudde haar hoofd, ongeduldig over de onverdraagzaamheid van haar vriendin. Met gevouwen handen stond ze tussen haar vader en Ingrid tussen de talrijke aanwezigen – voornamelijk protestanten – rond het smalle graf dat in de bevroren grond was uitgehakt. De begraafplaats voelde hartje winter meer als de woonplaats van de doden dan in enig ander jaargetijde: zonder enige afleiding door al die bloemen en bloeiende struiken waren de grafstenen kaal en vielen ze veel meer op; het rook er zelfs meer naar een begraafplaats, met die geur van vochtige aarde en rottende bladeren.

Trudi huiverde. Wat een verspilling, dacht ze, wat een verspilling van een land dat het zijn kinderen oproept ervoor te sterven. Ze dacht aan alle dingen die Bruno Stosick nu nooit meer zou doen – op een motorfiets rijden of een vak leren... Ze leed mee met de ouders van de jongen, die apart stonden alsof het stadje hen verantwoordelijk achtte voor de dood van hun zoon. Toen de kist in de kuil was verdwenen, volgde ze haar vader naar de plaats waar ze stonden. Frau Stosicks gezicht was onzichtbaar achter de zwarte sluier die van haar hoed neerhing, en ze hield haar zwarte handschoenen aan, maar de handen van Herr Stosick waren onbedekt en koortsig, en hij hield Trudi's beide handen vast tot ze voelde hoe zijn lijden door haar huid drong.

Toen ze de begraafplaats verliet, samen met Ingrid die met haar probeerde te praten, luisterde ze nauwelijks en gaf ze kortaf en verstrooid antwoord.

'Klaus Malter...,' zei Ingrid, 'die vroeg of ik met hem ging dansen.'

Trudi voelde een plotselinge schok van haat. Hoe kon Ingrid haar zo verraden? 'Ik hoop dat jullie plezier hebben,' zei ze, waarbij ze haar gezicht onaandoenlijk wist te houden.

'Maar ik doe het niet.'

Trudi staarde omhoog in haar gezicht. 'Waarom niet?'

'Omdat... ik het prettiger vond toen we allerlei dingen met ons drieën deden.'

'Heb je dat tegen hem gezegd?'

'Ja.'

'En hij – wat zei hij?'

'Ik...' Ingrid bewoog haar oogleden alsof ze wilde knipogen. 'Ik weet het niet meer.'

'Dat móét je je toch herinneren.'

'Ik weet het niet. Heus niet.' Ingrid zette een treurig gezicht, nu al gebukt – dat zag Trudi – onder de leugen die ze tot aan haar volgende biecht met zich mee zou moeten dragen.

Trudi echter voelde zich licht en warm. Ze stak haar arm omhoog en pakte die van Ingrid. Ze had niet gedacht dat ze ooit weer een beste vriend of vriendin zou krijgen. Niet na Eva. Of Georg. Maar Ingrid had zichzelf bewezen, want alleen een beste vriend wil liever bij jou zijn dan deel uitmaken van een romantisch paar. 'Laten we naar Düsseldorf gaan,' zei ze impulsief, 'naar de bioscoop.'

'Niet na die begrafenis. Dat lijkt me niet juist.'

'Daar heb je gelijk in. En toch zou het goed zijn aan iets anders te denken.'

'Ik heb niet genoeg geld bij me.'

'Ik koop een kaartje voor je.' Trudi wist dat ze opdringerig was, maar ze wilde niet naar huis, want daar zou ze alleen aan Bruno kunnen denken.

'Ik moet mijn middaggebed nog zeggen,' zei Ingrid.

Trudi had een grote hekel aan al die uren die Ingrid dagelijks besteedde aan haar gebeden – honderden weesgegroetjes en onzevaders voor de doden en voor degenen die in zonde leefden, een complete rozenkrans voor de bekering van één heidens kindje dat God had uitverkoren, nog een rozenkrans, voor haar familie. Daarnaast bad Ingrid drie rozenkransen per dag over de mysteriën: bij de eerste mediteerde ze over de vreugdevolle mysteriën, bij de tweede over de treurige mysteriën, en bij de derde over glorieuze mysteriën van het leven van Christus. De leren band van haar gebedenboek was zo versleten dat hij aanvoelde als zijde.

'Kun je niet vanavond bidden, als we terug zijn?' stelde Trudi voor.

Ingrid aarzelde.

'Of je kunt je gebeden in de tram zeggen. Ik zal heel stil zijn.'

Terwijl de blauw-en-witte tram in de richting van de stad rammelde zaten ze zo dicht bij elkaar op de bank van houten latjes dat Trudi de baleinen van haar vriendins korset kon voelen. Ingrid liet beide handen in haar leren tas zakken, waar ze haar rozenkrans bewaarde. Haar ogen waren halfgesloten, en haar lippen bewogen nauwelijks merkbaar terwijl haar vingers over de kralen gleden.

Van de lege bank tegenover hen raapte Trudi een pamflet op met een karikatuur van Adolf Hitler – het gezicht bestond vrijwel uitsluitend uit open mond en snorretje. In plaats van pupillen had hij hakenkruisen in zijn ogen, en een stoet van heel kleine, geüniformeerde mensen liep in paradepas uit zijn mond en droop over de voorkant van zijn uniformjas, als braaksel.

Trudi stak Ingrid het plaatje toe, maar Ingrid was verdiept in haar gebeden. Sinds ze op de universiteit was, had ze een extra treurige rozenkrans toegevoegd op de vrijdagen, ter herdenking van de dag waarop Christus was gestorven; en zelfs als ze op college was, ging ze bidden om drie uur 's middags – de tijd waarop de apotheek gesloten werd omdat Herr Neumaier zijn Franse Jezus over het kerkplein moest zeulen.

Een hand graaide het papier uit Trudi's hand. 'Waar hebt u dat vandaan?' De conducteur had heel veel haar, maar nauwelijks een kin. Toen Trudi naar de bank tegenover haar wees, greep hij haastig de andere pamfletten. 'Hebt u die daar neergelegd?' Zijn adem rook naar verschaalde tabak.

'Nee.'

'Wie heeft dan...'

'Ik heb niets gezien.' Ze kromde haar rug, maakte zich nog kleiner dan ze was.

'Hebt u niemand gezien?'

'Ze lagen er al.'

'Weet u wel dat u gearresteerd kunt worden als u zulke dingen leest?' Zijn stem had de toon die volwassenen gebruikten tegen kleine kinderen.

Trudi's voeten bengelden hoog boven de vloer. 'Als ik gearresteerd word, dan zal ik moeten vertellen... dat ik ze hier heb gevonden. In uw tram.'

Mompelend stopte de conducteur de velletjes papier in de zak van zijn uniformjas. Ze overhandigde hem het geld voor de kaartjes, en zelfs het klikken van de geldwisselaar die op zijn borst hing, leidde Ingrid niet af van haar gebeden.

'Doet u dat nooit meer,' zei hij, en toen liep hij weg.

Ze leunde met haar hoofd tegen de rugleuning, haar gezicht en nek waren bezweet. Toen de tram de Oberkasselerbrug overstak, werd het geluid van de wielen op de rails blikkerig, en ze zongen *Vorsicht Vorsicht Vorsicht*... Aan de overkant van de brug waren veel meer auto's dan in de straten van Burgdorf, alsof de rijkdom van de stad precies op dat punt begon. Krantenjongens ventten met hun krant bij de halte, schreeuwden luidkeels de koppen, en twee vrouwen in bontmantel stapten in.

Buiten voor de bioscoop hingen in een brede vitrine posters die films op komst aankondigden. Voordat de film begon was er de *Wochenschau*, het journaal, met rijen energieke mannen in uniform, Hitler die alweer een toespraak hield, atleten die onvoorstelbare prestaties leverden. Ingrids broer, Holger, was een bekend atleet die tientallen prijzen had gewonnen als lid van de gymnastiekclub van Emil Hesping, maar een maand daarvoor was hij opgeroepen – 'uitgenodigd' was het woord dat zijn trotse vader gebruikte als hij de mensen ervan vertelde in zijn fietsenwinkel – om zich aan te sluiten bij de sportclub van de sa.

'Het is een eer voor ons hele gezin,' had hij tegen Trudi gezegd toen ze Ingrid was komen afhalen voor een bezoek aan de hoedenwinkel van Frau Simon.

Ze was als gewoonlijk weggedoken voor zijn brede handen vol olievlekken toen hij probeerde haar haar te strelen.

'Nu kan onze Holger zijn atletische loopbaan pas goed voortzetten,' riep hij haar achterna toen ze de trap op holde naar de woning boven de fietsenwinkel.

Ze was blij dat hij bezig was een fietspomp te verkopen aan Herr Weskopp toen ze samen met Ingrid vertrok, maar zijn ogen gingen over hen beiden, en zijn stem hield hen tegen bij de deur.

'Wat draag je daar, kind?'

Ingrids hand streek haar rok glad.

'Ik wens dat mijn dochter een fatsoenlijke rok draagt.' Zijn vingers streelden de stof ter hoogte van haar dij.

'Dit ís een fatsoenlijke rok,' jammerde ze.

Hij had gelachen en zich weer naar zijn klant gewend, terwijl Trudi Ingrids pols had gepakt en haar meegetrokken had, weg uit de fietsenwinkel.

Op het witte doek brak een hardloper door de finish, met een gezicht dat naakt was van extase, en zijn armen schoten omhoog alsof hij op het punt stond de aarde te verlaten. Vervolgens was Adolf Hitler bezig mensen de hand te schudden. Aan hun gezichten was te zien hoe trots en verrukt ze waren dat ze in zijn naaste omgeving waren. Trudi kon niet naar Herr Hitler kijken zonder zich dat pamflet te herinneren, met al die mensjes die uit zijn mond gemarcheerd kwamen. Hier in de bioscoop echter waren zijn strenge gelaatstrekken normaal geproportioneerd, ordelijk rond het vierkante snorretje – zo totaal anders dan het naakte gezicht van de hardloper. Zijn hand vulde het gehele doek, telkens en telkens weer, en werd gegrepen door andere handen. Trudi dacht aan de apotheker die de hand van de Führer had geschud. *Der Schweiss unseres Führers.*

De film stond op het punt te beginnen: hij ging over de liefde tussen een blonde houtvester en de blonde dochter van een dokter. Uiteindelijk trouwden ze, ondanks de pogingen van een joodse bankier om de liefde van de jonge vrouw te stelen. Niet dat hij ooit een kans had gemaakt – alle anderen knepen steeds hun neus dicht tegen de vreselijke stank die hij verspreidde.

Trudi vond het ondraaglijk naar die film te blijven kijken. Het was angstaanjagend te zien hoe mensen zich gerechtvaardigd voelden anderen te discrimineren, hoe een dergelijk superioriteitsgevoel aan tienjarige kinderen als Bruno Stosick werd opgedrongen. Meer dan eens had ze in de tram of in een restaurant opmerkingen gehoord over joden die stonken. Hoewel zulke woorden niet bedoeld waren voor specifieke joden, die dan stokstijf bleven zitten met hun armen tegen hun lichaam geklemd, werden ze altijd zo luid uitgesproken dat iedereen ze kon verstaan. Sommige mensen lachten dan, maar de meesten deden of ze niets hoorden. Zijzelf ook. Het was vreselijk, dat gebrek aan betrokkenheid, en ze wilde dat ze wist wat ze daaraan kon doen zonder in moeilijkheden te komen. Maar ze had gezien hoe mensen gemeden werden, of afgeranseld, omdat ze joden hadden verdedigd. Een keer was ze er getuige van geweest toen een groep schooljongens een vrouw uit een rijdende tram duwde toen ze hun een standje had gegeven omdat ze een grijsharige jood hadden getreiterd. Terwijl ze haar naar de deur duwden, hadden ze geschreeuwd dat ze dom was, dat het een wetenschappelijk feit was dat joden stonken, dat ze dat op school hadden geleerd.

En ze schaamden zich niet eens, dacht Trudi terwijl het zwart en wit van het scherm over Ingrids gezicht en handen gleed, en ze zag beelden voor zich van Bruno Stosick, over zijn vaders schaakbord gebogen, rijdend op zijn fiets langs de leesbibliotheek, saluerend voor de vlag... Ze sloot de ogen, maar ze kon het laatste beeld niet tegenhouden, het hardnekkige beeld waar al die andere haar naartoe trokken – van brokken aarde die neervielen op de kleine doodkist.

Slechts weinig mensen in Burgdorf hadden *Mein Kampf* gelezen, en velen dachten dat al dat gepraat over *Rassenreinheit* belachelijk was, onmogelijk door te voeren. Toch was het door de langdurige oefening in gehoorzaamheid aan oudere mensen, overheid en kerk moeilijk – zelfs voor degenen die de opvattingen van de nazi's eerloos vonden – boze voorgevoelens onder woorden te brengen. Dus zwegen ze, en ze weken voor elke nieuwe vernedering, terwijl ze wachtten tot de nazi's en hun denkbeelden zouden verdwijnen, maar elke keer dat ze zich ergens bij neerlegden, gaven ze meer van zichzelf prijs, en verzwakten ze de structuur van de gemeenschap, terwijl de macht van de nazi's steeds meer toenam.

Maar niet iedereen keek de andere kant uit wanneer anderen onrechtvaardig werden behandeld. Toen de kleine Fienchen Blomberg recht voor de kruideniers winkel van de Weilers door zes grotere jongens werd gestenigd, slaakte Frau Weiler een luide kreet, ze greep haar bezem en schoot de winkel uit. De jongens smeten Fienchen tegen de etalageruit, zodat het bloed over het glas liep. Frau Weiler hanteerde de bezemsteel als een zwaard en wrong zich tussen het magere meisje en het troepje jongens.

'Dat ga ik aan jullie ouders vertellen,' gilde ze, en ze sloeg op de jongenslijven, waar ze ze maar kon raken.

Ze dekten hun gezicht, hun borstkas af toen ze voor haar terugweken. 'Heks,' brulden ze, 'getikte ouwe heks.'

'Ik zal het aan jullie ouders vertellen.'

'Heks... Heks...'

'Zo is het genoeg, Hedwig.' Leo Montag ving haar op in zijn armen. 'Het is genoeg. Ze zijn weg. Trudi haalt de dokter.'

De zware onderkaak van Frau Weiler beefde, en op het moment dat ze zich liet steunen door Leo's lichaam, te moe om alleen verder te gaan, bedacht ze hoe dwaas het was naast die man te wonen, allebei zonder iemand om hen in de nacht warm te houden. Een trage blos klom naar haar wangen. Ze bevrijdde zich uit zijn armen en troostte het huilende meisje.

Klaus Malter kwam van de overkant aangedraafd, en de slippen van zijn witte jas wapperden in de wind. 'Dat is een schandaal,' zei hij, 'een schandaal.'

Leo Montag droeg Fienchen naar de voorraadkamer achter de kruideniers winkel. Ze had verscheidene wonden aan armen en voorhoofd opgelopen door de stenen. Bloed uit haar neus liep in haar mond en over de voorkant van haar matrozenkraag. Terwijl Leo op een houten kist ging zitten en het meisje op zijn schoot nam, waste Klaus zorgvuldig het bloed af.

'Wat dacht je van een lekker stukje chocola?' zei Frau Weiler, met ogen die glinsterden van treurigheid.

Fienchen knikte, en opende haar mond alsof ze die zeldzame lekkernij al proefde.

Maar Klaus zei: 'Laten we liever wachten tot Frau Doktor Rosen naar haar gekeken heeft.'

'Hier.' Frau Weiler stopte een verpakt stukje chocolade in de rokzak van het meisje. 'Eet het later maar op.'

Fienchen snufte en leunde met haar hoofdje tegen Leo's borst.

'Het is waarschijnlijk beter,' zei Klaus tegen haar, 'als je een paar vriendinnetjes meeneemt als je op straat loopt.'

Het meisje mompelde iets.

'Wat zeg je?' Klaus boog zich over haar heen.

'Die heb ik niet.'

'Vriendinnetjes, bedoel je?'

Fienchen kneep haar ogen dicht.

'Je hebt er toch vast wel ééntje,' drong Klaus aan.

'Laat maar...' begon Leo.

'Vroeger had ik er twee.' Fienchens stem was eentonig, alsof ze iets opzei wat haar vaak verteld was. 'Maar ze mogen niet met joden spelen.'

'Maar dat is...' Klaus Malter leek geschrokken. 'Dat is verkeerd. Jij–jij bent een braaf meisje, een lief meisje. Je...' Hij zou zijn blijven praten als Frau Doktor Rosen niet was komen binnenrennen, gevolgd door Trudi die buiten adem was.

'Blijf daar maar zitten, Fienchen, op schoot bij Herr Montag.' De dokter knielde voor het meisje, en terwijl Fienchen tegen Leo's gebreide vest lag, gingen de vingers van de dokter over haar gezicht, met een strelend gebaar. Haar donkere ogen konden nauwelijks haar woede bevatten, en ze kookte over toen Trudi en Klaus haar terugbrachten door de kruidenierswinkel, waar de etalageruit nog vegen van Fienchens bloed vertoonde.

'Dit komt steeds vaker voor. De kinderen die bij mij gebracht worden, en ook de volwassenen–alsof er een hoogst belangrijke wet is afgeschaft. ... De jacht is vrij, en wij zijn het wild.'

'Dat kunnen ze toch niet straffeloos doen,' zei Klaus.

'Maar begrijpt u het dan niet? Ze kunnen het wél straffeloos doen.'

'Ik bel de politie,' besloot Trudi.

'We hebben brieven geschreven, klachten ingediend... Niets. Ze willen ons verjagen, en het lukt ze nog ook. Ik ken minstens vijf joodse gezinnen die hier vertrokken zijn.' Ze liep weg, met gebogen schouders alsof ze veel ouder was, maar bleef toen weer staan. 'Het zou me geen seconde verbazen,' zei ze, 'als Frau Weiler in moeilijkheden komt omdat ze die jongens heeft weggejaagd.'

Trudi keek op naar Klaus, die zich opeens leek te generen dat hij met haar alleen op het trottoir was achtergebleven. Hij haalde een gestreken zakdoek uit de achterzak van zijn broek. Zijn gezicht vertoonde een grimmige frons terwijl hij de ruit afveegde tot de rode vegen verdwenen waren. Toen staarde hij naar zijn bebloede zakdoek, alsof hij niet wist wat hij daar in vredesnaam mee aan moest.

Nog niet zo lang geleden, dacht ze, zou ik hebben aangeboden dat ding voor hem te wassen.

Onhandig vouwde hij zijn zakdoek op, waarbij hij probeerde de vlekken aan de binnenkant te houden. 'Ik moet weer eens terug naar mijn patiënten.'

'Doe dat.' Trudi's stem klonk scherp en ze ging op weg naar de kruidenierswinkel.

'Trudi...'

Hij zag eruit als een jongen die halverwege een fout betrapt was. Hij tilde allebei zijn handen op, haalde hulpeloos zijn schouders op en glimlachte onbehaaglijk naar haar. Hij deed zijn mond open om iets te zeggen, en ze kon zien dat hij dacht aan die zoen die hij nooit had toegegeven – een soort onecht kind van ons, dacht ze verrast – maar toen hij eindelijk iets zei, was het niet wat ze wist dat hij had willen zeggen. 'Ik... ik hoop dat Fienchen geen nachtmerries krijgt.'

Haar gevoelens tegenover hem verzachtten. 'Is dat wat er bij jou gebeurt, Klaus Malter? Komt het allemaal in je dromen terecht?'

Zijn gezicht verstarde.

'Wij zullen voor Fienchen zorgen,' zei ze.

Hij knikte, heftig. 'We moeten allemaal voor elkaar zorgen,' zei hij, met plotselinge nadruk.

Frau Doktor Rosen had gelijk, want de volgende ochtend werd Hedwig Weiler gearresteerd wegens mishandeling van zes kinderen. Hoewel Leo met haar meeging naar het politiebureau om te bevestigen dat ze een meisje te hulp was gekomen dat veel jonger was geweest dan die jongens, werd Frau Weiler een week gevangengehouden. De oudste van die kinderen was de achttienjarige zoon van de slager, Anton Immers, die niet alleen zijn vaders naam droeg, maar ook diens enthousiasme voor de nazi's had overgenomen; hij liep door de stad met schone verbanden om zijn wang en beide polsen, en beweerde ernstig verwond te zijn door die heks.

In de slagerij praatte zijn vader met elke klant die hem wilde aanhoren over zijn vermoedens dat Hedwig Weiler hoogstwaarschijnlijk op zijn minst een beetje joods bloed had.

'Ik wou dat ze een besluit namen,' zei Michel Abramowitz tegen Leo toen hij zijn pijptabak kwam kopen. 'Is Hedwig nu een heks of een jodin?'

'Waarom niet allebei? Hoe meer etiketten ze voor haar vinden, des te meer voelen ze zich gerechtvaardigd voor hun daden.'

'Etiketten... Nou ja, ze is weduwe.' Herr Abramowitz probeerde te lachen, maar zijn ogen stonden grimmig. 'Misschien komen ze binnenkort met een wet tegen weduwen.'

'O, maar Hedwig is niet meer dan een eventuele weduwe. Vergeet niet – Franz Weiler kan altijd nog levend uit de rivier zijn gekomen.'

'Goed, een eventuele weduwe dan. Maar dat is nog erger! Er zou een wet moeten zijn tegen eventuele weduwen. Misschien dat ik zelf een voorstel indien.'

Leo's stem was zacht. 'Joden, heksen, eventuele weduwen met mannen die eventueel nog in de rivier drijven.' Hij wreef met zijn handpalm op en neer over zijn rechterwang.

'Franz heeft tenminste kunnen wegkomen. Zonder paspoort.'

'Heb je nog nieuws wanneer jullie ze terugkrijgen?'

'We hebben ze een tijdje geleden teruggekregen. Samen met een brief die ons opriep het land te verlaten en mijn bezittingen praktisch weg te geven... aan raszuivere Duitsers dan... Ik wil jou niet beledigen, Leo. En ik heb het niet alleen over het huis. Ze willen mijn advocatenpraktijk, alles...' Zijn stem werd scherper. 'Ik ben drieënvijftig, Leo, te oud om helemaal opnieuw te beginnen. Ik heb mijn hele leven gewerkt. Voorlopig hebben Ilse en ik afgesproken te blijven – al is het dan niet om dezelfde redenen: zij wacht tot alles weer normaal wordt, terwijl ik weiger me te laten dwingen mijn advocatenpraktijk op te geven.' Hij haalde zwaar adem, en zijn boord was slap toen hij Leo vertelde over collega's die geëmigreerd waren naar Frankrijk en Amerika, waar het hun onmogelijk was gebleken als advocaat op te treden door de taalbarrières en de zware examens. 'Een van hen werkt als portier... We krijgen te horen dat we naar Palestina kunnen gaan, dat ze daar voor ons zullen zorgen en...'

'Herr Abramowitz?' Trudi trok een stoel naar de plaats waar hij stond. 'Gaat u toch zitten. Alstublieft.'

Leo legde beide handen op zijn schouder. 'Voor de jongeren is het gemakkelijker weg te trekken.'

'Mijn zoon – die dringt er almaar bij mij op aan weg te gaan. Hij is bereid naar Londen te gaan, naar Argentinië... waar dan ook, als hij maar weg kan uit Duitsland. Ik raak mijn zoon kwijt, Leo.' Hij draaide zijn niet-brandende pijp om en om in zijn handen. 'Mijn dochter, die wil dicht bij haar moeder zijn. Nu ze getrouwd is, heeft ze een betere band met Ilse dan toen ze jonger was.'

Trudi en haar vader waren het jaar daarvoor uitgenodigd geweest op de bruiloft van Ruth Abramowitz. Haar man was een rijke keelspecialist met een kliniek in Oberkassel, een arts die zangers en toneelspelers en leraren behandelde, mensen die te veel van hun stembanden hadden geëist. Volgens Frau Abramowitz was hij een ambitieuze, maar aardige man. Ruth had als verpleegster in zijn praktijk gewerkt.

'Ilse denkt dat dit alles niet lang kan duren,' zei Herr Abramowitz, 'dat we alleen maar hoeven te zorgen dat we niet opvallen. Vriendelijk zijn. Beleefd.'

Terwijl Hedwig Weiler gevangenzat, had Georg verlof gevraagd op zijn werk in het grote kruideniersbedrijf in de stad, en was hij weer in zijn oude kamer gaan wonen. Zijn moeders klanten zeiden tegen elkaar dat Georg een talent had om te profiteren van een kleine ramp: ze moesten lachen als hij al wist wat ze wilden hebben voordat ze hun boodschappenlijstje voorlazen; ze vonden het leuk dat hij veel lachte en zeiden tegen elkaar dat hij totaal anders was als zijn moeder niet in de buurt was. Hij haalde hen over weddenschappen met hem af te sluiten over bijvoorbeeld het weer van de volgende dag, of over de kleur van de vierde fiets die langs de etalageruit zou komen, en dan loofde hij een half pond kaas uit de winkel of een pond meel uit, tegenover een pot perengelei van Frau Eberhardt of twee stukken pruimengebak van Frau Heidenreich. Zelfs degenen die niet van gokken hielden deden mee, gevleid dat die knappe jongeman moeite deed voor die ene specialiteit waarop ze trots waren.

Georg leek zich er niets van aan te trekken of hij won – voor hem zat de opwinding in het afsluiten van de weddenschap – en hij stond vlot af wat hij op het spel had gezet; toch slaagde hij er op de een of andere manier altijd in er beter af te komen, omdat zijn moeders klanten hem potjes jam en ingepakte stukjes gebak toestopten. Terwijl hij de vrouwen voor zich innam met zijn charme, veroverde hij de kinderen van Burgdorf door hun meer drop en chocolade te geven voor de muntjes die ze op de toonbank legden.

Trudi bleef weg uit de winkel zolang Georg daar werkte. Als ze hem zo tevreden en algemeen gewaardeerd zag, maakte dat haar onrustig, en ze troostte zich met haar voorgevoel dat zij niets hoefde te doen, zoals wel nodig was geweest met de anderen van die dag, langgeleden, in de schuur –dat hij zijn eigen ondergang tegemoetging. Het was een voorgevoel dat zo krachtig werd in de tijd dat hij naast haar woonde, dat ze op een ochtend tot haar eigen verbazing het gevoel kreeg dat ze hem moest waarschuwen–waarvoor precies, dat wist ze niet, alleen dat het te maken had met Helga Stamm.

Zelfs de klanten van Frau Weiler die op haar terugkeer hadden gewacht, voelden zich teleurgesteld toen ze, een week na haar arrestatie, de winkel binnenkwamen, met de prijzen van Georgs laatste weddenschappen in hun boodschappennetjes, en Hedwig Weiler achter de toonbank zagen staan. De scheiding in het midden van haar haar was breder geworden, maar de treurigheid in haar ogen was vervangen door woede, alsof ze–voor het eerst van haar leven–een geldige reden had ontdekt om tientallen jaren van woede te luchten.

'Een welkomstgeschenk,' mompelden haar klanten, en ze overhandigden haar een pot met kersen, een halve marmercake, een mandje verse eieren.

'Moet je eens kijken,' zei ze tegen Leo Montag, met een stem die beefde van emotie, 'kijk eens wat een cadeautjes. Ik had er geen idee van dat de mensen zoveel om me gaven.'

In de weken daarna merkte men in het stadje dat Frau Weiler over een nieuwe vitaliteit leek te beschikken, een vechtlustige energie die zich zelfs manifesteerde in de manier waarop ze boter verpakte en linzen afwoog. Zonder enige reserve ging ze tekeer tegen de nazi's, tegen iedereen die in haar winkel kwam. Omdat sommige klanten er zeker van waren dat Frau Weiler binnenkort opnieuw gearresteerd zou worden, begonnen ze–bijvoorbeeld de oude Herr Blau die zich zorgen maakte dat hij medeplichtig werd als hij met haar omging–hun boodschappen aan de andere kant van het stadje te doen, terwijl Herr Heidenreich en anderen haar streng vermaanden omdat ze geen goed woord voor de nieuwe regering overhad.

Ten slotte moest Leo haar apart nemen. 'Je neemt nodeloze risico's, Hedwig.'

'We kunnen niet alleen maar zwijgen.'

'Nee, maar we hoeven onszelf niet in gevaar te brengen.'

'Jij bent het met me eens. Dat weet ik.'

'Ja, en ik praat erover met mensen die ik kan vertrouwen. Met jou bijvoorbeeld.'

'Mijn klanten zullen me niet aangeven.'

'Wees daar maar niet zo zeker van. Vorige week heeft Herr Weskopp een van zijn collega's op de bank aangegeven. En zijn vrouw komt nogal eens in jouw winkel.'

'Maar zij is anders dan hij.'

'Wie weet wat zij hem vertelt? Bovendien, je houdt geen klant over als je almaar zo praat. De mensen zijn bang, Hedwig.'

'En terecht.'

'Luisteren naar jou is gevaarlijk. Emil Hesping heeft twee vrienden bij de politie, en op het bureau krijgen ze voortdurend aangiften binnen. Ze moeten ze allemaal natrekken, zelfs als ze weten dat het om kleingeestigheid of wraak gaat.'

Ze lachte ongeduldig. 'En, wat doen we dus, Leo? Stilzitten en zwijgen, uit vrees voor wat ze over ons zouden kunnen zeggen? Wachten tot het erger wordt?'

'Het zal erger worden. Veel erger. Misschien kunnen we alleen maar doen wat jij met Fienchen hebt gedaan–ter plaatse waakzaam zijn. En als je in de gevangenis komt, kun je niemand meer helpen.'

Af en toe brachten de mensen die naar de leesbibliotheek kwamen, Trudi nieuwtjes over Klaus: hij had vier dagen doorgebracht in de villa van zijn oom in Bremen; hij stond op het punt een tweede behandelstoel te kopen zodat de ene patiënt kon bijkomen terwijl hij zich met de volgende bezighield; hij had oorontsteking gehad, en die was door Frau Doktor Rosen behandeld met gele pillen, zo groot dat ze bij een olifant in de keel zouden blijven zitten; hij was uit dansen geweest met een onderwijzeres uit Oberkassel.

Strategisch gestelde vragen aan Frau Simon en de apotheker leverden Trudi de informatie op dat die onderwijzeres Brigitte Raudschuss heette, en dat ze bijna negenentwintig was, even oud als Klaus. De week daarop werden Klaus en de onderwijzeres driemaal samen gezien–waarvan één keer op de witte toeristenboot die tussen Burgdorf en Düsseldorf voer. Frau Weiler had gehoord dat Fräulein Raudschuss van goede familie was, en Herr Immers bevestigde dat haar vader een rijke advocaat was, en haar moeder een barones.

Het klonk als het type vrouw dat Klaus met trots aan zijn familie zou voorstellen. 'Ze is volmaakt voor mijn zoon,' zou Klaus Malters moeder haar nichten over de telefoon vertellen, en bij de familiereünie zouden ze het haast niet kunnen afwachten haar te ontmoeten. 'Wat een voortreffelijke manieren,' zouden ze elkaar toefluisteren, terwijl Fräulein Raudschuss haar elleboog ophief, een heel klein beetje, om kleine hapjes naar haar lippen te brengen... En toch–als ze zo bijzonder was, waarom had die Fräulein Raudschuss op haar leeftijd dan nog steeds geen man veroverd?

Op de zondag dat Trudi eindelijk een blik op Brigitte Raudschuss kon werpen, kreeg ze het gevoel dat alle ingewanden van haar lichaam in haar benen zakten, zodat haar hoofd merkwaardig licht werd. Ze stond met het koor op het balkon van de kerk, tussen Herr Heidenreich en de glimmende orgelpijpen die haar spiegelbeeld in de breedte rekten als een lachspiegel op de kermis, en ze hield zich met één hand aan het koude metaal in evenwicht toen de onderwijzeres binnenkwam door de ronde deur beneden haar, lang en slank, met één gehandschoende hand op de krijtstreepstof van het jasje van Klaus Malters kostuum, alsof hij haar bezit was.

Trudi wenste dat Fräulein Raudschuss zou flauwvallen of, nog mooier, ging schuimbekken zodat ze zich onherstelbaar onmogelijk maakte, maar de onderwijzeres bleef naast Klaus Malter voortschrijden, en haar moskleurige herfstjapon ritselde bij elke vastberaden stap alsof ze zich al oefende voor haar wandeling naar het altaar op haar trouwdag. Tien rijen voor de voorste banken wendde ze haar gezicht om en glimlachte ze naar Klaus, ze nam haar gehandschoende hand weg van zijn mouw en gleed in een honingkleurige bank aan de vrouwenkant van de kerk, terwijl hij een plaats aan de mannenkant vond, naast rechter Spiecker.

Een elegant ivoorkleurig hoedje met moskleurige zijden blaadjes verborg bijna al haar haar, maar Trudi kon van bovenaf zien dat haar gezicht die scherpe, bezorgde uitdrukking had die sommige vrouwen krijgen als ze graag willen trouwen en zich zorgen maken dat ze te oud worden om een echtgenoot aan te trekken. De twee oudste dochters van de Buttgereits, Sabine en Monika, hadden zulke gezichten, en zelfs de flamboyante hoeden die Monika Buttgereit bij Frau Simon bestelde–hoeden zo kleurig dat ze pijn aan je ogen deden–konden die uitdrukking niet verbergen.

Trudi voelde leedvermaak toen ze bedacht dat Brigitte Raudschuss de leeftijd begon te bereiken waarop haar vaders status er niet meer toe deed. Binnenkort zou ze te oud zijn om nog verankerd te zijn in haar rol van dochter – net als andere vrouwen zonder man, bij wie de relatie tot hun vader niet meer dezelfde waarde had, zodat ze geïsoleerd raakten binnen hun familie en gemeenschap. Oude vrijsters – merkwaardig zoals hun anders-zijn niet van fysieke aard was, zoals bij haarzelf, of die gehandicapte jongen van Hansen, of zelfs de dochter van de Heidenreichs die sinds kort in een gesticht woonde, maar zoals dat op een bepaalde leeftijd over hen kwam zodat ze buitenstaanders werden hoewel ze, tot die tijd, thuis waren geweest in de gemeenschap.

Het baarde Trudi zorgen dat het leven voor ongetrouwde vrouwen nog moeilijker was geworden sinds Hitler aan de macht was gekomen en had verklaard dat het gezin de belangrijkste eenheid in het volk was. Alleen het belang van het volk was nog belangrijker dan dat van het gezin. Het woord 'gezin' had zich in de meeste politieke toespraken weten te dringen. Het was een geheiligd woord geworden, een machtig woord. En natuurlijk was je geen gezin als je ongetrouwd was, want het individu was de minst belangrijke eenheid van het volk. Trudi betwijfelde of zij en haar vader als gezin werden beschouwd. Je was alleen een gezin als je trouwde, bij voorkeur jong, en op weg was *kinderreich* te worden. Om je gezin te steunen en je aan te moedigen je voort te planten loofde de overheid premies uit, rentevrije leningen tot duizend mark – ongeveer wat de leesbibliotheek in vijf maanden tijd opbracht. Voor elk kind dat je in Duitsland op de wereld zette, werd je lening met een kwart verminderd, en na vier kinderen kreeg je hem cadeau. En er was zelfs nog een grotere beloning: eer.

Toen de orgelmuziek inzette, rees Trudi's stem omhoog, samen met de andere stemmen van het koor. Als steeds zong Herr Heidenreich met zijn hoofd achterover en hijgende borstkas, en de vlezige wangen van de apotheker beefden terwijl zijn mondhoeken afzakten naar zijn kin. De pastoor en vier misdienaars, met Helmut Eberhardt aan het hoofd, hadden zich nauwelijks voor het marmeren altaar geposteerd, of Hilde Sommer bracht een mollige hand naar haar keel, wankelde en viel flauw, zodat vier mannen kwamen aandraven uit hun deel van de kerk om haar naar buiten te dragen. De pastoor moest een duwtje uitdelen aan Helmut, die zich snel had omgedraaid bij die onrust en naar Hilde staarde alsof hij haar helemaal in zijn eentje had willen wegdragen. Nog de week daarvoor had Trudi hem voor Hildes huis betrapt, alsof hij stond te wachten of ze langs het raam zou lopen.

Natuurlijk had ze dat aan Hilde verteld toen die naar de bibliotheek was gekomen voor een van de romannetjes over dokters en verpleegsters waar ze zo van hield, en ze had verwacht dat ze zou lachen en iets zou zeggen als 'Zo'n jonge jongen', maar Hilde – die vijf jaar ouder dan Helmut was en minstens vijftig pond zwaarder – leek aangenaam getroffen door dat verhaal.

Kort nadat Hilde de kerk uit was gedragen, kwam het meisje Jutta binnenrennen, met verwarde haren, en schouders die op en neer gingen onder haar openhangende jas, alsof ze vanuit het huis van haar oom Alexander was komen rennen. Nadat ze haastig een scheef kruis had geslagen wrong ze zich in de bank naast Fräulein Raudschuss, die haar arm tegen haar lichaam drukte alsof ze erg veel last van het kind had, en haar met een beleefd, maar zuur glimlachje bekeek.

Trudi kon zien dat Fräulein Raudschuss het soort vrouw was dat veel betekenis hechtte aan wat de mensen aantrokken als ze naar de kerk gingen: ze zou haar eigen komst zo laat timen dat ze gezien werd door allen die er al waren, maar net vroeg genoeg om alle anderen te bekijken; een meisje als Jutta zou ze afdoen als onbelangrijk, terwijl ze onder de indruk zou zijn van iemand als de apotheker die altijd keurig gekleed was en een pak met vest en een hoed droeg, zelfs als hij ging picknicken. *Ik ken je, Fräulein Raudschuss,* dacht ze, opeens onder de indruk van haar eigen gaven. *Ik weet alles van je af.* Ze was blij dat ze tien jaar jonger was dan de advocatendochter. Omdat ze vanaf het begin anders was geweest, zou niemand in Burgdorf haar minachten omdat ze niet trouwde. Zelfs als ze ervoor gekozen had alleen te blijven, zou dat zijn wat iedereen van haar verwachtte in dit stadje dat een streng oordeel velde wanneer een vrouw zich niet wenste te houden aan de plaatselijke gedragscode. Op een rare manier had ze meer vrijheid dan andere vrouwen: de vrijheid om haar eigen beslissingen te nemen, haar eigen brood te verdienen met haar werk in de bibliotheek, haar eigen gang te gaan.

Haar anders-zijn was toch nog ergens goed voor.

Van die gedachte moest ze glimlachen, en ze zong luider. Voor de meeste vrouwen, dat wist Trudi, was het geen kwestie van keuze als ze ongetrouwd bleven. Sommigen konden geen vrijer vinden, terwijl anderen niet durfden te trouwen met een man van een ander geloof of uit een lagere klasse. Trouwen met iemand van hogere klasse was wenselijk, maar zelden mogelijk. In sommige gezinnen moest de oudste dochter getrouwd zijn voordat de volgende een aanstaande mocht aanmoedigen, en dat resulteerde, zoals bij de Buttgereits, in negen ongetrouwde dochters die geleidelijk zo oud werden dat de een na de ander van de huwelijksmarkt verdween, terwijl de ouders piekerden hoe ze een man moesten vinden voor hun oudste, Sabine, wier uiterlijk even scherp was als haar humeur.

Trouwens, als Klaus zo van vrouwen met een scherp uiterlijk hield, kon hij net zo goed trouwen met Sabine Buttgereit, en zodoende Monika en de andere dochters de kans op een huwelijk bieden. Trudi grinnikte voor zich heen. Dat zou nog eens een goede daad zijn, een daad van edelmoedigheid. Je hoefde niet buiten het stadje te gaan als je een oude vrijster met scherpe trekken zocht.

Sinds die keer dat Klaus haar had gekust, had Trudi geprobeerd uit te vinden wat mannen zochten bij vrouwen. De huwelijksadvertenties in de krant waren een goed aanknopingspunt. Ze las de advertenties van vrouwen snel door om over te stappen op de kortere kolom waarin mannen meedeelden dat ze een vrouw wilden ontmoeten, later huwelijk niet uitgesloten. Veel mannen waren op zoek naar gezonde arische vrouwen die jonger waren dan zij, vrouwen die een warm hart hadden, of een eigen zaak, vrouwen die hielden van kinderen en koken, en van wandelingen en van de opera. Geen van de mannen zette ooit een advertentie voor een *Zwerg*-vrouw die de geheimen van de mensen kende. Ze beschreven zichzelf meestal als beschaafd of succesvol – soms allebei –, gaven hun lengte tot op de centimeter aan, maar zeiden niets over haarkleur, waaruit Trudi afleidde dat ze waarschijnlijk kaal begonnen te worden. Herr Hesping was de enige man die ze kende die er goed uitzag zonder haar – waarschijnlijk omdat hij al sinds zijn jonge jaren kaal was.

Om te zien in hoeverre die mannen leken op de manier waarop ze zichzelf hadden beschreven, had Trudi gereageerd op twee van zulke advertenties, en ze had met beide mannen – die natuurlijk niets van elkaar af wisten – een afspraak gemaakt op een zondagmiddag, in hetzelfde restaurant in Düsseldorf. Zij was als eerste gekomen. Allebei zagen ze er ouder en saaier uit dan ze had verwacht, en ze kwamen terecht aan tafeltjes naast elkaar, elk met een roodbruine pochet in de borstzak van hun jasje, het teken waaraan zij hem, volgens haar brief zou herkennen. Hoewel hun gretige, nerveuze ogen alle vrouwen in het restaurant bekeken, was het geen seconde bij hen opgekomen dat zíj de vrouw was op wie ze zaten te wachten.

Eerst was het Trudi voorgekomen als bedotterij: hun ongeduld, hun gêne vond ze lachwekkend, en ze voelde een merkwaardige bevrediging toen ze voelden aan hun roodbruine pochet, om te controleren of die wel op zijn plaats zat; maar wat in haar bleef smeulen, lang na die dag, was een overweldigende haat, een haat die zo lelijk was dat ze bang was dat zijzelf vanbinnen ook lelijk zou worden.

Toen de pastoor het heilig sacrament omhooghield naar de donkerogige apostelen op de muurschildering van het Laatste Avondmaal boven het marmeren altaar, snoot Jutta haar neus, en Fräulein Raudschuss dook nog wat verder ineen. Klaus Malter boog het hoofd en rechter Spiecker begroef zijn gezicht in zijn handen. Terwijl Trudi keek hoe ze zaten te bidden, voelde ze afkeer van hen en al die anderen die zo gemakkelijk troost vonden in de kerk; maar tegelijkertijd benijdde ze hen ook, want zij had – vóór die dag in de schuur – die troost eveneens gekend.

De leden van het koor liepen de trap af, naar het altaar, om de communie te ontvangen, en toen Trudi opkeek en haar mond opende om de ronde witte ouwel aan te nemen, overviel haar een plotseling verlangen naar een eigen kind, zodat haar nek en dijen met koud zweet werden overdekt. Hoewel ze tegen zichzelf zei dat ze geen kinderen wenste, kon ze alleen maar denken aan wat ze niet had en nooit zou krijgen. Ze kon in haar eigen leven niets belangrijks meer bedenken, en wist dat de dochter van die rijke advocaat zou krijgen wat ze maar wilde.

Die nacht probeerde Trudi haar oude droom weer op te roepen, de droom waarin ze groeide. Hoewel ze geprobeerd had haar allesoverheersende verlangen naar groeien te temperen door zich te binnen te brengen hoe Pia haar lengte had aanvaard, verlangde ze naar die droom, even maar – ze wilde voelen hoe haar armen en benen zich strekten, hoe haar lichaam lenig werd, ze wilde dat de vertrouwde zaligheid van die droom de scherpe randjes wegnam van haar verdriet over haar liefde voor Klaus, die bezig was in haat te veranderen, zoals vroeger ook met andere liefdes was gebeurd. Maar in plaats daarvan droomde ze van de strekdam, de dam van de Braunmeiers – alleen stak die niet meer uit tot in de rivier: hij reikte in een boog over de Rijn heen, één grote massa aarde en stenen. Klaus riep haar naam van de overkant van de rivier, maar zij wist dat de boog zou instorten als zij erop stapte.

Toen ze wakker werd, voelde ze paniek dat Klaus voorgoed voor haar verloren was. Ze wist dat ze moest teruggaan naar de strekdam van de Braunmeiers, en ze was bang; toch trok ze haar kleren aan alsof ze de

laatste fase van haar droom naspeelde, en ze liep door de koude, lege straten, voorbij ramen die nog achter houten luiken zaten, en toen de huizen
geleidelijk achterbleven, alsof ze van het oppervlak van het stadje waren
geveegd, rook ze de rivier, die overdadige geur van water en bomen. Dorre bladeren kraakten onder de zolen van haar zwarte veterschoenen, en
toen ze de kruin van de dijk bereikte, zag ze twee aken met rode schoorstenen die zich tegen de stroom op worstelden. De dam was nog net als
vroeger – laag en stevig en aan drie kanten omgeven door water. Het was
er lang niet zo akelig als al die keren dat ze hem voor haar geestesoog had
gezien.

Toen ze naar de strekdam liep, bedacht ze: wat Klaus had gedaan, was
niet eens zoveel anders dan wat die jongens hadden gedaan. Terwijl zij
haar geweld hadden aangedaan met hun nieuwsgierigheid en minachting, bestond het geweld van Klaus uit zijn zwijgen, uit het feit dat hij
deed of er niets was gebeurd. Haar gevoelens voor hen allen waren zo
verward, en zo onderling verbonden, dat het zin had dat ze hier was, op
de plaats die ze steeds had gemeden, en toen ze op haar knieën viel in de
kring van zand aan het eind van de strekdam en een steen optilde, was ze
ineens weer dertien – alleen smeet ze de steen ditmaal niet in de rivier, ze
legde hem voor haar knieën als een offer voor een ongenoemde macht, en
ze fluisterde: 'Deze is voor jou, Klaus Malter.'

Die eerste steen was de paniek die ze voelde omdat ze niet bij Klaus
kon zijn, en ze voegde er vier stenen aan toe – een steen omdat ze van
hem hield, een omdat ze hem haatte, een voor haar verlangen, en een
voor haar woede. De stenen voelden koud aan, en ze legde er een vijfde
steen bij – omdat ze zich schaamde dat ze Klaus liefhad zonder dat hij
haar liefde beantwoordde – boven op de vorige, en toen nog meer stenen,
voor gevoelens die ze niet kon begrijpen, en ze stapelde ze op terwijl die
gevoelens honderdvoudig in haar opwelden, haar kaak pijn deden en haar
borstkas benauwden, tot ze zich misselijk voelde. Opeens zag ze zichzelf
als kind staan voor de naaikamer waar haar lange, mooie moeder altijd
was opgesloten; ze voelde de afwijzende deur tegen haar opgeheven vuisten, terwijl haar vader haar wegtrok. 'Je moeder heeft een vrediger oord
gevonden.' De afschuwelijke duisternis die nu haar ziel vervulde – zo
moest het gevoeld hebben, totdat eindelijk, jaren later, het inzicht was
doorgebroken dat ze haar moeder nooit meer zou zien.

'*Mensen gaan dood als je niet genoeg van hen houdt.*' Haar broertje
was voor zijn geboorte gestorven, haar moeder in de week voor Trudi's

vierde verjaardag. In het laatste jaar voordat haar moeder was gestorven, had Trudi zich soms voor haar gegeneerd. En ze had nooit gewenst dat haar broertje geboren werd. Op de dag van de begrafenis van haar broertje, toen haar moeder Trudi's gezicht had afgewassen bij de beek, had ze naar onder het oppervlak van het water gewezen, waar hun gezichten zilverkleurig schemerden tussen tongvormige bladeren. Dat moment van helderheid – van hoe de dingen konden zijn – wat was daarmee gebeurd? Was het weggespoeld door het modderige water van de beek? Of had haar moeder haar hand gepakt en haar mee terug genomen naar het huis, en had ze hun spiegelbeelden, intact, aan het water overgelaten?

Met klapperende tanden legde Trudi er stenen bij voor haar moeder, voor haar broertje, stenen voor Georg, stenen voor Fritz en Hans-Jürgen en Paul en Eva en Brigitte Raudschuss, tot het haar duizelde. Ze steunde op haar handen en wachtte tot de duizeligheid afnam. Het voelde aan als het einde ergens van, de dood ergens van – en toch, toen haar ogen de rivier volgden, kon ze opeens zien hoe het eind van elke beweging veranderde in het begin van de volgende, hoe het water dat tegen een steen spoelde, een nieuw patroon vond wanneer het zich weer bij de stroming aansloot, hoe de kruin van elke golf veranderde in de holle daling, waar de beweging van het water even een appelgroene glans kreeg.

Trudi zoog diep lucht in, liet de kracht van de rivier door zich heen vloeien. De stapel stenen die voor haar lag, gaf haar een veilig gevoel, maakte dit tot háár plaats – intiemer van haar dan enig ander ding dat haar tot dusver had toebehoord, meer zelfs dan Pia's eiland van de kleine mensen.

Ze zag voor zich hoe Pia haar armen om zich heen had geslagen, heen en weer had gewiegd, en haar woorden had gegeven die Trudi – tot vandaag – niet had begrepen: 'Er komt een dag dat je je dit zult herinneren.' Langzaam stak Trudi haar armen omhoog, aarzelend voordat ze ze om zich heen sloeg, zo ver ze reikten. Wat had Pia nog meer gezegd? 'Dat kan niemand veranderen, behalve jijzelf.' Ze hadden gepraat over die gruwelijke eenzaamheid die ontstaat als je gelooft dat er niemand anders is zoals jij. Trudi voelde de stevige vormen van haar lichaam, omhelsde zichzelf – eerst voorzichtig, toen uitbundig – terwijl ze dat lichaam in haar armen wiegde, het voor zichzelf opeiste.

Gebeden in de kerk voor het *Vaterland* werden gebruikelijk, en vaak voegde de kapelaan – zo noemden sommige mensen nog steeds de dikke priester, hoewel hij sindsdien hun pastoor was geworden, terwijl de kleine priester zijn laatste zwakke jaren doorbracht in het Theresienheim, waar de zusters hem vertroetelden, hem schoren en de sausen voor hem bereidden waar hij zo van hield–er nog een vurig gebed aan toe voor de Führer, met de handen opgeheven naar het zwartmarmeren altaar, waar vijf stevige kaarsen gelijkmatig brandden. Wanneer hij pasgeborenen doopte–zijn favoriete plechtigheid, omdat hij altijd werd uitgenodigd voor het doopmaal–, tekende zijn hand het teken des kruises op hun voorhoofd, lippen en hart, en hij was verheugd wanneer de zuigeling Adolf werd genoemd, verreweg de populairste jongensnaam dat jaar.

Op school was het ochtendgebed vervangen door een kortaf *Heil Hitler*, en slechts enkele onderwijzers en leerlingen waagden het hun arm niet op te steken voor de voorgeschreven groet. Bruine hemden en uniformen waren overal te zien–je zag ze in winkels, in restaurants, in stations–keurig netjes onderhouden, zodat degenen die niet zo gekleed waren uitzonderingen werden, leden van een verkeerde groep die met de dag verder in aantal afnam.

Trudi stond versteld toen ze ontdekte hoeveel redenen er waren, afgezien van lichaamslengte, waardoor je in een buitenstaander veranderde– je geloof, je ras, je opvattingen. Vijanden konden je in gevaar brengen door middel van geruchten; vrienden konden je ongewild te gronde richten door iets te herhalen wat ze jou hadden horen zeggen.

Ze zag hoe mensen gearresteerd werden om hun politieke overtuiging, en ze keek toe hoe Herr Stosick, die een van de meest gerespecteerde mannen van Burgdorf was geweest, tot buitenstaander werd verklaard. Op de dag na zijn zoons begrafenis was hij van directeur van de protestantse school gedegradeerd tot gewoon onderwijzer. Mensen meden hem, treiterden hem alsof hij de dood van zijn zoon op zijn geweten had. Zijn salaris was met meer dan de helft verminderd, en hij kon zijn nieuwe auto niet meer afbetalen. Toen hij probeerde de auto te verkopen, bood men hem zulke lachwekkende bedragen dat Leo Montag, die eigenlijk helemaal geen auto nodig had, besloot de auto voor een redelijke prijs van hem over te nemen.

De meeste mannen van de schaakclub stemden ervoor hun bijeenkomsten te verplaatsen van zijn huis naar de smalle achterkamer van café 'Potter'. Bijna de helft van de leden wilde dat Günther Stosick uit de club stapte, maar toen Leo Montag en vijf andere leden dreigden samen met Herr Stosick te vertrekken, waren ze bereid hem te laten blijven, zij het dan niet als voorzitter.

Heel wat leden van de club gedroegen zich als soldaten, al waren ze burgers. Toen Leo Montag de nominatie als voorzitter van de hand wees, had de schaakclub maandenlang geen voorzitter, totdat de apotheker verscheidene leden wijs wist te maken dat hij de beste kandidaat was. Twee schaakspelen werden gestolen uit café 'Potter', en de maandag-avonden kregen een ergerlijk aspect dat veel verderging dan de uitdaging van een partijtje schaak.

Günther Stosick verscheen op slechts drie bijeenkomsten. Hij zag er tientallen jaren ouder uit met zijn haarloze schedel. Zijn huid was opge-zet, ongezond, en hij aarzelde voordat hij zelfs de eenvoudigste openings-zet deed: zijn ontwortelde handen – niet meer veilig verankerd in een woeste haardos – zweefden boven het ene stuk, en dan boven het andere, alsof hij zijn oude vastberadenheid kwijt was.

Op school was hij onder druk gezet om zich bij de nazi's aan te sluiten, net als anderen die in overheidsdienst waren, maar hij was erin geslaagd buiten de partij te blijven, en was opgelucht dat deze voorlopig geen nieu-we leden aannam. 'Om opportunisme uit te sluiten en selectief te blij-ven,' had de apotheker tegen Trudi en haar vader gezegd toen hij hen er-aan herinnerd had dat het een schande voor elke winkelier in Burgdorf was als hij er niet bij hoorde.

'Waarom zouden ze iemand als mij willen hebben?' had Trudi hem gevraagd, met de uitdagende blik van iemand die wist dat ze anders was.

Daarna had de apotheker hen met rust gelaten, maar elke keer dat hij langskwam om zijn sigaren te kopen, drong hij er bij Leo op aan lid te worden zodra dat weer mogelijk zou zijn.

'Ik ben te oud voor dat soort dingen,' zei Leo.

'Onzin, Leo.' De apotheker greep hem bij zijn elleboog. 'Je bent een maand jonger dan ik.'

'Dan ben ik er vast te jong voor.'

'Het is niet om te lachen.' De nek van de apotheker werd dikker. 'Ik kan je nu meteen op een wachtlijst zetten. Het enige wat je moet doen is vijf mark betalen.'

'Het is niets voor mij, Herr Neumaier.'

'Misschien zijn er mensen die dat hoogst verdacht vinden.'

'Wat ik verdacht vind, dat is die vijf-mark-wachtlijst van u.'

Herr Neumaier stak beide handen op als om een aanval af te slaan. 'Ik zou een andere schaker nooit aangeven. Maar u handelt wél onvoorzich-tig.'

Meer succes had hij bij Frau Stosick. Toen ze in zijn apotheek kwam om zalf te kopen tegen de uitslag op haar handen, vroeg hij: 'Sinds wanneer is uw man lid?'

'Hij is geen lid,' mompelde ze, en ze trok de zwarte mantel die ze voor zichzelf had genaaid voor de begrafenis van haar zoon dichter om zich heen.

'Hebt u nog niet genoeg verloren, Frau Stosick?'

Ze keek neer op haar handen en wreef over de pijnlijke knokkel van haar duim.

'Hebt u enig idee van het gevaar waarin uw man verkeert? Hij zal zijn baan kwijtraken. Dan raakt u ook het huis kwijt, en dan staat u op straat. Wilt u dat soms?'

Ze schudde haar hoofd.

'We moeten hier verandering in brengen. Onmiddellijk. Op zijn minst ú zou op mijn wachtlijst moeten staan. Ik zal het nu meteen voor u in orde maken, zodat u geen moeilijkheden krijgt omdat u zich niet eerder hebt gemeld. Dit is wat u moet doen. U betaalt vijf mark voor elk van u, en als u eenmaal lid bent, krijgt u de papieren over de post.'

'Maar dan heb ik geen geld meer voor die zalf.'

'Wat is belangrijker? Uw man zal u dankbaar zijn.'

Maar haar man was helemaal niet dankbaar toen ze het hem vertelde, en hij zwoer dat hij de papieren zou verscheuren zodra ze kwamen. In die tussentijd wachtten ze af, met een stilte tussen hen in die kouder werd, elke dag dat Herr Stosick moest staan voor een klas vol kinderen die hun arm met een ruk omhoogstaken met een enthousiast *Heil Hitler*, elke dag dat hij de waarschuwende woorden die hij hun zo graag wilde toeschreeuwen, moest inslikken.

Hoewel Ingrid nu op de universiteit was, woonde ze nog thuis en reisde ze per tram naar Düsseldorf. Ze volgde een lerarenopleiding. De laatste tijd waren verscheidene professoren ontslagen, ze waren met pensioen gestuurd of hadden een baantje van niets gekregen. Hun opvolgers leken maar al te graag dienst te doen zonder kritiek op het nieuwe regime.

'Ze willen geen van allen de aandacht trekken,' zei Ingrid op een zondagmiddag tijdens een wandeling aan Trudi. 'Ik bid elke dag voor hen.'

'Naast al je andere gebeden?'

'Ik heb er nog een rozenkrans aan toe moeten voegen.'

'Dat wil zeggen dat je nog minder tijd overhoudt voor je vrienden.' Het klonk kleinzielig en jaloers, en het was eruit voordat Trudi het wist.

Ingrid fronste haar wenkbrauwen. Maar toen glimlachte ze alsof ze zojuist bedacht had dat martelaren altijd al in die positie hadden verkeerd – dat ze hun toewijding aan God moesten verdedigen. Niet dat zij zich in een arena bevond, op het punt voor de leeuwen geworpen te worden... Maar goed, op Trudi kon ze oefenen voor het geval ze ooit tegenover een echte tegenstander stond. 'Dat is wat God van mij verlangt,' zei ze vastberaden.

'Neem me niet kwalijk.'

Ingrid zette een teleurgesteld gezicht, alsof haar de kans was ontnomen zich op te offeren voor haar geloof.

Ze kwamen langs het weiland van de Weinharts waar, achter het hek, alle koeien als steeds op een kluitje stonden, terwijl de schapen, overal in het gras verspreid, met zwarte koppen die uit bleke wollen lijven staken, de laatste grassprietjes opvraten.

'Het is niet dat ik zelf beslist heb nog een extra rozenkrans te bidden,' probeerde Ingrid uit te leggen. 'Het is – ik weet dat ik het moet doen, maar het komt niet uit mezelf.'

'Alsof je een stem hoort?'

'Het is niet als horen of zien... meer iets wat je gewoon weet.'

Trudi knikte.

'Ik heb er geen idee van hoe zoiets in me komt. Het ís er gewoon. En dan moet ik gehoorzamen.'

'En als je dat niet doet?'

Ingrid keek haar verbaasd aan.

'Heb je dat nooit geprobeerd?'

'Dat zou ik niet durven.'

'Maar wat doe je als je denkt dat het niet juist is?'

Ingrids gezicht werd vuurrood, alsof Trudi haar had herinnerd aan iets wat ze wilde vergeten. 'De beslissing is niet aan mij.'

Trudi staarde haar aan, strak, in een poging uit haar te trekken wat ze gedaan had dat niet juist was. 'Mij kun je het wel vertellen,' fluisterde ze, en ze probeerde de hand van haar vriendin te pakken. Maar zodra ze Ingrids huid tegen de hare voelde, wilde ze het niet meer weten, want wat ze voelde had te maken met Ingrids vader, met dat onbehagen dat in haar rees, telkens wanneer ze zag hoe zijn ogen zich op zijn dochter richtten met een blik die geen vader zijn dochter hoorde te schenken. Ze hoorde hem grinniken, hoorde hem tegen Ingrid zeggen dat ze fatsoenlijke kleren moest dragen. Haastig liet ze Ingrids hand los, maar het was te laat: ze zag de schaduw van Ingrids vader tegen het schuine plafond van Ingrids kamer, zag hoe hij zijn vinger op Ingrids lippen legde toen ze met een ruk in bed overeind kwam.

'Soms denk ik dat ik dingen droom...' Ingrids stem was ver weg.

Trudi voelde zich misselijk. 'Je hoeft me niet...'

Ingrids gezicht was even nietszeggend en vroom als dat van heiligen die zo dadelijk gemarteld zullen worden.

'Niets wat je me niet wilt...'

'Maar je begrijpt het niet.'

'Jij gaat met me mee naar Amerika,' zei Trudi haastig. 'Als ik op bezoek ga bij tante Helene en oom Stefan.'

'Wanneer ga je?'

'O – dat weet ik nog niet. Wanneer ik maar wil. Hun huis is eigenlijk meer een paleis, met vijf verdiepingen, en marmeren schoorsteenmantels en wandtapijten. Er wonen ook andere mensen, in appartementen, maar oom Stefan heeft dat huis gebouwd.' Ze praatte druk verder, over allerlei bijzonderheden uit haar tantes verhalen over Amerika: het heldere meer waarin haar neven zwommen; het zachte toiletpapier – niet ruw en grauw zoals in Duitsland, had haar tante geschreven; de lift in het flatgebouw... Ze zag zichzelf al met Ingrid op een schip naar Amerika, het land van hoge gebouwen en cowboys, achteromkijkend naar de wijkende kust van Duitsland, en naar deze dag, naar dit gesprek, waarmee ze Ingrid had overgehaald haar te vergezellen.

Maar Ingrid zou degene zijn die op reis ging – en niet met Trudi, maar met haar familie, voor een bezoek aan haar oom in München, tijdens de kerstdagen. Trudi wuifde hen uit op het station. Terwijl Ingrids ouders en haar broer in de coupé gingen zitten, boog Ingrid zich uit het open raam.

'Alsjeblieft.' Trudi gaf haar het cadeautje dat ze voor haar had ingepakt.

Ingrid keek verlegen. 'Ik heb niets voor jou.'

Trudi glimlachte heftig om haar teleurstelling te verbergen. 'Dat geeft niet.' Ze had Ingrids cadeau vier weken eerder gekocht, en had genoten toen ze zich voorstelde wat voor gezicht Ingrid zou trekken als ze het openmaakte, en ook toen ze dacht aan haar eigen blijdschap wanneer Ingrid haar een fraai ingepakt geschenk zou overhandigen.

'Ik koop een cadeautje voor jou in München,' riep Ingrid dwars door de stoomfluit heen. 'Mag ik het nu al openmaken?'

'Het brengt ongeluk als je iets te vroeg openmaakt '

'Laat het kind het toch openmaken,' riep Herr Baum vanuit de coupé. Trudi kromp ineen.

'Ik zal geen Kerstmis vieren voordat het zover is,' beloofde Ingrid. 'Ik wil alleen jouw cadeau bekijken.' Voorzichtig maakte ze het goudpapier los, en ze liet haar ene vinger over het rode leer van het bijouteriedoosje glijden. 'Wat mooi. Dank je wel, Trudi.'

'Dus je vindt het mooi?'

'O ja.' Ze probeerde het weer in te pakken, maar haar vader stak zijn hand uit en nam het haar uit handen.

'Laat mij eens kijken.'

Ga niet met hem mee, wilde Trudi zeggen. *Blijf hier bij mij.*

'Nou, nou, chic hoor,' zei hij.

'Papieren alstublieft.' Een geüniformeerde conducteur deed de deur van hun coupé open.

Ingrids vader gooide het bijouteriedoosje op het bagagerek boven zijn zitplaats. De kralen van Ingrids rozenkrans klikten in haar handtas terwijl ze zocht naar haar *Personalausweis* en een kleine groene folder.

Een dikke vrouw kwam aangerend uit de rode telefooncel bij de ingang van het station, zwaaiend met twee zware manden. Ze trapte bijna op haar rok toen ze in de trein stapte. In het open raam van de volgende coupé verscheen een grijsharige man, en een jonge militair overhandigde hem een versleten koffer met een touw eromheen.

'Denk eraan dat je je pillen slikt, vader,' riep hij.

Twee vrouwen in grijze jassen, met gebloemde hoofddoeken om, zaten op een bank bij de loketten alsof ze al heel lang hadden gewacht. De treinfluit klonk weer, en Ingrid wuifde door een wolk van stoom toen de trein begon te rijden en een laatste passagier aan boord sprong.

Trudi stond te wuiven tot de trein het station had verlaten, schommelend over de rails tot hij vaart had gekregen. Pas toen voelde ze de kou van de winterse lucht. Ze zette haar kraag op, trok de wollen doek om haar haar strakker. Toen ze op het punt stond het station te verlaten, zag ze – als voorgoed omlijst door de brede bakstenen boog van de entree – vier jongens die voetbalden. In het zuivere, koude zonlicht zaten ze elkaar achterna, lachend en schreeuwend. Hun wangen waren rood, en als ze niet van die identieke bruine hemden hadden gedragen, had het zomaar een groepje jongens kunnen zijn, verdiept in een eeuwig spel. Trudi's hart bloedde toen hun zorgeloze stemmen tot haar doordrongen, en ze vroeg zich af hoe lang iets eigenlijk ooit een spelletje kon blijven.

Hoofdstuk tien [1934-1938]

Trudi en haar vader maakten zich zorgen over de rekruteringsbijeenkom-
sten in de scholen, die resulteerden in nieuwe leden voor de Hitler-Jugend. Klanten van hen die nog kinderen op school hadden, kwamen naar
de leesbibliotheek met verhalen dat leerkrachten hun verteld hadden dat
het een ereplicht voor alle ouders was hun zonen naar de Hitler-Jugend
te sturen, en hun dochters naar de BDM–de *Bund deutscher Mädel.*

De verklaring die Trudi gaf voor de letters BDM deed Frau Abramowitz
vrezen voor haar veiligheid. *'Bund deutscher Milchkühe.'*

'Sst, niet zeggen,' zei Frau Abramowitz, en haar handen fladderden
rond als om die gevaarlijke woorden te onderdrukken.

'Maar het zíjn net koeien,' hield Trudi vol.

De meeste andere jeugdverenigingen waren al opgenomen in de Hitler-
Jugend, op verzoek van Adolf Hitler, waardoor een eind was gekomen
aan de vechtpartijen tussen kinderen uit de HJ en die uit andere vereni-
gingen, en waardoor een nog grotere kloof was ontstaan tussen de HJ en
joodse kinderen. Emil Hesping kende heel wat leden die aanvankelijk
bezwaar hadden gemaakt dat ze in de HJ waren opgenomen, maar de
nieuwe bijeenkomsten bijwoonden om oude vriendschappen in stand te
houden. Een paar van de oudere jongens die nog naar de gymnastiekclub
kwamen, klaagden bij Emil dat hun vroegere leiders hen hadden geleerd
trouw te zijn aan hun individualiteit, terwijl ze nu bevel kregen trouw te
zijn aan de Führer.

Leerkrachten moesten regelmatig vergaderen met de nieuwe groepslei-
ders om ervoor te zorgen dat hun leerlingen lid werden, en werkgevers
kregen te horen dat ze alleen jongelui in de leer moesten nemen die lid
van HJ of BDM waren. Als gevolg daarvan moesten de kinderen veel eerder dan vroeger over hun toekomst nadenken: wat voor werk ze in die
toekomst ook wilden doen–het was in hun voordeel als ze nu lid waren
van HJ of BDM.

En hoe konden kinderen zich niet laten verleiden door de knisterende
kampvuren en de heerlijke volksliederen–duister en melancholiek en
merkwaardig triomfantelijk–wanneer hun stemmen één werden en in

de nachtelijke hemel oprezen, voorbij de rood en gele vlammen, en hen dronken maakten met de belofte van gelijkheid, al die kinderen van winkeliers en onderwijzers, van boeren en advocaten en kleermakers? Overal om zich heen voelden ze hoe de starre klassenverschillen verminderden.

Toen Helmut Eberhardt de Führer had horen beloven dat elke arbeider brood zou hebben, en dat hijzelf het *Vaterland* naar grootheid, geluk en rijkdom zou voeren, werd hij verteerd door hetzelfde heilige vuur dat hij ooit als misdienaar had ervaren. Dat gevoel bleef hem bij, en werd sterker, elke maand dat hij in de Hitler-Jugend zat, tot hij zich machtig voelde op een wijze die hij bij de priesters nooit had gekend. Hij geloofde in de Führer als hij beweerde dat hij niet zou rusten voordat elke Duitser een onafhankelijk, vrij en gelukkig mens in zijn *Vaterland* was.

Dat nieuwe machtsgevoel veranderde Helmuts leven met zijn moeder. Hij luisterde niet meer naar wat ze zei, en als ze hem berispte, keek hij haar strak aan tot de woorden op haar lippen wegstierven. Algauw vroeg hij nergens meer om – hij pakte gewoon wat hij nodig had. Naarmate hij de toename van zijn macht ervoer in de groei van zijn lichaam en in zijn invloed op de veel oudere Hilde Sommer – die hij veel aantrekkelijker vond dan meisjes van zijn eigen leeftijd –, voelde hij hoe zijn moeder zwakker werd, bleker.

Eva Rosen en Alexander Sturm trouwden in de maand voordat wetten van Neurenberg de joden van hun Duitse staatsburgerschap zouden beroven en zowel huwelijken als *Geschlechtsverkehr* tussen joden en Duitsers zouden verbieden. Op de dag van hun bruiloft, een zondag in augustus 1935, voelde Trudi haar hart van liefde uitzetten toen ze Eva zag, met haar weelderige donkere haar gevlochten tot een kroon, met de witte lokken aan haar slapen weggekamd uit haar jonge gezicht als de vleugelpunten van een tamme vogel.

'Ik ben zo blij dat je er bent,' zei Eva, en ze bukte zich om Trudi te omhelzen. Ze droeg een nauwsluitende trouwjapon met een kort open jasje dat voorzien was van een met parels geborduurd kraagje en bijpassende manchetten.

Het spijt me, had Trudi tegen haar willen zeggen, maar dat deed ze niet, want dan zou Eva alleen hebben gevraagd wat haar dan speet, en dat wist Trudi zelf niet, alleen dat het iets te maken had met het feit dat ze tegenover haar vriendin tekort was geschoten.

Hoewel Eva zich verzet had tegen Alexanders verzoek of ze katholiek wilde worden, had ze ingestemd met vijf huwelijksgesprekken met Herr Pastor Beier, ondanks diens pogingen Alexander een huwelijk met haar uit het hoofd te praten. Ze had zelfs beloofd hun kinderen katholiek op te voeden, iets wat uiterst kwetsend was voor haar moeder, die het besluit van haar dochter tegenover haar joodse vrienden probeerde te rechtvaardigen.

'Dat is de enige manier waarop Alexander met Eva kan trouwen en katholiek blijven.'

'Die kerk is nou niet direct de meest gulle kerk,' zei Frau Simon tegen haar.

Fräulein Birnsteig zei dat niets onherroepelijk was.

'Misschien krijgen ze helemaal geen kinderen,' opperde Frau Abramowitz.

Frau Doktor Rosen raakte het ivoorkleurige litteken boven haar bovenlip aan. 'Moet ik me dáár soms mee troosten, Ilse?'

Het was een kleine plechtigheid, in de witte kapel bij de Sternburg. De receptie werd gehouden in de tuin achter het huis van de familie Rosen. Eva's broers waren overgekomen uit Zwitserland waar ze beiden de laatste paar jaar hadden gestudeerd. Haar vader was van zijn rustbed verrezen voor zijn dochters huwelijk; gekleed in een enorme zwarte smoking, een glas champagne in de hand, babbelde hij met de gasten alsof hij hen de vorige dag nog had gezien. Zijn grote gezicht was zongebruind als steeds, en als daar niet zijn ligstoel op het balkon had gestaan, met de geruite deken opgevouwen over de armleuning alsof hij wachtte op zijn terugkeer, had je kunnen vergeten dat dit dezelfde man was die daar al tientallen jaren had gelegen. Zijn uiterlijk zou slechts voedsel geven aan het gerucht dat hij helemaal niet ziek was – al zou hij de volgende dag weer in de zon liggen, en hoogstens een trage hand opheffen als men hem een groet toeriep.

Zijn nieuwe schoonzoon, Alexander, die al te snel veranderd was van ernstige jongen in ernstige man, zag er vandaag heel anders uit, sensueel en bijna knap. Het was of hij door Eva een paar van die verloren jaren had teruggeveroverd, en hij bewoog zich als een jongen – niet als een zakenman. Met zwierige bewegingen van heupen en nek danste hij met Eva. Toen zijn nichtje, Jutta, een complete *Schwarzwälder Kirschtorte* op het gazon liet vallen, lachte hij en hielp hij haar stukjes kers en vegen slagroom en brokken chocoladecake van het gras te schrapen.

'Laten we maar zeggen dat het door je voet komt,' zei hij plagerig.

'Wat is er dan met haar voet?' vroeg Klaus Malter. 'Ik dacht al dat ik haar zag hinken.'

'Niets.' Jutta haalde haar schouders op.

Maar haar moeder vertelde aan Klaus dat ze in een roestige spijker was getrapt. 'Op blote voeten. Ze was weer gaan zwemmen in die afschuwelijke plas in de kiezelgroeve,' zei ze, en Trudi herinnerde zich de avond dat ze Jutta bij de groeve had gezien, de nacht voordat er water uit de bodem was opgeweld, als opgeroepen door dat meisje.

Jutta's moeder vertelde aan de tandarts hoe Jutta was teruggehobbeld naar het Theresienheim, waar zuster Agathe de spijker uit haar voet had verwijderd.

'Wanneer is dat gebeurd?' vroeg hij.

'Gisteren.' Ze zuchtte, alsof haar dochter haar doodmoe maakte. Haar huid was wasachtig, haar stem zwak. 'Ik zeg aldoor tegen haar dat ze moet uitkijken.'

'Moeder...'

'Zorg wél dat je je voet schoonhoudt, anders gaat het ontsteken,' zei Klaus Malter waarschuwend tegen het meisje.

'Het doet niet eens pijn.'

'Met infecties weet je maar nooit.'

'Luister naar de dokter,' mompelde Jutta's moeder.

'Hij is alleen maar tandarts.'

In plaats van zich beledigd te tonen verraste Klaus Trudi door naar het meisje te glimlachen. 'Daar heb je gelijk in. Maar tandartsen weten ook wat infectie is.'

Jutta wendde zich met een ruk af. 'De zuster heeft me iets gegeven voor een voetbad.'

Klaus had Fräulein Raudschuss meegenomen naar de bruiloft. Ze stond vlak bij hem, en haar arm raakte de zijne zo vertrouwelijk aan dat Trudi meteen wist dat ze al een tijdje met elkaar sliepen. Ze probeerde geamuseerd te reageren: per slot van rekening was het een hele uitdaging de vorderingen van een romance te volgen door te kijken naar de lichamen van mensen, de terloopse aanrakingen van armen of benen, hoe dicht ze bij elkaar zaten. Zij kon het zien – zelfs bij degenen die stijfjes naast elkaar zaten, bang hun begeerte te verraden met een gewoontegebaar. Niet dat Fräulein Raudschuss en Klaus Malter ook maar iets probeerden te verbergen: haar hand streek over zijn wang; hij legde zijn hand in haar taille terwijl ze rondliepen; zij gaf hem een hapje bruidstaart van haar gebakvorkje... En alsof dat nog niet genoeg was om Trudi groen van afgunst te maken: ze kondigden hun aanstaande verloving aan.

'Dat is niet eerlijk.' Tot haar schrik merkte Trudi dat ze hardop had gedacht. Ze keek om zich heen. Maar de enige die haar verstaan had was Eva's vader.

'Wat is niet eerlijk, Fräulein Montag?'

'Om zo... de show te stelen van Eva. Het is háár trouwdag.'

Hij knikte, plechtig. 'Dat is niet eerlijk,' zei hij, en hij keek haar zo medelevend aan dat ze zich afvroeg hoeveel hij wel zag vanaf zijn balkon.

Alexander had het grootste appartement in zijn flatgebouw gereserveerd voor zijn bruid en zichzelf, en Eva begon de ruime kamers in te richten met teakhouten meubels die uit Denemarken geïmporteerd waren, en met haar verzameling opgezette vogels van allerlei formaat, waaronder een uil die haar echtgenoot als huwelijkscadeau voor haar gekocht had bij Herr Heidenreich. Haar favoriet was echter nog steeds de grijze vogel met de rode borst die door Trudi's hond was gevangen. Die zag er nog even levendig uit als op de dag dat Herr Heidenreich hem had opgezet en in een nest geplaatst, veel levendiger dan Seehund, die het steeds moeilijker vond van de vloer overeind te komen. Zijn achterpoten waren overdekt met littekens, doordat hij geprobeerd had de pijn weg te bijten, en als hij opstond moest je eraan denken hem niet op zijn rug te kloppen, want dan kon hij omvallen.

Vaak bewoog hij zich zo moeizaam dat Trudi bang was dat hij de volgende ochtend niet zou halen. Maar hij hield vol, die hele winter en tot in de lente, die eindeloos was, een klamme voortzetting van de lange koude maanden die zich vastzette rond de pijnlijke gewrichten van oude mensen en zelfs hun geheugen aantastte: ze brachten hun handen naar hun voorhoofd, in een poging zich dingen te herinneren die zojuist verloren waren gegaan. Zelfs de binnenkant van hun hoofd was klam geworden, zodat ze dingen die gisteren gebeurd waren, verwarden met wat hun tientallen jaren eerder was overkomen. Ze liepen langzamer en steunden op wandelstokken.

Eva en haar man leken de enigen die plezier maakten – als om zich te verzetten tegen de wetten die de wereld van de joden beperkten, hun verboden met Duitsers te trouwen of Duitse huishoudelijke hulpen van onder de veertig in dienst te nemen. 'Ze vergeten dat wij ook Duitsers zijn,' zei Eva tegen haar moeder, die het dienstmeisje dat bijna tien jaar voor het gezin had gewerkt, was kwijtgeraakt. Tot dusver had Frau Doktor Rosen geen vervangster kunnen vinden. Haar praktijk was de afgelopen twee jaar sterk geslonken, want de ziekenfondsen betaalden niet meer voor patiënten die de voorkeur gaven aan joodse artsen. Hoewel sommige arische patiënten 's avonds nog haar spreekkamer binnenglipten voor een consult, vergaten enkelen van hen voor het gemak haar te betalen.

Sinds Eva's huwelijk was Trudi weer meer een rol in haar leven gaan spelen. Eva studeerde niet meer en kwam vaak in de leesbibliotheek langs – niet om boeken te lenen, maar om met Trudi te praten of haar over te halen haar vader voor de klanten te laten zorgen terwijl zij met haar ging wandelen. Ze vertelde Trudi dan over al die opwindende dingen die zij en Alexander deden – ze gingen uit eten en ze gingen dansen en gaven feestjes –, maar ze sprak met geen woord over haar woede om de wreedheden die overal rondom haar plaatsvonden.

Trudi werd uitgenodigd voor twee van Eva's feestjes, een klein diner waarbij ook Eva's ouders aanwezig waren – die de hele avond bijna niets zeiden –, en een fantastisch gekostumeerd bal waar de mensen arriveerden als zigeuners met namaakjuwelen en sjaals, als Chinezen met gele jasjes en punthoeden, als indianen met een veren hoofdtooi, en als feeën met een toverstaf. Trudi had zich vermomd als Volendams meisje met houten klompen en een gesteven witte hoofddoek die Frau Blau in een punt om haar hoofd had gevouwen, en haar vader ging als gokker, met het oude ooglapje van zijn piratenpak en de gouden das met zilveren strepen die hij jaren daarvoor van Trudi had gekregen.

Op de een of andere manier had Eva de hand kunnen leggen op een nonnenhabijt, en dat ging te ver, zeiden achteraf de meeste van haar gasten – en vooral de mensen die niet uitgenodigd waren, maar gehoord hadden van haar schaamteloosheid –, zeker gezien de manier waarop ze danste met haar man die als sjeik verkleed was. Ondanks al die lagen stof tussen dat tweetal – het zwarte habijt en het witte laken dat hij om zich heen had geslagen – leek het wel of ze naakt waren, zoals ze zich tegen elkaar wreven. Maar ja, zeiden de mensen, het was algemeen bekend dat joden onverzadigbaar waren als het om vleselijke lusten ging. Het huwelijk had Alexander veranderd, daar was men het over eens. Maar misschien was dat niet zo'n wonder, gezien de invloed waaronder hij stond. Hij was vroeger altijd zo waardig geweest, een keurige man, het soort keurigheid dat blij is je te helpen, maar wel graag wil dat iedereen kennisneemt van zo'n goede daad. Het was niet zo dat hij geen keurige man meer was – al werd daar wel aan getwijfeld na de avond van dat gekostumeerde bal. Zelfs toen hij de dans met zijn vrouw onderbrak om nog een fles cognac open te maken aan de andere kant van de kamer, had je het idee dat die twee elkaar nog steeds aanraakten.

In april raakte Seehund de beheersing over zijn ingewanden kwijt. Trudi voelde hoe hij zich schaamde als ze 's ochtends naar beneden kwam om het fornuis aan te maken en hem dan vond, liggend in zijn eigen stank, met opgedroogde uitwerpselen in zijn vacht. Ze kneep haar neus dicht om niet over te geven, trok de hond overeind om hem half naar buiten te dragen, en daar zette ze hem neer; dan ging ze terug naar de keuken om de vloer te dweilen en een emmer water te warmen om Seehund schoon te maken.

Op sommige ochtenden vroor het nog en glinsterde de rijp in de zon, kleine ijspartikeltjes die haar eraan herinnerden hoe Seehund had genoten van zijn eerste winter. Ze wenste dat ze hem een enorme kom sneeuw kon brengen, zodat hij kon likken, maar de sneeuw was gesmolten, en er lag slechts een dun laagje ijs op de plassen. Op een dag, terwijl ze zijn achterlijf waste, begreep ze dat hij niet nog een winter zou meemaken. Ze pakte zijn leren halsband en probeerde hem naar een van die bevroren plassen mee te nemen – een schamel surrogaat voor sneeuw, maar voor hem nog het meest in de buurt. Toen hij aarzelde, alsof hij haar niet kon vertrouwen, brak de liefde van langgeleden weer door, en ze huilde terwijl ze zijn vacht streelde. Hij duwde zijn neus in haar nek.

'Kom,' zei ze, en hij volgde haar naar de plas.

Met haar blote handen brak ze het dunne ijs, en ze stak hem een lang stuk toe en liet hem daaraan likken, alsof dat op de een of andere manier kon vervangen wat ze hem niet meer had kunnen geven sinds die dag bij de rivier, toen hij haar vernedering in zich had opgenomen. Elke moeizame stap die hij sindsdien had gezet, had haar eraan herinnerd dat ook zij beschadigd was. Hij likte aan het ijs tot het door de warmte van zijn tong was gesmolten, en daarna bleef hij likken aan haar handen en polsen – in die rasperige tong leek veel meer leven te zitten dan in de rest van zijn lijf.

Die middag sleepte hij zich weg.

Toen hij tegen de schemering nog niet terug was, werd Trudi onrustig. Ze stofte alle meubels in de zitkamer af, ze bracht alle kleedjes naar de

lage kloplat achter het huis en bewerkte ze met haar lange mattenklopper, sloeg erop tot ze geen wolkje stof meer loslieten. Haar vader was
zwijgzaam toen ze zaten te eten van hun aardappels met zure haring en
bietjes, maar hij ging tweemaal naar buiten om Seehund te roepen.

Trudi liet de vaat in de gootsteen achter en stak twee lantaarns aan.
Die hele avond, terwijl ze de hond zochten, voelde ze een opleving van
de treurigheid die die dikke jongen, Rainer Bilder, als erfenis het stadje
had nagelaten, en telkens als ze opkeek naar haar vader, kon ze zien dat
ook hij die treurnis voelde, een droefheid die groeide en tevens het verlies van haar moeder omvatte.

Het was over tienen toen ze zilverwitte duivenpoepjes verwijderden
van een bank voor de kapel en gingen zitten om uit te rusten. Duiven,
honderden duiven dommelden op het leien dak, en het fluisteren van
hun klauwen was als een gebed aan een graf, en dat herinnerde Trudi
weer aan de foto's van de dode bruid aan de muur in haar vaders kamer
en aan de geruchten dat zij de oorzaak van haar moeders waanzin was.
Even kreeg ze het gevoel dat ze viel, almaar dieper viel, maar haar vader
praatte in het donker alsof hij haar gedachten opving en trok haar terug
naar het veilige, standvastige net van zijn aanvaarding.

Hij zei: 'Ze is niet altijd zo geweest.'

Aan de overkant van het weiland bescheen de halvemaan de uivormige
toren van de Sternburg, en de bladerloze toppen van de populieren werden bewogen door wind in de hoogte.

'Ze is niet altijd zo geweest,' zei hij nog een keer, 'en toch is het er altijd geweest... ergens verborgen. Waarom, dat weet ik niet.'

Uit de richting van de Sternburg kwam een geluid, en Trudi sprong
overeind. 'Seehund!' riep ze. 'Hier – Seehund.' Maar het was alleen het
water in de slotgracht, dat klotste tegen de palen van de ophaalbrug.

'Misschien heeft hij zelf de weg naar huis gevonden,' zei haar vader
zonder overtuiging.

'Misschien.' Ze vroeg zich af hoe haar vader het zou dragen als ze de
hond nooit vonden.

'Ze was heel goed toen we getrouwd waren.' Hij begon terug te lopen
naar het centrum van het stadje, en zij liep met hem mee, hun maan-
schaduwen naast elkaar op de weg, de zijne bijna tweemaal zo lang als de
hare.

'Eerst was ze heel goed. En vóór die tijd ook, toen we nog op school
waren...' Hij schudde zijn hoofd, en het leek of zijn schaduwhoofd op de

weg rondtolde. 'Ik weet niet waarom ze zo was. Eerst dacht ik dat het mijn schuld was.'

Trudi voelde een diepe treurigheid om haar vader en om het meisje dat haar moeder was geworden; toch was het een treurigheid waarin ze zichzelf niets meer verweet, een duidelijke, afzonderlijke treurnis die door haar lichaam schoot zonder iets achter te laten.

'Het is niemands schuld,' fluisterde ze, en haar vader stond opeens stil en drukte haar tegen zijn jas.

Die nacht vonden ze de hond niet. De volgende dag hielden ze de leesbibliotheek dicht en zetten ze hun zoektocht voort. Kort voor het nacht werd vonden ze Seehund, liggend onder wat struiken aan de overkant van het kermisterrein, vlak bij de plek waar die ene zomer de woonwagen van Pia had gestaan. Zijn vacht was zacht, en hij lag half opgerold, net als vroeger, toen hij veel jonger was en met evenveel enthousiasme had geslapen als gespeeld. Een dun vlies versluierde zijn open ogen, alsof de vorst hem uiteindelijk had omhelsd.

Hoewel Trudi haar vader hielp Seehund te begraven bij de beek achter hun huis, zou ze hem de weken daarop telkens nog horen, zoals hij water slurpte of at, en ze merkte dat ze voorzichtig deed als ze de keuken binnenkwam, om niet op hem te trappen als hij daar op de vloer lág uitgestrekt. Ze leed namens haar vader wanneer hij zijn kam uit de borstzak van zijn overhemd haalde en om zich heen keek waar de hond was, of wanneer hij een hapje voor hem apart schoof op zijn bord, en dan zijn hoofd schudde, alsof hij zich nu pas herinnerde dat Seehund dood was.

Ze begonnen overal honden te zien: de poedel van de Buttgereits, de teckel van de preparateur, de zwarte hond van onduidelijke afkomst die eigendom van de Stosicks was, de Duitse herder van de Weskopps... Die honden waren er aldoor al geweest, maar nu benadrukten ze slechts het verlies van Seehund.

Om haar vader op te vrolijken besloot Trudi hem te verrassen voor zijn eenenvijftigste verjaardag. Ze haalde geld van haar spaarbankboekje, zei dat hij zich mooi moest aankleden en vroeg of hij om een uur klaar wilde staan om uit te gaan. Zelf trok ze haar mooiste jurk aan, blauw fluweel met een ronde hals en driekwartmouwen, en terwijl ze op haar vader wachtte, beschreef ze een kaart met drukletters: de leesbibliotheek was de rest van de dag gesloten. Maar wat moest ze als reden opgeven? Wegens familieomstandigheden? Wegens ziekte? Ten slotte besloot ze te schrijven: 'wegens Herr Montags verjaardag', want ze dacht dat het hem van het verlies van de hond zou afleiden als mensen hem feliciteerden of een cadeautje voor hem meebrachten.

Ze moest glimlachen toen hij de trap afkwam in zijn goede pak met de glinsterdas. Een taxi bracht hen naar een chic restaurant in Düsseldorf, waar een pianiste in zeegroen gewaad aria's uit Wagners opera's speelde.

Trudi bestelde champagne en haar vaders lievelingseten, *Wiener Schnitzel* met verse erwtjes en peterselie-aardappeltjes. Hun tafeltje stond in de glazen serre die uitstak over het trottoir. Het was gedekt met een laken van dik wit linnen, hoge glazen en een kristallen vaas met verse rozen.

Aan het tafeltje naast hen zaten drie jonge SA'ers schnaps te drinken, en weer een tafeltje verderop zaten de ouders van de dikke jongen te eten, met serieuze en zwijgende volharding. Sinds de verdwijning van Rainer waren hun magere lijven gaan opzetten – niet heel plotseling, maar beetje bij beetje, alsof ze nu niet meer die zoon hadden om al hun extra hapjes op te eten.

Herr Bilders bruine uniform kon de omvang beter verbergen dan de dunne japon van zijn vrouw. Trudi had gehoord dat hij geprobeerd had bij de ss te komen, maar hoewel hij bepaald fanatiek en bureaucratisch genoeg was, had zijn lichaam niet beantwoord aan de eisen die deze elite stelde. De SA accepteerde echter iedereen – vooral hen die eruitzagen of ze graag anderen meppen verkochten.

De mensen waren allang opgehouden de Bilders te vragen of ze nieuws van hun zoon hadden. Omdat zij nooit over Rainer spraken, was zijn naam terechtgekomen op de onofficiële lijst van degenen wier naam – wegens gêne van de kant van familie of kerk – niet meer genoemd werd, alsof de mensen in kwestie nooit geboren waren: de kapper die in de dierentuin in Düsseldorf was betrapt terwijl hij copuleerde met een wild zwijn; de vrouw die was weggelopen naar Portugal, samen met een andere vrouw, en haar kinderen bij haar man had achtergelaten; de man die in het Opernhaus tijdens de tweede akte van *Die Zauberflöte* was neergeschoten terwijl hij het loket beroofde; de verpleegster die tot dertien jaar gevangenisstraf was veroordeeld wegens het doden van ongeboren baby's, hetgeen beschouwd werd als *Sabotageakt* tegen de raciale toekomst van Duitsland. Je kon over die mensen nadenken, en huiveren wegens hun verkeerde daden, maar je sprak hun naam niet uit, behalve misschien op fluistertoon, tegen iemand die je heel goed kende.

Een kelner in wit jasje bracht de champagne en Trudi klonk met haar vader. 'Op je verjaardag.'

Hij glimlachte. 'Op mijn verjaardag... O nee.'

'Wat is er?'

'De Bilders.'

Het tweetal had zich tot staande houding overeind gehesen en kwam hun kant uit. Op de weidse boezem van Frau Bilder pronkte het zilveren *Ehrenkreuz der deutschen Mutter*. Elk jaar op de verjaardag van Hitlers moeder, de twaalfde augustus, werden *kinderreiche* moeders overal in Duitsland geëerd met het *Ehrenkreuz*: het hoogste was dat in goud, voor acht of meer kinderen, daarna kwam zilver voor zes, en brons voor vier. *Das Kind adelt die Mutter*, zo luidde de inscriptie.

'Is het een bijzondere dag?' informeerde Frau Bilder.

'Mijn vader is jarig.'

'Wel gefeliciteerd, Herr Montag.'

'Ze hebben het eten nog niet gebracht.' Haar man gluurde naar Trudi's vader.

'We wachten maar rustig af.'

'Wat hebt u besteld?'

'*Wiener Schnitzel*.'

'Ik heb de *Rouladen* genomen.'

'Heerlijk,' zuchtte Frau Bilder. 'Ze waren zalig.'

'En die saus.' Haar man klakte met zijn tong.

'De lekkerste die ik ooit heb geproefd.'

'We hadden bijna de *Sauerbraten* besteld.'

'De volgende keer.'

'Ja, de volgende keer, *Liebling*.'

'De aardappelpannenkoekjes zijn deze week beter dan de meelballen.'

'Heerlijk knapperig.'

'Ze serveren hier een spectaculaire regenboogforel.'

'Met citroen en boter.'

'Op een bedje van peterselie.'

'Verse peterselie.'

'Hier is het altijd vers.'

'Vergeet niet de *Käsekuchen* te bestellen als dessert.'

'Ze hebben hier fantastische *Käsekuchen*.'

'De vorige keer heb ik de *Bienenstich* genomen.'

'Ik hoop dat u ook soep hebt besteld?' De ogen van Herr Bilder kregen iets glazigs.

'Hun erwtensoep lijkt wel stamppot.' Zijn vrouw zoog lucht door haar tanden.

'Zo dik.'

'Maar zacht. Zo zacht.'

Trudi keek haar vader aan, die met een pijnlijk trekje op zijn gezicht zat te luisteren naar Herr en Frau Bilder die zijn uitzicht op de pianiste blokkeerden; de voorkant van hun dijen puilde over het tafellaken alsof ze wachtten tot ze mochten proeven van zijn verjaardagsmaal. Drie lagen wit vlees hingen aan hun kin, en hun neusvleugels waren opengesperd, als om niets te missen van de keukengeuren.

'Uw zoon...' begon Trudi. 'Rainer... Ik vroeg me al een tijdje af of u iets van hem gehoord hebt.'

Frau Bilder haalde diep adem alsof ze plotseling tot leven was gekomen.

Haar man knipperde met zijn ogen en haalde zijn zakhorloge te voorschijn.

'We moeten gaan,' zei ze.

'Ja, we zijn al laat.'

'Nogmaals, prettige verjaardag, Herr Montag.'

Verbazingwekkend snel liepen ze naar de deur en wisten zich daar, als door een wonder, gelijktijdig doorheen te wringen zonder klem te komen zitten.

'Waarom heb ik opeens geen trek meer?' vroeg Trudi's vader.

'Omdat die twee al namens óns hebben gegeten.'

'Dat was wreed van jou, weet je dat?'

'Dat weet ik.'

'Af en toe denk ik echt wel aan Rainer.'

'Hij moet nu een jaar of zestien zijn.'

De kelner bracht het eten, en toen ze begonnen te eten, hoorden ze een dreun. Een blinde man met een Duitse herder was tegen de glazen ruit vlak naast hen opgelopen. Met een verbijsterd gezicht trok hij aan de riem, en toen deed hij een paar stappen terug. Hij was nog jong, achter in de twintig, met een huid die kloven van de kou leek te vertonen. Hij droeg geen handschoenen.

'Kom dan, woefie woefie woefie,' riep een van de SA'ers aan het tafeltje naast hen. Zijn fletse gezicht zat onder de puisten.

Zijn vrienden zaten te lachen.

Trudi voelde hoe haar vader verstarde.

De blinde zei iets tegen de hond, greep de riem steviger vast, liet de hond lopen, volgde hem, en liep–alweer–tegen de glaswand op. Zijn ronde gezicht getuigde van een gêne die zo heftig was dat Trudi de andere kant uit had willen kijken. Toen hij voor de derde keer achteruit stapte, bleef de hond vooruitdringen, alsof hij gehypnotiseerd werd door zijn eigen spiegelbeeld.

Trudi duwde haar stoel weg bij het tafeltje, wat een lelijk, schrapend geluid op de tegelvloer maakte.

Haar vader legde een hand op haar pols en schudde zijn hoofd. 'Hij zou zich nog meer generen als hij wist dat wij hier zitten.'

'Kom dan, woefie woefie...'

'Idióten,' mompelde Trudi. 'Ellendelingen.'

Haar vader keek ontzet.

'Mij doen ze heus niets,' fluisterde ze.

'...woefie, woefie.'

Nogmaals botste de blinde tegen de serre op, met zijn vrije hand uitgestoken alsof hij het verwachtte, en als hij kwaad was, dan wist hij dat goed te verbergen achter een berusting die hij moest hebben ontwikkeld in de loop van jaren van botsingen met obstakels.

Trudi vroeg zich af of hij voelde dat er gezichten waren aan de andere kant van die breekbare wand. Hoewel ze nog steeds zin had naar buiten te rennen om hem te helpen, wist ze dat hij daardoor alleen maar opmerkzaam zou worden op de toeschouwers.

'Hij heeft vast de hond van iemand anders geleend,' zei haar vader.

Ze knikte. 'Zijn eigen hond is waarschijnlijk doodgegaan.' Zodra ze dat gezegd had, kreeg ze er spijt van. Zelfs hier, dacht ze, kunnen we ons niet bevrijden van denken aan Seehund. 'Of misschien,' opperde ze haastig, 'is het wel zijn hond, maar is hij nog niet goed opgeleid.'

Haar vader slaakte een diepe zucht toen de man–bij zijn vijfde poging –eindelijk de glaswand wist te mijden en doorliep, met een stijve rug, afhankelijk van de hond die hem had verraden.

De mensen van Burgdorf gingen naar optochten en toespraken–sommigen, de preparateur bijvoorbeeld, omdat ze echt in hun leiders geloofden; anderen, zoals Herr Blau, omdat je door niet te gaan de aandacht op jezelf zou richten. De meesten bleven zwijgen, als gewoonlijk, een zwijgen dat gevoed werd door vrees en medeplichtigheid, gevoelens die groter zouden worden dan alles wat ze zich konden voorstellen, en zouden blijven oprijzen, nog tientallen jaren na de oorlog die, zoals sommigen begonnen te vrezen, op het punt stond uit te breken.

Om dat zwijgen te rechtvaardigen probeerden ze te verwijzen naar het goede in hun regering, of ze vluchtten in de doolhof van hun eigen leven, weg van de gemeenschap. Ze wisten hoe ze het stellen van vragen moesten vermijden; daarop waren ze voorbereid door overheid en kerk. In de loop der jaren waren ze die vroege drang tot vragen vergeten. Voor sommigen was hun enige verzetsdaad dat ze – als het maar even kon – geen arm opstaken voor de *Heil Hitler*-groet. Maar anderen, zoals Herr Immers en Herr Weskopp, maakten van die groet gebruik wanneer ze maar konden, vaak om mensen die ze tegenkwamen op de proef te stellen.

Toen de zoon van Anton Immers in mei 1936 zijn verloving met Irmtraud Boden vierde, amuseerde de slager zijn gasten met verhalen over de Eerste Wereldoorlog, alsof hij werkelijk soldaat was geweest, en tegen middernacht – toen de biervaatjes leeg waren en de slager vijf flessen dure wijn had opengetrokken – begonnen de weinige resterende gasten, allemaal mannen van zijn *Stammtisch*, zich te herinneren dat ze hem tijdens veldslagen hadden gezien, waar hij ongelooflijk moedig was opgetreden.

'Ik zal jullie de foto van mezelf in uniform laten zien,' zei hij.

'Die hebben we al gezien, Anton,' verzekerden ze hem.

Maar hij stond erop hen mee te nemen naar de slagerij, en de wankele stoet strompelde naar het flatgebouw van Alexander Sturm. Terwijl de slager zijn tas neerzette en zijn winkeldeur van het slot deed, wees hij naar de ingelijste vergroting van de foto die Herr Abramowitz had gemaakt van hem in het uniform van Kurt Heidenreich, en de mannen klonken met hem, met een emotioneel '*Heil Hitler*'.

Herr Immers maakte een buiging voor hen. 'Het enige wat me spijt... dat ik geen echte fotograaf heb laten komen.'

'Het is een goed portret, Anton,' troostte Herr Buttgereit hem.

'Een goed...' Herr Neumaier fronste zijn wenkbrauwen alsof hij zich probeerde te herinneren wat hij had willen zeggen.

'Het lijkt sprekend, Anton,' bevestigde Herr Weskopp.

De foto hing tussen twee andere portretten – een close-upfoto van Adolf Hitler, gezien vanaf de schouders terwijl hij een toespraak hield, en Sint Adrianus, de patroonheilige van slagers en soldaten. Vanwege het respect hing de Führer enkele centimeters hoger dan de slager en de heilige.

'Maar de foto is genomen door een jood... Dat zal ik nooit kunnen vergeten.' Herr Immers draaide zich om en tuurde in het duister achter de etalageruit alsof hij op zoek was naar nieuw bewijsmateriaal voor in de leren tas die hij tegenwoordig overal meenam, zelfs naar bijeenkomsten van de schaakclub. Niemand had die tas ooit open gezien, maar men zei dat de slager daarin lijsten bewaarde van mensen die iets onvriendelijks over de Führer hadden gezegd. Zelfs zijn aanstaande schoondochter Irmtraud, die een hekel had gehad aan de grove manieren van de oude heer, sinds de tijd dat ze als veertienjarig meisje in zijn winkel was komen werken, had geen betere verklaring voor wat de slager met zich meedroeg.

'...een goed portret,' zei de apotheker.

'En die andere jodin,' zei de slager, 'die zou mij hier wegjagen als ze kon.'

'Welke andere?' vroeg Herr Weskopp.

'De dochter van Frau Doktor. Die doet alsof ze hier thuishoort... Die plant seringen in de achtertuin. En een airs dat ze heeft... Maar ik heb een contract voor tien jaar. Met haar man. Voordat hij met haar getrouwd was.'

Op vrijdagmiddag, toen Trudi de leesbibliotheek sloot en op weg ging naar het huis van de Buttgereits om meer te weten te komen over bepaalde geruchten over de dikke priester, kwam ze langs de getikte non, zuster Adelheid, die de paden aan het harken was tussen de bloemperken achter het hek van de kloostertuin van het Theresienheim. Trudi groette haar en liep door, en probeerde te beslissen welke roddel ze Frau Buttgereit zou aanbieden in ruil voor een verhaal over de pastoor. Volgens de vrouw van de preparateur had de huishoudster van de dikke pastoor over hem geklaagd bij Frau Buttgereit.

'Hela, wacht even,' riep de non. Haar hartvormige gezicht vertoonde vuile vegen.

Trudi bleef staan, met haar hand op de laagste stang van het afgesloten hek. Twee enorme pruimenbomen lieten hun schaduw over het trottoir vallen, zodat zij en de zuster in een poel van zonlicht stonden, als het licht op heiligenplaatjes.

'Hoe heet je?' vroeg de zuster, terwijl ze met haar ene voet op de grond tikte.

'Trudi Montag.'

'Ik heb je eerder gezien. Ik ben zuster Adelheid.'

'Dat weet ik.'

'En weet je ook dat *der liebe Gott* je geroepen heeft?' Ze wees naar Trudi, die probeerde te kijken of de zuster echt stigmata in haar handpalmen had, maar de handen van de non zaten onder de aarde. '*Der liebe Gott* wil dat je een van ons wordt. Hij heeft mij verzocht dat aan jou te vertellen.'

'Ik–ik denk van niet. Maar dank u wel.'

Aan de waslijnen naast het gebouw hingen drie rijen zwarte habijten, nog zo nat dat de wind er geen vat op kreeg.

'Kom mee. Ik wil je iets laten zien.'

'Waar?'

'In mijn cel.'

Trudi kreeg een visioen van de zuster die knielde voor een houten kist met een kanten kleedje, en rondjes brood opstak naar het plafond. 'Ik moet nu weg,' zei ze, hoewel ze liever niet wegliep zonder op zijn minst wat nieuwe informatie over de zuster, of over de kloostervleugel die voor allen gesloten was, behalve voor de nonnen. Ze was in de hal geweest, en in de andere vleugels van het Theresienheim, waar de nonnen zieken en bejaarden verzorgden, en waar zuster Agathe haar vorige winter hoestsiroop had gegeven.

'Wanneer kom je terug?'

Trudi aarzelde. Misschien kon het verhaal over de pastoor nog even wachten. Ze vroeg wat ze nooit aan een van de andere nonnen zou durven vragen. 'Hoe is het binnen de clausuur?'

'Pietluttig en kleinzielig en altijd hetzelfde.' De zuster lachte en klapte in haar handen. 'Nee, nee, nee–dat is oneerbiedig.'

'Maar wel waar?'

'Het is waar.'

'Is het ook waar dat er zelfs geen priesters mogen binnenkomen?'

Zuster Adelheid knikte. 'Geen priesters. Geen dood. Zusters die op het punt staan dood te gaan, moeten vertrekken.'

'Waar gaan ze dan heen?'

'Door de gang.'

'Naar de ziekenafdeling?'

'De priester brengt hun de dood.'

'Bedoelt u het heilig oliesel?'

'Ja, dat bedoel ik. De priester kan niet binnen de clausuur komen. Er is maar één priester...' Vanaf het schoolplein kwamen de geluiden van spelende kinderen, en de zuster sprak zachter. 'Er is maar één priester die overal mag komen.'

'Wie dan?'

Twee weduwen kwamen op de fiets uit de richting van de begraafplaats, met zwarte hoofddoeken, en gieters die aan hun stuur bengelden.

De zuster lachte breed en rechtte haar rug, waardoor haar toch al aanzienlijke lengte nog toenam. 'Ik ben priester.'

'Aha.'

'En het is mijn roeping jou te vertellen van jouw roeping.'

'Het is niet voor mij.'

'Je zult het begrijpen als je eenmaal mijn cel hebt gezien.'

'Hebt u nog ouwels?'

'Dat zul je wel zien. Kom mee.'

'Maar ik ben geen zuster.'

'Ik geef je dispensatie.'

'Het hek is op slot.'

Zuster Adelheid schudde aan de grendel en fronste haar wenkbrauwen. 'Klim er dan overheen,' zei ze ongeduldig.

'Ik... Mijn benen... Ik ben niet lang genoeg.'

'Kom dan door de hal. Zeg maar tegen ze – zeg maar dat je een van de bejaarden komt bezoeken. Ik ben een bejaarde. Kijk maar naar mijn rimpels. Jij bezoekt mij. Dan is het de waarheid. Geen zonde, geen leugen, geen hel. Snap je het? Ga naar binnen, loop dan weer naar buiten door de achterdeur, naar de tuin. De anderen – die loeren altijd op me zodat ik...' Ze keek om zich heen alsof ze zich plotseling realiseerde dat ze misschien in het oog werd gehouden.

'Mijn moeder werd vroeger altijd opgesloten.'

'En is ze ontsnapt?'

Dat was een bijzonder logische vraag. Trudi knikte. 'Heel vaak.'

'Goed zo.' De zuster glimlachte. 'Mooi zo. Neem een voorbeeld aan je moeder.'

'Zuster!' Uit de achterdeur van het Theresienheim kwam de indrukwekkende gestalte van zuster Ingeborg, de directrice van de verpleegafdeling, aangedraafd. 'Zuster Adelheid!'

De non die priester was knielde neer. Haar handen omklemden de metalen stangen van het hek, en toen ze haar gezicht zo dicht mogelijk bij dat van Trudi bracht, was haar adem zoet als die van een klein kind. 'Zolang je maar blijft ontsnappen,' fluisterde ze, 'krijgen ze je nooit te pakken. Zelfs als ze denken van wél.'

Tegen de tijd dat de Duitse troepen in maart 1938 Oostenrijk binnentrokken, en jubelende menigten in de straten van Wenen de *Anschluss* vierden, had Leo Montag een groter deel van de leesbibliotheek overgedragen aan Trudi. Omdat hij wist dat zijn dochter de klanten kon afhandelen, had hij zijn aandeel beperkt tot wat hij het leukst vond – het uitkiezen van de boeken die ze zouden lenen.

Hij plaatste een fauteuil naast de toonbank, en daar zat hij dan, gekleed in een van de vele vesten die de vrouwen van Burgdorf voor hem breiden, omgeven door stapels boeken, de houten fonograaf van de onbekende weldoener en zijn klassieke platen. Telkens wanneer een vrouwelijke klant hem benaderde, zette hij de leesbril af die zijn ogen onzichtbaar maakte. Hoewel hij er ouder uitzag dan hij was, en niet zo snel was door zijn manke been, was de kracht van zijn blik toegenomen. Zelfs in de kerk voelden de vrouwen zijn ogen, en daardoor rees een zoete, verontrustende warmte van hun lendenen naar hun nek, en dan probeerden ze hun zelfbeheersing te hervinden door de treurige woorden te formuleren die ze bij de pastoor zouden inruilen voor de zaligheid van de absolutie.

De dikke priester, die zich zorgen maakte over de stroom van vrouwelijke biechtelingen die spraken van onreine gedachten aangaande de eigenaar van de leesbibliotheek, had Leo Montag een tijdlang in het oog gehouden terwijl hij zijn zondagse preek afstak vanaf de kansel, en dan was hij geschrokken als hij niet meer wist waarover hij zou preken. Hij was zijn preken geheel gaan uitschrijven, en had gewacht tot Leo Montag kwam biechten, maar Leo kwam slechts driemaal per jaar door de paarse gordijntjes van de biechtstoel, waaruit hij dan weer, hoofdschuddend, te voorschijn kwam, verbijsterd over de herhaalde vraag van de pastoor: 'En weet u zeker, mijn zoon, dat er niet nog iets anders is waarvoor u God om vergiffenis moet vragen?'

Herr Pastor Beier had wel eens bij de oude pastoor willen informeren naar het biechtgedrag van Leo Montag, maar zijn voorganger was het jaar daarvoor gestorven in het Theresienheim – zijn arm, schilferig stoffelijk overschot was zo uitgedroogd geweest dat het nauwelijks enig gewicht had toegevoegd aan de glimmende doodkist. Bovendien mocht geen priester ooit spreken over wat hij in de biechtstoel had vernomen, zelfs –

zo had de pastoor als seminarist in zijn hoofd geprent–als de zondaar een moord had begaan. 'Dat is een van de zwaarste lasten die je misschien als dienaar van God te dragen krijgt,' had de bisschop hem verteld. Toch had hij er graag meer van geweten, want de successen van Leo Montag wekten zijn oude, sinds lang gebiechte vleselijke fantasieën weer op en verdreven hem uit zijn gestreken lakens met beschaamde gebeden die hij op zijn knieën naast zijn bed uitsprak. Vaak vluchtte hij uit zijn slaapkamer en dwaalde hij door de duistere kamers van de pastorie, totdat hij aan de keukentafel terechtkwam, waar hij de verleiding doofde met frambozenpudding en sardientjes, gestoofde duif en marmercake, *Brötchen* met kaas en rijpe peren, witte worstjes en koud wild–zodat de huishoudster, die hij van de kleine pastoor had geërfd, haar lippen opeenklemde wanneer ze 's ochtends ontdekte dat het eten dat ze tevoren had toebereid, weer eens verdwenen was.

Met haar regenmantel dichtgeknoopt tot onder de kin, en een dekselmandje aan haar ene arm, vertrok Fräulein Teschner dan naar de winkels en de markt; daar stond ze in de rij–wat niet meeviel als je spataderen had–en wachtte ze grimmig tevreden tot Frau Weiler of een van de andere winkeliers zei: 'Hij is zeker weer bezig geweest.'

Hoewel de lievelingskostjes van de pastoor niet altijd gemakkelijk te krijgen waren, kende Fräulein Teschner genoeg parochianen die zich maar al te graag het een of ander ontzegden om haar iets lekkers mee te geven voor de pastoor–ongeveer zoals ze een extra rozenkrans toevoegden aan hun dagelijkse gebeden–zodat er iets tegenover hun zonden stond en zij zeker konden zijn van hun klimtocht op de ladder van de eeuwige verlossing. Zij wist precies hoe ze haar bezoeken aan hun huizen moest timen: die vielen samen met aantekeningen in de agenda van de pastoor en geruchten over recente zonden.

Op zulke dagen, wanneer ze zijn middagmaal laat serveerde–wat niet háár schuld was, natuurlijk–proefde hij haar boosheid en triomf in de vette sausen en zoete puddingen, en dan begon hij haar haastig en met veel omhaal van woorden te complimenteren, zelfs met de smaak van de gekookte aardappelen. Hij schaamde zich dan dat hij haar niet genoeg waardeerde, schaamde zich voor al die keren dat hij zichzelf had toegestaan te hopen dat ze werk bij een andere pastoor aannam, heel ver weg. Haar ontslaan was ondenkbaar–niet na alles wat ze voor hem had gedaan.

'Denk je dat Leo Montag enig idee heeft van wat hij die vrouwen aandoet?' vroeg Frau Blau aan Frau Abramowitz op een middag toen ze de vrouw van de opticien de leesbibliotheek zagen binnengaan, met een stralende glimlach en een halve vruchtencake.

Met een blos op de wangen schudde Frau Abramowitz haar hoofd. 'Ik geloof van niet.'

De oude vrouw grinnikte. 'Hij is er zó goed in, hij móét wel weten wat hij doet.'

'Ze komen bij hem omdat ze merken dat ze met hem kunnen praten... over zichzelf, hun man en kinderen – op een manier waarop ze met niemand anders kunnen praten.'

'Dat ook,' zei Frau Blau met een knipoog.

'Leo is voorkomend... hij kan uitstekend luisteren.'

'Ook dat. Is je ooit opgevallen hoe hij over zijn gezicht strijkt?'

'O, hou op, Flora.'

'Nee, echt waar. Zijn handen... dat doet hij aldoor, zijn eigen gezicht strelen. Daarom heeft hij geen vrouw nodig om dat bij hem te doen.'

'Dat is alleen maar een gewoonte. Het heeft niets te betekenen.'

'Hij is een heel sensueel man – die Herr Montag van ons.'

Een keer, toen Trudi de leesbibliotheek had verlaten met het kleine melkbusje om een liter melk te kopen, zag ze bij haar terugkeer hoe de oudste dochter van de Buttgereits probeerde Leo te omhelzen.

'Maar ik wil het,' zei Sabine Buttgereit, en ze spande haar dunne armen om Leo vast te houden. Ze droeg haar kerkjapon met de parelmoeren knoopjes, hoewel het midden in de week was, en haar glimlach was angstig, vastberaden.

Leo hield haar vast, maar duwde haar tegelijkertijd terug, met zijn ogen zacht op haar gespannen gezicht gericht. 'Sinds Gertrud overleden is,' zei hij, 'heb ik geen belangstelling meer kunnen krijgen voor een andere vrouw.'

'Ik laat je los zodra je me gekust hebt. Ik ben nooit...'

Zijn stem klonk geruststellend toen hij haar armen losmaakte en zich aan haar omhelzing onttrok. 'Als de zaken anders stonden, Fräulein Buttgereit...,' zei hij, en liet het aan haar over de zin zodanig aan te vullen dat haar hoop tevreden gesteld werd, terwijl zij met beide handen over haar haar streek, hoewel er geen lokje was losgeraakt.

Als de zaken anders stonden... Trudi had haar vader jaren geleden diezelfde woorden horen zeggen tegen Frau Abramowitz en ook tegen andere vrouwen die naar de leesbibliotheek kwamen. De mogelijkheden van die belofte wekten nog steeds een verlangen bij hen, en oefenden veel meer aantrekkingskracht uit dan welk gipsen heiligenbeeld ook. Zijn tragische binding aan zijn overleden vrouw veranderde in de deugdzaamheid van de vrouwen. Het was veilig naar Leo Montag te verlangen, grenzen te overschrijden die je nooit met een andere man zou overschrijden, want Leo Montag zou niet van je eisen dat je je belofte waarmaakte. Bij hem kon je je veilig voelen en praten over je dagdromen, over je verwachtingen – en je kon altijd rein blijven.

Hij was heel anders dan die vriend van hem, Emil Hesping, die nooit getrouwd was, maar twee generaties vrouwen had achtergelaten die hem wantrouwden. Frau Simon zou als eerste hebben toegegeven dat mannen als Emil alles namen wat ze krijgen konden. Bij zulke mannen moest je op je hoede blijven. Je glimlach kon verkeerd worden uitgelegd. Of een terloops woord. En toch nam Frau Simon, hoezeer ze hem ook wantrouwde, hem altijd weer terug als hij kwam, zodat ze nieuwe stof kreeg voor de roddels die haar nog dierbaarder waren dan hij. Anders dan bij Trudi, die haar eigen verhalen voor zich hield, kon men erop rekenen dat Frau Simon haar eigen verhalen rondvertelde en nog wat opsierde, omdat ze ervan genoot dat ze berucht was. Het amuseerde haar dat mensen roddelden over haar en Herr Hesping, hoewel ze weigerde hun relatie openlijk toe te geven.

Nee, Leo Montag leek helemaal niet op zijn vriend. Leo Montag trad instinctief diplomatiek op wanneer vrouwen ruzie kregen over hem. Hij trok zich bijvoorbeeld terug naar de woonkamer achter de leesbibliotheek wanneer twee of drie van zijn bewonderaarsters om hem wedijverden – niet openlijk natuurlijk, maar eerder in de vorm van verborgen en scherpe opmerkingen tegen elkaar –, maar algauw, zo viel Trudi op, keek hij weer uit naar die vrouwen, naar die aanbidding, en de volgende keer dat hij hen zag, was de intensiteit van zijn blik nog toegenomen. Hoe langer zijn celibaat aanhield, des te meer leefde die hartstocht in zijn ogen.

De vrouwen lieten hun geheimen los tegenover Leo omdat ze ernaar snakten begrepen en bemind te worden. Ze verlangden terzelfder tijd naar opwinding en zuiverheid, iets wat ze alleen bij hem konden krijgen. Als hij zijn blik op je richtte, wist je dat jij – als daar niet die tragische trouw aan zijn dode echtgenote was – de belangrijkste vrouw in zijn leven zou zijn.

Je bracht je geheimen naar Leo, maar je beschermde ze tegen Trudi. Maar zodra je dacht: ik hoop dat Trudi Montag er niet achter komt, slaagde ze erin je dat geheim te ontfutselen, alsof je een geur verspreidde, een signaal waardoor zij je besloop als een jager, met het bewustzijn van je geheim in haar ogen; en wat ze niet al wist of aan jou wist te ontlokken, dat giste ze – en meestal verrassend goed. Zelfs dingen die in je eigen huis gebeurden. In je eigen ziel.

Je kon haar van verre herkennen – vroeg in de avond of in de middagpauze, die gedrongen gestalte die heen en weer schommelde terwijl ze voortliep op die kromme benen van haar. Ze bewoog zich vol vertrouwen en doelgericht, en hoewel je ernaar verlangde de verhalen te horen die zij met zich meedroeg, ging je haar vaak ook uit de weg – voor het geval die verhalen over jou zouden gaan. Ze was altijd nieuwsgierig naar je leven en schonk je meer aandacht dan alle andere mensen die je kende.

Niemand anders keek je zo belangstellend aan, met zoveel medeleven.

Niemand anders wist hoezeer je gebukt ging onder je geheim.

Niemand anders dan Trudi Montag begreep je opluchting als je eenmaal dat gewicht met haar had gedeeld.

Anders dan andere biechtvaders legde ze je geen gebeden op, en ze strafte je ook niet met afkeer. Ze was blij met je zonden, en het was verleidelijk haar alles te vertellen. Maar je had geleerd dat niet te doen.

Dat had je geleerd door te luisteren naar de geheimen die ze bij anderen had veroverd en die ze in het stadje rondvertelde, zoals het verhaal dat de apotheker een adoptiekind was geweest, iets waar iedereen het nu over had, hoewel – tot voor kort – slechts één van de heel oude mannen in Burgdorf zich dat had herinnerd. Niemand anders van die generatie had dat detail belangrijk genoeg gevonden om het levend te houden door het opnieuw te vertellen. Trudi Montag echter had het geheim van de apotheker teruggehaald. Trudi Montag had gewoeld in stoffige archieven in het *Rathaus*, waar ze de datum van de bruiloft van zijn ouders had gevonden, en die van zijn doop, maar geen mededeling over zijn geboorte.

'Niet dat het mij wat uitmaakt, maar hij zou wel overal vandaan kunnen komen,' zei ze dan tegen je, want ze wilde maar al te graag de superieure houding van de apotheker breken – de man die verantwoordelijk was geweest voor de vertoning van films op school waarin gezegd werd dat joden smerig waren en zichzelf niet verzorgden. Alle leerlingen hadden die films moeten zien, zelfs de joodse kinderen.

'Hij kent zijn eigen ouders niet eens,' zei ze dan tegen je.

Zelfs als je vastbesloten was helemaal niet met Trudi Montag te praten, kon je je geheim niet altijd voor haar verbergen. Je kreeg een moment van zwakheid: iets in haar vriendelijke ogen wekte in je de wens het aan haar te vertellen, en hoewel je daaraan niet wilde toegeven, voelde je al dat het te laat was, dat zij jouw geheim tot het hare maakte, en dat je het voortaan alleen maar zou zien groeien naarmate Trudi ermee door het stadje ging–zo ongeveer als een jonge moeder die met trots haar zuigeling aan iedereen laat zien.

En toch, wat de mensen Trudi ook gaven, het was niet genoeg, kon nooit genoeg zijn. Als ze hun aanvaarding niet kon krijgen, dan wilde ze op zijn minst hun verhalen. Dat waren de mensen van Burgdorf haar verschuldigd. Omdat zij in hun midden was verschenen. Omdat zij anders was. Omdat ze haar niet konden aanvaarden, waren ze haar iets verschuldigd. En die schuld zou ze opeisen, genadeloos, en daarbij rekende ze op hun medelijden, hun schuldgevoel, hun opluchting.

Maar haar eigen geheimen hield ze vast, en haar macht nam toe doordat ze gescheiden hield wat aan haarzelf toebehoorde en wat van anderen was. Op een dag bedacht ze dat het bijna net zoiets was als het vergaren van geld voor mensen die rijkdom aanbaden. Hoeveel ze had dat van haar was. Wat ze bij anderen wegnam. Wat ze anderen gaf. Wat ze opspaarde. Er was zelfs sprake van interest, want wat ze al bezat nam toe naarmate ze eraan toevoegde wat van anderen afkomstig was. Het gaf haar een gevoel van rijkdom, van trots; en toch voelde die massa geheimen soms totaal nutteloos aan, een rotsblok met scherpe randen dat haar hinderde. Dat waren de keren dat ze al die geheimen zou willen prijsgeven, als ze maar kon krijgen waar ze het meest naar verlangde–een band met andere mensen.

Hoofdstuk elf [1938]

Het voorjaar van de *Anschluss*, toen Duitse troepen Oostenrijk waren binnengemarcheerd, werd in Burgdorf bekend als het voorjaar van de grote overstroming. Nadat de Rijn acht jaar lang zijn grenzen had gerespecteerd, liet de rivier zijn wateren uitvloeien over honderd plaatsjes, waarbij meer dan vierhonderd mensen om het leven kwamen, van wie vijf alleen al in Burgdorf. De oude vrouwen zeiden dat de rivier de smaak van mensenvlees te pakken had gekregen door die twee zelfmoorden, allebei joden, die het koude water als graf hadden gekozen, op zoek waren gegaan naar draaikolken en zich hadden overgegeven aan hun neerwaartse kracht, in plaats van te ontsnappen door het midden, zoals kinderen die in de buurt van een rivier wonen, van hun ouders leren.

De rivier – zo zeiden de oude vrouwen – was als een wild dier dat, als het eenmaal mensenbloed heeft geproefd, altijd op die smaak zal jagen.

Wanneer de oude vrouwen fluisterden dat de rivier snakte naar méér, sloegen ze een kruis en zeiden ze een gebed dat de overstroming – de ergste overstroming die zelfs de oudsten onder hen zich konden herinneren – zich mocht terugtrekken uit hun keukens en slaapkamers. Ze verlangden naar de dag dat ze hun pantoffels weer op de vloer naast hun bed konden laten staan, naar de dag dat roeiboten en kano's gebruikt zouden worden voor uitstapjes met het gezin – en niet om te varen door straten die onder golvend modderwater lagen. Geschenken van de onbekende weldoener verschenen in tal van huizen alsof ze op onzichtbare vlotten daarheen waren gedreven. Misschien was er niet maar één weldoener, dachten de oude vrouwen, misschien was er een hele groep weldoeners. Want hoe had één persoon ooit al die geschenken kunnen verzamelen en uitdelen, geschenken die zorgvuldig op hun ontvangers waren afgestemd?

Toen de rivier zich terugtrok, vielen er gaten in de begraafplaats, waar de aarde bleef liggen op de kisten eronder, het diepst in het graf waar Herr Höffenauer en zijn moeder begraven lagen. Bij de oever aan de noordkant van Burgdorf had de Rijn een langwerpige diepte uitgeschuurd, zodat het stadje een tweede zwemplaats kreeg, de ene door mensenhanden gemaakt, de andere door de overstroming. Overal in de streek bleef de vochtige stank van rotting in de muren en vloerplanken hangen, in matrassen en gordijnen die met de rivier in aanraking waren gekomen.

Op de eerste dag dat de trottoirs weer droog waren, trokken de mensen de lichtste kleren aan die ze hadden, als om zulk licht uit de hemel te lokken, terug naar hun eigen leven. Ze verlangden naar een licht dat veel verderging dan het licht dat je met eigen ogen kunt zien wanneer de zon de hemel opent, het soort helderheid dat in hun leven had ontbroken sinds lang voor de overstroming, het soort helderheid dat uit elk huis, elk stadje was weggezogen, en vervangen door vrees en argwaan.

Frau Simon had in haar winkel de drukste ochtend sinds jaren: ze verkocht zeven hoeden – geen van alle grijs of bruin, maar allemaal in heldere kleuren: geel en blauw en rood en groen – en de mooiste van allemaal aan haar beste klant, Monika Buttgereit, wier gedwarsboomde hartstochten voor de chauffeur van de bakkersauto waren uitgelopen op één obsessie waartegen haar ouders zich liever niet verzetten, hoe gênant ze het ook vonden: *hoeden.* Hoeden met fantastische veren, met kant, met interessante gespen. Haar nieuwste aanwinst was een paarse tulband in twee tinten met een voile vol pareltjes, een hoed die – zo zwoer Frau Simon – een duidelijk mysterieus tintje had.

Vlak voordat Frau Simon haar winkel wilde sluiten op het middaguur, liep ze naar buiten met haar laatste klant, Trudi Montag, in een poging haar over te halen, daar op het trapje bij de deur waar de vochtige wind van de rivier zwaar rond hun enkels woei, de tweede hoed die Trudi mooi had gevonden voor haar te reserveren, het rode hoedje met de gespikkelde veer, dat nog op een houten standaard in de etalage stond.

'Al is het maar voor een paar dagen,' smeekte ze. Haar witte blouse was in de rok van haar elegante mantelpakje gestopt.

Maar Trudi staarde langs haar heen naar een trage zwarte kat die uit de richting van het kerkplein kwam.

'Het stond je zo goed, dat rode hoedje, Trudi. Ik zou het zo akelig vinden als het door een ander werd gedragen.' Frau Simon reikte naar Trudi's pony, die ze gladstreek, en trok – met een geoefend gebaar – de mosgroene hoed die Trudi net had gekocht, een beetje schuin naar rechts. 'Zo staat het beter.' Haar stem klonk tevreden.

Op de stoep aan de overkant liepen de mensen sneller, en ze zetten hun kraag op, als halve maskers tegen die klamme, stinkende wind, en op straat fietsten vrouwen sneller, zodat hun dijen tegen de stof van hun rok drukten, en hun boodschappennetjes als nutteloze pendels aan het stuur bengelden.

'Niet dat groen jou niet flatteert, Trudi. Zeker bij de mantel die je vorige maand hebt genaaid. Het is alleen dat ik vind dat die hoeden je allebei goed staan. Wat jij allemaal aan zelfverbetering hebt gedaan... Het zou zonde zijn dat hoedje naar iemand anders te laten gaan. Zonde. Misschien zeg ik er wat over tegen je vader als ik mijn boeken terugbreng. Je verjaardag is al over drie maanden, en het is nooit te vroeg om...'

Nadat de auto geruisloos voor de hoedenwinkel was gestopt, stapten er twee Gestapo-officieren uit.

'Lotte Simon?' De kleinste van de mannen deed een stap in haar richting.

Frau Simon deed een stap terug, het portiek in, en wreef door haar mouwen heen over haar armen, alsof ze het opeens koud had.

'U moet met ons meekomen.'

'Waarom?'

'Voor onderzoek.'

'Onderzoek waarnaar? Naar wat? Ik...'

'Gewoon routine.'

'Ik heb niets gedaan.'

Trudi was verstijfd, ze voelde boosheid, angst. En toen weer die verstarring. Ze keek om zich heen om hulp te zoeken, maar de straat was helemaal leeg, alsof men een nog grotere overstroming verwachtte, en voor een raam eenhoog bij de buren bewoog een vitrage.

'Laat me een advocaat bellen – alstublieft!' De vingers van Frau Simon grepen naar haar zilveren ketting.

'In de auto.'

De kleinere officier gaf alle orders, terwijl de ander naast hem stond – angstaanjagender door zijn stilzwijgen – alsof hij bereid was elk woord met geweld kracht bij te zetten. Onder zijn kin zag Trudi een bijna genezen scheerwondje. Zijn gezicht was broodmager, alsof hij zich opzettelijk uithongerde.

Trudi vond haar stem terug. 'Frau Simon heeft niets gedaan,' riep ze.

'Jij daar.' De man die niets gezegd had, wees op haar, en zijn stem klonk vriendelijk maar streng, als een onderwijzer met een eigenzinnig kind. 'Ga naar huis, kleine meid.'

'Ik ben geen kleine meid.' Toen ze omhoogkeek, in zijn ogen, was ze verbijsterd over de onverschilligheid die ze daar zag. Dit alles kan hem totaal niet schelen, dacht ze, wij niet, de *Partei* niet, de Führer niet. En ze wist dat hij dat, voor zijn eigen veiligheid, voor iedereen geheim moest houden.

Hij kneep zijn ogen tot spleetjes, verzette zich tegen haar opdringerigheid, verbood haar de toegang tot zijn geheim, en zij dwong haar ogen door te geven dat ze wist van zijn onverschilligheid. Maar hij rukte zich los van haar onderzoekende blik door zijn arm tussen hen door te laten gaan als een zeis, en met zijn vingers langs de zijkant van haar gezicht te gaan.

'Een kleine meid met mooi haar,' zei hij.

Terwijl ze terugdeinsde voor zijn aanraking had ze er heel wat voor overgehad om geen blond haar en blauwe ogen te hebben, en ze werd getroffen door de ironie dat ze op het enige punt waar ze paste in het ideaal, er niet bij wenste te horen. Ze verlangde hevig naar donker haar – nog donkerder dan het bruine haar van Frau Simon, wier gezicht asgrauw was geworden, zodat haar lippenstift op een veeg bloed leek.

'Laat haar gaan. Alstublieft,' smeekte Trudi.

De arrestatie geschiedde snel en efficiënt, en Frau Simon verdween in de donkere auto, alsof die haar had opgeslokt. 'Doe de winkel op slot, Trudi,' schreeuwde ze toen ze met haar wegreden. 'En zorg ervoor dat je...'

Het middaglicht verblindde haar, daar op het trottoir, helemaal alleen. Ze werd overvallen door het gevoel dat ze voorzichtig moest zijn. Heel voorzichtig. Slechts het toeval had ervoor gezorgd dat zij hier had mogen blijven. Ze voelde zich opgelucht, en meteen daarop schuldig om die opluchting. Uit een huis aan de overkant kwam de kookgeur van koolrapen; ze kon niet begrijpen hoe iemand die dingen kon eten.

In de winkel van Frau Simon waren oogverblindende, kleurige hoedjes geëtaleerd op gebogen standaards, steeds onder een hoek die hun meest intrigerende trekjes benadrukte; nu echter leken hun versieringen met veren en kant te frivool. Trudi wist niet waarom ze haar nieuwe hoed afzette en uit de etalage het rode hoedje haalde dat ze eerder die ochtend had bewonderd. Alsof ze zichzelf uit de verte bekeek zette ze het op haar hoofd en liep – heel langzaam – naar de piramidevormige spiegel die op een tafel in het midden van de lange, smalle winkel stond. Maar haar spiegelbeeld schonk haar alleen de schaamte in haar ogen. Haar haarwortels begonnen pijn te doen, en ze rukte het rode hoedje af en zette het weer op zijn standaard, terwijl ze om zich heen keek of niemand haar had gezien. Maar ze werd alleen omringd door de hoeden, kleurig als de paarden van een draaimolen na het laatste rondje van de zomer, en het zou haar helemaal niet verbaasd hebben als ze plotseling om haar heen waren gaan draaien, aangedreven door het blikkerige gejank van een draaiorgel.

'Dat was heel dom van je, Trudi,' zei Frau Abramowitz die avond berispend, toen een groepje buren bijeen was gekomen in de zitkamer van de Abramowitzen, met de gordijnen dicht.

Vier staande schemerlampen, met kappen van dezelfde gebloemde stof als waarmee de sofa bekleed was, lieten gele kringen licht op het behang vallen. De tafel was gedekt met een kanten kleed, en Frau Abramowitz had zwarte thee gezet en *Streuselkuchen* gebakken.

'Heel dom... Ze hadden jou óók kunnen meenemen.' De fijne rimpeltjes in haar gezicht waren in de loop der jaren niet dieper geworden – haar huid leek nog steeds op kostbare gekreukelde zijde, alsof ze nauwelijks ouder was geworden sinds die vroege rimpels waren ontstaan.

'Maar we kunnen hen toch niet zomaar Frau Simon laten weghalen,' protesteerde Trudi.

'Er zijn andere manieren,' zei haar vader.

'Die werken niet, die andere manieren,' zei Frau Weiler. 'Je weet dat ze niet werken, Leo.'

'Hedwig heeft gelijk.' Herr Abramowitz pakte het cakemes, en zijn diamanten manchetknopen glinsterden in het licht. 'Ik zeg het al jaren. En ik ben bereid het aan onze geliefde Führer te vertellen – tenminste, als hij me ooit zo dichtbij laat komen.'

Frau Weiler knikte opgewonden, en rode vlekken ontbloeiden op haar wangen.

'Wij zouden hier niet moeten zijn,' zei Herr Blau tegen zijn vrouw, die naast hem op de brede sofa zat, met haar handen gevouwen op haar gesteven schort.

'Michel,' zei Frau Abramowitz smekend. 'Je weet niet wat je zegt.' Haar vingers zochten een bezigheid, herschikten het boeket wilgenkatjes op de tafel.

'Ik zeg helemaal niets, Ilse. Ik ben de cake aan het snijden. Kijk maar.'

'Dat doe je nou altijd – discussiëren alleen omwille van de discussie, met woorden smijten, anderen verblinden.'

Leo Montag hinkte naar de overgordijnen en controleerde of de ramen gesloten waren. Hij had Emil Hesping meegebracht, die bij de leesbibliotheek was langsgekomen, even nadat Trudi naar huis was gerend met het nieuws van de arrestatie van Frau Simon; met hun drieën waren ze teruggegaan naar de hoedenzaak. Met Emils sleutel hadden ze haar flat opengemaakt en haar juwelen, zilveren wijnbekers en de meeste van haar kleren verpakt in dozen, die nu in de leesbibliotheek waren opgeborgen.

Afgezien van een groet had Herr Hesping niets gezegd sinds ze de woning van de Abramowitzen binnen waren gegaan. Zijn lippen hadden een halve glimlach vertoond terwijl hij tegen de deurpost geleund stond, maar nu liet hij dat gladde hout los en kwam naast Michel Abramowitz staan.

'Als u erin slaagt dicht bij onze Führer te komen, dan is een cakemes niet genoeg.'

'Het is onveilig om naar zulke dingen te luisteren. Onveilig.' Herr Blau probeerde van de sofa op te staan, en zijn dooraderde handen klauwden in de lucht als om een onzichtbaar houvast te grijpen. 'Voor ons allemaal. We kunnen beter naar huis gaan.'

'Neemt u wat *Streuselkuchen*, Herr Blau.' Emil Hesping duwde een gebloemd schoteltje met een stuk cake in de handen van de oude man.

Maar de kleermaker schudde zijn hoofd en slaagde erin op te staan. 'Ik heb niets gehoord.' Zijn kunstgebit klapperde. 'Maakt u zich geen zorgen. Goedenavond, Herr Abramowitz. Goedenavond, Frau Abramowitz. Dank u voor een heerlijk...'

'O, ga toch zitten, Martin.' Zijn vrouw greep hem bij de achterkant van zijn bretels en trok hem terug.

Hij zonk neer in de diepe kussens, en mompelde iets.

'Dat is een prachtige ketting,' zei Emil Hesping tegen Frau Blau.

Ze glimlachte als een jong meisje toen ze de druppel barnsteen met de bleke, heel kleine krab aanraakte. 'Dat komt uit de Noordzee... bijna een eeuw oud.'

'Hoor eens, we zijn hier om over Frau Simon te praten,' zei Leo.

De anderen keerden zich om naar zijn rustige stem. Met zijn ene hand op de damasten gordijnen keek hij door de spleet uit over het trottoir. Zijn krullend haar was nu geheel zilverwit, zodat hij meer op Trudi leek. Haar moeder had zwart haar gehad, en soms, als ze in een van haar spiegels naar sporen van haar moeder zocht, kon ze helemaal niets vinden – alsof haar moeder was verdwenen en Trudi helemaal veranderd was in haar vaders dochter. Meestal kocht ze dan nog weer een spiegel met een gouden lijst, van het soort dat haar moeder zou hebben gekozen.

'We moeten afspreken,' zei haar vader, 'dat de dingen die we hier zeggen, zelfs als ze onbesuisd of onoverdacht zijn,' hij trok zijn ene wenkbrauw op en keek naar Herr Abramowitz, en toen naar zijn vriend Emil, 'deze kamer niet zullen verlaten.'

'Afgesproken,' zei Michel Abramowitz snel.

Emil Hesping knikte.

Herr Blau zette zijn bril recht en tuurde naar de gezichten om hem heen als om zich ervan te verzekeren dat niemand verontwaardigd was en op het punt stond hen allen aan te geven. 'Zolang ik maar niet hoef te luisteren naar ongepaste opmerkingen over Herr Hitler.'

'Jij mag hem zelf toch ook niet,' zei zijn vrouw.

'Flora!' Hij keek haar woedend aan. 'In de eerste plaats was dat een grapje, en ten tweede heb ik het je verteld in de intimiteit...,' hij begon te stotteren, '...vlak voordat we gingen slapen.'

'Je zei dat die man nog niet geschikt is om muren te behangen in dit land en...'

'Dat heb ik niet gezegd.'

'...en dat de artikelen in *Der Stürmer* almaar gekker worden. Al die haat...'

'Ik kijk dat blad zelfs nooit in.'

Ze sloeg haar ogen op naar het plafond als om de heiligen aan te roepen als getuigen van zijn leugens.

'De enige opmerking die ik over Herr Hitler heb gemaakt, had te maken met zijn – zijn achtergrond als – als Oostenrijkse behanger... Dat is een heel fatsoenlijk beroep.'

'Dat is een van de vriendelijkste dingen die gezegd kunnen worden over onze Führer.' Emil Hesping maakte een grappig buiginkje in de richting van Herr Blau. 'U bent wel buitengewoon edelmoedig.'

Trudi herinnerde zich de laatste keer dat Emil Hesping met haar en haar vader over de Führer had gepraat. Een geraffineerd man, had hij hem genoemd. Een slecht mens. Een sentimentele kerel.

Hitler ist ein Schwein had iemand op de bakstenen muur van de school gekalkt, en de politie had twee nonnen bevolen die woorden te verwijderen. 'Zij willen wel heldhaftig doen,' had een van de nonnen knorrig gezegd, 'maar ze vergeten dat iemand de rommel achter hen moet opruimen – en meestal zijn dat vrouwen.'

Herr Hesping schraapte zijn keel. 'Ik heb gehoord dat Frau Simon is meegenomen naar Düsseldorf. Voor een verhoor.'

'Wie heeft je dat verteld?' wilde Frau Weiler weten.

'Iemand in de ss die het kan weten.'

'En zijn naam wil je ons niet vertellen?'

'Dat kan ik niet doen, Hedwig.'

'Hoe kun je vrienden bij de ss hebben en trouw zijn aan Frau Simon?'

'Sommige mensen begrijpen niet hoe ingewikkeld trouw in elkaar zit.'

'Hoeveel trouw kost,' zei ze snibbig. 'Toen ze mij vier jaar geleden in de gevangenis vasthielden, heb ik geen enkel compromis gesloten.'

'Sindsdien zijn de tijden veranderd.'

'Ik heb geweigerd te liegen. Natuurlijk waren er dingen die ik niet uit mezelf zei. Als zij me niet de juiste vragen stelden, dan was dat natuurlijk hún probleem.'

'Zou u niet liegen als u daarmee iemands leven kon redden?' vroeg Trudi.

'Dat zou ik niet kunnen.'

'Hoe kan iemand dat niet kunnen?'

'Trudi.' Herr Hesping raakte haar arm aan. 'We praten nog niet eens over een situatie waarin zoiets nodig is.'

'Maar we moeten het wél van elkaar weten.'

'Misschien zal het nooit nodig zijn.'

'Ik laat me door niemand dwingen te liegen.' De ogen van Frau Weiler glinsterden, net als Ingrids ogen wanneer ze het over martelaren had. Ingrid was bijna klaar met haar opleiding tot lerares, en het afgelopen jaar had Trudi haar minder vaak gezien.

'Laat het rusten, Hedwig – alsjeblieft,' zei Leo Montag.

'Het lijkt erop dat Herr Heidenreich in stilte nogal wat schade heeft aangericht,' zei Emil Hesping. 'Als verklikker.'

'Kurt Heidenreich?' Herr Blau schudde zijn hoofd. 'Maar we praten altijd met elkaar, en hij heeft nooit...' Hij sloeg zijn ene dooraderde hand voor zijn mond. 'Ik hoop dat ik me alles kan herinneren wat ik tegen hem heb gezegd.'

'Laten we liever hopen dat hij het vergeten is,' zei Michel Abramowitz.

'Ik heb gehoord dat hij geweigerd heeft de papegaai van Frau Kaminsky op te zetten,' zei Trudi, 'maar dat vertelde hij haar pas toen ze hem kwam ophalen. En toen was hij al aan het rotten, en het was te laat om er nog mee naar de preparateur in Krefeld te gaan. Ze heeft hem moeten begraven.'

'Laten we het hebben over wat we kunnen doen om Frau Simon te helpen,' zei Leo Montag.

'Wie heeft er een voorstel?' vroeg Frau Blau.

Michel Abramowitz aarzelde. 'Ik zal proberen navraag te doen.'

'Dat zou wel eens minder goed kunnen zijn, voor jou én voor haar.' Leo Montag sprak langzaam. 'Je kent me, Michel, en het kost me moeite dit te zeggen, maar...'

'Ze moet een goede advocaat hebben die geen jood is, dat bedoel je toch?'

Leo kromp ineen. 'In dit land – nu... Ja. Helaas.'

'En die geen communist is,' hielp Herr Blau hem herinneren.

'Dat is al zo lang geleden,' zei Frau Blau.

Herr Abramowitz stak zijn kin omhoog en staarde naar de piano waarop in zilveren lijsten de foto's van zijn kinderen stonden, vanaf hun zuigelingentijd tot drie jaar terug, toen zijn zoon Albert was vertrokken naar Argentinië, na tal van pogingen zijn ouders en zuster over te halen met hem mee te reizen. Toen waren we nog niet zover, dacht Herr Abramowitz. We hebben te lang gewacht. En Ruth was nog niet klaar om zonder haar man te vertrekken. Maar hij en Ilse waren het eindelijk eens geworden dat Albert hen mocht helpen. Wat haatte hij dat wachten, die onzekerheid. Bijna de helft van de joodse gemeenschap in Duitsland, die in 1933 vijfhonderdduizend personen had geteld, had het land al verlaten. Maar voor degenen die er nog waren, werd het steeds moeilijker een land te vinden dat hen wilde opnemen. Zelfs Palestina behoorde niet meer tot de mogelijkheden. Wegens bezwaren van de kant van Arabieren hadden de Britten de immigratie naar Palestina beperkt, en dat was een hinderpaal voor wat ooit een werkbare afspraak tussen de Palestijnse Zionistische Organisatie en de nazi's had geleken: de joodse eigendommen zouden worden bewaard in een fonds in Duitsland, en dat geld zou gebruikt worden voor Duitse exporten naar Palestina, terwijl de zionisten de joodse immigranten zouden opvangen.

Alle andere landen, ook de Verenigde Staten, hadden de immigratie van joden sterk ingeperkt. Niemand zat te wachten op verarmde joden, dacht Herr Abramowitz verbitterd. Wij zouden geen enkel probleem hebben als we ons geld konden meenemen uit Duitsland. De eigenlijke ironie is dat we nog steeds hier zijn – niet omdat de nazi's ons tegenhouden, maar omdat we nergens heen kunnen.

'Wij hebben tenminste Albert nog,' zei hij zuchtend.

'Michel...' begon Leo.

Herr Abramowitz stak zijn hand op om hem het zwijgen op te leggen. 'Ik wil dat jullie allemaal weten dat onze families–die van Ilse en die van mij–vele generaties in *jullie* land hebben gewoond. Mijn overgrootvader heeft dit huis gebouwd... En wat het vinden van een geschikte advocaat betreft–ik ben het met jullie eens. Ik heb een collega, arisch van top tot teen, maar met een menselijk hart. Hij zal nagaan wat er met Frau Simon aan de hand is.'

'Voorlopig moeten jullie allemaal goed uitkijken,' zei Emil Hesping op waarschuwende toon. 'Jullie weten hoe gemakkelijk je opgepakt kan worden.'

Herr Blau knikte. 'Ik ken ouders die niet over politiek willen praten waar hun kinderen bij zijn. Ze zijn bang dat ze het doorvertellen aan hun onderwijzers of aan de leiders in de Hitler-Jugend–zelfs al willen ze hun ouders helemaal niet verraden.'

'Sommigen willen dat wél,' zei Leo.

Emil Hesping knikte. 'Zo ziet het zuiver Duitse gezinsleven eruit.'

Opeens zwegen ze allemaal. Ze wisten maar al te goed dat mensen die zo dapper of zo dwaas waren om zich tegen het regime uit te spreken, gebruikt werden om een voorbeeld te stellen: ze werden afgeranseld, hun bezittingen werden in beslag genomen, of ze werden in een kamp gestopt. Het was gevaarlijk als je hen te hulp schoot. Je wist dat het veiliger was te doen of je niets merkte wanneer de politie laat op de avond bij je buurman kwam, dat je je licht niet aandeed, zelfs als je wilde helpen, dat je doorliep als een van je vrienden werd meegenomen voor een ondervraging.

'Vorige week hebben ze een priester uit Krefeld in het kz gestopt,' zei Emil Hesping.

Trudi huiverde toen hij sprak over de *Konzentrationslager*, de kampen voor heropvoeding van zogeheten 'asocialen', voor communisten en andere politieke gevangenen die weigerden zich aan te passen.

Zij en haar vader verlieten het huis van de Abramowitzen als laatsten, en toen ze de nacht in stapten, leek de stank die de overstroming had achtergelaten nog scherper dan overdag. Het was te donker om de wolken te zien, maar ze voelden zwaar aan, en vlak bij de aarde, als om het stadje te beschermen, en het te doordringen met de bedrieglijke belofte van vrede.

'Als alle mensen die net zo denken als wij...,' zei Trudi, 'als we alle-

maal bij elkaar kwamen – misschien zouden we het dan kunnen tegenhouden.'

'De onderlinge verbindingen – dat zijn de zwakke punten. Zodra we
bruggen slaan naar andere mensen, komen we in gevaar. Op zulke punten pakken ze ons.'

'Ik denk niet dat Herr Blau ons zou verraden.'

'Hij is een goede man, maar hij is bang. Je weet dat mensen van een
verhaal alleen horen wat ze aankunnen.'

Wat hij zei, klonk geloofwaardig, want dat had ze zien gebeuren wanneer ze haar verhalen in het stadje rondvertelde. Sommige mensen wilden niet alle bijzonderheden weten. Ze vroegen er wel naar, maar leidden
zichzelf af met verklaringen die weinig te maken hadden met haar verhalen, maar haar wél van nieuw materiaal voorzagen. Sommigen liepen bij
haar weg, of veranderden de afloop van zo'n verhaal. Dat was trouwens
prima: op die manier bleef een verhaal in leven, elke keer dat het verteld
werd kreeg het nieuwe vorm, en het betekende steeds weer iets anders
voor degenen die ernaar luisterden.

'We weten eigenlijk maar heel weinig van wat er gebeurt.' Haar vader
bleef voor hun deur staan en morrelde met zijn sleutels.

Trudi raakte de bast van de kastanje aan. Boven zich voelde ze de brede
takken, kaal nog. Binnenkort zouden knoppen barsten en veranderen in
bladeren en wiebelige kaarsjes.

'Het nieuws dat we in de krant lezen, is voorgekookt.' Hij deed de deur
van het slot en deed het licht in de gang aan. 'Woorden hebben nieuwe
betekenissen gekregen. We komen meer te weten uit gefluisterde geruchten dan via het gedrukte woord. We leven in een tijd waarin we allemaal
boodschappers worden. En jij, Trudi, bent daarop voorbereid – meer dan
alle anderen mensen die ik ken.'

Ze knikte. Sinds het moment die ochtend, toen ze naast Frau Simon
op het trottoir had gestaan, had ze gevoeld dat de taal nog beperkter
werd. Er was geen ruimte voor meningsverschillen. Zij was verdacht geweest, alleen al omdat ze daar bij Frau Simon had gestaan. Zonder iets te
kunnen doen. In gevaar.

Haar vader keek haar aan. Hij keek haar aan met vermoeide en meelevende ogen, en Trudi wist niet eens of hij het zei of dat ze alleen zijn bezorgdheid voelde, want wat ze meende te verstaan was: '*Wees voorzichtig, mijn dochter.*'

Elke middag controleerde Trudi de winkel en de woning van Frau Simon aan de Barbarossastrasse, maar de deuren waren een dag na de arrestatie van hangsloten voorzien, en niemand reageerde als ze aanklopte. Ze dacht aan Frau Simon, elke keer dat ze lotion op haar handen deed, elke keer dat ze een vrouw zag met een hoed die ontworpen was door de roodharige hoedenmaakster. Sommigen dachten dat ze nog in Düsseldorf werd vastgehouden, terwijl anderen aannamen dat ze vrijgelaten was en op bezoek was gegaan bij haar zuster in Osnabrück. Een maand na haar arrestatie verdwenen alle hoeden uit de etalage, en de winkel werd het hoofdkwartier van de Hitler-Jugend.

Toen Frau Simon na bijna vier maanden werd vrijgelaten en naar Burgdorf terugkeerde, leek het of ze gekrompen was: haar gezicht was kleiner, en haar vroeger zo woeste krullen lagen vlak tegen haar hoofd aan. Haar levendigheid was verdwenen, en ze drong bij haar vrienden aan op voorzichtigheid: als ze maar zwegen, zou alles beter gaan.

'Het is net of ik Frau Abramowitz hoor,' protesteerde Trudi.

'Dat moet je niet zeggen,' zei haar vader. 'Tenzij je dezelfde ervaringen hebt als Frau Simon.'

Hoewel de kleren van Frau Simon er bekend uitzagen, pasten ze haar niet meer echt, en ze leken voor iemand anders gemaakt. Eva Sturm richtte een woning voor haar in op de tweede verdieping van haar mans flatgebouw. De kamers van Alexanders nichtje, Jutta, lagen vlak naast die van Frau Simon. Het meisje was nu zeventien en had daar bijna een jaar in haar eentje gewoond, sinds haar moeder, die altijd een zwakke gezondheid had gehad, aan longontsteking was overleden en Jutta niet was ingegaan op de uitnodiging van haar oom om bij hem en Eva op de eerste verdieping te komen wonen.

'Maar wij hebben ruimte genoeg,' had Alexander gezegd.

'Ik wil hier boven blijven wonen.'

'Je bent te jong om alleen te wonen.'

'Jij leidde een fabriek toen je zo oud was als ik.'

'Ze komt elke dag bij ons op bezoek,' had Eva gezegd. 'Afgesproken, Jutta? En ze eet bij ons.'

Toen Jutta daarmee had ingestemd, had haar oom toegegeven.

Frau Simon verliet zelden haar flat, en als ze buiten kwam, vermeed ze het langs haar oude huis te lopen, waar haar piramidevormige spiegel in het midden van de etalage de sombere glimlach van de Führer weerkaatste, evenals het ordinaire rood van de vlag. Ze maakte een omweg langs de overkant van het kerkplein om naar de leesbibliotheek te gaan, waar ze elke dinsdag twee romannetjes en twee Amerikaanse westerns leende.

'Bent u al bij Frau Doktor Rosen geweest voor die hoofdpijn?' vroeg Leo haar op een milde middag aan het eind van oktober 1938, toen ze binnenkwam om haar wekelijks voorraadje boeken terug te brengen.

Frau Simon knikte. 'Ze heeft me wat pillen gegeven.'

Hij overhandigde de boeken aan Trudi, die aantekende dat ze teruggekomen waren. 'En hebt u die pillen ook geslikt?' vroeg hij.

'Ik geloof niet zo in pillen. Maar het is aardig dat u ernaar vraagt.'

'Emil vertelt me dat u hem niet wilt zien.'

'Niet zoals ik er nu uitzie. Niet voordat ik...'

'U bent een heel knappe verschijning, Lotte.'

Een van haar handen ging naar haar haar.

'En dat vest staat u uitstekend.'

'Dat heb ik van Emil voor mijn verjaardag gekregen. Een paar jaar geleden.' Ze zei dat hij eens moest voelen aan de mouw van witte mohair. 'Vijftig procent mohair, vijftig procent zijde. Ik neem aan dat er mensen zijn die zeggen dat het ongepast is cadeautjes aan te nemen van een man met wie je niet getrouwd bent.'

'Daarover zou ik me maar geen zorgen maken,' zei Leo geruststellend.

Ze glimlachte, de eerste glimlach die men op haar gezicht had gezien sinds ze uit de gevangenis was gekomen. 'Mijn grootmoeder zei altijd dat een heer een dame nooit een cadeautje mag geven dat tegen haar huid komt – afgezien van handschoenen.'

Trudi moest lachen. 'Hoezo handschoenen?'

Daar moest Frau Simon even over nadenken. 'Zo'n vraag kun jíj alleen maar stellen. Misschien heeft het te maken met handenschudden. Ik bedoel, als ik een man een hand geef, dan raakt zijn huid toch de mijne aan? En daarom zouden handschoenen wel mogen, omdat ze een plek bedekken die... die...'

'Beschikbaar is?' hielp Trudi.

'Beschikbaar, precies. En alle huid die door deze trui bedekt wordt, hoort niet beschikbaar te zijn voor een andere man dan een echtgenoot.'

'Dan is het net of u zegt dat het geschenk zoiets is als de handen van een man. Denkt u eens aan alle plekken die dat vest bij u aanraakt.'

Frau Simon bewoog haar schouders op en neer, en even zag ze er net zo levendig uit als vroeger.

'Nou moet u dus trouwen met Herr Hesping,' zei Trudi plagerig.

267

'Hou op, Trudi.'

'We zullen de bruiloft hier vieren. Ik zal een taart bakken en...'

'Die man zal nooit toelaten dat een vrouw een ring aan zijn vinger schuift. Misschien vind ik dat juist zo aantrekkelijk in hem.'

'Lachen staat u goed,' zei Leo. 'Mag ik Emil vertellen dat u er goed uitziet?'

Frau Simon aarzelde. 'Ik zal de boeken volgende week dinsdag om drie uur terugbrengen. Ik bedoel – als hij het zelf wil zien.'

Op de tweede donderdag van november werd Trudi vroeg wakker – moe en onrustig alsof ze geen oog dicht had gedaan. Ze voelde altijd meer vermoeidheid wanneer de winter inzette, alsof haar lichaam tijd nodig had om zich aan te passen aan de kou. Bovendien deden haar knieën al bijna een week pijn. Frau Doktor Rosen had haar verteld dat die pijn kwam vanuit haar heupen.

'Waarom voel ik het dan in mijn knieën?' had Trudi gevraagd.

Frau Doktor, die nu nóg minder patiënten had in haar praktijk, had haar verteld dat haar heupgewrichten ontstoken waren.

'Maar dat is iets voor oude mensen. Ik ben pas drieëntwintig.'

'Sommige *Zwerge* krijgen dit soort problemen als ze nog heel jong zijn.'

'Maar u hebt geen andere patiënten die *Zwerge* zijn.'

'Ik heb de moeite genomen erover te lezen.'

Trudi staarde haar aan. 'Voor mij?'

'Voor jou.'

Terwijl Trudi zich in haar bed bewoog en probeerde een redelijke houding te vinden tot het licht werd, stelde ze zich de dokter voor, omgeven door hoge stapels medische boeken, op zoek naar informatie over *Zwerge* die haar zou helpen Trudi's gewrichten losser te maken en haar botten te verlengen tot ze een normale lengte had en geen pijn meer leed. Toch had ze diep vanbinnen al aanvaard dat er echt niets aan te doen was. Ze dacht aan alle mensen die jammerden over dingen in hun leven die hun niet aanstonden – hun werk, hun huis, hun vrienden – en dan werd ze afgunstig, want in dat alles konden zij wél verandering brengen.

Toen ze de bibliotheek opende, stopte de bakkerswagen buiten, en Alfred Meier kwam naar binnen rennen om te vertellen dat die nacht in Düsseldorf de ruiten van joodse winkels en synagogen waren ingegooid. Hij was sinds vroeg in de ochtend op weg geweest met zijn brood, en hij had gehoord dat er gebouwen in brand waren gestoken, en dat een compleet flatgebouw naast een joodse juwelierszaak was afgebrand.

In de loop van die dag kwamen andere klanten met verhalen die ze gehoord hadden van vrienden en familie in Krefeld en Oberkassel en Keulen. Trudi deed niet eens een poging om in de bibliotheek te werken: ze liep almaar rond in Burgdorf om de mensen te vertellen wat ze gehoord had, en zelf weer nieuws te horen over verwoestingen in andere steden en stadjes. In Burgdorf waren maar twee zaken aangevallen – een garen-en-bandwinkel en een restaurant, beide eigendom van joden. Het leek erop of iemand geprobeerd had de synagoge in brand te steken, want aan de achterkant van het gebouw was het pleisterwerk onder een van de ramen zwart beroet.

'Misschien dat het hier niet gebeurt,' zei Frau Abramowitz tegen Leo Montag terwijl haar man zijn cameljas dichtknoopte en vertrok voor een spoedvergadering in de synagoge.

Maar Leo herinnerde zich wat zijn vrouw had gezegd in het jaar voordat ze getrouwd waren – dat de dingen in Burgdorf langzamer en later gebeurden dan in de meeste andere plaatsen – en hij hield bezorgd de wacht over zijn vrienden. Die nacht hadden heel weinig mensen in de buurt een goede nachtrust, maar toen 's ochtends slechts een paar gebroken ruiten werden ontdekt in het stadje – hoewel men zei dat de vernielingen in Düsseldorf en Oberkassel aanhielden – hoopte Leo dat Frau Abramowitz gelijk had gehad.

Op vrijdagmiddag pakte Trudi een porseleinen theeservies mooi in – dat zouden zij en haar vader meenemen voor de bruiloft van Helmut Eberhardt, de volgende dag. Haar moeder was hen persoonlijk komen uitnodigen, en ze hadden de invitatie alleen aanvaard omdat ze haar niet wilden teleurstellen. Helmut ging trouwen met Hilde Sommer, die haar opleiding als vroedvrouw had voltooid en zijn hartstocht voor netheid deelde. Volgens de apotheker was ze zwanger, al op weg naar een *kinderreiche Familie*, maar Trudi merkte dat dat gerucht onmogelijk geverifieerd kon worden, zelfs niet als ze vlak bij haar was, want Hilde was nu eenmaal een forse vrouw. Nou ja, als ze zwanger was, zou Helmut tenminste niet van haar kunnen scheiden wegens *Unfruchtbarkeit* of *Nachwuchsverweigerung* – de weigering om kinderen te krijgen. Die twee dingen werden beschouwd als regelrechte aanslagen op het regime, en waren tegenwoordig geldige scheidingsgronden.

Vrijdagavond laat, minder dan twaalf uur voor Helmuts huwelijk met de blonde vroedvrouw in de Sint-Martinus, sleurden hij en twee andere sa-mannen Herr Abramowitz uit zijn slaapkamer, en toen de lange advocaat probeerde te protesteren, werden zijn pijpenverzameling en zijn camera's voor zijn ogen vertrapt, en hij werd over de brokstukken gesleept, en schreeuwde toen ze zijn voeten en enkels verwondden.

Frau Abramowitz klampte zich vast aan de arm van Helmut Eberhardt en smeekte hem haar man met rust te laten. En omdat ze niets anders wist te bedenken, riep ze: 'Ik ken je moeder goed. Je komt uit een heel goede familie.'

'Blijf daar,' zei hij waarschuwend.

Ze hoorde hen op straat – het breken van glas, hun hakken op het trottoir, portieren die dichtgegooid werden. Een auto startte. Toen stilte. Tranen belemmerden haar ademhaling toen ze haar dochter in Oberkassel probeerde op te bellen, maar ze kon zich Ruths nummer niet meer herinneren, hoewel ze dat bijna dagelijks draaide, en moest het opzoeken. Haar hand trilde zo dat haar vinger uit de draaischijf schoot, en ze moest het een paar keer proberen voordat ze haar dochter bereikte.

Toen Ruth – tegen het advies van haar man in – aanbood met de auto naar Burgdorf te komen, weigerde Frau Abramowitz dat. 'Kom niet hierheen. Het is hier niet veilig.'

'Dan is het ook niet veilig voor jou,' zei Ruth.

'Deze keer hebben ze mij niet meegenomen.'

'Moeder – moeder, ik hou zo van je.'

'Ik hou ook van jou, Ruthie.'

'Laat me dan een taxi sturen om je op te halen.'

'Ik moet hier blijven. Voor je vader, wanneer hij terugkomt.'

Het was een hele tijd stil over de telefoon.

'Hij komt terug,' zei Frau Abramowitz.

'Ja, natuurlijk.'

'Hij is per slot van rekening advocaat. Hij zal hen doen inzien dat ze een fout maken.'

Ze hing op nadat ze beloofd had Ruth te bellen zodra ze iets hoorde. Met haar beige trui over haar nachtpon holde ze de straat over, waarbij ze nauwelijks de scherven op het trottoir wist te vermijden, maar voordat ze op de deur van de Montags kon trommelen, deed Trudi al open.

'Wat is er gebeurd?' Ze greep de handen van Frau Abramowitz.

'Michel...' De oudere vrouw begon te huilen. 'Ze zijn Michel komen halen – ze hebben hem meegenomen.'

'Komt u binnen. Alstublieft...'

'Dat gaat niet.' Ze bleef omkijken naar de deur. 'Hij kan elk moment terugkomen.'

Niet elk moment, dacht Trudi, maar ze zei: 'Ik zal naar hem uitkijken voor het raam. Blijft u vannacht bij ons.'

'Ze hebben zo'n rommel gemaakt, dingen gebroken... zo zinloos.'

Trudi's vader kwam de trap af hinken in zijn kamerjas. 'Frau Abramowitz,' zei hij, 'Ilse,' en zijn stem was hulpeloos van verdriet, en hij spreidde zijn armen en omhelsde haar, zoals Frau Abramowitz het zich ongetwijfeld vele malen had voorgesteld, maar dan onder heel andere omstandigheden.

Ze liet zich even omarmen, maar deed toen een stap achteruit. 'Ik moet naar huis.'

'Je kunt hier blijven,' bood Leo aan.

'Misschien dat Michel opbelt.'

'Dan ga ik met je mee.'

'Echt?'

'Natuurlijk. Ik trek even wat kleren aan.' Hij ging op weg naar de trap.

Hoewel Trudi ook mee wilde komen, voelde ze dat haar vader, in zijn eentje, Frau Abramowitz veel beter zou kunnen troosten dan wanneer zij erbij was. Uit de open deur keek ze het tweetal na, Frau Abramowitz in haar dunne nachtpon, haar vader merkwaardig formeel in zijn zondagse pak, alsof dat in dit geval wel het minste was, zodanig gearmd dat het was of ze elkaar overeind hielden – ongeveer als een oud echtpaar dat in de loop van tientallen jaren hun tempo op elkaar had afgestemd. Zorgvuldig stapten ze over de scherven heen. Trudi dacht de sleutel in het slot te horen draaien nadat de voordeur aan de overkant achter hen was dichtgevallen, alsof zij beiden thuishoorden in dat huis.

Ze wikkelde de mantel van de Russische soldaat om zich heen en klom op de toonbank van de leesbibliotheek. Van daaruit kon ze door het raam kijken. Het licht in de woonkamer van de Abramowitzen was uit, en Frau Abramowitz stond voor het raam, omlijst door de splinters die uit het kozijn staken als de doorschijnende blaadjes van een uitheemse bloem. Het silhouet van haar lichte trui vulde het gat waar het glas was geweest, roerloos, alsof ze daar altijd was geweest, een bewaakster, tot het voor Trudi onmogelijk werd zich een tijd te herinneren dat dat raam niet door haar gestalte werd gevuld.

Het langere silhouet van Trudi's vader vulde de ruimte rond Frau Abra-

271

mowitz als een mantel. Die hele nacht stonden zij tweeën voor het donkere raam boven de straat vol scherven, wachtend op Michel Abramowitz; en telkens als Trudi even wegdommelde op de toonbank, werd ze weer snel wakker van verre kreten en brekend glas, en dan zag ze het silhouet van Frau Abramowitz voor dat raam, en daarachter dat van haar vader, alsof die twee zich in het geheel niet hadden bewogen, alsof elk woord dat ze tegen elkaar gezegd hadden, in die houding was gesproken.

Toen de zwarte nacht doorschijnend werd en hanengekraai boven de daken uitrees, zag Trudi iets over de kruising van Schreberstrasse en Barbarossastrasse kruipen, een gewonde hond misschien, of een oeroud beest dat zich naar de dageraad van de mensheid sleepte, naar de ondergang van de mensheid. Het was een gedaante die de lelijkheid van de nacht belichaamde, en Trudi vroeg zich af hoe lang hij al in hun richting was gekropen. Misschien was hij er al heel lang geweest, en was hij pas zichtbaar geworden in het eerste licht. Maar precies op dat moment maakte Frau Abramowitz zich los van het raam en vloog ze naar buiten – met Trudi's vader, hinkend en wel, achter zich aan – in de richting van dat iets wat op hen toegekropen kwam.

Trudi hees de jas van zeehondenbont op naar haar knieën, en toen ze hen inhaalde, zag ze Herr Abramowitz, met bloed in zijn hals en op zijn gezicht, en met scheuren in zijn pyjama. Hij kon niet staan, zelfs niet toen Leo Montag probeerde hem te ondersteunen, en ze moesten de bontjas op de grond leggen, hem op de ruige vacht rollen en hem dragen – Frau Abramowitz en Trudi aan de ene kant, Leo aan de andere – over de Schreberstrasse en door de ronde deur van zijn huis. Trudi's armen deden pijn, net als in de tijd dat ze aan het deurkozijn had gehangen, en haar vaders adem klonk scherp en hijgend. Alleen Frau Abramowitz ademde gelijkmatig, want het dragen van haar man eiste veel minder van haar krachten dan dat wachten.

Toen ze Michel Abramowitz op de sofa in zijn woonkamer hadden gelegd en hem gewassen hadden, waarbij ze ervoor zorgden zijn wonden niet aan te raken, constateerden ze dat zijn neus en een aantal ribben gebroken waren. Overal langs de binnenkant van zijn linkerarm waren sigaretten uitgedrukt, en zijn rug was gezwollen en vol ontvelde striemen. Hij was heel wat tanden kwijtgeraakt, de hele voorste rij, zodat zijn vrouw de tweede rij kon zien – een speling der natuur had ze altijd gedacht –, alsof hij die extra tanden speciaal voor deze nacht had ontwikkeld.

Zijn stem was schor, en ze moesten zich naar hem overbuigen om hem te verstaan toen hij hun verbood hem naar het Theresienheim te brengen, of naar het ziekenhuis in Düsseldorf. 'Thuis ben ik veiliger,' mompelde hij, en hij vroeg zijn vrouw hem de watjes te brengen die ze gebruikte bij oorpijn en om nagellak te verwijderen.

Ze keek daarvan op, maar verliet de kamer om ze te halen.

Hij greep Leo vast bij de revers van diens zondagse pak. 'Ik loop de rivier in voordat ik toelaat dat die *Schweine* me nog eens te pakken krijgen.'

'Michel...'

'Ik meen het, Leo. Beloof me dat je voor Ilse zult zorgen als dat gebeurt. Niets kan me ertoe brengen zoiets nog eens door te maken als...' Hij liet Leo los toen zijn vrouw terugkwam met de watten, en hij scheurde twee stukjes af, rolde ze op en propte ze in zijn neusgaten. Tranen rolden over zijn mishandelde gezicht.

Leo legde zijn arm om zijn schouders. 'Ik beloof het.'

'Wat doet hij nou?' riep Frau Abramowitz uit.

'Hij probeert zijn neus weer vorm te geven,' zei Leo.

'Laat me Frau Doktor Rosen bellen,' zei Trudi.

Michel Abramowitz kreunde. 'Ik wil haar niet in gevaar brengen.'

'Laat die beslissing aan haar over.'

'Ik heb namens haar een beslissing genomen. Ze zou komen. Je kent haar toch.'

Frau Abramowitz bevochtigde haar zakdoek met speeksel en veegde het bloed weg bij zijn neusgaten.

'Hou op, Ilse.' Hij wendde zijn gezicht af. 'Ik ben geen kind meer.'

'Stel dat je neus scheefgroeit?'

'Dan mag je echtscheiding aanvragen.' Hij kromp ineen bij deze poging tot een grapje. 'Zoek dan maar een man met een mooie rechte neus.'

'*En* een vriendelijk humeur.' Ze schoof een geborduurd kussen onder zijn hoofd. 'Ik zal naar hem gaan uitkijken.'

Hij sloeg zijn ene arm om haar heupen. 'Ik wil wedden dat je dat doet.'

Met een rood hoofd keek Frau Abramowitz naar Leo en Trudi. 'Hartelijk dank voor jullie hulp,' zei ze, en haar stem klonk merkwaardig stijf. 'Michel moet nu rusten.'

'Laat ons weten wat we kunnen doen,' bood Trudi aan.

'Doe de deur achter ons op slot,' adviseerde Leo Frau Abramowitz.

Die hele ochtend rustte Michel Abramowitz op de sofa; telkens viel hij even in een onrustige slaap, waaruit hij kreunend wakker werd. Zijn vrouw zat op de vloer naast hem, met haar fotoalbums om zich heen, starend naar de beelden die via de ogen van haar mans camera's waren ontstaan. Maar nu waren de camera's kapot; dat wist ze want ze was door de brokken gelopen, en het leek onlogisch dat de foto's niet kapot waren. Ze herinnerde zich dat Michel eindeloos bezig was geweest met die opnamen–hij had haar en de kinderen in één bepaalde houding neergezet, had gezegd dat ze moesten glimlachen terwijl hij zich voorbereidde op het vastleggen van hun gezichten voor de toekomst. Maar als je goed naging, was dat onmogelijk: je kon nooit bijvoorbeeld drie of vier mensen nemen en hen precies zo neerzetten dat ze voorgoed zo zouden blijven. Ze waren alleen zo op het moment van de foto, en het kwam haar bespottelijk voor dat de foto's–al die jaren later–nog steeds die beelden vasthielden, alsof dat de waarheid kon zijn.

De katholieke kerk luidde de klokken, want het was de dag waarop Helmut Eberhardt en Hilde Sommer trouwden. Frau Abramowitz liep naar het kapotte venster. Er kwam kou doorheen, er zat vorst in de lucht. Ze voelde een innig medelijden met Renate Eberhardt, die Helmut in haar lichaam had gedragen tot aan zijn geboorte, Frau Eberhardt die–terwijl Michel met al zijn wonden naar huis was gekropen–al op moest zijn geweest, druk bezig met de voorbereidingen voor Helmuts trouwreceptie die bij haar thuis zou plaatsvinden. Frau Abramowitz vroeg zich af of Helmuts moeder wist wat haar zoon die nacht had gedaan, en ze had medelijden met de vroedvrouw, wier lichaam de komende nachten onder dat van Helmut zou liggen. Een gedachte kwam in haar op die al een tijdje bij haar leefde, een gedachte die Michel boos zou maken als ze hem er ooit van vertelde: als ze mocht kiezen, wérd ze liever vervolgd dan dat ze anderen vervolgde. Beiden moesten een gruwelijke prijs betalen, maar zij zou liever vernedering en angst ondergaan dan gevoelloos worden voor menselijkheid.

Tot verrassing van Leo Montag stond Trudi erop met hem naar de bruiloft van de Eberhardts te gaan, en hij begreep waarom toen hij haar op Helmuts moeder af zag stappen–ze wenkte dat ze moest bukken, zodat ze haar iets in haar oor kon fluisteren. Trudi had toch op zijn minst tot na de bruiloft kunnen wachten om haar te vertellen wat haar zoon had gedaan, dacht hij toen hij een uitdrukking van troosteloosheid op het gezicht van Frau Eberhardt zag verschijnen. Die uitdrukking bleef op haar gezicht tijdens de huwelijksmis en de receptie, al probeerde ze te glimlachen, een uitdrukking die voor haar nieuwe schoondochter tot tweemaal toe aanleiding was naar haar toe te komen en te vragen of ze soms iets voor haar kon doen. Maar Renate Eberhardt keek de jonge blonde vrouw alleen maar aan en schudde haar hoofd.

Omstreeks het middaguur arriveerde Ruth, de dochter van de Abramowitzen, met de tram in Burgdorf, ondanks de bange voorgevoelens van haar man; ze droeg een grote hoofddoek, als om zich te vermommen. Ze huilde toen ze haar ouders omhelsde, en ze huilde opnieuw toen ze de open albums opraapte en weer op de planken legde, want ze nam aan dat de sa ze over de vloer had gesmeten.

Ze zei tegen haar vader dat ze ervan overtuigd was dat haar broer alles zou doen om hen te helpen.

Haar vader knikte. 'Albert probeert ons het land uit te krijgen. Hij weet dat we er klaar voor zijn.'

'En jij, Ruth?' vroeg haar moeder. 'Wat doe jij?'

'Als Fritz ook joods was, zouden we met jullie meekomen, maar hij geniet zoveel respect – ik geloof niet dat iemand zijn vrouw iets zou durven aandoen.'

'Ik hoop dat je gelijk hebt,' zei haar vader, zonder enige overtuiging.

'We zijn voorzichtig.' Ze raakte haar voortand aan, waar een stukje van afgebroken was – een gewoonte waardoor ze eruitzag als het meisje dat ze geweest was toen ze van de rijdende tram was gesprongen. 'Ik – ik laat me nergens zien. Ik bedoel, Fritz gelooft dat het beter is als ik een tijdje niet in de spreekkamer werk.'

'Juist,' zei haar vader ernstig.

'Maar alleen tot alles weer normaal is,' zei ze haastig.

Iedereen in de buurt was ontzet over wat Michel Abramowitz was overkomen. Frau Weiler maakte een mandje met delicatessen voor hen op. 'Dat zijn eerzame, lieve mensen,' zei ze.

'De mensen die dat gedaan hebben,' zei Frau Blau, 'die zullen nog lelijk opkijken. Ze zullen nooit geluk hebben.'

'Hoe hebben ze hem dat kunnen aandoen?' vroeg Herr Meier toen hij de bakkersauto voor het huis van de Abramowitzen parkeerde. 'Het moest niet mogen,' zei hij, en hij stond erop vier geglaceerde koffiebroodjes en een dozijn *Brötchen* bij hen achter te laten.

Herr Kaminsky, wiens garen-en-bandwinkeltje over het hoofd was gezien gedurende die nacht van vernieling, zei dat hij een paar mensen van de sa kende–hun vrouwen waren klanten van hem–en dat ze best aardig waren en niet misdadig optraden.

Maar Anton Immers en een paar van zijn vrienden zeiden dat het zo langzamerhand tijd was geworden dat de joden kennismaakten met de realiteit, en toen ze hoorden dat het landhuis van de concertpianiste, Fräulein Birnsteig, in het geheel niet beschadigd was, kwam dat volgens Herr Immers doordat het te ver van het centrum vandaan lag.

De overval op Michel Abramowitz was nog maar het begin van het geweld in Burgdorf, en de nacht daarna–drie nachten nadat de eerste ruiten in de grote stad waren gesneuveld–haalde Burgdorf zijn schade in. Nu konden de mensen, dacht Trudi, toch niet meer doen of ze niet wisten wat er gebeurde, als de winkels van hun joodse buren werden geplunderd en in brand gestoken, als joden 's nachts van hun bed gelicht en weggevoerd werden. Ruiten die bij de eerste overval vergeten waren, werden stukgeslagen door troepen jongeren, aangelokt door de branden en de onrust.

Het werd een hele show–'Kijk, ze pakken weer een andere jood'–, een macaber theater dat het hele stadje die nacht naar zijn bloedig toneel zoog, in een nacht die zichzelf niet mocht aanvullen in de plooien van zijn duisternis, want toen de hemel zijn diepste tint aannam, begon hij onmiddellijk te verbleken, alsof hij de dag niet kon afwachten. Het licht, zo besefte Trudi, was afkomstig uit het noorden, en ontbloeide over de hemel in een ongelijkmatige boog. En daarbij woei de geur van rook over.

Trudi schoot haastig in haar kleren, en toen ze buiten kwam, krulde de rook om haar heen, drong door in haar longen, hulde haar in een hitte waardoor november in de warmste maand van het jaar veranderde.

'Wacht even!' Haar vader liep vlak achter haar.

Ze staken hun achtertuin over en waadden door de ijzige beek, holden langs het Theresienheim en over de strook gras tussen het Theresienheim en de school. Daar, aan de overkant van de straat, stond de synagoge in brand–snel en heftig als droge dennenappels–en vonken schoten door de nacht. Tongen van vuur lekten vanbinnen de gebroken ruiten, gingen in elkaar over en omvingen het grote gebouw, zodat het verpletterd werd.

Iemand zette een lied in, en verscheidene anderen blèrden mee: 'Wenn's das Judenblut vom Messer spritzt...' Een vrouw met een klein kind op de arm wees naar de hoge vlammen, met een opgewonden glimlach op haar gezicht. Twee Hitler-jongens wapperden met hun vlaggen.

Trudi keek naar de gezichten van de mensen om haar heen: de meesten had ze haar leven lang gekend. Misschien lukt het nu, dacht ze, nu, in de gloed van die brand, moeten ze het toch wel zien. Maar het was alsof ze het gruwelijke als vanzelfsprekend waren gaan aanvaarden. Daarom vroeg ze zich af wat er gebeurd zou zijn als ze vier jaar geleden allemaal met Frau Weiler hadden ingestemd, scheldend op het regime. Zouden daardoor al deze dingen voorkomen kunnen zijn?

Terwijl ze luisterde naar de stemmen van de mensen, kon ze horen dat sommigen verontwaardigd klonken, maar wat haar verbijsterde was dat ze verontwaardigd waren over de rommel en de verspilling – niet over de belediging van hun joodse buren. Dit was een inbreuk op hun *Ordnungsliebe*, en in de dagen die volgden zouden ze ermee instemmen toen Goering en tal van andere Duitsers hun boosheid uitspraken over de kosten van die puinhopen, en wensten te weten: *'Wer soll das bezahlen?'*

Toen de joodse gemeenschap de rekening gepresenteerd kreeg voor de schulden die voortkwamen uit de verwoestingen, en gedwongen werden waardevolle bezittingen over te dragen aan de overheid, bood Leo Montag aan eigendommen van zijn joodse vrienden over te nemen. Hij was bereid ze te verbergen, zei hij, of te verkopen – wat ze het meest nodig hadden. Frau Simon verzocht hem een broche met een robijn en een gouden vulpen te verkopen, maar Frau Abramowitz stond op wetsgetrouwheid.

'Mijn camera's waren tenminste al kapot,' riep haar man boos uit toen hij ontdekte dat hun zuiver gouden kandelaars en vijf stel manchetknopen weg waren. 'Anders zou je die ook nog hebben overgedragen.'

'Ik wil ze niet meer provoceren dan nodig,' zei ze.

Die avond laat, toen Ilse sliep, schroefde Michel de mezoeza los van zijn deurpost; hij legde een oude regenjas in een kist en verpakte daarin zorgvuldig de mezoeza en de zilveren kandelaars die zijn ouders Ilse op hun trouwdag hadden gegeven voor de sabbatskaarsen. Nadat hij de kist had gevuld met de andere voorwerpen die hij als zijn kostbaarste bezittingen beschouwde, droeg hij hem de straat over. Buiten stonk de lucht naar rook. Het kleefde koud en zwaar aan zijn huid. Sinds de nacht van zijn aanhouding had hij zich niet meer schoon gevoeld, zelfs niet nadat hij een bad had genomen.

'Ik wil je laten zien waar ik dit ga bewaren,' zei Leo Montag. 'Voor het geval er iets met ons gebeurt.'

Trudi hield de lantaarn vast terwijl de twee mannen haar volgden over de keldertrap. Het licht wierp de schaduw van hun boord tegen hun kin.

Naast de planken met de weckflessen verborg haar vader de kist onder oude kleren in een houten hutkoffer. 'Je kunt er altijd bij zonder mij iets te vragen,' zei hij tegen Michel Abramowitz.

Wekenlang hing de rook boven het stadje, de geur drong bij elke adem- haling door tot je longen, zodat je moest hoesten; en toen het puin was geruimd, kwam je nog steeds stukjes glas tegen, ver van plaatsen waar vernielingen waren aangericht, alsof de rook ze daarheen had gedragen. Je zag ze niet, tenzij je er bijvoorbeeld op trapte, of de weerspiegeling van een flard zon in een kale boom zag terwijl je bezig was de was in de ijzige winterlucht te hangen, zodat je het gevoel kreeg dat jij en je omgeving, en zelfs de wereld, zich in het oog van een versplinterde spiegel bevon- den.

Hoofdstuk twaalf [1939-1941]

Als de geruchten juist waren geweest en de vroedvrouw inderdaad zwanger was op de dag dat ze met de achttienjarige Helmut Eberhardt trouwde, dan zou dat de langste zwangerschap zijn geweest in de geschiedenis van Burgdorf – misschien zelfs van de hele wereld, zeiden de vrouwen – want Hilde zou pas een kind krijgen in het voorjaar van 1941, bijna tweeënhalf jaar na haar trouwdag. Natuurlijk zouden er roddels zijn dat ze een miskraam had gehad en opnieuw zwanger was geworden voordat haar jeugdige echtgenoot was vertrokken naar het Russische front, nadat hij haar had laten beloven hun eerste kind Adolf te laten dopen.

Helmut wilde er niet eens over denken dat hij een dochter verwekt kon hebben, en als Hilde tegen hem zei dat ze een meisje naar zijn moeder zou willen noemen, Renate, dan keek hij haar aan alsof ze de Führer en God had beledigd.

Dat was dezelfde blik die Helmut zijn moeder toewierp, elke keer dat ze weigerde haar huis op zijn naam te stellen, hoewel hij haar had uitgelegd dat dat het verstandigst zou zijn: zij kon in de kamers boven trekken, waar hij en Hilde nu woonden, en zij zouden verhuizen naar de vijf grote kamers op de benedenverdieping.

'Als weduwe heb je immers niet zoveel ruimte nodig,' had hij tegen haar gezegd in de week nadat hij getrouwd was. 'Terwijl Hilde en ik een heleboel kinderen gaan krijgen.' Hij was vastbesloten de overheidslening om te zetten in een geschenk, en wilde ook dat Hilde het *Ehrenkreuz der deutschen Mutter* kreeg. Hij zag het bronzen erekruis al op haar jurk hangen, en dat zou natuurlijk worden vervangen door het zilveren, en dan door het gouden kruis, naarmate zijn gezin groeide.

Maar zijn moeder wilde het maar niet begrijpen. 'Jij mag best boven wonen,' zei ze.

Hij wees naar de glanzende parketvloer. 'Je zult toch moeten toegeven dat het hele huis veel beter verzorgd wordt sinds ik met Hilde getrouwd ben.'

'Ik heb je vrouw niet gevraagd mijn huis schoon te houden.'

'Ze houdt van huishoudelijk werk... Waarom doe je zo koppig over het huis?'

'Ik ben te oud voor een leven als gast.'

Over een paar jaar zou hij even oud zijn als zijn vader toen die gestorven was. Zijn vader had dit huis gebouwd. Zijn vader zou toch zeker gewild hebben dat hij daar woonde als vader van een gezin, en niet als zoon. Hij keek zijn moeder aan en glimlachte innemend. 'Jij bent nog niet oud.'

Maar ze weigerde terug te glimlachen.

Gedurende die hele winter en vroege lente bleef zijn moeder zich verzetten. Hij vond dat hij recht had op het huis. Maar tegenover hem was ze krenterig, hoewel ze in het hele stadje beroemd was om haar vrijgevigheid jegens anderen: niet alleen gaf ze bloemen aan de buren en geld aan bedelaars, maar ze was ook vriendelijk voor joden, al was het voor iedereen zonneklaar dat die niet gewenst waren in Burgdorf, evenmin als in het hele land. Kon ze dan niet lezen wat er op de bordjes op straat en in de etalages van winkels en restaurants stond? *Juden sind hier unerwünscht. Juden haben keinen Zutritt.* Misschien zouden de joden eindelijk eens weggaan als het moeilijker werd inkopen te doen. Helaas mochten ze sommige winkels nog betreden, al konden ze geen rijst of koffie meer kopen, evenmin als bepaald fruit zoals sinaasappels en citroenen.

Als men de joden alleen beroofde van wat ze voor hun dagelijks leven nodig hadden, dan was men nog veel te vriendelijk voor hen – dat was Helmut eens met zijn vrienden. Bovendien vermoedde hij dat sommige winkeliers 's avonds levensmiddelen smokkelden naar joodse gezinnen. Dat was regelrechte sabotage van de Führer. Maar Helmut hield hen in de gaten. Hij had al een van de boeren aangegeven, en die man was prompt zijn kraampje op de markt kwijtgeraakt, en hij wachtte nu tot Frau Weiler een fout zou maken.

Helmut had graag meer drastische maatregelen gezien om de joden uit het land te verdrijven, een herhaling van die opwindende nachten van gebroken glas; hij moest zich echter wel neerleggen bij Goerings opvatting dat het een rommelig zootje was geweest, een verspilling. Die gebouwen en bezittingen hoorden toe aan het Duitse volk en zouden weer tot hun beschikking komen als de joden eenmaal waren verdwenen.

'Je bent ongeduldig,' had de apotheker tegen hem gezegd, 'en dat is goed. Jongemannen als jij hebben we nodig om ons eraan te herinneren dat geduld een heel slechte gewoonte kan worden.'

Vanwege zijn toegenomen politieke activiteiten had de apotheker – die nog steeds de Franse Jezus rond het kerkplein sjouwde – dat ritueel beperkt tot de eerste vrijdag van elke maand. Omdat hij werd afgeleid door visioenen van een ander beeld – dat van de Führer, geheel van brons – had hij de hulp van Helmut Eberhardt ingeroepen, en samen gingen ze van deur tot deur, en ze overreedden of dwongen de meest tegenstribbelende lieden geld af te staan voor dat monument. Maar toen het beeld van Adolf Hitler werd onthuld voor het Rathaus, geneerde Helmut zich. Hij had gedacht dat het minstens levensgroot zou zijn, maar het was niet langer dan een misdienaar, en de apotheker reageerde heel verontwaardigd toen Helmut vroeg wat er gebeurd was met al dat geld dat ze hadden ingezameld. Onmiddellijk probeerde hij zich te verontschuldigen voor die vraag, terwijl de apotheker tegen hem schreeuwde dat hij, als hij geweten had dat dit zijn dank zou zijn voor het feit dat hij Helmut had laten meewerken aan dit schitterende project, het gevraagd zou hebben aan iemand die het meer verdiende.

Helmut deed zijn best zijn moeder voor te lichten aangaande de duidelijke rechtmatigheid van de verdrijving van de joden uit het land, en hij herinnerde haar eraan dat de Führer had geproclameerd dat joden minderwaardig waren ten opzichte van het Duitse ras, en dat joden verantwoordelijk waren voor alle ontberingen, omdat ze waar ze maar konden de macht grepen, en meer verdienden dan fatsoenlijke Duitsers.

'De joden in dit land,' verbeterde zij hem op een zaterdagmiddag toen hij haar naar de tuin was gevolgd met zijn wijze lessen, 'zijn Duitsers, en veel fatsoenlijker dan die – die vrienden van jou die hen tiranniseren...'

Hij wapperde met zijn handen, alsof hij wilde dat ze zweeg.

'...of die gekken in uniform die denken dat ze o zo meerderwaardig zijn.'

Hij kreeg kippenvel op zijn borst en armen. Het was Gods wil dat de Führer aan de macht was gekomen, en voor zijn gevoel waren beiden haast onscheidbaar geworden. 'Als je zulke dingen zegt, kun je opgepakt worden.'

'Dit is een gesprek onder vier ogen, Helmut.' Ze bukte zich om onkruid rond haar Hollandse tulpen uit te trekken.

'Je weet dat het mijn plicht is iedereen aan te geven die de Führer verraadt.'

'Het is jouw plicht...' Zijn moeder stond op en kwam vlak voor hem staan '...zo'n fatsoenlijke Duitser te worden waar je zo graag over praat. En met fatsoenlijk bedoel ik...'

'Ja, ja, dat weet ik. Vrindjes van joden en ouderwets en vol kritiek op de *Partei*. Begrijp je dan niet dat elke kruimel brood die door een jood wordt ingeslikt, aan een echte Duitser wordt onthouden?'

Ze keek hem zwijgend aan, en een dun adertje klopte in het kuiltje van haar lange nek.

Een schoorsteenveger kwam langs het tuinhekje, en een troep duiven vloog op uit het hok op het platte dak van de buren.

'Dat is een misdrijf.' Helmut zette een harde stem op.

Zij trok het gezicht van iemand die zojuist bedorven vlees heeft geproefd, en hij liep bij haar vandaan, moe van al die waarschuwingen, van al die verbeteringen, telkens als ze klaagde over het regime. Een keer, toen ze een grapje had gemaakt over de snor van de Führer – 'Dat ding in zijn gezicht: het is net een vuile tandenborstel' – had hij het gevoel gekregen dat ze op het heilig sacrament had gespuwd. Het was voor hem een bijzondere dag geweest, de verjaardag van de Führer, en ter gelegenheid daarvan had hij een groot portret van zijn idool mee naar huis genomen.

In de loop van dat voorjaar werd Helmut steeds angstiger dat een van de buren zijn moeder zou aangeven, en uit die vrees kwam de gedachte voort dat het zijn plicht was dat zélf te doen. Niet dat hij er voortdurend aan dacht, maar op een avond, toen ze haar wekelijkse verstelwerk zat te doen in de keuken, en zelfs maar weigerde te praten over de vraag of ze het huis op zijn naam wilde zetten, drong het tot hem door dat hij – al kon hij haar niet aangeven wegens haar weigering het huis aan hem over te dragen – wel degelijk in staat was haar te verklikken wegens verspreiding van gevaarlijke gedachten. Dan zou hij zijn land een dienst bewijzen. Iedereen die de joden steunde, zorgde er immers voor dat het streven van een raciaal gezuiverd land vertraagd werd.

Hij keek naar haar, zoals ze gebogen zat over de elleboog van zijn trui. 'Als je mij niet...' Hij hield zijn adem in, bang en opgewonden toen hij de macht van haar naar hemzelf voelde verschuiven. Hij haalde diep adem, en voelde het bruine uniform tegen zijn borstkas. 'Als je mij het huis niet afstaat, geef ik je aan om de dingen die je aldoor zegt.' Hij hoorde zijn eigen woorden en wachtte tot ze een teken gaf dat er iets wezenlijks tussen hen was veranderd, onherroepelijk, en hij was bereid haar te troosten en te steunen bij die transformatie. Hij was bereid al die schandelijke woorden die ze had gezegd te vergeten – als ze nu tenminste instortte.

Maar ze bleef de draad maar door het breisel steken, telkens en telkens weer, en toen ze eindelijk iets zei, was dat alleen om te zeggen dat hij naar boven moest gaan, waar hij met zijn vrouw sliep in zijn jongenska- mer. 'Ga slapen,' zei ze, alsof hij geen getrouwd man was, maar nog een kleine jongen.

Haar zichtbaar gebrek aan angst en respect overtuigde Helmut ervan dat hij haar al lang geleden had moeten aangeven. Ze was dan wel zijn moeder, maar dat hoefde haar niet onschendbaar te maken. Wat een risi- co had hij genomen, door te luisteren naar haar opruiende woorden over de Führer en de *Partei*. Het zou goed voor haar zijn als ze eens achter slot en grendel moest nadenken over haar houding. Tegen de tijd dat ze terug- kwam...

Als ze terugkomt... Dat duwde hij weg, die stem, na de eerste duize- lingwekkende opluchting. Voor altijd vrij te zijn van haar teleurstelling en haar liefde, vrij van haar bezorgdheid en haar onvoorzichtigheid.

Als ze terugkomt... Nee, ze zouden haar niet lang vasthouden. Maar stel dat ze dat wel deden? Hij moest haar toch werkelijk een lesje leren. Als hij en Hilde eenmaal in zijn moeders kamers woonden, zou ze dank- baar zijn als ze boven mocht wonen.

Renate Eberhardt geloofde niet dat haar zoon haar zou aangeven, tot aan die dinsdag in juni 1939, toen de auto van Emil Hesping met piepende remmen voor haar huis stopte en hij naar binnen kwam rennen om haar te waarschuwen dat ze elk moment opgepakt kon worden. Binnen een paar minuten nadat Renate zijn aanbod om haar naar zijn ooms flat in Krefeld te brengen had afgeslagen, hoorde Trudi het nieuws, en toen ze het witgepleisterde huis bereikte, met hevige hartkloppingen, waren twee buurvrouwen van de Eberhardts al bezig Renate te overreden haar spullen in te pakken. Ze hielden de straat in het oog, klaar om de achter- deur uit te rennen zodra de Gestapo kwam aanrijden.

'Mensen komen vaak niet meer terug,' zei een van hen, en toen verbe- terde ze zichzelf haastig, 'tenminste – niet meteen,' en de ander raadde Renate aan: 'Je kunt beter het een en ander meenemen.'

'U hebt nog tijd om u ergens te verbergen,' zei Trudi smekend tegen Frau Eberhardt. 'Herr Hesping, die wil u helpen.'

'Een dekenrol.' De andere buurvrouw wuifde de vliegen weg die door de keuken zoemden. 'Ze moet een dekenrol hebben.'

'En een tweede stel kleren.'

'Vergeet de zeep niet.'

'En eten.'

'Ja, eten. Iets wat goed blijft.'

'En naald en draad.'

'Pantoffels. Pantoffels zijn belangrijk.'

'En een handdoek.'

'O... Ik heb niets nodig.' Renate Eberhardt praatte en bewoog zich traag alsof de lucht om haar heen dik als dennenhoning was geworden. Haar gezicht had de rustige uitdrukking van heel oude mensen, die veel van hun leven zijn vergeten, afgezien van een paar gebeurtenissen in hun kinderjaren, en die tot hun verbazing opeens ontdekken dat ze niet meer jong zijn.

'Je kunt alles weer mee naar huis nemen.'

'U mag u in mijn huis verbergen,' fluisterde Trudi haar toe.

Renate Eberhardt schudde haar hoofd. Ze liep naar het open keuken-raam en keek uit over haar weelderige tuin. Haar dikke vlechten waren opgestoken in een knot achter in haar slanke nek – zo had ze het heel vaak gedragen, maar nu kwam het Trudi zo dreigend voor dat ze zin kreeg het grijzende haar los te maken, het te borstelen voor Renate, te zorgen dat ze het los droeg misschien, als een gordijn, een toevlucht.

'Ze vinden me toch wel.' Renate zei het alsof ze erin berustte.

'Dat moet u niet zeggen.'

'Nee, Renate, dat moet je niet zeggen.'

'Je moet altijd blijven hopen.'

'Wees blij dat je niet joods bent.'

'Als je joods was, zou ik me veel meer zorgen over je maken.'

'Je zult dankbaar zijn als je een verschoning bij je hebt.'

'En een vest.'

'Het doet er niet toe wat ik meeneem.' Maar ze maakte geen bezwaar toen haar buren een tas voor haar inpakten.

Zij hadden gehoord van mensen die opgepakt waren, en ze hadden er lang over nagedacht – al zeiden ze bij zichzelf dat het hún nooit zou over-komen – wat zíj zouden meenemen als ze ooit gearresteerd werden. In nachten als ze de slaap niet konden vatten omdat ze gehoord hadden dat er alweer iemand was verdwenen, zeiden ze die lijstjes voor zichzelf op, ze verbeterden ze, zorgden ervoor dat alles minstens voor twee dingen gebruikt kon worden, en tobden over wat ze thuis zouden laten. Want dat was verreweg het moeilijkste – beslissen wat ze thuis zouden laten.

Ze hadden gezien hoe de nazi's de gemeenschap verzwakt hadden door mensen op alle uren van de nacht te komen ophalen – dan sleurden ze hen uit hun huis, ze drukten samenzweringen de kop in, straften mensen die anderen hadden willen helpen, bij wijze van afschrikwekkend voorbeeld. Omdat de wet geen bescherming meer bood, hadden ze geleerd hun eigen overleving te regelen. En een onderdeel van de overleving was dat ze zich herinnerden wat de verschillen waren tussen henzelf en de mensen die waren opgepakt.

Zij waren tenminste niet joods.

Zij zouden tenminste nooit iets tegen de Führer zeggen – dat wil zeggen, niet openlijk.

Zij hadden tenminste niet geweigerd te reageren op het luide *Heil Hitler* van Anton Immers wanneer ze zijn winkel binnenkwamen om bijvoorbeeld bloedworst te kopen, of hoofdkaas, afgewogen en in bruin papier verpakt, en geconfronteerd werden door de ingelijste portretten van de Führer, de slager en de heilige, drie paar ogen die hen en elk ander obstakel met triomfantelijke zekerheid aanstaarden.

De buurvrouwen waren dankbaar dat hun eigen kinderen anders waren dan Helmut Eberhardt, en ze hadden medelijden met zijn moeder – niet alleen omdat ze door haar zoon verraden was, maar ook omdat ze geen andere kinderen had, die vast wel hadden kunnen opwegen tegen de schuldgevoelens die ze ongetwijfeld voelde omdat ze als moeder was mislukt.

Ze overreedden Renate Eberhardt haastig een paar stel onder- en bovengoed aan te trekken, ze deden knopen voor haar dicht, knoopten bandjes toe, terwijl zij erbij stond met de handen van haar lichaam vandaan, als een gehoorzaam kind. Een keer, toen ze stappen hoorden in de kamers boven, keken ze geschrokken naar elkaar, en toen vol medelijden naar haar.

'Dat is alleen maar zijn vrouw,' zei Frau Eberhardt, alsof ze zich er niet toe kon brengen de naam van haar zoon uit te spreken.

Ik hoop dat Helmut doodgaat, dacht Trudi. Ik hoop dat hij doodgaat. 'Kom met mij mee,' smeekte ze. 'Ik zorg dat u de stad uit komt. Er zijn ook anderen die u maar al te graag zullen helpen.'

Frau Eberhardt schudde haar hoofd, en de buurvrouwen ruimden de vaas met wilde bloemen en de servetringen van de tafel, en kiften op fluistertoon terwijl ze op het houten tafelblad neerlegden wat ze zou moeten meenemen: bestek, een beker en een kom, pantoffels, een nachtpon, vijf stukken zeep, kousen, twee naalden met draden erin, een tandenborstel en tandpasta, een washandje en een handdoek, een potlood en een blocnootje. Ze kwamen tot de conclusie dat Renates regenmantel ook als kamerjas kon dienen, dus naaiden ze geld en kleine juwelen in de zoom ervan.

Toen ze op zoek gingen naar een slaapzak, en die niet konden vinden, maakte Trudi de naaimachine open, hoewel tranen van woede haar blik verduisterden toen ze staande met haar rechtervoet het pedaal bediende terwijl de naald zich voorthaastte door de twee dekens die ze aan elkaar stikte, en bij elke steek van de naald wenste ze dat die recht door Helmuts hart zou gaan. Toen de dekenzak klaar was, rolden de buurvrouwen hem op, met een kussen en andere dingen erin, en ze bonden alles vast met een leren riem die bij een van Renates jurken paste, en tegelijk als handvat kon dienen.

'Zal ik thee zetten?' bood Trudi aan.

Maar Renate Eberhardt liep bij haar vandaan, ze ging naar buiten, de tuin in, merkwaardig dik door die extra rokken en truien, het figuur van een zwangere vrouw. Diep in haar was een bed voor haar zoon, een bed dat er altijd was geweest, een bed dat er altijd zou zijn, maar Helmut had zijn bed opgemaakt met lakens van ijs. Buiten haar lichaam was het heel warm, benauwd, maar dat ijs binnen in haar gaf haar het gevoel dat ze het nooit meer warm zou hebben. Die onmetelijke kou isoleerde haar van het medeleven van de drie vrouwen die voor haar raam stonden; van de uitbundige geur van haar seringenhaag en haar welige bloemen; van de herinnering aan de koortsige aanraking van haar jonge echtgenoot, de avond voordat hij gestorven was; van het verdriet toen ze met korrels aarde in haar hand naar zijn open graf was gestapt.

Het enige wat ze voelde was die kou, en haar liefde voor haar zoon, die er altijd zou zijn, maar wel bevroren, en dat was iets waaraan zij niets kon doen, want dat was zíjn werk.

Ze liep door pollen helblauwe vergeetmenietjes naar de perenboom en bracht één hand naar de stam, als om hem te strelen bij wijze van afscheid of misschien om er steun te zoeken–ze wist zelf niet wat–alleen dat de bast ruw aanvoelde tegen haar hand, maar niet overal, alleen in hoekige plekken die gevlekt waren met grijs en geel, als rotsen die honderden jaren de elementen hebben getrotseerd. Langs de stam staken de stompjes van gesnoeide takken uit–gladde wonden waarover de bast zich niet had gesloten, maar slechts omhoog was gekomen, als opstandig vlees.

Boven haar werd de hemel afgesloten door een groen baldakijn van takken, bladeren en onrijpe peren. Ze ademde de weelderige geur van groen in, tot diep in haar longen en glimlachte toen ze voor zich zag hoe ze haar zoontje naar dat baldakijn had opgetild. *Hij kraait van vreugde. Als ze hem vertelt dat die kleur groen heet, wrijft Helmut blaadjes over zijn gezicht en nek. Ze geeft hem een kus. Gooit hem de lucht in. Hij ruikt naar die blaadjes en zijn huid bloost, vochtig van warm kinderzweet. Maandenlang zal hij naar gras en spinazie en erwten en dennennaalden wijzen en zeggen dat ze groen ruiken. Hoewel ze hem probeert duidelijk te maken dat groen een kleur is, en geen geur, is ze het algauw met hem eens dat groen evenzeer een geur is als een kleur, en beiden blijven ze zo over groen denken.*

Later zouden de oude vrouwen van het stadje ervan overtuigd zijn dat precies op die dag de perenboom van de Eberhardts was gaan verwelken –hij ging niet meteen dood, overigens, maar hij kromp ineen en er groeiden niet meer van die heerlijke gele peren aan. Ze praatten onderling, en beschreven wat ze van Trudi Montag hadden gehoord: hoe Renate Eberhardt onder die boom had gestaan, hoe ze eerst de stam had aangeraakt, en toen beide handen had opgeheven naar de takken, terwijl ze glimlachte en haar lippen bewoog alsof ze praatte tegen iemand die in de takken zat.

Die glimlach, daarop kwamen de oude vrouwen telkens weer terug, terwijl ze hoofdschuddend probeerden uit te maken of die glimlach een teken van aanstaande heiligheid was of van waanzin, en het verbaasde hen geen moment toen in de herfst bruine plekken verschenen op de dofgroene schil van de peren. Als je de peren schilde, liepen die bruine vlekken helemaal door, als een soort kurken. Hoewel de boom de volgende lente weer pronkte met zijn gebruikelijke verblindend witte bloesem, zouden de peren klein en hard blijven.

Maar dat zou later gebeuren – nadat Renate Eberhardt was opgepakt; nadat haar zoon en zijn vrouw waren verhuisd naar de slaapkamer aan de voorkant; nadat Helmut de struiken en bomen had gesnoeid, de bloemperken in gazons had veranderd en de vergeetmenietjes en geraniums had verbannen naar keurige bloembakken, en de hoge seringenhaag had gesnoeid tot aan zijn middel, zodat de mensen van alle kanten zijn tuin konden inkijken om zijn ordelijkheid te bewonderen en te zien dat hij niets te verbergen had; nadat Duitsland op de eerste september voor het eerste licht Polen had aangevallen, van alle kanten oprukkend in een strakker aangehaalde, decimerende kring.

De oude vrouwen zaten tussen twee oorlogen geklemd; ze hadden mannen en zonen verloren in de vorige, ze hadden die soldaten van lang geleden in 1914 zien vertrekken naar het slagveld met muziek en vlaggen, onder gelach. Maar niemand wierp bloemen naar de nieuwe soldaten; het was of het stadje had besloten zijn bloemen te bewaren voor begrafenissen. De oude vrouwen sloegen een kruis toen de mannen uit Burgdorf vertrokken in treinen, met zwijgende, maskerachtige gezichten –velen droegen een helm, sommigen de witte armbanden met het rode kruis van de hospitaalsoldaten, en ze staken hun handen door de open ramen toen de trein vertrok, alsof ze zich voorgoed wilden vasthechten aan de vingertoppen van hun vrouwen en moeders.

De oude vrouwen leden onder de tranen van de jonge vrouwen, die zich niet de hoop herinnerden die bij de vorige oorlog een hoofdrol had gespeeld, maar ze begrepen de vreselijke gêne in de ogen van sommige jonge vrouwen die hun man nauwelijks konden aankijken. Op het station trokken sombere accordeonisten hun instrument uiteen, om het vervolgens weer samen te drukken, en dat herinnerde de oude vrouwen eraan dat hun stadje nu ook werd samengedrukt, zijn mannen van de legerleeftijd kwijtraakte. En terwijl ze bedachten hoe het weer zou uitzetten wanneer de mannen terugkwamen–als dat al gebeurde–, zetten ze zich schrap tegen die harmonicabeweging van eb en vloed, en tegen de rouw om de mannen die gedood zouden worden.

Toen Alfred Meier, Fritz Hansen en Hans-Jürgen Braunmeier in dezelfde week van oktober naar het front waren gestuurd, droeg Monika Buttgereit een zwarte hoed naar de kerk–lang niet zo'n mooie als ze vroeger bij Frau Simon had gekocht. De bakkerij ging dicht, en de bakkerswagen werd op houten blokken geparkeerd op het terrein achter het huis van de Hansens. De gepensioneerde bakker en zijn vrouw, die woonden in de kamers boven de winkel, hadden steeds meer moeite voor zichzelf te zorgen, laat staan voor hun andere zoon, die geen armen had. Ulrich moest gevoerd worden, en gewassen, en ze waren opgelucht toen hun buurman, die bij de ss was, hen overhaalde Ulrich naar een tehuis voor gehandicapten te sturen, waar nog meer mensen als hij waren, mensen die niet voor zichzelf konden zorgen.

Drie dagen voordat Georg Weiler naar het front zou vertrekken, won hij een auto bij een gedurfd spelletje skaat in een kroeg, en daarmee reed hij van Düsseldorf naar zijn oude buurt in Burgdorf, met de raampjes open, hoewel het regende. Lachend parkeerde hij de auto voor zijn moeders winkel, en hij wist haar over te halen een ritje met hem te maken. Ze hield met beide handen haar hoofddoek vast toen ze in de passagiersstoel was gaan zitten, en telkens als ze bij een kruising kwamen, zei ze een gebed tot haar naamheilige, Hedwig, wier wonderen en vredelievend karakter tal van levens hadden gered.

Op de avond voor zijn vertrek verloor haar zoon de auto weer, evenals een paar nieuwe laarzen, bij een ander kaartspelletje, en toen ze afscheid van hem nam op het station, waren zijn ogen dof van de schnaps, en hij bewoog zich voorzichtig, alsof elke beweging pijn deed. Herr Weskopp, wiens zoons al in de oorlog vochten, zat bij Georg in de trein, verlangend naar veldslagen en glorie.

Overal in Duitsland gingen oude vrouwen telkens weer naar stations, want hun mannen vertrokken niet allemaal tegelijk: ze vloeiden almaar weg uit hun woonplaatsen, als levensbloed, de ene trein na de andere, terwijl berichten van overwinningen en nederlagen zich door het land verspreidden; en ze bleven vertrekken, ook nadat een aanslag op de Führer in München was mislukt.

Trudi kwam achter die aanslag toen ze over het kerkplein liep en Helmut Eberhardt op haar toe kwam rennen.

'De Führer...,' hijgde hij, met tranen in zijn blauwe ogen, 'een aanslag op onze Führer.'

'Is hij dood?' flapte Trudi eruit.

Hij staarde haar aan. Hij opende zijn mond.

'Wat een vreselijk nieuws,' zei Trudi haastig, bang dat hij kon zien dat zij hoopte dat de aanslag gelukt was. Sinds Helmuts moeder was weggehaald, had Trudi zich niet meer veilig gevoeld in Burgdorf, en na haar ontmoeting met hem verwachtte ze bijna dat zij die dag ook zou worden opgepakt.

Toen de Führer, nog geen twee weken na die aanslag, verklaarde dat Duitsland slechts de keus had tussen overwinning en nederlaag, zei Emil Hesping dat alles wat geen volslagen overwinning was, door Hitler als nederlaag werd beschouwd.

Leo Montag knikte. 'En een overwinning zou in deze oorlog het slechtst mogelijke voor Duitsland zijn.'

Een van de vreugden in Trudi's leven was luisteren naar de muziek van de tienjarige Matthias Berger – een jongen van wie de geruchten zeiden dat hij op jongens gesteld was – die haar begon te bezoeken om op haar piano te spelen. Hoewel ze hem in de kerk had gezien en de roddels over hem had gehoord, had ze voor die tijd nauwelijks met de jongen gepraat. Zijn ouders werkten allebei in Düsseldorf, en zijn broers waren volwassen en woonden niet meer thuis. In die eerste oorlogswinter had ze Matthias aangetroffen bij de beek, waar hij was neergeknield om met het ijskoude water bloed van zijn ontvelde elleboog af te spoelen. Met de zoom van haar rok had ze zijn gezicht en armen en handen gewassen, en pas toen was hij gaan snikken.

'Wie heeft dat gedaan?'

'Een paar jongens.'

'Waarom?'

Hij snikte alleen maar harder. 'Ik wilde alleen maar hun vriend zijn.'

Opeens kon ze de warme koeienlucht uit de schuur van de Braunmeiers ruiken, en ze voelde zich duizelen in het trage, nevelige licht dat door hoge balken filterde. Die jongens... 'Ssst,' zei ze, en ze nam Matthias in haar armen.

Hij huiverde, en ze voelde zijn anders-zijn, net als het hare.

'Nu stil zijn,' zei ze streng.

Ze pakte zijn hand en nam hem mee naar huis, waar ze hem bij de kachel zette en een kommetje melk voor hem warmde. Om die treurige uitdrukking van zijn gezicht te krijgen nam ze hem mee naar de leesbibliotheek, waar ze de *Eroica* voor hem draaide op de grammofoon. Hij luisterde ernaar met gesloten ogen, en vroeg toen of hij op haar piano mocht spelen. Met zijn hoofd schuin, alsof hij luisterde naar een innerlijke afdruk van die muziek, raakte hij de toetsen bijna eerbiedig aan, alsof hij een route uitzette door een vreemd land, en in die vertrouwde opeenvolging van noten hoorde Trudi haar eigen pijn en woede.

Sindsdien was Matthias minstens eenmaal per week naar de leesbibliotheek gekomen; hij bracht zijn eigen muziekboeken mee en speelde Chopin en Beethoven. Maar soms schoten zijn handen naar zijn slapen, wanneer zijn ogen donker werden door een van zijn heftige hoofdpijnaanvallen. Leo Montag drong er dan op aan dat hij even rustte en vroeg hem bij het schaakbord te komen zitten. Geduldig leerde hij Matthias de manier waarop de stukken bewogen, en bij elk bezoek liet hij hem een nieuwe opening instuderen.

Trudi deelde graag lekkernijen uit de pakjes van haar tante Helene met de jongen. Sinds het begin van de oorlog waren de pakjes uit Amerika minder vaak gekomen, met hun kaas, blikvlees, chocoladerepen en lappen stof met bijpassend naaigaren. Heel wat pakketten waren nooit bezorgd. Nadat twee brieven met geld zogenaamd zoek waren geraakt in de post, had Trudi's tante de biljetten stijf opgerold en in de holle kern van de klosjes verstopt, waarna ze de etiketten weer vastplakte aan de uiteinden daarvan.

Op Aswoensdag gaf Trudi Matthias een witte blouse die ze voor hem had genaaid van stof die haar tante had gestuurd, en daarna speelde hij piano voor haar. Gedurende de hele vastentijd speelde hij voor haar en haar vader, zelfs op Passiezondag, wanneer alle beelden in de kerk afgedekt waren met bleke doeken die uit de kelder van de kerk te voorschijn waren gehaald; hij speelde voor hen na de dienst op Goede Vrijdag, de enige dag van het jaar dat je niet te communie ging en dat de kerk kaal en leeg was als een graf, als symbool van Christus' dood. Op Paaszondag bracht Fräulein Birnsteig een bezoek aan de ouders van de jongen om hun te vertellen dat ze Matthias had uitgekozen als leerling.

Een tijdlang waren de andere kinderen op school zo onder de indruk dat ze hem met rust lieten, maar algauw begonnen ze hem weer te treiteren en te pesten. Maar Matthias trok zich er niet meer zoveel van aan. Hij genoot van de muzieklessen en van Trudi's verhalen over de beroemde concertpianist die hij zou worden. Ze schilderde voor hem een toekomst waarin hij de hele wereld zou rondreizen, aanbeden door zijn publiek.

De stilte van de oorlog stond in schril contrast tot de verhalen die ze vertelde. Die was veel meer verwant met de stilte van de kerk – geloof werd eerder benadrukt dan kennis, er was sprake van gedempt mysterie, van verhulde waarheid. Nu Trudi merkte dat ze evenzeer inging op stilte als op gebeurtenissen, ontdekte ze nieuwe manieren om haar verhalen te vertellen. Je moest je toehoorders kennen voordat je besloot wat je hen zonder gevaar kon laten weten, zonder anderen in gevaar te brengen, of jezelf.

Ze herinnerde zich wat haar vader haar jaren geleden had verteld over de oorlog – dat de luidruchtigheid van het hele land terugliep. En in die stilte werd de muziek belangrijker voor haar dan ooit tevoren. Ze luisterde naar Matthias, of draaide haar vaders platen wanneer ze in de leesbibliotheek werkte, en liet zich meeslepen in de razernij, de hartstocht, de kalmte. Noten waren voor muziek wat woorden waren voor haar verhalen, en door de woorden onderling te verbinden, kon ze de inspiratie van de componist voortspinnen in die van de verteller, kon ze die gevoelens tot de hare maken.

In de Sint-Martinus zeiden de vrouwen gebeden voor hun zoons en neven, en als ze zagen hoe Helmut Eberhardt zijn lippen opende om de communie te ontvangen, voegden ze er een extra gebed voor zijn moeder aan toe. Ze konden zich hem herinneren als misdienaar – dat vrome gezicht, die volmaakt gevouwen handen – en ze stonden versteld hoe dicht deugdzaamheid en slechtheid naast elkaar konden bestaan.

Na de mis bleef Helmut Eberhardt nog wat voor de kerk staan, en dan glimlachte hij dwars door zijn boze gezicht heen wanneer mensen op zijn hartelijke groet reageerden met een kort knikje. Hij hield met zijn ene hand stevig de mollige arm vast van zijn echtgenote, die eruitzag alsof ze op de vlucht wilde slaan. Meestal hield Hilde het niet vol de hele mis uit te zitten – ze viel flauw, zoals ze als meisje al had gedaan, alleen nu sneller, alsof ze vergetelheid zocht, en moest op de buitentrap van de kerk gaan zitten, met haar gezicht in haar handen, wachtend op haar man.

Als ze naar de winkels ging, vond ze de distributie heel wat minder erg dan de minachting die veel mensen voor haar man koesterden. Ze kreeg het gevoel dat ze voortdurend tegen een zandstorm op moest worstelen, zodat ze nauwelijks haar ogen kon opslaan. Als ze hulp bood bij bevallingen, waren de families van haar patiëntes meestal beleefd tegen haar, maar zelden hartelijk. Ze maakte zich zorgen over de vrouwen die – aangelokt door overheidsmaatregelen – hun leven in de waagschaal stelden door te snel achtereen zwanger te worden. Behalve het veelbegeerde erekruis, de vermindering van de huwelijkslening en belastingvoordelen ontvingen gezinnen nu maandelijks *Kindergeld*, te beginnen bij het derde en vierde kind, en het bedrag werd nog eens verdubbeld voor elk volgend kind.

Hilde wist niet hoe ze aan de mensen in het stadje – en zelfs aan zichzelf – moest uitleggen waarom ze nog steeds van haar echtgenoot hield. Haar liefde voor hem had bestaan sinds zij twaalf was en hij, vijf jaar jonger dan zij, nog een kind. Zelfs toen had ze zich altijd voorgesteld dat ze samen zouden blijven als ze allebei volwassen waren. Hoewel hij zijn moeder had verraden, wist ze niet hoe ze een eind aan haar liefde moest maken. Haar lichaam snakte evenzeer naar hem als in de eerste nacht dat ze met elkaar geslapen hadden, en ze was nog steeds trots dat hij haar had uitverkoren.

Soms, wanneer Helmut Eberhardt iets van zijn moeder gebruikte–een dierbaar theekopje bijvoorbeeld, of een tafellaken dat zij had geborduurd –voelde hij dat ze aan hem dacht, van hem hield, zelfs uit de verte, waar ze ook mocht zijn. Hij wilde niet denken aan haar of haar hinderlijke liefde; toch had hij zich nog niet van die liefde kunnen bevrijden, en dat zou hem ook niet lukken–zelfs niet toen hij naar het oosten zou marcheren en kruipen door de ijzige modder van streken die hij nooit eerder had gezien.

Haar hinderlijke liefde zou hem altijd begeleiden, en zou elk oorlogsjaar toenemen onder zijn helm, die liefde zou zijn gedachten verpletteren en zijn dromen vergiftigen, tot hij dacht dat zijn hoofd zou barsten. En het zou een enorme opluchting zijn, te voelen hoe een vijandelijke kogel in zijn keel doordrong en hem verloste van haar liefde.

In de nacht voordat haar jonge echtgenoot naar het Russische front zou vertrekken, vertelde het lichaam van de vroedvrouw haar dat ze zwanger was, maar ze wachtte met dat nieuws in haar brieven aan Helmut tot ze het kind voelde bewegen. Ze schreef hem niet hoe vaak ze zich het dode kind herinnerde: dat was de tweede bevalling geweest waarbij ze geholpen had, en wat daar gebeurd was, had haar zo ontsteld dat ze probeerde er nooit aan te denken, en zichzelf feliciteerde dat het niet de eerste bevalling was geweest, want dan zou ze zeker haar beroep hebben laten varen, nog voordat ze er goed en wel mee was begonnen.

Maar nu dacht ze aldoor aan dat dode kind. De veertigjarige moeder had aangevoeld dat haar kind in de moederschoot was gestorven, en haar zacht, ononderbroken weeklagen had Hilde Eberhardt omgeven terwijl ze zwoegde om het lijkje te bevrijden uit de baarmoeder, waarbij ze zich had moeten dwingen niet te gaan gillen toen haren en huid van de zuigeling in haar handen losraakten. Nadat ze het levenloze wezentje in een laken had gewikkeld om het naakte gezichtje te verbergen voor de ogen van de moeder, had ze haar handen eindeloos schoongeschrobd, lang nadat de dode huid was weggespoeld.

Op kerstavond, toen Hilde Eberhardts buik zo dik was geworden dat iedereen kon zien dat ze zwanger was, legde ze vier ingepakte cadeautjes onder de opgetuigde boom in het huis van haar schoonmoeder–zo zag ze het huis namelijk nog steeds: een overhemd voor haar afwezige echtgenoot, in de kleur van zijn ogen, een mutsje dat ze gehaakt had voor haar ongeboren kind, een heel zachte kasjmier sjaal voor haar schoonmoeder en, omdat niemand eraan gedacht had haar een geschenk te sturen, een porseleinen beeldje voor haarzelf.

Een paar weken na Kerstmis zag Hilde de eerste gele sterren. Ze waren gemaakt van goedkope namaakzijde en moesten gedragen worden door alle joden vanaf zes jaar oud, aan de linkerkant van hun jas. Op de sterren stond het woord *Jude* in vreemd gevormde letters, en de stof rafelde snel als de ster niet met heel kleine, stevige steekjes op de jas was aangebracht.

De sterren, zo merkte Hilde, veranderden de sfeer in het stadje omdat ze de joden even duidelijk markeerden als de bruine uniformen de SA identificeerden. Je wist meteen wie waar thuishoorde. Alleen wijzigden de sterren iets in de ogen van veel joodse mensen: ze keken je niet meer aan als ze je ontmoetten, maar keken langs je heen, langs iedereen en alles, als om de omtrek van een onzichtbaar hek na te gaan. Ze waren als stenen, die ogen – onbeweeglijk en star – en elke keer dat Hilde iets vriendelijks probeerde te zeggen om de gruwelijke vernedering van de plicht die ster te dragen goed te maken, of haar rekening voor de hulp bij de geboorte van een joods kind verlaagde, betrokken die ogen van schaamte en vrees. Toch waren er ook enkelen als Eva Sturm, die met stralende ogen rondliep, met haar kin omhoog, als om de hemel uit te dagen.

In de naargeestige winterse straten waren die gele sterren vaak de enige kleur, en toch deden veel mensen of ze ze niet zagen. Sommigen echter probeerden hun medeleven te tonen door koffers te dragen voor oudere joden of hun een zitplaats aan te bieden in de tram. Een paar winkeliers, onder wie Frau Weiler, deden iets extra's bij de bestelling van een jood.

Hilde was verbijsterd te zien hoeveel mensen joods bleken te zijn, mensen van wie ze dat nooit had gedacht, mensen met blond haar en rechte neuzen net als zij. Het was alsof het joodse iets diep vanbinnen was, iets wat uit iedereen te voorschijn kon worden getrokken via een nieuwe wet, en kenbaar gemaakt met een gele ster. Ze vroeg zich af wat Helmut zou doen als zij joods zou blijken te zijn. Natuurlijk was het dwaasheid zoiets te denken, want ze was nu eenmaal niet joods, maar ze moest zich wel een beeld maken van de walging op zijn gezicht als ze voor hem stond, met de haastig vastgenaaide ster geel op haar borst, boven haar dikke buik. Ze kon niet over dat soort dingen denken voordat ze ging slapen, want dan moest ze almaar huilen, en zelfs als ze sliep, gingen haar dromen over de verdrijving uit haar huis.

Hoewel Helmut Eberhardt ver weg was toen Hilde in het Theresienheim lag en beide armen uitstrekte om haar zoon aan te nemen uit de handen van zuster Agathe, die het zware kind uit Hildes schoot bevrijd had, zou het hem genoegen hebben gedaan te weten – zo vertelde Hilde aan Trudi Montag en Frau Weiler toen ze linzensoep en kersenjam naar haar huis brachten – dat het kind een jongen was, zoals hij had aangenomen, en dat ze zijn wens vervuld had en hem Adolf had genoemd. Maar het zou hem niet bevallen als hij ontdekte dat zij hun zoon Adi noemde. Voor Hilde had het kind niets gemeen met de man die met zijn strenge glimlach nijdig vanaf het ingelijste portret naar haar had gestaard, tot zij het achter het dressoir had opgeborgen.

Trudi Montag naaide een batisten nachthemdje voor Adolf Eberhardt en was aanwezig bij zijn doop, maar toen een van de misdienaars het wijwaterbakje aan Herr Pastor Beier doorgaf, die druppels over het hoofd van de krijsende zuigeling sprenkelde, viel het licht net zo door de gebrandschilderde ramen dat het leek of de blonde misdienaar met zijn lange superplie die naast de pastoor stond, Helmut Eberhardt was. Zijn gelijkmatige trekken lachten haar uit. Trudi's rug voelde koud aan, stijf. Ze keek om, maar het leek niemand anders te zijn opgevallen, en toen de misdienaar één stap terug deed, werd zijn gezicht weer een jongensgezicht en was hij niet meer Helmut.

Toch was Trudi zo geschrokken dat ze, na de plechtigheid, toen de vroedvrouw haar de baby toestak, een stap achteruit deed en nee schudde.

'Het spijt me,' zei Hilde. 'Van je wimpers.'

Trudi staarde omhoog, in het gezicht van de blonde vrouw.

'Het is echt niet zo dat ik je voor de gek wilde houden. Ik – ik dacht echt dat ze dan zouden groeien.'

'O, dat.' Trudi zag zichzelf met het nagelschaartje van Frau Abramowitz, bezig de puntjes van haar wimpers af te knippen. 'Dat is al zo lang geleden.'

'Als jij de jouwe niet zo snel had afgeknipt, had ik hetzelfde gedaan met de mijne. Ik heb me altijd afgevraagd of dat de reden is waarom je... je weet wel, waarom je mij niet aardig vindt, bedoel ik, en nu, dat je Adi niet wilt vasthouden...'

'O nee,' zei Trudi. 'Ik voel me vandaag niet zo lekker.' En gelogen was dat niet. Maar Adolf, die naar talkpoeder en moedermelk geurde en zachtjes tegen haar kirde, leek zoveel op zijn vader dat Trudi bang was dat ze, door hem aan te raken, weer die angst zou voelen die haar op haar vijfde jaar had overvallen toen Renate Eberhardt haar jonggeborene in haar armen had gelegd, en toen ze had aangeboden hem te houden, omdat ze geweten had dat hij zijn moeder groot verdriet zou doen.

Trudi was bang dat die oude angst zou terugkeren in Helmuts zoon, en hoewel ze meestal alles wilde weten, geloofde ze op dat moment, daar voor de Sint-Martinus, dat het beter zou zijn niets te weten. En toch merkte ze later dat ze de jongen, Adi, in het oog hield, telkens als ze hem zag, en half verwachtte dat dat boze voorgevoel zich weer zou voordoen.

In de maand na de geboorte van Adi, toen het bloed van de bevalling was opgedroogd tussen de dijen van de vroedvrouw, trok Hilde alle meubels weg van de muren van het witgepleisterde huis en boende alle oppervlakken schoon, op en neer en heen en weer. Ze reinigde de plafonds, zette de parketvloer in de was tot hij glom als een spiegel, zeemde de ramen met water en azijn tot je zou zweren dat je je hand erdoorheen kon steken, en gaf de perenboom duivenmest; maar de vruchten zouden nooit meer terugkomen voor haar en voor Adolf, een van een hele generatie jongens die naar de Führer waren genoemd.

Zolang haar man aan het front was, woonde Hilde met haar zoon in de kamers boven, en hield ze de benedenverdieping gereed voor de terugkeer van haar schoonmoeder. Ze borg de kasjmiersjaal voor Renate op in de linnenkast, en ze zou hem pas weer daaruit halen na de oorlog toen ze – terwijl ze al enige jaren weduwe was – merkte dat ze zwanger was van een kind waarvan ze zeker wist dat het een meisje was, en toen ging ze die sjaal dragen als een soort omhelzing, en ze maakte plannen hem door te geven aan haar dochter, die ze Renate zou noemen. 'Die is van je grootmoeder geweest,' zou ze zeggen.

De enige keer dat Helmut met verlof thuiskwam, laat in het voorjaar van 1941, was hij zo ontroerd toen hij zijn zoon in zijn armen nam dat hij niet protesteerde tegen de dwaasheden van zijn vrouw. Als Hilde ervan overtuigd was dat de benedenverdieping te groot was voor haar en kleine Adolf, dan had Helmut er geen bezwaar tegen boven te wonen. Tot aan zijn terugkeer. En bovendien – hij was nu een man en had genoeg meegemaakt om te weten dat vrouwen zonder echtgenoot wel eens minder rationeel handelden. Dat zag je ook aan weduwen. Aan ongetrouwde vrouwen. Het was alleen maar logisch dat de vrouwen van militairen ook zo werden nadat ze zo lang zonder echtgenoot waren geweest. In zekere zin was het een bewijs van hun kuisheid.

Hij kon niet nalaten zich voor te stellen hoe tevreden de Führer zou zijn als hij kleine Adolf zou kunnen zien, met zijn blonde haar en hemelsblauwe ogen, en toen hij probeerde te bedenken of er iemand was die een foto van de jongen kon maken, wilde hij dat hij de camera's van Herr Abramowitz had bewaard in plaats van ze te vertrappen. Volgens wat hij gehoord had probeerden de Abramowitzen nog steeds het land te verlaten. Daar was Helmut helemaal voor. 'Laten we de joden hier weghalen,' had hij tegen de preparateur gezegd, en Herr Heidenreich had geknikt en gezegd: 'Allemaal.' De Abramowitzen schenen een uitreisvisum te hebben aangevraagd voor Argentinië, waar hun zoon woonde, en ze hadden dat gekregen, ze hadden het verschuldigde geld en het omkoopgeld betaald, maar op de dag voor hun vertrek hadden de Argentijnen de inreisvergunning ingetrokken. Nu moesten ze weer helemaal van voren af aan beginnen.

Hilde, die het portret van Adolf Hitler voor de duur van Helmuts bezoek weer op zijn oude ereplaats boven het dressoir had gehangen, sprak in zijn aanwezigheid niet over zijn moeder en zorgde ervoor dat ze het kind niet aansprak met 'Adi'. Ze was verbaasd over haar tevredenheid toen haar man weer vertrok. Op de eerste avond zonder hem haalde ze het portret van de Führer weer weg en borg het weer op, achter het dressoir, en ze zag voor zich hoe ze in het huis zou wonen met haar schoonmoeder en haar zoon. Zo ging het in zoveel huizen – vrouwen van twee generaties die voor de kinderen zorgden.

Naarmate Burgdorf veranderde in een stadje zonder mannen, was Emil Hesping, die nog steeds verscheidene gymnastiekclubs had, gedwongen twee ervan te sluiten, en de overige probeerde hij open te houden door vrouwen voor half geld een lidmaatschap aan te bieden.

Geleidelijk veranderde Burgdorf ook in een stadje zonder kinderen. Ingrid Baum en Monika Buttgereit waren twee van de onderwijzeressen die naar kleine dorpen werden gestuurd met busladingen kinderen die door hun ouders vrijwillig waren opgegeven voor de KLV – de *Kinderlandverschickung* – een programma van de Hitler-Jugend voor de evacuatie van kinderen die woonden in de buurt van steden die misschien gebombardeerd zouden worden.

Dit was Ingrids eerste baan als onderwijzeres. Nadat ze haar diploma had behaald, had ze privé-les gegeven aan kinderen die slechthorend waren. Er waren zo weinig banen voor onderwijzend personeel dat anderen die samen met haar hun diploma hadden ontvangen, werkten op kantoren en in winkels, en ze had zich al bevoorrecht gevoeld dát ze les mocht geven. Ze had gehoord dat onderwijzeressen naar Polen werden gestuurd, dus was ze opgelucht toen ze in plaats daarvan in het Zwarte Woud werd gestationeerd. Ze had liever lesgegeven aan een gewone school, aangezien het onderwijzend personeel in de KLV net zo behandeld werd als soldaten, maar ze wist dat ze moest gaan naar de plaats waarheen ze gestuurd werd.

Op de dag dat Trudi Ingrid hielp met haar voorbereidingen voor de reis, stond het rode bijouteriedoosje dat ze haar had gegeven, niet meer in de vensterbank.

'Heb je dat al ingepakt?'

Ingrid aarzelde. 'Ik heb het geruild. Voor een rozenkrans.'

'Maar ik had het voor jóú gekocht.'

'Die rozenkrans was door de paus gezegend.'

'Dat doosje was ook door de paus gezegend.'

Ingrid verbleekte.

'Misschien,' zei Trudi.

'Echt waar?'

'Door de paus en vijf bisschoppen.'

'Je jokt.'

'En zevenentwintig kardinalen.'

'Niet doen. Niet liegen.'

'Dan is het jouw schuld als ik naar de hel ga wegens mijn zonden.'

'Ik zal voor je bidden.'

'Ik wil niet dat je voor me bidt.'

'Ik bid vaak voor je.'

'Met de rozenkrans die je hebt geruild voor mijn bijouteriedoosje?'

'Als ik bid, voel ik soms de aanwezigheid van je beschermengel. Die is zuiver en licht...'

'O, Ingrid.'

'...veel lichter dan mijn eigen beschermengel. Die gaat vaak weg. Omdat ik te zondig ben. En dan wordt alles donker.'

'Als ik een lijst maakte van mensen die zondig zijn, Ingrid, dan zou jij daar niet op staan.'

'Hoe kun jij dat weten?'

'Ik weet het, geloof me maar. Wat ik niet weet, dat is wie nu mijn bijouteriedoosje heeft.'

'Ik wilde je niet boos maken.'

Trudi wachtte.

'Klara Brocker.'

'Klara Brocker?' Trudi kreeg opeens een hekel aan dat keurige meisje Brocker, dat goedkope juwelen droeg en als dienstmeisje in het gezin van de preparateur werkte sinds ze het jaar daarvoor van school was gekomen. Minstens eenmaal per week kwam Klara de leesbibliotheek binnen om de laatste romannetjes te lenen – voor haar moeder, zei ze – en dan gleden haar ogen ingehouden gretig over het plaatje op het omslag.

Trudi kon zich voorstellen dat ze met diezelfde gretigheid verlangd had naar het roodleren doosje, en plannen had gesmeed om Ingrid in ruil daarvoor een waardeloze rozenkrans aan te bieden. Het was of het meisje dat rode doosje rechtstreeks van haar had gestolen om er haar opzichtige broches en oorringen, haar goedkope armbanden en ringen in op te bergen, en het kostte Trudi moeite beleefd tegen haar te doen, zelfs toen Ingrid al met de KLV naar het Zwarte Woud was vertrokken om er kinderen les te geven.

Na zes jaar keurig verloofd te zijn geweest met die elegante en gecultiveerde Fräulein Raudschuss, werd de tandarts, Klaus Malter, op een warme junimiddag in 1941 verliefd – roekeloos en onherroepelijk verliefd – en het hele stadje reageerde geschokt, want het was twee maanden voor zijn sinds lang vastgestelde trouwdag. Zijn bruid had haar japon al in de kast hangen, en alle bijzonderheden van het diner waren uitgewerkt, tot en met de schijfjes citroen met peterselie waarmee de kaasplankjes versierd zouden worden. Drie jaar eerder had ze de kleur bepaald van de servetten en het tafellaken van damast – koel ivoorkleurig – maar slechts zeven maanden voor de plechtigheid had ze een impuls gevolgd waarvan ze zelf versteld stond, en had ze alles besteld in een weelderig roze dat haar herinnerde aan waterlelies – gezien door een schittering van water als je eronder lag. Dat was een kleur die ze nooit meer had vergeten sinds de ochtend dat ze twee was en zich voorover had gebogen om een van die volmaakt ronde bloemen te plukken die dreven in de vijver achter het Zwitserse hotel waar haar familie elk jaar in augustus logeerde.

Het water wiegde haar – zachter dan de armen van haar kindermeisje – en de stengels van de waterlelies gingen heel diep onder de bladeren. Boven haar schommelden de bladeren, heel bleekgroen, en daarboven dansten de bolle lelies, elk een afzonderlijke planeet. Brigitte had willen lachen van verrukking, maar haar mond vulde zich met water, en ze voelde zich alsof ze veranderd was in haar lievelingspop die–net als zij–altijd met haar armen omhoog lag als je haar neerlegde, en toen voelde ze zich nog meer een pop omdat de hemel door de bladeren brak en de lelies schuin gingen hangen terwijl witte mouwen zich naar haar uitstrekten. De jammerkreet van het kindermeisje deed de lucht stollen, en Brigitte dacht dat haar hart zou breken als ze niet weer onder die roze tint kon liggen.

Ze dacht die kreet van haar kindermeisje te horen toen Klaus haar vroeg–met gepaste spijt in zijn stem, alsof spijt ooit gepast kon zijn wanneer je daarmee iemand pijn deed–hun verloving te verbreken, maar ze voelde dat gejammer nog steeds in haar keel, rauw en ordinair als van een marktvrouw, en ze wist dat ook zij in staat was tot dat geluid, terwijl haar gedachten haastig woorden zochten die Klaus zouden doen blijven –woorden om hem gerust te stellen dat de liefde terugkeert als je maar geduld hebt, en dat veel mensen de liefde pas leren kennen nadat ze al getrouwd zijn. Hij luisterde, en dat is wat ze hem achteraf niet kon vergeven–dat hij haar had laten smeken, ja, smeken om bij haar te blijven, voordat hij haar vertelde over dat... dat kind, dat meisje van negentien, ongeveer half zo oud als zij, onrijp en onhandig, praktisch zonder familie, afgezien van haar oom Alexander, totaal geen partij voor Klaus, door wiens familie Brigitte–nu al jaren–als een van hen behandeld was.

Ze hoorde die jammerkreet opnieuw toen ze haar schande bekende aan haar vader, en nog een keer toen haar vader terugkwam van zijn gesprek met Klaus Malter. Maar in de uren dat ze had zitten wachten op haar vader, die zijn invloed had doen gelden bij mensen die veel meer macht hadden dan een gewone tandarts, had Brigitte Raudschuss graag op de bodem van elke willekeurige vijver willen liggen, onder water, zolang ze het uithield, als Klaus Malter daardoor terug was gekomen; toen ze zich echter voorstelde dat hun huwelijk toch nog plaats zou vinden, genoot ze van de gruwelijke behoefte ook hem te laten lijden. En toch, in die uren van wachten voelde ze meer liefde voor Klaus dan ooit tevoren, meer liefde dan ze van zichzelf had verwacht, want ze voelde dat Klaus–net als waterlelies die je van onderen ziet–nooit geheel de hare kon zijn. Ze werd overvallen door een heftig verlangen naar een japon in die prachtige roze tint, en ze ging zitten met pen en inkt, om een schets te maken voor een japon die ze nog als oude vrouw zou dragen in het Opernhaus, waar ze een loge zou delen met twee andere ongetrouwde vrouwen.

De geruchten over Klaus en Jutta hielden Trudi wekenlang bezig terwijl ze elke ontwikkeling van hun romance door heel Burgdorf verspreidde. Zolang ze dat verhaal maar vertelde en nog eens vertelde, hoefde ze niet die jaloezie op Jutta te voelen, een gevoel dat haar opslokte zodra ze alleen was en zweeg, een akelige jaloezie die slechts af en toe wegtrok wanneer ze zich haar tevredenheid herinnerde dat Brigitte de laan uit was gestuurd. Toch was Trudi er al die jaren zo aan gewend geraakt Klaus met de dochter van de advocaat te zien, dat haar oorspronkelijke wrok was verdrongen door de overtuiging dat die twee bij elkaar pasten.

Maar zelfs de roddels over de roekeloze liefde van de tandarts konden niet voorkomen dat de oorlog zich bleef uitbreiden als inkt op een linnen doek, en samen met de roddels over Klaus verzamelde en verdeelde ze feiten over de oorlog. Ze las in de krant dat de aanval op Rusland in juni had geresulteerd in driehonderdduizend Russische krijgsgevangenen. Ze was bezorgd en woedend dat de situatie voor de joden verergerd was: er werd niet meer op aangedrongen dat ze emigreerden, nee, ze kregen bevel vrijwel onmiddellijk hun woningen te verlaten. Ze moesten gaan wonen in huizen die tot joodse huizen waren uitgeroepen, zogenaamd om alle contacten tussen ariërs en joden te controleren en te beperken. Ze moesten steeds dichter opeen wonen, door een onzichtbare muur gescheiden van de rest van het stadje.

In sommige joodse huizen bleven de hele dag houten luiken voor de ramen. Herr en Frau Kaminsky hadden moeten verhuizen naar een van de huizen achter de begraafplaats, waar ze één kleine kamer deelden; een paar van de rijkere joden echter woonden in hotels of herbergen, waar ze ook te eten kregen, zodat ze bevrijd waren van het vernederende en tijdverslindende karwei van het kopen van steeds geringere hoeveelheden voedsel. Hoewel winkeliers als Frau Weiler zoveel mogelijk hielpen, vonden anderen – onder meer de slager en de apotheker – het heerlijk om de wetten die de wereld van de joden inperkten, nog strenger na te leven.

Het aantal joden in Burgdorf was drastisch geslonken. Twee gezinnen waren verdwenen uit de katholieke kudde, wat leidde tot speculaties over de vraag waarheen ze waren weggevoerd. Zelfs de pastoor had niet geweten dat ze joden waren, totdat de Gestapo hun achtergrond had nagevorst. Ze hadden sinds mensenheugenis de diensten in de Sint-Martinus bijgewoond; hun kinderen waren daar gedoopt, hadden daar hun eerste communie gedaan.

Tal van anderen waren gevlucht nadat ze vergeefse pogingen hadden gedaan hun piano en grotere meubelstukken te verkopen, zodat hun buren achterbleven met de akelige vrees van de overlevende, en met een verlangen naar nieuws dat hen kon afleiden en hun verbeelding aan het werk zette – zoals met wie de tandarts nu eigenlijk zou gaan trouwen.

Door het raam van haar leesbibliotheek had Trudi gezien hoe de vader van Brigitte Raudschuss bij de spreekkamer van Klaus Malter aankwam. Hij was een uur en twintig minuten gebleven. In die tijd had Trudi vijf patiënten zien binnenkomen. Geen van hen was weer naar buiten gekomen. Ze stelde zich voor hoe ze daar zaten in de kleine wachtkamer, die nauwelijks vier houten stoelen kon bevatten, en luisterden naar de stemmen van de advocaat en de tandarts die door de muren drongen. Had zij maar in die spreekkamer kunnen zijn. Misschien zou de advocaat Klaus uitdagen tot een duel bij zonsopgang teneinde zijn dochters eer te wreken. Hij zou zijn ene handschoen uittrekken en...

O nee, het was zomer. Te warm voor handschoenen. Bovendien vonden duels alleen plaats in de romannetjes die haar klanten bleven lenen. Waarschijnlijk bood de advocaat Klaus geld aan om zijn dochter te redden van eeuwig oudevrijsterschap. 'Een aanvulling op de bruidsschat' zou hij het noemen.

Trudi vroeg zich af, verrast over haar medelijden met Brigitte Raudschuss, of Klaus ook tegenover haar deed of er niets tussen hen geweest was, hoewel dat na een verloving van zes jaar veel moeilijker zou zijn dan na één enkele zoen. Ze dacht aan die ochtend in de kerk, toen ze Brigitte voor het eerst had gezien, en ze vroeg haar om vergeving voor de woede waarmee ze naar haar had gekeken. Die woede had bestemd moeten zijn voor Klaus – en niet voor een andere vrouw.

Ze herinnerde zich hoe Jutta de kerk was komen binnenrennen, te laat, en hoe ze zich in dezelfde bank had gewrongen als Brigitte Raudschuss, die met tegenzin ruimte voor haar had gemaakt. Het zou nooit bij de dochter van de advocaat zijn opgekomen dat dat onverzorgde meisje haar zou verstoten uit de positie die zij als vanzelfsprekend had beschouwd.

'Heb je wat gehoord? Het geeft niet wat!' vroeg Trudi aan elk van de patiënten van Klaus Malter op de dag dat hij de vader van Brigitte naar de deur had gebracht, waar ze met strakke gezichten en een beleefde handdruk afscheid namen. Maar voor zover ze kon nagaan waren de stemmen van de mannen gedempt gebleven tijdens hun langdurig gesprek.

'Hoe was hij later, toen hij in je kies boorde?' vroeg ze, en ze knikte tevreden als ze te horen kreeg dat de ogen van Klaus een treurige uitdrukking hadden gehad, en dat zijn hand minder vast was geweest dan gewoonlijk.

Maar op de dag dat Klaus Malter met Jutta trouwde, stonden zijn ogen niet treurig. Hij was te vroeg bij de Sint-Martinus aangekomen en stond op de traptreden, met een verbijsterde, stralende glimlach, het soort glimlach dat je laat zien als je jezelf versteld doet staan door iets te wagen waar je nooit eerder over had gedacht. Het gesprek met de advocaat was maar een week daarvoor geweest, het was nog eerder dan het huwelijk met de dochter van de advocaat zou hebben plaatsgevonden, en toen de familieleden arriveerden in de dure kleren die ze waarschijnlijk verwacht hadden te dragen bij de bruiloft met Brigitte, maakten ze een misprijzende indruk, afgezien van zijn moeder, de professor, die beide handen van Klaus in de hare nam en hem een kus gaf, voordat ze zich naar haar plaats in de voorste bank liet brengen. Haar witte haar dat vroeger – zo had Klaus langgeleden aan Trudi verteld – dezelfde kleur rood had gehad als dat van hem, was opgestoken in een dikke vlecht rond haar hoofd.

Toen Jutta zich na de plechtigheid bij het altaar omdraaide om aan de arm van haar echtgenoot door het middenpad te lopen, had haar manier van bewegen iets schichtigs, en opeens begreep Trudi waarom die kalme Klaus, die zo onder de indruk van Ingrid was geweest, zich ook tot Jutta aangetrokken voelde: zij zou een tegenwicht vormen voor die rustige kant van hem.

Maar ze snapte nog steeds niet waarom Jutta hém had gekozen. Met een vleugje tevredenheid en wraakzucht fluisterde ze tegen Hilde Eberhardt, die naast haar geknield zat: 'Ik begrijp eindelijk waarom hij op haar verliefd is geworden, maar Jutta – die is zo mooi en zo jong – die had elke man kunnen krijgen.'

En Hilde was het met haar eens dat Jutta elke man had kunnen krijgen.

De meeste mensen in Burgdorf vroegen zich helemaal niet af waarom die wilde jonge vrouw trouwde met de tandarts, die al zesendertig was en zo'n volstrekt ander temperament had. Hij zou een betrouwbare echtgenoot zijn, dachten ze. Hij zou ervoor zorgen dat ze wat kalmeerde. Bovendien was het helemaal niet ongewoon dat een man een stuk ouder was dan de vrouw met wie hij trouwde.

Ze zagen Jutta als vreemd, de mensen van Burgdorf. Niet alleen maakte ze schilderijen waarop de kleuren helemaal niet klopten en veel te fel waren, maar ze ging ook, ondanks hun waarschuwingen, zwemmen tijdens onweer in de zomer. 'Ze hecht geen waarde aan het leven,' zeiden sommigen. Donder en bliksem, dingen waarvoor anderen gingen schuilen, lokten Jutta juist naar buiten. Ze was al drijfnat van de regen voordat ze bij de poel in de kiezelgroeve was, of bij de rivier. 'Getikt,' zeiden sommige mensen.

Maar Trudi wist van haar eigen moeder wat getikt was, en zo was Jutta niet, hoewel zij ook die felle flikkering had, zoals Trudi het noemde. Maar bij haar was het niet een flikkering die zichzelf opbrandde, maar een die alleen maar krachtiger zou worden, geloofde ze, en zelfs toen Jutta bijna twintig jaar later jong zou sterven, bij een ongeluk door te hard rijden, zou Trudi er nog steeds van overtuigd zijn dat Jutta, als dat ene ongeluk niet was gebeurd, heftig zou zijn blijven branden, met een vuur dat te zien was op haar vlammende schilderijen van het stadje.

En Trudi zou diezelfde vlam zien in het kind dat uit Jutta's lichaam zou voortkomen – de dochter, Hanna, die eigenlijk Trudi's dochter had moeten zijn, als de tandarts verder was gegaan na die ene roekeloze kus.

Hoofdstuk dertien [1941-1942]

In de week na de bruiloft van Klaus Malter begon Trudi weer de kennismakingsadvertenties in de krant te lezen – niet omdat ze op zoek was naar een echtgenoot, maar omdat ze haar aan het lachen maakten. Vanwege de oorlog was de rubriek van mannen die op zoek waren nog korter dan vroeger, en de meeste advertenties waren opgesteld door gepensioneerden. Laat op een avond besloot ze te reageren op een van die advertenties, 'onder Nummer 241 van dit blad': de man was jonger dan de anderen, een vierendertigjarige onderwijzer die postzegels verzamelde, aquarelleerde en zichzelf beschreef als nieuwsgierig. Ze gokte op die nieuwsgierigheid toen ze hem een brief schreef zonder adres van de afzender, met een verzoek haar te ontmoeten bij Wasen, een restaurant met terras op de Königsallee in Düsseldorf, op de eerstvolgende zaterdagmiddag.

Ik zal u herkennen, schreef ze aan Nummer 241, *aan de paraplu en de twee witte anjers die u bij u hebt.* Daar had ze een hele tijd over nagedacht; het idee om hem een hoge hoed op te zetten had ze weer laten varen, omdat hij zo'n ding misschien zou moeten kopen, zodat het te kostbaar zou worden een ontmoeting te hebben met een vrouw die Trudi had beschreven – lang en slank en met weelderig roodbruin haar – aan de hand van een van de kleurige boekomslagen in de leesbibliotheek.

Toen ze haar brief overlas, vond ze eigenlijk dat die vrouw nogal veel leek op Ingrid, met haar lange haar en tengere handen, en toen ze nog een keer naar dat boekomslag keek, had die vrouw zó Ingrid kunnen zijn, alleen zou Ingrid ongetwijfeld liever de marteldood zijn gestorven voordat ze zich in een gele jurk liet stoppen die niet alleen haar schouders, maar ook de hoge welving van haar borsten blootlegde. De vrouw in Trudi's brief was hartelijk, hield van koken en dansen, stond op het punt het familiebedrijf te erven en was dol op zowel opera als kinderen. Haar naam was, zo besloot Trudi, Angelika, en ze was even oud als Trudi, zesentwintig. *Men heeft me verteld dat ik uitzonderlijk knap om te zien ben*, schreef ze, en ze grinnikte voor zich heen toen ze daar toch maar niet aan toevoegde dat ze eveneens uitzonderlijk nederig was.

Niet dat ze ooit serieus van plan was naar dat restaurant te gaan en te kijken naar het onbehagen van de man, zoals ze jaren geleden met die anderen had gedaan... Per slot van rekening, nu er zoveel lijden in haar omgeving was, hoorde je dergelijke spelletjes af te keuren als veel te lichtzinnig. Toch ruilde ze die vrijdag boeken voor een vrijwel nieuwe lippenstift; op zaterdagochtend was ze opeens haar haar aan het wassen en krullen, voor eventueel, en stond ze te weifelen over wat ze zou aantrekken als ze toch zou gaan. Klaar om zich meteen weer terug te trekken, arriveerde ze twintig minuten te vroeg in het restaurant, in haar grijze mantelpakje met strakke rok. Ze hees zich op een stoel naast een van de bloempotten die de tafeltjes scheidden van het trottoir, met haar rug naar de zon, zodat ze iedereen kon zien.

Hoewel ze van plan was alleen te kijken naar de man die wachtte op de vrouw die hij nooit zou ontmoeten, transpireerde ze onder haar borsten en armen toen Nummer 241 verscheen, precies om vier uur, met de paraplu over zijn arm hangend. Bij de ingang aarzelde hij. De huid rond zijn ogen was lichter dan de rest van zijn gebruinde gezicht, alsof hij meestal een bril droeg; daardoor had zijn gelaatsuitdrukking iets verbaasds. Met de twee anjers als speren in zijn hand schoot Nummer 241 naar het laatste lege tafeltje, zonder naar iemand te kijken; onderweg botste hij tegen twee stoelen op, en zijn magere schouders waren gekromd, alsof hij gewend was aan desillusies.

Pas nadat Nummer 241 was gaan zitten liet hij zijn blik dwalen – maar wel snel, alsof hij niemand wilde storen – en toen haalde hij een bril met dikke glazen uit zijn zak om het menu te bestuderen, intens geconcentreerd, alsof hij daarin aanknopingspunten kon vinden aangaande de vrouw die hem hier had besteld. Zijn zwarte haar raakte de kraag van zijn jasje, en hij had een bedeesd snorretje.

Trudi was een van de twee vrouwen die alleen waren – de andere tafeltjes waren bezet door stellen of gezinnen – maar de ogen van de man gleden langs haar heen alsof ze niet aanwezig was, en keerden terug naar een zware, donkerharige vrouw die een stuk *Bienenstich* zat te eten – ze schepte de custardvulling eruit en spreidde die over de bovenkant van geglaceerde amandelen. Nummer 241 bestelde thee met citroen, controleerde de tijd op zijn zakhorloge, en zette toen zijn bril af, haastig, alsof hij zich nu pas herinnerde dat hij hem op had. Hij vouwde een papier open dat uit de verte leek op Trudi's brief, fronste zijn wenkbrauwen en keek nogmaals naar de vrouw die bezig was haar gebak te ontleden.

Ik ben knapper dan zij, dacht Trudi.

Ik ben veel jonger.

Ik zit niet als een varken te eten.

Maar de man keek zelfs niet vluchtig haar kant uit, en opeens werd ze overvallen door een heel oude woede, op hem en alle mannen die haar domweg niet zagen, een woede die zich in haar ontrolde, snel en heftig, zodat ze hem wilde doen lijden – veel erger dan door dat vernederende wachten op een vrouw die nooit zou komen. Het kwam er altijd op neer dat zij te voelen kreeg dat ze anders was. Altijd. En dat ze wist dat ze altijd anders zou zijn, en dat het nooit beter zou worden. En een van de manieren om wraak op hen te nemen was het onaangename onder woorden te brengen, de dingen die veel van hen niet eens durfden te denken. Al was het aanwezig, in hun hart, achter hun glimlach.

Ze had zin om op te staan en naar het tafeltje van die man te lopen en tegen hem te zeggen... Wat zou ze tegen hem zeggen? Ze wist niets te bedenken dat heftig genoeg zou zijn. Bovendien – hij zou het zich niet aantrekken als het uit háár mond kwam. Ze voelde in haar tas naar papier en een pen. *Ik heb je gezien*, schreef ze, met het blocnootje op haar knieën, *en ik vind je...* Ze wachtte even, zat na te denken en las over wat ze geschreven had.

Nummer 241 stak een pijp op, waarbij hij wat tabak morste op het tafelkleedje. Zijn ogen richtten zich op elke vrouw die langs het restaurant liep, alsof hij hoopte dat Angelika toch nog naar zijn tafeltje zou komen, en dat zij dan zijn twee anjers naar haar beeldschone gezicht zou brengen en iets zou mompelen van '*Ik kon voelen dat je op mij zat te wachten*'. De vrouwelijke hoofdpersonen in de romannetjes zouden zoiets zeggen. En als ze iets stoutmoediger waren, vroegen ze misschien zelfs: '*Had je gedacht dat ik er zo zou uitzien?*'

Zielig, dacht Trudi. *Zielig*, schreef ze, en ze sloot haar briefje af. *Ik heb je gezien*, las ze, *en ik vind je zo zielig dat ik niets van je wil weten.* Dáár. Dat was volmaakt. Ze tekende met *Angelika* en rekende af. Ze stond op, en haar hart dreunde met een woest ritme in haar keel. Haar hoge hakken wiebelden onder haar toen ze naar het tafeltje van de man liep.

'Pardon,' zei ze.

Nummer 241 keek op, en zijn ogen daalden neer van ergens boven haar hoofd naar haar gezicht, alsof ze zich aanpasten aan haar lengte, haar nog kleiner maakten. 'Ja?' vroeg hij. Zijn snor was niet dun, zoals ze gedacht had, maar nogal dicht en vol witte haren. Zijn pak was niet nieuw, maar de stof was van goede kwaliteit en het was goed onderhouden. Maar zijn schoenen waren stoffig. 'Ja?' vroeg hij nogmaals, en hij legde zijn pijp in het asbakje.

Ze bloosde, want het drong tot haar door dat hij gemerkt had dat ze hem bekeek. 'Er was een vrouw...' zei ze, en ze proefde lippenstift op haar tanden. 'Weet u, er was een vrouw die voorbijkwam... daar, op het trottoir naast mijn tafeltje.' Ze wees naar waar ze had gezeten, en ergerde zich aan zichzelf omdat ze lang niet zo beheerst klonk als ze gewild had. 'En ze vroeg of ik... of ik dit aan u wilde geven.' Voordat ze op andere gedachten kon komen stak ze hem het briefje toe.

'Dank u.' Zijn gebruinde hand pakte het aan. 'Wanneer...'

'O... een minuut of tien geleden.'

Haastig zette Nummer 241 weer zijn bril met dikke glazen op, en toen vouwde hij het gelinieerde velletje open. 'Waarom hebt u zo lang gewacht?' Hij sprak snel, en met een zangerig accent, en ze verstond zijn woorden niet meteen, want ze klonken uitheems en luchtig zoals ze over zijn lippen kwamen, en werden voor haar pas verstaanbaar toen hij was opgehouden met spreken. 'Waarom bent u niet meteen naar me toe gekomen?'

'Ik – ik ben nogal verlegen.'

Voor het eerst keek hij haar recht aan alsof hij wist wat het was, verlegen zijn, en ze vond dat hij eruitzag als iemand met een vriendelijk karakter. Ze wilde het briefje terugpakken, maar zijn ogen gleden over de woorden en toen weer omhoog. Hij draaide het papier om alsof hij hoopte een tegengestelde boodschap te vinden, en toen kuchte hij even, hoog in zijn keel. Zorgvuldig vouwde hij het briefje weer op.

De stemmen van de andere mensen raakten op de achtergrond alsof rond zijn tafeltje een grote leegte was ontstaan. Een koele tochtvlaag gleed omhoog langs Trudi's benen, zodat ze huiverde. Die woede voelde ze nu niet meer – alleen nog diepe schaamte. Hoe had ze zo wreed kunnen zijn?

'Het spijt me,' fluisterde ze.

Hij schrok van haar woorden, alsof hij vergeten was dat zij daar nog stond. Hij bewoog zijn lippen als voor een antwoord, en schokte haar ten slotte doordat hij begon te schateren. 'U, jongedame... u...'

Ze deed een stap achteruit.

'...u hebt geluk gehad.' Nog steeds lachend schoof hij een stoel uit en gebaarde dat ze moest gaan zitten.

'Ik kan niet blijven.'

'In sommige landen vermoorden ze de boodschapper.' Hij hield op met lachen en keek haar zo ernstig aan dat ze bang werd dat hij vermoedde hoe de vork in de steel zat. 'Gelukkig houd ik me niet aan die gewoonte...' Hij sprak nog steeds eigenaardig zangerig, maar nu langzamer, zodat Trudi hem gemakkelijker kon verstaan. 'Wat zei ze tegen u, die vrouw?'

'O, gewoon dat ik dat briefje aan u moest geven.'

'Weet u wat erin staat?'

'O nee. Dat was toch voor u bestemd?'

'Natuurlijk. Gaat u toch zitten, alstublieft.'

'Ik moet weg.'

'Hoe zag ze eruit?'

'Die vrouw?'

'Die vrouw.'

'Ze... ze was heel mooi... lang, met donkerbruin haar, achteroverge- kamd. En een gele jurk – ze droeg een gele jurk. Met knoopjes die met diezelfde stof waren overtrokken.'

'De arme vrouw.'

'Wat zegt u?'

Hij glimlachte treurig, stak zijn pijp weer op en trok eraan. 'De vloek van de schoonheid... Genieten van de poging anderen te gronde te rich- ten.'

'Heeft ze...?'

'Mij te gronde gericht?' Nummer 241 leunde met zijn ellebogen op zijn knieën en bracht zijn gezicht vlak bij dat van Trudi. 'Denkt u dat?'

'Ik moet op tijd zijn voor de tram en...'

'Eén kopje thee,' zei hij. 'Of één klein glas wijn.'

'Ik zou graag willen, echt, maar mijn tram gaat over tien minuten.'

'Waar moet u heen?'

'Naar Burgdorf,' zei ze, en had onmiddellijk gewild dat ze dat niet had gezegd.

'Daar woont die vrouw ook.'

'O ja?'

'Haar eerste brief was daar op de post gedaan.'

'Ik heb haar nooit eerder gezien.' Leugenaar, dacht ze toen ze in een flits dat boekomslag voor zich zag.

'Ik breng u wel met de auto thuis.'

'Nee,' zei ze snel, en wenste dat ze de brief in Oberkassel of Düsseldorf op de post had gedaan. 'Nee.'

'Met alle plezier. Dankzij uw boodschap zijn mijn plannen voor vanmiddag veranderd.' En hij voegde eraan toe, alsof hij het echt meende: 'Ik zou blij zijn met uw gezelschap.' Hij stak zijn rechterhand uit en stelde zich voor: 'Max Rudnick.'

Zij mompelde haar naam, onverstaanbaar, terwijl ze zijn hand schudde. Ze voelde zoveel berouw dat ze zijn uitnodiging niet kon afslaan, en ze klauterde op de stoel tegenover hem, met haar leren handtas op haar knieën, beide handen om het handvat geklemd. Twee glimmende vliegen raakten met hun pootjes in de knoop op het schoteltje van Max Rudnick. Toen de zware vrouw die de *Bienenstich* had gegeten, het restaurant verliet, voelde Trudi zich merkwaardig alleen.

'Thee?' vroeg Max Rudnick.

Ze knikte.

'Met citroen?'

Ze knikte. Haar voeten bengelden hoog boven de vloer.

Toen de thee kwam, kneep hij het halvemaantje citroen uit boven haar kopje, en roerde erin. 'Alstublieft,' zei hij.

'Dank u.' Ze brandde haar tong toen ze de thee opdronk, in één teug, zonder hem aan te kijken. 'Heerlijk.'

'Niet te heet?'

Ze drukte het puntje van haar tong tegen haar gehemelte en schudde haar hoofd.

'Had u zo'n dorst?'

'Dat moet haast wel.' Voordat hij haar nog iets kon vragen zei zij: 'Komt u uit een ander land?'

'Vanwege mijn manier van spreken?'

'Zo opvallend is het ook weer niet.'

'Dat is de vloek van mijn opvoeding door een Russische grootmoeder, die de hele dag patience speelde en weigerde Duits te spreken. Ik woonde bij haar, en ik heb Russisch gesproken tot ik oud genoeg was om naar school te gaan.'

Nu werd ze nieuwsgierig. 'En uw ouders dan?'

'Die werkten allebei. Ik had veel meer een band met mijn grootmoeder.'

'Waar...'

'In Keulen. Daar heb ik tot voor kort gewoond–tot ik... laten we zeggen overgeplaatst werd.'

Hebt u daarom die advertentie geplaatst? had ze bijna gevraagd, en ze bloosde hevig toen ze zich realiseerde dat ze zich daarmee verraden zou hebben. 'Waarom bent u overgeplaatst?' vroeg ze in plaats daarvan.

'Zo gaat dat met onderwijzers.' Max Rudnick keek haar aandachtig aan. 'Ik ken u nog niet goed genoeg om u de reden te vertellen...'

Van dat *nog* schrok ze, maar ze zou niet vragen wat hij bedoelde. Bovendien betaalde hij al voor haar, en daarna lag zijn hand op haar schouder toen ze naar de uitgang liepen.

'Nu kan ik tenminste zien waar ik loop,' zei hij, wijzend op zijn dikke brillenglazen. 'En dan te bedenken dat er mensen zijn die beweren dat alleen vrouwen ijdel zijn.'

'Zo lelijk ziet die bril er niet uit.'

'Ik vind hem lelijk. Maar zonder ben ik praktisch blind.'

'Dan hoeft u tenminste niet in het leger.' Ze bracht haar hand naar haar mond. Hoe had ze zo onvoorzichtig kunnen zijn met iemand wiens politieke overtuigingen ze niet kende?

Hij keek haar scherp aan. 'Inderdaad.'

'Daar bedoel ik niets mee.'

'En ik heb niets gehoord.' Hij bracht haar naar een armoedige blauwe auto. 'Wilt u het raampje soms open?' vroeg hij nadat ze waren ingestapt.

Ze knikte.

Hij pakte een schroevendraaier van de achterbank, boog zich over haar heen en draaide ermee in het gat waar de hendel voor het raampje had gezeten. De ruit piepte toen hij naar beneden ging. Toen ze de brug naar Oberkassel overstaken, schoot een v-vormige zwerm vogels van de hoge balken toen een boot op de rivier langdurig toeterde.

'Ik zou nog eens met u willen praten,' zei hij.

Ze hield op met ademhalen. 'Waarom?' flapte ze eruit. Ze was ervan overtuigd dat hij wilde bewijzen dat zij beide brieven had geschreven.

Hij keek haar van opzij aan. 'Zegt u ja als ik u een goede reden geef?'

Ze schudde van nee.

'Twee goede redenen?'

'Het kan echt niet.'

'Drie goede...'

Ze moest wel lachen. 'Nee,' zei ze. 'Zelfs niet als het er zevenentwintig zijn.'

De vitrage voor het raam van de familie Blau bewoog toen Max Rudnick zijn auto voor de leesbibliotheek parkeerde, en Trudi klom eruit voordat hij de motor had afgezet.

'Ik breng u naar de deur.'

'Dat hoeft niet.' Haar verbrande tong deed pijn.

Hij wees naar de tabaksreclame voor het raam. 'Ik moet wat tabak inslaan.'

'De pijptabak is op.'

'Echt?'

'We zitten op een nieuwe leverantie te wachten.'

'Wie zijn "we"?'

'Mijn vader en ik.'

'Dan kom ik nog eens terug. Voor tabak.'

En hij kwam inderdaad terug – een week later –, maar Trudi had zijn blauwe auto zo snel herkend dat ze naar boven kon verdwijnen, zodat haar vader hem moest ontvangen. Van achter de vitrage van het gangraam eenhoog hield ze het trottoir in het oog, en het duurde bijna een kwartier voordat Max Rudnick naar buiten kwam en wegreed.

'Wat wilde die man?' vroeg ze aan haar vader, die het gescheurde omslag van een dokter-en-verpleegsterroman aan het plakken was.

Hij keek niet op. 'Pijptabak.'

'Zei hij nog wat?' Ze voelde dat haar oren gingen gloeien. 'Over mij?'

Haar vader dacht even na, en schudde toen zijn hoofd. Zachtjes voor zich heen neuriënd plakte hij nog een stukje plakband over een scheur.

'Wat heeft hij dan al die tijd hier gedaan?'

'Hij heeft de boeken bekeken. En een western geleend.'

Ze kreunde. 'Waarom heb je dat goedgevonden?'

'We hébben per slot van rekening een leesbibliotheek.'

'Nu heeft hij een reden om terug te komen.'

Haar vader keek haar aan. En glimlachte.

'Ach,' zei ze. 'Het is niets. Niets.'

In de dagen daarna keek ze almaar uit over straat, klaar om opnieuw te verdwijnen, en toen Max Rudnick de volgende week niet terugkwam, en ook niet de week daarna, was ze opgelucht; en toch, toen de uitleentermijn van het boek was verlopen, week haar opluchting voor een merkwaardige teleurstelling, die ze tot uitdrukking bracht door van tijd tot tijd uit te rekenen hoeveel boete hij inmiddels verschuldigd was.

Ik zou willen dat je bij me op bezoek kon komen, schreef Ingrid. *De bergen zijn fantastisch, maar ik mis Burgdorf.* Ze woonde samen met de schoolkinderen, at samen met hen, leerde hun alles, van grammatica tot rekenen, gaf hun huiswerk op en controleerde of ze zich wel goed wasten voordat ze naar bed gingen. In haar derde nacht was ze wakker geworden van kreten in de jongensslaapzaal. Ze hadden een kussengevecht gehouden, en een van de kussens had een lamp geraakt, zodat een vlam was opgelaaid en de sloop in brand was gevlogen. *Goddank hebben we het op tijd kunnen doven,* schreef Ingrid. *De meeste kinderen hebben heimwee. Ik heb ontdekt dat jongens lastig worden als ze bang zijn, en dat meisjes gaan huilen.*

Hoewel Ingrid in haar brief niet openlijk klaagde over de vertegenwoordigster van de Hitler-Jugend, Fräulein Wiedesprunt, die de leiding van het kinderhuis had, bleek duidelijk dat ze het moeilijk had met deze haarkloverige vrouw, die tegen haar zei dat ze liever mannelijke leerkrachten had en het leuk vond een avondklok in te stellen voor iedereen, ook voor Ingrid. Op bepaalde tijden mocht ze de deur niet uit, bepaalde plaatsen mocht ze niet bezoeken.

In het eerste weekeinde dat Ingrid naar Burgdorf terug mocht voor een bezoek, kwam ze langs bij de leesbibliotheek voordat ze naar haar ouders ging, en vertelde ze Trudi dat ze het vreselijk vond om terug te gaan naar het kinderhuis. 'Ik dacht ik het leuk zou vinden om les te geven, maar wat daar gebeurt heeft weinig met school te maken. Ze hebben alle crucifixen uit de lokalen verwijderd.'

'Hier ook.' Trudi nam haar mee naar de woonkamer waar ze samen op de fluwelen sofa gingen zitten. 'Ik geloof dat het overal zo is.'

'En het bidden, al mogen we op school niet bidden, zei ik altijd een kort gebed voor en na de lessen.' Ingrids gelaatshuid was rood en uitgedroogd. 'De kinderen – die vonden dat echt mooi, maar een keer, toen Fräulein Wiedesprunt een van mijn lessen bijwoonde, zei een meisje tegen me dat we nog niet hadden gebeden.'

Trudi kromp ineen.

'Ik zei haastig: "O, dat halen we straks wel in." Maar ik stond te trillen... die hele dag stond ik te trillen op mijn benen, Trudi.' Ingrid sprong overeind en ijsbeerde tussen raam en sofa. Haar magere vingers trokken het kanten tafelkleed op het ronde rieten tafeltje recht, tilden de opgezette eekhoorn van de plank. 'Ik voelde me zo laf dat ik niet wilde bidden.'

'Maar je kón niet bidden. Niet op dat moment.'

Ingrid zette de opgezette eekhoorn weer neer.

'Je hebt juist gehandeld.'

'Fräulein Wiedesprunt, die heeft niets van het bidden gezegd, maar ze zei achteraf dat ik mijn hand niet krachtig genoeg opsteek bij *Heil Hitler*.'

'Krachtig. Het is al erg genoeg dát we het moeten doen.'

'Als onderwijzeres ontkom je daar niet aan. Leerlingen zouden je kunnen verklikken. Als ze je niet mogen, kunnen ze je zelfs aangeven voor iets wat je niet gedaan hebt.'

'Ik weet van een onderwijzer in Oberkassel die in rang verlaagd is. En twee andere in Krefeld zijn ontslagen.'

'De leerlingen...' Ingrid knikte. 'Ze krijgen te veel macht. Als ze iets verkeerd begrijpen of kwaad zijn over een cijfer... Het is gevaarlijk voor onderwijzers om streng te zijn.'

'Maar als je niets van hen kunt eisen, leren ze minder.'

'Ik hoef tenminste geen geschiedenis te geven. Bij dat vak maak je zo makkelijk fouten.'

'Bijvoorbeeld dat je de waarheid vertelt?'

Terwijl Jutta Malter zich stortte op haar studie aan de Kunstacademie in Düsseldorf, bleven de oudere vrouwen – die sceptisch waren geweest over de redenen voor de snelle bruiloft – haar buik in het oog houden, maar die werd niet ronder, hoewel Jutta meer volwassen leek nu ze met een oudere man getrouwd was. Niet dat de veerkracht van haar voetstap verdwenen was – het was eerder een rijping van haar hele lichaam, een bijna koninklijke houding, hoewel ze er soms nog kon uitzien als een meisje.

'Ze is bijna half zo oud als hij,' zei Trudi met nadruk, telkens wanneer ze het verhaal vertelde van Jutta die laat op die noodlottige middag in juni naar de spreekkamer van de tandarts was gekomen, waar hij een vulling moest vervangen, en waar hij uiteindelijk zijn verloofde had vervangen. Soms was het of het allemaal op één middag was gebeurd: de bruiloft, het bezoek van de vader van de afgewezen verloofde, Jutta – achterover in de tandartsstoel, waar ze de schone medische geur van Klaus Malters handen opsnoof, versteld stond van de stijve krulletjes van zijn rode baard en wenste dat het boren eeuwig zou duren.

Vroeg op een ochtend, toen Trudi terugkwam van een transactie waarbij ze vijf boeken had geruild voor een half brood en twee eieren die ze naar Frau Simon zou smokkelen, zag ze Klaus en Jutta langs het *Rathaus* lopen, bezig met hun dagelijkse *Spaziergang*. Duiven vlogen op van de schouders van het Hitler-beeld, waarvan de glans algauw gedoofd was door groenige roest. Als je goed keek, kon je zien dat het linkeroor van de Führer groter was dan het rechter. Een klein kind had deze tekortkoming ontdekt bij de onthulling, en had dat hardop gezegd, wat de apotheker nog meer in verlegenheid had gebracht.

Jutta en Klaus liepen gearmd en praatten enthousiast, alsof ze elkaar in geen weken hadden gezien, en even–heel even–was Trudi zo gul dat ze hun het beste toewenste en Klaus losliet.

In november van dat jaar–slechts een paar maanden nadat Klaus zijn bruid had geholpen haar bezittingen één trap naar beneden te dragen in het flatgebouw van haar oom Alexander, en zich met haar had gevestigd in de grote flat op de eerste verdieping die haar oom de jonggehuwden ter beschikking had gesteld–was zijn moeder gearresteerd terwijl ze haar filosofiecollege gaf. Een van haar studenten had hem opgebeld, met verstikte stem en gejaagd, alsof hij bang was elk moment betrapt te worden. Hij wist niet waar de Frau Professor naartoe was gebracht, zei hij, maar hij wist dat ze al eerder door het universiteitsbestuur gewaarschuwd was dat ze haar opvattingen moest matigen. 'Ik heb haar altijd zo bewonderd,' zei hij terwijl hij ophing.

Toen Klaus Malter ging informeren, deelde men hem slechts mee dat zijn moeder zich in een van de kampen bevond; hij eiste een bezoek aan haar, schreef brieven en belde op naar de politie en de rector-magnificus van de universiteit, en toen hij merkte dat hij niets kon doen, raakte hij bezeten van de kou. Die drong door tot zijn aderen omdat hij almaar moest denken aan zijn moeder zonder warme kleren en dekens. Hij maakte zich nooit zorgen dat ze honger leed of gemarteld werd–alleen dat ze doodvroor, en hij kon niet meer tegen verwarmde kamers.

Hij zwierf door de straten van Burgdorf, en weigerde zijn jas of een gebreid vest te dragen, en hij verweet zichzelf dat hij niet al jaren geleden in verzet was gekomen. Als tal van anderen was hij alleen maar voorzichtiger geworden–bang iets verkeerds te zeggen, bang te luisteren naar verboden zenders die je zouden vertellen wat er in de wereld gebeurde. Je kon altijd opgepakt worden: op je werkplek, in de tram, in een restaurant, in je eigen huis. Hij had gedacht dat het voldoende was geen lid van de *Partei* te worden, weg te blijven bij demonstraties en toespraken. Nu vroeg hij zich af hoeveel schade hij had aangericht door te zwijgen. Als hij een officieel protest had ingediend toen die jongens de kleine Fienchen Blomberg hadden gestenigd voor de kruidenierswinkel van Frau Weiler, zeven jaar geleden... Of als hij zich verzet had tegen de behandeling die de Abramowitzen en zijn andere joodse patiënten hadden moeten ondergaan...

O, hij had vreselijk met hen meegeleefd, had een paar van hen wat bankbiljetten toegestopt – maar wat had hij eigenlijk gedaan ter voorkoming van deze lawine van geweld, die heel klein op één punt was begonnen, echt nog wel klein genoeg om tegen te houden, voordat het was veranderd in deze razende massa die nog steeds in vaart toenam en nu ook zijn moeder meesleurde?

Hij liep in zijn overhemd rond, zelfs bij natte sneeuw en regen, en hij rilde, en bleef alleen staan om te staren naar de kale takken, naar de naargeestige hemel. En zijn jonge vrouw liet hem zijn gang gaan – en de oude vrouwen klakten met hun tongen. Ze liep zelfs met hem mee in de ijzige wind, waarbij ook zij geen mantel droeg. Dat bewees alleen maar dat ze nog een kind was. Een ware echtgenote zou haar man hebben overreed tot warme laagjes kleding, zou zijn onrust gekalmeerd hebben met warme wijn.

Klaus werd een maand na zijn moeders arrestatie opgeroepen voor militaire dienst, en toen Jutta hem naar de trein bracht, beloofde ze te blijven zoeken naar zijn moeder. Toen ze het station uit kwam, bleek Trudi Montag haar op te wachten voor de bogen van de ingang, de kraag van haar wollen mantel opgezet tegen de wind. Jutta bracht haar ene mouw omhoog om haar ogen te drogen, en Trudi overhandigde haar een opgevouwen zakdoek. Zonder een woord te zeggen liep Trudi met haar mee, en Jutta paste haar grote stappen aan bij die van de *Zwerg*-vrouw.

Toen Herr Blau wakker werd doordat er almaar op de deur werd gebonsd, was zijn eerste gedachte dat de Gestapo hem kwam halen. Met bevende vingers pakte hij het glas water op zijn nachtkastje en duwde zijn kunstgebit in zijn mond. Toen hij zachtjes uit bed stapte en met een kaars de trap af sloop, bedacht hij wat hij zou zeggen als hij ondervraagd werd – dat hij nooit had geluisterd naar iets wat wie dan ook tegen de Führer en de *Partei* had gezegd, dat hij een oude man was en zich niet kon herinneren wie wat had gezegd, en...

Het was de achterdeur waarop gebonsd werd. Met zijn hand op de leuning bleef Herr Blau staan. De politie kwam meestal naar de voordeur, en jaagde niet alleen de mensen die gearresteerd werden doodsangst aan, maar ook alle buren. Hij tuurde door het keukenraam en zag een man op het stoepje staan.

'Ssst.' Hij opende het raam op een kier, en het bonzen hield op. 'Ssst. U maakt iedereen wakker.'

'Alstublieft...' De ogen van de jongeman lagen diep in hongerige oogkassen. 'Laat u me binnen, alstublieft.' Twee van de punten van zijn gele ster waren gerafeld.

Herr Blau beefde alsof hij degene was die daarbuiten in de winternacht stond. 'Ik weet niet eens wie u bent.'

'Ze hebben mijn zuster meegenomen. Ze nemen mij ook mee, als...'

'Er moeten toch andere mensen zijn aan wie u kunt vragen... familie of vrienden...'

'Die zijn allemaal weg.'

'Gaat u weg. U–u moet weggaan.'

De man gaf geen antwoord.

'Ik ken u niet,' zei Herr Blau, en zijn ingewand kromp ineen van plotselinge misselijkheid.

De man knipperde met zijn ogen. Met zijn vingers achter de banden van een rugzak draaide hij zich om en liep de achtertuin in, over de helling naar de beek. Met één stijve sprong bereikte hij de andere oever, en hij verdween in de nacht.

Toen Herr Blau weer in bed klom, waren zijn voeten ijskoud, en hij zorgde ervoor zijn slapende echtgenote niet aan te raken, hoewel hij ernaar snakte zich tegen de warmte van haar lichaam te drukken. Hij bleef op de rand van het bed liggen, sloot zijn ogen en probeerde de slaap weer te vatten, maar hij zag almaar die man voor zich. Hij zei tegen zichzelf dat hij nooit iets tegen de joden had gedaan, ook niet wanneer anderen hen hadden vernederd. Hij had het niet goedgekeurd toen joden hun betrekking en woning waren kwijtgeraakt, en hij had zich altijd zorgen gemaakt over degenen die verdwenen, en gehoopt dat ze een betere woning hadden gevonden. Als hij joods was geweest, zo had hij vaak tegen zijn vrouw gezegd, dan zou hij wel zo verstandig zijn geweest langgeleden weg te gaan uit Duitsland.

Het was niet goed voor zijn zenuwen als hij hoorde over arrestaties of transporten naar die kampen waar de joden heen moesten om te werken. Daar waren die kampen voor, om te werken, al fluisterden sommige

mensen over gruwelen waar hij van zichzelf niet aan mocht denken...
Mensen als hij hadden ook te lijden: er was niet genoeg eten, er waren
niet genoeg kolen om zelfs maar een deel van zijn woning te verwarmen. Mensen waren bang dat ze zouden doodvriezen in hun slaap. Ze
hadden allemaal geruchten vernomen over oude mensen die niet meer
wakker waren geworden.

Het was altijd zwaarder voor de bejaarden. Altijd.

Tegen de ochtend viel hij eindelijk in slaap, en toen hij wakker werd,
dacht hij aan de honger in de ogen van die man, en hij zag zichzelf een
snee roggebrood voor hem uit de broodtrommel halen. 'Pak aan,' had hij
kunnen zeggen. Hij had hem een deken kunnen geven, een ei, zijn over-
jas.

Zijn vrouw lag niet meer naast hem, en hij ging naar beneden in zijn
kamerjas en tuurde door het achterraam, maar de bevroren helling achter het huis was leeg, en er stond niemand bij de beek.

'Waar kijk je naar?' vroeg zijn vrouw, die een kop cichoreikoffie en
een kleine kom warme havermout voor hem op tafel zette.

'Naar niets.'

'Kom dan eten.'

'Ik kan niet.'

'Je voelt je toch niet ziek?' Ze legde haar ene handpalm op zijn voorhoofd.

Hij wendde zijn hoofd af en liep het huis uit. Bij de beek speurde hij
naar voetafdrukken. Hij zag er heel wat, maar die waren allemaal oud,
bevroren korsten aarde, onmogelijk te zien van wie ze waren. Misschien
was de man al opgepakt. Het was nog nauwelijks een man geweest,
meer een jongen. Een jaar of zeventien? Misschien zelfs nog jonger.
Maar langer dan Stefan, die klein was geweest voor zijn leeftijd, dertien,
toen hij op een avond, bijna een halve eeuw geleden, zijn huis had verlaten. Hoeveel mensen hadden Stefan geholpen voordat hij Amerika had
bereikt? En hij was niet eens opgejaagd.

Hij had de jongen gemakkelijk kunnen verbergen in Stefans oude kamertje, boven. En zelfs als hij ontdekt zou zijn – wat er dan met hen allemaal zou zijn gebeurd, kon niet erger zijn dan wat Herr Blau voelde in de
week daarna. Hij voelde het verlies van zijn zoon scherp en doordringend – erger dan ooit tevoren – alsof hij, door die jongen bij zijn deur weg
te sturen, de veiligheid van zijn zoon in gevaar had gebracht. Dat was
natuurlijk dwaasheid, want Stefan was een volwassen man die zojuist

318

zestig was geworden, een oude man, zouden sommigen zeggen. Telkens en telkens weer zag hij voor zich hoe hij het briefje had gevonden dat Stefan had achtergelaten, en hij voelde de vertrouwde wanhoop dat hij tegenover zijn zoon tekortgeschoten was.

Niet dat dat briefje hem daarvan beschuldigd had – nee, daarin had alleen gestaan dat Stefan op weg was naar Amerika, en dat ze zich geen zorgen over hem moesten maken. Gedurende een vol jaar vóór die dag had de jongen zijn ouders gesmeekt hem naar Amerika te laten gaan, om zijn fortuin te maken.

'Op die manier maak je geen fortuin. Bovendien ben je te jong,' had Herr Blau almaar tegen hem gezegd, in de hoop hem tegen te houden tot hij die droom zou zijn vergeten en zich op iets anders concentreerde. Zo waren kinderen – de ene dag dolenthousiast over het een of ander, en de volgende dag waren ze het vergeten. Maar Stefan was het niet vergeten, en de mensen van Burgdorf hadden geprobeerd zijn verbijsterde ouders te troosten door te zeggen dat er niets was dat ze hadden kunnen doen om hun zoon tegen te houden.

Herr Blau haalde het vergeelde briefje uit de doos met familiepapieren en vouwde het open, en hij herinnerde zich hoe ontoereikend hij zich had gevoeld toen zijn zoon eindelijk thuis op bezoek was gekomen – tweemaal weduwnaar, maar wel rijk, precies als in zijn droom. Stefan was maar één week gebleven en had Leo Montags zuster, Helene, meegenomen als zijn derde echtgenote.

Weigeren iemand in nood te helpen, zo ontdekte Herr Blau, was veel erger dan bang zijn voor je eigen veiligheid. Hij zou willen dat er iemand was met wie hij kon praten over wat er gebeurd was, iemand die hem niet zou verklikken, maar die gedachten tot rust kon brengen. Misschien zou Leo Montag het begrijpen. Herr Blau wist niet precies wat hij tegen Leo zou zeggen, maar toen hij op een ochtend, nadat hij Trudi met haar boodschappennetje had zien vertrekken, overstak naar de leesbibliotheek, vond hij de woorden.

'Als jij ooit iemand weet die hulp nodig heeft...' Hij boog zich fluisterend over de toonbank. 'Iemand die zich misschien moet verschuilen... Ik wil ook helpen.'

Leo keek hem zwijgend aan, en knikte toen. 'Dat is heel goed van u.'

'Kleren, en voedsel... en ik zou mijn mond dichthouden.'

'Het kan wel eens minder veilig worden.'

'Dat is nou juist wat er aan iedereen mankeert.' De oude man liet zijn voorzichtige fluistertoon varen. 'Veilig, veilig. Is dat het enige waaraan de mensen kunnen denken?'

'Ik zal het onthouden.' Leo Montag legde zijn ene hand op de pols van de oude man.

Herr Blau was pas gaan huilen toen hij de warmte van die hand voelde, en hij begon Leo te vertellen over de jongen die hij bij zijn deur had weggestuurd.

'Niet hier.' Leo liep om de toonbank heen om de deur op slot te doen en nam Herr Blau mee naar de woonkamer.

'Ik denk aan hem.' Herr Blau zat in de rieten stoel te snikken. 'Ik denk aldoor aan hem.' Hij wreef over zijn zwartgeworden duimnagel.

'U was bang.'

'Ik was laf.'

'Nu niet meer.'

'Weet je nog hoe klein Stefan was toen hij wegliep naar Amerika?'

'In mijn ogen was hij al groot. Ik was pas acht of negen.'

De oude kleermaker snoot zijn neus en hikte.

'Angst,' zei Leo, 'is iets raars. Maskers worden erdoor afgerukt... Bij sommige mensen wekt het de laagste instincten, terwijl anderen meer barmhartig worden. Het heeft allebei met overleving te maken. Maar de keus is aan ons.'

'Ik heb voor het verkeerde gekozen.'

'Maar u hebt daar niet aan vastgehouden.'

Herr Blau knikte, dankbaar voor Leo's antwoord, maar zijn tranen stroomden sneller terwijl hij iets mompelde wat onmogelijk te verstaan was.

De week daarop kreeg Frau Simon officieel bericht van de ss dat ze geëvacueerd zou worden. Ze kreeg opdracht eten voor drie dagen mee te nemen, één koffer die niet meer dan vijftig kilo woog, één rugzak of reistas, en één dekenrol. Achtentwintig andere joden kregen eenzelfde papier toegestuurd en werden samen met haar uit de gemeenschap verwijderd. Sinds de *Kristallnacht* van 1938 had de ss de joodse kwestie in handen genomen, en ze waren trots op hun rationaliteit, hun efficiëntie en ordelijkheid. Om onrust onder het grote publiek te voorkomen werden joden voor de gek gehouden–ze moesten denken dat ze alleen werden geëvacueerd, naar een nieuw bestaan in het oosten.

Frau Abramowitz, die geweigerd had haar huis te verlaten sinds de gele ster gedragen moest worden, ontving de eerste brief van Frau Simon. Ze werden vastgehouden in Polen. Hun reis had drie dagen en drie nachten geduurd. Vijf van de oudere mensen en één jongetje, een zuigeling, waren in de trein gestorven. Verscheidene kinderen waren ziek, hoest met koorts. Hun onderkomen was koud en klein en vervallen. Hun bagage hadden ze nooit teruggekregen.

Ze hadden medicijnen nodig.

Ze hadden voedsel nodig.

Ze hadden kleren nodig.

Het was die nood die Frau Abramowitz voor het eerst in een jaar tijd de deur uit dreef. De pogingen van haar man om haar op zijn minst zo ver te krijgen dat ze met hem naar het einde van de straat wandelde, waren uitgelopen op panische huilbuien, en ten slotte had hij niet meer aangedrongen. Maar nu verliet ze haar huis alsof ze zich nooit binnen de muren verschanst had, en ze ging op bezoek bij haar vrienden om op te halen wat ze maar konden missen. Trudi en Frau Weiler hielpen haar kartonnen dozen te vullen met dekens en warme kleding, met voedsel dat niet zou bederven, met medicijnen van Frau Doktor Rosen, die niet meer liep maar schuifelde, en die bevende handen had bij het onderzoeken van de weinige patiënten die nog bij haar kwamen.

Zodra de pakketten waren verstuurd, maakte Frau Abramowitz lijsten van andere dingen die nodig waren, en daarbij betrok ze haar dochter Ruth, de vrouwen bij haar in de buurt en vrouwen van haar synagoge. Ruth was af en toe in haar ouders woning komen logeren, en hoewel Frau Abramowitz altijd dankbaar was als ze haar zag, maakte ze zich zorgen omdat haar dochter nooit over haar man wilde praten. In het begin had ze gevraagd waarom Fritz hen niet meer bezocht, en toen had Ruth gezegd dat zijn praktijk als keelarts zo groot was geworden dat hij nauwelijks nog tijd voor zichzelf had. Wat ze haar moeder niet had verteld, was dat heel wat patiënten van haar man hoge nazi's waren die bij Fritz met dezelfde zorgen kwamen als de patiënten die voor publiek optraden – ze moesten hun stembanden zo volledig mogelijk gebruiken zonder ze te beschadigen.

Herr Blau, die zich altijd zou afvragen of de jongen die hij bij zijn huis had weggestuurd, samen met Frau Simon tot dat transport naar Polen had gehoord, leverde steeds mantels en warme jasjes die hij naaide van resten stof. Toen hij uit de tweede brief van Frau Simon te weten kwam dat minder dan de helft van de pakketten was aangekomen – alleen de dozen waarin gedragen kleding zat – bedacht Herr Blau manieren om te maken dat nieuwe kleren er gedragen uitzagen: hij verwijderde hier en daar knopen en verpakte die in opgerolde, gestopte sokken; hij knipte merkjes weg en rafelde de randen van dekens; hij verfrommelde stoffen in plaats van ze tussen laagjes papier te verpakken. Die pakketten kwamen bijna allemaal wél aan.

Tegen die tijd was het grootste gedeelte van het Theresienheim in beslag genomen voor ondervragingen en arrestaties. De zusters moesten het doen met de cellen rondom de kapel, terwijl het grootste deel van het u-vormige gebouw diende als onderdak voor joden en andere 'ongewenste personen', die wachtten op transport of vrijlating. Veel van hen waren oud of ziek. Meestal werden vier of vijf personen in elk klein, afgesloten kamertje opgesloten.

Maar niet alleen de joden liepen gevaar. Er drongen geruchten door dat ook zwakke en misvormde en achterlijke mensen risicogroepen waren. 'Opvreters' noemde Anton Immers hen minachtend, alsof dat hun enige functie was geworden. Hij vond het alleen maar goed dat sommigen uit gestichten werden gehaald en geëvacueerd naar onduidelijke plaatsen, terwijl anderen uit hun gemeenschap werden verwijderd, zoals de man-die-zijn-hart-aanraakt: die was met Allerheiligen gearresteerd op de begraafplaats, waar hij een krans had gelegd op het graf van zijn neef die het jaar daarvoor boven Engeland was neergeschoten.

In maart 1942 ontvingen de Buttgereits een urn, met de boodschap dat hun negentienjarige zoon aan een niet nader genoemde besmettelijke ziekte was gestorven in de school buiten Bonn waar hij de afgelopen jaren had verbleven. Om uitbreiding van de ziekte te voorkomen, zo vernamen de ouders uit de brief, was hun zoon direct gecremeerd. Op de ochtend dat zijn as in de kille aarde werd geplaatst, stonden zijn in het zwart gehulde zusters als obelisken rond zijn open graf. Twee van hen ondersteunden hun vader bij de ellebogen. Hun moeder stond apart, met een gezicht dat strak stond van de ingehouden kreet: *Maar niet zó. Niet zó.* Sinds haar zoon als kleine jongen van de hooiwagen was gevallen en zijn ruggengraat had beschadigd, en Frau Doktor Rosen had voorspeld dat hij niet veel ouder dan twintig zou worden, had Frau Buttgereit zich voorbereid op de dood van haar zoon; ze had zich een geleidelijke verzwakking van zijn kreupele lichaam voorgesteld, een nog sterkere kromming van zijn arme rug, waardoor hij ten slotte weer de opgekrulde houding zou aannemen waarin hij in haar lichaam op zijn geboorte had gewacht – *toen alles nog goed was, o God, toen alles nog mogelijk was* –, maar wat ze niet voorzien had was een besmettelijke ziekte die hem van haar – naar lichaam en ziel – zou wegrukken in één snel, wreed gebaar, zonder de sinds lang ingestudeerde laatste afscheidswoorden. Nee. Dat kon ze niet aanvaarden.

Op dezelfde begraafplaats, één rij verderop, wachtte Frau Weskopp op de pastoor die de zegen zou uitspreken over de kist van haar man, wiens lijk uit Rusland was teruggestuurd. Hij zou naast haar jongere zoon liggen, een ss-officier die pas één maand eerder in de oorlog was gesneuveld, zodat de wormen nog geen tijd hadden gekregen zijn botten schoon te knagen. Het familiegraf vertoonde nog de sporen van die begrafenis: de aarde had nog niet kunnen genezen in de weken tussen beide sterfgevallen. Het was een breed graf, breed genoeg voor de stoffelijke resten van haar ouders en haar jongste zoon, en met ruimte voor haarzelf en haar oudste zoon, die nog in dienst van het *Vaterland* was.

Toen Trudi Montag en andere parochianen de pastoor volgden van het graf van de Buttgereits naar de plaats waar de weduwe Weskopp knielde in haar zwarte mantel en zwarte hoed, kwamen ze langs het graf van Herr Höffenauer, die naast zijn moeder was begraven nadat hij aan haar graf door de bliksem was getroffen. Eén dikke kaars brandde in een glazen lantaarn die voor de granieten zerk was geplaatst.

De moeder van Klaus Malter werd een week na die twee begrafenissen vrijgelaten. Trudi hoorde het van de weduwe Blomberg toen die naar de leesbibliotheek kwam om een detective te lenen.

'Ik ben blij dat ze vrij is,' zei Trudi. 'Van wie hebt u het gehoord?'

'Van de jonge mevrouw Malter.'

'Jutta – ja, die weet het natuurlijk.'

'Ze willen niet dat de Frau Professor nog lesgeeft op de universiteit. Ik vraag me af waarvan ze moet leven.'

'Ze is van rijken huize,' zei Trudi. 'Ze krijgt vast wel hulp van haar familie.'

'Je zou versteld staan hoeveel familieleden zich terugtrekken als je in moeilijkheden komt.'

'Uw familie toch niet.'

'Mijn zuster niet, in elk geval. Ik ben blij dat ze op tijd naar Holland is gegaan. Maar mijn broer – ik weet niet eens waar hij nu woont.' Ze huiverde, en Trudi zei dat ze even moest gaan zitten op een van de kisten met verboden boeken die langs de wand naast de toonbank stonden. 'Als hij tenminste nog leeft.'

Trudi keek haar zwijgend aan – dat grauwe gezicht, getekend door zorgen en honger, die pijnlijk magere handen. Het deed pijn aan haar ogen, te kijken naar de gele ster die met zorgvuldige steekjes aan de voorkant van de mantel van Frau Blomberg was bevestigd. Hoeveel van die sterren ze ook zag, ze deden steeds pijn aan haar ogen. Ze voelde het verlies van alle mensen die Burgdorf hadden verlaten, degenen die gevlucht waren of weggevoerd, en degenen die nog vochten in deze gruwelijke oorlog.

'Ik dacht eerder aan mijn mans familie. Ik ben maar half joods, en ze deden altijd of dat niets uitmaakte. Maar sinds mijn man dood is, ben ik daar niet meer welkom. Te gevaarlijk, zeiden ze de laatste keer dat ik op bezoek wilde komen.'

'Hoort u wel van Fienchen?'

'Dit is het tweede jaar dat ik haar verjaardag niet samen met haar heb kunnen vieren. Ze is net veertien geworden.' Frau Blomberg haalde een opgevouwen zakdoek te voorschijn en snoot haar neus.

Trudi zag een bloedvlekje, en haar eerste gedachte was dat Frau Blomberg zeker een stukje hostie in haar zakdoek had gespuugd. Die oude bijgelovigheden... Ze schudde haar hoofd. Bovendien was Frau Blomberg niet eens katholiek.

'Ik maakte altijd pruimengebak voor Fienchen op haar verjaardag, één bakplaat voor haar, en de andere voor mijn man en mij. Weet je nog hoe dol ze was op warm pruimengebak, Trudi?'

Trudi knikte, maar wat ze zich herinnerde was Fienchen als kind van zes, met bloed op haar gezicht, van de stenen waarmee de jongens haar hadden gegooid.

'Het is voor haar beter dat ze bij mijn zuster in Amsterdam is. Daar jagen ze ook op de joden, maar ik geloof niet dat het daar zo erg is als hier.'

In de maand nadat Herr Blomberg was gestorven aan een doorgebroken blindedarmontsteking, hadden zijn vrouw en Fienchen een visum voor Nederland aangevraagd, samen met het gezin van haar zuster; dat gezin – zij verpleegster en hij boekhouder – bleek voor de Nederlanders veel aantrekkelijker dan een weduwe die haar secretaresse-opleiding had afgebroken toen ze op haar zestiende huisvrouw en moeder was geworden.

Op de avond voor hun vertrek had de zuster van Frau Blomberg aange-

boden Fienchen het land uit te smokkelen als een van haar eigen kinderen. Zelf had ze er zes, onder wie vier meisjes, en ze hadden allemaal
gedaan of ze op een hoopje lagen te slapen toen ze de grens overgingen.
Dat was een van de verhalen waarvan Trudi wist dat ze het nooit zou
kunnen vertellen. Ze had Frau Blomberg zelfs gewaarschuwd toen ze
haar voor het eerst verteld had van Fienchens ontsnapping.

'Ik word zo jaloers op mijn zuster, dat zij een moeder voor Fienchen
kan zijn, dat ze kan zien hoe ze verandert,' zei Frau Blomberg. 'Ik heb
alleen dat ene kind gekregen...'

'U blijft altijd haar moeder.' Trudi stak een hand achter de toonbank
en pakte twee nieuwe detectives die ze nog niet met cellofaan had beplakt. 'Deze zijn gisteren gekomen,' zei ze. 'Wat dacht u, wilt u de eerste
zijn die ze leest?'

Frau Blomberg pakte beide boeken, en haar ogen gleden over de kleurige omslagen en de tekst op de binnenkant van de flap. 'Ik wilde er eigenlijk maar één lenen.'

'Ik zou heel graag van u horen wat u ervan vindt, dus ik wil u met plezier twee lenen voor de prijs van één. U moet weten,' zei Trudi haastig,
want Frau Blomberg leek te willen tegensputteren, 'meestal leest mijn
vader de boeken eerst, zodat hij ze bij bepaalde klanten kan aanbevelen,
maar hij is bezig zich voor te bereiden op een schaaktoernooi. Hij zou u
vast dankbaar zijn als u het voor hem kunt doen.'

Ze stond in de open deur Frau Blomberg na te kijken, die met twee
boeken wegliep, toen Max Rudnick kwam aanrijden. Voordat ze zich
kon terugtrekken, sprong hij zijn auto uit, omhoogwijzend. 'Kijk eens,'
schreeuwde hij. 'Kijk eens.'

Boven hen vloog een enorme zwerm vogels in v-vorm in de richting
van de rivier, maar opeens veranderden ze van richting en op dat moment veranderden ze in een donker kluwen in de lucht; maar vrijwel
onmiddellijk ontstond uit dat kluwen weer die v-vorm, alsof die in een
oeroud geheugen geprent stond, en de vogels vlogen naar het kermisterrein.

'Hoeveel ben ik u schuldig?'

'Waarvoor?' Ze staarde Max Rudnick aan.

'Aan boete.' Hij haalde het boek in kwestie uit de zak van zijn regenjas.

'Intussen zou het goedkoper zijn een nieuw boek te kopen.' Trudi
wuifde zijn aanbod om te betalen weg terwijl hij haar naar binnen volg-

de. 'Bovendien, u hebt toen mijn thee betaald, weet u nog?'

'Maar daarvoor had ik u uitgenodigd.' Hij zei het zo oprecht dat ze had willen vluchten.

Haar vader kwam binnen uit de gang en begroette Max Rudnick.

'Ik moet werken.' Ze graaide vier boeken van de toonbank en trok zich terug naar achter in de bibliotheek, al moesten die boeken daar helemaal niet heen. Ze hoorde zijn stem, toen die van haar vader, maar niet luid genoeg om te verstaan wat ze zeiden. Goeie zaken doe ik hier, dacht ze, twee boeken voor de prijs van één, geen boetegeld... Als de mensen dat horen, willen ze allemaal dezelfde voordeeltjes, en dan kunnen we net zo goed sluiten.

Toen ze eindelijk weer voorin verscheen, was Herr Rudnick aan het betalen voor een pakje tabak.

Hij duwde met zijn duim tegen het midden van zijn bril. 'Wat dacht u van een wandelingetje met mij?'

'Ik... ik heb nog te veel te doen hier.' Ze voelde haar vaders blik op haar rusten. Hij keek met een geamuseerde glimlach naar haar, en ze verzette zich tegen de verleiding een gezicht naar hem te trekken.

Max Rudnick vertrok zonder poging haar toch tot die wandeling over te halen, en hij herhaalde zijn vraag niet toen hij de week daarna en de week daarop terugkwam om tabak te kopen. Hij deed helemaal geen moeite meer een gesprek met haar aan te knopen, maar praatte in plaats daarvan vlot met haar vader.

'Ik herken mijn eigen dochter niet meer,' zei Leo Montag op een middag nadat Max Rudnick was vertrokken.

'Hoe bedoel je?'

'Je stelt die man helemaal geen vragen. Je laat hier nooit iemand vertrekken zonder dat je je vragen hebt gesteld.'

'Ik ben niet in zijn leven geïnteresseerd.'

Haar vader glimlachte. 'Dat is nou het enige antwoord waarop ik niet had gerekend.'

Haar hele hoofd leek te gloeien. 'Wat bedoel je?'

'O–ik weet het zelf niet precies.'

'Ik wou dat hij niet hierheen kwam.'

'En waarom is dat?'

'Ik... Hij is opdringerig. Nieuwsgierig.'

'Hij heeft veel respect voor je.'

'Hij doet maar alsof.' Maar ze moest het toch vragen. 'Waarom denk je dat?'

'Dat zie ik.'

'Hoe dan?'

'Aan de manier waarop hij naar je kijkt.'

'Je leest te veel van die flutromannetjes.'

'Dat is waar.'

'Heeft hij iets gezegd?'

'Waarover?'

'Over mij, natuurlijk.'

'Dat moet haast wel.'

'Wat dan, bijvoorbeeld?'

'O...' Haar vader glimlachte opzettelijk vaag naar haar. 'Wat ik van hem weet is dat hij op kamers woont in Kaiserswerth en dat hij zijn brood verdient met het geven van privé-lessen.'

'En wat heb je verder nog ontdekt?'

'Ik dacht dat je niet in zijn leven geïnteresseerd was...'

De volgende keer dat Max Rudnick naar de leesbibliotheek kwam, volgde hij Trudi tussen de boekenkasten toen ze vluchtte, en keek hij toe hoe ze een plank met oorlogsboeken ordende die al keurig gerangschikt waren.

'Zou u zondag met me willen gaan eten?'

'Nee,' zei ze, kwaad op zichzelf dat ze dolblij was met die uitnodiging.

Hij stond enigszins over haar heen gebogen, met één arm uitgestoken tegen een balk. 'Waarom niet?'

'U hoeft me niet uit te nodigen.'

'Waarom zou ik in vredesnaam denken dat ik dat hoef te doen?'

'Omdat...' Ze zette de ruggen van de boeken recht door er met haar duim overheen te glijden. 'Omdat u medelijden met me hebt.'

'Medelijden met u? Waarom?'

'Moet ik het hardop zeggen?'

'Ik begrijp het niet.'

'Goed dan. Omdat ik een *Zwerg* ben.'

'Wat ik zie is een pittige jonge vrouw.'

'Jaja.'

'Een pittige en intelligente jonge vrouw die...'

'Die een *Zwerg* is.'

'Die een *Zwerg* is,' zei hij zacht.

Het stak haar, toen hij dat woord uitsprak. 'Ziet u nu wel?' zei ze.

Hij bukte zich en bracht zijn gezicht op gelijke hoogte met het hare. 'Dat is een probleem voor u, niet voor mij.'

'Dat kan ik niet geloven.'

'Geeft u me dan een kans u te overtuigen.'

Ze schudde van nee.

'Ik vraag u met me te gaan eten – we hoeven niet te praten over de namen van onze kleinkinderen.'

Hij grinnikte naar haar tot zij teruggrinnikte. Hing dat geheim van Angelika maar niet tussen hen... Alleen eten met hem op zondag zou verder geen schade aanrichten. Maar toen ze zich voorstelde dat ze tegenover hem aan tafel zat, voelde ze de neiging toe te geven dat het haar erg speet dat ze zo'n akelig spelletje met hem had gespeeld.

'Ik kan niet,' zei ze abrupt, en toen hij knikte zonder verdere poging haar over te halen, kreeg ze het gevoel iets verloren te hebben wat ze nog helemaal niet naar waarde had geschat.

Na dat gesprek was ze ervan overtuigd dat Max Rudnick zijn tabak voortaan ergens anders zou kopen, maar hij bleef terugkomen naar de leesbibliotheek en praatte met haar vader, terwijl zij deed of ze het druk had en stapels boeken van de ene plank naar de andere droeg. Ze dacht na over een aantal andere vriendelijke manieren om zijn uitnodigingen af te slaan, maar hij nodigde haar niet meer uit, zelfs niet toen ze ging deelnemen aan de gesprekken die hij met haar vader voerde.

Op een middag vertelde hij zijn vader waarom hij zijn onderwijzersbaan in Keulen had verlaten. Hij had een conflict met een van de andere onderwijzers gehad; de man was laat op een middag langs zijn huis gekomen terwijl hij bezig was een kippenhok te bouwen in de achtertuin.

'Mag ik eens kijken?' Zijn collega had de constructie bestudeerd.

'Kom maar binnen.'

'Wat ben je aan het bouwen?'

Max Rudnick had zijn hamer neergelegd. 'Het wordt een kippenhok. En dat ik hier aan het bouwen ben, is te danken aan de Führer.'

Zijn collega had hem ontzet aangestaard, en was haastig weggelopen. Max Rudnick had het als grapje bedoeld, want het was de gewoonte geworden om overal waar iets werd gebouwd, iets officieels of een gewoon huis, een bordje aan het bouwsel te bevestigen: *Dass ich hier baue, verdanke ich dem Führer* – dat ik hier bouw, is te danken aan de Führer.

De volgende dag had die onderwijzer tussen de middag in de kantine niet tegen hem gepraat, maar die middag was hij weer gekomen; hij maakte het tuinhekje open zonder te vragen en kwam bij het kippenhok staan, kijkend hoe Max Rudnick verder werkte.

'Luister eens,' zei die onderwijzer ten slotte, 'ik heb een slapeloze nacht gehad vanwege jou.'

'Dat spijt me.'

'Je hebt de Führer belachelijk gemaakt.' Hij had met zijn handen voor zijn buik ineengeklemd gestaan, alsof hij verwachtte dat Max Rudnick hem zou verbeteren, maar toen Max niets zei, raakte hij zo opgewonden dat hij begon te hoesten. 'Ik heb tegen mezelf moeten vechten,' sputterde hij, 'en ik worstel nog steeds met mezelf of ik de politie moet inlichten... Ze... ze zouden moeten weten wat voor iemand jij bent.'

'Je doet maar wat je niet laten kunt.' Max had verder gehamerd.

Toen hij twee weken niets had gehoord, had hij aangenomen dat zijn collega besloten had hem niet te verklikken. Maar op een ochtend had de directeur hem de weg naar zijn lokaal versperd en hem een introductiebrief gegeven voor een industrieel in Düsseldorf die een huisleraar voor zijn kinderen zocht.

'U hebt geluk gehad. Ik raad u aan in de toekomst voorzichtiger te zijn.'

Max Rudnick had geen toestemming gekregen afscheid van zijn leerlingen te nemen of zijn persoonlijke eigendommen uit zijn bureau te halen. Die waren al in een papieren zak verpakt, en die had belachelijk licht aangevoeld toen hij ermee was weggelopen uit het bakstenen gebouw waar hij zes jaar les had gegeven.

Hoofdstuk veertien [1942]

Op een kille middag in april, toen Trudi de Perzische loper uit de gang naar buiten had gedragen, vond ze de vrouw die zich had verstopt in haar moeders aardhol. Ze dacht dat ze het zich verbeeld had–die plotselinge beweging toen ze langs de opening onder de achterkant van het huis was gelopen–en ze liep door en hees de loper over de metalen kloplat en stak de mattenklopper op. Ze had een oude hoofddoek omgedaan en bewerkte de loper stevig, zodat het stof in dichte vlokken de lucht in dwarrelde. Opeens kreeg ze het gevoel dat er naar haar gekeken werd. Ze keerde zich om naar het huis, in de verwachting haar vaders gezicht voor het keukenraam te zien, maar in plaats daarvan zag ze het weer–die beweging onder het hogere deel van het huis–alsof haar moeder was teruggekomen.

Trudi stond stil, doodstil. Haar nek voelde koud aan. Met de mattenklopper in haar hand liep ze naar de grote keien en oude balken waartussen haar moeder zich altijd had verstopt. Ze hoorde de ademhaling voordat haar ogen zich hadden aangepast aan de schemering, niet haar eigen ademhaling maar een–nee, méér dan een–die veel sneller ging dan de hare.

Ze bleef naast het rek met tuingereedschap staan en greep de steel van een schop vast. 'Wie is daar?' riep ze. Het geluid van haar eigen stem stelde haar gerust. 'Wie is daar?'

Stilte. Toen verschoof er iets–alsof stof over de grond werd gesleept. Haar ogen onderscheidden twee gedaanten, een grote, een kleine, in de hoek weggedoken.

'Hij is nog maar een kind. Alstublieft.' Een hoog, dringend gefluister toen een kind, een jongen, in Trudi's richting werd geduwd. Achter hem verscheen het gezicht van een vrouw, en haar handen, elegante handen met roodgelakte nagels, vastgeklemd aan de schouders van de jongen alsof het om leven of dood ging, met de jongen tussen haarzelf en Trudi in. 'Hij is nog maar een kind.'

Even, terwijl Trudi daar in het halfduister stond, in die geur van oude aarde, voelde ze de handen van haar eigen moeder op haar schouders, die gespannen greep. *Mensen gaan dood als je niet genoeg van hen houdt.* Ze zag haar moeders ogen glinsteren, voelde de geheime, zondige korrels onder haar moeders huid, hoorde dat wilde, wilde lachen.

'Niet bang zijn,' zei Trudi, evenzeer tegen zichzelf als tegen de jongen.

De vrouw rukte hem achteruit, tegen zich aan, en sloeg beide armen over zijn borstkas, als om Trudi te tarten hem van haar af te nemen. Haar rode hoedje gleed van haar blonde haar af en bengelde achter in haar nek, aan een elastiek dat over haar keel spande als een slecht genezen litteken.

De jongen keek Trudi rustig aan, zijn ogen waren bijna op dezelfde hoogte als de hare.

'Vertelt u aan niemand dat wij hier zijn,' zei de vrouw.

'Ik vertel het aan niemand.'

'We gaan weer weg. Zodra het donker is.'

'U kunt bij ons binnen komen.'

'Dat is niet veilig.'

'Veiliger dan hier buiten.'

'Hoe kan ik weten...' De vrouw zweeg. Ze huiverde, en haar armen klemden zich steviger om de jongen, wiens ogen nog steeds op Trudi's gezicht gevestigd waren.

'Ik wil u helpen.' Trudi voelde dat de vrouw voor haar leven vreesde, voor het leven van haar kind, en toen ze haar hand uitstak en de schouder van de jongen aanraakte, werden haar armen slap, alsof zij degene was geweest die hem in haar armen had gedragen toen ze gevlucht waren.

Uit de verwarde woorden van de vrouw, maar nog meer uit haar gespannen zwijgen, kon Trudi ten slotte opmaken wat er gebeurd was. Acht maanden geleden waren ze hun huis in Stuttgart kwijtgeraakt, toen ze naar een van de overvolle *jüdische Häuser* waren gestuurd, samen met andere gezinnen. Tijdens de eerste week in dat huis was de vrouw elke ochtend wakker geworden met de gedachte: erger dan dit kan het niet worden. Maar algauw was tot haar doorgedrongen dat ze in staat was veel meer te verdragen dan ze ooit voor mogelijk had gehouden, zolang ze haar man en kind maar bij zich had.

Naarmate nog weer anderen in de *jüdische Häuser* werden gepropt, namen de honger en de aanhoudende ruzies over de steeds geringere ruimte toe. Zelfs toen echter had ze bij zichzelf gezegd dat ze tenminste niet in veewagens werden afgevoerd naar een onbekende bestemming,

331

waarbij ze niet meer mochten meenemen dat wat ze in één koffer konden stoppen. En ze wist ook precies waarom: er was een verschil tussen
haar en de joden die weggevoerd waren, een manier van leven in deze
wereld die een dergelijke vorm van definitieve ondergang onmogelijk
maakte. Niet dat ze volkomen kon ontsnappen aan de vernederingen–
dat zou niet realistisch zijn geweest voor iemand als zij, met haar opleiding tot biologe–, maar de gruwelen waaraan ze van zichzelf mocht denken, hadden grenzen, en daardoor, zo had ze geredeneerd, bleef ze bij
haar verstand, daardoor en door haar vastbeslotenheid te overleven, zelfs
als dat betekende weglopen bij wie het volgende slachtoffer zou zijn, en
weigeren zich met zo iemand te identificeren. Het meest werd geleden,
zo had ze gemerkt, door mensen die in paniek raakten en geen uitweg
meer zagen.

Zo iemand was haar man geweest. Maar zij had hem kunnen beschermen, tot de avond dat hij niet als gewoonlijk was teruggekomen met
stukjes bij elkaar gestolen steenkool. Ze had de hele nacht en de hele
volgende dag op hem zitten wachten, en de nacht daarna, tot vroeg in de
ochtend. Toen had ze haar zoon wakker gemaakt, hem overgehaald zijn
kat in de kelder op te sluiten, en te vertrekken naar het hotel waar de
oom van haar man had gewoond sinds hij zijn villa was kwijtgeraakt.
Had zij maar genoeg geld om in een hotel te logeren zonder zich zorgen
te maken om het eten. Ze had de oude man in zijn gezicht willen spugen toen hij haar en Konrad had uitgenodigd samen met hem te ontbij-
ten–'Voordat je verder reist,' had hij gezegd–, maar ze was gebleven, al
kon ze niets eten, en ze had haar zoon gedwongen zijn melk op te drinken en ook haar ei op te eten. Hoewel ze ervan overtuigd was dat ze haar
man nooit meer zou zien, liet ze een boodschap voor hem achter bij die
oom en accepteerde ze zijn geschenk, een leren koffer, voordat ze terugging naar het *jüdische Haus*.

Maar de voordeur stond open. Eén gebroken kopje op het stoepje was
het enige teken van verzet. Alle bewoners waren weggehaald–een bevestiging van haar gedachte dat zij zou overleven. Ze had allerlei dingen die
zij en haar zoon konden gebruiken in de koffer van de oom gestopt, en in
een rugzak die eigendom was geweest van een van de andere bewoners,
een musicus uit Wildbad. Met haar nagelschaartje tornde ze de goedkope
gele stof van de *Judenstern* van haar mantel, waarna ze hem in de gootsteen verbrandde, samen met haar identiteitspapieren; heel flauw bleven
echter de omtrekken van de ster zichtbaar–als van een schilderij dat van

de muur is gehaald – en ze wreef met puimsteen over de brede revers tot er niets meer te zien was.

De kat van haar zoon was nog in de kelder, en hij was gaan huilen en had geweigerd het huis te verlaten tot ze goedvond dat hij de kat meenam in zijn schooltas. Doordat ze wist dat ze elk moment aangehouden konden worden – op straat, in het station, in de trein –, vertoonde haar gezicht een starre glimlach die haar zoon dwong tot aanhoudend zwijgen: ze hoefde hem er niet eens aan te herinneren dat hij nooit antwoord moest geven op vragen van mensen.

Ze waren in de trein van Stuttgart naar Frankfurt gestapt; daar woonde haar zwager, maar toen ze bij hem aanbelden, durfde hij hun geen onderdak te geven. Ze herinnerde zich een neef, een verre neef, die in de buurt van Düsseldorf woonde, in een stadje dat Burgdorf heette. In de trein werd haar om haar papieren en reisvergunning gevraagd, waarvoor ze al bang was geweest, maar de ambtenaar accepteerde haar starre glimlach en haar verklaring dat haar papieren gestolen waren.

Haar neef bleek uit Burgdorf verdwenen te zijn, en zij had de schuilplaats onder de leesbibliotheek gevonden toen ze water uit de beek haalde omdat de jongen dorst had. Maar ze was uitgegleden op de modderige oever, en haar zoom was nog vuil.

'Ziet u wel?' zei ze, en ze stak de zoom omhoog naar Trudi, alsof dat ene detail – de bemodderde stof – bewees dat ze niets dan de waarheid had verteld.

'Ik heb witte koeien gezien,' zei de jongen opeens. 'Ik wist niet dat er witte koeien waren.'

'Waar heb je die gezien?' vroeg Trudi zachtjes.

'Uit de trein. Heel veel, allemaal wit. Heb jij wel eens witte koeien gezien?'

'Ja, bij de Sternburg. Dat is nu een boerderij, maar honderden jaren geleden woonden daar ridders. Er is nog steeds een ophaalbrug.'

'Net als bij een kasteel?'

'Met een mooie ronde toren.'

'En ridders?'

'Nu niet meer. Alleen boeren.'

'Laat je dat mij zien?'

Trudi aarzelde. 'Als het ooit veilig genoeg is.'

Hij knikte, alsof hij dat antwoord al verwacht had.

Trudi keek naar zijn moeder. 'Ik kom u vanavond halen, dan kunt u binnenkomen.' Ze pakte de schone Perzische loper en spreidde die uit op de vloer. 'Blijft u tot die tijd maar hierop zitten.'

De ogen van de vrouw boorden zich in de hare. 'Belooft u me dat u niets tegen de politie zegt.'

'Dat beloof ik.'

'Als u dat doet, dan...'

'Ik beloof het.'

'Wie woont hier nog meer?'

'Alleen mijn vader. Hij zal u willen helpen. Hebt u honger?'

De vrouw knikte en snikte even, alsof ze zich vernederd voelde door haar honger.

Binnen een paar minuten was Trudi terug met wat restte van haar magere rantsoen brood en met wat melk, zo verdund dat ze blauw van kleur was. *Blauer Heinrich*, zo noemden de mensen de aangelengde melk die ze waren gaan associëren met de oorlog, en toen de jongen ervan dronk, slikte hij zo hard dat Trudi het kon horen.

Zodra het donker was, haalde ze de vrouw en de jongen naar binnen. Ze had de gordijnen dichtgedaan en de keukentafel gedekt met twee soepborden en lepels. Toen haar vader de koffer van de vrouw overnam en haar begroette, raakte haar lichaam die vechtlustige houding kwijt, en ze zonk neer in een stoel alsof ze, voor het eerst in maanden, wist dat anderen voor haar oppasten en dat ze niet meer alles alleen hoefde te doen. Leo drukte de vrouw een van de gebloemde porseleinen kopjes in handen. Ze dronk langzaam van de thee en vertelde hoe ze heette, Erna Neimann; de jongen heette Konrad.

Trudi warmde de erwtensoep op die ze de vorige dag had gekookt, en waaraan ze water en een in blokjes gesneden aardappel had toegevoegd, anders was het niet genoeg voor vier personen geweest. 'Het is beter als er maar voor twee personen tegelijk gedekt is,' zei ze tegen Frau Neimann toen ze haar en de jongen aanmoedigde te eten. 'Voor het geval er huiszoeking komt.' Zij en haar vader wachtten met eten tot ze de soepborden van hun gasten weer hadden volgeschept.

'Ik heb een poes gehad,' zei Konrad toen hij uitgegeten was. 'Ze was samen met ons in de trein.' Zijn gezicht leek opeens oud. 'In de eerste trein, bedoel ik. Ik had haar in mijn schooltas.' Hij gleed van zijn stoel en deed de schooltas open, zodat Trudi en haar vader erin konden kijken. Hij was leeg, afgezien van een oude handdoek. 'Hier sliep ze,' legde hij uit, 'totdat...'

'Ze maakte almaar geluiden. Weet je nog?' zei zijn moeder tegen hem. 'Ze trok de aandacht. Hoe konden we ons verstoppen, als we de poes bij ons hadden?'

'Het was een lieve poes.'

Zijn moeder beet op haar onderlip. 'Ja, dat is waar, maar die geluiden...'

'Ze was aan het leren dat ze stil moest zijn.'

'Het duurt heel lang voordat dieren iets leren. Zoveel tijd hadden we niet.'

Maar Konrad keek niet naar zijn moeder. Zijn ogen waren op Trudi gevestigd. 'Mijn moeder zegt dat ze mijn poes heeft weggegeven. Op het station. Toen ik naar de wc was.' Hij deed zijn schooltas dicht. 'Ik weet niet of het waar is.'

Zijn moeder kromp ineen en wierp een blik op Trudi's vader alsof ze hem om hulp vroeg. 'Ik heb de poes aan een klein meisje gegeven... Een meisje met een warme, dure mantel, dat haar een goed tehuis kan geven.'

Hij knikte, met een treurig gezicht, alsof hij niet alleen het verlies van de kat accepteerde, maar ook zijn moeders leugen.

Trudi leed samen met hen onder de leugen, daar in de keuken, en wist dat de moeder het type vrouw was dat een kat de nek om zou draaien en in een vuilnisbak gooien als ze daarmee haar zoon en zichzelf kon beschermen, en dat ze daar vervolgens over zou liegen. Trudi vond dat ontroerend. Zij zou precies hetzelfde hebben gedaan als de jongen haar zoon was geweest. 'Je moeder zorgt ervoor dat je in veiligheid bent,' zei ze.

'Maar dat weet ik toch wel,' zei de jongen, alsof het hem verbaasde dat ze dat tegen hem moest zeggen.

Laat op de avond, nadat Trudi en haar vader hun gasten een matras in de naaikamer hadden aangeboden, gingen ze naar de kelder om te zien of ze een betere schuilplaats konden regelen. Ze verschoven de aardappelkist en de planken, hingen een deken op om een hoek van de kelder af te schermen, maar wat ze ook deden, het was steeds veel te opvallend.

'Iedereen zou hen hier kunnen vinden,' zei Trudi.

'Het is waardeloos als er geen tweede uitgang is.'

'Ze zouden als ratten in de val zitten.'

'We moeten een manier bedenken waarop ze kunnen ontkomen als de politie in huis komt.'

'Voorlopig moet de naaikamer maar als schuilplaats dienen.'

'Voorlopig.'

Omstreeks middernacht hadden ze alle uithoeken van de kelder op hun mogelijkheden beproefd, en hadden ze de kisten en de steenkool en de oude wasketel van hun plaats gehaald, zonder dat ze een veilige schuilplaats hadden kunnen maken. Uitgeput liet Leo Montag zich vallen op de houten kist waarin nog steeds de doos zat die Herr Abramowitz daar meer dan drie jaar geleden had verstopt.

Trudi ging op de keldertrap zitten, met haar ellebogen op haar knieën. *'Van jouw huis naar het mijne...'* Pia, dacht ze, en ze voelde voor het eerst sinds lang weer een band met de dierentemster. Ze zag hen tweeën staan in de piste van het circus, met hun ogen op gelijke hoogte, fantaserend over het betoverde eiland. *'...een tunnel die met juwelen bezet was.' 'Die leidde van jouw huis naar het mijne, ja.'*

Ja. Ze sprong overeind. 'Wat wij moeten maken is een tunnel.'

Haar vader staarde naar de stenen muren en schudde zijn hoofd. 'Te dik.'

'Niet als we hulp krijgen.'

Toen het mogelijk leek dat ze inderdaad een tunnel konden graven, ging hun vermoeidheid geleidelijk over in nieuwe energie. Ze zouden een veilige doorgang hebben, niet alleen voor de vrouw en haar kind, maar ook voor anderen die later zouden komen. Zonder het met zoveel woorden tegen elkaar te zeggen wisten ze dat ze bereid waren dat risico te nemen. Ze dachten na over beide buren, Frau Weiler en het echtpaar Blau. Hoewel Frau Weiler jonger was dan de Blaus, en graag wilde helpen met eten en andere dingen, was ze niet echt betrouwbaar, want ze zou nooit liegen als de Gestapo haar ondervroeg.

Bovendien zou Georg met verlof naar huis kunnen komen, voor een bezoek aan zijn moeder. Hij was één keer terug geweest om met Helga Stamm te trouwen. Na de bruiloft had hij aan zijn moeder gevraagd of hij de oude ski's van zijn vader mocht meenemen, want hij was gestationeerd in de buurt van Zakopane, het Poolse skioord. 'Waarschijnlijk gaat hij ze vergokken,' had Frau Weiler tegen Frau Buttgereit gezegd; toch voelde ze zich getroost als ze zich haar zoon voorstelde, skiënd over besneeuwde bergtoppen, in plaats van met zijn geweer op een ander mens te schieten.

Het zou het beste zijn als de tunnel naar de kelder van de familie Blau leidde, daarover waren Trudi en haar vader het eens. Sinds de dag dat Herr Blau die jongen bij zijn deur had weggestuurd, was hij veranderd.

Hij zou blij zijn met de kans anderen te helpen. En zijn vrouw zou kunnen zwijgen.

Toen Trudi eindelijk ging slapen, werd ze even later wakker van een zacht, onbekend geluid van boven haar plafond, en even durfde ze zich niet te verroeren, want ze was ervan overtuigd dat de Gestapo de vrouw en de jongen had gevonden. Ze zag voor zich hoe ze in een cel zou worden opgesloten, en ze was woedend op de vrouw omdat ze haar in gevaar had gebracht. Maar het was veel te stil in huis, het kon de Gestapo niet zijn – het was alleen dat aanhoudende geluid vanboven. Beschaamd omdat ze uitsluitend aan zichzelf had gedacht trok ze haar kamerjas aan, stak een kaars aan en ging de trap op naar de naaikamer.

Ze luisterde aandachtig, met de zijkant van haar gezicht tegen de koele verf van de deur. Ze voelde de nabijheid van de jongen. Ik zorg ervoor dat ze jullie niet te pakken krijgen, dacht ze, ze krijgen jullie niet. Met haar ogen halfgesloten om beter te kunnen luisteren bleef ze roerloos staan. Het geluid was langzaam, knarsend. Heel zacht deed ze de deur open, en ze liep naar de matras. Ze zette de kandelaar neer. De vrouw en de jongen waren in diepe slaap, en hij knarste met zijn tanden. Zijn donkere hoofd rustte op zijn moeders schouder, en door een diepe frons op zijn voorhoofd leek zijn gezicht veel ouder. Net een *Zwerg*-man, dacht Trudi, en ze klemde haar handen ineen, en haar vingertoppen drukten in de zachte huid tussen de gewrichten.

De volgende ochtend was het water bevroren, en ze moest het ijs in de porseleinen kom op de wastafel stukslaan voordat ze zich kon wassen. Toen ze het ontbijt naar de naaikamer bracht, stond de jongen op haar te wachten aan de andere kant van de deur, alsof hij daar de hele nacht had gestaan.

Die eerste week sliep Erna Neimann bijna steeds, heel diep, alsof ze zich in een bodemloos meer liet zinken. Je vond haar slapend terug, waar je haar ook achterliet, terwijl de jongen naast haar zat, de wacht hield. Trudi begon meer tijd met hem door te brengen, en haar vader nam een paar van haar verplichtingen in de leesbibliotheek over; de deur naar de gang was op slot, om iedereen die van die kant zou willen binnenkomen, althans even tegen te houden. Trudi vertelde de jongen sprookjes, ze kamde zijn lichte haar, bouwde kaartenhuisjes voor hem, waste zijn gezicht – steeds klaar om hem haastig naar boven naar de naaikamer te brengen als er iemand naar het huis kwam.

Toen ze ontdekte dat hij niet kon zwemmen, leerde ze hem de bewegingen op het droge. 'Net als een kikker,' zei ze. 'Doe maar of je een kikker bent. Zo heb ik leren zwemmen in de rivier.' Ze liet hem met zijn buik op een krukje liggen en liet zien hoe hij zijn armen en benen moest bewegen.

Het feit dat Konrad in huis was, werkte als een inspiratie, en bracht Trudi ook in verwarring, want daardoor moest ze denken aan de keren dat ze zich had voorgesteld een eigen gezin te hebben, een gezin zoals je zag in tijdschriften en films, met een echtgenoot en kinderen – ook al hoorde haar lichaam in geen van die beelden thuis; zij zou er nooit uitzien als die glimlachende jonge moeders, zou nooit hebben wat zij hadden. Toch voelde ze soms een stilzwijgende band met een jong kind dat ze bijvoorbeeld in de kerk zag, of op straat. Dan voelde ze zich intens aangetrokken tot de ogen van zo'n kind, een moment van herkenning dat haar verstikte met liefde. *Ik ken je*, zong dan iets in haar, al kwam er geen geluid over haar lippen. *Ik ken je, en jij zult je mij altijd herinneren*. En daarna voelde ze een band met zo'n kind die – een tijdlang tenminste – het van tijd tot tijd optredende verlangen naar een eigen kind kon sussen. En als Konrad haar aankeek, dan deed hij dat met ogen die dat allemaal begrepen.

Het deed haar plezier dat ook hij profiteerde van het smalle platform bij de keukenkastjes dat haar vader jaren geleden voor haar had getimmerd. Ze liet Konrad zitten op haar twee speciale stoelen, de berkenhouten stoel met de korte poten in de woonkamer, en de eetkamerstoel met zijn drie brede treden die naar een verhoogde zitting leidden, zodat hij met zijn ellebogen op tafel kon komen.

Eén keer zag Trudi hoe Erna Neimann de wc binnenging en meteen weer achteruitstapte, met haar hand voor haar gezicht wapperend. Als kind al had ze zich gegeneerd voor haar vaders slechte gewoonte om langdurig op de wc te zitten met zijn sigaretten en krant, en zelf was ze vele malen op precies diezelfde manier teruggedeinsd, om te wachten tot de lucht weer fris was; toch kreeg ze een defensief gevoel doordat ze het Frau Neimann zag doen. Dit incident echter was voor haar eindelijk aanleiding tegen haar vader te zeggen dat het, aangezien nu ook anderen in hun huis woonden, beleefder zou zijn als hij niet meer op de wc zat te roken en te lezen. En toen hij zonder enige aarzeling zei: 'Ja, natuurlijk,' drong het tot haar door dat ze voor anderen had gevraagd wat ze zelf ook graag had gewild. Dat doe ik niet meer, dacht ze. Als hij er weer mee begint, vraag ik of hij er voor míj mee wil ophouden.

's Avonds hielp ze mee bij het graven van een tunnel die beide kelders met elkaar zou verbinden. De afstand tot de muur van het huis van het echtpaar Blau was maar iets meer dan een meter; het kostte echter meer dan een week om de zware rivierkeien te verwijderen en een gang door de aarde te graven, zo diep dat de grond erboven niet zou inzakken. Emil Hesping en Leo Montag deden het meeste graafwerk, terwijl Trudi en de oude Frau Blau de overtollige aarde naar buiten sjouwden en in de beek strooiden. Zelfs Konrad en zijn moeder hielpen, hoewel ze het huis niet uit gingen: ze droegen emmers met aarde naar de bovenste tree van de keldertrap, waar Trudi en Frau Blau ze ophaalden.

Hoewel de handen van de oude kleermaker oncontroleerbaar beefden, stond hij erop mee te doen aan het graafwerk. Hij was vastbesloten iets goeds te doen, iets wat opwoog tegen zijn weigering de jongeman binnen te laten, maar hij was zo traag dat hij de anderen alleen maar in de weg zat.

'Ik wil wedden dat Anton Immers graag zou willen weten wat we doen,' zei hij op een avond in de kelder terwijl hij probeerde een enorme kei los te wrikken – een kei die door Emil Hesping in zijn auto zou worden meegenomen.

'Het is niet nodig er ruchtbaarheid aan te geven.' Herr Hesping hurkte neer en tilde de steen op.

Frau Blau zei dat ze dacht dat ze jaren geleden had gehoord dat de grootmoeder van Herr Immers joods was geweest. 'Als dat zo is,' zei ze, 'dan wordt het begrijpelijk waarom hij zo is geworden... Hij is er bang voor, voor dat deel van hemzelf... Misschien kan hij daardoor de joden zo haten.'

'Die man zou zijn grootmoeder onmiddellijk verloochenen,' zei haar man.

'Zelfs als zijn grootmoeder joods was,' zei Trudi, 'dan heeft hij zichzelf waarschijnlijk wijsgemaakt dat dat niet zo is. Jullie weten toch hoe hij is.' Tot die tijd had ze zich de slager nooit voorgesteld als iemand die bang was. Ze had alleen zijn weerzin tegenover joden gezien, zijn boosaardigheid, maar nu vroeg ze zich af of dat alles alleen maar angst was en, misschien, minachting voor zichzelf.

Onlangs had hij een bloemenplankje opgehangen in de winkel, onder de portretten van hem, de Führer en de heilige, en hij was altijd in de weer met de viooltjes in potten op die plank, zodat je gedwongen was te wachten op je bestelling en te luisteren naar zijn opvattingen, terwijl hij de planten water gaf of dorre takjes en blaadjes verwijderde. Ze had medelijden met de krijgsgevangene uit Krakau die hem in de winkel moest helpen. Sinds enige tijd waren er krijgsgevangenen in het stadje, een paar Grieken en Fransen, maar hoofdzakelijk Oost-Europeanen, die te werk werden gesteld op boerderijen en in winkels. Omdat ze gedwongen te werk gesteld waren, hadden ze een verblijfplaats, maar geen plek om te vluchten als ze werden opgejaagd, dus werkten ze mee met de gezinnen. De Heidenreichs hadden een zwijgzame, forse Fransman uit Avignon in huis, een man die, zo vermoedde de preparateur, best Duits verstond, maar deed of dat niet zo was. En Herr Buttgereit had de Poolse gevangene die met hem het land bewerkte, gewaarschuwd dat hij van zijn dochters moest afblijven, en hem eraan herinnerd dat het een misdrijf was als Polen seksuele omgang hadden met Duitsers.

'Herr Immers,' zei Frau Blau, 'vertelt aan iedereen die in zijn winkel komt dat als Duitsland de oorlog verliest, iedereen zal doodgaan... dat er dan geen toekomst meer is.'

Emil Hesping lachte, en zijn dikke wenkbrauwen raakten elkaar boven zijn neus. 'Er zal nog minder toekomst zijn als de nazi's de oorlog winnen,' zei hij, volstrekt overtuigd, en werkte eens te harder met zijn schop.

Zijn lach had iets gevaarlijks, iets wat Trudi het gevoel gaf dat het bouwen van de tunnel voor hem een avontuur was, een manier om de Führer een hak te zetten. Ze wilde dat haar vader hem niet om hulp had gevraagd. Maar Herr Hesping wist hoe hij gevluchte mensen het land uit kon krijgen; hij was de man met connecties, onder andere met zijn broer, de bisschop, die vaak afkeurend had gestaan tegenover Emils plannetjes, maar nu eenzelfde doel nastreefde als hij.

Ze keek naar hem zoals hij aan het graven was, met zijn gezicht en kale hoofd vol zwarte vegen aarde.

'Ik heb je een hele tijd al iets willen vragen,' fluisterde hij haar toe toen hij merkte dat ze naar hem keek.

Ze keek om zich heen, geschrokken. Haar vader maakte cement los van een eivormig rotsblok, en de anderen waren te ver weg om iets te verstaan. 'Wat dan?'

'Op de dag van je moeders begrafenis...'

Ze voelde de stukjes grind onder haar moeders huid, zag de motorfiets omvallen...

'Waarom heb je toen pianogespeeld, Trudi?'

Ze herinnerde zich niet dat ze piano had gespeeld, en toen ze dat tegen hem zei, antwoordde hij: 'Ik wilde nagaan of ik het goed onthouden had.'

'Nou, dat heb ik niet gedaan.' Ze keek hem aan, verwonderd, en toen hij verder niets zei, pakte ze een emmer en vulde die met aarde.

Toen Leo Montag en Emil Hesping het zware werk van tillen en graven van de oude Herr Blau wilden overnemen, verzette hij zich, en het tweetal werkte een keer 's nachts in het geheim door, nadat het echtpaar Blau was gaan slapen. Als Herr Blau merkte dat de tunnel de avond daarna een flink eind gevorderd was, zweeg hij daarover, misschien omdat hij zo bezig was met plannen voor de inrichting van de kelder. Hij had het over schilderijtjes die hij wilde ophangen om de ruimte voor zijn joodse gasten, zoals hij ze noemde, wat op te vrolijken, en hij haalde rollen stof naar beneden, want hij wilde lange kussens van overtrekken voorzien, kussens die als matras konden dienen als ze naast elkaar werden gelegd.

Toen Leo zei dat de kelder eruit moest zien als een kelder, en dat alle dingen die het comfort vergrootten, zouden verraden dat het een schuilplaats was, reageerde Herr Blau teleurgesteld.

'Er zijn zoveel andere dingen die u met die stof kunt doen,' zei Emil Hesping troostend. 'Ze zullen kleren nodig hebben. En dekens.'

Soms dacht Trudi, wanneer ze emmers aarde naar de beek sjouwde, aan Max Rudnick, en dan vroeg ze zich af waar hij was. Ze was ervan overtuigd dat hij zou willen helpen met de tunnel als ze hem erom vroeg. Niet dat ze dat zou doen – maar ze had wél het gevoel dat ze hem kon vertrouwen. Hij was al in geen weken in de leesbibliotheek geweest, en ze hoopte dat hem niets was overkomen. Niet dat ze hem miste, zei ze tegen zichzelf.

Wanneer ze samen met de anderen aan de tunnel werkte – en zich vuil en bezweet voelde, en pijn in haar gewrichten had – kreeg ze meer dan ooit tevoren het gevoel dat ze deel uitmaakte van een gemeenschap. Als de doorgang klaar was, zouden de mensen in een mum van tijd van het ene huis naar het andere kunnen ontsnappen. De opening in de muur zou goed gecamoufleerd worden: aan de kant van de Blaus zou een oud kabinet voor het gat geschoven worden, terwijl de Montags hun aardappelkist al hadden leeggemaakt om hem zo licht te maken dat één persoon hem gemakkelijk voor hun ingang kon schuiven. Als de politie het ene huis doorzocht, zouden de vluchtelingen door de tunnel naar het andere huis kruipen en kist of kabinet weer op hun plaats trekken. Het zou een probleem worden als beide huizen tegelijkertijd doorzocht werden: de tunnel was zo kort en laag dat zich daar hoogstens twee personen konden verbergen, en dan nog niet erg lang ook. Maar de vluchtelingen zouden voornamelijk op de benedenverdieping van de huizen verblijven, zo dicht bij de keldertrap dat ze naar beneden konden rennen als er iemand aanklopte.

Op de dag nadat de tunnel was voltooid, was Leo bezig een boterham met margarine en suiker te maken voor de jongen. Opeens trok Frau Neimann Trudi de gang in. Haar mooie handen waren ruw, vol kloven, en aan haar nagels zaten nog maar een paar restjes nagellak.

'Hij haat me,' fluisterde ze dringend.

'Wie?'

'Konrad. Vanwege de kat.'

'Welnee. Het is alleen dat hij zijn poes mist.'

'Heeft hij ooit iets tegen u gezegd, Fräulein Montag?' Frau Neimann keek Trudi zo doordringend aan dat ze alleen nee kon schudden. 'Hij is de enige die ik nog heb. Ik kan het niet verdragen dat hij me haat.'

'Konrad haat u niet.'

'Weet u het zeker? Hij praat meer met u dan met mij.'

Trudi geneerde zich dood over haar plotselinge gevoel van tevredenheid dat de jongen meer om haar gaf dan om zijn moeder. 'Ik ben ervan overtuigd dat hij kan zien dat u het heel naar vindt, van die kat.'

Even stonden de ogen van de vrouw bijna geamuseerd. Toen glimlachte ze. Maar achter die glimlach lag iets anders, de mogelijkheid van een enorme kilheid. 'Om die kat gaat het me niet,' mompelde ze.

Trudi wist niet wat ze moest antwoorden. 'Uw handen,' zei ze ten slotte, 'we moeten iets aan die handen van u doen.'

'Mijn handen?'

'Wacht u hier even.' Ze haastte zich de trap op en ging haar kamer binnen, en zette een lelijk gezicht toen ze haar laatste flacon handlotion pakte. '*Je kunt zoveel aflezen aan de handen van een vrouw,*' had Frau Simon haar geleerd. Trudi had de shampoo voor haar haar vervangen door zeep, anders had ze zich die lotion niet kunnen veroorloven. Als ze zuinig was geweest, had ze een paar maanden met deze flacon kunnen doen.

Voordat ze van idee kon veranderen nam ze de flacon mee naar beneden. 'Voor u,' zei ze.

Frau Neimann nam het geschenk gretig aan, maar aarzelde vervolgens. 'Alleen als u zelf ook nog hebt.' Ze stak Trudi de flacon weer toe.

'U mag hem houden.'

'We zouden kunnen delen.'

'Zolang u hier bent. Maar daarna mag u hem meenemen.'

Erna Neimanns gezicht werd doodsbleek, en ze leunde tegen de muur.

'Wat is er?' Trudi greep haar elleboog vast.

'U denkt erover ons weg te sturen. Daarom hebt u me dit gegeven.'

'Nee. Nee. U kunt blijven. Zolang u hier in veiligheid bent. Maar dat
kan veranderen. Dat weet u toch ook.'

Frau Neimann knikte. 'Dat weet ik.'

Het bracht Trudi in verwarring dat ondanks al het lijden rondom haar,
bepaalde onderdelen van het leven gewoon doorgingen en dat ze ervan
kon genieten–zoals de geur van vers gras en de bloesems van sringen,
de warmte van de lentezon op haar armen, de speelse duikvluchten van
de zwaluwen boven de beek. Om de een of andere reden schonk deze
lente haar nieuwe kracht en hoop, een bedrieglijke hoop, zei ze tegen
zichzelf, en toch werd ze er rustig van, het voerde haar terug naar de rivier waar het water, in de ondiepten onder de treurwilgen, een merkwaardige tint had aangenomen, een matte kleur groen, alsof het groen
van de jonge blaadjes erin was opgenomen, een groen dat deed denken
aan rust, aan eerbied bijna. Op de oever aan de overkant graasden schapen in de uiterwaarden.

Ze had Konrad graag willen meenemen naar de rivier, maar omdat dat
te gevaarlijk voor hem was, beschreef ze de Rijn voor hem met woorden
waardoor hij, voorbij de beschutte baai, de rivier kon zien stromen, gestaag en helder, hoewel er ongetwijfeld rotsblokken in de bedding lagen
die enige onrust veroorzaakten. In haar verhalen nam ze de jongen mee
naar de uiterwaarden, naar het kermisterrein en de Sternburg, ze liet
hem zijn longen volzuigen met voorjaarslucht, en merkte dat door die
verhalen al die plaatsen voor haar nog echter werden. Ze genoot ervan
dat haar verhalen de buitenwereld levend hielden voor de jongen, en als
een goochelaar verving ze de schapen door witte koeien, en plaatste ze
een papegaai in de toren van het *Rathaus*, speciaal voor Konrad.

Ze vertelde de jongen niet over de karikaturen van joden in de krant;

over de pastoor in Neuss die naar het KZ was gestuurd omdat hij joden had verborgen; over een meisje dat op de bank werkte, maar vier straten verderop, en dat gedwongen was haar kleren uit te trekken en vervolgens met geweerkolven was bewerkt omdat ze twee hardgekookte eieren had gegeven aan haar joodse buurvrouw die op het punt stond gedeporteerd te worden. Ze vertelde de jongen niet hoe vaak ze 's nachts wakker werd, verlamd door de gedachte wat haar en haar vader zou kunnen overkomen als ze betrapt werden, en hoe ze dan niet kon uitmaken wat het allerergste zou zijn.

De jongen informeerde bij haar naar die witte koeien, elke keer dat ze terugkwam van een wandeling, en dan vertelde ze hem dat ze er acht had gezien aan de overkant van de rivier, hetzelfde aantal dat ze de eerste keer had genoemd, want als het er maar ééntje minder was, zou hij heel erg geschrokken zijn.

Konrad had opdracht gekregen weg te blijven bij de ramen, zodat niemand hem vanbuiten kon zien, maar op een ochtend vond Trudi hem achter de vitrage van de eetkamer, met zijn gezicht tegen de ruit gedrukt.

'Wat doe je daar?' Haastig trok ze hem weg, en ze keek uit over de straat. Die was leeg.

'Ik wacht. Op mijn poes.'

Ze nam hem mee naar de woonkamer en ging met hem op de fluwelen sofa zitten, en ze wilde dat ze een kat voor hem kon nemen. Maar uiteindelijk zou Konrad moeten vertrekken naar een ander adres, en een kat zou dan opnieuw een verlies voor hem worden.

'Als je me belooft dat je niet meer naar het raam gaat, zal ik je een verhaal over een poes vertellen.'

Hij knikte.

'Een heel bijzondere poes.'

'Ik beloof het.' Hij kwam dichter bij haar zitten.

Ze sloeg haar arm om zijn schouders. Hun voeten bengelden ongeveer even ver boven de vloer. Dat vond ze aangenaam. 'Het gaat over een kat en de vader van mijn schoolvriendinnetje Eva... Haar vader, moet je weten, was ziek. Niemand wist wat hem mankeerde, maar hij was te zwak om op te staan, zo zwak dat hij nog geen halfvol theekopje kon optillen...' Ze deed alsof ze een kopje oppakte en liet haar pols slap neerhangen. 'Haar vader was ook doodsbenauwd. Voor poezen. Hij dacht dat poe-

344

zen mensen konden laten stikken door op hun keel te gaan liggen. Daarom hield hij 's nachts altijd zijn ramen dicht.'

'Zelfs in de zomer?' vroeg Konrad, precies zoals Trudi bijna twintig jaar daarvoor aan Eva had gevraagd.

'Zelfs in de zomer.' Ze herinnerde zich hoe verbaasd ook zij was geweest, en ze glimlachte naar de jongen. 'Maar Eva bedacht dat haar vaders ziekte eigenlijk bestond uit die vreselijke angst. Ze was toen maar een klein beetje ouder dan jij, en ze was, net als jij, heel slim. Eva dacht: als zij haar vaders angst voor poezen kon wegnemen, dan zou hij weer beter worden. Op een avond–toen haar ouders sliepen–sloop ze hun slaapkamer binnen en deed ze het raam open.' Ze beschreef dat raam voor de jongen, en zelfs de wind die de fijne kanten vitrages had doen opbollen, en twee vliegen op de vensterbank. 'En voordat Eva een stap had verzet, kwam er een kat die ze nooit eerder had gezien–een slanke, rode kat met witte pootjes...'

'Mijn poes had ook witte pootjes.'

'Dat moet een heel mooie poes zijn geweest.'

'Ja.' Konrads stem klonk tevreden.

'Nou, en weet je, die kat met dezelfde pootjes als jouw poes–die deed precies waar Eva's vader bang voor was geweest. Hij ging op zijn keel zitten...' Trudi bracht haar ene hand naar de keel van de jongen. 'En net toen Eva die kat van haar vaders keel wilde wegjagen, deed hij zijn ogen open. Zó.' Ze sperde haar ogen wijd open. 'Eva's vader staarde in de ogen van de kat. Die waren net als de lampen van een auto in de verte die dichterbij komt–dat heb je toch wel eens gezien?'

Konrad knikte.

'Eva's vader moest hem wel blijven aankijken. Maar hij ging door met ademhalen... ademhalen...' Trudi zweeg even, en probeerde te bedenken waarheen dit verhaal haar voerde; ze liet het in haar hoofd verdergaan tot ze Eva bij haar vaders bed kon zien staan, in die dunne groene jurk uit de eerste klas. En toen vertelde ze Konrad wat ze zag. 'Eva stond een hele tijd bij haar vaders bed... Haar voeten waren ijskoud. Maar haar vader zag haar niet. Hij keek alleen maar naar die kat–of liever, naar de ogen van die kat–en geen van beiden knipperden ze met hun ogen. Niet één keer. Tegen de ochtend stond de kat op van de keel van Eva's vader, hij streek met zijn snorren langs de onderkant van zijn kin, en hij sprong door het slaapkamerraam zonder de vensterbank aan te raken. Het was net of hij vloog, en Eva hoorde hem helemaal niet neerkomen op de grond.'

Konrad zuchtte diep. 'Ik denk dat mijn poes net zo zou kunnen vliegen.'

Trudi knuffelde hem. 'Dat moet een heel bijzondere poes zijn.'

'Als ik haar vind, dan mag ze op mijn keel slapen.'

'Dat is misschien niet zo'n goed idee,' zei Trudi haastig.

'Denk je dat ik haar terugvind?'

'Heb je wel eens gehoord dat katten negen levens hebben?'

Hij fronste zijn wenkbrauwen.

Ze nam zijn handen in de hare en telde negen van zijn vingers. 'Laten we zeggen dat jouw poes haar eerste leven had bij jou, en haar tweede leven bij het kleine meisje uit het station...' Ze vouwde twee van zijn vingers terug naar zijn handpalm. 'Hoeveel levens heeft ze dan nog over om jou te zoeken?'

Hij keek naar zijn vingers. 'Zeven,' zei hij. 'Heeft Eva haar kat weer teruggezien?'

'Ik geloof van niet. Maar ja, dat was ook niet haar eigen kat.'

'Mijn poes was van mij. Al toen ze nog heel klein was. Mijn vader had haar meegebracht.' Hij knipperde met zijn ogen alsof hij zelf verbaasd was dat hij over zijn vader praatte.

Misschien mag hij van zichzelf nog niet over zijn vader denken, dacht Trudi. Misschien mag hij van zichzelf alleen aan die kat denken. Ze wreef zijn handen tussen de hare. 'Eva ging weer slapen toen die kat weg was,' vertelde ze, 'en toen ze wakker werd, hoorde ze beneden haar vaders stem. Hij was op en aangekleed – ze had hem nog nooit op en aangekleed gezien – en hij tilde haar op toen ze de trap af kwam rennen en...'

Konrad viel haar in de rede. 'En eerst kon hij nog geen kopje optillen.'

'Precies. Voordat die kat op zijn keel was komen liggen, was hij heel zwak. Weet je wat hij Eva vertelde toen hij haar weer op de grond zette? Hij vertelde haar dat hij die nacht gedroomd had, en het was een droom over een kat die hem beter had gemaakt.'

'En heeft Eva toen de waarheid gezegd?'

'Nee.'

'Waarom niet?'

'Omdat hij genezen was. Het was beter als hij geloofde wat hij moest geloven.'

'En als wat je wilt geloven nou een leugen is?'

Trudi zweeg.

'Zoals met mijn poes... Soms jokt mijn moeder tegen me.'

'Ik kan zien dat je moeder erg veel van je houdt.'

Hij knikte alsof dat er niets mee te maken had.

'Weglopen en vluchten... zoals jij en je moeder moeten doen – dat is heel erg moeilijk, Konrad. Sommige mensen doen dan dingen die ze anders nooit zouden doen.'

'Ik geloof niet dat dat kleine meisje daar was.'

Trudi streek over zijn haar.

'Ik denk dat mijn poes nog in dat station woont.'

'Tja – dat zou helemaal niet zo gek zijn. Stel je eens voor... het zou daar warm genoeg zijn, en mensen zouden de poes te eten geven, en zelfs met haar spelen.'

'Ik ga erheen. Na de oorlog.'

Ze voelde zich duizelig van verlangen naar vrede, een verlangen dat even krachtig was als de hartstocht waarmee ze had gewenst dat haar lichaam zou groeien, even verterend als de hartstocht die haar wraak had gevoed tegen die jongens die haar vernederd hadden. En wat ze op dat moment het liefste had gewild, dat was dat alle verschillen tussen mensen er niet meer toe deden – verschillen in lengte en van ras en van geloof – verschillen die een rechtvaardiging voor vernietiging waren geworden.

's Nachts sliepen de vrouw en de jongen in de keuken. Leo Montag had hun ontsnappingsprocedure zo vaak met hen doorgelopen – een snelle klop op de deur – dat zelfs de jongen dan automatisch zijn deken greep en de trap af rende. Een van de hutkoffers in de kelder stond open voor het beddengoed, en ze zouden allebei alles daarin doen, het deksel sluiten, in de klamme tunnel klimmen en de lege aardappelkist op zijn plaats trekken. Aan de kant van het huis van het echtpaar Blau zouden ze het kabinet opzijduwen, dan weer op zijn plaats zetten en zich daarin verbergen. Herr Blau had een donsdeken en kussens voor hen in het kabinet opgeborgen, en Herr Hesping had luchtgaten in de bovenkant geboord, die je alleen kon zien als je op een stoel klom.

Langer dan een paar minuten in de tunnel blijven was nog moeilijker dan ze gedacht hadden, want er droop aldoor water door de grond. Eerst had Herr Blau geprobeerd de tunnel te voeren met dekens, maar die waren zo snel doorweekt geraakt dat ze helemaal niet hielpen. Ten slotte had Trudi zich herinnerd dat de Weskopps altijd waren gaan kamperen, en ze slaagde erin twee jaar gratis boeken lenen te ruilen voor de enorme

347

tent, waarbij ze de vraag van de weduwe wat ze daarmee wilde doen, wist te ontwijken. Nadat Herr Blau het groene canvas op maat had gesneden voor de wanden van de tunnel, kwam er nog steeds vocht doorheen, maar de vrouw en de jongen zaten tenminste niet onder de modder, elke keer dat ze door de tunnel vluchtten.

Tot dusver was geen van de bezoekers van het huis van de Montags echt gevaarlijk voor de onderduikers geweest, en als het iemand van hen was opgevallen dat Trudi en haar vader hen kort na hun komst weer de voordeur uit werkten, zeiden ze er niets van.

'We komen gauw weer bij jullie langs,' zei Leo dan, of: 'Kom morgen langs in de bibliotheek, als we weer open zijn. Dan heb ik tijd om te praten.'

Maar het kwetste Trudi dat ze moest liegen tegen Matthias Berger, om te voorkomen dat hij telkens terugkwam. En haar vader – ook hij had altijd zo uitgekeken naar zijn bezoekjes. Matthias had zo ongeveer een keer per week met hem geschaakt, en al die bezoeken waren geëindigd met pianospel. Door de lessen bij Fräulein Birnsteig was zijn techniek verfijnd, zonder dat zijn intensiteit verminderd was. Hij was gewend uren achtereen te blijven – en dat was nu een onmogelijk risico, met Frau Neimann en Konrad in huis.

'De piano is kapot,' zei Trudi tegen hem.

'Laat mij eens kijken. Misschien kan ik hem maken.'

'Er moet een specialist bij komen. Ik – ik zal het je laten weten als hij weer in orde is.'

'Maar ik kan toch nog steeds komen schaken met uw vader?'

'Hij heeft de laatste tijd niet veel geschaakt. Je kunt beter wachten tot de piano...'

Matthias was vertrokken, in verwarring, dat kon ze zien aan zijn afgezakte schouders. Al voordat hij haar de rug had toegekeerd, miste ze hem. Ze maakte zich zorgen over zijn hoofdpijnen; hoewel hij er nooit over klaagde, kon zij meestal zien wanneer hij weer een aanval kreeg, want dan duwde hij zijn handen tegen zijn slapen als om de pijn weg te houden, en dan had zij kamillethee voor hem gezet, of erop aangedrongen dat hij op de sofa ging liggen tot hij zich beter voelde.

Ze had liever de waarheid verteld aan Matthias en Eva en de Abramowitzen, die hun huis hadden moeten verlaten en nu in één gemeubileerde kamer aan de Lindenstrasse woonden, maar Emil Hesping had haar met nadruk verteld dat elke extra persoon die wist van de onderduikers, het risico van arrestatie vergrootte. 'Voor ons allemaal,' had hij gezegd.

Hij was ertegen Frau Weiler er ook maar enigszins bij te betrekken, maar omdat het onmogelijk was vier mensen te eten te geven op rantsoenen die nauwelijks genoeg voor twee waren, slaagde Leo erin de hulp van Frau Weiler in te roepen door haar te vragen of ze wat kruidenierswaren over had voor twee mensen van wie hij wist dat ze in nood verkeerden. 'Dat is het enige wat ik je kan vertellen, Hedwig,' had hij gezegd toen ze meer wilde weten.

'Dat is niet zo moeilijk,' had ze gezegd, 'met een kruidenierswinkel. Af en toe wat opzijleggen. Zelfs de overheid kan het niet altijd bijhouden, nietwaar? Per slot van rekening zijn er dingen die bederven...'

Hoewel Ilse Abramowitz geen brieven van Frau Simon meer ontving, bleef ze pakjes sturen en plunderde ze daarvoor haar eigen schaarse voorraden, alsof het sturen van hulp haar joodse vrienden ervoor zou behoeden dat ze geheel verdwenen.

'Ze komen terug,' zei ze nadrukkelijk, want ze weigerde te luisteren naar de speculaties van haar echtgenoot dat ze misschien allang in kampen gedood waren.

Het was een woensdagavond in mei, en ze waren alleen in hun kleine kamertje. Hij zat op het bed, dat ze met een geborduurd tafellaken hadden bedekt, zodat het meer op een sofa leek. Dat linnen kleed was een van de weinige dingen die ze uit hun huis hadden kunnen meenemen. Hij zat te lezen in het boek over fotografie dat iemand–ongetwijfeld de onbekende weldoener–die ochtend vroeg buiten zijn deur had achtergelaten. Ondanks zijn dankbaarheid voelde hij zich verraden, want wat hij echt nodig had–bescherming voor zichzelf en zijn vrouw–kon zelfs de onbekende weldoener hem niet geven.

Ilse zat sokken te stoppen aan de gehavende tafel, met een zilveren vingerhoed op haar rechterwijsvinger. 'Die zijn om te werken, die kampen,' zei ze.

'Dat zéggen ze.'

'Je hebt geen enkel bewijs,' riep ze uit.

Hij knikte, ernstig, en zei dat ze gelijk had. 'Ik heb geen enkel bewijs, Ilse.' Zijn handen jeukten. Ze waren al bijna drie maanden opgezet en rood, sinds hij gedwongen was gaan werken in de zeepfabriek. Het kostte hem een halfuur met de tram en nogmaals een halfuur lopen om daar te komen. Heel wat Russische gevangenen werkten op dezelfde afdeling als de joden, en ze mochten niet met elkaar praten.

'Ik ben liever het slachtoffer van onrecht,' zei zijn vrouw, 'dan dat ik anderen onrecht aandoe.'

'Er zijn ook nog andere mogelijkheden.'

'Maar als je de keus had, Michel. Als jij de keus kreeg... De prijs die de anderen betalen is zoveel hoger.'

'Onzin,' zei hij. 'Als je...'

'Ze overleven het misschien, maar ze zullen nooit herstellen.'

Hij stak zijn hand op om het medeleven in haar stem af te weren – geen medeleven met hun eigen mensen, maar met de vervolgers.

'En het ergste is misschien wel dat ze niet zullen weten...' Haar stem werd zachter. '...dat ze hetgeen ze zijn, ten onrechte aanzien voor mens-zijn.'

'Vraag me niet medelijden voor hen te voelen.'

Ze trok het rieten naaimandje dichter naar zich toe en wijdde haar aandacht aan het gat in zijn zwarte sok. Ze weefde de draad telkens weer door de dunner wordende wol – ze was bereid alles te doen, dacht haar man, om niet te hoeven denken aan wat men met hun eigen mensen deed. Toen ze klaar was, trok ze de draad er methodisch nog twee keer doorheen, om een knoop te leggen, en toen beet ze hem door met haar gelijkmatige tanden, hoewel het schaartje naast haar lag. Anders zei hij altijd dat ze haar tanden zou bederven als ze dat deed. Maar wat maakte het nu nog voor verschil?

Toen ze de sok samen met de andere oprolde tot een keurig stevig bal-letje en opnieuw een sok pakte, sloeg Michel Abramowitz de bladzijde van zijn boek om, hoewel hij zich geen woord kon herinneren van wat hij gelezen had. Er was zoveel dat hij niet tegen Ilse kon zeggen. Hij kon haar niet vertellen over de geruchten die hij had gehoord over gevange-nen die zich in groepen hadden moeten uitkleden voordat ze een nek-schot hadden gekregen. Het was iets waaraan hij aldoor moest denken – vooral als hij 's nachts wakker lag. Hoe kon een land zo wreed zijn, om mensen te vernederen voordat ze zo gruwelijk efficiënt werden gedood? En waar hij steeds weer op terugkwam, dat was de kwestie van de kle-ren. Wat was er met die kleren gebeurd nadat de mensen doodgeschoten waren? Het leek een onbeduidende vraag, gezien de omvang van de ver-nietiging, en toch was dat de vraag die hem bleef kwellen. Hij merkte dat hij bezeten was van visioenen van die kleren, die uitgereikt werden aan nieuwe gevangenen, en die zouden ze een tijdje dragen, tot ook zij gedwongen werden zich uit te kleden voor hun dood. Enzovoort, enzovoort – totdat het enige constante element uit die kleren bestond.

Zijn vrouw was klaar met de volgende sok en beet de draad door.

Het is verbijsterend, dacht Michel, waar mensen aan kunnen wennen, en wat ze nog steeds leven noemen: wij hebben het merendeel van onze bezittingen verloren; we zitten op elkaar gepropt in kleine kamertjes; we mogen onze woonplaats niet verlaten; we mogen geen gebruik van openbaar vervoer maken tenzij we verder dan zeven kilometer van huis werken; we mogen geen camera's of verrekijkers of toneelkijkers of elektrische apparaten meer hebben; we hebben onze radio's en juwelen moeten inleveren; we mogen tussen acht uur 's avonds en zes uur 's ochtends onze kamer niet verlaten; ze hebben ons geschopt, geslagen en vernederd; onze familieleden zijn van ons weggerukt... en toch, en toch gaan we door met leven.

Hij dacht aan alle keren dat hij gebruld had tegen zijn vrouw omdat zij elke nieuwe aanval waardig had aanvaard. 'Deine Anpassungsfähigkeit – jouw vermogen tot aanpassing – is voor jou veel gevaarlijker dan een van die kerels ooit zal zijn...' Maar was hij eigenlijk wel beter? Hij was dat alles ook gaan aanvaarden – enkel en alleen uit angst.

'Niet zo hard werken, Ilse,' zei hij zacht.

Ze keek naar hem op en glimlachte, terwijl ze een draad in haar naald stak.

Hij zag nu dat ze – heel plotseling, leek het – snel verouderd was, de fijne rimpeltjes in haar gezicht waren dieper geworden, haar schouders en handen bewogen stijf. Hoewel ze nog steeds heel mooi was, had ze haar wezen, haar levensblijheid verloren... Toch bleef ze vasthouden aan die waardigheid van haar, ze hield de schijn op, bleef hoopvol, al zou zij – vanaf morgen – ook moeten gaan werken in de zeepfabriek. Op haar zestigste was ze veel te oud voor dergelijk zwaar werk, maar de nieuwe wetten zeiden dat joodse mannen tot vijfenzeventig jaar en joodse vrouwen tot zeventig jaar dwangarbeid moesten verrichten. Dat betekende dat hij nog dertien jaar voor de boeg had. Michel mocht van zichzelf niet zo denken. Hitlers waanzin moest stoppen. Moest gestopt worden. Elke avond bad hij dat Hitler vermoord zou worden.

Zijn zoon was tenminste op tijd het land uit gekomen. En hij en Ilse hadden samen zo'n band gekregen. Op het Argentijnse consulaat in Düsseldorf had ze de toezegging gekregen van visa voor dat land. Maar eerst, zo was hun gezegd, moesten ze een gezondheidsverklaring en documenten van de noodzakelijke vaccinaties overleggen. Viermaal hadden ze dat proces doorgemaakt, en elke keer was er een brief gekomen dat de visa niet konden worden uitgereikt omdat er nieuwe directieven uit Argentinië waren gekomen. Viermaal had hun zoon het geld voor hun reis gestuurd, en viermaal hadden ze betaald voor de reis die ze nu waarschijnlijk nooit zouden maken, dacht hij.

En dan was daar zijn dochter, die besloten had van haar man te scheiden omdat het, beweerde ze, schadelijk voor zijn praktijk zou zijn als hij getrouwd bleef met een joodse vrouw. Hoe nobel, dacht Michel Abramowitz; zelfs op dat punt beschermt Ruth hem. Maar hij kende Fritz goed genoeg om te bedenken dat híj om scheiding zou hebben gevraagd, om zich te zuiveren van alle joodse connecties. Ruth had werk gevonden in een kleine kliniek in Dresden, en ze had haar ouders geschreven dat ze zich geen zorgen moesten maken, dat haar kamer een wastafel had, en uitzicht op de Zwinger.

Uitzicht op de Zwinger, dacht Michel Abramowitz. Alsof dat alles oploste.

Zijn vrouw rolde de laatste sokken op. Ze borg het schaartje en de naalden op in het mandje, klemde de opgerolde sokken tegen zich aan en bracht ze naar de ladenkast. 'Zullen we gaan slapen?'

Michel sloeg het boek dicht. Samen lichtten ze het tafellaken van het bed, schudden de kreukels eruit en deden stappen naar elkaar toe om het in de lengte op te vouwen, als evenzovele tientallen jaren van verlangen, totdat de afstand tussen hen was verminderd tot de dikte van het opgevouwen vierkantje geborduurd linnen.

Hoofdstuk vijftien [1942]

Alexander Sturm had geëist erbij te zijn als zijn vrouw werd ondervraagd over haar ouders. Verbijsterd dat zijn verzoek ingewilligd was zat hij nu naast haar; die ene verdedigende handeling had hem echter zozeer van zijn vechtlust beroofd dat hij slechts zwijgend kon aanhoren hoe zij ontkende ook maar iets te weten van haar ouders' vluchtplannen. Hij bewonderde haar omdat ze zo rustig kon liegen, omdat ze haar hoofd zo koninklijk geheven hield. Zo beheerst had ze er niet uitgezien in de nacht dat haar ouders waren vertrokken, in een auto die ze op de zwarte markt hadden gekocht. Ze hadden er bij Eva op aangedrongen met hen mee te gaan, naar het zuiden, en dan over de grens, naar Zwitserland, waar Eva's broers zich hadden gevestigd nadat ze afgestudeerd waren.

'Jullie weten dat ik zou meegaan als Alexander ook meekwam...' Ze had gehuild, en haar ogen waren vochtig geweest achter haar jongensachtige bril.

Alexander had tegen haar gezegd dat het een stuk minder veilig was, zomaar door Duitsland rijden, dan de oorlog uitzitten in Burgdorf. 'Veel langer kan het niet duren,' had hij gezegd, en hij had alle wetten opgesomd die haar ouders overtraden. 'Alleen al dat ze 's avonds op straat zijn, dat ze geen gele ster dragen, dat ze waardevolle bezittingen hebben...' Hij was woedend op Eva's vader, die praktisch hulpeloos was, een last voor iedereen, maar wél bereid het leven van zijn vrouw en dochter op het spel te zetten voor dit onmogelijke ontsnappingsplan. 'Jullie kunnen aangehouden worden. Gearresteerd. Doodgeschoten.'

En nu kreeg Eva te maken met de nasleep.

Hij was ervan overtuigd dat de officier haar niet geloofde toen ze zei dat ze haar ouders vijf dagen daarvoor had gezien. Nee, haar was toen niets ongewoons opgevallen. Haar vader had liggen rusten in de woonkamer – 'hij is ziekelijk, zoals u vast wel weet' – terwijl zij en haar moeder aardappelpannenkoekjes hadden gemaakt, in de keuken. Nee, haar man was die avond lang blijven doorwerken. Nee, haar ouders hadden geen auto. Nee...

Alexander voelde een aantal keren tijdens het verhoor dat Eva naar hem keek, als om bevestiging, maar hij was verlamd van angst. Hij had altijd op zichzelf kunnen rekenen om te doen wat van hem verwacht werd, dat hij zowel zijn leven als zijn werk kon indelen en regelen, dat hij zich aan de wet zou houden. Hij kon niet geloven dat hij zo stom was geweest te eisen dat hij hier bij Eva zou zijn. Als ze allebei gearresteerd werden, zou hij niets voor haar kunnen doen. Of voor mezelf, dacht hij, en zijn handen werden klam.

Het was een schok toen hij en Eva allebei mochten vertrekken. Toen hij buiten op het trottoir stapte, met de zon op zijn voorhoofd, had hij willen huilen van dankbaarheid. De hemel was wolkeloos blauw, en de wind voerde de geur aan van uiterwaarden en het koeren van duiven. Met Eva's arm in de zijne bracht hij haar snel naar huis, steeds over zijn schouder kijkend, ervan overtuigd dat ze gevolgd werden. Hij gaf haar geen antwoord tot ze in hun afgesloten appartement waren.

'Wat is er?' Ze greep zijn handen vast. Achter haar brillenglazen leken haar ogen groter.

Hij zonk tegen een van de muren. 'We moeten je verbergen. We...'

'Wacht even. Als ik me had willen verbergen, dan had ik ook met mijn ouders kunnen meegaan.'

'Ze zullen nog meer vragen stellen. Ze zullen je opnieuw komen halen.'

'En ik zal ze antwoord geven. Net als vandaag.'

'Vandaag hebben we geluk gehad. Je hebt gehoord wat ze zeiden, dat ze contact met je opnemen als ze meer willen weten.'

'Je handen zijn ijskoud.'

Hij trok zijn handen weg. 'Je ouders hadden dit moeten bedenken voordat ze...'

'Misschien had jij dit moeten bedenken voordat je weigerde met ons mee te komen.'

'Ik heb je niet gedwongen hier te blijven.'

'O, dat heb je wél gedaan,' zei ze zacht. 'Jij bent de reden waarom ik nog hier ben.'

Hij trok haar tegen zich aan, en zijn borstkas schokte. 'Ik wil je niet verliezen, Eva.' Maar haar lichaam voelde stijf aan in zijn armen, en zij had haar gezicht afgewend. 'Het spijt me.' Hij dacht aan de verhalen die hij en Eva hadden gehoord en die ze opnieuw aan elkaar hadden verteld, om de moed erin te houden, verhalen van moed – over de dokter die zich had aangesloten bij een groep van zijn joodse patiënten die op het punt stonden naar Polen getransporteerd te worden, over de jonge vrouw die haar joodse echtgenoot naar het kz had begeleid. Tot op die dag had Alexander geloofd dat ook hij een dergelijke keus zou maken. Maar vandaag had hij het gevaar geproefd, had hij de macht van de vijand gevoeld. Hij had de moed willen hebben van die dokter, van die vrouw, maar het enige wat hij aldoor moest denken was *sufferds... Sufferds.*

'We moeten een schuilplaats voor je zoeken, Eva,' zei hij.

'Je moet onderduiken,' zei Trudi Montag die avond tegen Eva.

'Heeft Alexander met je gepraat?'

'Nee, ik hoorde het van Jutta Malter. Die vertelde me vanmiddag van dat verhoor. Ik had meteen willen komen, maar dacht dat ik beter kon wachten tot het donker was.'

'Alexander dringt er almaar op aan dat ik onderduik. Ik wil niet.'

'Natuurlijk niet. Niemand duikt voor zijn plezier onder. Maar soms is het nodig. Voor een tijdje tenminste.' Trudi hees zich op de Deense bank met de teakhouten leuningen.

'Ik ben zo bang dat er iets met mijn ouders is gebeurd. Dan zou ik dat niet eens weten... En ik kan me niet voorstellen dat ik me ergens in een onbekende omgeving moet verbergen.'

'Het hoeft geen onbekende omgeving te zijn.'

Eva fronste haar wenkbrauwen.

'Je moet het zien als... een bezoek. Aan een vriendin. Een oude schoolvriendin.'

'O nee. Ik ga jou en je vader niet in gevaar brengen.'

Trudi dacht aan Frau Neimann, die nooit had laten doorschemeren dat ze zich zorgen maakte over het risico dat de mensen liepen die haar verborgen hielden. 'Dat klinkt heel bewonderenswaardig,' zei ze tegen Eva, 'maar het is niet...'

'Over een paar weken zullen ze dat van mijn ouders wel vergeten zijn.'

'Goed. Misschien is het dan veilig voor jou om weer op te duiken.'

'In die tussentijd komen ze dan naar jouw huis en dan vinden ze mij en dan arresteren ze meteen ook jou en je vader.'

'Kom eens hier.' Trudi gebaarde naar de bank. Haar glimmende leren schoenen bengelden hoog boven de parketvloer.

Eva kwam naast Trudi zitten, met een rechte rug, net als op school – een toonbeeld van een goede houding. Haar plissérok viel om haar neer. Ze keek niet naar Trudi, maar naar haar opgezette uilen en mussen en roodborstjes en zwaluwen, boven op de boekenkasten, geconserveerd in eeuwige vlieghouding.

'Ze zouden je nooit vinden,' zei Trudi.

'O, jij hebt een drankje dat mij onzichtbaar maakt?'

'Laten we zeggen...' Trudi aarzelde. 'Laten we zeggen: we zijn voorbereid.'

'Mijn poes woont in een station.'

'Wat?' Eva knipperde met haar ogen, nog half in slaap. Het gezicht van een jongetje zweefde boven haar, blond haar dat neerhing boven zijn wenkbrauwen. Opeens herinnerde ze zich dat Trudi haar die nacht had meegenomen, haar een tunnel had laten zien voordat ze een bed voor haar maakte, op de keukenvloer, vlak bij de kelderdeur.

'Mijn poes woont in een station.'

Eva tastte naar haar bril. De jongen zat over haar heen gebogen. Achter hem lag een vrouw te slapen, op haar zij, met haar rug naar hen toe.

'De mensen geven mijn poes te eten. Elke dag.'

'Dan boft jouw poes.'

Hij knikte. 'Ze eet niet zoveel.'

'Hoe heet jij?' Eva legde haar handen achter haar hoofd.

'Konrad.'

Ze had bijna gezegd 'Eva Sturm', maar ze bedacht dat het beter zou zijn als de jongen haar achternaam niet kende, als hij ooit werd ondervraagd. 'Noem mij maar Eva.'

'Vind jij het leuk om te kijken als poezen eten?'

'Hoe eten ze dan?'

'Netjes. Heel anders dan honden, die morsen overal.'

Trudi kwam de keuken binnen met een kit kolen en deed de klep van de kachel open. 'Heb je goed geslapen?'

Eva geeuwde. 'Beter dan ik gedacht had.'

'Mijn poes wacht op me, tot ik terugkom op het station,' zei de jongen.

'Mooi zo,' zei Eva.

'Denk je dat ze een toverpoes zal worden?'

De moeder van de jongen mompelde iets in haar slaap en keerde zich op haar buik, haar haar hing voor haar gezicht.

'Een toverpoes?' fluisterde Eva.

'Net als de poes van jouw vader.'

'De poes die op je vaders keel was gaan liggen,' legde Trudi haastig uit.

'Ik heb Konrad verteld van de poes die jij in je vaders slaapkamer had binnengelaten, zodat ze hem beter kon maken.' Haar stem smeekte Eva mee te gaan met het verhaal.

'Aha, díé poes,' zei Eva, maar in haar ogen zag Trudi het bewustzijn van een andere poes – het jonge katje in de uitgestrekte handen van Hans-Jürgen, een levend stukje bont – en even waren ze weer allebei daar, meisjes in die schuur, wervelend, wervelend in die immense kerkruimte met de geur van vee en stro, gevangen in dat genadeloze stukje tijd voordat het poesje werd losgelaten naar zijn dood.

'En toen...,' zei de jongen, 'tilde je vader je op.'

'Ja...,' zei Eva langzaam.

'Hij werd sterk genoeg om je op te tillen. Voordat de poes hem beter had gemaakt, kon hij zelfs geen kopje optillen.'

'...zelfs geen kopje.'

'Heb je die poes nog wel eens gezien?'

Ze keek even langs de jongen heen naar Trudi, die van nee schudde. 'Nee,' zei Eva. 'Die poes heb ik nooit meer gezien.'

De jongen keek teleurgesteld.

'Maar ik heb wel over haar gelezen,' zei Eva.

Trudi kwam dichterbij staan.

'Ik heb over haar gelezen in een tijdschrift,' zei Eva. 'Ze is heel beroemd geworden. Een dokter – een Frau Doktor – heeft een artikel over die poes geschreven. Die Frau Doktor gebruikte die poes om... om...'

'Om patiënten te genezen die zij niet kon helpen,' zei Trudi.

'Precies. Dat deed ze met die poes.'

'Mijn poes heeft negen levens. En ze heeft er nog maar twee opgebruikt.'

'Eva kent een mooi kunstje voor mensen die zich moeten verstoppen,' zei Trudi.

'Ken ik een kunstje?'

'Leer Konrad maar wat hij moet doen als hij moet niezen.'

Eva fronste haar wenkbrauwen en schudde haar hoofd.

'Dat met je tong. Weet je nog?'

'Dat was ik helemaal vergeten.'

'Ik probeerde het altijd uit.'

'Vertel jij het dan maar.'

'Nee, ik had het weer van jou gehoord.'

Eva ging zitten en duwde de deken opzij. Haar plissérok was gekreu-

357

keld. 'Goed kijken.' Ze bracht haar gezicht vlak bij dat van de jongen, deed haar mond wijd open, raakte met het puntje van haar tong haar gehemelte aan en ging ermee heen en weer. 'Nou jij.'

De jongen probeerde het en lachte. 'Het kietelt.'

'Het móét ook kietelen, dommerd.'

'Een oud kunstje van de indianen,' zei Trudi. 'Dan hoef je niet te niezen als je je verstopt hebt. Maar als je lacht, dan werkt het niet.'

'Dat klopt,' zei Eva waarschuwend. 'Als je lacht, dan...' Ze zweeg en stak haar hand uit naar Trudi. 'Nu weet ik weer wat jij zei op die dag toen ik je dat kunstje heb geleerd. God...'

Trudi knielde naast Eva's kussen. 'Wat dan?'

'Je zei dat je niet wist wie ons zou willen pakken.'

'En nu weten we dat wél.' Trudi sloeg haar armen om haar heen.

Eva's ogen werden troebel van verslagenheid. 'Maar Konrad zal zorgen dat ons niets overkomt,' zei ze vastberaden. 'Konrad zal heel, heel stil zijn, want hij heeft iets te doen als dit allemaal voorbij is. Konrad heeft een poes die hij op een station moet afhalen.'

De jongen keek haar stralend aan.

Frau Neimann was geschrokken van de komst van Eva, en hoewel Trudi probeerde haar gerust te stellen, deed ze of de nieuwe onderduikster hen allen in gevaar bracht. Maar de jongen werd gefascineerd door Eva, die goedvond dat hij haar bril met dat donkere montuur opzette; hij raakte graag de blauw-en-zilveren broche aan die Eva's moeder altijd had gedragen en die ze op Eva's blouse had gespeld op de avond van hun vlucht.

Op een avond in de derde week dat Eva bij hen was, was Trudi Eva's haar aan het vlechten in de woonkamer, terwijl de anderen nog in de keuken waren. De aangerimpelde kraag van Eva's blouse lag beneden de tengere halve cirkel van botten die haar schouderbladen en het kuiltje onder aan haar keel verbonden, en de stof had dezelfde ivoren tint als haar huid. Toen Trudi achter Eva's stoel stond en de donkere strengen door haar vingers gleden, was het of zij tweeën weer terug waren bij het voorjaarsconcert voor de tweedeklassertjes in het landhuis van Fräulein Birnsteig. Ze rook het gemaaide gras en de seringen in de aangelegde tuin, zag de klimop tegen de witte muren, hoorde de prachtige pianomuziek die door de openslaande deuren kwam, en voelde Eva's vingers in haar haar bewegen...

'Ik mis hem zo,' zei Eva.

Trudi herinnerde zich de heftige vreugde van die concertavond, en haar diepe verdriet toen de andere kinderen van school Eva de volgende dag links hadden laten liggen. Even, terwijl haar vingers het haar vlochten, kreeg ze het gevoel dat ze indertijd Eva had bezoedeld met haar anders-zijn, en dat ze daarom nu verantwoordelijk was voor het feit dat ze vervolgd werd; en hoewel ze wist dat het helemaal niet zo was, had ze het idee dat zij het verschil verpersoonlijkte waardoor Eva een uitgestotene was geworden.

'Ik wou dat ik vannacht met hem kon slapen...'

Trudi's armen voelden zwaar en koud aan. Ze wilde ze laten vallen, maar dan zou de vlecht losraken.

'De mensen kennen Alexander eigenlijk niet. Hij laat niet toe dat ze hem leren kennen–zoals hij werkelijk is. De mensen zien hem als hardwerkend man, heel tevreden met wat hij doet... een tikje afstandelijk.'

Trudi had al die dingen over Alexander wel gehoord, en bovendien wist ze hoeveel waarde hij eraan hechtte dat men in het stadje gunstig over hem dacht. Afstandelijk was een te vriendelijke beschrijving. Bekrompen, dat was een beter woord. Mensen als Alexander wekten haar ongeduld: ze concentreerden zich zo op hun manieren dat hun ontging wat er werkelijk aan de hand was.

'Hij had zo'n groot risico genomen toen hij met me meeging naar het politiebureau,' zei Eva. 'Nu weet ik, zelfs als het erger wordt, als ze mij deporteren...'

'Daar mag je niet eens aan dénken.'

'...dat hij met me mee zou gaan. Begrijp je niet hoeveel troost dat me schenkt–de wetenschap dat hij dat zou doen?'

'Ik wil dat je troost put uit het feit dat je weet dat je niet opgepakt wordt. Versta je me?'

Eva had nooit zoveel over haar man nagedacht als in de weken dat ze in Trudi's huis verbleef. Ze had hem maar één keer gezien, toen hij op een avond onaangekondigd was verschenen, zodat zij en de jongen en zijn moeder haastig de tunnel in waren geschoten.

'Dit kan ik niet toestaan.' Leo Montag had Alexander een standje gegeven, en zijn stem was strenger dan Trudi ooit had gehoord. 'De Gestapo weet inmiddels dat je vrouw zich hier ergens verborgen houdt. Ze hoeven alleen maar achter je aan te lopen, en jij brengt hen regelrecht hierheen.'

'Niemand heeft me gezien.'

'Dat kun jij niet beoordelen. Niet in het donker.'

'Ik ben voorzichtig geweest.'

'Dat zijn zíj ook.'

'Ik...'

'Er is geen discussie mogelijk. Ik zeg dat je niet meer mag terugkomen. Je brengt ons allemaal in gevaar.'

Toen Alexander voor zijn vertrek Eva omhelsde, had hij in haar haar gekreund: 'Ik zou willen dat je vannacht met me meekwam...' Maar meteen daarop had hij gezegd: 'Nee, ik ben een egoïst. Luister niet naar wat ik zeg. Ik ben een egoïst. Ik verlang alleen zo naar je.'

'Ik wil ook graag bij jou zijn.'

De rest van die nacht was Eva boos geweest op Trudi en haar vader. Hoe konden ze zo onverdraagzaam zijn? Hoe konden ze ooit een liefde als de hare begrijpen? Leo was weduwnaar geweest zolang Eva zich kon herinneren, en Trudi – nou ja, Trudi, met dat lijf van haar, zou nooit het soort hartstocht ervaren dat Eva kende.

Terwijl Trudi een dun lint om het uiteinde van de vlecht wond, zuchtte Eva: 'Ik moet aldoor aan Alexander denken.'

'Weet je nog, in de biertuin, een jaar of negen geleden? Toen waren jij en Alexander nog niet verloofd.'

Eva glimlachte en knikte. Ze hadden die avond gedanst, en zelfs als ze een stap van elkaar vandaan deden, had ze het nog gevoeld – die aantrekkingskracht – alsof ze de lucht tussen hen in streelden. Ze had niet verwacht dat die kracht zo lang zou aanhouden, twee jaar verloofd en zeven jaar getrouwd, maar het gevoel was in de loop der jaren alleen maar toegenomen.

'Je bleef bij ons tafeltje staan,' zei Trudi, met haar handen op Eva's schouders, alsof ze haar ervan moest weerhouden zich om te draaien en haar aan te kijken.

Eva moest even nadenken. Tegenover haar ging het spinnenwebpatroon van varens over in de verbleekte bruine achtergrond van het behang. Toen zij en Trudi meisjes waren, hadden die varens een witte kleur, maar in de loop der jaren waren ze asgrauw geworden, zodat het contrast met wat vroeger donker chocoladebruin was geweest, was afgenomen.

'In die biertuin,' zei Trudi nog eens, om haar geheugen op te porren.

'Jij... jij zat daar met Ingrid Baum en Klaus Malter.'

'Heb je me met hem zien dansen?'

'Ja.'

'En wat zag je toen?'

'Wat bedoel je?'

'Vertel me wat je toen zag.'

'Ik zag jullie dansen...'

'En...'

'En Klaus kuste jou.'

Trudi, achter Eva staand, liet een zucht horen – één enkele zucht, zo diep dat Eva het gevoel had dat hij eindeloos was ingehouden.

'Wat is er aan de hand, Trudi?' Ze draaide zich haastig om en staarde haar aan.

Trudi's ogen waren bleek en afstandelijk geworden, in haar brede gezicht.

'Trudi?'

'Niemand... Niemand heeft er ooit iets over gezegd.'

'Wat viel er dan te zeggen?' vroeg Eva, en toen zweeg ze opeens, en toen zei ze zacht: 'Ach, natuurlijk.'

Trudi voelde een kille golf van boosheid. 'Natuurlijk wát?'

'Niets.'

'Natuurlijk is dat de enige zoen in het hele leven van die arme Trudi geweest...' Nu klauwden haar ogen zich vast in die van Eva. 'Is dat wat je denkt, Eva Sturm?'

'Zoiets bedoelde ik helemaal niet.'

'Waarom zei je dan *natuurlijk*?'

'Omdat ik niet begreep waarom je me vroeg naar die avond. Dat *natuurlijk* had met Klaus te maken. En hij heeft nooit wat over die kus gezegd?'

'Niet één keer.'

'De – de ellendeling. Tot nu toe had ik hem veel hoger aangeslagen.'

'Maar jij hebt ons gezien.'

'Ja, ik heb jullie gezien.' Eva nam Trudi's gezicht tussen haar handen. Haar vingers lagen warm tegen Trudi's brede kaken en wangen. 'Je was zo mooi, die avond.'

'Ik heb me wel eens afgevraagd of het echt gebeurd was.'

'Het ís gebeurd.' De bovenrand van Eva's wijnvlek was zichtbaar boven de aangerimpelde kraag van haar blouse, en Trudi zag haar zoals ze langgeleden bij de beek had gestaan, met haar hemd opgetrokken om te laten zien dat zij ook anders was. Ze vroeg zich of de vlek bleker was geworden naarmate Eva's huid was uitgerekt toen ze borsten kreeg, en opeens geneerde ze zich omdat ze graag had willen zien of die wijnvlek nog steeds Eva's tepels bedekte. *'En als ik baby's krijg, zullen ze rode melk bij me drinken.'* Nu zou Eva misschien nooit baby's krijgen. Niet als ze in dit land blijft, dacht Trudi, en ze wenste dat ze haar vriendin verborgen kon houden binnen de sprookjesachtige ranken die ze ooit voor haar had gedroomd.

'Ik weet nog dat ik naar je keek, toen jullie dansten,' zei Eva. 'Ik weet nog dat ik verrast was, omdat ik niet wist dat je zo goed kon dansen.'

'Ik kon helemaal niet dansen.'

'Dan moet je domweg aanleg hebben.'

'En wat nog meer? Wat heb je nog meer gezien?'

Eva glimlachte en liet Trudi's gezicht los. 'Klaus... die erg van je gecharmeerd was, die genoot van het dansen en...'

'En wát?' Zo gretig als haar stem klonk.

'Wil je het echt horen?'

Trudi slikte.

'Ik zag hoe hij je zoende en dat hij dat verrukkelijk vond. Laten we hopen dat hij daarvoor in de hel komt.'

'Niet voor die zoen – alleen omdat hij later deed of er niets gebeurd was.'

'Waarschijnlijk zal hij het biechten vlak voordat hij doodgaat, zodat hij niet naar de hel hoeft.'

'Ja, vijf minuten voordat hij ophoudt met ademhalen.'

Eva lachte. 'Dat vind ik zo leuk aan jouw geloof: je kunt een afschuwelijke ellendeling zijn, maar als je het goed uitrekent en biecht voordat je de pijp uitgaat, dan ben je gered. Misschien zou ik me moeten bekeren. Die dikke pastoor van jou heeft daar zijn uiterste best voor gedaan.'

'Het is niet mȉjn dikke pastoor.' Trudi grinnikte. 'Maar wat die timing betreft heb je gelijk. Daar komt het allemaal op neer... weten wanneer die laatste vijf minuten beginnen, zodat je er wat mee doet.'

'Dan zou je natuurlijk wel een priester bij de hand moeten hebben.'

'Natuurlijk.'

'Is er ooit iemand anders geweest?'

Trudi aarzelde. 'Hoe bedoel je?' vroeg ze, hoewel ze best wist wat Eva bedoelde.

'Een andere man.'

'Nee... Alleen...' Trudi haalde haar schouders op.

'Vertel op.'

'Ach, nou ja, het heeft eigenlijk niets te betekenen, maar...'

'Vertel op!'

'Er is... een man... die met me uit eten wil.'

'En?' Eva's ogen glinsterden.

'Nou ja, ik heb nee gezegd. Maar soms vraag ik me af... Stel dat ik ja had gezegd?'

'Iemand die ik ken? Hoe heet hij?'

'Max. En je kent hem niet.'

'Wat doet hij?'

'Hij is onderwijzer, of liever gouverneur.'

'Hoe heb je hem leren kennen?'

Nu wenste Trudi dat ze niet over Max was begonnen. Omdat ze zich schaamde over haar bedrog met dat briefje liep ze naar het bankje met de opgezette eekhoorn, waar ze het stof vanaf tikte.

Maar Eva liet niet los. 'Hoe heb je hem ontmoet? Mij kun je het best vertellen.'

'O... hij komt wel eens in de bibliotheek.' Het was een gedeeltelijke waarheid, geen echte leugen.

'De volgende keer dat je hem ziet, moet je zeggen dat je graag met hem uit eten gaat.'

'Dat kan ik niet.'

'Waarom niet?'

'Ik weet niet of ik hem ooit nog zal zien.'

Elke keer dat Emil Hesping kwam, luisterden Trudi en haar vader samen met hem naar de verboden Britse zender op de radio die haar vader achter in zijn hangkast verborgen hield. Herr Hesping verstond genoeg Engels om het nieuws voor hen te vertalen. Terwijl de vreemde woorden naar hen toe kwamen over krakerige golven, zetten ze het geluid zo zacht mogelijk en drukten ze hun oren tegen het gewelfde hout van de radio dat dezelfde honingblonde kleur had als het houtwerk in Leo's slaapkamer. Het signaal van de zender – *lalala-lá* – was zo herkenbaar dat, als je het geluid niet temperde, iemand op straat het zou kunnen identificeren en je aangeven.

De informatie in de kranten en op de Duitse zenders was gecensureerd, maar van de Britse zender kon je tenminste te weten komen hoever de oorlog was gevorderd. Het kwam Trudi hoogst belangrijk voor het juiste nieuws over de gebeurtenissen te krijgen, en dat te verspreiden, ook al waren veel van de mensen die wachtten op haar verhalen, bang de waarheid over de oorlog te horen. Ze deden liever alsof de Britten níét de grote Duitse steden bombardeerden, of dat de Duitsers níét alle mensen hadden vermoord in Lidice – een dorp in Tsjechoslowakije waar men onderdak had verleend aan de moordenaars van Reinhard Heydrich, de man die gezien werd als het brein achter de jodenvervolging.

'Wat denk je dat de Amerikanen gaan doen?' vroegen de mensen vaak aan Trudi, alsof haar tante Helene in New Hampshire haar voorzag van directe verbindingen met de plannen van het Amerikaanse leger.

'De Amerikanen zullen dit niet veel langer meer dulden,' antwoordde ze dan, met meer overtuiging dan ze in werkelijkheid voelde.

Ze kon haar nieuws nu sneller verspreiden met de fiets die ze had gekocht van het geld dat tante Helene haar bij het vorige kerstfeest had gestuurd. Dat was het laatste pakje geweest dat haar uit Amerika had bereikt. Eerst had ze geaarzeld het geld voor zichzelf uit te geven, maar de helft van de bankbiljetten die in de houten klosjes verborgen waren geweest, was speciaal voor haar bestemd geweest. In haar brief had tante Helene erop aangedrongen dat ze iets voor zichzelf kocht, en zodra Trudi de biljetten had ontrold, waren ze weer teruggeschoten in hun vorige vorm. Nadat Trudi het garen aan Herr Blau had gegeven, die vaak tot laat in de avond voor de onderduikers zat te naaien, kocht ze een fiets bij de vader van Ingrid, een kinderfiets, waardoor ze haar boodschappen veel sneller kon verspreiden.

Het was ironisch – fietsen en fietsbanden voor volwassenen waren niet meer te koop, omdat gebrek aan materiaal doordrong tot in elk onderdeel van het dagelijks leven – maar Herr Baum had nog twee kinderfietsen, luxevoorwerpen die niemand zich meer kon veroorloven, en hij rekende Trudi een gunstige prijs voor de fiets die haar het best beviel. Hij voegde er gratis twee reservebanden en een fietspomp aan toe – 'Omdat jij het bent,' zei hij, met zijn grijnzende gezicht vlak voor het hare – maar ze deed haastig een stap opzij om te voorkomen dat hij in haar bil kneep.

Dit was de eerste fiets die ze had bezeten. De driewieler die ze als kind had gehad, was nooit echt goed voor haar geweest: eerst had ze de pedalen niet kunnen bereiken, en tegen de tijd dat ze dat wél kon, raceten andere kinderen van haar leeftijd rond op gewone fietsjes, en geneerde zij zich nog op een driewieler te rijden. Deze nieuwe fiets echter had de proporties van een grotemensenfiets, alleen was hij in alles kleiner, laag gebouwd, en er was niets kinderachtigs aan het stevige witte frame en het zwarte zadel.

Trudi leerde binnen een dag fietsen. Om te voorkomen dat de fiets gestolen werd, bewaarde ze hem binnenshuis. Soms leerde ze 's avonds Konrad, die nog niet op een gewone fiets kon rijden, de gang op en neer te rijden, en dan draafde ze lachend achter zijn wiebelige wielen aan.

Nu kon ze, als het moest, binnen een paar minuten ergens zijn: ze vergat korset en kousen, trok zomaar wat kleren aan zonder na te denken of ze bij elkaar pasten. Een keer, toen ze haar fietsende spiegelbeeld zag in de ruit van de kruidenierswinkel – met haar gestreepte vest wapperend boven haar gebloemde jurk –, dacht ze aan Frau Simon, en hoe ontzet ze zou zijn geweest.

Konrad was bezig haar te helpen de fiets op te poetsen met een zeemlap, op de avond dat ze vlakbij schoten hoorden, maar pas de volgende ochtend vernam ze wat er gebeurd was. Twee joodse mannen waren ontdekt in de zoldеrkamer van de schoonzoon van de apotheker, die in Rusland aan het front stond. Ze waren beiden onmiddellijk doodgeschoten, voor de ogen van de dochter van de apotheker en haar moeder, die hun schort over hun gеzicht hadden getrokken om het bloed niet te zien. Toen de vrouwen voor ondervraging naar het Theresienheim werden gebracht, hadden ze ook de apotheker meegenomen, nog in het lange grijze ondergoed waarin hij had liggen slapen toen hij uit zijn bed was gesleurd.

Hij probeerde de officier ervan te overtuigen dat hij al meer dan dertig jaar geen woord met zijn dochter had gewisseld. 'Ze is getrouwd met een protestant,' zei hij, alsof dat hem zou bevrijden van elke verdenking van medeplichtigheid aan het verbergen van joden. Zijn vrouw was van hem gescheiden in het jaar nadat zijn dochter getrouwd was, legde hij uit, en hij had sindsdien geen woord met haar gesproken. En evenmin met zijn kleinkinderen, inmiddels volwassen en elders woonachtig.

'Wanneer hebt u uw vrouw het laatst gezien?'

'Gisteren, maar...' Hij klemde zijn lippen opeen, maar zijn vlezige wangen bleven bewegen, alsof hij op de woorden kauwde. 'Zo zit het niet. Ik zie haar vrijwel dagelijks. Ze woont namelijk vlak om de hoek en moet langs de apotheek als ze naar de markt gaat.' Zijn ogen schoten naar zijn ex-vrouw, en toen weer naar de officier, die er geen woord van leek te geloven. 'Zeg het, Anneliese.' Zijn stem was schril. 'Zeg tegen hem dat we nooit met elkaar praten.'

Ze gaf geen antwoord.

'U spreekt nú toch met haar,' zei de officier.

'Maar begrijpt u dan niet...' Hij noemde namen van getuigen, Anton Immers en twee andere mannen van de schaakclub – goede oude vrienden, noemde hij hen – die echter niet ronduit wilden toegeven dat ze bevriend waren met de apotheker en niet zonder meer wilden getuigen dat er altijd zwijgen had geheerst tussen hem en zijn vroegere vrouw.

Ondanks zijn protesten werd hij vastgehouden in het Theresienheim, en binnen een week afgevoerd naar een werkkamp, samen met zijn vrouw en dochter.

'Die twee vrouwen hadden ze ook kunnen doodschieten,' zei Emil Hesping tegen Trudi. Hij had er al bijna een maand bij haar en Leo op aangedrongen Frau Neimann en Konrad naar een ander adres te sturen. 'Het is te gevaarlijk om ze lang op één plaats te houden. Niet alleen voor jullie. Ook voor hen.'

Trudi kwam met hetzelfde argument als eerder. 'Niemand weet dat ze hier zijn.' Maar als Herr Hesping nu eens gelijk had? Ze vond het een vreselijk idee dat Konrad zou weggaan, ze kon de gedachte niet verdragen dat ze niet wist wat er met hem zou gebeuren. Die onzekerheid was voor haar veel erger dan de vrees voor haar eigen veiligheid.

Herr Hesping wreef met zijn duim over een plekje op de revers van zijn colbertje en wachtte af.

Ze voelde zich gedrongen met hem in te stemmen. 'Goed dan,' zei ze boos. 'Goed dan.'

'Ik zal je laten weten wanneer. En, Leo, die verboden boeken die je nog steeds in de bibliotheek hebt staan...'

'Ik weet het. Nu we hier onderduikers hebben, had ik al bedacht dat ik die dozen moet zien kwijt te raken.'

'Verbrand ze.'

'Dat was nou juist wat ik wilde vermijden.'

'Ik ga ze niet meenemen in mijn auto, met gevaar van aanhouding, enkel en alleen om die reden.'

'Verbranden...' zei Leo zacht.

'Naar voor je.' Trudi raakte zijn arm aan. Ze wendde zich tot Emil Hesping. 'Waar brengt u Konrad en zijn moeder naartoe?'

'Er is al een nieuw adres gevonden.'

'En ik mag geen vragen stellen.'

Hij schudde zijn hoofd.

'Ik weet het,' zei ze treurig.

'We hebben alleen wat aan jullie als we hiermee kunnen doorgaan.'

'*We...* Wie zijn die *we*? Wie zijn er nog meer...'
'Lijkt het je een goed idee als ik daar antwoord op geef?'
'Ja,' zei ze. 'Nee.'

De volgende ochtend deelde Leo Montag gekalligrafeerde uitnodigingen voor een diner uit aan Trudi, Eva, Frau Neimann en Konrad. Hij joeg iedereen weg uit de keuken en weigerde antwoord te geven op Trudi's vragen wat er aan de hand was; alleen verzocht hij allen zich keurig te kleden. Ze reageerde ongeduldig op zijn speelsheid, zijn geheimzinnigheid—het leek zo zinloos als het verband hield met Konrads vertrek. En toch, omdat de jongen zo opgewonden was over de uitnodiging, deed ze of ze uitkeek naar het diner.

De hele dag werkte ze alleen in de leesbibliotheek. Een paar keer, als er geen klanten waren, kwam haar vader binnen om een armvol boeken onder uit de dozen te halen. 'Om je de waarheid te vertellen,' zei hij, 'die boeken zijn prima brandstof om op te koken.'

'Na de oorlog schaffen we andere aan,' zei ze, al voelde ze zich gespannen, zonder hoop.

Tot dusver had ze Konrad en zijn moeder niet verteld dat ze binnenkort zouden weggaan. Waarom zou ze hen bezorgd maken? Het kon nog weken duren. Of uren, dacht ze. Ze moest zich dwingen te luisteren naar de roddelverhalen die haar klanten haar vertelden. Met tegenzin maakte ze zich gereed voor die avond. Ze trok het linnen mantelpakje aan dat ze in het jaar voor de oorlog had genaaid, en ze leende Frau Neimann haar mooie sjaal met franje. Eva droeg haar plissérok en een groene zijden blouse, en de jongen zag er heel volwassen uit in een donker pak met broekspijpen tot op de knieën, door Herr Blau voor hem genaaid van heel oude stof.

Toen Trudi's vader hen eindelijk toeliet tot de keuken, had hij zijn zondagse pak aangetrokken, met de kleurige das. De strepen glinsterden en spiegelden in het licht van de zes waskaarsen die hij op tafel had gezet. Er was rosbief—een compleet stuk rosbief in een kom dikke jus. Trudi kon zich de laatste keer niet herinneren dat ze een compleet stuk rosbief had gezien. Op de een of andere manier was haar vader aan doperwtjes gekomen, en aan asperges, en er waren aardappelknoedels, en zelfs een aardbeientaart en twee flessen champagne. Een vaas met rode en gele tulpen stond in het midden van de tafel.

Konrad klapte in zijn handen.

Zijn moeder deed een stap in de richting van de tafel.

'Staat u me toe?' Leo Montag stak haar zijn rechterarm toe, en Eva zijn linker, en bracht hen naar hun stoelen.

Trudi maakte zich zorgen over wat hij allemaal had geruild voor al dat eten. Niet de radio, dacht ze. Die niet.

'Gaat u zitten, alstublieft,' zei hij.

Ze beklom de drie treedjes van haar eetkamerstoel, en toen ze naar Eva keek – die dezelfde vastberaden vrolijke uitdrukking op haar gezicht had als op de avond van haar gekostumeerde bal, toen ze roekeloos uitbundig had gedanst in haar nonnenhabijt –, besloot Trudi zich te laten meeslepen door haar vaders feestelijke stemming, een feest dat uit chaos was voortgekomen.

En al voelde hun gelach aan als iets wat aan een onzekere toekomst was ontstolen, toch warmde en vulde het eten hun maag, en van de champagne kregen ze blosjes op de wangen. Haar vader vertelde de meest dwaze intriges uit de romannetjes in de leesbibliotheek, en Trudi kon zien dat Frau Neimann en Eva diep onder de indruk waren. Het feestmaal dat hij had toebereid, en zijn verhalen over verwikkelingen in de liefde, die altijd uitliepen op sentimentele verzoeningen en een onnozele afloop, verzachtten de doodsangst die ze inmiddels allemaal 's avonds mee naar bed namen, en waartegen ze zich schrap zetten in de vroege ochtenden.

Dit is gevaarlijk, had Trudi tegen hen willen zeggen. Tot dusver waren ze zo voorzichtig geweest, nooit was de tafel voor meer dan twee personen gedekt geweest, maar toen ze naar de stralende gezichten om zich heen keek, wist ze dat stopzetting van het feest nog gevaarlijker zou zijn, een aantasting van de levenskracht die ze die avond bezig waren te herwinnen.

Maar naarmate de avond vorderde werd Leo Montag ernstig, alsof het hem moeite kostte alle aanwezigen te blijven amuseren.

'Wat is er?' vroeg Trudi ten slotte.

Hij keek van haar naar Frau Neimann, en die bracht haar handen naar haar mond.

'Nee,' zei Frau Neimann.

Het hoofd van de jongen schoot omhoog. In zijn ogen stond paniek. Leo knikte.

'Waarheen?' vroeg Frau Neimann.

'Dat is ons niet verteld. Dat is namelijk beter. Maar ik weet dat u daar veilig zult zijn.'

'Wanneer?'

'Vanavond.'

Ze wees met haar kin naar Eva. 'En zij?'

'Alleen u en uw zoon.'

'Aha... Wie komt ons ophalen?'

'Herr Hesping. Hem kunt u volkomen vertrouwen.'

Trudi klom van haar stoel af en sloeg haar armen om de jongen heen. 'Kom jij ook mee?' vroeg hij.

'Dat gaat niet.'

'Waarom moeten mensen onderduiken?'

Tranen kwamen in haar neus, haar ogen, en ze drong ze terug met één diepe snik. 'Het is niet altijd zo geweest.'

De paniek was weg uit de ogen van de jongen. Hij zocht een antwoord bij haar, niet bij zijn moeder.

Ze begon te denken aan een laatste verhaaltje voor hem. 'Ik zal je vertellen hoe het was voordat er op mensen jacht werd gemaakt, Konrad...' Om de tijd geheel stop te zetten, sloot ze haar ogen en stelde ze zich voor dat Pia bij haar in de keuken was, ze stelde zich voor dat de papegaai Othello tussen hen heen en weer vloog terwijl zij en Pia het sprookje van het eiland verzonnen, een sprookje dat zo rijk en betoverend was dat hij er regelrecht in kon stappen als het moest... 'En op dat eiland waren de stoepen van wit marmer. Elke nacht spoelde een warme regen de straten en de dikke bladeren van de bomen schoon. Overdag scheen de zon altijd, en in de baai kon je zwemmen.'

'Zelfs in de winter?'

'Zelfs in de winter. De bomen, die hingen vol met tropische vruchten en noten, en niemand wist wat honger was.'

Hij zuchtte. 'Waarom kunnen we daar niet heen?'

Bestond dat eiland maar echt. 'Misschien,' zei ze, 'moet ik zo langzamerhand terug naar dat eiland.'

'Hoe heet het?'

'Het eiland van de kleine mensen. Waar ik ben opgegroeid.' Ze voelde dat haar vaders ogen op haar rustten, en toen ze hem aankeek, bleken ze vol bijna ondraaglijke bezorgdheid en liefde. 'Een tovereiland, Konrad, waar niemand groter is dan jij en ik, waar orchideeën en papegaaien en...'

'Maar waarom ben jij daar dan weggegaan?'

'Omdat...' Ze zocht in zichzelf naar de kern van het verhaal, en toen ze die vond, was ze verwonderd, want de jongen zou daarin geen troost vinden, zoals ze verwacht had; en toch moest ze hem het hele verhaal vertellen, en intussen de betekenis voor haarzelf proberen te begrijpen. 'Omdat de watervallen waren opgedroogd. Vogels vielen uit de hemel. Alles verdorde. Bergen zakten in, en bedolven prachtige tunnels...'

'Waarom?'

God, ze wilde Konrad niet laten gaan. Ze had nooit eerder op die manier van een kind gehouden, en ze wilde hem opeisen als haar kind, hem met haar lichaam beschermen tegen iedereen die het waagde hem van haar af te pakken. *Hij is niet van mij. Niet van mij.* Toen ze zich een stap van hem verwijderde, drong het opeens tot haar door dat ze nog helemaal niets had begrepen van de abrupte scheidingen van familie en vrienden waaronder joden dagelijks leden. Zij had haar moeder verloren, en had daarom gerouwd, maar dat was één verlies, niet een opeenvolging van verliezen, nog verergerd door die aanhoudende vrees voor je eigen dood.

Ze was woedend dat ze in deze tijd moest leven, onder deze wetten, en ze keek de jongen strak aan, prentte zichzelf in zijn ziel. *Je zult je mij altijd kunnen herinneren. Echt waar.*

'Waarom is alles verdord?' wilde hij weten.

'Tja, weet je – mensen van gewone lengte wilden op het eiland gaan wonen...' Het spreken kostte haar moeite, maar ze ging verder. 'Zij wilden ook in die betovering wonen. Maar de kleine mensen waren het niet eens over wat ze moesten doen. Sommigen zeiden: "Ja, laten we allemaal op ons eiland wonen, los van de vraag hoe lang we zijn..."' Haar borstkas deed pijn. Haar hoofd deed pijn. 'Maar de meesten wilden de lange mensen niet toelaten. Ze wisten niet veel van hen af – zo beginnen vooroordelen, Konrad – en dus waren ze bang omdat ze anders waren. Ze wilden hun eiland zelf houden en ze begonnen jacht te maken op de lange mensen... en ze joegen zelfs op de kleine mensen die probeerden de lange mensen te beschermen.'

Ze kon voelen hoe het eind van het verhaal zich om haarzelf en de jongen wikkelde, en de anderen aan tafel erbij betrok: ze luisterden aandachtig – niet lacherig, zoals bij haar vaders verhalen, maar met een verdoofde treurnis. 'Alles op het eiland verdorde. De palmbomen raakten hun grote bladeren kwijt. Perziken droogden uit rondom hun pit. Sinaasappels werden bruin. Zelfs de grootste waterval droogde op tot één modderig stroompje.'

Het was stil in de keuken.

'Is dat het einde?' vroeg Konrad.

'Voorlopig wel.' Had ze maar een verhaal van hoop gevonden om hem mee op reis te geven. Kon ze maar met hem Duitsland uitkomen, zoals dat Stefan Blau bijna een halve eeuw geleden was gelukt.

'Het zal ooit wel eens anders worden,' zei Konrad tot haar verrassing.

'Dat zal wel moeten,' zei ze snel.

Haar vader stond op. Iedereen keek naar hem, maar niemand zei iets.

Frau Neimann schoof haar stoel achteruit. 'Ik moet gaan pakken. Het is...' Haar stem weigerde dienst. 'Het is tijd. Ja toch? Het moet zover zijn.'

Hij knikte.

'Ik help wel met pakken,' bood Eva aan.

Trudi schoot naar de gootsteen en pakte de bijna lege flacon handlotion. 'Vergeet u dit niet.'

Frau Neimanns kin trok zich samen. Ze schudde van nee.

Trudi drukte haar de fles in handen. 'Alstublieft. U en Konrad–u hebt ons leven zo verrijkt.'

Halverwege de zomer begon het tentlinnen waarmee de tunnel gevoerd was, naar meeldauw te stinken, en toen Leo Montag en Herr Blau de stof wegtrokken, bleken daarachter plekken schimmel te zitten, en bovendien viel een fijne regen van aarde op hen neer.

Hun nieuwste vluchteling, een taxichauffeur uit Bremen die tot dusver op negen plaatsen ondergedoken had gezeten, maakte zich zorgen dat de aarde daarboven was ingezakt. 'Als dat gebeurd is, dan is dat vanaf de straat zichtbaar,' zei hij waarschuwend.

Herr Blau stelde hem gerust. 'Er loopt niemand tussen mijn huis en de leesbibliotheek.'

Maar toen Leo ging kijken op de smalle strook gras, ontdekte hij een ondiepe plas, recht boven de plaats waar de tunnel liep. Die nacht gingen hij en de taxichauffeur de tunnel stutten met palen en balken die Herr Blau in zijn kelder had opgestapeld. Ze praatten erover of ze de plas zouden opvullen met aarde, en besloten dat niet te doen, omdat aarde nog opvallender zou zijn, met al dat gras eromheen.

Hun volgende gasten, twee bejaarde zusters uit Keulen, stelden voor planken over de bodem van de tunnel te leggen, zodat hun rokken droog bleven.

'Dan kan het water weg onder het hout,' zei de langste van de twee nadat Trudi samen met hen het vluchtpatroon had ingestudeerd.

'Ja,' zei de andere zuster. 'Dan zouden we over de planken kunnen kruipen zonder onder de modder te komen.'

Op de een of andere manier leverde elke onderduiker wel een bijdrage aan de verbetering van de tunnel. Eva spande dunne stof van haar nachtpon onder het plafond tegen korrels aarde die in je ogen konden komen of tussen je hals en kraag gaan zitten. Zij was de enige die sinds het voorjaar bij Trudi en Leo was gebleven. De anderen kwamen en gingen snel, en brachten vreselijke verhalen mee, veel erger dan alles wat Trudi had kunnen verzinnen, alsof een of andere godheid gek was geworden tijdens het bedenken van waanzinnige intriges; en elke intrige bevatte weer de intriges van andere verhalen die de onderduikers op hun wanhopige tochten hadden vernomen. Terwijl Trudi daarnaar luisterde, werd ze overweldigd door een gevoel dat het niet geloofwaardig meer was, alsof het allemaal gebeurde in een wereld die veel ongewoner was dan Pia's eiland van de kleine mensen. Alles wat in haar familie en in haar stadje was gebeurd voordat Hitler en zijn bruine bende de macht hadden gegrepen – inclusief de dood van haar moeder en de verdwijning van de vader van Georg Weiler en het huwelijk van Klaus Malter, en zelfs haar ontering in de schuur van de Braunmeiers –, had ze zelf kunnen verzinnen, ze had het kunnen verwerken in het weefwerk van een veel groter motief; deze nieuwe verhalen echter, die haar werden gebracht door de mensen die ze onderdak verschafte, zou zij nooit hebben kunnen bedenken: ze brachten haar tot zwijgen, ze knuppelden haar neer doordat ze zo definitief waren, hoewel de afloop nooit geheel duidelijk was.

Tweemaal, toen de politie de buurt doorzocht en onderduikers in de tunnel hurkten, was Trudi geschokt, zo gemakkelijk als het was tegen hen te liegen: 'Nee, we hebben al dagen geen bezoek gehad... Mijn vader en ik praten met klanten die in de bibliotheek komen, maar we leiden nogal een teruggetrokken leven... Eva Sturm?' Ze hield haar hoofd schuin omhoog, iets naar opzij, trok haar nek in, maakte zich kleiner, ongevaarlijker, hulpvaardiger. 'Natuurlijk ken ik Eva Sturm... die ken ik mijn hele leven al... ik was nog uitgenodigd voor haar huwelijk, weet u. U zou eens... Nee, nee, ik heb haar niet gezien. In geen maanden...' Ze boog zich naar opzij, hinkend, om hen een paar kostbare seconden tegen te houden terwijl ze aanbood hun het huis te laten zien, en ze ging moeizaam uit de weg toen ze zich langs haar wrongen.

Met een hart dat gevoelloos was van de koele zekerheid dat de tunnel veilig was – veilig moest zijn – wachtte ze op hen bij de voordeur, met kalme polsslag, met een beleefde uitdrukking op haar gezicht toen ze de deur weer voor hen opendeed. Pas toen, nadat ze de sleutel in het slot had omgedraaid, begon ze te beven. Ze zocht steun bij de trapleuning en zei bij zichzelf dat het veel erger moest zijn voor Eva en de anderen in de tunnel, dat ze haastig naar hen toe moest om te zeggen dat ze weer te voorschijn konden komen, maar ze moest toch eerst op de trap gaan zitten voordat ze in staat was te lopen.

Emil Hesping en de bisschop coördineerden een voortdurend wisselende reeks onderduikadressen van Keulen naar het noorden, naar de Nederlandse grens. Omdat Emil altijd al gereisd had tussen de verschillende afdelingen van de gymnastiekclub, waren de mensen eraan gewend dat hij veel onderweg was en reageerden ze niet argwanend als ze hem in geen dagen zagen.

'Het is van levensbelang,' zei hij telkens weer tegen Trudi, 'dat geen van de groepen de identiteit van andere groepen kent. We moeten ook voorzichtig zijn met wat we zeggen tegen de mensen die we verbergen. Je moet bedenken: ze kunnen opgepakt worden, tot praten gedwongen worden.'

'Dat hoef je me niet alweer te zeggen,' zei ze dan.

'Het is iets wat ik steeds weer tegen mezelf moet zeggen.'

Haar roddelverhalen hadden al een nieuw patroon gekregen: ze selecteerde haar verhalen, omdat ze zich bewust was van haar verantwoordelijkheid tegenover de mensen die van haar afhankelijk waren, al voelde ze zich geremd doordat er zoveel was dat ze niet kon vertellen – bijvoorbeeld over de vrouw die krom van de reumatiek was en die zo teder verzorgd werd door haar man, zonder dat hij zag hoe versteld Trudi stond van een soort liefde die niet terugdeinsde voor fysieke verschillen; over de jonge verpleegster uit Berlijn die twee lepels van de Montags had gestolen voordat ze naar een ander adres was overgebracht; of over de jonge priester die zijn eigen naam, Adolf, verafschuwde en die haar een nieuw respect voor de geestelijkheid had geschonken, niet alleen omdat hij joden had verborgen in zijn kerk in Dresden, maar ook door zijn verhalen over andere priesters en dominees – onder wie ook bangelijke zielen, gaf hij toe – die zich hadden uitgesproken tegen de onderdrukking van de joden en die gearresteerd of zelfs vermoord waren.

Die verhalen bleven in Trudi's hoofd hangen, een reservoir waaraan ze niets kon ontlenen, hoewel het dieper werd met elke dag van bezorgdheid om de mensen die haar huis met onbekende bestemming hadden verlaten. Ze probeerde zichzelf wijs te maken dat ze die verhalen na de oorlog kwijt zou kunnen, dat ze slechts wachtte tot die tijd; toch voelde ze al voor een deel aan dat die verhalen nooit tot bloei zouden komen, dat ze–na de oorlog–heel weinig mensen zou vinden die bereid zouden zijn te luisteren, aangezien de mensen van Burgdorf totaal in beslag genomen zouden zijn met het veranderen van het gebeurde in een geschiedenis die hen niet uit de slaap zou houden, in een *heile Welt* die ze aan de volgende generatie konden doorgeven. Anton Immers – een van de weinigen die zouden toegeven dat ze in de Führer hadden geloofd–zou de brave burgers van Burgdorf onbehaaglijk stemmen met zijn verdriet dat het *Reich* voorbij was, en met zijn dromen over de herleving ervan, nog glorieuzer dan weleer.

Steeds meer begon Trudi zichzelf te zien als een ondergrondse bode: ze bewaarde haar verhalen voor later, terwijl ze bijzonderheden over de militaire situatie rondvertelde, via de Britse zender, bijzonderheden die meestal strijdig waren met wat de Duitse zenders lieten horen. Ze dacht vaak aan Konrad en worstelde tegen de vrees dat hij, waar hij nu ook mocht zijn, in gevaar verkeerde. Bij de priester, Adolf, had ze vanaf het eerste moment geweten dat hij de oorlog zou overleven: het stond in zijn ogen te lezen, die overleving, in de manier waarop hij zijn sterke lichaam bewoog. Hij was tijdens de mis gearresteerd, en hij was erin geslaagd te vluchten naar de dichte wouden, vlak voordat het transport de poort van het kz Buchenwald had bereikt, even buiten Weimar.

Op de avond voordat de priester de leesbibliotheek zou verlaten, had Trudi toegekeken hoe hij zich schoor. Ze had een van haar goudomlijste spiegels voor hem naast de gootsteen gezet. Het was zo'n eindeloos warme juniavond met benauwd-vochtige lucht, waarop je huid glad van zweet voelt. Terwijl Adolf zijn gezicht inzeepte met haar vaders scheerzeep, liet hij haar zien hoe een van de bewakers in de trein zijn duim had gedrukt in het zachte plekje achter zijn oor.

'Even dacht ik dat ik doodging. Dat transport–daar heb ik geleerd wat honger is. Ik wist niet dat een dergelijke honger kon bestaan. Ik schaamde me ervoor.' Zijn stem sprak snel, het was nauwelijks meer dan gefluister. 'Onder die honger zat een aanhoudende gulzigheid–als van een wilde hond die elk moment losgelaten kon worden. Ik was even bang voor die gulzigheid als voor de bewakers, bang voor wat dat gevoel me misschien zou laten doen...'

Hij staarde in de spiegel en bracht het scheermes omhoog. 'Die honger – daardoor kwam bij sommigen van ons het slechtste naar buiten, en bij anderen het beste. In de trein zag ik hoe een vader eten weggraaide bij zijn dochter... Ik zag een oude man die vertrapt werd terwijl anderen vochten om één rauwe aardappel. Natuurlijk was niet iedereen zo. Veel mensen offerden van alles op en deelden het weinige dat ze hadden. Ik was duizelig en koud en zwak van de honger – daar draaide alles om... Ik snakte naar mijn band met God, probeerde me de vreugde te herinneren waarmee ik het orgel in onze kerk had bespeeld, maar alles werd gereduceerd tot mijn maag. Die was mijn God, mijn enige metgezel...

Nadat ik gevlucht was...' Hij schudde zijn hoofd en begon opnieuw, en wat hij Trudi vertelde, nam voorgoed elke eventuele twijfel weg, de twijfel dat de geruchten over mensen die bij honderden in kampen omkwamen, veel te gruwelijk waren om waar te zijn. Ze zag de priester voor zich, gehurkt in het struikgewas buiten hoge rollen prikkeldraad, zag hem wegstrompelen bij een enorm graf – naakte lijken die in de opgedolven aarde werden geschoven, verstrikt in onbetamelijke omhelzingen. Hij zocht zijn weg door de bossen naar Weimar, waar zijn favoriete dichters, Goethe en Schiller, hadden gewoond en gewerkt, en hij verborg zich tussen de hoge monumenten op de begraafplaats, in de buurt van de grafkelder waar beide dichters rustten, hoogvereerde doden.

'Die nachten op de begraafplaats...' De priester schraapte het schuim over zijn linkerwang. 'Ik dacht dat ik gek werd. Ik kon niet begrijpen dat de graven van sommige mensen een steen droegen, terwijl anderen vernietigd werden zonder dat er iets van hen restte. Het leek veel erger dan elke andere vorm van onrecht die ik ooit heb gekend. Ik kon het niet doorgronden. Ik probeerde het, en mijn pogingen maakten me waanzinnig...'

Geleidelijk was hij naar het westen getrokken, geholpen door mensen die hij, zoals hij zei, nooit zou vergeten. Tijdens zijn tocht had hij andere vluchtelingen ontmoet, maar slechts één vrouw die echt uit een kz had weten te ontsnappen. Die vrouw, die acht dagen lang een schuilplaats achter de nepwand van een kast had gedeeld met de priester, had hem over het kamp verteld – de vuiligheid, de honger, de open zweren – maar wat voor haar het allerergst was geweest, was het washok, waar ze zich, samen met anderen, naakt had moeten uitkleden, een ijzige douche had moeten nemen en vervolgens overgoten was met ontsmettingsmiddel dat in haar ogen prikte, terwijl bewakers stonden te lachen of hen opjoegen.

Opeens wilde Trudi geen informatie meer, ze wilde de herinnering aan wat de priester al verteld had uitwissen, maar ze wist dat zijn woorden in haar ziel waren gegrift, zo zeker als twee maal twee vier was. 'Wat was er met die vrouw gebeurd?' vroeg ze schor, haar voorhoofd nat van zweet.

'Ze hebben haar geestkracht niet kunnen breken, hoewel dagelijks anderen in dat kamp krankzinnig werden. Voor haar werd dat washok haar redding, want daar werd ze gezien door de bewaker die haar ten slotte zou helpen te vluchten...' De priester kromp ineen toen hij zich in zijn kin sneed. 'Die bewaker had niet verwacht dat hij verliefd op haar zou worden.' Bloed stroomde door het witte schuim en vormde een roze vlek.

Trudi rende naar de wc en bracht hem een paar velletjes papier. 'Alstublieft.'

Hij drukte ze tegen het wondje. 'Zij heeft hem gebruikt. Gedaan alsof.'

'Dat zou ik ook gedaan hebben.'

'Die bewaker had het allemaal geregeld. Valse papieren voor haar, zodat ze konden trouwen. Moet je je voorstellen... Hij zou blijven werken in dat moordkamp, en zij zou thuis zijn, zijn eten koken, zijn uniformen schoonhouden, zijn kinderen baren, voor het *Vaterland*.'

'Hoe is ze eruit gekomen?'

'Ze stemde erin toe met hem te trouwen, en hij heeft haar naar buiten gesmokkeld. Onder lagen afval. Hij nam haar mee naar het kamertje dat hij voor hen tweeën had gehuurd, boven een bakkerij in München. Eerst sloot hij haar aldoor op, maar zij wist hem ervan te overtuigen dat ze nooit zonder hem weg zou willen gaan.'

'En toen gaf hij haar een sleutel.'

'Ja.'

'Mijn vader heeft mijn moeder moeten opsluiten.'

De priester keek Trudi aan. Hij had het bloeden gestelpt door een driehoekje papier op het wondje te plakken.

'Hij moest wel. Ze – ze was niet gezond. Ze is gestorven toen ik vier was.'

'Wat naar voor je.'

'Het is langgeleden. Bovendien, vergeleken met wat u en zoveel anderen moeten doormaken...'

'Ah, maar dat is iets onmogelijks – onze pijn vergelijken. Daardoor vermindert hetgeen ons overkomt, daardoor wordt het verwrongen. We moeten zeggen: ja, dit is wat mij is overkomen, en dit is wat ik ermee zal doen.' Hij spoelde zijn kin schoon. 'Weet je wat ik ga doen zodra ik kan?'

Ze schudde haar hoofd.

'Mijn naam veranderen. Officieel.'

Ze was teleurgesteld door zijn antwoord. Het leek zoiets kleins, vergeleken met alles wat hij zou kunnen doen. 'U hoeft de mensen toch niet te vertellen dat u Adolf heet. U had het mij ook niet hoeven te vertellen. U had een andere naam kunnen verzinnen.'

'Maar snap je het dan niet?' Hij bukte zich naar haar toe. Zijn gezicht rook naar haar vaders scheerzeep. 'Op het moment is er niets wat ik officieel kan doen zonder weer opgepakt te worden, maar als ik erover denk het op te geven, dan zeg ik tegen mezelf dat ik dat ga doen, mijn naam veranderen. Ik haat die naam. Natuurlijk zijn er veel belangrijker dingen, en die wil ik óók doen – bijvoorbeeld een eind maken aan de transporten, aan de kampen...'

'Aan de oorlog,' zei Trudi.

'Ja, maar ik weet dat ik daar geen eind aan kán maken, dus moet ik me vasthouden aan één ding dat ik wél kan doen.' Zijn ogen brandden van overtuiging. 'Door die naam hardop te zeggen, kan ik mijn woede behouden, mijn vaste overtuiging...'

Ze had gewild dat hij langer bleef, maar hij zou nog maar een paar uur in hun huis zijn, want Herr Hesping had al een nieuw adres voor hem geregeld. Zij en haar vader waren slechts één halte op zijn weg naar de bevrijding van zijn naam.

Toen de oudste zoon van de Weskopps die herfst aan het Russische front sneuvelde, begon de weduwe Weskopp, die steeds in stilte had geleden, te schreeuwen, en ze hield niet op met schreeuwen. Toen de buurvrouwen zich naar haar toe haastten, vonden ze haar in de kamer die haar twee zoons hadden gedeeld, starend naar de ingelijste vlinderverzameling – stoffige dingetjes, ooit felgekleurd, gespietst op spelden – die aan de muur tussen de twee bedden hing. Je kon haar kreten in het hele stadje horen. Erg lang kunnen ze niet geduurd hebben, maar ze leken de hele dag te blijven hangen. En zelfs 's nachts werden mensen wakker omdat ze dachten dat ze die kreten hoorden, geluiden die uitdrukking gaven aan de pijn die het stadje had verdragen – veel doordringender en angstwekkender dan de sirenes die waarschuwden als vliegtuigen over Burgdorf kwamen, op weg om hun bommen te laten vallen op Düsseldorf of Keulen.

De weduwe Weskopp, die nog niet eens het volle jaar rouwkleding had kunnen dragen voor haar man en jongste zoon, zou voortaan altijd zwart dragen, de enige kleur in haar leven, afgezien van de viooltjes die ze op elke vensterbank van haar huis kweekte, alsof ze moesten opwegen tegen het harde zwart van haar kleding.

Toen Trudi terugkwam van de begrafenis van de zoon van de Weskopps, stond Eva haar op te wachten in de keuken.

'Ik ga naar huis,' zei ze kortaf.

'Je weet dat dat niet verstandig is.'

'Wat ik ook weet, dat is dat ik zo niet verder kan leven. Soms vergeet ik dat jij mijn vriendin bent... Het enige wat ik zie is een cipier.'

'Eva...'

'Mensen kunnen doodgaan. Je hebt gezien hoe snel dat kan gaan. Die jongen van Weskopp...'

'Die was aan het front.'

'Alexander kan elk moment naar het front gestuurd worden.'

'Over zíjn leven maak ik me geen zorgen.'

'Eén korte nacht, Trudi. Eén verdomd mooie nacht. Is dat te veel gevraagd?'

'Gevraagd? Nee, natuurlijk niet, maar...'

'Als ik één nacht met Alexander kan doorbrengen, dan weet ik dat ik de onderduik opnieuw zal kunnen verdragen.'

'Zó belangrijk kan dat toch niet zijn.'

'Hoe kun je dat zeggen?'

'Praat er op zijn minst over met mijn vader.'

'Niets van wat hij kan zeggen zal mij hier vasthouden.'

Ze vertrok via de keukendeur toen de straten donker en leeg waren, met de belofte terug te komen vóór het eerste licht, en Trudi zette haar wekker. Toen ze wakker werd, was de hemel nog zwart, en ze voelde die trage, begraven pijn in haar heupen. Ze hadden een hele week geen onderduikers gehad, en nu Eva weg was, voelde het huis leeg aan, een rest die door een stormvlaag weggeblazen kon worden. Ze stelde zich voor dat Eva haar man omhelsde om afscheid te nemen, het flatgebouw uit kwam rennen, zorgde dat niemand haar zag, de markt overstak, langs het kerkplein liep. Elk moment kon ze nu op de keukendeur kloppen. Trudi zou haar naar binnen trekken, en zorgvuldig haar gezicht afzoeken naar sporen van die ene verdomd mooie nacht.

Maar buiten bleef het stil.

Als zijzelf van haar leven één verdomd mooie nacht zou beleven, be-

378

dacht Trudi, en zelf mocht kiezen met wie ze die nacht zou doorbrengen... Ze merkte dat ze onmiddellijk wist met wie: met Max Rudnick. Zelfs niet met Klaus Malter? Nee, met Max Rudnick. Maar waarschijnlijk had Max Rudnick nooit zelfs maar gedacht over een nacht met haar. Ze vroeg zich af waar hij was, die nacht, dat moment. Het was vijftien maanden geleden dat ze hem voor het eerst had ontmoet, zes maanden sinds ze hem voor het laatst had gezien.

'Breng jezelf niet in gevaar,' fluisterde ze.

De hemel veranderde van zwart in diep paarsblauw, toen in donkerblauw, en ten slotte in het vlakke lichtblauw van een wolkeloze ochtend. En toen er op de keukendeur werd geklopt, was het niet Eva, maar Frau Weiler, en de hoofddoek om haar kroezend haar was half losgeraakt.

Ze kon haast niet uit haar woorden komen toen ze vertelde dat ze die nacht grootmoeder was geworden, en liet zich op de dichtstbijzijnde stoel vallen. 'Een tweeling, Trudi, meisjes. Dat moet je gezien hebben. O...' Ze greep met haar handen naar haar keel. 'Eva Sturm... heb je het al gehoord, van Eva Sturm?'

'Wat is er gebeurd?' Trudi greep haar arm vast.

'Ik was erbij toen ze geboren werden.' Frau Weiler zoog haar kunstgebit op zijn plaats. 'Helga heeft me laten helpen. Ze zijn allebei...'

'Eva – wat is er met haar gebeurd? Hoe is ze...'

'Ze is gearresteerd. Ze hebben de flat doorzocht, en toen het hele gebouw, en ze hebben haar op zolder gevonden.'

'Waar is ze nu?'

'Dat weet niemand.'

'O God, daar was ik al bang voor... Van wie hebt u het gehoord?'

'Van Jutta Malter. Die was erbij toen ze Eva meenamen.'

'En Alexander?'

'Die hebben ze niet meegenomen.'

'Is hij daar nog?' Trudi liep naar de deur.

'Hij heeft zich in de flat opgesloten, zeggen ze.'

Hoofdstuk zestien [1942]

Alexander deed die dag de deur niet open, en de dagen daarna al evenmin. Voor zijn ramen zweefden de stemmen van vrouwen als zielen van opgezette vogels. Sommige kon hij identificeren aan het geluid: Trudi Montag, zijn nichtje, de schoondochter van de slager. Andere gingen op in een koor, stierven weg, kwamen terug. Hij zat op de Deense bank, en telkens als hij wegdommelde, zorgde hij ervoor dat hij nog zat: dat was wel het minste wat hij kon doen voor Eva—zichzelf niet troosten door te gaan liggen, hoewel zijn ledematen snakten naar rust. Hou daarmee op, zei hij nijdig tegen zijn lichaam wanneer het klaagde, dit heeft niets met jou te maken. Dit gaat om Eva.

Soms wankelde hij naar de badkamer.

Soms at en dronk hij, vol weerzin omdat zijn lichaam hem daartoe kon dwingen.

Trudi Montag kwam terug.

Anderen.

Ze klopten aan.

Ze klopten aan en riepen zijn naam.

Als de Gestapo terugkwam, zouden ze zijn voordeur intrappen en hij zou hen welkom heten. Geen reden om op te staan voor enig ander. Zijn mond voelde droog en zoutig—niet de frisse zoutsmaak van het zweet onder zijn vrouws borsten, maar een vieze zoute smaak, oud en verbruikt. Op een avond zat hij op de bank toen de sirenes loeiden, hij luisterde hoe zijn huurders zich haastten naar de schuilplaats die hij in de kelder had laten inrichten. Sommigen bonsden op zijn deur, schreeuwden dat hij ook moest komen.

Afgezien van een paar bommen die door vliegtuigen waren afgeworpen wanneer ze terugkwamen van veel groter doelwitten, was Burgdorf bijna ongeschonden gebleven. Vreemd te bedenken dat hij zo bang was geweest voor bommen. Hij had vroeger altijd zijn ramen opengezet om te voorkomen dat de ruiten gingen trillen tot ze braken, en daarna was hij de trappen afgerend naar de schuilplaats. Nu echter bleef hij op zijn bank zitten, en hij verlangde naar een hemel van het soort dat hij een keer in

Keulen had gezien tijdens een bombardement – een hemel die schitterde van dingen die wel wat van kerstbomen weghadden, en die neerzonken op de stad, en een griezelig licht verspreidden. Hij verlangde ernaar dat zijn ruiten verbrijzeld werden, en vlagen hitte en rook binnenlieten waarin hij onmogelijk kon ademhalen. Hij snakte naar verstikking, naar vernietigd worden, naar een hemel vol vurige strepen. Roerloos zat hij daar, biddend of hij begraven mocht worden onder het puin van zijn flatgebouw. En toen werd het ochtend en zijn huis stond om hem heen en hij zat op de bank en zijn vrouw was weg. Gewoon.

Ze kwam steeds weer terug, die vriendin van zijn vrouw, die *Zwerg*, en haar vuisten fladderden tegen zijn deur, tegen zijn gekooide hart. Algauw kreeg hij het idee dat ze daar voortdurend voor zijn deur stond, en hij merkte dat hij luisterde naar haar wiekslag, zelfs in de leegte van de nacht als al het andere stil was. De spieren in zijn dijen en billen leken afgeplat. Tegen zijn huid voelde hij de kleren die hij had gedragen toen ze Eva hadden weggehaald, stijf en ranzig. Hij had ze haastig aangetrokken – een broek en een wit overhemd – toen hij de auto voor het flatgebouw had horen stoppen.

Gelukkig dat ik wakker was, gelukkig, gelukkig... Hij had Eva's kleren op het bed gegooid. 'Kleed je aan.' Door de spleet tussen de gordijnen had hij gezien hoe ze uit de auto stapten. Het waren er twee, hun kleding was onzichtbaar door het donker, en daarboven balanceerden twee spookachtige ballonnetjes bij wijze van gezicht.

Voordat ze de buitendeur van het gebouw hadden bereikt, had hij Eva bij haar pols gepakt en waren ze de flat uit gerend – *gelukkig, gelukkig* – hij had de huisdeur gesloten en ze waren de trap naar de tweede verdieping opgerend, waar hij haar dwong te wachten, terwijl elke polsslag van haar een schok door zijn hele lichaam liet gaan, totdat ze zijn flat waren binnengedrongen, waardoor Eva en hij de tijd zouden krijgen de rest van de trappen op te rennen.

Hij was te nieuw, die zolder – er stonden nog niet genoeg hutkoffers en meubels en kisten, zodat er geen schaduwen in overvolle hoeken waren. Het was een zolder die je bijna in één oogopslag kon overzien – anders dan de zolder van zijn grootouders, waar elke stap een ontdekking had opgeleverd, een verstrooiing. Snel had hij Eva achter de kisten van overgebleven bouwmateriaal getrokken: pannen voor het dak; dunne stroken hout voor de parketvloeren; rollen behang; blikken verf.

Het duurde een eeuwigheid voordat ze naar de zolder waren gekomen

–hij hoorde hen op de tweede verdieping in de flat van zijn nichtje Jutta, in de kamers op de derde verdieping, en hun stemmen rezen op door de planken waar hij weggedoken zat met zijn vrouw, zijn vrouw–en toen waren ze op de trap naar de zolder.

Hij zag zichzelf in het politiebureau zitten, met handboeien in een cel, in een trein gepropt, samen met Eva. Als zij er niet was... Opeens haatte hij haar. 'Ik hou van je,' fluisterde hij hees. Zijn vingers deden pijn toen hij haar arm greep.

'Ik hou ook van jou.' Haar gezicht was een schilderij, eendimensionaal, roerloos. Ze stond op. Liet zijn vingers van haar arm afglijden als een nutteloze armband.

Zijn rug en nek zaten onder het zweet.

'Blijf hier.' Ze was al op weg naar de zolderdeur toen die openvloog.

Achteraf had Alexander geprobeerd, zij het niet lang, zichzelf wijs te maken dat zijn benen dienst hadden geweigerd bij zijn poging op te staan toen ze Eva meenamen, op te staan om zich bij haar te voegen, zoals zij gedacht moest hebben–zelfs tijdens haar laatste heldhaftige gebaar–want dat hadden ze elkaar beloofd.

'Ik dacht dat u hier wel heen zou willen,' zei Matthias toen hij Trudi twee crèmekleurige enveloppen overhandigde, de ene aan haar geadresseerd, de andere aan haar vader.

'Wat is dat?'

'Een uitnodiging.' Hij was naar de leesbibliotheek gekomen, maar had tussen de boekenkasten gewacht tot Frau Bilder was vertrokken met vijf oorlogsromans, en haar massieve lichaam door de deur had gewrongen.

Trudi maakte de enveloppe open en las de aankondiging van zijn pianoconcert. 'O, Matthias,' zei ze. 'Wat fijn voor je. Natuurlijk komen we. Dankjewel.'

Hij bloosde van trots. 'Ik heb zelfs een smoking.'

'Dan lijk je dus echt een volwassen man.'

'Die heeft de onbekende weldoener in onze keuken neergelegd.'

'Nee toch! Wanneer?'

'Vanochtend.'

'En hij past?'

'Het jasje wel. De broek is te lang, maar mijn oma legt er een zoom in.'

'Hij is weer goed bezig geweest, de onbekende weldoener. Ik hoorde dat Frau Immers–je weet toch dat ze zo'n afschuwelijke uitslag op haar hoofdhuid heeft – twee flessen heeft gevonden van de medicinale shampoo die ze niet meer kon krijgen. Ze lagen zomaar in haar kippenhok... Luister eens, kun je even binnenkomen? Mijn vader is in de woonkamer.'

Matthias aarzelde.

'Ik weet dat hij je graag zou zien.'

'Weet u zeker dat ik mag binnenkomen?'

Ze dacht aan de keren dat ze hem had weggestuurd, toen ze onderduikers in huis had. 'Loop maar gewoon door.' Ze wenkte hem naar de open deur die naar de gang leidde. Het was niet meer nodig die deur op slot te houden. Haar huis was al twee weken leeg, sinds de nacht dat Eva niet meer was teruggekomen.

Emil Hesping weigerde anderen bij hen onder te brengen. 'We moeten een tijdje wachten,' had hij gezegd. 'Jij moet je enigszins herstellen. En we weten niet wat zij zal zeggen.'

'Eva zegt niets,' had ze gezegd.

En hij had zijn kale hoofd geschud, maar had niets gezegd dat zij zich niet al had voorgesteld, over martelingen.

Wat Trudi van Eva's arrestatie wist, was afkomstig van Jutta die de Gestapo was gevolgd naar de zolder, nadat ze haar kamers overhoop hadden gehaald, op zoek naar Eva. Ze hadden haar op die zolder gevonden, ze had midden in die ruimte gestaan, had niet eens geprobeerd zich te verbergen.

'Ze liep naar hen toe,' had Jutta gezegd toen Trudi bij haar op bezoek was gekomen.

'En Alexander?'

'Ze hebben alleen Eva meegenomen.'

Trudi keek Jutta aan, scherp. Ze voelde dat Jutta iets verzweeg, maar ze kon niet nagaan wat het was. 'Hebben ze hem ook gezocht?'

'Ze waren voor Eva gekomen. Ze waren tevreden.'

'Zeg tegen je oom dat ik hem wil spreken.'

'Hij maakt het niet goed.'

'Ik moet erachter komen wat er met Eva is gebeurd.'

'Hij wil niet eens met míj praten.'

Fräulein Birnsteig was weliswaar joods, maar tot dusver beschermd door haar roem; haar landhuis was echter onteigend en diende als vakantievilla voor ss-officieren. Ze was haar huishoudster en haar auto kwijt, maar had haar slaapkamer mogen houden, evenals de muziekkamer, waar ze nogal vaak naartoe werd gehaald om piano te spelen voor de officieren en hun gasten. Zelfs haar studie-uren kon ze niet meer alleen doorbrengen: officieren kwamen binnenwandelen, ze leunden tegen de piano om naar haar te kijken of, wat nog erger was, ze praatten gewoon door terwijl zij speelde.

Naar die muziekkamer kwamen Trudi en haar vader voor het concert van Matthias Berger. Er was veel minder publiek dan bij de lenteconcerten, en de openslaande deuren waren gesloten en hielden de kille oktoberlucht buiten. Meer dan de helft van de gasten was in uniform, en naast de piano was overduidelijk de rode vlag met het hakenkruis zichtbaar. Er waren geen kaarsen, zoals in vroeger jaren, maar felle elektrische lampen, waardoor de eens zo elegante nek van de pianiste flets en rimpelig leek. Toen het concert begon met 'Deutschland, Deutschland über alles', kon Trudi niet meezingen, en toen ze opkeek naar haar vader, zag ze dat hij geluidloos zijn lippen bewoog.

Ze vroeg zich af hoe Fräulein Birnsteig zich voelde, nu ze het volkslied speelde. Merkten anderen ook hoe aarzelend ze de toetsen zocht? Ze zag er niet meer betoverend uit, ze was mager en ziek – die vrouw die in haar dromen geloofde, die tournees had afgezegd vanwege dromen, die een bedelvrouw in dienst had genomen omdat ze in een droom haar zuster was geweest. Waar is die bedelvrouw nu? had Trudi aan Fräulein Birnsteig willen vragen. En wat hebt u met uw dromen gedaan? Hebt u dit óók gedroomd – die vlag en de uniformen en de kampen? En zo ja, wat hebt u gedaan om uw leven daarbij aan te passen?

Maar toen was het volkslied gelukkig voorbij, en Matthias stapte naar de piano, met een doodsbleek gezicht en neergeslagen ogen. Maar zodra hij op de pianokruk zat, werden zijn schouders breder, en zijn rug vormde een prachtige, krachtige boog. In zijn smoking zag hij eruit als de man die hij zou worden, niet als een jongen van dertien. Zodra hij de toetsen aanraakte, kreeg hij een wonderbaarlijk zelfvertrouwen. Zijn hoofd volgde de bewegingen van zijn handen. Vanaf de plaats waar ze zat kon Trudi de transformatie van zijn gelaatstrekken zien, de groene tint van zijn ogen, en ze herinnerde zich de eerste keer dat hij bij haar thuis was geweest. Muziek was zelfs toen al voor hem een uitweg uit de pijn geweest. Ze wenste dat zij ook zoiets had, iets wat haar kon wegvoeren van de treurige gevoelens die haar maar al te vaak kwelden. Ze had gerouwd om Konrad, om Adolf de priester, en nu om Eva, en al die gevoelens voerden haar terug naar haar oudste verdriet – het verlies van haar moeder.

Trudi voelde zich opgenomen in Matthias' muziek, maar toen ze haar ogen sloot, veranderde de muziek in die van Fräulein Birnsteig, zodat ze weer terechtkwam in de beelden die ze had opgevangen bij dat voorjaarsconcert voor de tweedeklassertjes: het geluid van laarzen op marmeren tegels; hoge witte buiken van zwangere meisjes; huilende baby's – Trudi schoot overeind, haar ogen wijdopen. Die laarzen, die waren hier, nu. Op deze marmeren vloeren. En dat gold ook voor de vrees die ze als meisje had gevoeld. En die buiken, dacht ze terwijl de muziek door haar heen ging, hoe zat het met die buiken? Ze wilde het niet weten; toch voelde ze hoe de toekomst aan haar trok, probeerde zich te bewijzen via die laarzen, bezwoer dat die buiken, en de baby's ook, wachtten in de maalstroom van de tijd.

Haar vader bukte zich naar haar, bracht zijn gezicht vlak bij het hare. 'Wat is er, Trudi?'

Ze schudde haar hoofd, probeerde hem gerust te stellen met een glimlach. In de pauze was zij als eerste de muziekkamer uit, nog voordat het applaus was verstomd. Maar Frau Buttgereit slaagde erin haar in te halen in de achthoekige hal waar een tafel met verversingen was geplaatst, en drukte Trudi een glas wijn in de hand. Het gouden erekruis voor Duitse moeders zat op haar revers geprikt.

'En, geniet je van het concert?' vroeg ze, en ze kwam dichter bij Trudi staan terwijl anderen zich om de tafel verdrongen.

'Ik zou er zelfs nog meer van genieten als we die vlag en dat volkslied kwijt waren.'

'Ssst.' Frau Buttgereit verplaatste haar gewicht van het ene spataderbeen op het andere en keek nerveus om zich heen. 'Heb je gehoord van al die betrekkingen bij scholen in Düsseldorf? Als Monika nog hier was, zou ze kunnen solliciteren.'

Trudi wilde bij haar vandaan, maar ze zat klem tussen borstkassen en ruggen en de tafel.

'Ze roepen meer onderwijzers op voor het front.'

Misschien was Max Rudnick daar ook, aan het front. Misschien was hij al dood en begraven. Hou op, zei Trudi tegen zichzelf. Hij zou nooit soldaat kunnen worden. Hij had veel te slechte ogen. De laatste tijd herinnerde zo ongeveer alles haar aan Max: theedrinken, boeken op de planken zetten, tabak afwegen...

'Niet dat ik er wat op tegen heb dat Monika bij de KLV werkt,' zei Frau Buttgereit haastig. 'Het is alleen dat ze zo ver weg is. We zouden willen dat ze dichter bij huis woonde. Maar ze doet tenminste het werk waarvoor ze is opgeleid.'

Toen ze terugkeerden naar de muziekkamer, speelde Matthias quatre-mains met zijn lerares. Trudi kon zien hoe trots Fräulein Birnsteig op hem was. Ik wil wedden dat hij de beste leerling is die ze ooit heeft gehad, dacht Trudi, de allerbeste. Ze werd afgeleid door twee SS-officieren die opzij langs de rijen liepen en praatten. Waarom konden ze niet wachten tot na het concert? Een van hen had de brutaliteit zich in haar rij te dringen, zodat hij met zijn zwarte uniform de mensen het uitzicht op de piano benam toen hij zich langs hun benen wrong.

Voor Trudi bleef hij staan, en hij zei iets.

Ze kon hem niet verstaan. 'Wat?'

'Ik zei: Meekomen.'

Eva, dacht ze. Ze zijn erachter gekomen dat Eva bij ons ondergedoken is geweest. In de rijen voor haar draaide niemand zich om. De mensen bleven naar de piano kijken.

'Opstaan, jij.'

'Wat is er aan de hand?' vroeg Trudi's vader.

Matthias hield op met pianospelen. Nog even zette Fräulein Birnsteig haar partij voort, heel ijl, maar toen nam ook zij haar handen van de toetsen.

'Verder spelen,' schreeuwde de officier. 'En jij...' Hij greep Trudi bij haar schouder. 'Eruit. Nu.'

Eva Eva Eva...

'Ik kom mee.' Haar vader was van zijn stoel opgestaan.

'U blijft hier.' De officier duwde hem terug en trok Trudi langs hem mee naar het eind van de rij.

Matthias en Fräulein Birnsteig bleven hun vingers over de toetsen bewegen, alsof ze probeerden enige troost te putten uit dat strenge wit en zwart. Trudi kon hun muziek nog horen toen ze naar buiten werd gebracht, naar een auto. Koude nachtlucht blies door de stof van haar wollen japon. Ze huiverde.

Haar vader kwam het huis uit rennen met haar mantel.

'Pas op, oude man.' Een van de officieren hief zijn arm op.

'Laat me haar alleen die mantel aangeven.'

Met de mantel om zich heen gewikkeld zat ze achter in de auto. Haar vaders witte haren gleden voorbij het raampje, en vervolgens de zware natuurstenen pilaren op de plaats waar de oprit uitkwam op de weg, daarna bomen en het lange, onverlichte stuk weg tussen het landhuis en de begraafplaats, waar enkele oudere graven waren geruimd om plaats te maken voor nieuwe doodkisten. Ondanks alle oorlogsdoden bleven de oude mensen van het stadje net zo doodgaan als in vredestijd. De dood had zo'n andere betekenis gekregen, dacht Trudi, dat de oude mensen misschien enig uitstel hadden moeten krijgen, enig respijt. Maar hun begrafenissen gingen gewoon door, naast de begrafenissen van gesneuvelden. Hun dood kwam op zijn eigen tijd, maar veranderd was dat ze leden onder de verbijstering dat hun zonen eerder waren gestorven dan zij. Dat klopte niet. Of hun dochters, dacht Trudi, en ze zag haar vader voor zich, alleen.

De laatste keer dat ze op de begraafplaats was geweest, was voor de begrafenis van de non die priester was, zuster Adelheid. Aan het graf was ze opgeschrikt toen ze zich realiseerde dat ze geflankeerd werd door nonnen, net als de zuster, elke keer als ze het klooster verliet. De zuster met het hartvormige gezicht had tenminste gedaan wat ze zelf geloofde, al werd ze daarvoor gestraft. Maar samen met die straf had ze een merkwaardig soort vrijheid gekregen, dacht Trudi, niet de berusting die het leven van al te veel vrouwen buiten werking stelde.

De auto reed langs de uitgebrande synagoge en stopte voor het Theresienheim. Met aan weerszijden een officier passeerde Trudi de hakenkruisvlag in de hal. Boven de bank waar altijd het schilderij van Jezus in een blauw gewaad had gehangen, was nu een portret van de Führer, met zijn lippen opeengeklemd, alsof hij op het punt stond te beginnen aan een van die brullende toespraken die Trudi over de radio had gehoord. Zijn ogen hielden haar in de gaten, het soort ogen, zo had Herr Hesping gezegd, dat mensen in verleiding bracht.

'Als ze die ogen niet zagen, en alleen dat geschreeuw hoorden,' had hij haar verteld, 'zou het gemakkelijker zijn tegen hem in verzet te komen.'

Het was een vreemd gevoel in het Theresienheim te zijn zonder ook maar één non te zien. Trudi had gehoord dat de zusters nog een paar kamers in de buurt van de kapel hadden, maar ze was er niet meer geweest sinds het gebouw in beslag was genomen. Misschien was Eva ook hierheen gebracht, in afwachting van haar transport. Als Eva ook maar iets had bekend, kon dat alleen onder marteling zijn gebeurd. Terwijl Trudi zich afvroeg hoeveel marteling zijzelf zou kunnen verdragen, was ze dankbaar dat bij haar thuis op dat moment niemand ondergedoken zat die door haar verraden zou kunnen worden.

Die hele nacht werd ze in haar eentje opgesloten in een cel. Niemand kwam om haar vragen te stellen. De kamer was niet helemaal donker, door de maan buiten het tralieraam en de streep licht onder de afgesloten deur. Ze had dorst. Gelukkig rook ik niet, dacht ze. Als ik rookte, zou het een stuk erger zijn. Daar zou ik zo naar verlangen... Ze wreef over haar armen, ijsbeerde tussen het raam, dat minder dan een minuut lopen van haar eigen achtertuin verwijderd was, en het enige meubelstuk, een hangkast. Zo moest het dus voor Frau Simon zijn geweest... Ze putte enige troost uit de gedachte dat Konrad misschien in veiligheid was, ze wenste vurig dat hij in veiligheid was, in Zwitserland misschien, of in Engeland. Hij zou zich dan niet meer hoeven te verbergen. Hij kon naar school, samen met andere kinderen, hij kon weer een poes hebben. En toen dacht ze aan het echtpaar Abramowitz dat tot tweemaal toe bij geruchte had vernomen dat ze opgepakt zouden worden; beide keren hadden ze zich gereedgemaakt, hoewel Trudi's vader had aangeboden hen te laten onderduiken of hen naar een veilig oord te brengen. Ze hadden hem niet in gevaar willen brengen, en toen hij aan Herr Abramowitz had gevraagd of hij zijn houten kist terug wilde hebben, had Herr Abramowitz gezegd dat hij die liever bij hem in de kelder liet staan.

Een paar keer ging Trudi zitten op de linoleumvloer, waar ze haar dijen tegen elkaar klemde om de drang tot plassen te bedwingen, maar algauw stond ze weer op om te ijsberen. Hoewel ze haar mantel had mogen houden, had ze het koud. En ze had honger. De onzekerheid aangaande de vraag waarom ze gearresteerd was nam toe tot een ongecontroleerd wankelen, als de manier van lopen van de dochter van de Heidenreichs. Zo was eigenlijk de hele oorlog, een ongecontroleerd wankelen, en Gerda Heidenreich zou best eens dood kunnen zijn, begraven op een plaats waar haar horloge zonder wijzers de juiste tijd aangaf.

De afgelopen zomer, toen een groep joden bijeen was gedreven voor de winkel van de preparateur, was Gerda, die op het stoepje had gezeten, samen met hen meegenomen in de vrachtauto, ondanks de kreet van haar vader: 'Mijn dochter is niet joods.' Uit wat hij had kunnen nagaan was ze naar een kliniek gebracht, zogenaamd om samen met andere achterlijke mensen onderzocht te worden.

Herr Heidenreich – die naar elke toespraak ging, naar elke vergadering, naar elke demonstratie – probeerde zijn vrouw ervan te overtuigen dat ze hun dochter zouden terugkrijgen, genezen en beter dan ooit tevoren. Zijn trouw aan de Führer was zo volstrekt dat hij zijn vrouw niet toestond te rouwen. 'Ze zullen een behandeling bedenken om haar te helpen, een of andere operatie, of een bepaald medicijn...' zei hij tegen klanten voor wie hij bijvoorbeeld een dierbare kat opzette, of een wilde vos, en aan die levenloze lichaampjes schonk hij dan een vitaliteit die veel realistischer was dan de werkelijkheid.

Tegen de ochtend, toen het licht door het ene raam Trudi's cel eerst donkerblauw kleurde, en toen grijs, constateerde ze dat de kast niet op slot was, en leeg, afgezien van een gipsen beeld in wit, met een gipsen doorn in haar voorhoofd–de heilige Rita, tegen haar wil op haar twaalfde uitgehuwelijkt. Ze was tweemaal moeder geworden, en eenmaal weduwe, en had almaar geprobeerd in het klooster te gaan, ondanks de voorschriften die alleen maagden toelieten. Zij was de patroonheilige van wanhopige aangelegenheden. Trudi vroeg zich af wat de heilige Rita zou doen als zij in deze cel was opgesloten.

'Vergeef me,' fluisterde ze toen ze in de kast stapte, 'maar dit is een wanhopige aangelegenheid.' Ze trok haar wollen jurk omhoog, hurkte neer in de hoek tegenover de heilige en plaste, waarbij ze het gevoel had dat de laatste warmte uit haar lichaam vloeide. 'Vergeef me,' zei ze nog een keer toen ze op haar hurken heen en weer schommelde om de laatste druppels kwijt te raken.

Die ochtend hoorde ze verscheidene keren voetstappen in de gang, stemmen, en tegen de middag was ze ervan overtuigd dat de officieren die haar hadden opgesloten, vergeten hadden door te geven dat zij hier zat. Ze dacht aan zuster Adelheid. *Zolang je maar blijft ontsnappen, krijgen ze je nooit te pakken. Zelfs als ze denken van wél.*' Ze had pijn in haar maag, en haar mond deed zeer. Stel dat haar honger even vreselijk werd als de honger die Adolf, de priester, had beschreven? Stel dat ze ten slotte, nadat al het andere haar was afgenomen, haar waardigheid evenzeer als haar bezittingen, overgeleverd zou zijn aan de tirannie van haar maag?

Ze dacht over kloppen tegen haar deur, maar was bang voor wat haar zou overkomen als die deur eenmaal openging. Toen dat eindelijk gebeurde, was ze blij dat de bewaker een jonge vrouw bleek te zijn.

'Opstaan!' Lange sleutels hingen in een ring aan haar ceintuur.

Trudi krabbelde overeind, met haar rug tegen de muur.

'Naam?' In haar revers droeg de vrouw een rond speldje met het haken-

kruis. Door haar strakke uniform en glimmende kniehoge laarzen maakte ze zowel een sensuele als een gevaarlijke indruk.

'Trudi Montag.'

'Leeftijd?'

'Zevenentwintig.'

'Beroep?'

'Bibliothecaresse.'

Terwijl de vrouw haar de vragen toeschreeuwde, kromp Trudi ineen en
probeerde ze antwoorden te geven, zelfs als de vragen zinloos leken.

'Waarom was je op het concert?'

'Ik houd van muziek.'

'Had je daar een afspraak met iemand?'

'Nee.'

'Was die samenkomst bedoeld voor de uitwisseling van informatie?'
De vrouw leek te blaken van zelfvertrouwen, het zelfvertrouwen dat je
krijgt als je een uniform draagt dat je een gezag verleent dat je nooit eerder hebt gehad.

'Ik was daar voor de muziek.'

Trudi wachtte almaar tot Eva's naam zou vallen, maar de vragen gingen allemaal over het concert, waar ze had gezeten, waarover ze gepraat
had, met wie ze gepraat had, en terwijl de vrouw schreeuwde dat ze antwoord moest geven, stelde ze zich voor dat ze door China reisde voor een
kwart van de prijs, dat ze met haar geld viermaal zo ver kon komen als
een vrouw van normaal postuur, zoals die bewaakster. Ten slotte drong
het tot haar door dat haar arrestatie niets te maken had met Eva of de
andere onderduikers. Iemand had gehoord dat ze die opmerking tegen
Frau Buttgereit had gemaakt.

Maar door het grimmige gezicht van de bewaakster kon ze haar opluchting niet laten blijken. 'Je geeft dus toe dat je dat gezegd hebt over de
vlag?'

'Ik...' Trudi zuchtte en sloeg haar ogen neer. Als de bewaakster aanvoelde dat ze niet volledig door haar geïntimideerd werd, zou het alleen
maar erger worden. 'Het was onnadenkend van me dat ik het zo heb gezegd. Echt waar. Ziet u... wat ik bedoelde was dat die vlag in de weg hing,
zodat iemand van mijn lengte moeite had de piano te zien.'

'En ons volkslied?'

'Dat hoor ik altijd liever aan het eind van een concert dan aan het begin.' Toen ze haar hoofd in de nek legde en een smekende blik naar bo-

ven wierp, kon ze zien dat de bewaakster niet overtuigd was. 'Ik geef toe
– ik heb me ongelukkig uitgedrukt.'

'Meer dan ongelukkig.' In de ogen van de bewaakster herkende Trudi
die welbekende flits van nieuwsgierigheid die ze haar leven lang bij andere mensen had gezien. 'Dat is ondermijning van ons vaderland.'

Laat die avond kreeg Trudi een kom erwtensoep en één snee roggebrood,
en de volgende ochtend werd ze naar de tweede verdieping gebracht en
opgesloten in een kamer met drie andere vrouwen, die allemaal veel ouder waren dan zij. Maar één van hen had ze eerder ontmoet, Frau Hecht,
een joodse naaister; haar man had in de Eerste Wereldoorlog in Polen gevochten en was de eerste gesneuvelde van het stadje geworden. De andere twee waren uit plaatsen in de omgeving daarheen overgebracht.

Frau Hecht was ziek. Haar huid gloeide, en telkens als ze hoestte, beefde haar hele lichaam. De anderen dekten haar toe met hun eigen dekens
en bewaarden wat van hun waterrantsoen voor haar. Ze smeekten bij de
bewaker die het eten bracht, en die nog niet oud genoeg was om haar-
groei op zijn gezicht te hebben, of hij een van de zusters kon halen, voor
medicijnen voor Frau Hecht.

Maar hij schudde zijn hoofd, alsof hij bang was naar hen te luisteren.
'Nonnen mogen niet praten met gevangenen.'

Terwijl Frau Hecht het grootste deel van de dag lag te slapen en koortsige woorden mompelde, waren de andere vrouwen heel ongerust, ze
vroegen zich af waar men hen naartoe zou sturen. Ze maakten zich zorgen over wat er met hun koffers was gebeurd en jammerden over wat ze
allemaal hadden moeten achterlaten. Bij aankomst in het Theresienheim
was hun bagage in beslag genomen, en ze wachtten nog steeds of ze die
terugkregen.

Die nacht, toen de vrouwen in hun kleren sliepen – twee in elk smal
bed – kwam de jonge bewaker terug met zuster Agathe. 'Vijf minuten,'
fluisterde hij, en hij sloot haar op bij hen in de kamer.

De zuster haalde diep adem toen ze Trudi zag. 'U... ik wist niet dat u
hier was, Fräulein Montag.'

'Dit is al mijn derde nacht.'

'Waar is de zieke?'

Trudi gebaarde naar Frau Hecht die naast haar in bed lag. 'Ze gloeit van
de koorts.'

Nadat de non de blouse van Frau Hecht had losgemaakt, die vuil was en stonk doordat ze hem te lang had moeten dragen, stopte ze een thermometer onder haar linkerarm. Haar vingers vonden de pols. 'Dit ziet er niet goed uit,' zei ze na enig zwijgen.

'Is ze stervende?' vroeg een van de vrouwen uit het andere bed.

'Natuurlijk niet,' zei de andere vrouw.

'O, ik wilde niet...'

'Misschien verstaat ze je.'

Diep uit de plooien van haar habijt haalde de non een flesje te voorschijn. Ze liet Frau Hecht twee pillen slikken en drukte Trudi het flesje in de hand. 'Geef haar twee van die pillen, om de vier uur.'

De deur ging op een kier open. 'Vlug.' De jongensstem zei: 'Heel vlug nu.'

'Zegt u alstublieft tegen mijn vader...' fluisterde Trudi, maar de non haastte zich naar buiten, zonder nog om te kijken.

In de ochtend, toen een oudere bewaker hen naar het toilet begeleidde, vreesde Trudi dat de jonge bewaker betrapt was, maar die avond kwam hij weer terug om hun eten te brengen.

Trudi vroeg zich af hoe het voor hem was, orders uit te voeren, en toch arrestatie te riskeren voor één vriendelijke daad. 'Dankjewel,' fluisterde ze hem toe.

Zijn ogen schoten van haar vandaan met een schok van schrik, en hij klemde zijn lippen stevig opeen. 'Niet praten,' zei hij streng.

Ze sloeg haar ogen neer. Het spijt me, wilde ze zeggen, maar zelfs dat zou hem angst aanjagen, in moeilijkheden brengen. Ze moesten allebei doen alsof er de vorige avond niets gebeurd was.

Gedurende de korte tijden dat ze weg was uit de kamer, terwijl ze op haar beurt stond te wachten in de rij voor de wc, hoorde Trudi over andere gevangenen. Ze stond dicht genoeg bij hen om te fluisteren, maar zo ver weg dat geen bewaker haar iets kon verbieden. Ze sprak met een jonge joodse vrouw, een verkoopster, die was opgepakt op een station nadat ze haar kaartje had gekocht. Een gepensioneerde slotenmaker, wiens bril verbogen was en één glas miste, vertelde haar over de donzen deken die hij in zijn bagage bij zich had gehad; hij was woedend dat die deken hem was afgepakt, want hij had daarvoor heel wat andere bezittingen achtergelaten.

'Die zouden ze ook hebben ingepikt,' zei Trudi.

'Maar het is niet eerlijk.'

'Natuurlijk niet.'

Een andere man, een joodse hoogleraar, was gearresteerd toen hij eieren had gestolen. Twee jaar daarvoor was hij uit Heidelberg vertrokken, en al die tijd had hij zich verborgen, hij had geslapen in schuren en bossen, en hij had op een fiets rondgereden, hoewel de banden allang versleten waren en hij vodden om de metalen velgen had moeten winden.

'Ik zal hier niet lang blijven,' zei hij geruststellend tegen Trudi. 'Het ligt niet in mijn aard ergens langer dan een week te blijven.'

Ze wees hem er niet op dat hij nu niet meer zelf kon kiezen. 'Als u ooit hulp nodig hebt...' begon ze.

'Dat is heel aardig van je, lieve kind, maar jij verkeert nauwelijks in de positie om hulp te bieden.'

Ze was blij voor hem toen ze, op de ochtend na hun gesprek, hoorde dat hij erin geslaagd was te vluchten uit het Theresienheim. Bijna iedereen die ze die dag sprak, fluisterde opgewonden over hem, zelfs twee van de bewakers, maar de verhalen waren tegenstrijdig: de professor was op het dak geklommen en had zich laten zakken aan een koord van beddenlakens; de professor was zomaar de voordeur uitgelopen, gekleed in een gestolen uniform; de professor had zich een weg naar buiten gebeten...

Trudi wist niet precies wat dat betekende, je een weg naar buiten bijten, maar dat was de versie die haar het best beviel, en die ze doorvertelde met haar eigen verhalen, omdat het iets weergaf waartoe ze zich zo langzamerhand ook in staat voelde. In die tussentijd echter deed ze niets anders dan afwachten. Ze maakte zich zorgen over haar vader, hoopte dat hij zijn eigen veiligheid niet voor haar op het spel zou zetten.

Frau Hecht was nog steeds ziek, al was haar koorts afgenomen. Ze vertelde Trudi dat zuster Agathe haar al een keer eerder had bezocht. 'Om me een gekookt ei te brengen... Moet je je voorstellen. Zo is ze, die zuster, ze brengt de gevangenen dingen wanneer ze maar kan, al brengt ze zichzelf in gevaar. Een weduwe – die nu weg is – was haar schoenen kwijtgeraakt toen ze was opgepakt, en de zuster heeft voor haar een paar schoenen gevonden, van zwart leer, maar een klein beetje te groot...'

Toen de twee andere vrouwen in hun kamer een dag na elkaar werden weggehaald, boden ze geen verzet. Met nietsziende ogen hadden ze zich teruggetrokken in welgemanierdheid, ze hadden beleefde afscheidswoorden gewisseld met Trudi en Frau Hecht.

Een van de nieuwe kamergenotes van Trudi, een zigeunerin, had diepe littekens op haar rug doordat ze onder prikkeldraad naar een weiland was gekropen, waar ze zich drie weken had verborgen in wat struikgewas en melk had gedronken, zó uit de uiers van koeien, totdat de boer haar vroeg op een ochtend had gezien.

Veel gevangenen waren joden, maar er waren ook mensen die net als Trudi iets verkeerds hadden gezegd of, wat nog erger was, waren betrapt op het huisvesten van onderduikers. Aan het eind van haar derde week in het Theresienheim werd ze op een middag naar beneden gebracht en binnengelaten in het kantoor waar vroeger de moeder-overste had gezeteld.

'Het kleine meisje van de hoedenwinkel.' De man die achter het bureau zat, bracht zijn benige vingers bij elkaar als in gebed – zij het ook zonder dat zijn handpalmen elkaar raakten – en liet zijn vingertoppen tegen elkaar tikken. 'Heb je je mond niet kunnen houden?'

Hoewel ze hem maar één keer had gezien, op de dag dat hij Frau Simon had gearresteerd, herkende ze hem onmiddellijk. Zijn gezicht was nog magerder geworden, zodat de ogen dieper in de kassen lagen, en hij zag er nog vermoeider uit, nog afstandelijker.

Ze had zin nogmaals tegen hem te zeggen dat ze geen klein meisje was, maar ze zweeg, want inmiddels waren vier jaren verstreken en ze begreep meer van wat je zou kunnen overkomen, ze wist wat honger en angst waren, en dat hij beschikte over de macht haar de dood in te zenden. Haar wollen jurk was vervilt onder de oksels, zodat ze zich vies voelde.

Hij zei: 'De normen die vroeger de nieuwsgierigheid matigden, bestaan niet meer.'

Ze wachtte af, in verwarring.

'Begrijp je wat ik zeg?'

'Nee.'

'Maar dat zou je eigenlijk wél moeten begrijpen. Weet je dan niet wat er met iemand als jij kan gebeuren in ons land?'

De zoon van de Buttgereits... de man-die-zijn-hart-aanraakt... de dochter van de Heidenreichs... Nee, zij was anders dan zij.

'Je verandert in een experiment... een medisch experiment voor het almachtige beroep,' zei hij, en hij vertelde haar over operaties die werden uitgevoerd bij tweelingen, bij mensen die anders waren. 'Omdat de normen die vroeger de nieuwsgierigheid matigden, niet meer bestaan... Er zijn zelfs mensen die je kunnen vertellen dat een *Zwerg* geen recht op leven heeft.'

Ze voelde hoe haar rug verstijfde. Ze zette zich schrap tegen de vertrouwde zwaarte onder aan haar ruggengraat en vroeg: 'En u? Gelooft u dat ook?'

Hij keek haar aan, onaangedaan, en ze las in zijn ogen wat ze vier jaar daarvoor al had geweten – dat hij in niets of niemand geloofde.

Ze hield haar gezicht even onaandoenlijk als het zijne. Het deed haar nog steeds pijn – als ze het woord *Zwerg* hardop uitgesproken hoorde – maar als er één ding was dat ze had geleerd, dan was het hoe ze een *Zwerg* moest zijn, hoe ze de *Zwerg* moest spelen. Het was bijna grappig, zoals het je een merkwaardige macht verleende als je anderen op je liet neerkijken, als je anderen kon laten genieten van hun illusie dat ze beter waren dan jij. Die illusie was een geschenk – dat in haar handen lag, enkel en alleen doordat ze bestond – een geschenk dat sommigen van hen gevaarlijk maakte, en anderen weerloos en dus bruikbaar.

Een spier trilde onder zijn linkeroog, een tic die zich herhaalde. Hij bracht zijn ene hand halverwege omhoog, maar liet hem weer vallen voordat hij zijn gezicht had bereikt. 'Hoe is het om een *Zwerg* te zijn?'

Ze wist dat het voor hem een spelletje was, een kleine onderbreking van zijn onverschilligheid, omdat het hem niets kon schelen wat er met haar gebeurde. Om te maken dat hem dat wél wat kon schelen, zou zij moeten bedenken wat hem uit zijn apathie zou kunnen losrukken. Het geheim, dacht ze, het geheim van nergens om geven, zoals ze zich haar eerste indruk van hem herinnerde, jaren geleden.

Ze hief haar gezicht naar hem op. 'Als je een *Zwerg* bent, dan draag je je diepste geheim binnenstebuiten – zodat iedereen het kan zien.' Ze dacht aan een artikel dat ze een keer in de *Burgdorf Post* had gelezen, over een zuigeling in Egypte die een paar uur na haar geboorte was gestorven doordat haar ingewanden aan de buitenkant van haar huid zaten. 'Zoals een man die ik gekend heb, die geboren was met zijn hart aan de buitenkant van zijn borstkas. De mensen konden zien hoe het klopte. En omdat het zo zichtbaar was, dachten ze dat ze alles over hem wisten. Hij moest zijn hart met verbandgaas bedekken om te voorkomen dat het ontstoken raakte, om het te beschermen tegen stof en hitte en sneeuw...'

De ogen van de Gestapo-officier rustten op haar, vol koele nieuwsgierigheid; zijn vingers tikten weer tegen elkaar.

Ze probeerde aan te voelen wat hem bij haar verhaal zou kunnen betrekken. Ze voelde vaak aan wat mensen wilden horen, maar dit was de eerste keer dat haar verhaal geheel daardoor bepaald werd. Evenals mijn leven, dacht ze. 'Die man... u moet weten, hij liet zijn colbertjes zodanig maken dat ze breed in de schouders waren en over zijn borstkas hingen, maar de zwelling drukte nog steeds de stof naar buiten, en bij elke hart-slag bewoog die stof. In zijn dromen was zijn borstkas glad, en was zijn hart veilig verankerd binnen zijn lichaam. En als hij een gebed zei...'

'Bidden is voor de dommen.'

'Bidden is voor de dommen,' zei ze instemmend. 'Dat is ten slotte ook tot hem doorgedrongen.'

'Wat heeft dat alles eigenlijk te maken met een leven als *Zwerg*?'

'Alles.' Haar benen trilden, maar ze durfde niet te gaan zitten. 'Alles,' zei ze, en ze dwong zich prijs te geven wat ze nooit aan enig ander had verteld: 'Weet u, wanneer ik droom, ben ik vaak lang. Ik... ik probeerde vroeger altijd mijn lichaam te rekken door in de deuropening te gaan hangen...'

De magere vingers hielden op met tikken toen ze beschreef hoe haar armen gevoelloos waren geworden terwijl ze in de deuropening hing, hoe ze sjaals om haar hoofd had geknoopt om te voorkomen dat het groter werd. Van tijd tot tijd had ze moeite verder te spreken, maar ze ging door, al betekende het dat ze zichzelf binnenstebuiten moest keren, net als die zuigeling met de inwendige organen aan de buitenkant, ze moest zich blootgeven – het risico van de dood, het risico van het leven.

Hoewel hij af en toe naar de deur keek alsof hij wilde dat hij haar kon wegsturen, werden zijn ogen steeds weer door haar aangetrokken. 'Ga verder,' zei hij op bevelende toon, telkens als haar stem dienst weigerde.

'Ik naaide kleren waardoor ik een of twee centimeter langer leek. Ik geloofde vroeger dat ik zou groeien als ik maar genoeg gebeden zei...'

'Ga verder.'

Ze voelde opeens hoe ze macht kreeg, de macht om te blijven leven. Ze had anderen in leven gehouden met haar verhalen wanneer ze bijna ontdekt waren. Ditmaal ging het om haarzelf. 'Die man met dat hart dat buiten zijn lichaam klopt, weet u, toen hij een jongen was, wilden ande-re kinderen hem niet laten meespelen. Ze scholden hem uit, lachten om hem...' Het was het goede verhaal. Dat moest wel. Ze kon die jongen zien staan buiten de kring van andere kinderen, hij wilde daarvan deel uitmaken, haatte de anderen omdat ze hem buitensloten, en met haar woorden nam ze de officier mee naar dat schoolplein, waar de ouders van de jongen klaagden bij de onderwijzers, waarna de andere kinderen ge-dwongen waren hem te laten meedoen.

'Ga verder.'

Ze voelde zich leeg, gelouterd, toen hij haar volgde door de schooljaren van de jongen, en naar een Biergarten waar hij voor het eerst had gedanst, met zijn armen ver uitgestoken, om te voorkomen dat het meisje dat hij liefhad, tegen zijn hart botste. 'Ze voelden stijf, die armen, ze deden pijn, maar hij durfde haar niet dichter tegen zich aan te drukken...'

'Ga verder.'

'De mensen herinnerden die man voortdurend aan zijn hart. Ze keken hem medelijdend aan, belangstellend. Maar dat was de fout die ze maakten – ze namen aan, enkel en alleen doordat ze die zwelling op zijn borst zagen, dat ze wisten hoe het voor hem was te leven met zijn hart buiten zijn lichaam. En daarin... daarin ligt het geheim.'

'Hij liet ze dat aannemen.'

Ze knikte.

'Hij hielp ze niet uit de droom.'

Ze schudde van nee.

Hij keek haar aan, een paar minuten lang. 'Natuurlijk,' zei hij. 'Natuurlijk.'

Buiten begon het donker te worden, zodat de hoeken van dat uitgemergelde gezicht afgevlakt werden, zodat de holten werden opgevuld met de herinnering aan verdwenen vlees. Opeens wist Trudi, absoluut zeker, dat hij het volgend voorjaar niet meer zou leven, en dat hij door zijn eigen handen zou sterven. Ze staarde naar die handen toen ze een pen in de inkt doopten en woorden op een vel papier schreven.

'Ik wil je hier nooit meer zien.'

Haar ogen schoten van zijn handen naar zijn gezicht. 'Wat?' vroeg ze.

'Ik zei dat ik je nooit meer hier wil zien.'

'Dat zal niet gebeuren.'

'En pas op die mond van je. Groet de vlag als het moet, en klaag niet. Over geen van die dingen.'

Toen zijn enorme handtekening over de onderkant van het papier kroop als een prehistorisch insect, zag Trudi zichzelf opgerold in de nauwe tunnel tussen de twee kelders. De dunne stof van Eva's nachtpon bewoog boven haar, en de aarde verspreidde de vochtige, heimelijke geur van plekken die alleen toegankelijk zijn voor mensen die bereid zijn zo diep te graven. Mijn moeder zou die tunnel heerlijk hebben gevonden, dacht ze met een zekere verwondering. Weer zo'n aardhol. Gek dat ik daar nú pas aan denk.

Het was de koudste winter waarop ze zou terugzien, zelfs nog als oude vrouw. De rivier was dichtgevroren, een wijd, leeg oppervlak zonder de vertrouwde rijnaken, een weerspiegeling van de leegte van het stadje. Er was weinig om die genadeloze koude tegen te gaan. Trudi had niet meer goed warm kunnen worden sinds ze was vrijgelaten uit het Theresienheim en door achtertuinen en over de beek naar huis was gerend, waar ze de keukendeur had opengezwaaid om zich in haar vaders armen te laten vallen. Zelfs toen hij de hoge kachel in de badkamer voor haar opstookte en zij in het dampende water lag, had ze het nog koud gehad.

Brandstof was schaars die winter, en elke dag stookte ze één uur lang de groene tegelkachel omdat die minder kolen verbruikte dan het keukenfornuis. Op het kleinere oppervlak bereidde ze het sobere middagmaal, in de woonkamer. Zelfs Matthias, die langskwam om piano voor haar te spelen, kon haar met zijn muziek niet verwarmen.

Ze was niet meer dan een paar weken weg geweest, maar haar vader leek jaren ouder geworden. Het was alsof hij nu vrijwel geheel in zijn ogen leefde. Hoewel hij in de loop van tientallen jaren zelden een bijeenkomst van de schaakclub had gemist, was hij er niet meer heen gegaan sinds de avond dat verscheidene leden – die elke nieuwe wreedheid van de nazi's toejuichten – feest hadden gevierd vanwege de arrestatie van Leo's vriend, rechter Erwin Spiecker, die in de Eerste Wereldoorlog zijn strijdmakker was geweest.

Frau Spiecker had aan Leo verteld dat Erwin gearresteerd was, een uur nadat hij de rechtszaal in Düsseldorf had verlaten, samen met twee advocaten tegen wie hij had gezegd dat Duitsland, als het zo doorging met de oorlog, niet zou winnen. Hij was naar Berlijn overgebracht voor zijn terechtstelling – hoogverraad, zeiden ze – en zijn vrouw, die zwanger was van hun achtste kind, zat almaar te wachten op toestemming voor een bezoek aan de gevangenis.

'Ik ben eruit gekomen,' zo probeerde Trudi haar te troosten, 'en wat hij gezegd heeft is toch niet erger dan wat ik had gezegd.'

'Het is voor mij nog steeds een wonder dat het je gelukt is,' zei Frau Spiecker.

Toen ze eindelijk toestemming kreeg haar man te bezoeken, moest ze een hele nacht in de trein zitten. In Berlijn moest ze uren wachten in een onverwarmde gang voordat ze naar een spreekkamer werd gebracht. Hij stonk – zijn hele lichaam stonk – en hij rukte zich onmiddellijk los uit haar omhelzing. Hij had zich altijd fanatiek schoongehouden om de kwalijke geur van zijn lichaam te bestrijden, en hij geneerde zich zo dat hij erop stond dat ze aan het andere uiteinde van de ruimte bleef.

Viermaal werd de executie van rechter Spiecker uitgesteld, en viermaal had Frau Spiecker haar kinderen achtergelaten bij buren in Burgdorf om, met een pakje met zeep en sigaretten en detectiveromans die Leo Montag voor Erwin had meegegeven, de lange reis naar Berlijn te maken, voorbereid om – alweer – voor het laatst afscheid te nemen van haar man. Maar de laatste keer was hij er niet meer toen ze aankwam: hij was overgeplaatst, kreeg ze te horen, naar een gevangenkamp ten zuiden van Berlijn, waar niemand hem mocht bezoeken.

'Erwin leeft tenminste nog,' zei ze tegen Leo Montag toen hij haar ophaalde bij het station. 'Hij leeft tenminste nog.'

Die zondag reed hij haar en de kinderen naar de kerk, waar verscheidene mannen van de schaakclub met vrome gezichten geknield zaten, als elke zondag, hun banken bezet hielden alsof ze hun eigendom waren, tevreden met de vertrouwde rituelen: de weelderige geur van de *Weihrauch*, de engelenklanken van het koor, de dunne hosties, de kelk met bloed van Christus.

Leo tuurde naar de bleekroze wolkjes in het altaarkleed met het kanten boordsel, herkende de sporen van bloed die nooit geheel uitgewassen hadden kunnen worden sinds hij zijn vrouw de kerk uit had gedragen. Hoe lang was Gertrud al dood? Drieëntwintig jaar, dacht hij, en dat kleed is er nog steeds.

Hij keek naar de vrouwenkant van de kerk, waar de vrouw van de rechter geknield zat, met haar dikke buik tegen de voorzijde van de honingkleurige kerkbank, als om te bewijzen dat vlees sterker was dan hout. Of steen, dacht Leo. Of het mes van het verdriet. Op zekere dag zou haar man al jaren dood zijn. En zij zou constateren dat je dingen die je nooit voor mogelijk had gehouden, kunt overleven.

Toen hij Frau Spiecker een maand later weer naar de kerk reed, droeg hij haar pasgeboren dochtertje, Heide, in zijn armen. Tegen die tijd werd de mis in de kapel opgedragen. Omdat het aantal kerkgangers tijdens de oorlog steeds verder was afgenomen, had Herr Pastor Beier besloten de diensten daar te houden. Hoewel de kapel twee kilometer van de pastorie verwijderd was, kon daar wel gestookt worden, en toen hij uit twee kwaden moest kiezen, had de dikke pastoor gekozen voor afstand, en tegen de kou, omdat hij dacht dat zijn huishoudster wel zou regelen dat hij met iemand kon meerijden – met de preparateur bijvoorbeeld, of met de vrouw van de tandarts, mensen die het een eer hoorden te vinden zoiets voor hem te doen. Het bleek echter dat hij toch vaak op zijn fiets moest klimmen, en dan kwam hij pas halverwege de mis weer op adem.

Op de zondagen dat hij moest fietsen, zo bedacht hij achteraf, preekte hij altijd korter. Hij zinspeelde daarop tegen de bisschop toen hij hem een brief schreef waarin hij om een auto verzocht teneinde zijn parochianen beter te dienen. In die brief benadrukte hij zijn bezoeken aan zieken en bejaarden, maar hij zweeg over de uitnodigingen voor etentjes, die hij nog steeds wist los te praten, ondanks de afnemende voedselvoorraden.

Leo voelde de verdeeldheid in het stadje nergens zo heftig als in de kapel. Vroeger had de parochie een eenheid geleken, één groep mensen die verbonden werden door één geloof en tal van gemeenschappelijke waarden – al was Leo het daar niet altijd mee eens –, maar nu was dat geloof bezoedeld door degenen die het gebruikten om hun superioriteit te benadrukken, die de misdrijven tegen de joden rechtvaardigden door te zeggen dat ze hun gerechte straf kregen omdat ze Christus hadden vermoord.

Het bloed van Christus. Toen de dikke pastoor de kelk ophief, moest Leo wel denken aan eeuwen van geweld, begaan omwille van het bloed van Christus. Katholieke hocuspocus, dacht hij, toen de priester de kelk naar zijn lippen bracht om het heilig bloed te drinken, toen de brave burgers van Burgdorf hun tong uitstaken om het lichaam van Christus te ontvangen.

Trudi was *Bratkartoffeln* aan het maken op de tegelkachel toen haar vader vertelde dat Max Rudnick die middag zou komen.

Ze wendde haar gezicht af om haar blos te verbergen en schudde de koekenpan bij de steel heen en weer om te voorkomen dat de aardappels aanbrandden. 'Waarom?' vroeg ze.

'Hij kwam vanochtend langs toen jij naar de bakker was, en ik heb hem verteld dat je er vanmiddag wel zou zijn.'

'Waarom heb je dat gezegd?'

'Waarom niet?'

Ze draaide de knapperige aardappelschijfjes een voor een om.

Haar vader kwam naast de kachel staan en hield zijn handen boven de pan om ze te warmen. 'Hij zegt dat hij met je wil praten.'

Toen Max Rudnick laat die middag de leesbibliotheek binnenkwam, was Trudi verbaasd, zo blij als ze was hem te zien; toch kon ze daar onmogelijk iets van laten merken, want ze kon alleen maar denken aan de manier waarop ze hem voor de gek had gehouden. Dat ellendige briefje dat ze hem had gebracht... Ze voelde haar schaamte alsof het gisteren pas was gebeurd, en wist dat ze nooit meer iemand zo opzettelijk wilde kwetsen.

Met al die onrust in haar hart wist ze geen manier te bedenken om nee te zeggen toen hij haar uitnodigde de volgende dag met haar te gaan eten.

'Tot zes uur dan,' riep hij toen hij de leesbibliotheek uitging. 'Ik kom je om zes uur halen.'

Toen ze naar bed ging, bedacht ze allerlei manieren om hun afspraak af te zeggen. Opeens herinnerde ze zich die éne verdomd mooie nacht–zoals Eva het had genoemd–die ze zich had voorgesteld voor zichzelf met Max. Ze kromp ineen van ellende. Natuurlijk had Max nooit ook maar gepiekerd over zoiets met haar. Aan het eind van hun maaltijd zou hij haar ervan beschuldigen Angelika te zijn, en hij zou weglopen, haar met de onbetaalde rekening achterlatend. Ze zou haar vader moeten opbellen om haar op te halen, en hij zou voldoende geld moeten meebrengen. Die Max Rudnick, durfde hij wel? Morgen, als hij kwam, dan zou ze ronduit tegen hem zeggen dat ze niet geïnteresseerd was in een etentje met hem.

Maar toen ze de volgende ochtend wakker werd, tintelde ze van verwachting. Nog maar elf uur tot ze hem zou zien. Dacht hij op dit moment aan haar? Ze voelde zich dom, angstig, gelukkig. Haar energie was grenzeloos toen ze in de bibliotheek werkte. Ze zag zichzelf tegenover Max aan het tafeltje zitten, zag hem over haar heen gebogen in haar slaapkamer, en wanneer haar klanten haar iets vroegen, dook ze helemaal afwezig weer op uit haar dromen. Hoewel ze het niet kon afwachten dat het zes uur werd, wilde ze niets liever dan het voortduren van de zoete spanning die haar dag gekleurd had en haar een elegant gevoel had gegeven, en zelfs het idee dat ze iets langer was, alsof haar lichaam, als door een wonder, eindelijk gehoorzaamd had aan haar vroegere gebeden.

De eerste keer dat Max Rudnick haar kuste, voelde Trudi het geheim van Angelika tussen hen hangen, maar ze zoende hem terug, hartstochtelijk, gulzig, omdat ze het gevoel had die kus te stelen. Als hij eenmaal de waarheid wist over die brieven, zou hij haar niet meer willen zien, laat staan zoenen. En toch merkte ze dat ze glimlachte tijdens die kus, omdat ze bedacht had dat het net ongeveer tien jaar geleden was dat Klaus Malter haar had gekust, en omdat ze zichzelf beloofd had dat het niet nog eens tien jaar zou duren voordat ze een andere man zoende.

De tweede keer dat Max Rudnick haar kuste was vlak na de eerste zoen, en daarna kwamen er nog een paar zoenen die haar mond voller maakten, op een verfijnde manier dikker. Ze begon te wennen aan zijn melodieuze stem, al kon ze niet meteen verstaan wat hij zei, maar zijn handen volgden zijn snelle woorden als om ze vast te houden, totdat ze, opeens, begreep wat hij had gezegd. En zelfs als ze het niet begreep–Max Rudnick was een geduldig man die het niet erg vond iets nog eens te zeggen.

Toen hij haar in zijn armen nam, kreeg ze het gevoel dat hij nooit weg was geweest, hoewel hij haar vertelde dat hij naar Keulen had moeten terugkeren om zijn Russische grootmoeder te verzorgen tijdens haar laatste levensmaanden en haar nalatenschap te regelen. Veel was er niet geweest, maar ze had alles aan hem nagelaten. Dat was nuttig, want de industrieel en zijn gezin waren naar Zwitserland gevlucht, en hij had maar twee nieuwe bijlesleerlingen gevonden.

Hij luisterde vol medeleven toen ze hem vertelde van haar arrestatie. Het duurde niet lang of ze begon het gewone aan hem mooi te vinden: zijn kromme schouders leken nu buigzaam, en het zwarte haar op zijn boord was niet te lang, maar volgde eerder de tere omtrekken van zijn oren. Ze kon zich niet voorstellen waarom ze zijn snorretje timide had gevonden, terwijl in werkelijkheid die vele tinten zijdezachte, witte haartjes de gevoelige lijn van zijn bovenlip benadrukten. En naarmate haar liefde alles transformeerde wat ze zag–geleidelijk, zodat elke ontmoeting een nieuwe ontdekking werd–vroeg ze zich af of het voor hem ook zo was. Misschien zag hij alleen haar dikke, zilverblonde haren. Misschien waren zijn ogen zo slecht dat hij haar nauwelijks kon zien. Ze wist dat hij hield van de klank van haar stem–dat had hij tegen haar gezegd–en ze was er zeker van dat hij genoot van hun gesprekken. Sinds de keer dat hij gezegd had dat ze sprankelende ogen had, had ze gemerkt dat ze die in de spiegel bekeek alsof ze aan een andere vrouw toebehoorden.

Ze weigerde te geloven dat hij alleen tot haar werd aangetrokken omdat ze anders was, maar hun eerste onenigheid ging precies daarover. Ze stonden onder de luifel van een bioscoop in Düsseldorf, wachtend tot de koude regen zou verminderen zodat ze naar zijn auto konden rennen. De film die ze gezien hadden, was een romantisch kitschverhaal geweest, een liefdesgeschiedenis met een achtergrond van alpenweiden, compleet met jodelen, *Lederhosen*, blonde vlechten en sint-bernards die vaatjes schnaps rond hun harige nek droegen en blonde helden redden die in een gletsjerspleet waren gestort.

Turend in de regen zei Max dat hij bewondering had voor haar sterke karakter, voor het feit dat ze anders was.

'Vanbinnen ben ik net als andere mensen,' zei ze.

'Hoe kun jij nou ooit vanbinnen net zo zijn als wie dan ook?'

'Waarom niet?' vroeg ze snibbig.

'Omdat je door je leven bent gevormd, ben je uniek geworden.'

'Enkel en alleen omdat ik aan de buitenkant anders ben...'

'Maar daar héb ik het niet over.'

'Jawel.'

'Ik bedoel precies het tegenovergestelde. We zijn stuk voor stuk allemaal verschillend. Zelfs degenen die vanbuiten op elkaar lijken, zijn volkomen uniek vanbinnen.' De donkere straat lag er verlaten bij. 'Neem bijvoorbeeld twee oude mannen, laten we zeggen broers, zelfde lengte, zelfde kleur haar – of géén haar –, die hun leven lang in hetzelfde stadje hebben gewoond... Wat mij betreft lijken die helemaal niet op elkaar.'

'Ja, maar die zullen allebei naar mij kijken en hun eigen overeenkomst gebruiken als slagboom om zich van mij te onderscheiden. Ze zullen denken dat ik niets met hen gemeen heb.'

'Dan zijn dat domme oude mannen.'

'En er zijn er duizenden die net zo zijn als zij, mannen en vrouwen, die aannemen dat bij mij álles kleiner is – wat ik voel, wat ik denk...'

Hij legde zijn hand om de achterkant van haar hoofd en bukte zich. In het licht boven de bioscoopdeur waren zijn brillenglazen beslagen.

'Dat hoef je niet te doen,' zei ze toen hij haar kuste, maar toen zag ze de treurigheid en de aarde in zijn ogen, veel te diep om zich om oppervlakkigheden te bekommeren, en ze begreep dat hij naar haar verlangde zoals ze was.

En toch, toen hij haar bij de hand pakte en met haar over de natte straat rende naar het smalle hotel aan de overkant, toen hij een kamer voor hen nam en haar haar droogde met een handdoek zodra ze binnen waren, was ze als de dood om haar kleren uit te trekken en te zien hoe hij naar haar keek met dezelfde weerzin die ze in haar eigen ogen had gezien op die dag dat ze was weggerend uit de spreekkamer van Klaus Malter, toen haar spiegels haar dat scheve beeld hadden getoond, dat bleke vlees dat uit de gouden lijsten puilde.

Maar Max kuste haar, keek haar vol liefde aan. Het was koud in die kamer. Regen trommelde op de dakpannen, tegen het raam, en ze sloot haar ogen, bereid te laten gebeuren wat er zou gebeuren, omdat het erger was er bang voor te zijn, erop te wachten. Toen kwamen zijn handen naar haar borsten, en ze raakte even in de war, dacht dat het de handen van Klaus Malter waren, omdat ze van hem waren geweest in die oude fantasieën, en ze deed haastig haar ogen open en zei bij zichzelf: *dit is Max, dit is Max...* En toen hij een kreet slaakte, hijgend, en niet meer bewoog, boven haar hangend als een komeet op het moment dat hij lichtend neerdaalt, voelde ze zich in de steek gelaten. Haar lichaam voelde warm en soepel aan, bijna heerlijk, maar ze voelde niet de huiveringen die ze zo vaak zelf teweeg had gebracht.

Hij zuchtte, kuste haar neus, haar voorhoofd, haar linkeroor, kwam naast haar liggen, met één warme arm onder haar hoofd, met opgetrokken knieën tegen haar enkels. Toen ze zich omkeerde naar de lengte van zijn lijf, mompelde hij iets. Zijn arm schokte.

'Waarom ik?' fluisterde ze.

Maar hij was al in slaap gevallen.

Ze had nooit met een ander in één bed geslapen. Het was een vreemd gevoel, vol, opwindend – alsof haar lichaam een extra lijf en hoofd had ontwikkeld, ledematen van normale lengte die zich over een paar uur weer van haar zouden losmaken. Maar nu nog niet. Ze moest denken aan kinderen met broers en zusjes, die vaak in één bed sliepen. Ze vroeg zich af of haar ouders nog meer kinderen zouden hebben gekregen als zij geen *Zwerg* was geweest. Vlak voordat ze in slaap viel, herinnerde ze zich dat ze aan Frau Blau had gevraagd of haar moeder normaal zou zijn gebleven als ze geen *Zwerg*-kind had gekregen, en hoe belangrijk het voor haar was geweest dat Frau Blau had geantwoord: 'Je moeder was vreemd, allang voordat jij geboren bent. Begrijp me niet verkeerd, Trudi, ik mocht haar graag. Ze was een heel lieve vrouw. Maar wat haar ook mankeerde, het was er al toen ze nog een meisje was.'

Toen Trudi wél die huiveringen kreeg, de volgende keer dat ze met Max Rudnick naar bed ging, was ze ontzet omdat ze hem had gebruikt om terug te glippen naar die schuur en de jongens en die oude angst die haar, die haar...

'Waarom huil je?' vroeg hij, en hij streek over haar haar.

Ze kon geen antwoord geven.

'Niets wat je kunt zeggen kan erger zijn dan dit zwijgen.'.

Ze schudde haar hoofd.

'Heb ik je pijn gedaan?'

'O nee,' zei ze, beschaamd over de fantasieën die haar hadden overvallen, beschaamd over een hartstocht die angst nodig had. Achteraf had ze zich vaak leeg gevoeld, maar nu was het nog erger, want ze was bezig Max te verraden.

Hij vouwde zich om haar heen, wiegde haar.

Ze was verbijsterd dat zijn lichaam, na zo'n korte tijd samen, zo vertrouwd aanvoelde. Ze was graag samen met hem in de kamer die hij had gehuurd boven een klokkenwinkel in Kaiserswerth, al was het daar kil, alsof de muren de genadeloze kou van de winter hadden opgeslagen. En het leek er nog kouder doordat de kamer vrijwel leeg was: afgezien van zijn bed was er geen zacht oppervlak te vinden, alleen de hoeken van twee stoelen en een tafel, een boekenkast en een hangkast, een wastafel en een kachel. Max had heel weinig bezittingen, alsof hij klaar was onmiddellijk te vertrekken, en de enige verrassing in die kale omgeving waren de oningelijste aquarellen die hij aan de muren had geprikt, allemaal van wonderbaarlijke gebouwen die op exotische bloemen leken, zoals ze oprezen en zich openden naar de hemel.

Een paar keer had ze bijna tegenover haar vader laten doorschemeren dat er iets heel moois was tussen haar en Max. Hoewel hij nog sliep als ze 's ochtends vroeg thuiskwam en nooit vroeg waar ze geweest was, had ze het gevoel dat hij het begreep, en dat hij blij was voor haar. Maar er was al zoveel tussen haar en Max gebeurd dat ze, als ze er nu iets over zei tegen haar vader, zou moeten bekennen waarom ze hem niet meteen in het begin in vertrouwen had genomen.

De instinctieve geheimzinnigheid als het om haarzelf ging dwong Trudi te zwijgen over Max, tegen iedereen. Ze zouden hem alleen maar verachten omdat hij haar had gekozen, precies zoals ze Eva hadden gemeden na dat concert. Bovendien: liefde buiten het huwelijk was een zonde. Hoewel heel wat mensen eraan deden, mocht je het nooit toegeven, want dan moest het stadje je afwijzen.

'Wil je me later,' zei Max, 'als je voelt dat je er klaar voor bent, wil je me dan vertellen waarom je huilde? Ook al weet ik niet hoe ik dat moet vragen?'

Ze greep zijn hand, lichtte hem op om hem van dichtbij te bekijken. Het was niet alleen zijn hand die gebruind was. Zijn hele lichaam had die zachte bruine tint. Het zou zo gemakkelijk zijn alle remmen los te laten en hem met al haar liefde te overstelpen, zoals Seehund had gedaan toen hij nog een jonkie was, met zijn hele lichaam en hart.

'Wil je dat doen?' vroeg hij.

'Ik zie zo graag jouw huid tegen de mijne...'

'Waarom?'

'Omdat ik altijd weet waar ik eindig en jij begint. Kijk maar.'

Hij tastte achter zich naar zijn bril, en toen hij op zijn ellebogen overeind kwam, werd ook hij geïntrigeerd door het contrast van hun huidskleur. 'Het is prachtig, zoals jouw huid gloeit... alsof je vanbinnen verlicht wordt door duizend kaarsen.'

Ze kon zichzelf al zien, alleen thuis, kijkend naar zichzelf in haar moeders spiegels, en als ze dan die gloed zou vinden, die haar volgens hem als duizend kaarsen verlichtte, zou ze vanbinnen verwarmd worden. Ze stond versteld van het behagen dat ze in haar eigen lichaam voelde – dat ze gaaf was, gezond, mooi. Net als Pia, dacht ze. Zo moest Pia zich hebben gevoeld.

'Mijn lichtengel,' fluisterde Max tegen haar lippen.

'Mijn lichtengel,' zou ze tegen zichzelf fluisteren als ze thuis alleen in bed lag, met een glimlach naar haar kussen.

Hoofdstuk zeventien [1943]

'Heb jij eigenlijk gebreken, Max?' vroeg ze op een nacht in februari toen ze naast hem lag in zijn smalle bed.

'Hoe bedoel je?' Hij liet zijn ene hand langs de binnenkant van haar arm glijden, heel licht.

'Je bent te volmaakt, te aardig... Ik word er bang van. Dan denk ik dat ik je niet in het juiste licht zie.'

'Tja... Als je belooft het aan niemand te vertellen...' Hij keek zijn kamer rond, als om na te gaan dat niemand anders zijn bekentenis zou afluisteren. Hij bracht zijn lippen bij Trudi's oor en fluisterde: 'Ik heb gestolen.'

'Wat dan?'

'Een doosje chocoladesigaretten. Toen ik acht was.'

'Ik ben diep onder de indruk.'

'Dat moet ook.'

'Is dat alles?'

'Soms word ik woedend, dan gooi ik dingen kapot.'

'Wat dan bijvoorbeeld?'

'O – speelgoed toen ik klein was. Een keer heb ik de vlieger van mijn beste vriendje stukgescheurd omdat hij lachte om de vlieger die ik had gebouwd... En een paar jaar geleden heb ik een autoruit gebroken.'

'Hoe dan?'

Hij aarzelde.

'Wil je het me vertellen? Alsjeblieft?'

'Ik was op reis met... met een vrouw, naar Bremen. We reden om de beurt, en toen ik uitstapte en om de auto heen liep, je begrijpt me wel, naar de passagierskant, sloot ze mijn portier af. We hadden grapjes zitten maken, en ik neem aan dat zij dat geestig vond. Zij zat daarbinnen te lachen, en ik waarschuwde haar, ik schreeuwde: "Doe dat portier open", maar zij liet me het sleuteltje zien, door de voorruit heen, en toen pakte ik een steen. Eerst lachte ze, maar toen ik mijn hand met die steen omhoogstak, veranderde haar gezicht, en kon ik zien dat ze bang was. Bang om me in de auto te laten. Maar ik kon niet ophouden. Al wist ik dat iets te ver was gegaan en dat ik het moment waarop dat was gebeurd, niet had opgemerkt.'

'Is ze gewond geraakt?'

'Nee, het was de ruit aan de passagierskant.'

'En heb je haar daarna nog gezien?'

'We... we waren getrouwd.'

Trudi ging rechtop zitten, haar armen dicht tegen zich aan, zodat ze hem nergens meer aanraakte. Op de vloer naast zijn hangkast stonden haar zwarte schoenen, die met de hoogste hakken, die ze in zijn kamer bewaarde omdat ze dan gemakkelijk bij tafel en wastafel kon.

'Kijk me aan,' zei hij. 'Ik heb haar in geen jaren gezien.'

'Dus je bent gescheiden?'

'Niet officieel. Maar we gaan scheiden, als we het ooit voldoende eens worden om papieren te tekenen.'

Haar lichaam voelde stijf aan, alsof haar hart niet meer klopte.

'Kom hier.' Hij spreidde zijn armen. 'Trudi, alsjeblieft?'

Zij schudde van nee. Een van zijn haren lag op haar arm, donker en gekruld. Ze kon hem niet aanraken en blies hem weg.

'Je mag me alles vragen wat je wilt weten.'

'Je zou het me niet verteld hebben...'

'Ik beloof dat ik de waarheid zal zeggen.'

'Je zou het me niet verteld hebben...'

'Ik denk nooit aan haar, Trudi. Ik beschouw mezelf niet als getrouwd.'

'Maar dat ben je wél.'

'Mensen vertellen elkaar niet altijd meteen alles.'

Haar gezicht gloeide. 'Wat bedoel je?'

'Ben je het niet met me eens dat het beter is bepaalde dingen pas te vertellen als je weet dat de ander klaar is om ze te horen?'

'Dat... dat weet ik niet zeker.'

'Tja, jij wilde weten of ik gebreken had.'

'En die héb je.'

'Jij zei dat ik te volmaakt was.'

'Ik had liever iets minder dramatisch gehoord dan een echtgenote.'

De volgende dag reisde Ingrid Baum terug naar Burgdorf, achter in een open vrachtwagen die voor het vervoer van aardappels was gebruikt. De laadbak van de vrachtauto was overdekt met aarde van aardappels, dikke lagen grijs stof die aan haar huid kleefden. Bij haar zaten een schoenmaker uit Bonn en zijn grote gezin, op weg naar de trouwerij van een oom in Oberhausen; ze zongen en lachten en gaven haar cake en stonden erop dat ze meedronk uit een fles schnaps die werd doorgegeven, zelfs aan de kinderen. Hoewel Ingrid niet van schnaps hield, nam ze één slokje, omdat ze bang was de vrouw van de schoenmaker te beledigen – die leunde telkens naar haar over om haar vertrouwelijke dingen toe te fluisteren over de voorkeuren van haar man en over haar menstruatie, die steeds zwaarder werd.

Toen het begon te regenen, kroop het gezin bij elkaar, en ze namen Ingrid bij zich op alsof ze bij hen hoorde. Haar enige lichaamsdeel dat niet ijskoud was, was haar linkeroor: dat brandde in haar schedel, en maakte dat haar ene gezichtshelft pijn deed. Ze probeerde zich te herinneren wanneer het pijn was gaan doen, maar ze kon zich niet eens herinneren dat ze haar koffer had gepakt, de koffer die nu zacht van de regen werd. Toen het handvat losraakte, draaide ze het tussen haar vingers rond. De oudste zoon gaf haar de schnaps weer door, en zei dat ze daar warm van zou worden, maar ze schudde van nee. De aardappelaarde zoog al het regenwater op, zodat ze ten slotte allemaal in de dikke modder zaten. Toen de vrachtauto haar afzette voor de leesbibliotheek, waren haar handen en gezicht smerig, en haar kleding was doorweekt.

Trudi, die voor het raam had gestaan, starend naar de regen terwijl ze het gesprek met Max van de vorige avond woord voor woord overdacht, herkende de vrachtauto niet, evenmin als de vrouw die op het trottoir bleef staan nadat de vrachtauto was doorgereden, en die een koffer in beide armen droeg, alsof het een slapend kind was. Maar toen draaide de vrouw zich om en veranderde in Ingrid. Trudi rende naar buiten, trok haar het huis in, dwong haar haar jas en natte schoenen uit te trekken. Nadat ze haar in een deken had gewikkeld, gaf ze haar soep te eten en bood ze haar een bad aan, maar Ingrid was te moe om zich te wassen of een hap te eten.

'Wat is er met je gebeurd?' vroeg Trudi nadat ze de kachel had opgestookt en Ingrid erbij had gezet in een leunstoel, met haar voeten op een houten krukje.

Ingrids ogen werden uitdrukkingloos. Ze stak een hand op en trok een lok steil nat haar voor haar magere gezicht.

'Waarom ben je weggegaan?'

'Ik... weet het niet.'

Geleidelijk echter wist Trudi uit haar te krijgen dat ze zich herinnerde dat ze met haar koffer was weggelopen uit de KLV-school waar ze de afgelopen anderhalf jaar les had gegeven. Ze herinnerde zich dat ze uit een trein was gestapt, maar wist niets meer van de treinreis, zelfs niet of ze een kaartje had gekocht. Die vrachtauto? Ze had ergens in de kou gestaan toen de schoenmaker voor haar gestopt was.

'Er is een man die met me wil trouwen,' zei Ingrid zonder enig enthousiasme.

'Wie dan?'

'Ulrich.'

'En...?'

Ingrid leunde met haar achterhoofd tegen de rug van de stoel en staarde naar het plafond. '...zo welgemanierd.'

'De man die met je wil trouwen?'

'Nee, nee. Een van mijn leerlingen, Suse.' Ingrids stem stierf weg tot gefluister alsof ze in zichzelf praatte. '...een gezicht als een engel... Maar Fräulein Wiedesprunt nam haar almaar mee voor autoritjes, ze kocht drop voor haar, liet haar in haar kamer slapen... Ik wist niet wat ik moest zeggen om er een eind aan te maken. Dat meisje... Misschien is er niets gebeurd... Trudi?' Ze ging rechtop zitten. 'Trudi.'

'Hier ben ik.'

'Ik heb smerige gedachten over hen gehad... De inkt vloeit almaar uit. Schriften voor school, die zijn op de bon en...'

'Is dat de reden waarom je bent weggelopen? Om dat meisje?'

'Het papier, dat is zo slecht dat de inkt uitvloeit...' Ingrids stem kreeg een officieel toontje, alsof ze iemand nadeed: 'We moeten de noodzaak van elke aankoop verifiëren.'

'Waarom vertel je me niet over die man die met je wil trouwen?'

'Ulrich Hebel.'

'Wat is dat voor een man?'

'Hij is nu in het leger.'

'En daarvoor?'

'De spoorwegen. Hij werkte vroeger bij de spoorwegen.'

'Houd je van hem?'

'Hij zegt ook dat het van hem is.'

'Wat?'

Ingrid trok de deken weg en wees naar de lichte ronding van haar buik. 'De vrucht van mijn zonde,' zei ze, alsof ze de bijbel citeerde.

'Als je het zó zegt, klinkt het zo lelijk.'

Ingrid bedekte haar ogen.

'O Ingrid...' Trudi omhelsde haar en trok, zachtjes, Ingrids vingers weg van haar gezicht. 'Ik weet het, het is vast heel moeilijk, maar je zult van de baby gaan houden. En ik zal je helpen...' Ze zag al voor zich hoe ze met Ingrids baby in een rieten wagentje ging wandelen, hoe ze op het trapje bij de voordeur zat met de baby in haar armen. Ze zag een geruite sloop, een bijpassend...

'Het is van de duivel.'

'Dat moet je niet zeggen.'

'Trouwen maakt de zonde niet ongedaan.'

'Het ís geen zonde.'

'Volgens de kerk wél.'

'Vergeet de kerk maar.'

Ingrid sloeg een kruis en kromp ineen.

'Wat heb je?'

'Mijn oor... het doet zo'n pijn.'

'Ik ga naar de apotheek, oordruppels halen.'

'Het doet er niet toe.'

'Het doet er wél toe. Weten je ouders van de baby?'

'Mijn vader zou me vermoorden.'

'Welnee. En bovendien...' Trudi aarzelde. Als Ingrid bij haar bleef, zou ze geen joden onderdak kunnen geven. Maar sinds haar arrestatie was hun huis te riskant geworden als onderduikadres. Emil Hesping had nog steeds geen onderduikers gebracht, maar nam wel het eten en de kleren mee die Trudi voor hem inzamelde. Het merendeel van het voedsel kreeg ze van Frau Weiler, en Hilde Eberhardt was een goede bron voor kinderkleertjes, ze stond alles af waarom Trudi vroeg, zonder om uitleg te vragen. Het was algemeen bekend in Burgdorf dat de vroedvrouw haar diensten vaak ruilde voor hemdjes en broekjes en jurkjes waar het vorige kind uitgegroeid was. Ze had een hele voorraad, en daarvan deelde ze uit aan mensen die geen kleren voor hun kinderen konden kopen. Soms – zo zei men – bracht ze zelfs kleren en luiers mee naar arme gezinnen, in plaats van hen te laten betalen.

'Je zou bij ons kunnen blijven,' zei Trudi tegen Ingrid. 'Een tijdje tenminste... Ik weet zeker dat mijn vader het goed zou vinden.'

'Ik moet mijn rechtvaardige straf ondergaan, de kwelling van mijn ziel...'

Trudi kreunde. 'Doe dit jezelf niet aan.'

'...de aantasting van mijn geest...'

'Ben je bij een vroedvrouw geweest? Bij een dokter?'

'...het vergaan van het vlees...'

'Ik kan Hilde Eberhardt halen... haar hierheen meenemen.'

'Nee.' Ingrid stopte met haar litanie.

'En hoe zit het met die man? Die man die met je wil trouwen?'

'Als hij verlof krijgt.'

'En trouw je dan met hem?'

'Om het kind een naam te geven. Voor mij is het te laat. Ik ben voor eeuwig verdoemd. Ik zal nooit missiezuster worden.'

'Wil je dat ik de pastoor haal?' vroeg Trudi, niet al te overtuigd. Maar goed, misschien was zelfs de dikke pastoor beter dan helemaal geen pastoor. 'Dan kun je biechten. Dan ben je de zonde kwijt.'

'Ik bén de zonde.'

'Ingrid...'

'Dat heb ik altijd geweten van mezelf.'

'Wat is er dan met jou, dat je geen vergiffenis kunt krijgen? Waarom ben jij zo bijzonder?'

Maar Ingrid schudde haar hoofd. Haar ogen glinsterden. 'Ik ben de zonde.'

Terwijl Leo Montag sterke Russische thee voor Ingrid maakte, rende Trudi naar apotheek Neumaier om oordruppels te halen. Hoewel de zaak een nieuwe eigenares had, Fräulein Horten, spraken de mensen nog steeds van apotheek Neumaier. In de negen maanden sinds de apotheker was weggehaald, samen met zijn dochter en ex-echtgenote, had niemand iets van hem vernomen, en de mensen vermoedden dat hij niet alleen een deel van het geld dat hij had ingezameld voor het Hitler-beeld zelf had gehouden, maar ook het meeste geld dat hij had opgehaald bij mensen die hij overreed had lid van de *Partei* te worden. De Stosicks waren niet de enigen geweest die nooit hun papieren over de post hadden gekregen.

Trudi stond op het punt te betalen voor Ingrids medicijn toen de sirenes gingen. Toen ze naar de deur keek, en bedacht of ze nog snel naar huis kon rennen, greep Fräulein Horten haar arm vast.

'Mijn vader...' zei Trudi.

'U kunt beter hier blijven.'

Fräulein Horten nam haar mee naar de enorme kelder, waar verscheidene bewoners van het flatgebouw al zaten op appelkisten en koffers, met de ogen op het plafond gericht, alsof ze het gevaar buiten konden zien. Door al die bombardementen die de grote steden in de buurt elk moment van dag of nacht konden treffen, moest je voorbereid zijn op verdwaalde bommen en naar de dichtstbijzijnde kelder vluchten met een klaarstaande tas of koffer, waarin je belangrijkste bezittingen zaten. Moeders rukten kleine kinderen uit hun bedje en vluchtten de trappen af terwijl ze hun gehuil trachtten te sussen. Vaak duurden de bombardementen niet erg lang, maar soms moest je urenlang in een kelder zitten, omringd door andere mensen die hun doodsangst uitten met huilen of bidden of klagen.

De slager en zijn schoondochter, nog met hun stijve schorten aan, zaten al in de kelder. De opticien kwam even later met zijn buitenlandse arbeider uit Griekenland, en toen de onderwijzeres die op de eerste verdieping woonde, met het meisje Brocker dat sinds kort haar huishouding deed. Vervolgens kwamen Jutta Malter en de moeder van haar man, de professor, die vaak een paar dagen bij haar kwam logeren.

De laatste die binnenkwam was Alexander Sturm, met een flets gezicht, veel magerder dan vroeger. In het halve jaar sinds Eva was opgepakt had Trudi hem maar twee keer gezien, en hij had haar alleen heel kortaf gegroet. Hij woonde de mis niet meer bij. De ernst die zo kenmerkend voor hem was geweest toen hij een jongen was, had hem weer opgeeist, alsof zijn hartstocht en zijn daaruit voortvloeiende knappe gezicht alleen door Eva geïnspireerd waren geweest. Die stralende jaren van zijn huwelijk waren spoorloos van hem afgevallen, en ondanks zijn zwierige snor zag hij er weer heel gewoon uit, al een man van middelbare leeftijd, alsof de overgang van jongen naar onaandoenlijke man van de ene dag op de andere had plaatsgevonden.

In de jaren van zijn huwelijk met Eva was Trudi Alexander aardig gaan vinden, en ze had altijd graag hun woning bezocht. Maar sinds Eva's arrestatie had zij – evenals anderen – zo haar gedachten gehad over de reden waarom hij ongemoeid was gelaten, en omdat hij geen poging tot uitleg ondernam, was hij zijn reputatie van fatsoenlijk man kwijtgeraakt.

Hij ging op de kale vloer zitten, waar de briketten altijd opgestapeld hadden gelegen, met zijn rug tegen de muur die zwart was van kolenstof, alsof zijn kleding hem niet interesseerde. Hoog boven hem waren de kleine raampjes met canvas beplakt, om te voorkomen dat licht naar buiten scheen. In de hoek bij de planken leunde het zware Christusbeeld dat Herr Neumaier altijd over het kerkplein had gesjouwd, met geknikte knieën en de armen ineen boven zijn hoofd, alsof Hij op het punt stond zijn positie aan het kruis weer in te nemen. Een enorme houten spijker verbond beide handpalmen, en leverkleurige verf droop van de kroon. De nieuwe apothekeres had geprobeerd die Jezus aan de pastoor te geven, en die had voorgesteld dat ze Hem aan de nonnen gaf, maar ze had het Theresienheim niet binnen gedurfd en had het beeld ten slotte maar naar beneden gesjouwd, de kelder in, waar zijn eenzame wake telkens werd onderbroken wanneer de sirenes hun waarschuwing lieten horen.

Trudi dacht aan haar vader en Ingrid in de kelder van de leesbibliotheek. Elke keer was ze bang voor wat ze misschien zou aantreffen na een bombardement, en elke keer was ze verbaasd dat haar stadje opnieuw gespaard was gebleven. In Düsseldorf was het anders: daar had ze kinderen zien spelen in de ruïnes van verwoeste huizen, vrouwen die groeven naar verloren bezittingen.

Het meisje van Brocker jammerde en verborg haar gezicht in haar handen. Jutta Malter keek van opzij naar haar, en toen naar de professor, alsof ze verwachtte dat ze iets zou doen. Opeens voelde Trudi medelijden met Klara Brocker–al had ze dan die waardeloze rozenkrans geruild voor Ingrids bijouteriedoosje. Haar vader was aan het front, en haar huis was een van de weinige die door een verdwaalde bom waren getroffen. Zij en haar moeder waren verhuisd naar een kleine woning op de derde verdieping van het huis dat vroeger van Frau Simon was geweest.

'Het duurt niet lang meer.' De professor stak een hand uit om Klara Brocker over haar haar te strelen. 'Niet lang meer.'

In het halfdonker van de kelder zat het meisje te huiveren. 'Ik kan heel snel op mijn fiets...'

De ogen van de professor stonden vermoeid terwijl ze Klara's haar uit haar voorhoofd streek, achter haar mooie kleine oortjes. Sinds men haar haar werk had ontnomen, had de professor zich vermoeid gevoeld. Ze werd moe wakker, ging moe naar bed.

'Heel snel...'

'Ik weet het.'

Van vlakbij klonk het geluid van een laag overvliegend vliegtuig, en toen een explosie. De grond trilde.

'Het is niet moeilijk je geloof in de mensheid te verliezen,' zei de slager.

Trudi draaide zich met een ruk naar hem om. 'Hebt u daar zó lang over gedaan? Pas nu u zelf in gevaar bent?'

'Ik wil geen ruzie met u maken, Fräulein Montag.' De adem van de slager was verzadigd van meer dan een halve eeuw tabaksrook. 'De wereld zou Duitsland eens met rust moeten laten. Het enige wat wij doen is de orde herstellen, in ons eigen land.'

De tanden van het meisje van Brocker klapperden. 'Ik wil wedden dat ik, als ik op mijn fiets stap... Ik wil wedden dat ik, als ik op mijn fiets stap en blijf doortrappen, dat ik dan kan wegkomen.'

'Jij gaat nergens heen,' zei de slager.

'Laat u haar alstublieft met rust,' zei de professor.

Ze zwegen allemaal, luisterend door de dikke muren. Trudi voelde dat Alexander naar haar keek, maar toen ze haar hoofd naar zijn kant draaide, wendde hij zijn blik af alsof hij bang was dat ze tot in zijn gedachten kon kijken. Ze voelde dat hij zijn best deed het geheim van Eva's arrestatie voor haar verborgen te houden. Hoe kan hij het dragen? dacht ze. Ze had zin hem te vertellen dat ze, sinds ze Max had, begreep dat Eva zo naar hem had verlangd, en ook dat ze het risico had genomen om voor die ene nacht naar hem terug te gaan.

'Het kwam niet alleen door jou,' fluisterde ze hem toe.

Alexander leunde met zijn hoofd tegen de zwarte muur en sloot zijn ogen.

Trudi vroeg zich af of Max de explosie ook had gehoord, en hoopte dat hij in veiligheid was. Toen ze de vorige avond afscheid hadden genomen, had ze geweigerd hem te zoenen. Als we dit overleven, dacht ze, zal ik het nooit meer over zijn vrouw hebben. Misschien dacht hij op dit moment ook aan haar. Dat was al eerder gebeurd: hij had haar wel verteld dat hij aan haar had zitten denken, en als ze dan de tijd vergeleken, bleek dat ze dat tegelijkertijd hadden gedaan.

'Maar ik zou niet weg kunnen op mijn fiets,' zei het meisje Brocker, 'dat zou niet kunnen. Niet nu mijn moeder er zo aan toe is.' Haar uitzinnige ogen schoten van gezicht naar gezicht terwijl ze vertelde hoe haar moeder, de vorige keer dat ze naar de dichtstbijzijnde schuilplaats waren gerend, gestruikeld was en gevallen, zodat ze haar gezicht en handen had opengehaald. 'Ze is helemaal alleen,' krijste Klara, en ze sprong overeind.

De opticien blokkeerde de deur.

'Ik weet zeker dat het je moeder rustig maakt dat ze weet dat jij in veiligheid bent,' zei de professor.

'Er is niets wat we nu voor onze ouders kunnen doen,' zei Trudi tegen Klara.

'Kom hier.' Klara's werkgeefster pakte haar handen en trok haar naast zich op een kist. 'Voor kinderen is het altijd het ergste.'

'Ik ben geen kind meer.'

'Ik had het niet over jou.' Ze vertelde Klara dat de kinderen op school zich niet meer op haar lessen concentreerden omdat ze voortdurend leefden in de angst dat er zo dadelijk weer bommen zouden vallen. Vaak hoorden ze halverwege een les de sirenes, en dan pakten ze hun tassen en renden naar de kelder van de school. De leerkrachten probeerden wel de angst van de kinderen te sussen, maar het was onmogelijk hen allemaal te kalmeren. En als ze weer naar boven kwamen en de school stond nog overeind, dan waren ze opgelucht. 'Het allerergste,' zei de onderwijzeres, 'is de bezorgdheid om hun ouders.'

'En terecht.' Herr Immers haalde een mes en een stuk gerookte ham te voorschijn, en begon plakken af te snijden. 'Mensen raken bedolven onder hun eigen huis.' Hij gaf de plakken ham door. 'Weten jullie nog die keer dat de enige schade van het stadje bestond uit die blauwe bakstenen boven de ramen van het *Rathaus*? Neergevallen op het trottoir, als rotte kiezen... Maar de week daarop hebben ze dat wél weer goedgemaakt, nietwaar? De meelfabriek in puin. Maar een geluk dat die zo ver van het centrum vandaan stond.'

'Mijn vader en ik,' zei Trudi, 'zijn daar gaan kijken, met de auto. Het dak is weg, en de bogen zijn ingestort.'

'Na de oorlog herbouwen we hem,' zei de opticien.

'Dat denk ik niet,' zei Trudi zacht.

'Waarom niet?' vroeg Jutta Malter.

'Dat weet ik niet. Ik heb gewoon een voorgevoel dat we dat niet zullen doen.'

Bij het sein veilig maakte Trudi zich gereed om de trap op te rennen om te zien of haar vader en Ingrid ongedeerd waren.

'Wacht even.'

Ze draaide zich om.

Alexander zat nog bij de kolenmuur, met zijn onderarmen op zijn opgetrokken knieën, de handpalmen naar boven gekeerd, als kelken.

Ze liet de anderen langs zich heen lopen.

'Hoe...' Alexander schepte diep adem. 'Hoe was het voor haar, die laatste dagen bij jou?'

Ze liep naar hem toe en keek neer in zijn gezicht, wachtend tot hij haar zou vertellen wat er die nacht was gebeurd. En om daarachter te komen, was ze bereid te blijven en eerst zijn vragen te beantwoorden. 'Eva miste jou. Dat was voor haar het moeilijkste van het onderduiken.'

'Wat zei ze over mij?'

'Dat de mensen jou eigenlijk niet kenden... Ze was bang dat je naar het front gestuurd zou worden, en ze zei dat ze, als ze één verdomd mooie nacht met jou kon hebben – zo drukte ze zich uit, Alexander, één verdomd mooie nacht – dat ze dan weer in staat zou zijn de onderduik te verdragen.'

Hij trok zijn benen dichter naar zijn lichaam, en leunde met zijn voorhoofd op zijn knieën. Zijn schouders beefden.

Trudi legde haar hand op zijn rossige haar. 'Zij was ervan overtuigd dat jij met haar mee zou gaan als ze opgepakt zou worden...'

'Elke avond bid ik dat ik 's ochtends niet wakker hoef te worden.' Zijn stem was diep, dringend. 'Vanochtend heb ik gebeden dat er een bom op dit gebouw zou vallen.'

'Laten we hopen dat je gebeden niet verhoord worden, als je ons allemaal zou willen meenemen.'

Hij keek op, geschrokken. 'Wees niet zo boos. Ik dacht alleen aan mezelf.'

'Precies.'

'Aan mijn eigen dood,' verbeterde hij. 'Misschien moet ik me maar melden voor het leger... Er op die manier een eind aan maken.'

'En voor hen gaan vechten?'

'Vechten tegen alles en iedereen. Tot ik gedood word.'

'Ik wil weten van Eva. Wat is er gebeurd toen ze bij je terugkwam?'

'Ik... ik kijk aldoor naar die vogels die zij verzamelde... Vorige week heb ik een opgezette nachtegaal voor haar gekocht.'

'Vorige week?'

'Voor als ze terugkomt. Een cadeautje. Weet je nog die uil die ik haar heb gegeven?'

'Bij jullie huwelijk, ja.'

'En die vogel met die rode borst, die jouw hond gevangen had.'

'Die heeft nog een paar dagen geleefd. Eva's moeder had zijn vleugel gezet.'

'We hadden met Eva's ouders moeten meegaan. Zij wilde met hen mee. Maar ze is hier gebleven omdat ik niet weg wilde.'

'Nadat ze bij je kwam, Alexander – wat is er die nacht gebeurd?'

'Denk je dat iemand de Gestapo heeft gewaarschuwd?'

'Dat heb ik me wel eens afgevraagd.'

'Ze zei almaar dat ik de slager uit ons flatgebouw moest zien te krijgen, maar hij heeft een contract voor tien jaar... Ik kan een contract dat ik getekend heb, niet zomaar ongeldig verklaren.'

'Aha, ja, je gevoel van eer.'

Hij trok zijn schouders op. 'Ik geloof niet dat de slager haar heeft aangegeven. Hij wist niet dat Eva en ik ruziemaakten over dat huurcontract.'

'Ze kwamen naar jouw woning,' zei Trudi, 'en toen...?'

'Toen renden we de trap op. Naar de zolder. En daar hebben we ons verborgen.'

Ze rook dat hij bang was haar te veel te vertellen. Zijn ogen stonden behoedzaam, en de woorden die hij sprak, schoten eigenlijk tekort. Maar juist door de moeite die hij deed om de waarheid te verhullen, kon zij zich die nacht op die zolder voorstellen, alsof ze er zelf bij was geweest. Ze rook de geur van de opgestapelde dakpannen en het parkethout, toen Alexander en Eva achter de kisten met bouwmateriaal wegdoken. Ze hoorde voetstappen naderen op de trap, voelde de tochtstroom toen de zolderdeur openvloog.

Zweet overdekte Alexanders slapen. 'We hadden genoeg tijd om te zeggen dat we van elkaar hielden...'

Trudi voelde zijn verwarring om de haat die hem ertoe dreef die woorden van liefde te zeggen, begreep zijn opluchting toen Eva haar arm losmaakte uit zijn hand en naar voren stapte.

'Mijn benen – ik kon mijn benen niet bewegen... O God.'

'Ze hebben jou niet gezien?'

'O God.'

'Ze hebben jou niet gezocht?'

Hij knipperde met zijn ogen, wijd van doodsangst, en ze hoorde het geschater toen de Gestapo-mensen om de kisten liepen en hem porden met hun voeten.

'Wat een held,' zei een van hen.

'Wat een held hebt u hier.' De ander lachte toen hij zich tot Eva wendde.

'U bent hier voor míj gekomen,' zei Eva, met haar rug recht, als altijd.

Trudi pakte Alexanders handen vast. Ze waren koud, klam. 'En wat deed jij toen? Vertel op!'

Hij rukte zijn handen los en begroef zijn gezicht erin, probeerde voor haar het schouwspel te verbergen hoe hij gedwongen was geweest de hele zolder rond te kruipen op zijn handen en knieën, met twee pistolen op zijn hoofd gericht. Maar zij kon de ruwe houten planken onder zijn handpalmen voelen, kon Eva's enkels zien toen hij gedwongen werd langs haar te kruipen.

'Ze hebben me daar achtergelaten,' fluisterde hij. 'Op de vloer.' Zijn stem was niet meer gespannen, en zijn ogen leken leeg, alsof hij zich opgelucht voelde nu hij het verteld had.

Toen ze uit de kelder naar boven gingen, roken ze een brandgeur in de lucht. In de hitte konden ze nauwelijks ademhalen. Een gele nevel trok op, zodat de omtrekken van andere gebouwen en daken zichtbaar werden, en Alexander wees naar de overkant, waar het huis van de Talmeisters was geraakt; op het trottoir echter stond de kersenboom nog ongeschonden, en de bladerloze takken omlijstten de ambergrijze rookwolken die uit de steenhopen oprezen en over aangrenzende daken dreven.

Trudi ademde de hitte van de oorlog in en rende in de richting van de leesbibliotheek, terwijl ze haar vaders naam riep. Vlak bij haar in de buurt waren de huizen nog intact. In de leesbibliotheek waren alleen drie ruiten gebroken, en bij de kruidenierswinkel was een stuk van het dak afgerukt.

'Dat kan allemaal weer gemaakt worden,' zei haar vader.

'Dat kan allemaal weer gemaakt worden,' zei Ingrid hem na, nog steeds met een deken om zich heen.

Maar Trudi schudde haar hoofd, en probeerde de ontzetting te verwerken over al die levens die verwoest waren, ook dat van Alexander Sturm die, hoewel hij rondliep en naar een boom kon wijzen, met evenveel zekerheid was gestorven als de zonen van de Weskopps, die onder de aarde lagen te rotten.

Sinds Max haar had verteld dat hij getrouwd was, had ze zich in zijn gezelschap op haar hoede gevoeld. Ze vroeg zich af wat hij in haar zag. Soms was ze bang dat hij alleen wraak wilde nemen, omdat zij hem met dat briefje vernederd had, en dat hij haar zou verlaten als zij hem eenmaal liefhad.

Ten slotte vond ze de moed het aan hem te vragen. 'Waarom ik?' Het kwam er nogal abrupt uit.

'Wat bedoel je?' Ze zaten aan zijn tafel, en hij was een sinaasappel aan het pellen die hij van een van zijn privé-leerlingen had gekregen.

'Waarom heb je voor mij gekozen, Max?'

Hij haalde de koele partjes uit elkaar en legde ze netjes op een wit schoteltje. 'Mond open,' zei hij, en stopte een ervan tussen haar lippen. 'Omdat ik je aardig vind.'

Omdat ze al in geen jaren een sinaasappel meer had gegeten, kreeg ze van dat heerlijke zoete, sappige vruchtvlees tranen in haar ogen. 'Maar hoe is het voor jou begonnen?'

'Ik neem aan dat je me intrigeerde...' Hij at zorgvuldig, veegde het sap met zijn ene vinger uit zijn mondhoeken en likte die af, als om niet één kostbare druppel te verspillen. 'Hier.' Hij stopte nog een partje in haar mond. 'Ik neem aan dat ik nieuwsgierig naar jou was.'

'Waarom?'

'O, dat mysterieuze dat om jou heen hangt. Op de dag dat we elkaar ontmoetten, wist ik niet dat we een paar zouden worden. Dat is geleidelijk gekomen.'

Die avond ging hij voor het eerst met haar dansen, niet in het Kaisershafen Gasthaus hoog boven de Rijn, waar ze zich had voorgesteld met hem te dansen, maar in een kelderbar in Düsseldorf, waar een saxofonist in rood vest onophoudelijk variaties op een bepaalde melodie speelde.

Max bracht zijn gezicht vlak naast het hare. 'Ik wist niet dat je zo goed kon dansen.'

Ze glimlachte. 'Men heeft me verteld dat ik talent heb.'

'Men heeft me verteld dat ik knap om te zien ben,' zei hij, een citaat van wat ze als Angelika in die brief had geschreven.

Ze verstijfde.

'Je moet wél je voeten blijven bewegen.'

'Wanneer?' vroeg ze, met een stem die schel klonk, droog. 'Wanneer heb je het ontdekt?'

'De week nadat we elkaar hadden ontmoet, toen ik naar de bibliotheek kwam en jij er niet was. Je vader was een paar boeken aan het noteren voor het kaartsysteem...'

Ze was een verstarde karikatuur van een dansende vrouw, voelde haar voeten naar links schuiven, naar rechts. Haar hand was een vochtige steen in de zijne. Ze staarde recht voor zich uit, naar de knopen van zijn colbertje.

'Ik herkende je handschrift. Ik was helemaal niet van plan een boek te lenen, maar dat heb ik toch gedaan, alleen om nog een systeemkaart te kunnen bekijken.'

'Maar waarom ben je dan later nog teruggekomen?'

'Ik had het bijna niet gedaan, weet je niet meer? Ik ben acht maanden weggebleven.'

'Bijna negen.'

'Toen heb ik heel wat boete opgelopen... Ik neem aan dat ik ben teruggekomen omdat ik erachter wilde komen waarom je het had gedaan–dat briefje naar mijn tafeltje.'

'In je advertentie stond inderdaad dat je nieuwsgierig was.'

'In jouw brief stond dat je lang was.'

Ze kromp ineen.

'Neem me niet kwalijk, Trudi.'

Ze wilde bij hem wegrennen, de deur van de bar dichtsmijten, de trap op, naar de straat. 'Jíj hebt tenminste de waarheid gezegd.'

'Ik zei toch: neem me niet kwalijk.'

'Ik ben degene die zich moet verontschuldigen.'

'Ik wist niet dat ik nog steeds zo kwaad was.'

Ze keek op. 'Ik vond het achteraf zo vreselijk dat ik je gekwetst had. Ik schaamde me. Heel vaak heb ik verlangd... dat ik het ongedaan kon maken.'

'Dan hadden we elkaar nooit ontmoet.'

'Waarom heb je het niet meteen tegen me gezegd?'

'Je zou me ontvlucht zijn.'

'En nu dan?'

'Nu doe je dat niet.'

'Hoe kun je daar zo zeker van zijn?'

'Omdat wat wij nu hebben, sterk genoeg is om daartegen bestand te zijn... En het is niet zo dat ik zekerheid voel, het is eerder zo dat ik van mezelf mag hopen.'

'We dansen nog steeds.'

'Wil je liever gaan zitten?'

'Nee.' Ze schudde haar hoofd. 'Die dag in het restaurant–het was allemaal als grap begonnen.' Ze voelde zich angstig en opgelucht toen ze hem vertelde dat ze die advertenties had gelezen, dat ze zijn advertentie had uitgekozen zonder enige bedoeling hem ook te ontmoeten, en dat ze toen besloten had hem gade te slaan. 'Ik voelde me zo woedend. Zo vernederd.'

'Waarom?' Hij streelde haar haar, vanaf de kruin tot waar het in een dikke laag eindigde, beneden haar oren.

'Omdat je me helemaal niet zag zitten.'

'Heb je wel eens bedacht dat dat ook jóúw schuld kon zijn?'

'Het was alsof ik niet bestond. Dat was het moment waarop ik besloot je te kwetsen.'

'Ik zag je wél,' zei hij zacht. 'Ik zag een kleine, blonde vrouw met heel bijzondere ogen. Maar ik zat te wachten op een lange vrouw met rood-bruin haar. En naar haar bleef ik uitkijken.'

Opeens wist ze niet meer wat ze moest zeggen.

'Ik ben blij dat we erover hebben gepraat.' Hij trok haar dichter tegen zich aan. 'Het hing aldoor tussen ons.'

'Net als je vrouw,' zei ze, en ze herinnerde zich onmiddellijk dat ze gezworen had niet meer over zijn vrouw te praten als ze beiden het bombardement zouden overleven.

'Net als de vrouw met wie ik getrouwd ben geweest. Misschien begrijp je nu waarom ik het je niet meteen verteld heb.'

'Je bent nog steeds met haar getrouwd.'

'Niet in mijn hart.'

'Maar wel voor de wet.'

'Hindert dat je?'

'Elke keer als ik aan haar denk.'

'Denk dan niet aan haar.'

'Maar dat doe ik toch.'

'Zij wil mij niet terughebben. Ik wil haar niet terug hebben. Er is niets om bang voor te zijn.'

'Zo eenvoudig ligt het niet.'

Toen ze die avond vreeën, in zijn kamer, kostte het haar geen enkele moeite de woeste fantasieën te verdrijven die haar gewoonlijk overvielen. *Dit is Max*, zong haar lichaam, *dit is nu...* En toen ze samen met hem een hoogtepunt bereikte, was het alsof ze alles wat ze kende achter zich liet – haar land, haar taal, haar gewoonten. Ze had vrouwen horen zeggen dat ze op zo'n manier waren bevallen van een kind – die flits van aarzeling voordat je het moment bereikt waarop het proces onomkeerbaar wordt.

Nu hij het geheim van Angelika bleek te kennen, kon ze hem vertellen van haar schaamte over de terugkeer naar fantasieën die ze niet wenste. 'Maar vanavond niet,' zei ze. 'Vanavond had ik ze niet nodig.'

Hij vroeg niet wat voor fantasieën dat waren. 'En je hebt ze misschien nooit meer nodig,' zei hij. 'Maar als het toch nodig blijkt, dan is dat ook goed. Heel veel mensen gaan in hun hoofd weg wanneer ze met iemand slapen.'

'En waar ga jij heen, Max?'

'Dat weet je al.' Hij gebaarde naar de wanden van zijn kamer.

'Wil je me vertellen dat je tegen de muren opklimt?'

Hij lachte. 'Mijn aquarellen. Ik... ik geneer me als ik dat aan jou moet uitleggen, maar ik zie ze als beelden van orgasme. Dat is wat ik zie als ik... je weet wel.'

Ze keek naar de weelderige kleuren die prachtige structuren vormden en de hemel in schoten. 'Er is zoveel licht en vreugde op die aquarellen. Helemaal niets donkers... Mag ik je wat vragen?'

'Of er ook aquarellen van ons bij zijn?'

Ze knikte.

Hij wees naar een die boven de tafel hing, en een ander naast het raam. 'Dat zijn mijn mooiste.'

'Orgasmen of schilderingen?' Ze glimlachte.

'Ik kan ze niet gescheiden houden.'

'En die andere?'

'Van voor jouw tijd... Hier, ik wil je nog iets anders laten zien.' Hij stapte uit bed en kwam terug met een schets in houtskool. 'Dit heb ik vanochtend gemaakt. Dat is mijn Russische grootmoeder die me heeft grootgebracht.'

'Ze heeft een prachtig gezicht... Die lijnen rond haar mond... dat is oprechte vriendelijkheid. En ook iets kinderlijks.'

'Zo leeft ze in mijn herinnering. Sinds ze dood is heb ik geprobeerd haar na te tekenen van foto's, maar mijn schetsen deugden nooit.' Hij liet zijn ene duim over het papier gaan, zodat de rand van zijn grootmoeders kin verzacht werd. 'Maar toen ik vandaag wakker werd, had ik van haar gedroomd, en ik kon haar nog zien – precies zoals hier.'

'Hoe oud was ze toen ze doodging?'

'Bijna tachtig. Ze was in 1863 geboren. In Smolensk. Toen ze twee was, zat ze op de doodkist van haar moeder toen die naar de begraafplaats werd gebracht. Dat was haar oudste herinnering. Als oude vrouw praatte ze daar steeds meer over.'

Trudi zag de open kist van haar eigen moeder voor zich, de polsen gekruist, en die lelie – al was die er niet geweest voordat haar vader Herr Abramowitz met zijn camera had meegenomen naar de kapel. 'Mijn moeder is ook jong gestorven,' fluisterde ze.

'Hoe oud was jij toen?'

'Het was vlak voor mijn vierde verjaardag.'

'Ach, wat naar.'

'Ze had een minnaar gehad. Voordat ik geboren was.'

Max sloeg zijn arm om haar heen.

'Hij had een motorfiets. Mijn vader was toen weg, aan het front.' Ze vertelde hem over het aardhol onder het huis en over het gesticht, over de suiker voor de ooievaar en de begrafenis van haar broertje.

En terwijl hij naar haar luisterde, met zijn volle aandacht, en alleen vragen stelde wanneer ze zweeg, om haar op die manier verder te voeren, wist ze dat ze gevonden had waarnaar ze zo had verlangd – iemand die naar haar verhalen wilde luisteren, iemand aan wie ze alles kon vertellen, iemand bij wie ze niet voorzichtig hoefde te zijn, geen dingen hoefde te verzwijgen. Het was een band die ze gedurende korte perioden in haar kinderjaren had gehad, met Robert en met Georg, en later met Eva, en ze had zich nooit gerealiseerd hoezeer ze dat had gemist, tot aan deze avond.

Dat voorjaar werd de auto van Max in beslag genomen voor het leger, maar de klokkenmaker bij wie Max een kamer had gehuurd vond goed dat hij zijn roeibootje en zijn fiets leende. Naarmate de avonden warmer werden, roeide Max met de fiets in het bootje de Rijn over, en dan fietste hij tot aan de strekdam van de Braunmeiers, waar Trudi op hem zat te wachten. Elke keer dat ze de liefde bedreven op de strekdam, kreeg Trudi het gevoel dat ze die plek iets meer terugveroverde.

'Dat hoopje stenen daar...,' had Max gevraagd toen hij het bergje aan het eind van de dam zag, 'heeft dat iets te betekenen?'

Ze zag zichzelf op haar dertiende, toen ze stenen in de rivier had gesmeten, en meer dan vijf jaar later, toen ze hier was teruggekomen nadat ze Klaus Malter had gezien met Brigitte Raudschuss – *een steen omdat ze van hem hield, een omdat ze hem haatte, een voor haar verlangen, en een voor haar woede, een omdat ze zich schaamde dat ze hem liefhad zonder dat hij haar liefde beantwoordde...*

Ze voelde hoe zich in haar een verhaal roerde, en ze vertelde het voor Max, voor zichzelf. 'Die steenhoop is honderden jaren oud.' Zo begon ze aan haar verhaal over een waternimf, een verhaal van verraad en liefde en schaamte, al kende ze zelf de bijzonderheden nog niet. 'Elke steen staat voor één leven, en de mensen van langgeleden, die de wraak van de waternimf hadden overleefd, hadden gezworen dat ze haar voor altijd zouden gedenken met die steenhoop.

Die stenen worden na elke overstroming weer opgestapeld, al weet niemand wie dat ritueel volhoudt. Er zijn mensen die zeggen dat ze nog steeds hier is, in deze wateren, en dat ze over die stenen waakt, en afwacht of ze er andere stenen aan kan toevoegen, voor andere levens.'

'Wat was er met haar gebeurd? Waarom was ze zo wraakzuchtig?'

'Zo was ze niet altijd geweest.' Trudi sprak langzaam, terwijl ze woorden gaf aan de beelden die in haar opkwamen. 'De mensen hadden vroeger graag gekeken hoe ze in de rivier zwom, en ze bewonderden haar omdat ze – uniek was, zo elegant. Ze had namelijk vanaf haar middel het lichaam van een vrouw, maar in plaats van benen had ze een vissenstaart. Die was zilverkleurig en groen, en schitterde als er zonlicht op viel. Mannen werden verliefd op haar schoonheid en wilden haar bezitten, en op een ochtend hadden vier van hen...' Opeens kon ze niet verder spreken.

Max pakte haar handen vast.

'Ze... ze lokten haar naar de oever. Hier, op deze plek. Met beloften. Beloften dat ze haar vrienden waren. En toen ontvoerden ze haar... naar een kerk, en ze probeerden haar te splijten, zodat ze een vrouw zou worden. Maar zij wist te ontkomen.' Nu kwamen de woorden uit haar opgeborreld. 'Ze wist aan hen te ontsnappen en sleepte zich terug naar de rivier, bloedend. Het duurde maanden voordat ze genezen was, en toen ze weer sterk genoeg was, bracht ze de rivier tot in hun huizen, om wraak te nemen. Een van die mannen verdronk ze in zijn bed, een ander in zijn kelder.

Ze heeft hen allemaal gedood,' fluisterde Trudi, 'stuk voor stuk. En steeds bracht ze – daarna – een steen van de bodem van de rivier hierheen.' Ze wees naar de steenhoop.

'Om de doden te gedenken,' zei Max.

'En de levenden.'

'Er zijn méér dan vier stenen.'

'Dat komt doordat ze, nadat ze klaar was, ook jacht maakte op hun familie, op iedereen die hen had liefgehad.' Het verhaal maakte Trudi bang. Ze herinnerde zich dat ze zich samen met Georg in de kerktoren had verstopt, en dat ze hem en zichzelf angst had aangejaagd met spookverhalen, en vervolgens hun angst had verdreven met verhalen over kometen en waternimfen. *Waternimfen.* Nu echter was zelfs haar verhaal over de waternimf grimmig, en ze kon geen nieuw verhaal verzinnen om haar angst te verdrijven.

'Ze ging te ver,' zei Trudi, 'en bij elke steen die ze toevoegde, voelde ze zich zwaarder vanbinnen. Kouder.' Ze keek uit over de rivier en bedacht dat ze het leven van de jongens die haar getreiterd hadden, ondermijnd had. Nu was de oorlog haar wraakmiddel geworden – voor minstens twee van hen. Hans-Jürgen Braunmeier werd vermist in Rusland, en Fritz Hansen was een halfjaar geleden naar huis gekomen zonder onderkaak. Die was afgeschoten. Hij was al twee keer geopereerd, en zou nog zeven keer onder het mes moeten, zo had ze van zijn moeder gehoord, tot zijn kaak zoveel mogelijk gereconstrueerd was. Vanaf zijn nek zat hij in verbandgaas, en speeksel droop langs de voorkant daarvan, zodat het er vuil uitzag, ook als het pas vernieuwd was.

'Wat zou er gebeuren als de waternimf die stenen in de rivier zou gooien?' vroeg Max.

'Waarom?'

'Om eeuwen van haat los te laten.'

'Maar zodra de stenen weg zijn, zou zij het kunnen vergeten.'

Hij keek haar strak aan. 'Precies,' zei hij. 'Ze zou het kunnen vergeven.'

De identiteit van de onbekende weldoener werd ontdekt op een avond in mei, toen hij – in plaats van als gewoonlijk geschenken achter te laten – geprobeerd had iets weg te nemen. Hij had geprobeerd het Hitler-monument voor het *Rathaus* te stelen, dat groenige beeld met dat mislukte oor en die lagen duivenpoep. De onbekende weldoener was op heterdaad betrapt toen hij bezig was het kleine beeld op een kruiwagen te laden, met zijn open gereedschapskist naast zich. De mensen van Burgdorf begrepen uit verhalen achteraf dat hij ter plekke was doodgeschoten terwijl hij probeerde grapjes te maken – hij had een eindje willen gaan wandelen met de Führer, want het moest toch wel erg saai zijn als je zoveel jaar op een en dezelfde plek moest staan.

Het was niet zo dat de politie er onmiddellijk achter kwam dat die dief de onbekende weldoener was – dat ontdekten ze pas toen ze zijn woning doorzochten en een versleten register vonden, een grootboek zoals een boekhouder tientallen jaren voordien had kunnen gebruiken, met gedetailleerde aantekeningen die meer dan dertig jaar teruggingen, met lijstjes van schoen- en kledingmaten van alle mensen, de leeftijden van kinderen, ziekten, hobby's, behoeften en geheime wensen. Kolommen met kruisjes en data documenteerden al de geschenken die hij zo geheimzinnig de huizen had binnengesmokkeld – fietsen en manden met eten en boeken en speelgoed en geld en jassen – inclusief rolschaatsen voor een jongen die Andreas Beil heette en die nadien was opgegroeid tot een van de politieagenten die de onbekende weldoener hadden doodgeschoten.

'Mijn God,' kreunde Andreas Beil toen hij zijn naam in het register aantrof. 'Al die jaren had ik hem willen bedanken.'

'Waarom heeft Emil zijn leven op het spel gezet voor zo'n zinloze stunt?' zei Leo Montag treurig.

Trudi schudde haar hoofd, verbijsterd.

Het hele stadje was verbijsterd. Waar had Emil Hesping het geld vandaan gehaald voor al die geschenken? Hoe was hij achter hun geheime wensen gekomen? Waarom hadden ze nooit vermoed dat híj het was?

'Zelfs ik wist het niet.' Leo streelde het glimmende hout van de fonograaf die de onbekende weldoener de leesbibliotheek had binnengesmokkeld, de eerste keer dat Gertrud in het gesticht was opgenomen. 'Jij bent te jong om het je te herinneren... maar Emil was nogal op je moeder gesteld.'

Het gevoel van steentjes onder de huid. Een motorfiets die omvalt, omvalt... Trudi keek omhoog, naar haar vaders gezicht. Hoeveel wist hij?

'Sommigen zouden zelfs zeggen dat hij haar aanbad.'

Grijs voorjaarslicht drukte tegen het raam aan de straatkant, somber en oeroud, en bedreigde elke heldere kleur met die eentonigheid. Trudi zag een schoorsteenveger voorbijkomen. Georg had altijd geloofd dat schoorsteenvegers geluk brachten. Maar Emil Hesping had geen geluk gehad. Of misschien toch, doordat hij het mysterie van de onbekende weldoener zo lang in stand had gehouden.

'...maar Gertrud, die wilde hem die laatste jaren niet meer hier hebben. En nu zijn ze allebei dood.' In haar vaders stem klonk een vreemd verlangen mee.

'Ik maak me zorgen over dat register,' zei Trudi. 'Stel dat hij ook de onderduikadressen heeft bijgehouden, al die mensen...'

'O nee. Dat zou Emil nooit gedaan hebben. Weet je nog dat hij ons waarschuwde dat we nooit namen mochten opschrijven, en ook niet wat we deden? Hij wilde dat we meteen vergaten wat we gedaan hadden. Er was geen verleden, geen toekomst. Daarom zijn die geschenken anders... dat zijn dingen die hij zich kon zien doen in de toekomst. Die lijsten betekenden dat er een toekomst was waarin hij kon geloven.'

Toen Andreas Beil erin slaagde het lijk vrij te krijgen, kwam Emils broer over voor de begrafenis, en hij bad bij het graf. De bisschop zag er net zo uit als Emil, maar dan met haar – zelfde gestalte, zelfde dikke wenkbrauwen, zelfs een eendere lach. Hoewel pastoor Beier zich beledigd voelde was de bisschop niet ingegaan op de uitnodiging om in de pastorie te overnachten en had hij in plaats daarvan bij de Montags gelogeerd.

Nadat Trudi naar bed was gegaan zaten Leo en de bisschop samen aan de keukentafel. Tussen hen in stond een fles cognac die de bisschop had meegebracht in zijn zwarte koffer.

'Emil was trots op zijn vriendschap met u,' zei de bisschop.

'Had hij maar met me gepraat,' zei Leo. 'We hadden samen kunnen lachen om zijn plan, we hadden ons kunnen voorstellen dat we dat beeld samen wegreden. Dan zou het geweest zijn alsof we het al hadden gedaan, dan had ik het hem uit zijn hoofd kunnen praten.'

'Misschien is er iets in hem bezweken... Misschien...' De bisschop schudde zijn hoofd. 'Ik was al bang dat het Emil te veel werd. Ik wist alleen niet dat het al zo gauw zou gebeuren.'

'Bedoelt u dat hij zich heeft láten betrappen?'

'Ik geloof niet dat het een vooropgezet plan was. Het is meer... zelfs als jongen, als de school hem te veel werd, kon Emil krankzinnige risico's nemen.'

In het steegje tussen de bibliotheek en de kruidenierswinkel begonnen twee katten te krijsen, en toen Leo opstond om het raam dicht te doen, werd hij duizelig van een vlaag seringengeur, en hij steunde met zijn hand op de vensterbank.

'Eén keer,' zei de bisschop, 'Emil moet een jaar of tien zijn geweest, een jaar ouder dan ik, en bang dat hij een *Blaue Brief* zou krijgen, dat hij de vierde klas zou moeten overdoen. Achter ons huis was een schuur, en hij klom op het dak en balanceerde over de nok tot hij eraf viel. Hij heeft toen zijn been en twee ribben gebroken. Een andere keer gooide hij met eieren naar een kerkraam... Ik had altijd bewondering voor Emil, en tegelijkertijd vreesde ik voor hem. Destijds leken we helemaal niet op elkaar. Maar nu...' Hij wendde zijn gezicht af.

Leo wachtte. Ten slotte zei hij: 'U hebt diezelfde soort van moed.'

'Echt waar?' De bisschop keek hem dankbaar aan. 'Ik heb mezelf altijd als nogal timide gezien. Vergeleken met Emil dan.'

'Mijn dochter en ik...' Leo ging weer zitten. 'We willen nog steeds helpen.'

'Het is te gevaarlijk. U had een band met Emil... Ze zullen u in het oog houden. We moeten voorzichtig zijn. Ik word er zo moe van, almaar voorzichtig zijn... Soms zou ik willen dat ik ronduit kon zeggen wat ik van de nazi's vind, dat ik mijn invloed kon gebruiken...'

Leo schudde zijn hoofd.

'Ik weet het.' De bisschop schonk hun glazen nog eens vol. 'Ik heb te vaak gezien hoe mensen uit hoge posities zijn verwijderd. De enige die ik ken, en die zijn mond heeft opengedaan zonder persoonlijke schade, is de bisschop van Munster. Dat is mij dan ook een mysterie.'

'U hebt veel goed gedaan, op de achtergrond.'

'In woedend zwijgen.'

'De verandering van het beleid...,' zei Leo, 'dat ze nu de joden doodmaken in plaats van te proberen ze het land uit te pesten... Emil zei steeds maar dat dat geen gevolg van de oorlogssituatie was, maar dat het altijd al de bedoeling was geweest.'

'En u?' vroeg de bisschop. 'Wat denkt u?'

'Ik weet het niet zeker. Ik ben nooit zo zeker van allerlei dingen geweest als uw broer. Maar op mijn somberste momenten ben ik het met hem eens.'

'Ik ook.' De bisschop aarzelde. 'Er zullen praatjes komen... dus kunt u het beter van mij horen.'

'Wat dan?'

Een van de vliegen die aan de gele vliegenvanger boven de tafel waren blijven plakken, bewoog nog zijn pootjes.

'Ik heb een telefoontje gekregen van de eigenaar van die gymnastiekclubs. Gebleken is dat Emil, al die jaren dat hij voor hem gewerkt heeft, geld heeft verduisterd.'

Leo's kin schoot omhoog. 'Die geschenken.'

'Welke geschenken?'

'De onbekende weldoener.'

De bisschop fronste zijn wenkbrauwen.

'Daarmee moet Emil die geschenken hebben betaald.' Leo vertelde de bisschop over de onbekende weldoener, over de dertig jaren van geschenken die het leven van zoveel inwoners van Burgdorf hadden opgevrolijkt. 'Emil komt hier nog het dichtst in de buurt van een plaatselijke held... En we wisten niet eens wie hij was.'

'Ja,' mompelde de bisschop, en hij stak één hand omhoog als voor een zegen, maar halverwege stopte hij, met een glimlach om de mond. 'En we wisten het niet eens...'

In de weken daarna stonden Trudi en haar vader nog telkens versteld als ze dachten aan gebeurtenissen van langgeleden, wanneer zij, in Emils bijzijn, bijvoorbeeld hadden gezegd dat de Braunmeiers een kalf waren kwijtgeraakt door het noodweer, of dat het meisje Brocker had staan staren naar een mof van konijnenbont in een etalage, of dat Herr Buttgereit zijn gezin niet van winterjassen kon voorzien.

'Wij hebben hem geholpen.'

'Hij kon goed luisteren.'

Algauw begrepen ze niet meer hoe ze al die tijd niet hadden gesnapt dat Emil Hesping de onbekende weldoener was geweest. En zo ging het overal in het stadje.

'Weet je nog hoe het hengsel van de boodschappenmand van de pastoor zijn huishoudster kapotging, op de markt? Tegen de tijd dat ze thuis was, stond er een nieuwe mand op de stoep, met twee kolen erin.'

'Weet je nog dat de fiets van Frau Simon gestolen was, en dat ze een nieuwe vond, in haar slaapkamer nota bene?'

'Weet je nog toen die jongen van Weiler die *Lederhosen* kreeg?'

'Weet je nog toen de vroedvrouw...'

'Weet je nog toen...'

'Weet je nog...'

De mensen van Burgdorf vonden het aangenaam zichzelf te zien als handlangers van de onbekende weldoener, en ze genoten van elk klein aandeel dat ze misschien hadden gehad in de informatie die hem bereikt had.

'Ik heb het hem destijds verteld toen Holger Baum zijn portefeuille was kwijtgeraakt.'

'Van die gebroken enkel van Frau Blomberg heeft hij van mij gehoord.'

'Als ik er niet was geweest, zou hij nooit gehoord hebben dat de hond van de Bilders ziek was.'

De mensen brachten bloemen naar Emils graf: tulpen en vergeet-menietjes en seringen; sommigen fluisterden zacht verontschuldigingen dat ze hem ooit egoïstisch of zedeloos hadden genoemd. Als ze langs het Hitler-beeld kwamen, dat nu zowel met schroeven als met een ketting aan zijn ijzeren voetstuk was bevestigd, wierpen ze tersluiks een blik op de bloedspatten die bruin waren opgedroogd tegen de zilverwitte duivenpoep op de borst van de Führer. Zelfs Herr Pastor Beier, die nooit veel sympathie voor Herr Hesping aan den dag had gelegd, wenste nu dat hij aan hém verteld had hoezeer hij naar een auto verlangde, en niet aan de bisschop; en hij schreef een lange preek over de tekst dat het zaliger is te geven dan te ontvangen.

Ze was er eerder dan Max, en ging zitten op een rotsblok dat breed genoeg was voor hen beiden. Binnen enkele minuten veranderde het blauw in de hemel in grijs, en er kwam een wittige mist opzetten uit de Rijn. Die overdekte het uiteinde van de strekdam en werd toen, als met een verfkwast, over het landschap uitgesmeerd, over rotsen en struiken en wilgen, totdat ook Trudi werd ingesloten. De mist, die dicht en wit was, deed pijn aan haar ogen doordat hij zo licht was, maar toen ze zich had aangepast, voelde ze zich onzichtbaar worden. Dat gevoel van bescherming vond ze wel aangenaam: ze kende haar omgeving goed, al kon ze niets zien, maar anderen zouden niet weten waar ze was. Dat bracht haar tot de wens dat die mist daar de afgelopen tien jaar was blijven hangen, zodat ze er allemaal veilig in hadden kunnen schuilen.

De mist was heel zwaar – zwaarder zelfs, leek het, dan haar lichaam. Was Max nu maar bij haar: ze zouden in die mist kunnen vrijen. Laag in haar buik voelde ze de warme zwaarte, alsof hij haar al had aangeraakt. Was al dat verstoppertje spelen maar voorbij... Als het aan haar lag zou ze, nu meteen, naar het centrum van Burgdorf lopen, hand in hand met Max, en de liefde bedrijven op het kerkplein, waar de mist hen zou beschermen tegen nieuwsgierige en gechoqueerde blikken. Ze glimlachte voor zich heen, maar voelde zich meteen ook lichtzinnig – per slot van rekening was het oorlog en mensen leden honger en waren zo arm dat iemand zelfs het offerblok voor de heidenkindertjes uit de kerk had gestolen. De laatste gans achter de winkel van de preparateur was verdwenen – in iemands pan, ongetwijfeld –, hoewel iedereen wist dat Herr Heidenreich, die elke dag bad om de terugkeer van zijn dochter, die gans bewaard had voor het welkomstmaal als ze kwam. Zoals Trudi en haar vader steeds bibliotheekboeken ruilden voor voedsel, zo had vrijwel iedereen die ze kende wel bezittingen verkocht om geen honger te lijden.

In de diepe stilte van de mist, waarin Trudi zat te hopen dat ze de oorlog zou overleven – al was het maar om precies te weten wat er zou gebeuren –, zag ze zichzelf als oude vrouw, met een rimpelig gezicht, met ogen die kalm waren, maar alles wisten, en op dat moment wist ze absoluut zeker dat ze nog heel lang zou blijven leven. Ze wilde dat ze eenzelfde zekerheid voelde aangaande haar vader en Max en Eva, of zelfs aangaande Alexander Sturm die lang geweifeld had of hij zich Eva levend moest voorstellen of dood, maar sinds de vorige maand geloofde dat ze dood was. Nadat hij een testament had opgesteld waarin hij alles aan Jutta naliet, had hij zich gemeld voor het leger.

De mist maakte eigenlijk alles gelijk. Eerst waren er talloze nuances in kleur en vorm geweest, maar nu was alles wittig grijs. Trudi kon nog net de vorm van de struik recht voor zich onderscheiden, en vervolgens de schaduwen van vogels die langs haar vlogen, maar die verschenen maar even voordat de mist ze weer verhulde. Het was heel mooi en spookachtig, en daardoor kon ze doen alsof er geen oorlog was en ze zich – in een of andere goedverlichte toekomst – alles zou kunnen herinneren wat ze wilde.

Ze vroeg zich af hoe dichtbij Max was en of ook hij de schoonheid van de mist aan het ontdekken was. Hoewel ze hem een- of tweemaal per week zag, dacht ze aan hem als ze niet bij hem was. Soms wat te veel, dacht ze bezorgd. Stel dat hij zich van haar afwendde omdat ze te veel naar zijn liefde snakte. Stel dat haar liefde omsloeg in haat, zoals eerder was gebeurd, met anderen. De mist die haar van hem gescheiden hield, maakte dat ze begreep hoe het zou zijn als ze hem nooit meer in haar leven had, en ze voelde die oude en totale paniek: als je iemand niet kon bereiken, dan was die persoon dood, of voor jou verdwenen. Alleen was er nu geen afgesloten deur om haar kinderlijfje tegenaan te gooien en haar vuisten te bezeren, er was slechts die witte barricade van mist die week voor haar bewegingen en zich aanpaste bij haar lichaam, als een nieuwe huid.

Toen de mist optrok, drong het tot haar door dat ze nog geen twintig meter van Max vandaan had gezeten. Eerst bewogen ze zich geen van beiden. Ze voelde een heftige vreugde dat ze hem in haar leven had. Opeens begon hij te lachen, en hij sprong overeind, en ook zij stond op, verbijsterd dat de lucht zomaar opzijging voor haar lichaam.

'Wat is er?' vroeg hij. 'Wat is er?' en hij streek de haren weg van haar wang. 'Je was toch niet bang?'

Ze schudde haar hoofd, en de lucht rondom haar nek voelde licht en koel.

De eerste dag dat Ingrid Hebel haar pasgeboren dochtertje naar de lees-bibliotheek meenam, kwam Frau Weiler aangedraafd uit de winkel daar-naast, terwijl ze haar handen afveegde aan haar gesteven schort. 'Mag ik de baby vasthouden?' vroeg ze, en ze stak haar armen al uit voordat Trudi zelfs maar een blik op de jonggeborene had kunnen werpen. Sinds Frau Weiler de grootmoeder van een meisjestweeling was geworden, was ze tot bloei gekomen. Nu bemoeide ze zich met elke baby die ze zag, zelfs als het jongetjes waren.

'Was ze ook maar zo geweest met Georg,' zeiden de mensen soms, en dan dachten ze aan dat jongetje dat er zo zielig had uitgezien in zijn meis-jeskleren.

De bolle ogen van Frau Weiler bekeken het gezichtje van de baby. 'Hoe heet ze?' Ze kietelde het kind onder de kin.

'Rita.'

'Ze lijkt sprekend op je man.'

Ingrids gezicht, dat al rood was van de zon, werd nog een nuance don-kerder. Ze was ingetrokken bij haar ouders in de woning boven de fiet-senwinkel, op de dag nadat ze in die aardappelwagen was aangekomen, en Trudi had het gebrul van Ingrids vader drie straten ver kunnen horen. Van de Heidenreichs had Trudi gehoord dat Ingrids vader een gesprek met de pastoor had gehad, en dat ze vanuit de pastorie hadden getelefo-neerd, onder meer naar het leger, met het verzoek een zekere Ulrich He-bel, voorheen spoorwegbeambte, tijdig met verlof te sturen, zodat hij zijn kind een naam kon geven.

Begin juli, een week voor de geboorte van de baby, was soldaat Hebel in Burgdorf aangekomen voor een haastig huwelijk. Hij zag er helemaal niet uit zoals Trudi zich had voorgesteld – het lichaam van een filmster en hartstochtelijke ogen die iemand als Ingrid hadden kunnen overhalen haar kuisheid op te geven. Hij was, integendeel, kleiner dan Ingrid en een heel stuk ouder, een vriendelijke man, dat was duidelijk, iemand die ge-makkelijk van de wijs raakte en zijn jonge bruid aanbad, al had zijn aan-staande schoonvader hem een vuistslag in het gezicht gegeven toen hij hem voor het eerst zag, zodat de rechterwang van de bruidegom, tijdens de trouwplechtigheid en op de dag van zijn vertrek naar Hamburg, waar de Britten een bombardement hadden uitgevoerd, de kleur had van run-dernieren, niet meer geheel vers.

'Nu mag ik de baby even vasthouden,' zei Trudi tegen Frau Weiler.

Deze boog zich voorover en legde Rita voorzichtig in Trudi's armen. 'Voorzichtig, hoor.'

'Denkt u dat ik haar laat vallen? En dat ze dan ook een *Zwerg* wordt?'

'O, Trudi.' Frau Weiler zuchtte even geërgerd. 'Jij wordt toch zo... zo...'

'Zo wát?'

'Het is alleen dat ze zo teer zijn op die leeftijd...' Ze liep naar de deur. 'Breng haar gauw eens bij mij, Ingrid.'

'Goed.' Ingrids stem was toonloos.

'Ga zitten,' zei Trudi.

Maar Ingrid bleef naast haar staan, met haar ogen op Rita gericht alsof ze wachtte tot ze horentjes kreeg of iets vreselijks zou doen. In Trudi's ogen was de baby heel mooi, met haar donkere krans van steil haar en heel kleine handjes die tot een soort vuistjes gekromd waren. Ze droeg een jurkje met smockwerk uit de voorraden van de vroedvrouw. Ondanks de bemoedigende woorden van haar moeder had Ingrid geweigerd tijdens haar zwangerschap ook maar iets voor de baby te naaien of te breien. Ze had de meeste dagen doorgebracht op haar knieën in de kerk, waar ze God om vergiffenis vroeg, terwijl haar lichaam almaar dikker werd, tot het leek of ze niet meer in een kerkbank paste.

'Na het huwelijk zal ze zich beter voelen,' had haar moeder tegen de buren gezegd, maar Ingrid ging door met haar hologige pelgrimages naar de kerk, ook nadat ze de echtgenote van Ulrich Hebel was geworden.

'Ze zal zich beter voelen als de baby er eenmaal is,' had haar moeder tegen de buren gezegd om haar eigen bezorgdheid te sussen over de manier waarop Ingrid met haar kind zou omgaan, en ze was opgelucht toen Ingrid goed voor haar dochtertje zorgde, ook al was het of alleen haar lichaam die functie vervulde, terwijl haar ziel worstelde met haar zonde.

'Sommige vrouwen doen er langer over dan anderen voordat ze zich moeder voelen,' zo troostten de oude vrouwen de moeder van Ingrid, terwijl ze onderling fluisterden: 'Natuurlijk kun je dat niet noemen,' en verhalen ophaalden aan die verbijsterende vlaag van liefde die zijzelf hadden gevoeld zodra hun zuigeling in hun armen was gelegd.

Ze waren ontzet dat Ingrid niet eens dankjewel had gezegd tegen de vroedvrouw die voor de bevalling was gearriveerd met een meelzak vol hemdjes en sokjes en jurkjes. Zelfs de luiers waren gestreken en opgevouwen en geurden even fris als het hele huis van de vroedvrouw. Haar vloeren waren altijd vlekkeloos omdat de vroedvrouw niet alleen elke dag schoonmaakte, maar ook haar eigen schoenen en die van haar zoontje uittrok bij de voordeur. Voordat ze bezoekers binnenliet, inspecteerde ze hun schoenzolen, om te kijken of ze niet in duivenuitwerpselen of hondenpoep waren gestapt.

Maar in augustus van dat jaar, een maand nadat de vroedvrouw Ingrids dochter op de wereld had geholpen, controleerde ze de schoenen van haar bezoekers niet. Haar gezicht was rood opgezet van het huilen toen ze haar huis binnenkwamen, in de zomerse rouwkleding die ze 's nachts hadden laten uitwaaien, met royale taarten en vlees en salades uit hun magere voorraadjes, om op te wegen tegen de schaarse meelevende woorden die ze konden vinden voor de man die zijn eigen moeder bij de politie had aangegeven.

Laat op die avond vroeg de vroedvrouw aan een van de oude buurvrouwen of ze op de slapende Adi wilde passen terwijl zij terugging naar de begraafplaats, waar de kransen en boeketten op het nieuwe graf van haar man werden beschenen door de maan in haar eerste kwartier. 'Ik hou van je,' fluisterde ze, en ze probeerde Helmut voor zich te zien zoals ze hem de laatste keer had gezien, maar in plaats van hem zag ze zijn moeder op de dag dat ze weggehaald was. 'Ik hou van je,' probeerde ze nog eens. Soms had ze naar Helmuts hart geluisterd nadat hij in slaap was gevallen. Met haar wang tegen zijn borstkas had ze het trage, regelmatige kloppen van zijn hart tegen haar huid gevoeld. *Nooit meer.*

'Ik zal je missen,' fluisterde ze, maar ze wist dat de mensen, in de paar dagen sinds Helmuts lijk was overgebracht naar Burgdorf om daar met militaire eer te worden begraven – inclusief een mis waarbij de pastoor het altaar had versierd met een *Stahlhelm* en de hakenkruisvlag –, haar al veel meer waren gaan aanvaarden dan voorheen.

Ze dacht aan haar lievelingsjurk, een rode, die ze een vol jaar niet zou kunnen dragen. Misschien moest ze hem maar zwart verven. *Weduwenkleren.* Dat zwart zou tenminste de vlek van de afgelopen zondag onzichtbaar maken, toen ze die rode jurk naar de kerk had gedragen. Net toen ze op het punt had gestaan weer flauw te vallen, had ze Adi in de richting van de geknielde Frau Heidenreich naast haar geduwd, en toen ze was bijgekomen op de treden van de ingang, was haar jurk vuil en stond de *Zwerg*-vrouw over haar gebogen om haar met beide handen koelte toe te wapperen. Trudi's gezicht had er zo zacht uitgezien, bijna dromerig. Hilde wist nog dat ze gedacht had: hé, Trudi ziet eruit als een vrouw die wordt bemind... Maar onmiddellijk had ze bij zichzelf gezegd: nee, dat kan niet, niet die *Zwerg*, en ze had haar indruk niet met anderen gedeeld, want dan zou ze zijn uitgelachen.

Ze hoorde niet aan kleren te denken. Of aan andere mensen. Alleen aan Helmut. *Echtgenoot. Echt-genoot. Echt-genoot.* Als je het alleen als een woord zag, betekende het niets. Vreemd idee dat ze ooit getrouwd was geweest.

'Ik mis je.'

Ze zei het nog een keer. 'Ik mis je.'

Een schim bewoog bij een graf in de buurt, alsof ze een dolende ziel had opgeroepen.

Hilde slaakte een kreet.

'Ssst, ik ben het maar.' De schim droeg een gieter in de ene hand, en bleek de weduwe Weskopp te zijn, die elke dag naar de begraafplaats kwam om het brede graf van haar man en haar zoons te verzorgen. Er waren mensen die zeiden dat ze zo ongeveer woonde op de begraafplaats. 'Op warme dagen als nu,' zei de weduwe, 'kun je de bloemen beter na zonsondergang begieten.'

Ze duwde de vroedvrouw haar gieter in de hand, pakte haar bij de elleboog en nam haar mee naar de dichtstbijzijnde kraan, waar ze wachtte tot Hilde hem met koud water had gevuld.

Toen Hilde de gieter schuin hield boven Helmuts graf, verbonden zilveren wurmen van water haar hand met de donkere aarde. Ze liet het handvat los. Sprong achteruit toen het metaal tegen de stenen rand om het graf kletterde.

'Zo moet je het niet doen.' De weduwe bukte zich om haar gieter te pakken. 'Het is belangrijk dat je elke dag giet.' Ze had iets waakzaams. Iedereen wist dat ze er trots op was dat ze de mooiste bloemen had, niet alleen in haar tuin en huis, maar ook op de begraafplaats.

Alsof bloemen een vervanging konden zijn, dacht Hilde. *Ik* heb tenminste nog een zoon. Beschaamd over haar wrede gedachte probeerde ze iets vriendelijks te bedenken om te zeggen tegen de weduwe, die langs Helmuts graf liep en met haar arm weidse bewegingen maakte zodat zelfs het laatste bloemblaadje bevochtigd werd.

Hilde probeerde niet te kijken naar die boog van zilveren wurmen.

'En vergeet de kaarsen niet,' zo vervolgde de weduwe haar instructies. 'Het is van belang de juiste kaarsen te kopen.' Ze zette de gieter neer en nam Hilde mee naar haar familiegraf. 'Korte, dikke kaarsen.' Ze wees naar het flakkerende licht in de glazen lantaarn die tussen twee volmaakte rozenstruiken stond. 'Sommige kaarsen zijn te dun en branden zó op.'

'Ik heb geen lantaarn.'

'Dan krijg je er een van mij. Je moet ook een vaas met een punt hebben, zodat hij rechtop kan staan in de aarde.'

Nu ben ik een van hen – een weduwe. Even kreeg de vroedvrouw een kleverig gevoel van troost, maar toen zag ze zichzelf voor zich, eeuwig in het zwart, op de fiets op weg naar de begraafplaats met haar allereigenste gieter, op slag bejaard terwijl ze zich boog over de bloemen en de aarde die haar scheidden van het rottende lichaam van haar man...

'Nee,' zei ze, 'nee,' en ze kon zich niet verroeren toen de zwarte gestalte van de weduwe Weskopp haar kant uit kwam, als om haar te verzwelgen.

Hoofdstuk achttien [1943-1945]

'Ik heb Helmut dood gewenst sinds de dag dat ik zijn moeders dekens aan elkaar stikte tot een slaapzak en zag hoe ze de perenboom aanraakte...'

Trudi en Max lagen op het zandstrandje bij het uiteinde van de strekdam, hun haren nog nat van het zwemmen in de rivier. Met haar hoofd op zijn schouder vertelde ze hem over de dag dat Renate Eberhardt was opgepakt. Onder hen was het zand nog warm van de zon, hoewel de schemer de helderheid van de hemel wegnam, zodat de contouren van bomen en rotsen en rijnaken scherper werden. Max was nog naakt, maar Trudi had haar jurk alweer aangetrokken, als altijd.

'Ik heb medelijden met de vroedvrouw. Helmuts begrafenis is de enige die ik heb bijgewoond waarbij de meeste mensen blij leken dat ze iemand onder de grond konden stoppen–zelfs mensen die fel voor die bruine gangsters zijn. We stonden aan zijn graf, maar ik wil wedden dat we allemaal aan zijn moeder dachten. Ik wou dat je Renate Eberhardt had gekend. Zij was een van de sympathiekste vrouwen van ons stadje...'

Ze tilde haar hoofd op in de richting van het holle geloei van een van de koeien van de Braunmeiers en luisterde even. 'Ik heb een keer bij haar gestolen. Peren. Toen ik vijf was. Georg Weiler en ik waren haar tuin binnengeslopen, en toen zij naar buiten kwam, rende Georg weg, en werd ik op heterdaad betrapt. Ze was toen zwanger van Helmut.'

Max verstrengelde zijn vingers met de hare en legde hun handen op haar buik.

Trudi voelde de warmte door haar linnen jurk heen en huiverde van genot. 'En weet je wat ze deed? Ze gaf me twee peren, en een paar weken later kwam ze met haar pasgeboren baby naar de leesbibliotheek, en een peer had ze toen ook nog voor me meegebracht.'

Een warme wind voerde de geur van kamille mee vanaf de dijk. Max duwde zich op één arm omhoog en zwaaide zijn lichaam boven dat van Trudi en bleef even boven haar hangen, op zijn ellebogen. Hij had zijn bril afgezet, en de bleke huid rond zijn ogen vormde een scherp contrast met zijn gebruinde gezicht. Zij trok hem naar zich toe, liet hem de eerste sterren blokkeren terwijl ze zijn naakte rug streelde. Haar vingers gingen rond de kring van haartjes onder aan zijn ruggengraat. Ze raakte heel graag die haartjes aan – ze waren zijdezacht, en hoewel ze ze nu niet kon zien, wist ze precies wat voor patroon ze vormden, een ovale krul, als de kruin op het hoofdje van een klein kind. Het vervulde haar van verwondering dat ze het lichaam van een ander zo volledig kende – van aanraking en smaak en geur, met haar oren en ogen – dat ze het kende met een vreugde waardoor ze inmiddels ook enigszins van haar eigen lichaam kon genieten.

'Jij...,' zuchtte Max, 'jij bent even uitgestrekt als de nachtelijke hemel... even mysterieus als een versluierde maan...'

Ze lachte in zijn armen, geïntrigeerd. 'Zo zie je mij dus?'

'Die energie van jou...,' mompelde hij, 'die is zo groot dat ik soms het gevoel heb dat ze me zomaar zal opzuigen naar de hemel, samen met jou.'

'Er zijn erger dingen.'

'O ja.' Hij kietelde haar neus met zijn snor, en kuste haar toen vol op de mond. 'Veel erger. Bijvoorbeeld dat ik je nooit had ontmoet.'

'Laat me naar je kijken.' Ze liet hem opzijschuiven tot ze zijn gezicht kon zien in het late licht. Soms dacht ze dat hij nog knapper werd als zij naar hem keek, maar dat was natuurlijk niet mogelijk. Hij moest ook zo zijn geweest op de dag dat ze hem had ontmoet, en toen had ze domweg niet gezien hoe bijzonder zijn gezicht was. Het zag er bijzonder uit, zelfs als Max zich zorgen maakte – wat de afgelopen maand meestal het geval was geweest, sinds hij tewerk was gesteld op het kantoor van een munitiefabriek. Zijn slechte ogen hadden hem uit het heetst van de strijd gehouden, maar niet uit een baan achter een bureau voor de oorlogsindustrie, waar hij moest inventariseren, en de administratie bijhouden van de buitenlandse arbeiders, die streng bewaakt werden om sabotage te voorkomen.

Lange vrachtschepen voeren voorbij op de stroming, sommige verlicht, andere vrijwel donker. Van tijd tot tijd doorsneed een van hun fluiten de nacht, galmend en treurig.

Max ging overeind zitten. 'Laten we weggaan, jij en ik.'

'Met vakantie?'

'Voorgoed weg. Waar wil je heen?'

'Naar China,' zei ze zonder enige aarzeling, en ze knielde in het zand zodat haar hoofd op gelijke hoogte met het zijne was.

Hij lachte. 'Nee, ik bedoel het serieus.'

'Naar China. In de eerste plaats: daar kan ik bijna gratis reizen...'

'Dat heb je me verteld.'

'En ten tweede: het is ver van Duitsland vandaan.'

'Dat is een goede reden.' Hij veegde een paar zandkorrels weg van haar slaap. 'Maar voordat we ons China kunnen veroorloven, moeten we liever denken aan een land dat niet zó ver weg is. Ik wou dat we in Frankrijk konden wonen. Er is een kapelletje dat ik je wil laten zien. In een dorp niet ver van Parijs. Binnen is daar een marmeren plaat met een inscriptie waarop staat dat die kapel gebouwd is tijdens de Eerste Wereldoorlog, door Franse boeren die God beloofd hadden een kapel te bouwen als de Duitsers niet zouden winnen. Omdat ik een Duitser was, kreeg ik een raar gevoel toen ik dat las. Nu hoop ik dat er een tweede kapel zal komen, voor deze oorlog.'

'Ik zou ze helpen bij de bouw,' zei Trudi.

'Parijs zou je mooi vinden. Toen ik daar was, in 1934, heb ik een balletdanseres gezien, recht voor de Notre Dame...' Hij beschreef haar – de korte rode jurk, de zwarte kousen – en Trudi zag het voor zich: ze danste als op het beroemdste toneel van de wereld. Honderden mensen stonden naar haar te kijken, en tegen het eind van haar dans had ze een man in de kring getrokken... een clown, die eerst struikelde en onhandig deed. Maar algauw danste hij met haar alsof zij hem een transformatie had doen ondergaan.

'Zulke dingen kunnen alleen in Parijs gebeuren,' zei Max.

Trudi glimlachte voor zich heen. 'O – ik denk dat ze overal kunnen gebeuren.'

'Dan gaan we in Montmartre wonen. Daar zou ik kunnen gaan schilderen.'

'En wat ga ik doen?'

'Verhalen vertellen... baby's krijgen... met mij dansen...'

Ze merkte dat ze duizelde in de geur van de aarde, de geur van de rivier. Een eigen kind... Maar hoe kon ze het risico nemen een kind op de wereld te zetten dat misschien gevloekt zou zijn met haar lengte, haar lijden? 'Dat van die baby's? Meen je dat?'

Max wreef met beide handen over zijn gezicht, en vouwde toen zijn handen in elkaar achter zijn hoofd.

'Meen je dat?'

'Ik... ik weet niet waarom ik dat zei.'

Ze kon haast geen lucht krijgen. 'Ze hoeven niet net zo'n lichaam te krijgen als het mijne.'

'Trudi...'

'Een *Zwerg* kan baby's van normale lengte krijgen.'

'Dat betwijfel ik niet. Alleen...'

'Wat dan? Wat?'

'Ik weet niet of ik kinderen wil hebben.'

'Waarom zei je dat dan van die baby's?'

'Ik weet het niet,' zei hij treurig.

Ze ging op haar hurken zitten en staarde langs hem heen.

'Alsjeblieft – niet zó doen, Trudi.'

'Wat bedoel je?' Ze spreidde haar armen. 'Zó ben ik. Zo ben ik geboren, zó. Een *Zwerg*. Heb je er enig idee van hoe ik dat woord haat? *Zwerg*... Hier – kijk maar goed, Max Rudnick.'

'Je weet best dat ik niet je lichaam bedoelde.'

'Nou, maar daaruit besta ik.'

'Voor een deel. En je maakt er goed gebruik van... als schild, als wapen. Dat is jouw manier van vechten. Je kracht en je zwakte.'

Ze schudde haar hoofd, woedend op hem omdat hij gelijk had.

'Je wordt boos wanneer anderen naar je durven kijken. En toch heb ik nooit iemand ontmoet die zo scherp naar mensen kijkt als jij.' Woorden schoten uit zijn mond alsof hij ze te lang had ingehouden. 'Jij... jij begrijpt dingen verkeerd. Je neemt alles zo – zo serieus. Als mensen lachen, ben je ervan overtuigd dat ze om jou lachen...'

De lucht om haar heen was stil. Alsof de wereld niet meer bewoog. Dit is het einde, dacht ze. Onze laatste keer samen. Ik zal hem nooit meer zien. En dat is goed. Als hij echt dergelijke gevoelens over mij heeft...

'Jij maakt het anderen heel erg moeilijk om dicht bij je te komen.'

'En waarom – in godsnaam – probeer jij dat dan?' Ze voelde het prikken in haar ogen dat vast en zeker in tranen zou veranderen als ze niet bij hem wegvluchtte.

'Omdat...' Hij greep haar pols vast terwijl ze overeind krabbelde. '...ik toevallig van je hou.'

Ze rukte haar arm los. 'Het ene ogenblik zeg je dat je van me houdt, en het volgende vertel je me dat ik de dingen verkeerd begrijp en dat ik je niet dicht bij me laat komen... Het een of het ander. Wat is het nou eigenlijk?'

'Het is het een én het ander.' Hij zat voor haar, ineengedoken, naakt, met zijn ogen vlak bij de hare. 'En niet altijd tegelijkertijd, Trudi...' Hij legde zijn handen op haar schouders, schudde haar zacht door elkaar. 'Trudi, wat wil je me laten weten? Dat je vanbinnen niet anders bent dan iedereen? Dat heb je me allang geleerd.'

Het prikken in haar ogen explodeerde, tranen gleden over haar gezicht.

'Kom hier.' Hij trok haar naar zich toe. 'Geloof je dat ik van je hou?'

Ze snufte. Knikte. Zei: 'Ja.'

Hij sloeg zijn armen steviger om haar heen. 'Hoe kan ik aan baby's denken te midden van de dood? Soms ben ik zo bang dat ik aan het eind van dit alles niet meer in leven zal zijn. Dat werk in die verdomde fabriek–ik denk alleen nog maar aan vluchten.'

Ze streelde zijn gezicht.

'Misschien na de oorlog, Trudi. Als we dan nog leven...'

'Dan leven we nog,' zei ze heftig.

Hij liet zijn hoofd op haar haar rusten. 'Om de een of andere reden heb ik er niet veel vertrouwen in dat ik hier levend uitkom.'

'Het zal ons allebei lukken.'

'Als dat zo is–misschien kunnen we dán over baby's praten.'

Ze verroerde zich niet.

Hij legde zijn ene hand onder haar kin en trok haar gezicht omhoog. 'Kijk nou toch eens. Je bent helemaal nat.' Met zijn handen veegde hij haar tranen weg. 'Dus–eigenlijk ben je blij dat je mij hebt?'

Ze moest wel lachen. 'Soms.'

'Zelfs als ik niet altijd weet wat ik wil?'

'Zelfs dan.'

Plotseling schokten de spieren van zijn borstkas. 'Ssst...' Hij stak zijn ene hand op.

'Wat is er?'

'Ik hoor wat.'

Ze luisterden, gespannen.

Het was een stem, de stem van een man, en hij riep haar naam. Tweemaal.

'Mijn vader.' Ze trok haar rok glad.

Max graaide zijn kleren bij elkaar, schoot er haastig in, stapte in zijn schoenen zonder de veters te strikken en sprong op zijn fiets, reed weg van haar, voordat ze haar vaders stem opnieuw hoorde.

'Trudi...'

Ze wachtte tot ze Max niet meer kon zien. 'Hier,' riep ze toen, en liep in de richting van de stem.

Haar vader was halverwege het pad van de dijk naar de rivier. 'Een briefkaart.' Hij was buiten adem. 'Uit Zürich. Geen woorden – alleen een tekening. Van een kat en een trein.'

'Goddank.' Ze pakte zijn beide handen. 'Konrad – dan zijn ze in veiligheid.'

'Trudi!' Iemand kwam aanhollen uit de richting waarin Max op de fiets was verdwenen.

Max, dacht ze, maar de gestalte was kleiner, breder.

'Trudi... Is alles goed, Trudi?' Het was de zoon van de slager, Anton, die met verlof thuis was. 'Ik heb geprobeerd die vent te grijpen, maar hij kon wegkomen op zijn fiets. Heeft hij je lastiggevallen?'

'Nee,' zei Trudi. 'Nee. Wat voor man?'

'Die man zonder kleren. Ik zat te vissen en ik hoorde dat iemand jouw naam riep, en toen zag ik hem op de dam met jou en...'

'O, díé man.'

Anton staarde haar verbluft aan.

'Die vroeg alleen of ik op zijn kleren wilde passen. Weet je...' Ze voelde haar vaders ogen op haar gezicht. 'Hij wilde even een duik nemen en maakte zich zorgen dat iemand zijn kleren zou stelen. Dus vroeg hij of ik erop wilde passen.'

'En dat geloofde je?'

Ze keerde haar gezicht naar de slagerszoon en knikte als een gehoorzaam kind. 'Het is zo'n warme avond. Ik begreep best dat iemand dan zin krijgt om te zwemmen.'

'En kleedde hij zich uit waar jij bij was?'

'Ik heb niet gekeken.'

'Snap je dan niet hoe gevaarlijk dat was? We zouden er de politie bij moeten halen.' Hij leek klaar te staan om naar het stadje te draven en een drijfjacht te ontketenen.

'Anton...' Ze stak haar hand uit en legde die op zijn arm. 'Ik ben er zeker van dat hij alleen maar wilde zwemmen.'

'Wat zei hij verder nog?'

Ze keek even naar haar vader, en toen weer naar de jonge Anton Immers. 'Even denken,' zei ze, om tijd te winnen. *Konrad is veilig in Zwitserland*, zong iets in haar. *Konrad is in veiligheid.*

'Vroeg hij of jij je ook wilde uitkleden?'

Ze gaf haar stem een verontwaardigde klank. 'Ik zwem alleen als ik mijn badpak aan heb. Het enige wat hij me vroeg was of de rivier hier gevaarlijk was, en ik zei van niet. Niet als je dicht onder de oever blijft.'

'En je weet zeker dat hij je niet heeft aangeraakt?'

'Hij was meer geïnteresseerd in zwemmen.'

'Soms proberen mannen...'

'Ik heb tegen hem gezegd dat hij moest uitkijken voor draaikolken, en dat hij uit de buurt van de schepen moest blijven.'

'Dat is niet het enige waar hij uit de buurt moest blijven.'

'Hij is hier maar een paar minuten geweest. Hij heeft zelfs niet de tijd gekregen om het water in te gaan.'

'Waarom is hij dan zo haastig gevlucht?'

'Dat zei hij niet.' Ze vond het jammer dat ze geen beter antwoord wist te bedenken.

Haar vader kwam tussen haar en Anton Immers staan. 'Bedankt dat je zo bezorgd was. Ik neem Trudi nu wel mee. Jij hoeft niet...'

'Maar u moet uw dochter wél duidelijk maken in wat voor gevaar ze verkeerd heeft.'

Trudi voelde zich razend worden. Ze wilde hem toeschreeuwen dat ze zojuist de liefde had bedreven, dat ze naar Parijs zou verhuizen, waar ze nooit meer het gezicht van een Immers zou hoeven zien.

'Herr Montag, die man had uw dochter kunnen verkrachten.'

'Ik zal er met mijn dochter over spreken,' zei haar vader tegen Anton Immers. 'Kom mee,' zei hij tegen haar, 'het wordt tijd dat je naar huis gaat.'

Ze zeiden niets tegen elkaar voordat ze de dijk bereikten. 'Morgen kletst het hele stadje hierover,' kreunde ze.

'Het is tenminste een mooi verhaal,' zei haar vader. 'Ik ben ervan overtuigd dat Anton het geloofde... Voel je je wel goed?'

'Natuurlijk.' Ze wachtte tot hij naar Max zou vragen, klaar om de waarheid te zeggen.

'Ik ben zo blij voor Konrad en zijn moeder,' zei hij.

'Het geeft me hoop. Voor ons allemaal.'

Hij keek haar van opzij aan. 'En wat je vriend betreft, Herr Rudnick... Zeg tegen hem dat hij zich voor mij niet hoeft te verstoppen.'

De jas van de Russische soldaat hing nog steeds aan de kapstok in de gang die de leesbibliotheek verbond met de woonkamers van de Montags, en Trudi zou hem daar laten hangen alsof ze – zo zouden de oude vrouwen van Burgdorf graag gaan kletsen – verwachtte dat er een man thuis zou komen. Daar was immers dat ene incident bij de rivier geweest, waardoor ze allemaal opnieuw waren gaan nadenken over die *Zwerg*-vrouw, die meestal over hén roddelde.

Ongetwijfeld had haar onervarenheid met mannen ertoe geleid dat ze niet voorzichtig genoeg was geweest met die vreemde man die laat op een avond in augustus aan de rivier naar haar toe was gekomen en gevraagd had – aldus het gerucht – of ze op zijn kleren wilde passen terwijl hij ging zwemmen.

'De brutaliteit...' zeiden de mensen, en ze waren het erover eens dat de vrijpostigheid van die man nog niets was, vergeleken met de naïviteit van Trudi Montag.

'Als het om mannen gaat, is die Trudi Montag net een kind,' zeiden de mensen hoofdschuddend.

Die naakte man was een buitenlander geweest, vermoedden sommigen, terwijl anderen volhielden dat het een ondergedoken jood moest zijn. Hun conclusie was in de eerste plaats dat hij niet een van hen was, en ten tweede dat Trudi Montag gemakkelijk verkracht of vermoord had kunnen worden. Gelukkig – zo ging het verhaal door het stadje – waren Trudi's vader en de jonge Anton Immers net op tijd bij de rivier gearriveerd om die naakte vent te verjagen.

'Hij had zijn kleren al uit,' zei Frau Weiler.

'En Trudi bleef daar gewoon maar zitten.' Herr Blau klikte met zijn tanden.

'Elke andere vrouw zou in doodsangst de benen hebben genomen,' zei de oudste dochter van de Buttgereits.

'Het komt doordat ze geen idee had in wat voor gevaar ze verkeerde,' legde de huishoudster van de pastoor uit aan Herr Pastor Beier.

'Als een kind.'

'Ja, net als een kind.'

'Mijn zoon is net op tijd gekomen,' zei de slager tegen zijn klanten.

'Een auto voor de parochie zou kunnen helpen de eer van onze jonge vrouwen te beschermen,' schreef de pastoor dringend in een brief aan de bisschop.

Die versie van wat er die avond aan de rivier was gebeurd, was nu precies wat het stadje moest geloven, vond Trudi, en ze moest lachen toen ze hoorde vertellen dat haar vader de gewoonte had haar te gaan zoeken, elke keer als ze om negen uur 's avonds niet thuis was.

'Omstreeks negen uur slaap ik meestal,' zei hij toen ze hem dat vertelde.

'Ik denk dat ze graag willen geloven dat er iemand is die op me past.'

Trudi hield de geruchten gaande door zogenaamd onschuldige opmerkingen te laten vallen, die anderen – in reactie daarop – weer aanzetten haar te vertellen over indiscreties in hun familie. En zo bepaalde zíj de koers van haar verhaal...

Laat ze maar denken dat ze nooit met een man samen was geweest.

Laat ze maar medelijden met haar hebben.

Laat ze maar geloven dat zij, toevallig, die éne man aan de rivier had ontmoet, die éne avond.

Als de mensen van Burgdorf hadden geweten wat er echt met Trudi was gebeurd, daar aan de rivier, dan zouden ze razend zijn geweest dat ze hen bedrogen had – niet vanwege haar woorden, maar omdat de waarheid de spot zou hebben gedreven met wat ze van haar verwachtten. In de loop der jaren hadden die verwachtingen vorm gekregen, en ze wekten medelijden omdat zij nooit een man en kinderen zou krijgen, hoogmoed omdat allen dus beter af waren dan zij, en vrees omdat zij te veel van hen wist.

Ze hadden er geen flauw idee van dat zij die naakte man – zoals ze hem steeds noemden – al meer dan twee jaar kende, en dat ze sinds tien maanden zijn minnares was. Ze hadden er geen flauw idee van hoe hij, met één vingertop, over haar hele lichaam ging – over heupen en oren en knieen en keel en borsten en kin en rug en polsen en tenen –, hoe zij dan huiverde onder zijn trage aanraking en haar lichaam ontdekte door de zachte druk van zijn handen.

Als een jonge vrouw van normale lengte met zo'n doorzichtig leugentje was aangekomen, over het passen op de kleren van een vreemde, op de strekdam, zou niemand haar geloofd hebben. Soms maakte het Trudi razend dat iedereen in de stad maar al te graag haar verzinsel slikte, ook Klaus Malter die van het front naar huis was gestuurd met een geïnfecteerde schouderwond en die – op een zondag na de kerk – bij haar informeerde of ze het goed maakte, alsof ze sinds haar ontmoeting een merkteken droeg. Zijn stem klonk bezorgd, en bijna had ze hem verteld dat Max veel beter kon zoenen dan hij.

In haar boosheid liet ze het verhaal aangroeien, en ze nam wraak door het rond te vertellen, zodat het levend bleef; het zou een van die verhalen worden waarmee zelfs mensen die nog niet eens geboren waren – zoals de volgende generatie Immersen en Baums en Malters – zouden opgroeien, en die ze zouden blijven vertellen over Trudi Montag wanneer ze een oude vrouw was. Er was zoveel méér gebeurd dan ze bereid was te vertellen, aan wie dan ook, zelfs niet aan Hanna Malter, het kind van Klaus en Jutta dat pas drie jaar later geboren zou worden en dat zij zou liefhebben alsof het haar eigen dochter was. Zelfs Hanna zou nooit te weten komen dat Trudi die naakte man ook na die avond op de strekdam was blijven zien, dat ze elkaar verder naar het zuiden ontmoetten, waar de rivier onrustig was en de schaduwen van de populieren niet reikten tot het oppervlak van de platte steen die breed genoeg was voor hen beiden – ver van de ogen van het stadje waar Trudi degene was die mensen hun geheimen ontfutselde.

Op een nacht in juni 1944 stierf Herr Abramowitz in zijn slaap. In de week na zijn begrafenis werd zijn vrouw gearresteerd toen ze, in een onvoorziene en schitterende wocdeaanval, het bureau van de Hitler-Jugend in de voormalige hoedenwinkel van Frau Simon kort en klein sloeg. De twee geüniformeerde jeugdleiders, die de tengere oude vrouw met haar wandelstok zagen binnenkomen, waren te verbijsterd om een vinger uit te steken toen ze haar stok in het rond zwaaide, papieren en ordners op de grond smeet, lampen stuksloeg, evenals de piramidevormige spiegel die – op het moment dat hij in splinters uiteenviel – haar beelden schonk van alles wat ze ooit in haar huwelijk had beleefd.

Haar stok scheurde door de lidmaatschapsplattegronden met hun opgeprikte vlaggetjes die aan de muren hingen, rukte foto's weg van kinderen die zaten te zingen rond een kampvuur of marcheerden bij een demonstratie. De jeugdleiders slaagden erin – wegduikend voor haar stok – haar op de grond te duwen en haar polsen vast te binden, maar niet voordat ze een bril kapot had geslagen en striemen had achtergelaten op hun nekken en gezichten.

In de dagen nadat Frau Abramowitz was weggehaald, vertelden de oude vrouwen van het stadje elkaar andere verhalen over de wonderlijke kracht die vrouwen soms gedurende korte tijd konden ontwikkelen: ze herinnerden zich een moeder die een tractor had opgetild van de borstkas van haar dochter toen die eronder was geraakt; een echtgenote die haar gewonde man, die tweemaal zoveel woog als zij, twee kilometer ver had gedragen, naar de dokter.

In de Sint-Martinus bleef Herr Pastor Beier bidden voor de soldaten die in de oorlog gesneuveld waren, maar hij zei nooit een woord over de joden die gedeporteerd of gedood waren. Staande op het bloedrode tapijt dat over de marmeren treden leidde naar het zwartmarmeren altaar stak hij beide vlezige armen op en smeekte hij Christus de soldaten te omhelzen die hun leven hadden opgeofferd voor het vaderland, precies zoals Hij het Zijne had opgeofferd aan het kruis.

Leo Montag liep verbijsterd rond in de leesbibliotheek, alsof hij opnieuw weduwnaar was geworden, en Trudi begon zich af te vragen hoezeer hij in de loop der jaren kracht had ontleend aan de onuitgesproken liefde van Frau Abramowitz. Laat op een avond werd hij merkwaardig onrustig: hij zette de boeken die hij nog bezat, anders neer in de woonkamer, en sorteerde oude foto's. Hoewel Trudi moe was, bleef ze op. Tweemaal vroeg ze of hij niet liever wilde gaan slapen. Het was na middernacht toen hij de keldertrap af hinkte en weer boven kwam met de kist die Michel Abramowitz hem bijna zes jaar daarvoor had toevertrouwd. In Michels regenjas gewikkeld vonden ze linnen servetten die gevouwen waren rond de twee zilveren kandelaars die altijd op de piano van de Abramowitzen had gestaan; een ring met diamanten en een andere met een ovale aquamarijn; de ketting met robijnen die Michel aan Ilse had gegeven toen ze twintig jaar getrouwd waren; acht paar manchetknopen en drie armbanden; een verzameling antieke gouden munten; en de bewerkte mezoeza die vroeger naast de voordeur van de Abramowitzen had gehangen.

'We zullen moeten zien hoe we die dingen naar Ruth krijgen,' zei Leo tegen Trudi.

'Geloof je niet dat het beter zou zijn ze te bewaren tot na de oorlog?'

'Ik weet niet meer wat dat betekent: *na de oorlog.*'

'Er zal een eind aan komen. Dat móét gewoon.'

'Ruth moet weten wat er met haar ouders is gebeurd.' Hij was bij Frau Abramowitz geweest toen ze via de telefoon van de tandarts geprobeerd had Ruth op te bellen om haar te vertellen dat haar vader dood was. Maar in de kliniek waar Ruth werkte had niemand opgenomen. 'Ilse heeft haar geschreven over haar vader. Ze zou intussen geantwoord moeten hebben.'

'Misschien is ze niet meer in Dresden,' zei Trudi zacht.

Hij sloot de kist. 'Ik ga hem brengen.'

'Waarom denk je dat je haar kunt vinden? En waar denk je de benzine voor zo'n reis te krijgen?'

'Herr Blau heeft genoeg voorraden opgeslagen.'

'Maar hij heeft niet eens een auto.'

'Je weet toch hoe hij is.' Leo greep zijn sleutels. 'Hij bewaart altijd van alles, voor het geval hij het ooit nog eens nodig heeft. Hij zal begrijpen dat ik hem niet zomaar om benzine vraag.'

'Het is laat. Je bent moe.'

Met de kist onder zijn arm liep hij in de richting van de deur.

'En het is veel te ver. Dan moet je de hele nacht doorrijden.'

'Zou jíj dan niet willen weten of ik dood was, of gedeporteerd?'

'Laat mij dan meekomen.'

'Er moet iemand in de bibliotheek blijven.'

'Ik hang wel een briefje op dat we wegens ziekte gesloten zijn.' Ze dwong hem de kist neer te zetten. 'Laten we ze minder opvallend inpakken. Misschien worden we ergens aangehouden.'

Terwijl haar vader ging praten met Herr Blau, pakte Trudi een koffer, en ze verborg de juwelen en de munten in opgerolde sokken, de mezoeza in de plooien van een opgevouwen jasje. De kandelaars borgen ze op achter de reserveband. Met vier jerrycans benzine in de achterbak reden ze geruisloos weg uit Burgdorf. Het enige licht in het landschap was afkomstig van hun koplampen. Het gleed over uitgebrande gebouwen en loshangende hekken, schoot over kapotte bomen en bruggen die opgeblazen waren, en Leo leed namens het land waarvan hij zo had gehouden.

Trudi viel telkens even in slaap, en dan voelde Leo zich de enige overlevende in een onwerkelijk landschap. Elke keer dat ze wakker werd – stijf in rug en knieën – had ze waakdromen gehad over deportatie in een veewagen. Ze schaamde zich dát ze kon slapen, schaamde zich dat haar lichaam protesteerde tegen zulk licht ongemak; dat was niets, vergeleken met wat Frau Abramowitz en Eva hadden moeten ondergaan. En toch, terwijl ze wegzakte en weer wakker werd en opnieuw wegdommelde, schonk haar eigen pijn haar enig inzicht in de manier waarop de nazi's je konden beroven van alles waardoor je uniek werd, je alles afnamen waaruit je identiteit bestond, totdat ze een gruwelijke gelijkheid bereikten: ze haalden je familie weg, je recht om je beroep uit te oefenen, de bezittingen waarvoor je gewerkt had, alles wat van belang voor je was – je muziek, je boeken, je schilderijen. En als je dacht dat er niets meer was waarvan ze je konden beroven, begonnen ze aan de fundamentele dingen die je als vanzelfsprekend had beschouwd – je eten en je kleren; de privacy om naar de wc te gaan of je te wassen. Ze sloten je op in concentratie-

449

kampen – met een meelzak tussen jou en de harde vloer –, beroofden je van je waardigheid, maakten allen op een ellendige manier gelijk aan elkaar. En wanneer je al die kwellingen overleefde en de ongemakken verdroeg, de uitwerpselen, het gruwelijk gebrek aan privacy en de honger die je overheersende gevoel werd, sterker zelfs dan je angst, dan was dat het bewijs van het vonnis dat ze al over je hadden geveld: dat jij en al die anderen niet meer waren dan beesten.

Trudi huiverde. Links van haar reed haar vaders profiel door de nacht, omlijst door het donkere raampje aan de bestuurderskant. Zijn lippen waren opeengeklemd, en hij had een ernstig, vastberaden gezicht. Ze dacht aan Adolf, de priester, die in Dresden had gewoond, en ze verlangde naar zekerheid dat hij in veiligheid was, net als Konrad. Misschien kwamen ze langs de kerk waar hij gearresteerd was. Hoewel ze zich de naam van zijn kerk niet herinnerde, was ze ervan overtuigd dat ze het gebouw zou herkennen zodra ze het zag. Adolf had beloofd haar na de oorlog te schrijven, als hij dan nog leefde. *Waag het niet dat te vergeten*, had ze hem gesmeekt, in de hoop dat hij haar gedachten zou lezen. *Waag dat niet, anders denk ik dat je dood bent.*

Het was verkeerd dat Adolf en andere priesters die zich tegen de nazi's hadden verzet, werden opgejaagd of gevangengezet of gedood, terwijl de dikke pastoor vrij rondliep – veilig en weldoorvoed in zijn pastorie –, alleen gehinderd door de deugdzame klachten van zijn huishoudster, Fräulein Teschner. Trudi's ogen vielen dicht. Heel uit de verte voelde ze hoe de pastoor zich omdraaide in zijn bed, dromend van de auto die de bisschop hem vast wel zou geven, na de oorlog.

'De rit terug kostte ons de hele volgende nacht,' zou ze Max vertellen nadat ze terug was uit Dresden. Dat was in zijn kamer in Kaiserswerth. Buiten landde af en toe een duif op de vensterbank, waar een bloempot stond met één verdroogde geranium; het beest pikte wat in de aarde.

'We vonden het adres van die kliniek,' maar Ruth werkte daar niet meer. Ze was twee maanden daarvoor niet op haar werk verschenen, en toen haar cheffin langs haar flat was gegaan, had niemand opengedaan. Wij zijn er ook heen gegaan, mijn vader en ik, we hebben aangeklopt bij de deur van de eigenaar op de eerste verdieping, maar hij zei aldoor dat we moesten weggaan, dat Ruth verhuisd was. Hij maakte een bange indruk.'

'Hij wás vermoedelijk ook bang.'

Ze zou Max vertellen hoe ze die hele dag hadden rondgereden in Dresden, in de hoop toevallig Ruth tegen te komen, en dat het opeens zo'n dringende behoefte was geworden Ruth te vertellen dat haar moeder Trudi goede manieren had geleerd – 'Ze was een lieve en royale en liefhebbende vrouw, je moeder' – en dat haar vader erg lang had geaarzeld terug te gaan zonder de bezittingen van de familie te hebben overgedragen aan Ruth.

'Als je wilt,' zou Max aanbieden, 'kunnen we na de oorlog daarheen reizen. Kijken of we Ruth kunnen vinden. Ik heb een tante die niet ver daarvandaan woont, in Leipzig. We zouden bij haar op bezoek kunnen gaan.'

Op zijn negende trouwdag keerde Alexander Sturm terug naar Burgdorf, zonder verlof te hebben. Meer dan een jaar had hij in de oorlog gevochten, hij had zijn lichaam als een razende in de strijd geworpen teneinde zichzelf te vernietigen, maar het was of er een vloek op hem rustte: terwijl overal om hem heen soldaten sneuvelden of verminkt raakten, had hij zelfs geen schrammetje opgelopen.

In zijn uniform liep hij van het station naar het flatgebouw, haalde zijn sleutels op bij Jutta, meed haar ogen die getuige waren geweest van zijn lafheid en deed haar vragen af met de belofte van een gesprek, binnenkort. Toen hij de deur van zijn flat opendeed, waren zijn kamers nog net zoals hij ze had achtergelaten: zijn nichtje had kennelijk iemand in dienst genomen om ze regelmatig schoon te maken. Hij trok zijn uniform uit, nam ongehaast een bad, waste zijn kortgeknipte haar en trok zijn beste blauwe pak aan, dat aanvoelde alsof het voor een omvangrijker man was gemaakt. Het jasje was te ruim, en zonder bretels zou de broek niet om zijn middel zijn blijven hangen. Het was laat in de middag toen hij de trap naar de zolder beklom.

Terwijl Trudi, maar een paar straten verderop, twee romannetjes uitleende aan Klara Brocker – zogenaamd weer voor Klara's moeder – bleef Alexander Sturm staan in het midden van de zolder.

'Ik had moeten meegaan met jou en je ouders,' zei hij hardop.

Slechts stilte lag tegenover hem.

'Ik dacht vroeger altijd dat ik met jou in ballingschap zou gaan, de dood in zelfs... Daar ben ik nu klaar voor.'

Door het gesloten raam kon hij de kersenboom aan de overkant zien, en daarachter de uitgebrande bovenste helft van het huis van de Talmeisters en de eerste verdieping waar het gezin nog woonde.

451

'Al verblijf jij in het vreselijkst denkbare oord, ik zou liever bij jou zijn dan hier, alleen. Zelfs als je dood bent, zou het beter zijn samen met jou dood te zijn.'

Hij liep naar het raam. De zon daalde achter de pannendaken van zijn stadje. Duiven en mussen pikten naar de afgevallen kersen die het trottoir rood kleurden, en even, terwijl Alexander staarde naar die prut van rood vruchtvlees en witte pitten, veranderden ze in Eva's vlees, dat opging in een stapel vlees en botten. Zijn lichaam schokte, snakte ernaar deel van die stapel te worden. Droog gekreun hikte in zijn keel. Hij kroop weg achter de kisten.

'Begrijp je het dan niet?' fluisterde hij. 'Ik had nooit mijn belofte willen breken.' Hij herinnerde zich Jutta die hem overeind trok nadat de Gestapo hem daar had achtergelaten, herinnerde zich haar sterke armen toen ze hem meenam, de trap af, naar zijn appartement, waar ze de ene deken na de andere om hem heen sloeg, omdat zijn lichaam almaar bleef beven.

'Ik was te laat, Eva. Een paar minuten meer – en ik zou in staat zijn geweest op te staan. Ik wilde met je mee. Je móét me geloven.'

De hemel buiten het zolderraam vertoonde lila strepen, en in dat liefelijke licht – waarin de tijd kan verschuiven en zich herstellen – werd Alexander een moment van genade geschonken. Bevend van eerbied zag hij hoe Eva op hem afkwam in een blauwe avondjurk, en haar haar was tot een kroon gevlochten. *'Meen je het nog steeds? Dat je met me meegaat?'* vroeg ze, en hij sprong overeind, zijn benen gehoorzaamden hem. 'Ja,' zei hij, 'ja,' en zij stak haar ene hand uit, en hij voelde die hand, voelde hem, dit was niet de hand van een geest; hij was echt, warm als zijn eigen lijf. 'Je bent dus niet dood,' zei hij, en zij lachte. *'Nee. Nee, natuurlijk niet'*, en alle smart en schaamte waaronder hij zo lang had geleden, wervelden weg, en toch, toch werd hem toegestaan de wijsheid te behouden die zijn marteling hem had geschonken, op het moment dat hij in haar armen stapte. Haar huid geurde naar de zomer en was heerlijk zacht onder zijn handen, en hij bedacht dat een mens méér geluk toch niet zou kunnen verdragen, het was bijna te veel voor één enkel hart om te bevatten, zonder dat het barstte. Hij omhelsde zijn vrouw heftig, met zijn gezicht tegen haar haar, en toen hij haar een eindje van zich af hield – met zijn handen op haar schouders, zodat hij haar ogen kon zien – keek ze hem aan, zonder verwijt. *'De mensen zullen verhalen vertellen over jou, hoe je mij gevolgd bent,'* zei ze, en hij kon voelen hoe de goedkeuring van het stadje, die hij zo lang en bitter had gemist, zijn kant uit stroomde. Zij bevestigde een witte anjer in zijn revers. 'Waar haal je die bloem vandaan?' vroeg hij, omdat hij hem nu pas zag, en zij kuste hem en zei: *'Ze wachten op ons.'* Hij wilde vragen wie op hen wachtten, maar zij zei al tegen hem dat hij het raam moest opendoen, en hij voelde dezelfde vreugde als op de dag van zijn huwelijk, de zekerheid dat hij en Eva altijd samen zouden zijn. 'Altijd... Alleen wist ik niet dat het zó zou zijn,' zei hij tegen haar, duizelig van dankbaarheid dat hij dit respijt had gekregen, deze vergiffenis. Daardoor voelde hij zich uitverkoren, en hij wist dat hij heel bijzonder moest zijn, dat hij dat allerbelangrijkste moment van zijn leven had mogen herbeleven. Nooit eerder had hij zich zo vrij van angst gevoeld. Hij bedacht dat die andere keer daar op zolder – toen hij was rondgekropen terwijl de Gestapo-mannen hem treiterden, *wat een held wat een held wat een held hebt u hier*, terwijl ze hem trapten, *wat een held wat een held* – misschien slechts een schimmige droom was geweest, ontstaan uit zijn angst voor wat er gebeurd had kunnen zijn. *'Kom,'* zei Eva, en toen ze beiden naar buiten klauterden en op het platte deel van het dak voor het raam stonden, zag hij opeens dat ze feestelijk gekleed waren, zij in haar avondjurk, hij in zijn beste pak. *'Maar het ís ook een feest,'* zei Eva alsof ze zijn gedachten kon lezen, en hij zei: 'Een feest, ja.' Hierboven was de lucht koeler dan op straat, frisser. Doortrokken van de geur van veldbloemen op de uiterwaarden en aandachtig verzorgde bloemen in naburige bloembakken, en ze vloeide rond zijn nek, door zijn Kaiser-Wilhelmsnor. Eva spreidde haar armen, en op het moment dat Alexander in haar omhelzing stapte, werd hem een korte blik vergund op Jutta's dochter, die in zijn huis verwekt zou worden en die zou opgroeien met verhalen over de liefde van haar oudoom Alexander en zijn vrouw Eva. Hij wilde Eva vertellen van dat meisje, maar de zomerse lucht blies door zijn lichaam, veranderde in zijn vlees, zijn stem –

Pas op de ochtend van Alexanders begrafenis, toen de pastoor wijwater in het graf sprenkelde, zou Trudi zich Alexanders stem herinneren, daar buiten de schuur van de Braunmeiers. Al die jaren, dacht ze, heb ik dat onderdeel van die middag bijna vergeten.

'Je oom,' zei ze tegen Jutta Malter in het flatgebouw waar Alexanders begrafenismaal werd gehouden, 'heeft ooit iets heel belangrijks voor mij gedaan.'

Jutta bukte zich en bracht haar gezicht bij dat van Trudi. 'Dat heeft hij me nooit verteld.' Haar haar hing blond neer op de schouders van haar zwarte japon.

453

'Dat komt omdat hij het nooit heeft geweten.'

'Wat was het dan?'

Trudi schudde haar hoofd. 'Hij... Hij heeft me gered.'

Jutta wachtte af, maar drong niet aan. 'Hij zou blij zijn geweest als hij dat geweten had.'

'Ik vind dat ik het hem had moeten vertellen.'

Jutta had donkere kringen onder haar ogen. Ze had twee dagen lang geruzied met Herr Pastor Beier omdat hij had geweigerd haar oom te laten begraven op het katholieke gedeelte van de begraafplaats.

'Maar hij is een zelfmoordenaar,' had de pastoor volgehouden.

'Daar is geen enkel bewijs voor.'

'Frau Talmeister heeft hem zien springen.'

'Misschien was hij het dak aan het inspecteren. Hij was een hele tijd weg geweest.'

'Hij was een deserteur. U weet toch wel dat twee andere soldaten, die te laf waren om in onze oorlog te vechten, zijn doodgeschoten bij de Sternburg toen ze groenten gapten.'

'Misschien waren dat juist helden. Zij hadden geweigerd deel uit te maken van...'

'Ik weiger naar zulke praat te luisteren.' De pastoor was een stap teruggeweken. 'Frau Talmeister heeft uw oom vanuit haar raam gezien.'

'Als Frau Talmeister niets beters te doen heeft dan de hele dag voor haar raam te hangen, dan wil dat nog niet zeggen dat ze weet wat er aan de hand is.'

'Ik zou u willen helpen – echt waar – maar de voorschriften van de kerk zijn heel duidelijk waar het om zelfmoord gaat.'

'Het maakt míj niet uit waar mijn oom begraven wordt. De enige reden dat ik hier ben is dat ik weet dat het voor hém verschil gemaakt zou hebben.'

Ze hadden almaar dezelfde woorden herhaald, en toen Jutta wegging, had de pastoor zich flauw van de honger gevoeld. Het was of zijn honger elk jaar toenam, dat hij zich al een paar minuten na een uitvoerig maal ontevreden voelde. Toch bleef zijn lichaam maar uitdijen, de naden spanden, en zijn huishoudster legde ze knorrig uit of zette stukken stof in ter versteviging.

Die hele nacht had Jutta geschilderd, niet in staat weg te lopen bij het doek dat haar opdroeg de helderrode vormen van twee lichamen te schilderen, die als gevleugelde zaden uit een gele hemel neerwervelden.

De volgende ochtend vroeg, nog vóór de mis en het ontbijt, had ze aangebeld bij de pastorie en was ze regelrecht doorgelopen naar de studeerkamer van de pastoor, hoewel Fräulein Teschner geprobeerd had haar tegen te houden.

'Herr Pastor Beier slaapt nog.'

'Maakt u hem dan wakker. Alstublieft.'

'Zodra ik dat heb gedaan, moet hij zich gereedmaken voor de mis.'

'Ik ben zó weer weg.'

Jutta stond in het midden van de studeerkamer toen de pastoor binnenkwam. Hij had zijn haar alleen aan de voorkant gekamd. Kennelijk had hij niet de tijd genomen om zijn tanden te poetsen, want hij werd voorafgegaan door zijn nachtadem.

'Als u mijn oom buitensluit – dan sluit u mij ook buiten.'

'Kom, kom, Frau Malter.' De pastoor legde zijn hand op haar schouder.

Ze trok haar schouder weg, deed een stap achteruit. 'Nee. Dan kom ik nooit meer in de kerk.'

Het was niet zozeer wat ze zei als wel de vastberadenheid in haar ogen die de priester ervan overtuigde dat ze meende wat ze zei. Hoe kon hij toestaan dat haar ziel zich onttrok aan de genademiddelen van de kerk? Bovendien was zijn parochie geslonken en zo arm geworden dat hij zich niet kon veroorloven zo'n welgesteld persoon als de vrouw van de tandarts kwijt te raken – zij was immers, zoals iedereen wist, de enige erfgename van haar oom.

'Vertelt u me eens...' Hij keek naar de glimmende punten van zijn schoenen, het enige deel daarvan dat niet door zijn buik aan het oog werd onttrokken. 'Uw oom had dus de gewoonte zelf onderhoudswerk te doen?'

'Meestal nam hij daarvoor anderen in dienst.'

'Maar eerst ging hij zelf kijken wat er gedaan moest worden?'

'Zelden.'

'Maar toch...' Hij keek Jutta aan. 'Dit was een unieke situatie, een terugkeer na lange afwezigheid... Zegt u eens,' zei hij, 'waren er problemen met het dak?'

'Nee.'

De pastoor wist het ongeduld uit zijn stem weg te houden. 'Maar als er problemen waren geweest...' zei hij, terwijl hij probeerde niet te denken aan de beschrijving van Frau Talmeister, dat Alexander Sturm een aantal minuten op zijn dak had gestaan, in zijn zondagse pak, met gespreide

455

armen – 'Als het beeld van een engel,' had Frau Talmeister gezegd –, 'als er problemen waren geweest,' zei de pastoor, 'dan had het verraderlijk kunnen zijn... zo hoog boven de grond.'

Ingrid woonde met haar dochter Rita boven de fietsenwinkel in de kamer waar ze als meisje had geslapen, en elke avond zei ze gebeden voor Rita's zielenheil. De man met wie ze zojuist was getrouwd, was weer naar de oorlog vertrokken, en zij voelde zich schuldig omdat ze hem niet miste.

Minstens eenmaal per week ging ze met Rita naar de leesbibliotheek, waar ze haar liet kruipen en spelen tussen de boekenplanken, de plaats waar zij en Trudi voor het eerst met elkaar aan de praat waren gekomen. Ze keken naar het kleine meisje vanaf de houten toonbank, waar de glazen stopflessen leeg waren. Tabak was allang niet meer verkrijgbaar, en de klanten die de zaak betraden, kwamen voor boeken of roddels.

Omdat zo ongeveer alle gezonde mannen tussen vijftien en zestig voor het leger waren opgeroepen, werd het meeste onderwijs door vrouwen gegeven. Toen Ingrid werk vond bij een school in Düsseldorf, bood haar moeder aan voor Rita te zorgen. Ingrid kreeg een enorm grote klas, meer een reservoir voor hongerige kinderen dan een ruimte waar ze iets konden leren. Bijna zestig leerlingen vulden de banken, hurkten langs de muren als ze te moe werden van het staan, of zaten in de vensterbanken, met doffe ogen in hun magere gezichtjes.

Door de vele bombardementen van Düsseldorf werd het geven van onderwijs nog verder bemoeilijkt. Ingrid moest dan haar les onderbreken om de kinderen naar de diepe kelder te brengen. Daar liet ze hen met haar mee bidden tot het sein veilig klonk, en telkens als ze zich zorgen maakte over de veiligheid van haar dochter, zei ze bij zichzelf: als God ervoor koos Rita zo jong op te eisen, dan zou ze in elk geval naar de hemel gaan.

Soms als Ingrid uit de kelder te voorschijn kwam, werd ze geconfronteerd met nieuwe gruwelen: verminkte mensen die op handkarren naar het ziekenhuis werden gebracht; dode geiten of katten midden op straat; mensen die bedolven waren onder de ruïnes van hun huis, terwijl anderen probeerden hen op te graven. Sommigen zouden levend worden aangetroffen, de meesten waren dood. Een van haar leerlingen, de achtjarige Hermann Blaser, werd vermist na een bombardement en pas uren later gevonden, verbrand. Op weg van de school naar de tram kwam Ingrid zijn moeder tegen die, waanzinnig van verdriet, een kartonnen doos bij zich had waarin vroeger zeep had gezeten en waarin ze nu de resterende botten van Hermann had verzameld.

De aarde van de begraafplaatsen bleef nooit lang onberoerd. Ingrid vond het zo langzamerhand verwarrend na te gaan waar het front eigenlijk was. Leden de burgers niet even erg als de militairen? Wat was dat voor wereld waar je uit een kelder klauterde na een bombardement, en dan terechtkwam in lucht die ondoorzichtig en zwaar was, met het opgeluchte gevoel dat je gespaard was?

In de buurt waar ze woonde zag Ingrid hoe de mensen nuchterder gingen denken over hun regering, naarmate ze meer leden onder verwoestingen en getuige waren van elkaars machteloosheid en zorgen. Zelf had zij de mensen van Burgdorf nooit zo arm gezien, zo hongerig, zo angstig, en ze was jaloers op Trudi's vader, die zelfs met *Steckrübensuppe* tevreden was en beschikte over de gave in iedereen het goede te zien, zelfs in haar. Ingrid had altijd zo'n honger dat ze zelfs snakte naar de geur van kokende aardappels en zure melk. Ze wist dat ze haar gulzigheid en ontevredenheid niet naar buiten toe liet merken, maar vanbinnen protesteerde ze tegen haar honger.

Velen in het stadje verlangden naar de tijd van de onbekende weldoener: hun noodsituatie zou vast en zeker een geschenk van hem hebben opgeleverd. Toen de winter begon, maakte de kou de honger nog erger. Vluchtelingen uit Silezië en andere delen van het land kwamen in Burgdorf terecht. Verscheidene bejaarden en twee zuigelingen vroren dood in hun huizen.

De kelders waren het koudst van alles, en zelfs gebeden deden weinig ter verlichting van de fysieke pijn van extreme kou. In de kelder van haar ouders bedacht Ingrid dat haar gedachte van de hel volkomen verkeerd moest zijn, want de hel moest de koudste plek zijn die je je kon voorstellen. Tijdens bombardementen probeerde ze haar dochtertje warm te houden door haar te wikkelen in extra lagen van haar eigen kleren, die ze bewaarde in haar kapotte koffer onder de trap. De vloer, waarop zij en haar ouders vele nachten doorbrachten, was hard ondanks de dekens die haar vader had uitgespreid. Die dekens waren de enige troost die ze van hem wenste aan te nemen; telkens als hij haar een van zijn jasjes aanbood, wees ze dat van de hand, want ze verdroeg het niet iets te dragen wat zo dicht bij zijn huid was geweest. En ondanks een aantal dekens en twee mantels had ze het nog steeds koud. En er was altijd wel iets wat uitstak – haar benen, haar armen, of haar o zo koude nek. Hoewel ze nooit over de kou praatte, voelde ze zich egoïstisch omdat ze hem voelde, omdat ze vanbinnen huilde om de ellende die daarvan het gevolg was.

Die hele winter praatte Max er steeds vaker over dat hij Ruth Abramowitz wilde zoeken en bij die gelegenheid Trudi aan zijn tante voorstellen. Tegen die tijd was Leo's auto in beslag genomen voor het leger, en toen Trudi aan Max vroeg hoe hij van plan was naar Dresden te reizen, zei hij dat ze met de trein konden gaan. Om aan geld voor kaartjes te komen, verkocht hij drie van zijn aquarellen aan een rijke vrouw die een dochter had aan wie hij bijles had gegeven. Bij de munitiefabriek deed hij of hij ziek was, door een paar maal achter zijn bureau flauw te vallen; ten slotte zeiden ze daar dat hij maar een week thuis moest blijven. Op de tweede zondag van februari 1945, een dag voor zijn achtendertigste verjaardag, bereidden hij en Trudi zich voor op hun treinreis naar Dresden en Leipzig – en toen kreeg haar vader plotseling hoge koorts, en bovendien hoestte hij.

'Gaan jullie maar,' zei Leo tegen Trudi. 'Ik red me heus wel.'

Maar zij greep haar kans om bij hem te blijven. Ze was aldoor al zenuwachtig geweest over een ontmoeting met die tante van Max. Hoe zou die reageren als ze haar neef naar de voordeur zag komen met een *Zwergvrouw*?

'We kunnen de reis ook later ondernemen,' zei Max.

'Nee, ga jij maar alleen.'

'Maar we wilden dit toch samen doen?'

'We maken nog wel eens samen een reis. Van de zomer. Misschien kun je... ach, je weet wel, je tante voorbereiden op mij. Bovendien is het goed als Ruth weet wat er met haar ouders is gebeurd.'

'Maar ik wil de juwelen en die andere dingen niet meenemen als ik alleen ga.'

'Waarom niet? Ik vertrouw je immers. En zij heeft ze misschien nodig.'

Toen Max wegging, zei hij tegen haar: 'Toch zou ik liever hebben dat je meeging, of dat we later gaan, samen.'

Later zou ze telkens en telkens weer nadenken over die twee mogelijkheden – en dan zag ze zichzelf in Dresden met Max, terwijl de brandbommen de stad vernietigden, of ze stelde zich voor dat ze de reis hadden uitgesteld. Hadden ze maar gewacht, zoals hij had geopperd. Dan zouden ze beiden nog in leven zijn. En ze zouden de verjaardag van Max op de dag zelf hebben gevierd. Ze had beter moeten weten dan erin toestemmen dat ze hem een dag eerder gelukwenste, gezien alle ongelukken die haar vaders kant van de familie waren overkomen door een feest te vroeg te vieren. Maar op de ochtend van zijn vertrek had Max een cake, gebakken van koolrapen, meegebracht naar de leesbibliotheek, en hij had net zo lang gezeurd tot zij hem zijn cadeautjes gaf, twee overhemden en een vest, door haar voor hem genaaid. Ze had haar akelige voorgevoelens dwaas gevonden – per slot van rekening was er bij haar leven nooit iets vreselijks gebeurd – maar ja, misschien kwam dat doordat ze altijd respect had gehad voor het bijgeloof waarmee ze was opgegroeid, doordat ze nooit iets voortijdig had gevierd. Toen Max twee dagen na zijn vertrek uit Burgdorf in Dresden verdween – of misschien onderweg naar Leipzig, zei Trudi tegen zichzelf, in de hoop dat hij eerst bij zijn tante op bezoek was gegaan, of zelfs dat hij ervandoor was gegaan met de schatten van de Abramowitzen, hoewel ze wist dat hij nooit iets zou stelen –, was het of zijn verdwijning dat bijgeloof had bezegeld.

Ze was sprakeloos van de omvang van de verwoestingen. Duizenden en duizenden mensen waren omgekomen op die februaridinsdag in Dresden, en veel van hen waren vluchtelingen die niet geïdentificeerd konden worden. Er waren fosforbommen afgeworpen boven de stad, zodat mensen in levende toortsen waren veranderd, en horden van brandende, krijsende lijven waren voortgekropen in de richting van de vijvers die gegraven waren om branden te blussen, en die nu veranderden in graven, doordat velen erin verdronken, vertrapt of door anderen weggedrongen naar dieper water. En toen begonnen de bommen neer te regenen op de stad. Veertig minuten lang. Overal. Ongericht. Op kerken en ziekenhuizen en gevangenissen en scholen. Ze brachten dood en verminking. Een bommentapijt.

Bij elk gruwelijk detail dat Trudi te weten kwam, nam haar wanhoop toe; en toch probeerde ze zich Max levend voor te stellen – gewond en niet in staat haar te laten weten wat er met hem was gebeurd – maar: in leven. Ze zou geduld hebben. Ze zou wachten. Zo lang als nodig was. 's Nachts zorgden haar angsten ervoor dat ze alle mogelijke rampen zag die hem overkwamen, en de ergste gedachte was dat hij een van die verbrande lijken was geworden, begraven in de massagraven, een enorme greppel rond het centrum van Dresden.

Weifelend tussen angst om hem en een gevoel van afwijzing – misschien had hij bij haar vandaan gewild; misschien was hij teruggegaan naar zijn vrouw–dwaalde ze door Burgdorf, zoekend naar hem, hoewel ze zeker wist dat ze hem niet zou vinden. Ze probeerde zich hem dicht in de buurt voor te stellen, probeerde hem op te roepen door heftig te wensen dat hij terugkwam bij haar.

Verscheidene malen nam ze de tram naar Kaiserswerth om te praten met de klokkenmaker, die Max niet meer had gezien sinds hij naar Dresden was vertrokken. 'Hij zei dat hij na een week zou terugkomen,' zei hij dan tegen haar, en hij leende haar de sleutel van Max' kamer boven de winkel, waar ze dan uren bleef zitten.

Als een vliegtuig laag over zijn dak vloog, nam ze niet eens de moeite uit het raam te kijken. Ze herinnerde zich hoe ongeduldig ze op Alexander had gereageerd toen hij gebeden had dat zijn huis door bommen getroffen zou worden. Toen begreep ik dat nog niet, dacht ze, en ze verontschuldigde zich in stilte bij hem.

De meeste tijd zat ze te staren naar de aquarellen, en dan zag ze zichzelf in zijn armen, en dan vroeg ze: 'Wat heb je deze keer gezien?' En dan vertelde Max haar dat, eerst met woorden, en dan met kleuren. In zijn armen had ze geprobeerd te zien wat hij zag–exotische gebouwen, complete steden–en één keer was ze erin geslaagd een gele bloem te zien op dat moment, op de rand, een bloem in de warme oranjegele tint die bloeide achter haar oogleden, en die al het andere verdrong tot ze helemaal oranjegeel en warm was.

Ze wandelde. Ze sliep. Zonder enige aandacht voor de tijd. Midden in de nacht merkte ze bijvoorbeeld dat ze bij de rivier zat, of op het kermisterrein was, zonder zich te herinneren hoe ze daar was gekomen. Op haar gezicht voelde ze de oude tranen en snot, en dan bewoog ze haar armen om onzichtbare aanvallers af te schudden. Ze verzorgde haar kleren niet meer, evenmin als haar haar. Omdat het stadje niets had geweten van haar liefde voor Max, deden de mensen geen poging haar te troosten, haar verdriet te delen, of haar te vertellen dat ze niet de enige was die iemand had verloren, dat ze allemaal vrienden en familieleden hadden die verdwenen waren–dood misschien, of ergens in het buitenland. De enige die het begreep was haar vader, die van tijd tot tijd de leesbibliotheek sloot om haar te zoeken, zoals hij vroeger haar moeder had gezocht; hij wist hoe hij haar kon vinden, en dan nam hij haar mee naar huis, zei dat ze moest gaan zitten en gaf haar iets warms en troostends te eten; die zijn kammetje uit de borstzak van zijn overhemd haalde en de klitten uit haar haar haalde.

Ze ging telkens weer terug naar Kaiserswerth, en toen de klokkenmaker tegen haar zei: 'Ik zal die kamer moeten verhuren – tenminste, als uw vriend niet gauw terugkomt,' liet ze haar schoenen met die heel hoge hakken in Max' hangkast achter, maar haalde ze zijn aquarellen van de wanden. Die nam ze mee naar huis, waar ze ze inpakte en opborg achter in haar eigen kast.

Een maand na het vuurbombardement van Dresden kwam de treurigste van alle treinen door Burgdorf, een lange trein vol mensen uit een concentratiekamp, grauwe gezichten en gestreepte kleding achter de raampjes. Mager, hongerig en ziek werden ze overgebracht naar een ander kamp omdat de Amerikanen te dichtbij kwamen. Hoewel de trein meer dan een halfuur op het stationnetje van Burgdorf bleef staan, stapten de gevangenen geen van allen uit. Gewapende ss'ers stonden over de hele lengte van het perron en scheidden de trein van de rij inwoners die van een afstand stonden toe te kijken.

De lucht was vochtig en koel en stil, en leek roerloos, als gegoten rond de drie groepen, net als die halve bollen van glas die je in je hand kon nemen en die een heel stadje bevatten en die – tenzij je ze schudt zodat er een sneeuwbui ontstaat – roerloos blijven. Maar opeens bewoog er iets, een vrouwenfiguur in een beige regenjas die zich losmaakte van de rij toeschouwers, en een opeenvolging van andere bewegingen veroorzaakte. Het was de op drie na jongste dochter van de Buttgereits, Bettina, die zich losrukte uit de handen van haar zusters, in de richting van de trein, en die het halve brood dat ze zojuist met Frau Bilder had geruild voor een geborduurde portemonnee, opstak naar een van de halfopen ramen van de trein. Verscheidene magere handen probeerden het brood te grijpen, maar voordat iemand het kon grijpen sloten vier ss'ers Bettina Buttgereit in, en hun zwarte uniformen waren een ondoordringbaar kluwen dat haar en haar lichte jas onzichtbaar maakte, tot ze zich weer van elkaar losmaakten. Ze hielden Bettina aan weerszijden vast en duwden haar naar de trein. De trein in.

Zwijgend trokken de inwoners zich terug, de rij slonk. Net toen de trein het station uitreed, zagen de mensen het gezicht van een oude man die er merkwaardig bekend uitzag, hoewel niemand kon zeggen wie het was. Achter het raampje stak hij zijn benige kin omhoog, hij klemde zijn smalle lippen opeen en richtte zijn ingezonken ogen op iets boven de hoofden van de mensen.

Na die trein hadden de mensen het gevoel dat de Amerikanen elke dag konden komen. Het was eind maart toen ze Burgdorf naderden, en ze waren al van verre te horen door het ratelen van hun tanks. Toen Trudi op een ochtend opstond en uit het raam van de gang boven keek, holden mensen in de straat naar een schuilplaats, alsof er luchtalarm was geweest. Terwijl ze een wit laken greep en dat uit het raam hing, vloog de voordeur open.

Dat was Frau Weiler, met een wijwaterbakje. 'Gauw, Leo, Trudi,' riep ze. 'Naar de kerk. We moeten ons verbergen.' Ze staarde naar Trudi die de trap afkwam, nog in haar nachtpon, met verwarde haren. 'Trek op zijn minst een jas aan.'

Nog niet zo lang geleden zou Trudi de Amerikanen begroet hebben als redders, maar sinds het vuurbombardement van Dresden was dat veranderd. Bovendien had haar tante haar in een brief gewaarschuwd dat veel Amerikanen dachten dat alle Duitsers nazi's waren. Trudi wist al hoe het was om als vijand binnen je eigen land beschouwd te worden omdat je tegen de nazi's was, en nu voelde ze zich nog meer geïsoleerd omdat beide partijen haar wel eens als vijand zouden kunnen zien.

Ze merkte dat ze met haar vaders hand onder haar elleboog op straat liep, samen met Frau Weiler, die haar hoofddoek had laten afzakken van haar grijze haar terwijl ze overal om hen heen wijwater sprenkelde. Ze haastten zich over het kerkplein en doken weg in de kelder van de Sint-Martinus, waar de pastoor bijna twee dozijn mensen probeerde te kalmeren; de meesten waren nog banger dan tijdens de bombardementen, die hun – hiermee vergeleken – een vertrouwd gevoel waren gaan geven.

Leo en Trudi gingen zitten naast Ingrid, die daar was met haar baby en haar ouders.

'Ons zal niets overkomen.' Frau Weiler spetterde haar wijwater over alle aanwezigen.

De pastoor wuifde haar weg.

'Ons zal niets overkomen...'

'Wees daar maar niet zo zeker van,' zei de preparateur. 'Die Amerikanen hebben heel wat Duitsers gedood met hun bommen.'

Fräulein Teschner hield een langwerpig wit kleedje in haar handen, dat ze van het altaar had weggegrist tijdens een snelle omweg na haar vlucht uit de pastorie.

'Ze komen met bajonetten,' fluisterde de preparateur. 'En iedereen die zich verzet, steken ze neer.'

'Iemand moet namens ons spreken,' zei zijn vrouw.

'Iemand die Engels kent,' zei de pastoor.

'Mijn dochter heeft Engels geleerd,' deelde Herr Baum mee, en iedereen keek naar Ingrid, die daar zat met Rita in haar armen, het kind stijfjes wiegend.

Zonder een woord legde ze haar dochter in Trudi's armen, hoewel haar moeder haar armen al had uitgestoken. Trudi knipperde met haar ogen. Het kind keek haar aan met Ingrids ogen. Ze boog haar armen en bracht Rita dichter naar haar gezicht. *Max. Had je maar gewacht. Zeven weken. Zo kort is het nog maar sinds je vertrek. Zeven weken.*

'Als teken van vrede.' Fräulein Teschner duwde Ingrid het witte kleedje in handen.

'Je hóéft het niet te doen,' zei Leo Montag tegen Ingrid toen ze naar de deur stapte.

De preparateur zette zijn verhaal voort: 'Ze steken hun bajonetten in hooibergen en matrassen om te zien of daar iemand verborgen zit.'

Zijn vrouw knikte. Haar hand trilde terwijl ze haar lippen nog eens stiftte.

Maar Ingrid vertoonde de gelaatsuitdrukking van een martelares die eindelijk de kwelgeest heeft gevonden die haar de eeuwige redding zal schenken.

'Goed onthouden,' zei de pastoor, 'u moet Engels met hen spreken als ze komen... Zegt u... zegt u tegen hen dat we ons overgeven. En dat wij óók hebben geleden.'

'Dat we blij zijn dat ze hier zijn,' zei Ingrids vader.

Leo Montag deed zijn mond open. 'Vertel ze in de eerste plaats dat hier geen soldaten zijn.' Zijn ogen gleden over de mensen in de kelder en keerden terug naar Herr Heidenreich. 'Dat speldje...' Hij wees met zijn kin naar het hakenkruis op de revers van Herr Heidenreich. '...dat zou vandaag uw dood kunnen worden.'

De preparateur, die zich er ooit op beroemd had dat hij de hand van de Führer had geschud, morrelde aan het speldje. '*Mein Gott*, ik krijg het er niet af. Ik...'

De huishoudster van de pastoor rende dwars door de kelder, duwde zijn vingers opzij en rukte zo hard aan het speldje dat ook een stukje stof losliet. Met wilde ogen keek ze rond in de kelder, en draafde toen naar de hoek waar de levensgrote kerststal was opgeborgen. Zonder enige aarzeling schoof ze het speldje onder de lange gipsen rok van Maria.

Ze staarden allemaal naar het beeld.

'Kijk niet zo,' siste ze.

Ingrid begon met haar witte kleedje te wapperen.

Haar moeder zei het onzevader: '*Vater unser, der Du bist im Himmel...*'

'Daar zijn ze!'

Herr Baum kreunde.

'*...geheiligt werde Dein Name...*'

'Ik hoor helemaal geen...'

'Ssst...'

'*...zu uns komme Dein Reich...*'

De onderkinnen van de pastoor beefden.

'*...Dein Wille geschehe...*'

Het altaarkleedje wapperde in Ingrids handen toen vier Amerikaanse soldaten binnendrongen. '*No German soldiers here,*' riep Ingrid. '*No German soldiers...*'

'*No... German... soldiers,*' zo herhaalde de pastoor die vreemde woorden.

De preparateur sloot zich daarbij aan. '*No... German... soldiers. No...*'

'*...wie im Himmel so auf Erden...*'

'*We surrender,*' riep Ingrid, al haar aspiraties van martelaarschap vergeten.

'*Surrender... surrender...*' echoden andere stemmen.

De inwoners van Burgdorf zeiden tegen elkaar dat ze blij waren dat de Amerikanen–'Ami's' noemden ze hen–hun streek hadden bezet, en niet de Russen. Hoewel verscheidene burgers gedood waren bij het verzet tegen de bezetters, lag dat alles nu in het verleden, en de Amerikanen organiseerden de *Schulspeisung*–maaltijden op school. Kinderen die naar school kwamen, soms op blote voeten, en allemaal even hongerig, kregen elk een etensblikje en een lepel die ze mochten houden. Tussen tien en elf op de ochtenden dat er school was, vormden ze een rij en schuifelden in de richting van de geur van de hete soep die in hoge ketels pruttelde. Het recept wisselde vaak: erwtensoep, groentensoep, vleesbouillon met rijst, roomsoep, linzensoep.

Het liefst aten de kinderen *Kakaosuppe*–een zoete, bruine vloeistof die niet alleen hun maag vulde, maar ook herinneringen terugbracht aan de chocolade die ze langgeleden hadden geproefd. Op sommige dagen, als ze hun honger niet meer konden verdragen en de soeptijd nog te ver weg leek, gingen de kinderen met hun lepels op hun etensblikjes trommelen. Eentje begon, een aarzelend rinkelen, dat onmiddellijk weerklank vond, gestaag en steeds luider, tot de stemmen van de onderwijzers niet meer te verstaan waren. Sommige leerkrachten namen hun portie soep mee naar huis om te delen met hun gezin, dankbaar voor wat de Amerikanen deden.

Amerikaanse soldaten werden ondergebracht in huizen overal in Burg-dorf. Ondanks waarschuwingen dat ze geen Duitser mochten vertrou-wen, sloten enkelen van hen vriendschap met de mensen van het stadje; ze lieten foto's zien van hun vrouw en kinderen. Het *Rathaus* en het vroegere hoofdkwartier van de Hitler-Jugend werden kantoren voor het Amerikaanse leger, en het landhuis van de pianiste–waar Fräulein Birn-steig in januari zelfmoord had gepleegd nadat ze gehoord had dat haar geadopteerde zoon in een concentratiekamp was omgekomen–werd ver-anderd in een officiersmess. Hakenkruisvlaggen en ss-symbolen verdwe-nen uit de elegante kamers, en op zaterdagavonden was daar een dans-band die Amerikaanse muziek speelde.

Hoewel de mensen van het stadje het goedkeurden als een paar van de vlijtigste jongens boodschappen voor de soldaten deden of hun schoenen poetsten, en dan thuiskwamen met pakjes kauwgom en smalle Ameri-kaanse chocoladerepen, veroordeelden ze de jonge meisjes die zo brutaal waren te gaan dansen met de soldaten of autoritjes met hen te maken.

Klara Brocker was een van die meisjes. Ze was nu negentien, en knap-per zou ze nooit worden–klein en opgewekt en netjes–, het soort schoon-heid dat korte tijd bestaat en nooit volledig tot bloei komt, maar behou-den blijft, gelakt door eigen netheid. De Ami die in haar huis ingekwar-tierd was, gaf haar een kist vol blikken perziken, die jaren van honger in haar platte buik stilde. Hij bracht nylonkousen voor haar mee en betaal-de voor haar nieuwe permanent. Hij was een blonde man met een kleine wijnvlek op zijn slaap, en hij was zoveel langer dan Klara dat zij onder het dansen haar hoofd onder zijn kin kon leggen.

Op een dag kwam de Amerikaan van Klara Brocker langs bij de leesbi-bliotheek omdat hij gehoord had dat de Montags familie in Amerika had-den. Terwijl hij en Leo praatten, en stukjes Duits en Engels aan elkaar pasten, bleef Trudi–die haar werk in de bibliotheek weer had opgenomen –staan op de houten ladder, druk bezig met het schikken van boeken op een van de bovenste planken. Toen de Amerikaan zei dat hij graag nog

465

eens wilde komen met een jonge vriend van hem die in New Hampshire was opgegroeid, slechts een uur verwijderd van Lake Winnipesaukee, waar Stefan en Helene Blau woonden, mocht Trudi van zichzelf denken dat ze bevriend zou raken met die jonge militair en ook hém zou bezoeken wanneer ze naar Amerika reisde. Hij zou haar afhalen bij de stoomboot, zou haar naar New Hampshire rijden, waar haar tante Helene hen beiden zou begroeten met een groot en gezellig diner...

De jonge soldaat die een paar dagen later naar de leesbibliotheek kwam, bleek veel minder lang dan de Ami van Klara Brocker, en toen hij naar de ladder kwam om zich aan Trudi voor te stellen, keek ze neer op zijn eenzame jongensgezicht en schrok ze zelf van haar gedachte dat het helemaal niet zo moeilijk zou zijn hem in haar bed te krijgen. Dat zou Max' verdiende loon zijn.

Onmiddellijk voelde ze zich ontrouw. De jonge soldaat zei iets tegen haar, maar ze kon geen antwoord geven omdat ze weer terug was in de mist – alleen was dit geen mooie mist, hij was grauw en dicht en verstikkend, en hij was elke dag dat Max niet bij haar terug was gekomen, dichter geworden. Als die mist eenmaal optrok, zei ze bij zichzelf, dan zou ze in staat zijn Max te zien. Hij zou veel dichterbij zijn dan ze had verwacht.

Die nacht was ze zo boos op Max omdat hij niet was teruggekomen dat ze zichzelf aanraakte, in een poging die warme geeloranje bloem terug te brengen, maar ze merkte dat ze uitkwam bij de doodsangst in de schuur, en ze hield ermee op, voordat ze zich weer opsloot in die oude haatgevoelens.

Hoofdstuk negentien [1945-1946]

Toen de mannen van Burgdorf terug naar huis kwamen, waren ze zwijgzaam, en ze gingen gebukt onder geheimen waar ze van zichzelf niet aan mochten denken. Veel van hen hadden luizen en diarree. Hun gezichten waren grauw en ruig van stoppels. Met beschaamde of uitdagende blik kwamen ze naar de leesbibliotheek, met als excuus de vraag wanneer Leo Montag een leverantie tabak verwachtte.

Maar Leo was niet meer de leider die hij voor de soldaten was geweest toen ze uit de vorige oorlog terugkeerden; hij was moe geworden, en hij leefde steeds meer in zijn boeken. Geleidelijk was hij zijn eigen verzameling gaan aanvullen, door bibliotheekboeken te ruilen voor werk van schrijvers die verboden waren geweest. Trudi had het harken van het erf van hem overgenomen, een taak die Leo altijd met plezier had vervuld. Hij hinkte nu erger, en zijn linkerbeen 'sliep' telkens. Hij was al een paar maal omgevallen als hij erop ging staan, en Trudi was bang dat hij iets zou breken. 's Ochtends, voordat ze de groene luiken van de leesbibliotheek opendeed, installeerde ze hem op de sofa die Emil bij een spelletje poker had gewonnen, met zijn pijnlijke been hoger op een kussen, en met een stapel boeken op een stoel naast hem.

Gezinnen begroetten hun mannen en zonen zonder vragen te durven stellen over wat ze in de oorlog zoal hadden gedaan. Omdat ze niet wilden geloven dat een van hun eigen familieleden had kunnen deelnemen aan de wreedheden die volgens de Amerikanen waren gebeurd, concentreerden ze zich op het helen van de wonden, ze zochten krukken voor de verminkten, gaven de hongerigen te eten. Ze knipten ss- en sa-insignes weg uit oorlogsfoto's, en als een van hun mannelijke familieleden ontwaakte uit een nachtmerrie, en zo hard schreeuwde dat zelfs de buren er wakker van werden, dan was er een echtgenote of moeder of zuster die zich over hem heen boog, zijn hoofd in haar armen nam en fluisterde: 'Het is nu allemaal voorbij.'

Maar natuurlijk was het niet allemaal voorbij.

Voor sommigen begon de persoonlijke hel nu pas. En Trudi was een van de weinigen die daarvoor zorgden door te speuren naar de woorden die onder onuitgesproken gruwelen waren begraven. *En wat heb jíj in de oorlog gedaan?* dacht ze wanneer ze naar hen keek. *En jíj? En jíj?*

Maar wat ze gemeen had met de terugkerende soldaten en met alle anderen in het stadje, was een gevoel van verwondering dat je 's avonds gewoon naar bed kon gaan en slapen, dat je kon gaan liggen zonder met een half oor naar de vijand te luisteren, of je af te vragen wanneer je weer uit je bed zou moeten springen.

Net als tijdens de Eerste Wereldoorlog waren de grenzen tussen ongetrouwde en getrouwde vrouwen vervaagd toen ze elkaar hadden gesteund en kracht hadden ontdekt bij het doen van dingen die zogenaamd alleen door mannen gedaan konden worden. Nu de gevechten waren afgelopen, merkte Trudi dat vrouwen die nooit getrouwd waren, opnieuw tot de paria's behoorden – en het was onwaarschijnlijker dan ooit tevoren dat ze nog een man zouden vinden, want er waren veel meer vrouwen dan mannen in het stadje.

Vrouwen die hun man hadden verloren, leken onmiddellijk bejaard, alsof ze waren ingedeeld bij de vorige generatie, een nieuwe oogst aan oude vrouwen, al waren ze niet oud in jaren. Als de vrouwen van wie de man wél was teruggekomen naar die oorlogsweduwen keken, voelden ze nog meer dankbaarheid, en ze wendden zich af van de weduwen, naar hun mannen toe. Kinderen moesten hun moeders delen met die rare mannen die ze vader moesten noemen, hoewel sommigen geboren waren nadat hun vader naar het front was vertrokken, of te jong waren geweest om zich hem te kunnen herinneren. Hoewel de meeste weduwen hun kinderen in hun eentje grootbrachten, moesten sommige kinderen wennen aan 'ooms' – mannen die in hun moeders bed sliepen.

Ondanks fraaie façades van saamhorigheid zag Trudi de breuken in de gezinnen, de verdoving die veel soldaten alleen in alcohol konden vinden, de schaamte in de ogen van sommige vrouwen wanneer ze aan de arm van hun man liepen. Voor haar gevoel rook het in het stadje naar de dood – bijna nog meer dan tijdens de oorlog – en het verbaasde haar niet dat drie van de mannen zelfmoord pleegden binnen een maand na hun terugkeer, en toen de vrouw van een ss-officier op een zonnige ochtend begon te huilen aan de ontbijttafel en daarmee pas ophield om drie uur 's middags, toen ze het scheermes van haar man in haar polsen zette.

'Concentreer je op de positieve dingen in het leven,' zeiden mensen tegen Trudi wanneer ze met zulke verhalen het stadje rondwandelde.

'Het is niet goed lang stil te staan bij die vreselijke dingen.'

'Laten we daar nooit meer over praten.'

'Niemand wil die jaren nog een keer beleven.'

'We moeten vooruitblikken.'

Zelfs mensen die zich altijd aan persoonlijke waarden hadden gehouden, raakten overstuur wanneer men hen confronteerde met de oorlogsjaren, en ze namen elkaar in bescherming. 'Onze mannen hebben genoeg doorgemaakt...'

Ze begrepen niet waarom Trudi zo diep in het vuil wilde woelen, zoals zij het noemden, begrepen niet dat het voor haar niets met vuil te maken had, maar met de behoefte de waarheid naar buiten te brengen, en die nooit meer te vergeten. Niet dat ze het prettig vond om aan die dingen te denken, maar ze begreep dat alles wat ze wist over wat er gebeurd was, voortaan bij haar zou blijven, en dat niemand kon ontkomen aan de verantwoordelijkheid in die tijd geleefd te hebben.

Het zwijgen van de mensen deed Trudi denken aan de huid van haar moeder zoals die zich boven haar oude zonde had gesloten, deed haar denken aan de rivier die zich ook in het voorjaar boven alle dingen sloot, hoewel hij, laat in de zomer, soms onthulde wat hij had verborgen: de uiteinden van de strekdammen, de rotsen dicht bij de oever, afval dat in het water was gegooid. En ze bedacht dat zij–zelfs wanneer het rivierwater hoog stond–wist waar de grote stenen lagen en waar de dammen eindigden, want ze had de rivier talloze uren gadegeslagen, precies zoals ze haar stadje had geobserveerd en de diepste stromingen kende.

Ze stond er versteld van, zo goed als mensen konden vergeten dat ze de nazi's hadden gesteund, zoals ze ontkenden wat hier in hun eigen land was gebeurd, dingen die ze–tien jaar eerder–nooit voor mogelijk zouden hebben gehouden. Van de Amerikaanse soldaat van Klara Brocker hoorde ze dat zelfs in de stad Dachau, waar de mensen de rook van verbrande lijken hadden ingeademd, sommigen nog steeds volhielden dat het dodenkamp slechts een werkkamp was geweest.

De mensen van het stadje maakten zich zorgen en gedachten over allen die nog vermist waren–over allen, behalve de joden natuurlijk. Heel weinig mensen deelden Trudi's opwinding toen ze erachter kwam dat Eva's ouders nog leefden, in Zweden. Ze hadden haar hun adres gestuurd voor het geval ze ooit iets van Eva vernam.

Toen de krijgsgevangenen beetje bij beetje naar het stadje terugkeerden, kon je aan hun uiterlijk zien waar ze waren vastgehouden: als ze uit

Russische gevangenkampen kwamen, waren ze in vodden gekleed en droegen ze schoenen die van hout en stukken leer en stof in elkaar geknutseld waren, terwijl soldaten die uit Engeland kwamen, gekleed waren in nieuwe uniformen–het donkere bruin van een zondags braadstuk –en goed passende leren schoenen; die uit Rusland brachten de schaduw van hongersnood mee onder hun ogen, terwijl die uit Engeland er weldoorvoed uitzagen; die uit Rusland waren gesloten, terwijl die uit Engeland over een toekomst durfden te praten.

Georg Weiler kwam terug uit een Russisch krijgsgevangenkamp; zijn nagels waren afgebeten, zijn zonkleurig haar had geen glans meer. Zijn lach klonk onecht, en als hij over de Russen sprak, deed hij dat alleen om te zeggen dat de gevangenkampen hun manier waren geweest om wraak te nemen voor alle Russen die in de oorlog waren omgekomen. Hoewel Trudi medelijden met hem voelde, kon ze dat onmogelijk tonen, want zijn verraad drong zich nog steeds tussen hen, elke keer dat ze hem zag. Over zijn beproevingen hoorde ze van zijn moeder. De gevangenen hadden in een open veld geslapen. In de modder, zei zijn moeder. Zonder behoorlijk onderdak, voedsel en medische verzorging, en heel wat mannen waren gestorven.

'Maar ik heb geluk gehad,' had Georg tegen zijn moeder gezegd. 'Mij hebben ze niet kunnen breken.'

'Ik zie Georg zo graag met de tweeling,' zei Frau Weiler tegen Trudi. 'Hij is een schat van een vader voor de meisjes...' Ze keek even om zich heen om te zien of niemand haar kon horen. 'Behalve als hij drinkt. Hij heeft altijd wel een paar glaasjes schnaps gelust, maar niet zoals nu... Ik ben er zeker van dat dat ook weer ophoudt. De oorlog is nog maar zo kort geleden. Als hij dat alles eenmaal achter zich kan laten...'

'Hij zal het nooit vergeten,' zei Trudi.

Georg vond werk op een boerderij bij de begraafplaats, waar hij de stallen schoonmaakte en keien uit de akkers verwijderde. Op een dag toen Trudi uit de begraafplaats kwam, waar ze de planten op het familiegraf water had gegeven, was Georg mest aan het laden op een houten kar.

Toen hij haar zag, verscheen een plotselinge schaamte in zijn ogen. 'Er komt een dag dat ik weer in een auto rijd,' riep hij haar toe, met uitdagende stem, alsof hij altijd een auto had gehad.

Zij dacht aan de auto die hij had gewonnen en weer verspeeld had voordat hij naar het front moest. 'Je hebt hem maar een paar dagen gehad.'

Hoewel hij naar haar grinnikte en zijn mestvork opstak bij wijze van groet, zag zij nog steeds zijn schaamte; die verbond hem met haar; en dat was beter dan niets.

Alle zonen van de Bilders – behalve natuurlijk de dikke jongen die ongeveer twaalf jaar daarvoor was verdwenen – keerden terug naar Burgdorf, terneergeslagen door de oorlog, maar niet verminkt als anderen – zo zei hun moeder tegen haar vriendinnen –, niet dood als de meeste jongens met wie ze waren opgegroeid, inclusief de broers Weskopp die naast hen hadden gewoond. Uit medelijden met de weduwe Weskopp temperde Frau Bilder haar vreugde over de terugkeer van haar zoons: ze organiseerde niet het uitvoerige feestmaal waarvan ze gedroomd had, telkens als ze tijdens de oorlog verlamd van onzekerheid was geweest en dan troost had gevonden in denken over het welkomstdiner, van de soep tot aan het laatste takje peterselie, en zelfs van het tafellaken, dat door haar grootmoeder met een rand van blauwe rozen geborduurd was.

Soms vond Trudi het verstikkend dat het viertal van de schuur weer terug was in het stadje. De oorlog had hen geen van allen opgeëist, hoewel Hans-Jürgen vermist was geweest in Rusland, en Fritz Hansen bijna dood was, zonder zijn onderkaak. Ondanks vijf operaties zag Fritz er nog steeds afschuwelijk uit. Zijn ouders hadden de bakkerij weer geopend met hulp van Alfred Meier, die de bakkersauto reed, maar hun eigen zoon werkte alleen in de kelder, waar de ovens waren. Hoewel Fritz klanten wilde bedienen, dachten zijn ouders dat de mensen niet bij hen zouden kopen als ze naar het verminkte gezicht van hun zoon moesten kijken, en naar dat verbandgaas dat, hoe vaak Fritz het ook verving, altijd vochtig leek en bij elke ademtocht trilde als een klein wit diertje dat zich in zijn keel had vastgezogen.

Paul Weinhart was als door een wonder gespaard gebleven toen Amerikaanse tanks optrokken naar de loopgraven die hij en bijna tweehonderd Duitse soldaten hadden gegraven – door regen doorweekte loopgraven waarin de manschappen gehurkt hadden gezeten, wegdommelend van vermoeidheid en honger. Alleen Paul en vier anderen waren erin geslaagd in bomen te klauteren en zich te verbergen voordat de tanks over het modderige terrein bulderden en de Duitsers levend begroeven. En dat was geen toeval geweest, want Paul had gezien hoe de tanks achteruitreden en onder hun zware rupsbanden alle leven daar in de diepte hadden verpletterd.

Hans-Jürgen Braunmeier was opgedoken in een Amerikaans krijgsge-vangenkamp. Toen zijn moeder in de kruidenierswinkel kwam, vertelde ze aan Frau Weiler dat sommige Amerikanen gevangenen hadden getrei-terd door hun drinkwater te onthouden, hoewel de barakken op een heu-vel naast een beek met helder water stonden. Een twintigjarige gevange-ne uit Beieren, die gek van dorst was geworden, was onder het prikkel-draad door gekropen en had zich over de helling laten rollen naar die beek. Toen hij zijn hoofd in het water dompelde, was hij doodgeschoten. Haar zoon, zei Frau Braunmeier, was ervan overtuigd dat de Amerika-nen, hoewel er genoeg voedsel in het kamp was, hun gevangenen slechts minimaal te eten hadden gegeven, maar twee kommen soep per dag. 'Dat is hun idee van straf,' had Hans-Jürgen zijn ouders verteld. 'Ze zeiden dat het niet meer dan redelijk was, omdat de joden in de concentratiekam-pen nog minder te eten hadden gekregen.'

Dergelijke berichten wekten verontwaardiging in het hele stadje. Wa-ren ze niet allemaal beroofd van onderdak en voedsel? Ook zij hadden mannen en zonen verloren–niet in een concentratiekamp, dat niet, maar wel door de oorlog en de gevangenkampen. En voor hen was het niet op-gehouden door het eind van de oorlog. De joden waren tenminste vrijge-laten uit de concentratiekampen.

In het Amerikaanse kamp waar haar zoon had gezeten–zo had Frau Braunmeier aan de preparateur verteld–, hadden de gevangenen dwangar-beid moeten doen, ze hadden gebombardeerde straten moeten opruimen. Elke dag waren wel twee of meer van de ondervoede gevangenen flauw-gevallen. Heel wat waren gestorven. Haar zoon had een tijdlang in de kampkeuken mogen werken, maar toen hij betrapt was op het eten van aardappelschillen op de vuilnishoop, was hij ingedeeld bij de latrine-ploeg.

'De Ami's deden alsof al onze mannen Hitler waren,' fluisterde Frau Braunmeier de huishoudster van de pastoor toe. 'Mijn zoon zegt dat ze daardoor heel gemeen werden. En dan te bedenken dat ze menen beter te zijn dan de Duitsers.'

Door dergelijke verhalen raakten de mensen van Burgdorf meer op hun hoede voor de Amerikaanse militairen die in hun midden woonden, mannen die wel eens vriendelijk voor hen waren, die jonge kinderen op hun schouders hesen. Het was duidelijk dat de Ami's veel harder optra-den tegen de mannen, dat ze hen ondervroegen en bewijzen eisten dat ze niet hadden deelgenomen aan wat de Ami's *Kriegsverbrechen* noemden –oorlogsmisdrijven.

Zelfs mannen die niet in het leger waren geweest, werden onder-vraagd, inclusief Herr Pastor Beier, die uitgeput was doordat hij verge-ving van zonden moest inruilen voor gruwelijke oorlogsbiechten. Hij was al boos omdat hij naar het *Rathaus* was geroepen – hoewel dat lag tegenover de pastorie, waar zijn huishoudster hem het leven zuur maak-te met blikken die hem het gevoel gaven dat hij op een belangrijk punt tekort was geschoten – en moest bijna een uur wachten voordat een jonge Amerikaanse officier, wiens knieën hoogstwaarschijnlijk nooit het harde hout van een kerkbank hadden gevoeld, informeerde naar de houding van de priester tijdens de oorlog.

'Ik heb geleefd voor mijn parochie.' Met de handen gevouwen op zijn dikke buik reciteerde Herr Pastor Beier de verklaring die hij zorgvuldiger had uitgewerkt dan al zijn preken. Hij had zijn verklaring opgesteld op de ochtend nadat de Amerikanen in Burgdorf waren gekomen, en had er sindsdien dagelijks aan gewerkt. Terwijl hij de Ami-officier vertelde wat hij allemaal voor zijn parochianen had gedaan, beefde zijn stem van over-tuiging, net als in zijn allerbeste preken. 'Ik weet dat uw mensen ons aanvallen omdat we gezwegen hebben. Maar wat zou het voor zin heb-ben gehad? Kijkt u eens naar al die priesters die zoiets hebben gepro-beerd.' Hij laste een dramatische pauze in. 'Die zijn gearresteerd. Gedood in concentratiekampen. Ik heb ervoor gekozen te zwijgen omdat ik wist dat ik mijn parochie beter zou kunnen helpen als ik hier bleef.'

Hoewel de pastoor zich zorgen maakte dat zijn reputatie bezoedeld was door die ondervraging, troostte hij zich toen het donker was gewor-den met drie *Brötchen* met *Leberwurst*, en door vast wat te nemen van de *Graupensuppe* – gerstesoep – die Fräulein Teschner voor de volgende dag had gekookt. Terwijl hij at, stelde hij zich de auto voor die de bis-schop hem nu toch vast zou toewijzen, nu de oorlog voorbij was. Een auto..., dacht de pastoor terwijl hij het gestoofde konijn opat en de laatste weckfles kersen openmaakte, een mooie auto... met blauwe bekleding, als hij mocht kiezen...

Hij droomde die nacht van de auto, en in zijn droom had de auto een zachte blauwe bekleding, nieuw, maar het stuur was een ei, een reusach-tig ei, nog in de dop, en toen hij erop tikte met het gouden kruisje dat zijn moeder altijd om haar hals had gedragen toen hij nog klein was – heel voorzichtig natuurlijk, want hij wilde de dop niet breken, alleen nagaan hoe sterk die was – bleef hij intact, terwijl uit die ovale vorm het rinkelen van één bel klonk. Hoewel de priester niet wist wat hij van die droom moest denken, leek het hem een gunstig voorteken, en hij was helemaal niet verbaasd toen hij de volgende ochtend een brief ontving waarin stond dat de bisschop zijn verzoek om een vervoermiddel in overweging had genomen.

Trudi had op Max Rudnick gewacht toen de kampen bevrijd werden, met de gedachte dat hij, als hij gevangen had gezeten, nu toch zeker naar haar terug zou komen. En toen dat niet gebeurde, probeerde ze te aanvaarden dat hij dus toch dood was. Maar als dat zo was, dan zou zijn vlees ergens onder de aarde liggen rotten, en zo mocht ze van zichzelf niet aan hem denken. Het was minder pijnlijk zich hem ergens voor te stellen samen met Ruth Abramowitz, die zijn minnares was geworden. Hij moest haar meteen gevonden hebben in Dresden, in de nacht vóór dat vuurbombardement, en ze hadden elkaar één blik toegeworpen en waren verliefd geworden, al was bij Ruth een stukje van haar voortand gesprongen, en al was Max zonder zijn bril bijna blind. Misschien waren de glazen kapot, zodat hij die tand van haar niet kon zien. Zonder bril, zo had hij haar verteld, was alles wazig, een mengeling van kleuren zonder duidelijke omtrekken. Maar ja, een man die van een *Zwerg*-vrouw had kunnen houden, kon waarschijnlijk elke vrouw liefhebben...

Met de schatten van de Abramowitzen, waarvan ze een heel behoorlijk leven zouden kunnen leiden, was het tweetal in de auto van Max naar een klein hotel in Zuid-Duitsland gereden, een hotel waar Ruth een keer als kind had gelogeerd, samen met haar ouders. Ze had daar altijd al naar terugverlangd, en zodra ze Max had gezien, had ze geweten dat ze met hem dáárheen zou gaan. Intussen praatten ze over de namen van de kinderen die ze zouden krijgen.

Al wist Trudi dat de intriges die ze verzon, even voorspelbaar en dom waren als die van de romannetjes die ze aan haar klanten uitleende – ze kwam maar niet los van haar jaloezie. Ze stelde zich het tweetal voor in hun hotelkamer, of in de flat die ze hadden gevonden, en altijd vreeën ze, altijd. De ramen stonden open, wijdopen, en een warme bries liet de kanten gordijnen opbollen en streek over hun naakte lijven. Hou op, zei ze tegen zichzelf, hou op. Maar in plaats daarvan verplaatste ze Max en Ruth eenvoudigweg naar een andere plek, ten noorden van Dresden bijvoorbeeld, of in Hamburg of op het eiland Rügen, waar ze langs het strand wandelden, arm in arm.

Ten slotte ging ze Ruth Abramowitz haten, ze voelde zich in staat

Max te vermoorden omdat hij haar met Ruth bedroog. En toch, en toch –
ze zou hem hebben vergeven als hij bij haar was teruggekomen. Nu. De
termijn waarbinnen ze hem weer terug zou nemen in haar leven, werd
voortdurend verschoven: eerst was het eind mei, toen werd het half juni,
en toen beide data verstreken waren, evenals haar moeders sterfdag, gaf
ze hem de tijd tot 23 juli, haar dertigste verjaardag. Al kwam Max op de
avond voor haar verjaardag, zo beloofde ze zichzelf, dan zouden ze die
geen uur te vroeg vieren. Al smeekte hij haar op zijn blote knieën.

'Kijk maar wat er gebeurd is toen we jóúw verjaardag te vroeg vierden,'
zou ze tegen hem zeggen, 'kijk maar naar wat ons toen is overkomen. Jij
bent verdwenen, en ik was bang dat je nooit meer zou terugkomen.'

'Er is geen dag geweest dat ik niet aan je gedacht heb, Trudi.'

Haar dertigste verjaardag zou de schitterendste verjaardag van haar
leven zijn – indrukwekkender dan het vuurwerk waarheen haar vader
haar had meegenomen op haar vierde verjaardag, oogverblindender dan
Pia's circus in hun stadje, feestelijker dan het diner dat haar vader had
georganiseerd voor Konrad en zijn moeder op de avond dat ze weg moesten. En voor Eva, dacht ze, ook voor Eva, en ze voelde zich schuldig dat
ze zelfs maar aan haar verjaardag had gedácht. Ze was egoïstisch. Ego-
istisch en hebzuchtig. Eva zou nooit meer een verjaardag vieren. Evenmin als de ouders van Ruth. Of Adolf, de priester. Als ze nog leefden, dan
zouden ze inmiddels wel geschreven hebben, of naar huis zijn gekomen.
En Ruth, die was waarschijnlijk ook dood, verbrand en verbrijzeld in
Dresden. Samen met duizenden anderen, ook Max die haar, hoogstwaarschijnlijk, niet had kunnen vinden in de korte tijd voordat de stad gedeci-
meerd werd.

Dat eerste jaar na de oorlog was het moeilijkst voor de bevolking van
Burgdorf. Er was weinig te eten, er was weinig steenkool. Sommige mensen leden kou. Melk had nog steeds een blauwig tintje, zo verdund dat je
erdoorheen kon kijken. Als je je schulden niet meer kon afbetalen,
kwam de *Gerichtsvollzieher*, de deurwaarder, je huis binnen om zijn zegel op de achterkant van je meubels te plakken. Je kreeg nog even de tijd
om je schulden te voldoen, maar als dat niet lukte, dan kon de hele buurt
toekijken hoe bijvoorbeeld je piano, of je ladenkast, je huis uit werd gedragen.

En dat was een grote schande.

Hoewel vrijwel iedereen het moeilijk had, kwetste het je trots als je gezin honger leed. De grote armoede maakte het nog dringender dat alles schoon werd gehouden. Dergelijke armoede herinnerde je aan de onbekende weldoener, en de herinnering aan hem dwong je – hoe arm je ook was – tot de gewoonte anonieme geschenkjes achter te laten op de drempel van mensen die in nog groter nood verkeerden dan jijzelf.

Toch kwamen de mensen, zelfs in de armoedigste tijd, naar Trudi toe voor haar verhalen, de verhalen die ze vertelde over anderen in hun stadje, dat besmet was geraakt met zwijgen. Als ze op haar neerkeken, konden ze zich superieur voelen – een houding die de meesten sinds hun geboortedag hadden ingedronken. Ze konden naar haar in groei achtergebleven lichaam kijken, naar dat brede gezicht, en zelfs de lelijksten onder hen konden zich dan beter voelen dan zij. Als ze zich met Trudi Montag vergeleken, konden ze zichzelf met nieuwe ogen zien, konden ze alle twijfels verdrijven die hen 's nachts kwelden, en dan aanvaardden ze – zelfs met een tikje welwillendheid – haar verhalen als iets waar ze recht op hadden.

Trudi's gave was dat ze wist. Ze wist de woorden die een naam gaven aan de gedachten in de hoofden van de mensen, de woorden die de angsten en geheimen in hun hart maskeerden. Ze wist hoe ze hun geheimen als onderwaterwinden naar de oppervlakte kon krijgen, waar ze het zwijgen doorbraken. Ze noemden haar een snuffelaarster, een bemoeial. Maar al was ze nu nog hinderlijker voor hen dan ooit tevoren, toch kwamen ze almaar terug – om boeken te lenen, maakten ze zichzelf wijs –, maar datgene waarvoor ze eigenlijk kwamen, zelfs mensen die Trudi Montag vreesden, dat waren de verhalen die zij hun vertelde over hun buren en familieleden. Wat ze Trudi in ruil daarvoor brachten, dat waren verhalen uit hun eigen leven, die ze prijsgaven door de vragen die ze stelde of, zonder dat ze het wisten, doordat zij hen afluisterde wanneer ze onderling stonden te praten tussen de boekenkasten; en ze misten niet eens wat zij hun had ontnomen, totdat de woorden, die ze geruild hadden voor haar verhalen, gerijpt waren tot nieuwe verhalen die veel meer over hen onthulden dan ze zelf wisten.

Om zijn geluk een kans te geven ging Georg Weiler twee avonden per week kaarten. Hoewel Helga protesteerde dat hij te veel dronk, wist hij haar met charme tot rust te brengen – was ze niet blij dat ze haar man terug had van het front, en ongedeerd? 'Wat zijn nou twee avondjes,' vroeg hij, 'vergeleken met jarenlang oorlog?' En hij boog zich over het

476

bed waar zijn tweelingdochtertjes lagen te slapen en kuste hun haar.

Hoe kon Helga dan boos blijven op een man die zo'n tedere vader was? De meeste vaders die ze kende, ook haar eigen vader, besteedden nauwelijks aandacht aan hun kinderen, zeker als het meisjes waren. Georg echter nam de tweeling op schoot of liet zich door hen achtervolgen tot ze krijsten van de pret; hij zong voor hen, zo mooi dat Helga de ramen openzette zodat het hele stadje kon horen hoe gelukkig haar man was met zijn gezin.

Helga was weer zwanger toen Georg zijn baan op de boerderij kwijtraakte omdat hij drie ochtenden te laat was gekomen, maar binnen een maand slaagde hij erin nieuw werk te vinden, zoals hij beloofd had. Hoewel hij als taxichauffeur meer weg was van huis, was Helga blij voor hem omdat hij er zo trots uitzag achter het stuur. Bovendien aanbad de tweeling hun vader, net als alle kinderen in de buurt: hij was nooit te moe om bij hen neer te hurken op de stoep en met hen te spelen, om hun te laten zien hoe ze knikkers konden winnen of hoe ze een tol aan het draaien konden krijgen.

'Ik zei toch dat ik weer gauw in een auto zou zitten,' riep hij naar Trudi toen hij een passagier afzette bij het station, waar zij met Matthias Berger bij het loket stond.

'Maar ik dacht dat jij het toen over een eigen auto had,' zei ze bits. Hoofdschuddend wendde ze zich naar Matthias, die haar verbaasd aankeek. 'Die Georg Weiler...' zei ze. 'Als je die opschepperij wegdenkt, blijft er niets anders over dan een lafaard.'

Matthias was op weg naar het seminarie in Kaiserslautern, hoewel Trudi geprobeerd had hem te overreden daar niet heen te gaan en in plaats daarvan muziek te studeren. Sinds de zelfmoord van Fräulein Birnsteig had hij veel meer tijd in de Sint-Martinus doorgebracht dan in de leesbibliotheek, want hij had gebeden voor de zielenrust van de pianiste. Leo was degene die op het idee was gekomen dat Matthias een nieuwe mentor had gevonden, Herr Pastor Beier, die onmiddellijk zo enthousiast was ingegaan op de aarzelende vragen van de jongen over hoe het was om priester te zijn, dat hij Matthias had overgehaald zich te melden voor het seminarie, hoewel hij pas zestien was.

'Je talent...,' zei Trudi nog één keer, dringend, 'dat zul je daar verspillen.'

Maar pianospelen stemde hem alleen maar treurig. Om de een of andere reden had Trudi het gevoel dat ze tekort was geschoten. Als ze hem er niet van weerhouden had haar huis binnen te komen in de jaren dat ze onderduikers had gehuisvest, zou hij misschien sterkere banden met Burgdorf hebben gekregen. Van zijn familie was alleen een grootmoeder over, en die was te zwak om hem naar het station te brengen. Trudi veronderstelde dat zij en haar vader voor hem waarschijnlijk nog het dichtst een gezin hadden benaderd. Pas na de komst van de Amerikanen had ze Matthias durven vertellen waarom ze hem bij haar deur had moeten wegsturen.

'Eén keer heb ik een jongen gezien, binnen bij jullie achter het raam,' had hij gezegd. 'Een kleine jongen.'

'Dat moet Konrad zijn geweest. Hij en zijn moeder waren bij ons ondergedoken.'

'Hij dook weg toen hij me zag...' Hij lachte, een gegeneerd lachje waardoor zijn groene ogen donkerder werden. 'Ik herinner me dat ik dacht dat jij en je vader een andere jongen hadden gevonden om op jullie piano te spelen.'

'Ach, Matthias.'

'Ik was toen natuurlijk jonger.'

'Je zou zelf in gevaar zijn gekomen, als je het had geweten.'

Het geluid van de naderende trein vulde het station, en de voorste rij wachtende mensen week terug van de rand van het perron, als verschroeid door een hete wind.

Matthias pakte zijn koffers.

'Beloof dat je ons komt bezoeken.'

'Ik beloof het. En ik zal jullie schrijven.'

'Heb je je kaartje?'

'In mijn zak.'

Om zelf niet te huilen, probeerde ze hem aan het lachen te maken. 'Wist je dat ik priester had willen worden toen ik nog klein was?' Ze vertelde hem over de kaarsen en de Latijnse zangen, de appelkist die haar altaar was geweest, en het sacrament–rondjes roggebrood.

'Het verbaast me niets,' zei hij. 'Ik heb altijd gevonden dat jij een van de dapperste mensen bent die ik ken. Jij doet precies wat je zelf wilt.'

'Maar dat is niets dan eigenwijsheid.'

'Dat is wat ík moed noem.'

Hoewel het groene Hitler-beeld sinds lang verwijderd was door de Amerikanen, staarden mensen nog steeds, als ze langs het *Rathaus* kwamen, naar de plek waar het gestaan had, en dan dachten ze aan de onbekende weldoener die daar het leven had gelaten.

Binnen de hekken van de begraafplaats richtte de stad een marmeren monument op met drie hoge zuilen, waarop de namen stonden van de soldaten die gesneuveld waren voor het *Vaterland*. Toch was het, op dagen dat het licht op een bepaalde manier viel en het geheugen je even met rust liet, bijna mogelijk jezelf wijs te maken dat de oorlog nooit had plaatsgevonden. Je klampte je vast aan de goede ogenblikken en zei tegen jezelf dat alles goed was, en als je niet te lang en niet te zorgvuldig keek, kon je jezelf voor de gek houden, samen met al die anderen die op de een of andere manier waren gebroken, totaal veranderd. En net als je het gevoel kreeg dat je leven weer net zo was als het geweest was, dan gebeurde er iets om je te herinneren aan die gebrokenheid: een vader die de arm van zijn kind brak toen hij haar bestrafte; een hond die werd overreden door een tractor; een jonge man die stikte in een visgraat; een Amerikaanse officier die bij je deur verscheen.

Naarmate de Amerikanen hun onderzoek instelden, raakten de onderwijzers die lid van de *Partei* waren geweest hun baan kwijt. Er kwamen processen, veroordelingen. Sommigen werden ten onrechte vervolgd, anderen gingen vrijuit, hoewel ze schuldig waren. Verscheidene onderwijzers die aanstaande verhoren vreesden, vluchtten van de ene dag op de andere met hun hele gezin, en lieten hun huizen achter. Een van hen gooide zich voor een trein. Anderen bezwoeren dat ze alleen bij de *Partei* waren gegaan omdat ze voor hun leven vreesden of omdat ze daartoe gedwongen waren teneinde tot hun beroep te worden toegelaten of promotie te maken. Hun gedrag tijdens de oorlogsjaren was voorbeeldig geweest, zeiden ze met klem. Toen ze eenmaal lid van de *Partei* waren, hadden ze natuurlijk moeten meewerken, want anders waren ze naar een concentratiekamp gestuurd.

'Geheime vrijheidsstrijders,' zei de Amerikaan van Klara Brocker tegen haar nadat hij weer zo'n dag van verhoren achter de rug had. En hij nam haar mee naar de kelder waar hij haar neerduwde op de dekens die hij had uitgespreid op de betonnen vloer naast de aardappelkist. 'Wist je wel... mijn Duitse *Fräulein*...' Zijn smalle gezicht bewoog boven haar, zijn haren waren veel lichter dan zijn wenkbrauwen. '...dat jouw hele land... vol zat... met geheime... vrijheidsstrijders?'

Niet alleen de onderwijzers werden verhoord. Mensen overal in het stadje waren bang te worden aangegeven bij de Amerikanen door hun buren of kinderen, ze waren bang dat men op de deur zou kloppen en dat ze opgepakt zouden worden, of dat ze geen werk konden vinden of de baan die ze hadden, zouden kwijtraken. Trudi vond het een ironische en rechtvaardige parallel met wat de joden zoveel jaren hadden moeten doormaken, en ze voelde geen greintje sympathie wanneer mensen als Frau Heidenreich en haar vriendinnen uitvoerig vertelden over hun leed. Waren zij niet de eigenlijke slachtoffers geworden? Hadden ze niet geleden onder scheiding binnen hun gezinnen? En die paniek wanneer er bommen vielen? Veel van hen klaagden over al die jaren zonder hun kinderen. Terwijl de joden een koninklijke behandeling kregen, werden gewone mensen als zij nog steeds vervolgd, ondervraagd naar hun politieke overtuigingen, al hadden ze vóór het eind van de oorlog echt geen idee gehad van wat zich in werkelijkheid in de concentratiekampen had afgespeeld, en toen ze het hoorden, waren ze geschokt geweest – nee, ontzet.

Er werd gevochten om aanbevelingsbrieven van mensen die geen lid van de *Partei* waren geweest, mensen die zich tegen de nazi's hadden verzet, al hadden alle anderen dat destijds heel dom gevonden. Maar nu was het goed dergelijke mensen te kennen, en nog beter als ze je een gunst verschuldigd waren.

Het was nog nooit zo druk geweest in de leesbibliotheek. Mensen zeurden Trudi en haar vader aan hun hoofd, smeekten hun brieven te schrijven waaruit zou blijken dat ze een onberispelijk karakter hadden, waarin bewezen werd dat ze altijd tegen de *Partei* waren geweest. En wanneer ze aankwamen met verhalen waaruit hun onschuld bleek, verhalen waarvan ze hoopten dat Trudi ze zou rondvertellen, voelde ze zich gebruikt: als vertelster van verhalen kende ze de grens tussen waarheid en leugens, en ze vertelde hun verhalen verder met inleidende woorden als 'Dit is wat hij wil dat andere mensen denken...'. En vervolgens speculeerde ze zelf over wat er in werkelijkheid was gebeurd. Als ze het voor haar geweten kon verantwoorden, schreef ze brieven, maar ze weigerde steun te geven aan verzonnen waarheden, en zeker als die gepaard gingen met een geschenk. In die maanden na de oorlog had ze meer vijanden en vrienden dan ooit tevoren.

Frau Blau was minder selectief dan Trudi als het om zulke brieven ging. 'Als we elkaar kunnen helpen,' zei ze, 'laten we dat dan doen. De tijden zijn al moeilijk genoeg.'

Twee protestantse families in Burgdorf die, naar bleek, ook joden hadden verborgen, waren het meer met Trudi eens en weigerden ook maar iemand die met de nazi's had gesympathiseerd van blaam te zuiveren. Een van die families woonde naast de preparateur. Toen hij zijn buren vroeg of ze een brief voor hem wilden schrijven, weigerden ze.

'Dat kan ik niet doen,' zei Trudi tegen hem toen hij naar haar toe kwam.

'U hebt joden verborgen. Ik heb u nooit aangegeven.'

'U wist niet eens dat ik hier mensen had.'

'Dat wist ik wél. Ik heb ze gezien... ze kwamen laat op de ávond. En vertrokken met Herr Hesping. Maar – ik wilde u en uw vader niet in de problemen brengen.'

Ze staarde hem aan, het drong tot haar door dat hij de waarheid sprak. 'Maar dat is niet genoeg.'

'Ik heb ook mijn dochter verloren, Fräulein Montag.'

'Dat vind ik ook heel treurig... Maar ik kan u niet helpen.'

Hij leunde over de toonbank en schoof twee stapels boeken opzij. Zijn blik was gekweld. 'Herr Hitler wilde alleen maar het beste voor ons.'

'En kijk eens wat ervan terecht is gekomen. Kijkt u dan toch eens wat ervan terecht is gekomen, Herr Heidenreich.'

'Maar hij wilde het beste voor ons. Echt waar. Als ik dat niet meer kan geloven...' Hij zweeg plotseling. Huiverde. 'U moet toch toegeven, in het begin had hij het beste met ons voor.'

Hoewel Herr Stosick, wiens haar nooit meer was aangegroeid sinds de dood van zijn zoon, haar niet om hulp vroeg, ging Trudi op een avond naar zijn huis om aan te bieden een brief voor hem te schrijven.

'Dat is vriendelijk van u, maar ik wil u niet lastigvallen.' Hij nam haar mee naar de keuken, waar zijn vrouw een mottige trui aan het uithalen was en de langste eindjes wol bewaarde om er sokken van te breien.

Herr Stosick schoof een stoel aan voor Trudi en vroeg of ze wilde gaan zitten. 'Ik heb reden om Herr Neumaier dankbaar te zijn omdat hij het lidmaatschapsgeld dat hij mijn vrouw had ontfutseld, zelf heeft gehouden. Dankzij hem kan ik bewijzen dat ik geen lid van de *Partei* ben geworden. Heel weinig onderwijzers hebben weer een betrekking gekregen... maar er is niemand bij die lid van de *Partei* is geweest. Het is zo'n dilemma. Uiteindelijk zou ik waarschijnlijk gedwongen zijn lid te worden, maar ik zei aldoor dat ik mijn lidmaatschapsgeld al betaald had.'

Het klonk alsof hij iets van zijn zelfrespect had herwonnen. 'Onderwijs, dat is mijn leven,' zei hij. 'Maar ik maak me zorgen om de kinderen. Ze hebben niet hetzelfde respect voor hun onderwijzers als voor de oorlog. En we hebben geen schoolboeken, geen lesmateriaal. De meesten van ons geven les uit hun geheugen.'

Op een oktoberochtend, toen Trudi de bibliotheek opende, stond de bejaarde moeder van Paul Weinhart buiten te wachten, met rode ogen en vingers die aan de voorkant van haar tweedmantel plukten. 'Paul – hij is gearresteerd. De Ami's hebben hem opgepakt terwijl hij aardappels afleverde. Jij hebt hem gekend sinds jullie kindertijd, Trudi. Alsjeblieft – schrijf een brief dat hij niet iemand is die een ander kwaad zou doen...' Ze deed haar tas open en stak Trudi een blocnote toe. 'Alsjeblieft.'

Trudi zag het gezicht van Paul, alsof hij voor haar stond. Op zijn dertigste zag hij er net zo uit als toen hij een jongen was geweest – alleen langer, breder – en zijn tenen wezen nog steeds naar buiten wanneer hij liep. 'Heeft uw zoon u gestuurd?'

De oude vrouw schudde haar hoofd. 'Ik heb hem niet meer gezien sinds ze hem hebben weggehaald... gisteren.'

Ik wil niet dat uw zoon ooit enig geluk leert kennen. Geen enkele vorm van geluk. Maar Trudi zei alleen: 'Ik ben niet de juiste persoon aan wie u dat moet vragen.'

'Jij verkeert in de positie om hem te helpen. De Ami's zullen naar jou luisteren.'

'Ik ben niet de juiste persoon, Frau Weinhart.'

'Jullie zijn samen op school geweest.'

Trudi zweeg.

'Waarom dan niet?'

Trudi schudde haar hoofd.

'Wat is het dan?'

'U bent een goede vrouw, Frau Weinhart... Ik wil u niet kwetsen. Maar zo'n brief kan ik niet schrijven,' zei ze, zorgvuldig haar woorden kiezend, 'want ik weet dat uw zoon iemand is die een ander wel degelijk kwaad zou doen.'

De Buttgereits waren, als vele anderen, *gehorsame Bürger* geweest, maar beweerden nu dat ze zich verzet hadden tegen de nazi's. Als bewijs moest hun op drie na jongste dochter dienen, Bettina. 'Een oorlogsheldin' noemden ze haar, en ze vertelden nog eens het verhaal hoe ze naar die allertreurigste trein was gerend met dat brood, om de uitgehongerde mensen te helpen, en hoe ze vastgepakt was, neergedrukt op het perron, en voorgoed weggevoerd, samen met de gevangenen.

'Mijn dochter vertegenwoordigde de overtuiging van ons gezin,' zei haar vader regelmatig in café 'Potter', met zijn vuist op tafel slaand, met dezelfde hand die hij had opgestoken voor de Hitler-groet. 'Elk lid van mijn gezin zou hetzelfde gedaan hebben als Bettina. En vergeten jullie niet...' Op dat punt kreeg hij tranen in de ogen. '...vergeten jullie niet dat mijn enige zoon is gestorven als een slachtoffer van de nazi's omdat hij mismaakt was.'

Zijn vrouw vertelde je dat zij geprobeerd had goed voor joden te zijn, waar ze maar kon. 'Ik heb voor de joden gepleit,' vertelde ze, 'echt waar, zolang ik daardoor niet in gevaar kwam.' Toch droeg ze nog steeds haar gouden *Ehrenkreuz der deutschen Mutter*, en ze leek niet te begrijpen dat het dragen van dat onderscheidingsteken inhield dat ze een aanhangster van Hitler was geweest. 'Dat is te waardevol om weg te gooien,' protesteerde ze dan. 'En bovendien: ik heb het verdiend.'

Trudi had meer moeite met lafaards als Herr en Frau Buttgereit dan met fanatici als de slager, die er trots op was dat hij de Führer had gesteund. De oude Anton Immers was tenminste eerlijk. Hij had het bij het verkeerde eind gehad, maar hij was eerlijk. Ze kreeg echter schoon genoeg van al die mensen die zwoeren dat ze zich – hoewel ze lid van de *Partei* waren geweest – in hun hart hadden verzet.

In hun hart. 'Of ze hebben geen hart,' zei ze op een zondag tegen Ingrid toen ze met Rita naar de speelplaats gingen, 'of als ze er wel een hebben, dan is het hol.'

'Mijn vaders hart is zwart.' Ingrid ging op het bankje zitten, met de handen gevouwen op haar schoot. 'Mijn vader knipt foto's stuk. Hij bewaart de gezichten, de lichamen.'

Rita trok aan haar moeders zwarte mantel, maar Ingrids ogen staarden langs haar heen.

'Kom maar,' zei Trudi, en ze tilde Rita op de houten schommel. 'Hou je goed vast. Ik zal je duwen.'

'Hij knipt de hakenkruisspeldjes uit de revers...' Ingrids stem was luider dan het piepen van de kettingen van de schommel. 'Hij knipt handen uit, die vlaggen vasthouden. Hij knipt de onderscheidingen weg van de uniformen van mijn broer en mijn man...'

Ingrids man, Ulrich, was in mei teruggekomen uit de oorlog, had in augustus werk bij de spoorwegen gevonden, had Ingrid in september zwanger gemaakt en was in oktober omgekomen, toen een kolentrein in Bonn was ontspoord. Ingrid was ervan overtuigd dat zijn dood haar straf was, dat het de bedoeling was dat ze een ongehuwde moeder was.

'Maar je bent weduwe,' had Trudi tegen haar gezegd op de ochtend van zijn begrafenis.

Ingrid had haar hoofd geschud. 'Dit is Gods manier om mij te vertellen dat Hij ons huwelijk nooit aanvaard heeft.'

Volgens Ingrid had ze twee onwettige kinderen – een al geboren en een tweede in haar groeiend – en ze tobde dat hierdoor de situatie van haar kinderen ten aanzien van de erfzonde was bezoedeld. 'Het moet voor hen nog erger zijn dan voor kinderen die uit een gezegend huwelijk zijn voortgekomen.'

'Maar de pastoor heeft jouw huwelijk toch ook ingezegend?' zei Trudi.

'Dat was een gedwongen huwelijk. Ik was al zwanger. Het zou beter voor mijn dochter zijn geweest als ze nooit geboren was.'

'Zeg zulke dingen niet.'

'En voor het nieuwe kind ook... De zonde begint bij de ouders. Die wordt doorgegeven.'

Ingrid voelde zich zelfs verantwoordelijk voor de zonden en het lijden van haar broer Holger, die lid van de SA was geweest en gevangenzat in een Amerikaans kamp in de buurt van Würzburg. Voordat Ingrids man was omgekomen, had hij haar in de trein meegenomen voor een bezoek aan Holger. Hoewel ze het kamp niet hadden mogen betreden, mochten ze wel met haar broer praten door de tralies van het hek. Eerst had Ingrid hem niet herkend – zijn gezicht was uitgemergeld, zijn rug was krom, alsof hij een oud mannetje was.

Haar broer zag er slechter uit dan rechter Spiecker, die minder dan veertig kilo had gewogen toen hij thuiskwam, na maanden in een Amerikaans ziekenhuis in Berlijn te hebben gelegen. De rechter leek nog steeds te zwak om het trapje naar de deur van de leesbibliotheek te beklimmen als hij bij Leo op bezoek kwam, en hij was een generatie ouder geworden in de jaren dat hij weg was geweest. De enige reden waarom hij was blijven leven, vertelde hij aan Leo, was dat hij drie weken voor het einde van de oorlog had weten te vluchten, toen hij en alle andere gevangenen uit hun concentratiekamp waren gehaald om door bossen en weilanden voortgedreven te worden naar een onduidelijke bestemming, gepord door de geweren van kampbewakers. De mensen die te moe of te ziek waren om die gruwelijke mars vol te houden, waren doodgeschoten.

Op een nacht in een bos, toen hij wist dat hij geen voet meer kon verzetten, had de rechter zich laten vallen achter een dichte braamstruik, en hij was naar het stekelige midden gekropen, ervan overtuigd dat ze hem zouden vinden en doden. Maar terwijl hij daar zat weggedoken, merkwaardigerwijs weer op krachten gekomen door de schrammen en de dorens in zijn huid, was de armoedige rij gevangenen langs hem heen gelopen. Vier dagen later, toen hij half bewusteloos door het bos had lopen dwalen, was hij gevonden door een zwarte Amerikaanse militair, die hem naar een vrachtauto gedragen en naar een ziekenhuis gebracht had.

Toen de rechter in Burgdorf aankwam, ontdekte hij dat de advocaat die hem had aangegeven, tijdens de oorlog tot welstand was gekomen en vennoot van een advocatenkantoor was geworden. Hoewel zijn vrouw er bij hem op aandrong de Amerikanen daarvan op de hoogte te stellen, wilde rechter Spiecker geen leven van wraak leiden.

'Maar hoe zit het dan met de gerechtigheid?' had zijn vrouw gevraagd.

'Niet alles kan rechtvaardig zijn.'

'Dat is anders niet wat je vroeger dacht.'

De rechter kreeg zijn oude functie weer aangeboden en accepteerde die ook, nog voordat hij weer helemaal gezond was, maar hij leek veel meer geïnteresseerd in spelen met zijn kinderen, vooral met zijn achtste, de kleine Heide, die na zijn arrestatie was geboren.

'Het is alsof hij wist dat hij spoedig zou sterven,' zou zijn zwangere weduwe aan Leo Montag vertellen, nadat de rechter dood was omgevallen op het trottoir, en de oude vrouwen zouden proberen haar te troosten door te zeggen dat het al een wonder was dát hij terug was gekomen, een wonder, gezien alles wat hij had doorgemaakt, en dat hij in die paar maanden bij zijn gezin tenminste gelukkig was geweest.

'En jou heeft hij achtergelaten met een nieuw leven,' zouden ze zeggen, en ze staken hun vingers uit naar de buik van de jonge weduwe, alsof ze niet helemaal zeker waren van hun eigen woorden: dat dit inderdaad iets was om dankbaar voor te zijn.

Na de begrafenis van de rechter bleef Herr Stosick achter om een kaars aan te steken op het graf van zijn zoon. Toen hij thuiskwam, werd hij opgewacht door twee Amerikanen, en hij moest mee voor een verhoor. Een zekere Günther Stosick bleek verantwoordelijk te zijn voor de dood van enkele honderden joden in het concentratiekamp Buchenwald, en hoewel Herr Stosick de Amerikanen vertelde dat hij aan het Russische front had gevochten en nooit in de buurt van Buchenwald was geweest, raakte hij zijn onderwijzersbetrekking kwijt en werd hij gevangengezet.

Als veel andere militairen was hij uit de chaos naar huis teruggekeerd zonder schriftelijk ontslag uit het leger: hij had geen papieren die bewezen waar hij zijn dienst had vervuld. Toen Leo Montag naar de gevangenis ging om erachter te komen wat er met Herr Stosick gebeurde, werd hij ontvangen door een Amerikaanse officier die Duits sprak en vriendelijk optrad.

'Ik kan instaan voor Herr Stosick,' zei Leo. 'Ik zal u een brief sturen. Ik ken hem goed – als vriend en als schaker. Agressie ligt niet in zijn aard.' Hij vertelde de Amerikaan over Bruno die zelfmoord had gepleegd toen zijn ouders hem hadden weggehaald uit de Hitler-Jugend. 'Hij is vanaf het begin tegen de nazi's geweest.'

Hoewel de officier hem met zichtbaar medeleven aanhoorde, zei hij dat Herr Stosicks achtergronden nagegaan moesten worden, en dat dat wel even zou duren.

'Mijn vriend is nooit lid van de *Partei* geweest,' hield Leo vol, en hij probeerde krachten in te zetten die hij niet meer bezat. 'Hij heeft de nazi's nooit gesteund.'

'Het is niet direct een veel voorkomende naam,' zei Günther Stosick tegen Leo toen ze met elkaar mochten spreken. 'Ik kan wel begrijpen dat ze precies moeten nagaan dat ik het niet geweest ben.'

Toen Leo thuiskwam moest Trudi hem van de auto naar het huis helpen. Zijn handen trilden toen hij op de sofa zat en zijn linkerbeen optilde zodat zij er een kussen onder kon duwen. Voorzichtig hielp ze hem zijn broekspijp op te rollen. De stalen schijf die meer dan dertig jaar eerder zijn eigen knieschijf had vervangen, drukte tegen zijn huid, en die was rood en pijnlijk.

Ze maakte een handdoek nat met koud water en vouwde hem om haar vaders knie. 'Is het zo een beetje beter?'

Hij mompelde iets, en hoewel ze zich vooroverboog, kon ze hem niet verstaan.

'Wat zeg je?'

'*Wenn man älter wird, stirbt einer nach dem anderen hin, bis man endlich ganz alleine ist...*' – 'Als je ouder wordt, gaat de een na de ander dood, tot je ten slotte helemaal alleen bent.'

'Jij gaat niet dood.' Ze wikkelde het grijze vest om zijn schouders, dekte hem toe met een deken. 'Wil je soms thee? Ik zal Russische thee voor je maken.'

'Nee.'

'Iets te eten dan.'

Hij schudde zijn hoofd.

'Je gaat niet dood. En je bent niet alleen. Vergeet dat niet. Je hebt mij. En ik wéét dat Herr Stosick uit de gevangenis zal komen.'

Die hele winter bleven ze op Günther Stosick wachten, en op een ochtend in maart 1946 werd hij onverwacht vrijgelaten: de Amerikanen hadden die andere Günther Stosick, die in Buchenwald was geweest, kunnen opsporen. Herr Stosick nam niet de tijd op te bellen naar huis – hij wilde alleen maar weg. Het sneeuwde toen hij van de gevangenis naar het station rende, en de tas met zijn weinige bezittingen sloeg tegen zijn benen. De perrons waren vol, en toen de trein binnenreed en de mensenmassa duwde en schreeuwde bij het instappen, was hij bang dat hij zijn vrouw nooit meer zou zien. Achter hem drongen de mensen naar voren. Hij viel. Hij haalde zijn handen open aan het beton, en brulde met zijn laatste krachten: 'Ik laat me niet vertrappen,' en op dat moment – toen hij zijn toekomst vastgreep en de mensen achter hem aarzelden – wist Herr Stosick overeind te krabbelen en in de trein te stappen.

De zwangere vrouwen in de lente van 1946 deden Trudi meer dan in de maanden daarvoor verlangen naar Max Rudnick. Hoewel ze zich altijd wel van hem bewust was gebleven, maakten die dikke, gezwollen buiken die pronkten van nieuw leven het ondraaglijk zwaar voor haar dat ze niet bij haar geliefde was. Ze haalde zijn aquarellen uit haar kast, hing ze op in haar kamer, maar als ze ernaar keek, nam haar treurigheid slechts toe. 'Mijn lichtgeest' had hij haar genoemd. De mensen zeiden dat verdriet mettertijd minder werd, en misschien was dat ook zo, maar wat Trudi erger vond dan het verdriet, dat was die onzekerheid. Wat was er met Max gebeurd? Als ze zeker wist dat hij dood was, dan kon ze tenminste om hem rouwen en er zeker van zijn dat elk uur haar verder van het moment van zijn dood verwijderde; en zelfs als ze er zeker van zou kunnen zijn dat hij in leven was en niet van plan bij haar terug te komen, zou ze kunnen razen en huilen en beginnen hem te vergeten; maar die onzekerheid, het feit dat ze niet wist wanneer ze zou horen dat hij dood was, of plotseling tegenover hem zou staan – dat maakte haar zo moe.

Op sommige dagen, wanneer het verlangen haar benauwde, probeerde ze eraan te ontsnappen door te denken aan mensen die het nog veel erger hadden dan zij – zoals de vele geamputeerden die uit de oorlog waren teruggekomen. Een van hen, Wolfgang, de neef van de kapper, was beide benen kwijt. Trudi had gezien hoe zijn moeder, een weduwe, hem met verbazingwekkende kracht in zijn rolstoel tilde: de oude vrouw boog zich naar hem over, en hij sloeg beide armen om haar nek, en dan tilde zij hem op in haar armen, als de zuigeling die hij geweest was, als in een poging al het kwaad ongedaan te maken dat haar zoon was overkomen sinds ze hem voor het eerst zo had vastgehouden.

Zonder zijn benen was Wolfgang kleiner dan Trudi. En hoewel zij nooit meer een centimeter zou groeien – zij had tenminste benen die konden lopen, en ze kon gaan en staan waar ze wilde. Als ze hem zag, werd ze vervuld van medeleven; hij herinnerde haar eraan dat ze zich moest concentreren op wat ze had, en niet op wat ze nooit zou krijgen. Ze zei bij zichzelf: als ze haar leven overzag – al die dertig jaar – in één keer, over het geheel bezien, dan was het een goed leven geweest. Niet dat ze al die momenten van wanhoop of woede was vergeten of van zich afgezet had, maar de totale som van haar leven was goed. Ze dacht aan Max, en wat een geluk het was dat ze haar herinneringen aan hem had.

Max – Alles keerde altijd weer terug tot hem.

Misschien zou ze Max nooit meer in haar leven hebben.

Soms kon ze haar pijn even vergeten door zich voor te stellen dat ze helemaal wegvluchtte uit Duitsland. Haar tante Helene en oom Stefan zouden blij zijn haar te zien. Per slot van rekening had ze sinds haar vierde jaar een uitnodiging om hen te bezoeken. Ze zag zichzelf lopen door het gebouw dat haar tante had beschreven in haar brieven, en ze sprak Engelse woorden die ze oefende met de Amerikaanse militairen. Met de lift, waar tapijt op de vloer lag, zou ze naar de vijfde verdieping gaan en daar zou ze het uitzicht op het meer en de bergen bewonderen, ze zou met haar tante en oom voor een marmeren schouw zitten, terwijl Robert piano speelde.

Sinds het eind van de oorlog waren er weer pakjes uit Amerika gekomen: tante Helene had ook Trudi's buren geadopteerd en stuurde kisten met melkpoeder, eipoeder, rijst en meel, niet alleen voor haar familieleden, maar ook voor hun vrienden. In haar flatgebouw had ze mensen weten over te halen mee te doen met de aankoop van voedsel volgens de lijstjes waarom ze Trudi had gevraagd. Toen Trudi die lijstjes maakte – waarop allerlei eerste behoeften stonden: voedsel, kleding, zeep–, moest ze echter denken aan de lijstjes die mensen gemaakt hadden voor hun laatste reis naar een concentratiekamp. Met Kerstmis 1945 waren acht pakketten uit Amerika aangekomen; alle geschenken waren prachtig ingepakt, inclusief een enorme rode blouse voor de vroedvrouw die in de leesbibliotheek was geweest bij de keer daarvoor toen er een voedselpakket arriveerde, en die verzucht had: 'Ik wou dat ík familie in Amerika had.'

'Maar ze kénnen me niet eens,' riep de vroedvrouw uit toen ze de rode blouse dichtknoopte. 'Hij past, en ze kennen me niet eens.'

'Nu wel,' zei Trudi, en ze roerde poedermelk aan met water, voor Adi.

In het voorjaar begon Robert, die al vader van een zoontje van één was, Caleb, de kleertjes te sturen waar het kind uitgegroeid was. Sommige kleren waren nauwelijks gedragen, en Trudi nam ze mee naar Ingrid, die nu zeven maanden zwanger was, en naar Jutta, die een paar weken verder was.

Op de dag dat Jutta had ontdekt dat ze zwanger was, had ze Trudi verrast door haar toe te vertrouwen dat ze sinds haar trouwdag geprobeerd had een kind te krijgen, en dat ze was gaan denken dat ze onvruchtbaar was. Iets in Trudi – haar lelijke, hebzuchtige kant – had gemakkelijk kunnen zeggen: *Hela, jij die alles hebt, de man naar wie ik ooit heb verlangd, het kind dat ik had willen baren... Het is voor jou gemakkelijk op mij neer te kijken.* Alleen keek Jutta niet op haar neer. En dat was de reden waarom Trudi besloot Jutta's vertrouwen niet te beschamen en haar woorden niet rond te vertellen. Het was een aangenaam gevoel een geheim genadig te behandelen, vooral als het ging om iemand anders die door het stadje niet geaccepteerd werd. De mensen zeiden dat Jutta zich door haar schilderen afzijdig van hen hield; en de familie van haar man – afgezien van zijn moeder – had haar nooit zo aardig gevonden als destijds Brigitte Raudschuss. Jutta was te lang, te jong, te onafhankelijk. Ze rookte te veel, was niet chic genoeg, probeerde niet de oude tantes te vleien bij de familiereünies.

Van alle ongeboren kinderen in Burgdorf werd Trudi het meest gefascineerd door dat van Jutta Malter. Om de veranderingen van Jutta's lichaam te volgen, wandelde ze vaak langs het flatgebouw van Alexander Sturm, in de hoop een glimp van Jutta op te vangen. Jutta liep met haar buik naar voren, alsof ze genoot van haar zwangerschap. Klara Brocker daarentegen schaamde zich zo dat ze liever door niemand gezien werd. Hoewel ze haar lichaam verborg in wijde mantels en jurken, duwde haar buik zich naar voren, met het leven dat daar door haar Amerikaanse soldaat – die haar zoveel andere cadeautjes had gegeven – was geplant voordat hij zich had laten overplaatsen zodat zij hem niet meer kon bereiken. De enige dingen die Klara nog van hem had, waren elf blikken perziken en de minachting van de bewoners van het stadje, die altijd hoofdschuddend hadden toegekeken als ze haar met nylonkousen zagen rondlopen. En het kind natuurlijk; zij had het kind dat haar lichaam mismaakte en haar zonde tentoonspreidde.

De weduwe van de rechter was dikker dan Jutta, Klara of Ingrid, misschien omdat haar lichaam al zo vaak uitgerekt was. De vroedvrouw zorgde voor de zwangere vrouwen, alleen niet voor Jutta, want die had gekozen voor zuster Agathe, zonder te weten dat de zuster een gewetenscrisis doormaakte. Het enige wat Jutta zich herinnerde was hoe handig en zacht de zuster was geweest als ze medische handelingen verrichtte, en dat ze haar nooit op haar kop had gegeven omdat ze niet voorzichtig genoeg was geweest.

Nu echter was de zuster aarzelig geworden. Ze at nauwelijks, en sloeg de adviezen van de andere nonnen om meer rust te nemen, in de wind. Ze zweette veel, zodat haar onderkleren en habijt doorweekt waren. Gedurende de winter en tot in de lente was haar vlees bijna doorschijnend geworden, alsof ze in haar eigen baarmoeder wilde kijken die geen plaats voor baby's was, zoals de dikke buiken van vrouwen overal in Burgdorf.

Toen Herr Pastor Beier erbij werd gehaald om met haar te praten, vroeg zuster Agathe of ze hem in de kloostertuin mocht spreken. Daar bekende ze dat ze tijdens de oorlog de nazi's had geholpen.

'Maar dat kan toch niet.'

'O ja. Door te proberen de gevangenen te helpen. Ik wilde hun leven draaglijker maken en wanneer ik maar kon, bracht ik hun medicijnen en voedsel. Nu zou ik willen dat ik er bij hen op aangedrongen had dat ze vluchtten, dat ze ontsnapten.'

'U hebt gedaan wat u destijds juist achtte.'

'Maar dat was het niet.'

'U hebt gedaan wat het beste was.'

'Het beste voor mezelf... Snapt u het dan niet? Ikzelf voelde me beter als ik hun lijden kon verlichten.'

'Wij konden toch niet weten hoe het allemaal zou aflopen.' De priester keek neer op zijn handen, dikke witte handen met vierkante nagels, handen die er nog net zo uitzagen als toen hij naar het seminarie was gegaan. Heel plotseling werd hij overvallen door het verlies van alles waarin hij destijds had geloofd. 'Ik...' Hij bracht een van die handen naar zijn voorhoofd. 'Ik ben ook gaan twijfelen aan enkele van mijn beslissingen destijds.'

'Dat is goed,' mompelde de non.

Hij keek op, verwonderd.

'Ik heb de gevangenen overgedragen aan de nazi's... die verschrikkelijke gehoorzaamheid. Ik wilde hun laatste dagen hier zo aangenaam mogelijk maken, zodat ze waardig konden vertrekken... En toch, als je bedenkt wat er allemaal gebeurd is, dan ben ik niet meer dan een werktuig geweest, een medeplichtige.'

'Zegt u dat niet.' Het ronde gezicht van de priester getuigde van schrik. 'Dan zouden we allemaal medeplichtigen zijn.'

'Maar dat zíjn we toch. Begrijpt u dat dan niet?'

Zuster Agathe vond het moeilijk haar handen op de strakgespannen buik van de tandartsvrouw te leggen, en ze schrok heel erg toen ze, op een ochtend in mei, geen leven meer voelde. Omdat ze ervan overtuigd was dat haar aanraking de dood van het ongeboren kind had veroorzaakt, riep ze haar supervisor erbij, zuster Ingeborg, die bevestigde dat het kind dood was. Zuster Agathe probeerde Jutta te troosten en voelde zich afschuwelijk toen de jonge vrouw van de wit beklede tafel klauterde en het Theresienheim uit stormde. Sinds die dag bleef de zuster het bed houden; en zelfs toen ze de volgende dag hoorde dat Jutta Malter achter in de bakkersauto was meegereden naar het huis van de vroedvrouw, waar ze het leven had geschonken aan een meisje – levend en kerngezond –, weigerde zuster Agathe ook nog andere mensen kwaad te doen met haar zorgen.

De pastoor had nog nooit zoveel kinderen gedoopt in zo'n korte periode: daar was het dochtertje van de Malters, Hanna; de zoon van Georg Weiler, Manfred; de kleindochter van de oude Anton Immers, Sybille; de kinderen van de twee weduwen – een zoon, Heinz, voor de weduwe van de rechter, een tweede dochter, Karin, voor Ingrid Hebel; en dan natuurlijk nog de onwettige zoon van Klara Brocker, Rolf. De familie Klein volgde met een dochter, de familie Müller met een zoon, en toen nog twee andere ongehuwde vrouwen met kinderen die een Amerikaanse vader hadden.

En toen verscheen er, als door zwarte kunst, nog een kind. Achteraf zouden de mensen zeggen dat het allemaal was begonnen toen de vroedvrouw – nadat ze de laatste van haar zwangere patiëntes had verzorgd en haar vloeren in de was had gezet – op een donderdag Burgdorf had verlaten, samen met haar zoon Adi. Toen ze de volgende middag terugkeerde in haar gepleisterde huis, had ze een zuigeling in haar armen.

'Van wie is dat kind?' vroegen de mensen.

'Waar hebt u dat vandaan?'

Maar de vroedvrouw zei alleen: 'Dit is mijn dochter, Renate.'

De mensen in het stadje keurden het goed dat Hilde Eberhardt het kleine meisje naar haar schoonmoeder had genoemd, als om zich te verontschuldigen voor haar man die, zoals iedereen wist, nooit goedgevonden zou hebben dat ze de naam Renate in de mond nam. Hoewel het meisje donker was en er buitenlands uitzag – heel anders dan haar blonde moeder en grootmoeder – herinnerde ze de mensen opnieuw aan de leemte die de oudere Renate Eberhardt in hun midden had achtergelaten, en ze verwelkomden het kind als een der hunnen.

Ze waren klaar voor dat kind en stelden minder vragen dan gewoonlijk, al weerhield dat hen niet van gissingen omtrent de ouders van Renate. Sommigen vroegen zich af of ze geadopteerd was van zigeunerouders. Zo zag Renate er namelijk uit, fel en donker. Maar ja – niet veel zigeuners hadden de concentratiekampen overleefd. Anderen dachten dat de vroedvrouw zelf haar moeder was, en dat ze met haar omvangrijke lichaam de zwangerschap had kunnen verbergen. Misschien had ze het kind in haar eentje ter wereld gebracht, met haar rug door kussens gesteund, met haar handen tussen haar massieve dijen. Toen zelfs Trudi Montag er niet achter kon komen waar het kind van de vroedvrouw vandaan kwam, berustte het stadje erin dat dit een van de geheimen was die nooit opgelost zouden worden.

Hilde Eberhardt wikkelde het kind graag in de kasjmier sjaal die ze voor haar schoonmoeder had gekocht. 'Die sjaal is van je oma,' zei ze tegen Renate als ze haar in haar armen wiegde. Adi, al vijf jaar oud, keek zwijgend naar haar – met zijn lichte ogen en haar leek hij zoveel op zijn vader dat ze soms niet naar hem kon kijken – en dan stak hij één blanke hand uit om Renates gezichtje aan te raken. Gelukkig leek zijn karakter niet op dat van zijn vader, hij was nogal verlegen en vriendelijk, net als zij. Had ze er maar op gestaan hem een andere naam te geven. Hoewel hij zijn hele leven Adi was genoemd, kon ze niet vergeten dat zijn volledige naam Adolf was, een naam die nu niemand meer aan pasgeboren jongetjes gaf.

Geleidelijk werd het patroon van het dagelijks leven in Burgdorf weer normaal. De mensen hervatten hun wandelingen, een gewoonte die velen hadden laten varen tijdens de oorlog. Een ziekte als de enorme nierstenen van Frau Buttgereit – die onbelangrijk zou hebben geleken naast de crises van de oorlogstijd – kon nu medeleven wekken. Het leven was weer normaal, zo normaal dat vrouwen konden praten over een nieuw patroon voor een jurk, bijvoorbeeld, of hun haar eenmaal per week lieten watergolven bij de kapper.

De buitenmuren van huizen werden gereinigd en nieuwe vitrages werden genaaid, eerst voor de ramen aan de straatkant, zodat de gevels een goede indruk maakten. De vroedvrouw plakte behang op de wanden van haar dochters kamer en hing vitrages op met een patroon van poppetjes die elkaar bij de handjes vasthielden. De bloembakken bloeiden weliger dan ooit tevoren. In de buurt van de begraafplaats richtten de mensen hun *Schrebergärten* weer in, de keurige volkstuintjes waar ze iets konden kweken. De kastanjeboom voor de leesbibliotheek stond in bloei, en de schaduwen van zijn bladeren werden langer. Op de plaats van een paar ruïnes werden moderne appartementen gebouwd, hokkerige bakstenen bouwsels met bijna platte daken en grote ramen; het puin werd afgevoerd naar een stortplaats die was ingericht langs de weg naar de verlaten meelfabriek.

Normaal betekende dat de witte toeristenschepen weer regelmatig over de Rijn voeren – niet slechts af en toe, zoals in de jaren daarvoor. In nachten in de weekeinden klonk muziek vanaf de Rijn, en als Trudi op de dijk stond, kon ze paren zien dansen op de schepen, met lampionnen die rond hen schommelden als rode en blauwe manen. Ze vocht dan tegen dat maar al te bekende verlangen naar Max, dat voor haar even vanzelfsprekend was geworden als ademhalen. Als hij was teruggekomen, had zij daar met hem kunnen dansen.

Kinderen kwamen langs in de apotheek om te vragen om *Pröbchen*, proefmonsters van huidcrème of lippenstift of dropjes die vertegenwoordigers bij Fräulein Horten hadden achtergelaten. De voddenman bouwde een stuk aan zijn huis. De bijeenkomsten van de schaakclub werden hervat in het huis van Herr Stosick, wiens reputatie inmiddels zozeer hersteld was dat mensen nu naar hem toe kwamen als er een brief moest worden geschreven. De leden van de club bezochten toernooien in Keulen en Bielefeld en keerden terug met een indrukwekkend aantal trofeeën, en met verhalen hoe ze verdwaald waren in steden die ze voor de oor-

log zo goed hadden gekend. Nu echter waren hele huizenblokken afgebroken, zodat elke straat onbekend was geworden.

Toen de priester eindelijk een vervoermiddel kreeg toegewezen – een
motor in dezelfde tint blauw als de bekleding van de auto waarvan hij
gedroomd had –, konden de mensen hem zien oefenen achter de pastorie
en rondom het kerkplein, met zijn lippen opeengeklemd, van concentratie of van teleurstelling, en met zijn benen naar buiten gekanteld om zijn
zware lichaam in evenwicht te houden.

Tijdens de zondagse mis zaten de mannen weer rond hun *Stammtisch*
in de 'Traube', en liepen ze met hun gezin terug van de Sint-Martinus,
nadat de priester hen gezegend had met de slotwoorden '...*in nomine pa-
tris et filii et spiritus sancti*'.

'Alles is weer normaal,' zeiden de mensen dan.

'Alles is weer normaal,' zeiden ze tegen elkaar.

Maar Trudi wist dat het stadje, onder dat laagje normaliteit, een en al
bedrog was. Zij kon het lelijke zien, het verwrongene, dat zelfs nog zicht-
baarder was geworden door die keurigheid, die oppervlakkige schoonheid. Alle energie van het stadje ging op in dat heftige verlangen naar
wederopbouw, naar herstel van orde, naar opsiering, alsof er tijdens de
oorlog niets was veranderd.

Sommige mensen beweerden nog steeds dat ze niet konden begrijpen
hoe het tot die concentratiekampen was gekomen, en het was Trudi
nooit geheel duidelijk hoeveel van hen ervan hadden geweten, en hoeveel niet hadden durven geloven in de gruwelverhalen.

'Tot aan mijn dood... zal ik niet in staat zijn dát te begrijpen.'

'Niemand heeft ons verteld wat er gebeurde.'

'Als ik het geweten had, zou ik niet verder hebben willen leven.'

'Iemand heeft me ervan verteld in '44, en ik geloofde het niet, maar ja,
later heb ik gemerkt dat het de waarheid was.'

'Je moet niet vergeten – Hitler was een Oostenrijker, geen Duitser.'

De meesten dachten niet graag terug aan Hitler, en als ze al over hem
praatten, dan was het om je te vertellen dat die gebeurtenissen hun niet
hadden aangestaan. De trouw aan één machtige leider was nu hun excuus: omdat ze geen beslissingen hadden genomen, maar alleen bevelen
hadden opgevolgd, kon men hun niets verwijten. Ze vatten het op als een
uitdaging toen in de *Burgdorf Post* te lezen stond dat andere landen beweerden dat Duitsland zich nooit meer zou herstellen, dat het altijd een
arm land zou blijven. Ze waren het er onderling over eens dat geen van

Duitslands vijanden ermee gediend zou zijn als hun vaderland midden in Europa bleef liggen als een dood gebied. Per slot van rekening waren ze vlijtig, en hoewel ze weinig grondstoffen hadden, wisten ze wat werken was. Hadden ze niet altijd hard gewerkt? Dat moest de wereld inmiddels toch wel weten van de Duitsers. En zelfs als de schade waarmee ze geconfronteerd werden, zo ontzettend leek dat niets meer hersteld kon worden, gaven ze het nooit op. Omdat ze voelden dat de ogen van de wereld op hun inspanningen gericht waren, werkten ze nog harder, om respect te veroveren, bewondering.

Overal in Duitsland hielpen vrouwen mee met de wederopbouw. Ze droegen stenen en metselden muren; ze werkten in stof en vuil, zonder klagen; ze creëerden wonderen vanuit hun geloof dat de toekomst beter zou zijn. 's Avonds tornden de vrouwen de naden van oude kleren open, ze keerden ze, en naaiden van de stof dingen die bijna nieuw leken: korte jongensbroeken, plooirokken voor meisjes, overhemden met gesteven boorden voor mannen, jurken met ceintuurs voor zichzelf. Ze waren niet meer zo sjofel als in de laatste jaren van de oorlog, ze waren normaal. Bijna normaal.

Hoofdstuk twintig [1946-1949]

Geen van de gezusters Buttgereit was getrouwd. Monika, op een na de oudste, was nu muziekonderwijzeres op de katholieke school; twee van hen hielpen bij de verzorging van de kinderen van hun getrouwde neven en nichten; een was in een klooster in Koblenz gegaan; van Bettina was nooit meer iets vernomen nadat ze die trein in was geduwd; twee vonden werk in de wolfabriek in Neuss; een werd stenografe bij de rechtbank, en de oudste, Sabine, bleef bij hun ouders, van plan hen met grimmige vast-beradenheid te verzorgen tot in hun ouderdom.

Monika Buttgereit en de chauffeur van de bakkerswagen, Alfred Meier, hadden hun vrijage weer opgevat zodra hij terug was van het front. Hoe-wel hij Sabine had voorgesteld aan twee van zijn vrienden, in de hoop dat ze zou trouwen en de weg voor hem en Monika vrijmaken, waren beide mannen maar één keer met haar uit geweest. Herr Meier had bijna de hoop opgegeven dat hij en Monika ooit man en vrouw zouden worden, toen Sabine bloed begon op te geven. Haar ouders zeiden dat ze zwak-ke longen had, en terwijl het hele stadje wachtte tot ze zou sterven, en speculeerde over de hartstocht die zou ontbranden wanneer de muziek-onderwijzeres en de chauffeur van de bakkerswagen eindelijk konden trouwen, bleef de kuise vrijage aanhouden. Smeulende vuren van wat had kunnen zijn, manifesteerden zich in de vorm van meer extravagante hoedjes voor Monika en een moordlustige blik in Herr Meiers ogen, tel-kens als hij een blik op Monika's oudere zuster wierp.

Maar toen Sabine later die zomer stierf, maakten Alfred en Monika geen afspraak over hun trouwdatum. Het is nog te kort na de begrafenis, redeneerden de mensen. Maar geleidelijk drong het tot hen door dat het tweetal niet van plan was verandering te brengen in de vrijage waarmee ze vertrouwd waren geworden. Ze ontmoetten elkaar nog steeds eenmaal per week, en soms namen ze Monika's ouders mee op hun uitstapjes, en dan stopten ze servetten in hun kraag, alsof het kleine kinderen waren.

Alfred spaarde voor een klein visrestaurant zoals hij als jongen had gezien aan zee, waar knapperige stukken vis heet geserveerd werden in papieren puntzakjes. Hij maakte overuren in de bakkerij en begon te kaarten met Georg Weiler, die met zijn vrouw en kinderen verhuisd was naar de kleinste flat in het gebouw van Alexander Sturm. Alfred zou willen dat hij zo gemakkelijk kon lachen als Georg, die nooit jarenlang op een vrouw zou hebben gewacht, en die meestal geluk had omdat hij in zijn geluk geloofde, die gebak bij hem kocht, telkens als hij wat geld over had, en daarvan uitdeelde aan alle kinderen die op de stoep speelden. En toch kon hij voelen dat er binnen in Georg iets begraven lag, iets wat akelig vertrouwd was, maar onmogelijk onder woorden te brengen, iets wat geen soldaat zich wenste te herinneren. Hij had dat ook in zichzelf gevoeld, had het gezien in de ogen van andere mannen. Daardoor had hij zich smerig gevoeld, en hij had zich uitgeleefd met hoeren, liever dan een goede vrouw als Monika te bezoedelen. Bij Georg kwam het naar boven wanneer hij te veel dronk en zijn gezicht veranderde in een gezwollen masker. Hij moest dan door Alfred geholpen worden om weer thuis te komen uit het café 'Potter'. Nadat hij Georg over de trappen naar de tweede verdieping had gesjouwd, vertrok Alfred haastig, want goede vrouwen met verwijtende ogen stemden hem onbehaaglijk.

Het was geen geheim in het stadje dat Helga Weiler alle reden had verwijtend te doen wanneer haar man dronken was, want dan raasde hij tegen haar en de kinderen totdat ze – met de baby in de ene arm en beide meisjes aan haar andere hand hangend – de trap afrende, met een jas over haar nachtgoed, over de binnenplaats naar de andere vleugel van het L-vormige gebouw, waar ze aanklopte bij de Malters. Daar waren ze veilig, al moest Jutta Malter ervan weerhouden worden de trap op te rennen om Georg op zijn nummer te zetten.

Op een dinsdag in oktober 1946 werd Burgdorf door de bliksem getroffen, en dat werd de dood voor twaalf melkkoeien op de boerderij van de Weinharts. Het had al bijna een week geregend, en de koeien stonden op een kluitje in een grote plas rond de eik, toen die in tweeën werd gespleten door een bliksemschicht. De dieren waren op slag geëlektrocuteerd.

Voor Trudi was dit ongeluk slechts een reflectie van de verminkte toestand van haar gemeenschap. Hoewel de oorlog al anderhalf jaar daarvoor geëindigd was, kon ze de aanwezigheid nog steeds voelen in de wraak van de natuur, in het afschuwelijke lijden van individuele personen en in plotselinge persoonlijke gewelddaden – dingen die allemaal nog verergerd werden door het zwijgen dat zich over het stadje wilde leggen, hoezeer zij daar ook tegen streed. Ze kon de aanwezigheid van de oorlog zien in het pijnlijke hinken van een geamputeerde; in het levende verbandgaas om de keel van de bakkerszoon; in het gejammer van de soldaat die zijn vrouw had doodgeschoten, tien maanden na zijn terugkeer...

De mensen verzekerden elkaar dat alles weer normaal was, maar overal was groot verdriet te voelen, nagelaten door degenen die waren gestorven of vermist waren of in de gevangenis waren opgesloten, en wat je zou moeten doen, dat was dat je dat verdriet over je heen liet komen, zodat het je verdoofde; want als je dat niet deed, zou dat verdriet je blijven vervolgen, het zou door je huid breken, lelijk en rood als puisten. Als je voor dat verdriet vluchtte, dan kon het je ten val brengen, je verminken.

Jutta Malter zag die gebrokenheid even duidelijk als Trudi. Wat Trudi vastlegde in woorden, legde Jutta vast in verf. Haar bezetenheid van schilderen was na de oorlog nog toegenomen, alsof ze de behoefte voelde een wedergeboorte te bewerkstelligen voor dit stadje waarheen haar moeder haar had gebracht, en waar ze gestorven was, waar haar oom uit het zolderraam was gesprongen en waar haar dochter haar verankerde op een manier zoals ze nooit van iemand had verwacht. Terwijl Hanna speelde op een zacht dekentje naast haar ezel, schilderde Jutta kleurige, kleurige gebouwen die leken op verlamde gezichten, gele wolken die als vlammen over de rode hemel schoten, mensen zonder gezicht, met lichamen als hoekige grijze lijnen tegen een overweldigend kleurrijke achtergrond. En terwijl ze schilderde, koortsachtig – overeenkomstig de belofte aan haar visioen om alles te tonen: de pijn en de vreugde –, riepen haar schilderijen de specifieke schoonheid op die alleen uit de duisternis kan voortkomen.

Vroeg in de middag, nadat ze samen met haar man had gegeten en wachtte tot hij terugging naar zijn patiënten, nam ze Hanna mee uit in de rieten kinderwagen, en ze duwde de wagen voort met een hand die onder de verf zat, en in de andere een sigaret. Bijna elke keer dat ze langs de leesbibliotheek kwam, rende Trudi Montag naar buiten om te vragen of ze de baby mocht vasthouden. Al sinds haar meisjestijd was Jutta gefascineerd geweest door die *Zwerg*-vrouw. Eén keer had ze haar geschilderd, maar ze had Trudi het doek niet laten zien omdat ze bang was dat ze beledigd zou reageren. Op dat schilderij was een deel van het stadje zichtbaar geweest in de opening tussen Trudi's o-benen, terwijl de rest van Burgdorf paste in haar brede lichaam.

Trudi tilde Hanna dan uit de wagen en liet haar zachtjes op en neer dansen in haar armen. 'Als je een tijdje ongestoord wilt schilderen,' zei ze dan, 'breng Hanna dan maar hierheen.' De eerste paar keer had Jutta bezwaar gemaakt, maar Trudi had haar rusteloosheid aangevoeld, die worsteling tussen schilderen en moederschap.

''s Middags is het hier altijd zo stil. Ik zou blij zijn met wat gezelschap.'

Algauw keek Jutta reikhalzend uit naar de uren waarin ze in haar eentje kon doorwerken. Zonder haar dochter kon ze weer aan de randen van het stadje ronddwalen, door de weiden lopen, haar ezel bij de poel in de kiezelgroeve zetten, of bij de meelfabriek die nog steeds een ruïne was.

Als je naar de leesbibliotheek ging voor wat roddelverhalen, dan ontdekte je dat het zinloos was van Trudi Montag iets van waarde te verwachten als ze Hanna bij zich had. Ze gaf je je boeken mee, maakte aantekeningen in haar kaartsysteem, gaf je keurig wisselgeld terug, maar ze liep met dat blonde kindje rond, ze koerde en fluisterde tegen haar, zonder enige belangstelling voor wat jij misschien te vertellen had. En Hanna mummelde ook tegen haar, een opeenvolging van bubbelende geluidjes die voor niemand betekenis hadden, behalve voor Trudi. Zelfs vragen naar de gezondheid van Leo Montag – die nu met een stok liep en steeds zwakker leek te worden – leverden slechts een kortaf antwoord op, en als je een stuk kruidkoek voor hem achterliet, of een potje augurken, dan zei Trudi alleen dankjewel, zonder te vertellen hoe haar vader had genoten van de vorige delicatesse die je hem had gegeven.

Soms, wanneer Jutta haar dochter kwam ophalen, hield ze haar stevig tegen zich aan en bestudeerde ze haar gezichtje alsof ze zocht naar iets wat haar ontnomen kon zijn tijdens haar afwezigheid. Eens bracht ze Hanna tien dagen lang niet naar de leesbibliotheek: ze voelde zich een onnatuurlijke moeder omdat ze zo genoot van de tijd dat ze alleen was; en omdat ze niet wist hoe ze dat aan Trudi moest uitleggen, meed ze haar door andere wandelingen met het kind te maken. Maar ze kon zich onmogelijk geheel aan haar werk overgeven als haar dochtertje bij haar was, en ten slotte wist ze zichzelf ervan te overtuigen dat Hanna genoot van de tijd dat ze bij Trudi was.

Omdat Trudi geweigerd had geld aan te nemen voor de uren dat ze op Hanna paste, nodigde Jutta haar bij zich thuis uit, op een middag dat haar man bezig was de ontstoken verstandskies van Frau Weskopp te trekken. Ze zei tegen Trudi dat ze een doek mocht uitzoeken. Het schilderij van Trudi zelf was veilig verstopt onder haar bed, en de rest van haar werk had ze neergezet tegen de sofa, de stoelen en de tafelpoten in de woonkamer.

'Ik zie dat je Eva's sofa hebt gehouden,' zei Trudi.

'Die herinnert me aan haar en mijn oom. De meeste meubels zijn gebleven toen wij in hun flat gingen wonen.'

'Eva zou gewild hebben dat jullie ze kregen.' Trudi keek om zich heen. 'Maar die opgezette vogels hebben jullie niet gehouden.'

'Ik zie ze als dode vogels. Dood hebben we genoeg gehad.' Jutta wees naar haar schilderij van de Schreberstrasse. 'Herken je dat?'

Trudi knikte. Jutta had haar straat onder een merkwaardige hoek geschilderd, omhoog, in de richting van een vurige hemel, en de leesbibliotheek, de kruidenierswinkel en het huis van de familie Blau vormden gloeiende blauwe driehoeken.

Jutta had erop gerekend dat Trudi dat doek zou kiezen, of dat van de kiezelgroeve dat ze gemaakt had tijdens een onweer, met lichtflitsen boven de donkere kom van het water, maar Trudi liep langs de schilderijen van het stadje heen en bleef staan voor het doek waarop twee rode gestalten uit een gele hemel neerdreven.

'Je oom?'

Jutta knikte.

'En Eva?'

'Dat weet ik niet.'

Trudi knikte. 'Het móét Eva zijn.'

Jutta kreeg kippenvel. *Natuurlijk is het Eva, het is aldoor Eva geweest. Hoe is het mogelijk dat ik dat niet wist en haar toch geschilderd heb?*

Trudi liep verder naar het schilderij dat Jutta helemaal niet had willen weggeven – het enige dat ze tot dusver van Hanna had gemaakt – en bleef zwijgend staan voor het vierkante doek dat gevuld was met de vorm van Jutta's kind, een week na haar geboorte, en met Jutta's handen in diepgroen, rondom het kleine, volmaakte lijfje dat kleikleurig was, alsof het zó uit de aarde kwam. En tijdens het schilderen waren gelaatstrekken onder haar penseel verschenen – onmiskenbaar die van Hanna.

'Er zijn nog andere schilderijen,' zei Jutta, onbehaaglijk omdat Trudi zo naar dat doek staarde.

'Dit,' zei Trudi, met een stem die geen tegenspraak duldde.

Ze hing het schilderij in haar slaapkamer, naast de aquarellen van Max. Soms werden de handen die het kind droegen haar eigen handen, en dan moest ze zich eraan herinneren dat Hanna Jutta en Klaus als haar ouders had. Een andere keer merkte ze dat ze leed onder fantasieën over een huwelijk en een gezin, en dan vermaande ze zichzelf: Wie ben jij om te geloven dat je zoiets kunt krijgen? En toch, die oude drang van verlangen, van behoefte, barstte in haar los en hechtte zich aan dit kind, Hanna, dat ouders had die over de macht beschikten haar weg te houden – zoals ze gedaan hadden bij Hanna's eerste kerstfeest, toen ze haar hadden meegenomen voor een bezoek aan een van Klaus' rijke familieleden, terwijl Trudi al die tijd had uitgekeken naar kerstavond, wanneer ze haar de poppenkleertjes zou geven die ze in de lange winteravonden zo liefdevol had genaaid. De stof ervoor had ze gekocht in Düsseldorf, in warenhuis Mahler, en de verkoopster had gevraagd wat ze ging naaien.

'Een jurkje. Voor een pop.'

'De pop van uw dochtertje?'

Om de een of andere reden had ze geknikt.

'Hoe heet uw dochtertje?'

'Hanna.'

'En hoe oud is ze?'

'Zes maanden.'

'Zo'n leuke leeftijd.'

'Ze begint te zitten.'

'Heeft ze net zulk haar als u?'

'Heel licht blond, ja.'

'En blauwe ogen?'

'Ja.'

Ze had niet het gevoel te liegen. Te meer omdat ze begonnen was met de waarheid. Toch voelde ze zich onbehaaglijk over dat gesprek toen ze de kleertjes voor Hanna's pop naaide, een roze jurk, afgezet met koningsblauw, en een koningsblauw hoedje dat zo modieus was dat zelfs Frau Simon het bewonderd zou hebben.

Toen Matthias Berger terugkwam naar Burgdorf om zijn grootmoeder te bezoeken, kwam hij langs bij de leesbibliotheek en bekende tegenover Trudi dat hij erover dacht het seminarie te verlaten. Hij was er nu anderhalf jaar en met de dag, zei hij, voelde hij sterker dat hij anders was dan de andere seminaristen.

'Je kunt bij ons komen wonen,' zei ze impulsief.

'Ik... ik kan jullie niet tot last zijn.'

'Je kunt een kamer bij me huren. De hele tweede verdieping zelfs. Je weet hoe groot de woningnood is.'

'Ja, maar...'

'Heb je nog piano gespeeld?'

'Sinds ik op het seminarie ben niet meer.'

'Wat een zonde... Hier staat een piano op je te wachten.' Haar stem huppelde van opwinding. 'Laten we het aan mijn vader gaan vertellen.'

'Wacht even,' zei hij, 'even wachten.'

'Hij zal er zo blij om zijn. Ik heb er tot nu toe nooit over gedacht die verdieping te verhuren. Stel je voor, dat we jou bij ons in huis zouden hebben.' Ze zag haar dagelijks leven met hem al voor zich, dat ze hem tegenkwam in de gang, dat ze samen aten, dat ze toekeek hoe hij schaakte met haar vader. Natuurlijk zou hij weer piano gaan spelen.

'Ik heb nog geen vast besluit genomen. Over weggaan van het seminarie.'

Ze wist dat ze opdringerig was, maar ze kon zich niet inhouden. 'Het zou zo'n troost voor mijn vader zijn als je hier woonde. Het gaat de laatste tijd niet zo goed met hem.'

Matthias bracht zijn handen naar zijn hoofd en drukte zijn vingers tegen zijn slapen.

'Heb je nog steeds last van die hoofdpijnen?'

Hij knikte, en toen zweeg hij zo lang dat ze dacht dat hij haar vergeten was.

'Er is iets gebeurd,' zei ze. 'Er is iets gebeurd op het seminarie. Ik wéét het.'

Hij keek verwonderd op.

Ze pakte hem bij zijn elleboog, nam hem mee tussen de boekenplanken en klom naar de vierde tree van de ladder. Daar ging ze zitten, met haar gezicht op gelijke hoogte met het zijne. 'Vertel het me.'

'Ik kan beter weggaan.'

'Alsjeblieft.'

'Het is zo'n akelig verhaal.'

En het wás akelig. Een groepje andere seminaristen had Matthias na het avondgebed in de kapel meegesleurd naar het bos achter de gebouwen; ze hadden een touw stevig aangehaald door de riemlussen van zijn broek. Nadat ze hem gedwongen hadden wonderolie te slikken, hadden ze hem door het bos heen gejaagd met takken en stokken, onder het sissen van 'flikker, vuile flikker', terwijl hij worstelde om zijn broek naar beneden te krijgen en achter een boom te hurken, weg bij hen, om die vreselijke druk in zijn ingewanden te verlichten. Maar hun stokken hadden hem verhinderd het touw los te maken, en algauw had hij lopen snikken van vernedering, terwijl de diarree langs zijn benen liep.

'De ellendelingen.' Trudi was razend.

'Weet je wat ik aldoor dacht toen ze me achternazaten?' Zijn gezicht stond gespannen. Doodsbleek. 'Dat ik het verdiend had. Al heb ik nooit een van hen aangeraakt.'

'Niemand verdient zo behandeld te worden. De ellendelingen. En origineel waren ze óók niet. De fascisten van Mussolini – die deden dat ook bij mensen. Jij was toen nog maar een jongen... Heb je hen verklikt?'

'Nee.'

'Waarom niet?'

'Omdat ik dat al eerder had geprobeerd... Om andere dingen. Eerder. Minder erge dingen. Alleen af en toe een oplawaai. Schelden. Onze superieuren nemen die dingen niet zo serieus. Ze hebben trouwens toch al door dat ik anders ben.'

'Ons land heeft een hele geschiedenis van dat soort dingen, de rechtvaardiging van aanvallen op mensen die anders zijn. Van uitroeiing van zulke mensen.'

'Jij maakt het nu erger dan het was.'

'Het is veel erger dan alles wat ik ervan kan maken, dat mag je van me aannemen, Matthias. Zie je het dan niet – die oorlog gaat nog steeds door. En zal doorgaan... Voordat we allemaal alles aanvaarden wat er gebeurd is, zullen we niet die vrede krijgen die de mensen al denken te hebben.'

Hij zweeg een hele tijd. Ten slotte keek hij haar aan. 'Wat moet je doen als je je geroepen voelt tot het verkeerde?'

Ze was heel bang woorden te zeggen waardoor hij zich nog beroerder zou voelen. Het was duidelijk dat hij het niet over de kerk had, maar over de strijd tegen de neiging in hem om op zoek te gaan naar personen van zijn eigen sekse. Ze had haar hand op zijn arm willen leggen, maar hij zag er zo breekbaar uit zoals hij daar voor haar stond, dat ze ervan overtuigd was dat hij zou versplinteren als ze hem aanraakte. 'Het moet vreselijk zijn,' zei ze voorzichtig, 'als men zich geroepen voelt tot iets wat men niet wil.'

'En wat doet *men* daar dan mee?' Zijn stem was grof. Spottend.

'Ik weet het niet. Tenzij...'

'Tenzij wat?'

'Tenzij er een manier is waarop men kan leren verlangen naar datgene waartoe men zich geroepen voelt.' Jij bent me een mooie om hier een preek af te steken, Trudi Montag, zei ze tegen zichzelf. Hoe zit het dan met jou, hoe goed heb jij geleerd te verlangen naar datgene waartoe jij geroepen bent? Met lichaam en ziel en geest. Helemaal. Net als Pia. Die het nooit anders gewild zou hebben.

Pia zou nooit geloofd hebben in die rondreizende natuurgenezer, een oeroude Hollander die zich jeugdig bewoog en hypnotiserende ogen had. Hij was nog maar twee maanden geleden door Burgdorf gekomen, en had de leesbibliotheek bezocht met zijn magische drankjes. Natuurlijk had Trudi ook niet geloofd dat de zoetgeurende vloeistof die hij haar had willen verkopen, haar echt zou doen groeien. En toch, hoe had ze de kans kunnen afslaan dat de genezer misschien toch de waarheid sprak? Dus had ze het drankje gekocht, snel, voordat er een klant binnenkwam of voordat ze het zichzelf weer uit het hoofd praatte.

Ze was blij dat Max er niet was, want als ze met zijn ogen naar haar besluit keek, geneerde ze zich. Of met Pia's ogen. Ze had hun redelijke woorden niet nodig. Die avond, toen ze de eerste slok van het dikke, naar honing smakende drankje had genomen – een dubbele dosis, zodat het sneller zou werken –, merkte ze dat ze er met dezelfde intensiteit in geloofde als in de goddelijke magie van haar meisjesjaren. En natuurlijk voelde ze zich verraden toen het drankje haar niet veranderde, en was ze woedend op zichzelf geweest om dat bodemloze vermogen tot geloof, en omdat ze zich had laten oplichten.

'En als zo'n roeping nu zonde is?' fluisterde Matthias.

Trudi schudde haar hoofd, langzaam. 'Mijn vader – die heeft een theorie over de zonde... Ik ben er zeker van dat de pastoor het niet met hem eens zou zijn, maar mijn vader zegt: veel van wat de kerk zonde noemt, is eenvoudig menselijk.'

'Kon ik het daar maar mee eens zijn.'

'Hij zegt dat vriendelijkheid het allerbelangrijkste is.'

'Ik heb je vader altijd graag gemogen. Hij...' Matthias zweeg en keek Trudi aan alsof hij bang was dat ze zou zeggen dat hij weg moest gaan. 'Niet op die manier aardig. Meer iets van – van bewondering...' Zijn stem stierf weg. 'Ik acht je vader heel hoog,' zei hij stijfjes.

'En hij zou het een hele eer vinden als hij dat wist. Hij zou het ook een eer vinden als hij jou op onze piano hoorde spelen. Er is te lang niet genoeg muziek in dit stadje geweest, Matthias. Vergeet niet – jouw muzikale gaven zijn óók een roeping.'

Zijn ogen vulden zich met tranen.

'Een heiliger roeping dan het priesterschap,' fluisterde ze.

Hij keek haar sprakeloos aan.

'Zul je nadenken over wat ik gezegd heb?'

Hij knikte. 'Nu moet ik gaan.'

'Maar je hebt mijn vader nog niet gesproken.'

'Ik–ik kom nog terug. Ik beloof het. Morgen.'

Maar toen hij de volgende middag terugkwam, was dat alleen om afscheid te nemen van haar en haar vader. Hij ging eerder terug naar het seminarie, zei hij, en ze kon zien dat hij dat deed om een eind te maken aan die chaos van besluiteloosheid.

Ze was boos op hem omdat hij zijn talenten verried, dat hij vroeg om bestraffing, en ze vroeg: 'Waarom wil je in vredesnaam daarheen terug?'

'Omdat...' Met een treurige glimlach hurkte hij naast haar, en hij nam een van haar handen in de zijne. 'Als ik daarbuiten blijf, is de verleiding sterker.'

'Maar in het seminarie is het ook niet veilig.'

'Misschien niet voor mijn lichaam. Maar tenminste wel voor mijn ziel.'

Op een ochtend in april 1947 probeerde Ingrid Hebel haar kinderen te redden door hun het grootste geschenk te geven dat ze zich kon voorstellen: een eeuwigheid in de hemel. In de nachten dat ze bij hun bedjes had zitten bidden, had God haar eraan herinnerd dat behalve zij niemand haar kinderen voldoende liefhad om dit voor hen te doen. Dit zou hun enige kans op verlossing zijn. Als ze bleven leven, zouden ze de jaren des verstands bereiken en voor de zonde bezwijken, net als zij. Nu waren ze allebei nog zuiver, al had ze wel hun gulzigheid gezien–zelfs in de ogen van haar jongste dochtertje wanneer ze haar voedde.

Hoewel de jaren des verstands bij zeven jaar begonnen, durfde Ingrid niet zo lang te wachten: ze moest ervoor zorgen dat haar kinderen veilig in de eeuwigheid terechtkwamen. En gelukkig had God haar geroepen nu ze nog ongerept waren. Toen ze eenmaal had besloten te gehoorzamen, viel de onrust die ze bijna haar hele leven had gevoeld van haar af. Ze voelde zich rustig. Bijna heilig. Het enige wat haar treurig stemde was dat ze niet bij haar kinderen zou zijn; maar omdat zij al bezoedeld was, zou het een doodzonde zijn haar leven te behouden. Nee, haar eigen verlossing zou komen doordat ze haar dochters overdroeg aan de hemel en dan wachtte tot God haar riep om zich bij hen te voegen.

Rita was bijna vier, en de baby, Karin, leerde net lopen toen Ingrid hen allebei meenam in de tram, naar de brug van Oberkassel, met een flesje wijwater in haar tas. Het was vroeg in de ochtend, en haar dochters droegen identieke witte jurken met lange mouwen die ze gedurende de winter voor hen had gebreid, als voorbereiding op deze dag. Zij droeg de baby, en Rita hield haar hand vast toen ze uit de tram stapten en doorliepen naar de Rijnbrug tussen Oberkassel en Düsseldorf.

De waterstand was hoog, en de geluiden van de rivier overstemden de stemmen van haar kinderen. Halverwege de brug bleef Ingrid staan. Bleek licht deed de randen van de grijze wolken krimpen en brak door, zodat hemel en rivier in doorschijnende trappen in elkaar opgingen. Rita zag het ook: ze lachte en wees op de opening tussen de wolken. Ingrid legde de baby, Karin, op de stoep en bracht het dunne kettinkje met het gouden kruisje van haar nek over op die van Rita. Toen opende ze de fles met wijwater, ze zegende beide meisjes – '*Im Namen des Vaters und des Sohnes und des Heiligen Geistes*' – en tilde Rita op naar die stralende trappen. Vervuld van zo'n warme, onbekende vreugde dat ze er zeker van was dat ze Gods wil deed, kuste Ingrid Rita; haar voorhoofd was nog vochtig van wijwater. 'Ja,' zei Ingrid tegen haar, 'ja, God wacht op je... heel gauw zullen we weer alledrie samen zijn... vergeet niet ook een plaatsje voor mij vrij te houden...,' en toen was Rita gewichtloos in haar armen – ze was al een engel toen ze van haar wegvloog, tegen die trappen op, en ze zong, zong heel hoog – en terwijl Ingrid zich bukte en de baby pakte – *Dit is waartoe ik geboren ben... In uw handen, in uw hart, o Hemelse Vader...*, en ze fluisterde: 'O mijn liefje, mijn liefje...' Karins lijfje was zwaarder dan dat van Rita, veel zwaarder; het verzette zich tegen Ingrids armen, bleef op de grond liggen alsof God haar afwees, hoewel Ingrid zich inspande, hevig, om haar armen op te tillen tegen het gewicht dat ze neerdrukte, een gewicht dat veranderde in handen, en toen in lichamen die haar vasthielden, die haar dochter uit Gods handen rukten – *Zo nabij, Heer, zo nabij* – en toen bood ze God in plaats van haar het gekromde lichaam van een vrouw aan – *veel te oud om nog verlost te worden* – springend naar het licht... het licht blokkerend... het licht dovend...

'Ze was te laat,' vertelde Ingrids moeder aan Trudi toen ze haar ontmoette voor de afgesloten kamer waar Ingrid was opgenomen in het Theresienheim. 'De vrouw die geprobeerd heeft mijn kleindochter te redden...' Frau Baum huilde. 'Ze was te laat.'

De rivier was zo koud geweest, en de stroming zo snel, dat Rita dood was geweest tegen de tijd dat een rijnaak haar had gevonden, tien kilometer stroomafwaarts. De vrouw en twee mannen waren over de brug naar hun werk komen rijden toen ze hadden gezien hoe Ingrid het oudste meisje over de brugleuning tilde, maar ze waren te laat gekomen om Rita's val in de Rijn tegen te houden. Terwijl de mannen Ingrid vasthielden en de baby uit haar armen rukten, was de vrouw op de brugleuning geklommen en in het water gesprongen.

'Die vrouw... die had ook wel dood kunnen zijn. Ze ligt nog in het ziekenhuis.' Frau Baum droogde haar ogen met een verfrommelde zakdoek en klopte op de deur tot een lange, slanke non opendeed. 'Kom mee.' Frau Baum duwde Trudi naar voren. 'Misschien wil Ingrid wel met jóú praten.'

Ingrid lag op haar rug, met wezenloze ogen, nietsziend. Haar gelaatstrekken waren vlak, ingezonken, alsof haar vlees verwelkt was in de drie dagen sinds ze haar dochtertjes had meegenomen naar de brug. Op een stoel naast het bed liet de non de houten kralen van een rozenkrans door haar vaardige vingers glijden. Tot de avond daarvoor was Ingrid in de gevangenis geweest, waar ze geweigerd had te eten en te drinken, en toen de politie erkende dat ze te ziek was om daar te blijven, hadden de zusters aangeboden haar te bewaken en te verplegen, tot ze in staat zou zijn voor de rechtbank te verschijnen.

'Heeft ze iets gegeten?' vroeg Frau Baum aan de non.

'Nog niet. We hebben het wel geprobeerd.'

Toen Trudi naar Ingrids handen greep – dezelfde handen die Rita de dood hadden gebracht – voelden ze aan als was die in de witte deken was gesmolten. Dat was een schril contrast met het kind dat was blijven leven – dat was warm geweest. Trudi had Karin in haar armen gehad, een paar uur nadat Ingrid was aangehouden. Toen ze in de woning boven de fietsenwinkel was aangekomen, had Karin op haar grootvaders schoot gezeten, waar ze speelde met zijn snor en lachte, en het had afschuwelijk en wonderbaarlijk geleken dat zij kon lachen en spelen.

'Ik vraag me af hoeveel ze zich nog herinnert,' had Trudi gezegd.

Herr Baum had het nekje van zijn kleindochter gestreeld. 'Heel weinig... en ze zal niet weten wat het betekent. En morgen herinnert ze zich nóg minder. En binnenkort is ze het vergeten. Zo zijn kinderen.'

'Ingrid heeft het nooit vergeten,' fluisterde Trudi.

Zijn brede hand streek neerwaarts over Karins ruggetje. 'Kom maar,' zei hij, 'kom maar, meisje.'

Op dat moment had Trudi haar armen uitgestoken om Karin van zijn schoot te tillen. Nu wenste ze dat ze haar had kunnen meebrengen, dat ze haar in Ingrids armen had kunnen drukken en zeggen: 'Dit is je dochter. Je kunt haar niet zomaar achterlaten.'

Frau Baum boog zich over Ingrid, ze huilde weer. 'Zeg wat tegen haar, Trudi.'

'Ingrid? Ik ben het, Trudi... Wil je me alsjeblieft aankijken?'

Maar Ingrid zweefde op de brug van het niets, ze hing stil op het moment dat God haar verdoofd had door haar te verlossen én aan te klagen, in één felle vlaag van goddelijke almacht, zodat haar ziel verschroeid was, zodat haar lichaam nog slechts een schim was die zou verwelken en, binnen een week, onder de aarde zou liggen bij haar oudste dochter, die net die ochtend was begraven.

Het stadje zou zich aaneensluiten rond het geheim van Karin en haar beschermen door haar te laten opgroeien met de leugen dat haar moeders broer, Holger, en diens vrouw haar eigen ouders waren. Het waren heel fatsoenlijke mensen, Holger en Erna Baum, serieus in de verantwoordelijkheid die ze op zich hadden genomen, goed getraind in langdurig zwijgen, en vastbesloten het beste te doen voor dit kind dat bijna door haar eigen moeder vermoord was. Ze waren verantwoordelijke, maar niet erg fantasievolle mensen die Karin het onderscheid tussen goed en kwaad zouden leren, die haar zouden meenemen naar de kerk en nooit de naam Ingrid zouden noemen, alsof ze nooit had bestaan. Ze zouden alle familiefoto's waarop Ingrid stond vernietigen, of als ze aan de zijkant van een foto stond, zouden ze haar wegknippen, als bezwarend bewijsmateriaal.

En niettemin zouden Holger en Erna Baum—evenals het stadje—blijven afwachten of Ingrids tekortkomingen zich zouden openbaren in Karin, een verwachting die ze bevestigd zouden zien toen het meisje op dertienjarige leeftijd zwanger werd van haar grootvaders zonde, alsof haar verdronken zusje een manier had gevonden terug te keren naar haar familie via de schoot van Karin, en haar recht opeiste toch nog op te groeien.

In de maanden na Ingrids dood bleef Trudi weg van Ingrids overlevende dochtertje. Toch was het of ze Karin overal zag: in haar wandelwagentje, voortgeduwd door haar grootmoeder; in een kinderzitje achter op Erna's fiets; zittend in de etalage, waar ze speelde met glimmende fietsonderdelen... Wat haar weghield bij Karin was haar worsteling tegen het verlangen het kind te vertellen over haar moeder, op wie ze steeds meer ging lijken; en ze wist dat het schadelijk voor Karin zou zijn, te weten dat haar moeder haar zusje had vermoord en ook haar had willen doden.

Ze hoefde tenminste niet meer bang te zijn dat ze de levens van onderduikers in gevaar bracht met haar verhalen. Het risico van haar verhalen voor anderen – en voor haarzelf – was van subtielere aard. Toen ze jonger was, had ze geheimen gebruikt als kleingeld, maar ze had ontdekt dat geheimen ook haar konden gebruiken door sterker te worden dan zij. Dat gebeurde elke keer als ze niet weg kon blijven bij een geheim – ze werd erdoor aangetrokken, zoals Georg Weiler werd aangetrokken door de fles –, hoewel ze zelf voelde dat het beter zou zijn als ze zo'n geheim niet kende. Als ze het eenmaal wist, werd het moeilijk er geen gebruik van te maken.

En toch, als ze ervoor koos geheimen te bewaren, dan veranderden die gevaren op een vreemde manier in haar kinderen: ze voelde hoe ze onder hetzelfde dak woonden, ze luisterde naar hun gefluister in de vroege ochtend, ze was er zeker van dat ze er altijd voor haar zouden zijn.

Zolang zij ze niet misbruikte.

Toen iedereen in 1948 vijftig marken mocht inwisselen voor nieuw geld, waren er in de winkels opeens allerlei dingen te koop die eerder niet verkrijgbaar waren – ook chocolade en beperkt houdbare voedingsmiddelen –, alsof ze er al die tijd op de een of andere manier al waren geweest. De mensen vierden feest, en het was of het stadje zich eindelijk had hersteld. Tegen die tijd was de beroete steenhoop waar de synagoge had gestaan opgeruimd, en aan de ene kant van het terrein waren twee kleine restaurants gebouwd: een Italiaans ijscafé waar elf smaken verkrijgbaar waren, onder meer een paarsrood ijs met frambozensmaak dat zowel zoet als zuur smaakte; en in het visrestaurant van Alfred Meier kon je warme, goudgele gepaneerde visfilets in papieren puntzakjes kopen, met gefrituurde aardappelstengels, patates frites geheten, die je in mayonaise doopte.

Trudi had nog nooit patates gegeten, en de eerste keer dat ze ze proefde, werd ze zo gulzig dat ze nog twee porties bestelde, zodat ze de hele nacht misselijk was. Wekenlang was alleen al de gedachte aan de knapperige patates voldoende om haar te doen kokhalzen, maar uiteindelijk won haar gulzigheid en ging ze terug, hoewel ze zich nu tot één portie beperkte. Soms zat Monika Buttgereit daar met een boek; als er even geen klanten waren, kwam Alfred Meier bij haar zitten, en als ze praatten, raakten hun stemmen elkaar, terwijl hun handen apart op het rood en wit geruite tafelkleedje lagen.

De andere kant van het synagogeterrein was door de gemeente bestraat en diende als parkeerplaats voor het Theresienheim, dat nu weer klooster en ziekenhuis was. Muren waarin swastika's gekrast waren, had men allang opnieuw gepleisterd en geverfd. Hoewel niemand in het openbaar iets tegen de joden zei, voelde Trudi dat nog resten van dat oude vooroordeel voortbestonden, gericht tegen de weinigen die overleefd hadden en ervoor gekozen hadden zich in Burgdorf te vestigen.

Ze wist dat de gebrokenheid zich opnieuw zou manifesteren, zoals dat was gebeurd bij Ingrid, bij de rechter, bij Fritz Hansen, bij tal van anderen. In de maand november van dat jaar doodde Hans-Jürgen Braunmeier zijn verloofde. Hij had haar halfnaakt aangetroffen in de auto van de man die haar de vorige zaterdag ten dans had gevraagd in de 'Traube', waar zij en Hans-Jürgen zijn drieëndertigste verjaardag hadden gevierd. Gedurende vijf dagen en nachten had Hans-Jürgen zijn verloofde en die man achtervolgd, terwijl ze al zijn jaloerse fantasieën naspeelden – alsof hij hen had aangezet tot overspel.

Nadat hij hen beiden had doodgeschoten, was hij naar huis gegaan, naar de boerderij, en daar was hij aan de keukentafel gaan zitten, zwijgend en doodmoe, met het pistool op het tafellaken, tussen zijn slappe handen. Zijn ouders belden de politie, en zijn proces trok meer publiek dan de mis met Pasen. In rijen stonden ze op de trappen van de rechtbank, wachtend op de kans van een zitplaats binnen, waar de rechter luisterde naar de getuigenverklaringen van de klasgenoten en buren van Hans-Jürgen, en van een verbijsterend aantal mensen die op de een of andere manier met zijn woedeaanvallen te maken hadden gekregen.

Een van zijn buurvrouwen herinnerde zich dat Hans-Jürgens moeder haar had verteld dat de bevalling van hem zwaar was geweest, en dat hij de eerste twee dagen van zijn leven niet had willen drinken.

Zijn onderwijzeres uit de eerste klas, zuster Mathilde, zou gezegd hebben: 'De moordenaar heeft het merendeel van zijn schooltijd in de hoek doorgebracht, met zijn rug naar de rest van de klas.'

'Hans-Jürgen was onverbeterlijk vanaf de dag dat hij bij ons op school kwam,' bevestigde de onderwijzeres uit de zevende klas.

Negen dagen lang konden de mensen van Burgdorf een litanie van Hans-Jürgens wandaden afsteken, terwijl zijn moeder zich in de slaapkamer terugtrok, met de gordijnen dicht, en zijn vader op de voorste rij in de rechtszaal zat, met benige schouderbladen die zich aftekenden in de achterkant van zijn afgedragen zondagse pak, en met een grimmig en tevreden gezicht, alsof hij altijd wel had geweten dat het slecht met zijn zoon zou aflopen.

Hans-Jürgen stond niet alleen terecht voor de moord, maar ook voor alle andere dingen die hij ooit had gedaan, tot en met de dag van zijn geboorte. Het was een koude, natte winter, en de mensen waren bang–niet zozeer voor hem als wel voor wat ze diep in zichzelf hadden begraven–, maar nu konden ze hun angsten wakker roepen en ze aan hém wijten; ze konden ontzet luisteren naar de misdrijven van de vijf- of zevenjarige Hans-Jürgen, en dan de slachtingen van de oorlog vergeten. Hoewel hij elke avond in de gevangenis werd opgesloten, hield men de kinderen binnen; jonge vrouwen werden gewaarschuwd dat zelfs een wandelingetje naar het kermisterrein hun dood kon betekenen, en jonge mannen staken een mes of een pistool bij zich als ze met een meisje uitgingen.

Toen een van zijn klasgenoten getuigde dat Hans-Jürgen in de tweede klas de poten van een kat had verbrand, overwoog Trudi of zij zou getuigen dat Hans-Jürgen een jong katje had gedood toen ze met hem en Eva in de schuur was geweest. Maar ze durfde haar mond niet open te doen omdat ze wist dat ze zich–als ze eenmaal in de getuigenbank stond–niet zou kunnen beheersen en de aanwezigen zou vertellen over die andere keer in de schuur van de Braunmeiers, want sinds de arrestatie van Hans-Jürgen was dat geheim in haar binnenste aan het opzwellen, alsof het een uitweg zocht.

Ze zei bij zichzelf dat het stadje haar niet nodig had om Hans-Jürgen te veroordelen: er waren genoeg anderen, die maar al te graag hun grieven opsomden tegen die man met zijn volle baard en wraakzuchtige ogen, die weigerde ook maar iets te zeggen om zich te verdedigen, maar zijn aanklagers aankeek alsof hij elk gezicht tot in eeuwigheid in zijn geheugen wilde prenten.

Hoewel kranten uit het hele land over de moord hadden geschreven, hielden ze daar na korte tijd mee op, maar de plaatselijke krant wakkerde de paniek aan door interviews te publiceren met vrijwel iedereen die tegen Hans-Jürgen Braunmeier had getuigd. Er werden kinderfoto's van zijn verloofde afgedrukt, en foto's van haar graf. Ze was begraven in Neuss, waar haar familie woonde, maar Kalle Husen, die samen met haar was vermoord–een getrouwd man, nota bene–was opgegroeid in Burgdorf, in dezelfde straat als de Bilders en Weskopps. Ondanks de schande die hij over zijn familie had gebracht, hadden zijn vrouw, kinderen, ouders en broers en zusters gebeden gemompeld rond zijn open graf, en de contouren van hun lichamen waren vervaagd alsof ze één massieve gedaante vormden. In een ruimere kring rondom de familie en het graf hadden de mensen van Burgdorf gestaan in hun rouwkleding, en ze hadden gefluisterd hoe vreselijk het moest zijn voor de ouders, dit verlies. Hoeveel kon één familie dragen? Was het niet genoeg geweest dat twee van de oudere zoons van de Husens in de oorlog waren gesneuveld? Maar zij waren tenminste de heldendood gestorven, terwijl Kalle, wiens dood zijn overspel aan het licht had gebracht, schande en verdriet over de familie had gebracht.

Buiten die ruimere kring had een slungelige man gestaan, alleen, met de handen gevouwen voor zijn dure jas. Op de mensen die hem zagen maakte hij een merkwaardig bekende indruk, hoewel ze zich niet konden herinneren hem eerder gezien te hebben. Misschien een verre verwant die voor Kalles begrafenis was overgekomen, dachten ze, en ze vergaten hem weer, totdat ze hem nog een keer zagen, toen hij bij de voordeur van het huis van de Husens verscheen, een uur nadat alle anderen waren gearriveerd voor het begrafenismaal.

Frau Bilder was degene die zijn naam had geroepen, terwijl ze met haar ene hand steun zocht bij het deurkozijn, en toen zij de naam eenmaal had genoemd, wist iedereen natuurlijk wie die man was.

'Wat is hij veranderd,' fluisterden de mensen.

'Hij is zo mager geworden.'

'Het is een wonder.'

'Waarom heeft hij zijn familie niet laten weten waar hij al die jaren is geweest?'

De mensen verdrongen zich om Rainer Bilder en zijn ouders, zeiden tegen hem dat ze hem gemist hadden, en brachten het nieuws van zijn komst naar hun eigen buurt over. In de dagen daarna zouden heel wat mensen beweren dat ze aldoor al hadden geweten dat de man op de begraafplaats de dikke jongen was geweest die vijftien jaar daarvoor was verdwenen.

'Ik had al zo'n voorgevoel dat het Rainer was.'

'Dat verbaast me geen seconde.'

'Zie je wel – mensen komen toch nog terug.'

'Een wonder. Het is een wonder.'

'Ik maakte me altijd zorgen dat iemand hem ontvoerd had.'

'Hem? Wie zou nou zo'n dikke jongen willen ontvoeren?'
'Nu is hij heel beroemd, heb ik gehoord.'
'En rijk.'
'Ja, rijk.'
'Journalist.'
'Allerlei prijzen.'
'Hij had in een krant over de moord gelezen.'
'Hij werkt voor een krant.'
'Nee, nee, voor een tijdschrift.'
'In Hamburg.'
'Heidelberg.'
'Ik heb gehoord dat hij getrouwd is.'
'Met een rijke vrouw.'
'En kinderen ook.'
'Wie zou dat hebben gedacht?'
'Denken jullie dat hij hier blijft?'

Maar Rainer Bilder leek veel meer geïnteresseerd in de moordenaar dan in zijn eigen familie. Hij bracht tenminste meer tijd met Hans-Jürgen Braunmeier door dan in het bakstenen huis waar hij was opgegroeid. Hij was de enige journalist door wie Hans-Jürgen zich liet interviewen. In de bezoekruimte van de gevangenis zaten ze tegenover elkaar aan de grijze tafel, voorovergebogen, en ze praatten snel en zo zacht dat Andreas Beil, de politieman die de wacht hield, wel hun stemmen hoorde, maar geen woorden kon onderscheiden.

Mensen die Rainer Bilder op straat tegenkwamen, probeerden hem te helpen met informatie waaraan hij geen behoefte had. Op een avond, toen zijn broer Werner hem bestookte met vragen over de moordenaar, voelde Rainer een plotselinge, onverklaarbare vrees toen hij uitlegde dat hij niet openbaar kon maken waarover hij en Hans-Jürgen praatten; maar hij kalmeerde zijn broer door hem te beloven hem een exemplaar van zijn artikel toe te zenden. Die vrees voelde Rainer nog steeds toen hij in slaap viel, maar de volgende ochtend was hij dat gevoel kwijt, en hij zou daar pas tien jaar later opnieuw aan denken, toen zijn broer het volgende slachtoffer van Hans-Jürgen was geworden.

Rainer zou Burgdorf verlaten, lang voordat zijn artikel werd afgedrukt, maar hij zou zich aan zijn belofte houden en een exemplaar van zijn tijdschrift aan zijn broer sturen, die het doorgaf aan de rest van zijn familie en aan allerlei mensen in Burgdorf. De titel zou luiden 'Wanneer liefde dodelijk wordt', en Hans-Jürgen zou worden geportretteerd als een eenzame en gestoorde jongen – nauwelijks getolereerd in het stadje waar hij woonde – die was opgegroeid tot een man die nog eenzamer was. Vrijwel iedereen zou woedend zijn over Rainers schaamteloze sympathie met de moordenaar.

'Hij geeft het stadje de schuld, en niet Hans-Jürgen.'

'Ik wou dat hij was weggebleven.'

'Zoals hij zijn ouders doet lijden... weer helemaal opnieuw.'

'Alsof die eerste keer al niet erg genoeg was.'

'Er zijn veel manieren om een zoon kwijt te raken.'

'En dan te bedenken dat we hem zo hartelijk welkom hebben geheten.'

Tegen die tijd had de rechter beslist dat Hans-Jürgen Braunmeier opgenomen moest worden in het gesticht Grafenberg, dat al overvol was, voornamelijk met soldaten die geesteziek uit de oorlog waren teruggekeerd, maar ook met een aantal joden die stom geworden waren, of gestoord geraakt nadat ze de concentratiekampen hadden overleefd. Hoewel de mensen van Burgdorf klaagden dat het vonnis van Hans-Jürgen veel te mild was, reageerden de meesten opgelucht omdat hij nu was opgesloten.

Maanden na het proces werd Trudi op een nacht wakker, en ze kreeg geen lucht meer, alsof dat oude snot haar neus en mond verstopte, en op haar huid opdroogde. *Hoe vaak moet ik daar nog heen?* Bang om weer in die droom terecht te komen gooide ze de dekens van zich af en ging op de rand van haar bed zitten.

'*Jij bent gek. Net als je moeder...*' Hans-Jürgens gezicht zweefde boven haar, jong, zoals hij eruit had gezien op die warme zomerdag toen ze tegen hem had gezegd dat geen vrouw ooit van hem zou houden en dat zijn liefde zou maken dat een vrouw zich tot een andere man wendde. '*Getikte Zwerg,*' had hij gescholden, en nu zat hij in dat gesticht, samen met haar moeder, achter muren met daarbovenop scherven, in groene ruimten die roken naar kaarsen en kaneel. Haar moeder verkeerde in gevaar nu hij daar was. Trudi snakte naar adem, en toen ze de lucht inzoog, wist ze dat Hans-Jürgen zou ontsnappen uit het gesticht en anderen zou doden – altijd geliefden, altijd in hun auto. Ze zag grofkorrelige krantenfoto's van met bloed bespatte auto's; foto's van slachtoffers die in borst en buik en nek waren geschoten terwijl ze elkaar omhelsden; foto's van Hans-Jürgen, ouder, nog steeds met baard; en foto's van een kalende man, die zijn psychiater bleek te zijn, en die in een interview zei dat het heel waarschijnlijk was dat Hans-Jürgen Braunmeier steeds de moord op zijn verloofde herhaalde.

'Het was geen verwensing,' fluisterde Trudi in het donker van haar slaapkamer.

Maar het gezicht lachte – '*Een stomme verwensing. Die stomme verwensing van jou*' – alsof zij de jaloezie in hem had geplant, en niet alleen hem vernietigd had, maar ook degenen die hij had gedood.

'Nee. Jij was allang zo voordat ik ooit iets tegen je had gezegd. Denk maar aan wat je mij hebt aangedaan... en dat katje. Ik wilde alleen wraak nemen...' Ze deed het licht aan en het gezicht verdween, maar wat ze niet kon verdrijven was haar berouw dat ze Hans-Jürgen zo doelgericht had gekwetst. Ze vond het een gruwelijk idee dat iets wat zij zoveel jaren geleden had gezegd, misschien bepaald had wat hij zijn verloofde had aangedaan. 'Nee...,' riep ze, 'je zou haar anders ook wel hebben gedood. Het heeft niets te maken met wat ik gezegd heb.' Maar als je erover nadacht, echt goed over nadacht, dan zou dat je ervan kunnen weerhouden ooit nog iets anders dan allervriendelijkste woorden te zeggen.

Die winter vielen haar de kale bomen in het landschap meer op dan ooit tevoren. Ze kreeg de indruk dat ze plotseling een geheel eigen schoonheid hadden gekregen, door hun talloze ingewikkelde lijnen bloot te leggen. Heel fijne details in kleur en vorm van de takken – die eerder verborgen waren geweest onder weelderig gebladerte – tekenden zich nu af tegen de hemel, helder en van een schoonheid die pijn deed. Soms ging ze laat in de middag zo zitten dat ze de zon kon zien ondergaan door die kale takken.

Terwijl de meeste mensen de winterse bomen als onvruchtbaar zagen en de eerste groene blaadjes niet konden afwachten, begon Trudi het meest van bomen te houden als ze zich volledig aan haar openbaarden, wanneer ze elke stam, elk takje kon zien. Ook mensen openbaarden zich vaak op die manier aan haar – zonder dat ze zich dat zelf realiseerden. En zij nam aan wat zij haar gaven, drukte het tegen zich aan zoals men een geliefde tegen zich aan zou drukken. Het overige – die bladeren en bloemen – was bonte sier, van tijdelijke aard. Soms wenste ze dat ze zichzelf kon ontbloten tot op haar ruggengraat, tot op haar botten, om het wezen van haarzelf te zien zoals zij het wezen van die bomen kon herkennen – dat ze ze kon kennen en zien en door hen gekend zou worden. Met Max was ze heel dicht in de buurt daarvan gekomen. En ze kon zich voorstellen dat ze zelfs nog meer van zichzelf zou onthullen in gezelschap van de kleine Hanna.

Hoe langer ze Hanna kende, des te meer fantaseerde ze over het idee dat zíj haar zou opvoeden. Ze was er zeker van dat Hanna, als ze haar keuze onder woorden kon brengen, bij haar zou willen wonen. En dus fluisterde ze haar de woorden toe die ze, bij andere kinderen, van zichzelf alleen mocht denken.

'Ik ken je...'

'Je zult je mij altijd herinneren...'

En de woorden die ze nooit tegen een ander kind had gezegd: 'Ik had je moeder moeten zijn.'

Hanna knikte dan alsof ze het ermee eens was, en soms stak ze één mollig handje op naar Trudi's gezicht en greep ze wat vlees en huid waar ze bij kon, als om Trudi voor zichzelf op te eisen.

Eén keer, toen een nieuwe klant had gevraagd of Hanna haar kind was – 'ze heeft net zulk haar en ogen als u' –, was Trudi eerst verbijsterd geweest, maar vervolgens had ze Hanna's voorhoofd gekust en gezegd: 'Ja. Dank u, ja, ze is van mij. Dank u.'

Trudi vond het jammer dat haar vader zo ingehouden met het kind omging. Met bezorgde ogen keek hij toe hoe zij Hanna naar de keuken bracht, of naar de woonkamer waar hij zat te lezen, en toen ze een keer aan hem vroeg waarom hij het vervelend vond dat kind in zijn buurt te hebben, antwoordde hij: 'Ze is niet van jou, Trudi.'

Ze had hem aangestaard. 'Denk je dat ik dat niet weet?' Maar ze dacht: *Dat had ze wél moeten zijn.*

Toch zorgde ze er sindsdien voor dat ze Hanna niet zoende of omhelsde als haar vader erbij was, en dat hij niet kon horen wat voor woorden haar met het meisje verbonden. Wat zij met Hanna had, ging dieper dan alles wat ze gevoeld had met andere kinderen, zelfs met Konrad, en ze was ervan overtuigd dat het er altijd zou zijn.

Haar vaders opmerking maakte haar ook voorzichtiger in haar brieven aan Matthias. Die correspondentie betekende veel voor haar, maar de laatste tijd had hij plagerig geschreven dat ze niet genoeg over zichzelf vertelde. 'Ik hoor altijd graag over Hanna,' schreef hij, 'maar hoe gaat het met jóú? Wat gebeurt er in jouw leven?'

Hanna is wat er in mijn leven gebeurd. Maar dat kon ze hem natuurlijk niet schrijven, dus werden haar brieven korter, samenvattingen van wat haar vader zoal deed. Leo's dokter had hem verteld dat druivensuiker goed zou zijn om hem sterker te maken, maar dat spul was moeilijk te krijgen omdat de apotheek meteen uitverkocht was als het geleverd werd. Van de preparateur hoorde ze dat ossenstaartsoep met prei de beste remedie tegen zwakheid was, maar toen hij zijn vrouw met een pan van die soep naar de bibliotheek had gestuurd, had Leo er maar een paar lepels van gegeten. Telkens wanneer Trudi haar vader probeerde te helpen, leek hij zich te generen, en ze had geleerd dat hij het het aangenaamst vond als hij met rust werd gelaten.

Als ze naar zijn rimpelige gezicht keek, bedacht ze dat haar moeder altijd jong was gebleven in haar herinnering. Terwijl haar vader oud werd, zou haar moeder altijd vijfendertig blijven. Eén keer, in de toiletten van een restaurant, had Trudi een oudere vrouw gezien die haar spiegelbeeld–het zorgvuldig gekapte haar, de zware make-up–met veel paniek en concentratie had bestudeerd, alsof het haar enorm veel moeite kostte haar gezicht bij elkaar te houden, het niet te laten gaan. Die gespannenheid. Ooit moest ze mooi zijn geweest. Het was vast moeilijker voor een mooie vrouw om oud te worden dan voor iemand als zij, die nooit mooi was geweest. Iedereen had iets waarmee hij worstelde–iets wat je kapot kon maken of juist sterker–en de dingen waarmee zij geworsteld had, waren misschien niet zó slecht. Inmiddels was ze tenminste gewend aan haar eigen lichaam, al zou ze misschien nooit wennen aan het woord *Zwerg*. Voor haar zou het gemakkelijker zijn oud te worden dan voor die vrouw. Dat was verbijsterend–dat iets voor haar echt gemakkelijker kon zijn dan voor anderen.

Ze bedacht dat zij, hoewel ze nog heel wat jaren voor de boeg had, op weg was deel te gaan uitmaken van een gemeenschap, namelijk die van de oude vrouwen die de ware macht in handen hadden. Wat een troost dat ze niet alles alleen zou hoeven doen, dat er eindelijk een groep zou zijn die haar bereidwillig zou opnemen omdat ook zij, als oude vrouwen, zich hadden moeten neerleggen bij hun eigen veranderingen, en minder afwijzend stonden tegenover anders-zijn omdat zij nu ook daaronder vielen.

Die hele decembermaand bracht Trudi meer tijd met Hanna door omdat Jutta herstellende was van geboorte en dood van haar zoontje. Joachim was gestorven in zijn tweede levensweek, en volgens de verhalen die Trudi had gehoord, had Jutta de dode zuigeling in haar armen gewiegd, en urenlang geweigerd hem af te staan aan Klaus of de dokter.

Toen Frau Weskopp, die al meer dan zes jaar het zwart van de weduwe droeg, bij de begrafenis had geprobeerd Jutta te troosten – 'De kleine Joachim was gelukkig gedoopt, dus hij hoeft niet naar het voorgeborchte' –, had Jutta haar woede op de oude vrouw gericht en geschreeuwd dat ze zich liever zorgen moest maken om haar zoons, die nazi's, die brandden in de hel.

Dergelijke uitbarstingen tegen een van hen maakten de jonge vrouw van de tandarts niet bemind bij de bewoners van het stadje: ze versmaadde hun tradities en sloot zich nu – terwijl ze door de dood van een zoon hun medeleven had kunnen veroveren – alleen maar meer af en kwam niet meer in de kerk.

Hoewel Klaus Malter Hanna nog steeds meenam naar de mis, was dat niet voldoende in de ogen van Herr Pastor Beier, die zich bedrogen voelde door Jutta omdat hij haar oom, die zelfmoordenaar, had begraven teneinde haar als parochielid te behouden. Hij had het gevoel dat de vrouw van de tandarts zich niet aan haar belofte hield, en toen hij zijn ingeving volgde – op zijn scooter naar haar huis rijden en onaangekondigd aanbellen, zoals ook zij was binnengedrongen in zijn studeerkamer –, deed ze open, gekleed in een zwarte jurk met daaroverheen een mannenoverhemd vol vegen rode en groene verf aan voorzijde en mouwen, alsof ze wilde ontkennen dat ze in de rouw was. Ze rookte, snel, en haar dochtertje klampte zich vast aan haar been en staarde met nieuwsgierige ogen naar de pastoor.

'Ja?' zei Jutta. 'Ja?', alsof de reden van de komst van de pastoor eveneens in één woord kon worden afgedaan.

'We hebben u gemist in de kerk.'

Ze versperde hem de weg zonder hem binnen te vragen. Haar lippen waren even bleek als haar gezicht, en haar blonde haar viel slap neer op haar schouders.

'Ik zou u graag de biecht afnemen,' zei de pastoor, en zij lachte, één keer, alsof de gedachte van biechten haar amuseerde. 'Ik weet dat het heel erg is, voor beide ouders, wanneer een kind sterft,' vervolgde hij, 'maar het is het ergste voor de moeder... alsof een deel van haar sterft.'

'Wat weet u daarvan?' zei ze op beschuldigende toon. 'Wat kunt u daar in vredesnaam van weten?'

'Krijgt uw vrouw wel goede verzorging?' vroeg de pastoor aan de tandarts toen hij bij diens praktijk langsging, op de terugweg naar de pastorie. 'Ze ziet er niet gezond uit.'

Klaus Malter, die een flink bedrag had geschonken voor de vervanging van het glas-in-loodraam boven het altaar dat tijdens de oorlog in stukken was gebroken, verzekerde de pastoor dat Jutta gezond was, voor zover men dat mocht verwachten van een vrouw die een kind had verloren.

'Ik zal voor uw vrouw bidden,' bood de pastoor aan.

En dat deed hij ook. Zodra hij zijn scooter achter de pastorie had geparkeerd, ging hij de kerk binnen, waar als gewoonlijk een aantal oude vrouwen geknield zat in het licht dat binnenviel door de moderne ramen in de kleuren die hij had uitgekozen – rood, wit en zwart. Binnenkort zou hij genoeg geld hebben om in hout gesneden beelden van de veertien kruiswegstaties te bestellen, die dan opgehangen konden worden langs de zijwanden, onder de oude ramen, die hij ooit ook hoopte te vervangen.

De priester sloeg een kruis, liet zich op zijn knieën vallen voor het altaar en richtte zijn ogen op de muurschildering van het Laatste Avondmaal. Het brood in Christus' handen was goudbruin, alsof het zó uit de oven kwam. Met rammelende maag vroeg de pastoor aan Christus of hij Jutta Malter terug naar de kerk wilde brengen, en of Hij haar zijn genade wilde betonen door haar te vergeven voor haar arrogantie. Boven hem waren de geschilderde heiligen aan het smullen, en achter zich kon hij de troostende aanwezigheid voelen van de gipsen heiligen – Sint Stefanus en Sint Agnes en Sint Petrus – en van de biechtstoel waar mensen hun zonden achterlieten, die hij dan moest inslikken. En hij kon de geur van vers brood ruiken – nee, van bloemen – hoewel het winter was en de altaarvazen leeg waren; maar eeuwen van kerkbloemen hadden hun geur in de stenen muren achtergelaten.

Trudi begreep wel waarom Jutta niet meer naar de kerk ging. Zelf had ze ook wel eens overwogen weg te blijven, maar ze hield nog steeds van de muziek, van de rituelen en zelfs van de geur in de kerk, die soms aan de kleren van mensen was blijven hangen wanneer ze naar de leesbibliotheek kwamen. Bovendien was Hanna elke zondagochtend bij de mis, en hoewel haar vader haar handje vasthield terwijl ze de traptreden afdaalden, rukte het kind zich altijd los om naar Trudi te hollen, waarna hij haar volgde en haar afstandelijk groette. Zijn rode baard vertoonde al wat grijze haren. 'Tijd om naar huis te gaan, Hanna,' zei hij dan, of: 'Zeg nu maar dag tegen Fräulein Montag.'

Eén keer, toen Hanna na de mis niet in Trudi's richting keek, voelde ze zich verraden, al zei ze tegen zichzelf dat het kind het gewoon was vergeten. Maar pas nadat Hanna een paar maal op bezoek was geweest, had ze die pijn kunnen overwinnen. Ze vond het vreselijk zo weerloos te zijn, vreselijk dat ze het meisje zo miste op de dagen dat ze haar niet zag.

Op een regenachtige middag in juli, toen Jutta aan het schilderen was, nam Trudi Hanna mee naar het aardhol van haar moeder. 'Vroeger speelde ik hier met mijn moeder, toen ik net zo'n klein meisje was als jij.' Ze spreidde een handdoek uit waarop ze konden zitten.

Hanna wees op de heel kleine sporen in het stof. 'Tsjoeketsjoek,' zei ze. 'Tsjoeketsjoektrein.'

'Aardbeikevers.' Trudi keek om zich heen. 'Die zie ik vandaag nergens. Aardbeikevers hebben hele kleine pootjes en daar maken ze die sporen mee. En ze ruiken naar aardbeien.'

Hanna pakte een droog takje en kraste haar eigen sporen in de grond. Druppels vocht glinsterden aan de dunne draden van een spinnenweb, en de muffe geur van aarde was troostend. Kon ze daar maar blijven met Hanna. Voorgoed. Of ver weg gaan met haar, met haar verhuizen naar een stad waar niemand haar kende en waar ze haar kon grootbrengen als haar eigen kind. Want wat ze voor haar voelde, moest wel hetzelfde zijn als wat een moeder voor haar kind voelt. Opeens voelde ze zich boos dat Max nooit was teruggekomen om samen met haar kinderen te krijgen. En toch – als hij was teruggekomen en met haar getrouwd was, wat zou er dan met hun liefde zijn gebeurd? Zou die afgesleten zijn, opgebruikt en verbitterd, als de liefde in zoveel huwelijken die ze om zich heen zag?

'Besje besje kever...' zong Hanna, en ze prikte in de aarde.

Trudi streelde haar zijdezachte haar. Over twee weken zouden Hanna's ouders haar meenemen op een reis naar Wangerooge, een eiland in de Noordzee waar ze elk jaar hun vakantie doorbrachten. Trudi zou willen dat ze Hanna bij haar achterlieten. Als Hanna te horen kreeg dat Trudi haar echte moeder was, zou ze haar gaan liefhebben als een dochter. Ze was pas drie, nog jong genoeg om haar ouders te vergeten. Bijvoorbeeld als ze dood waren. Allebei. Als Klaus en Jutta iets overkwam – een treinongeluk of een ziekte die snel en dodelijk verliep –, dan zou zij Hanna grootbrengen. Ze zou een kamertje voor haar inrichten met witte kanten vitrages en roze – nee, zonnig geel behang. Ze zou jurken met ruches voor haar naaien, die pluchen giraf voor haar kopen die ze in warenhuis Mahler had gezien, haar meenemen naar de speelplaats, naar de patates frites van Alfred Meier, ze zou haar 's avonds verhaaltjes voorlezen en...

Maar stel dat de familie van Klaus Malter ingreep? Dat ze zich tegen haar verzetten met hun geld en macht en advocaten, en eisten dat ze Hanna aan hen overdroeg? Hoe kon ze hun duidelijk maken dat Hanna bij haar móést wonen? Dat geen van hen ooit zoveel van haar kon houden?

Voor een dergelijke liefde mocht je iets terugverlangen.

Ze zag zichzelf rennen om een trein te halen, met het kind in haar armen hoewel ze al behoorlijk zwaar was, op de vlucht voor de familie van Klaus Malter... Gedachten en beelden schoten door haar heen, zodat ze duizelig werd. Misselijk. Ze krabbelde overeind, ze wilde Hanna weer naar buiten brengen, naar het licht. Het regende harder dan eerst. Binnengekomen waste ze hun handen, hun gezichten, en ze praatte snel: 'Je moeder komt je zo dadelijk halen. Weet je wel dat je moeder goed kan schilderen? Zo mooi... En je vader, dat is een goede tandarts. Je boft, je hebt veel geluk dat je twee ouders hebt...' Achteraf zou ze zich het meeste van wat ze tegen Hanna had gezegd, niet meer herinneren, alleen dat het een opsomming van haar ouders' deugden was geweest.

Wind en regen maakten dat de takken van de kastanje tegen de ramen van de leesbibliotheek krasten terwijl ze wachtte tot Jutta kwam, en toen ze eindelijk verscheen en het kind haar gezichtje naar Trudi keerde voor de gebruikelijke afscheidskus, kon ze het niet over haar hart krijgen haar aan te raken, en deed ze of ze het niet zag.

'Ik voel me niet goed,' zei ze tegen Jutta. 'Je moet haar maar eens een tijdje niet meer brengen.'

'Kan ik iets voor je doen?' De lange vrouw boog zich voorover en legde haar koele hand op Trudi's voorhoofd.

'Het is niet belangrijk,' zei Trudi, en ze deed een stap achteruit. 'Het is niets.'

'Hanna heeft iets gedaan waarvan je overstuur bent.'

'Natuurlijk niet.'

'Ik voel me niet goed,' zei ze tegen haar vader toen Jutta weg was. 'Ik heb de bibliotheek gesloten.'

'Waar ga je heen?' riep hij haar na toen ze naar de deur liep.

'Ik moet wat frisse lucht hebben.'

'De storm wordt erger. Neem dan op zijn minst een jas mee.'

Maar ze was al buiten, in de regen. Onmiddellijk waren haar haren en kleren doorweekt. Ze had er geen idee van waar ze heen wilde, alleen dat ze weg moest van de plek waar ze met haar eigen gebrokenheid geconfronteerd was. Ze had die gebrokenheid moeten zien toen ze haar liefde voor Hanna in stilte had gehuld. Er zat iets van waanzin in haar liefde – eenzelfde soort waanzin als ze in Ingrid had gezien als die over God praatte; en in haar eigen moeder als ze weer eens ontsnapt was; en in het gezicht van Herr Heidenreich wanneer hij vroeger zijn Führer had geprezen. En net als bij hen bood die waanzin ook een toevlucht waar ze zich thuis voelden, zich rustig voelden. Zoals zij met die liefde voor Hanna.

Met Hanna was ze op haar best.

Op haar slechtst.

En ze moest ermee stoppen.

Voor haar uit ging de aarde omhoog, en ze herkende de lange, gelijkmatige bocht van de dijk. Ze gleed bijna uit toen ze omhoogklom, en toen ze bovenaan was, kon ze de rivier niet zien, alleen de regen die schuin neerviel, in een grijze watermassa. Maar ze dacht de rivier te ruiken – zoals ze die had geroken in haar moeders haar als ze thuiskwam nadat ze was gevlucht. En toen ze naar beneden klauterde aan de andere kant van de dijk, kon ze het verlies van Hanna al voelen, en vervolgens het verlies van Max en van haar moeder en van Ingrid en van Frau Simon. Even had ze, daar in de uiterwaarden, het gevoel dat ze de-man-die-zijn-hart-aanraakt kon zien, maar het was slechts een kleine boom. Ze bedacht dat haar leven vol geesten zat: op sommige dagen dacht ze vaker aan de doden dan aan de levenden. Ze zag Frau Abramowitz bij haar raam staan in het donker, zag de contouren van haar lichaam naarmate de hemel lichter werd, een halo om haar heen vormde. Ze zag Fienchen Blomberg in de kruidenierswinkel, Eva op haar trouwdag, beiden omgeven door randen van licht, en ze voelde doodsangst voor alle verliezen die nog vóór haar lagen, vooral het verlies van haar vader.

Natte grassprieten, ijskoud en scherp, prikten haar in neus en wangen toen ze viel. Ze kromde haar vingers, probeerde zich in de aarde vast te klauwen, zich vast te houden aan iets stevigs dat die zielverkillende eenzaamheid kon afweren, maar het enige wat ze kon pakken was onkruid en gras. De aarde onder haar gaf niets prijs, was onverschillig. Als haar lichaam niet in de weg had gezeten, zou de regen zijn gevallen op de aarde die zij nu versperde. Opeens herinnerde ze zich de eerste blouse die ze genaaid had na haar ontmoeting met Pia: ze kon de zachte stof voelen, die specifieke blauwe tint, net als Pia's woonwagen, en ze werd overspoeld door een hevig verlangen naar die blouse; toch wist ze tegelijkertijd dat de blouse symbolisch was voor een deel van haar leven dat onherroepelijk voorbij was.

Ze kon de aanhoudende razernij van de Rijn horen, boven het brullen van de storm uit. Langzaam stond ze op. Haar heupen deden pijn, haar benen waren gevoelloos. Toch liep ze in de richting van de rivier, en de doorweekte zoom van haar rok sloeg tegen haar kuiten. Het water was nog donkerder grijs dan de regen, maar toen haar ogen zich eenmaal hadden aangepast aan de verschillende grauwtinten, kon ze rotsblokken en struiken zien, bomen en schepen en zelfs een zwaluw, één enkele zwaluw die in de richting van een boom vloog en zo dicht bij de stam kwam dat hij ertegen leek te botsen, vlak voordat hij met schrille kreten uitweek. *Een kwestie van timing.* Dat deed haar denken aan Eva, die grapjes had gemaakt over katholieken die hun laatste biecht timeden op vijf minuten voor hun dood.

Toen ze ging zitten op een boomstam, kon ze zien hoe het patroon van het water veranderde als het stroomde langs een rots in de rivier die boven het water uitstak. Ze kende die rots goed: bij hoogwater in het vroege voorjaar lag hij onder water, verborgen voor je ogen, hoewel de rivier wist waar hij was en eroverheen spoelde, maar halverwege de zomer was hij altijd zichtbaar. Maar de rivier hield niet op bij de onderkant van de rots, en blokkeerde niet jammerend al het water dat erachteraan kwam. Nee, hij bleef doorstromen, ging uiteen, schuimde, maar werd dan weer één voorbij de rots, en liet zijn invloed achter op de rots, precies zoals de invloed van elk uur dat ze had geleefd nog bij haar was, haar gevormd had, zoals de mensen die haar dromen hadden geïnspireerd – en de eerste van hen was haar oom Stefan Blau, die naar een ver werelddeel was gereisd. Opeens kreeg ze het gevoel dat zij de rivier was, en in een steeds veranderend patroon rond de rots spoelde, uiteengaand en weer samenkomend, zonder zich te laten vasthouden in schuimende poelen. In de loop der jaren had ze meer van de rivier geleerd dan van enig persoon, en wat ze geleerd had was altijd gepaard gegaan met hartstocht – intense pijn of vreugde. Het lag in de aard van de rivier zowel woest te zijn als zachtaardig; soms was hij overvloedig, en soms schraal; soms was hij gulzig, en soms schonk hij vreugde. En het zou altijd de aard van de rivier zijn zich de doden te herinneren die onder zijn oppervlak begraven lagen.

Wat de rivier haar nu liet zien, dat was dat ze kon stromen voorbij de gebrokenheid, dat ze zichzelf kon verlossen, en weer één worden. Als die rots haar liefde voor Hanna was, kon ze maken dat die haar tegenhield, haar blokkeerde – of ze kon die rots erkennen en er respect voor hebben, haar stroming wijzigen en eromheen stromen. Ze moest even glimlachen, want een ogenblik leek het water te proberen stroomopwaarts te kruipen, terug over het oppervlak van de rots met tientallen kleine handjes die zich uitstrekten tegen de stroming, zich tegen de stroming verzetten. En dat was goed. In de loop van jaren zou de rots van vorm veranderen, net als de talloze stenen op de bodem van de rivier, stenen die je niet kon zien; ze beïnvloedden de stroming, maar belemmerden niet de voortgang, de vaart, de bestemming. Ze begreep dat het in haar aard lag liefdevol te beginnen en dan wraaklustig te worden–zoals met Georg en Klaus en Eva, hoewel het met Eva weer liefdevol was geëindigd–en dat ze nodig een blik op haar liefde moest werpen en er zeker van moest zijn dat die compleet was voordat ze die iemand mocht aanbieden. Haar liefde voor haar vader was compleet, maar haar liefde voor Hanna was niet zuiver. Die liefde moest genezen voordat ze haar weer kon aanbieden aan Hanna.

Als ze die ooit weer aan Hanna kon aanbieden.

Ze huiverde. Er was iets wat ze moest doen, iets wat niet van haar was en wat ze terug moest geven. Ze zag Jutta staan in een andere regenbui, hoog boven het gat van de grindgroeve, ze rook de zwavel van de bliksem, zag de half opgegraven wortels van de berk, en herinnerde zich haar bezorgdheid dat Jutta niet echt veilig zou zijn in Burgdorf. Ze kreunde. *Maar mezelf heb ik nooit als bedreiging voor jou gezien.*

Het was na middernacht toen ze thuiskwam. Hoewel haar vader licht had laten branden en een briefje op de trapleuning had geprikt dat de badkamerkachel was opgestookt, gunde ze zich niet de tijd om zich te drogen of te warmen. In haar doorweekte kleren rende ze de trap op naar haar kamer, en daar nam ze Jutta's schilderij van Hanna van de muur. Ze gunde zich niet de troost van een laatste blik daarop, maar droeg het de trap op naar de naaikamer, waar ze het achter de deur zette. De volgende ochtend zou ze het teruggeven aan Jutta en tegen haar zeggen dat het iets was wat ze nooit had mogen kiezen. En als Jutta haar dan toch een van haar schilderijen wilde geven, dan zou ze aan haar vragen er een voor haar te kiezen.

Hoofdstuk eenentwintig [1949-1952]

Wegblijven bij Hanna–het was gemakkelijker dan ze had gedacht, want wanneer ze het kind zag, al was het uit de verte, voelde ze zo'n intens gevaar voor zichzelf dat ze niet bij haar in de buurt wilde zijn. Natuurlijk miste ze haar. De zorg voor haar vader nam niet veel tijd. Bovendien reageerde hij onbehaaglijk als ze overdreven zorgzaam deed–dan trok hij zich alleen maar meer terug in zijn boeken. Hij leek het altijd koud te hebben, zelfs op de warmste dagen, en hij droeg een of twee wollen vesten over zijn overhemd, evenals zijn grijze trui. Als Emil nog geleefd had, zou hij haar vader aan het praten hebben gekregen, hem betrokken hebben bij hun oude felle discussies.

Trudi was meer in de weer in de leesbibliotheek. Hoewel de romans haar nog steeds verveelden, genoot ze van de gestage stroom mensen die naar haar toe kwamen zonder dat ze er iets voor hoefde te doen–heel anders dan in haar schooljaren, toen ze zo haar best had gedaan anderen naar zich toe te trekken. Nu konden ze niet bij haar wegblijven: ze was in staat hen te boeien met geruchten, ze kon dwars door hen heen kijken met die felle blauwe ogen van haar, ze zag één ding en doorgrondde de rest. En altijd, altijd had ze nieuwe verhalen voor hen, verhalen die voorzagen in drama, niet het melodrama van die romannetjes waarin gevoelens uitsluitend hevig waren–haat, liefde, angst, verrukking–, maar subtiele nuances van ervaring die in hun hart zouden naklinken, lang nadat ze het eind waren vergeten van de romannetjes die hen even aan hun leven hadden laten ontsnappen.

Een van haar nieuwe klanten was een joodse vrouw die elke keer dat ze naar de bibliotheek kwam, drie detectives leende. Hoewel enkele joden naar Burgdorf waren teruggekeerd was Angelika Tegern de enige jodin die zich daar gevestigd had zonder er eerder te hebben gewoond. Ze was een lange, knappe vrouw met een treurige mond, en ze was getrouwd met een architect. Toen dit tweetal een stuk grond in de buurt van de rivier kocht en daar een fraai, gepleisterd huis met solarium liet bouwen, was dat voldoende voor Anton Immers om weer te razen tegen de joden: 'Zo zie je maar weer, dat soort mensen woont in huizen die

veel buitensporiger zijn dan waar eerlijke mensen als wij in wonen...'
Toen zijn schoondochter het niet meer verdroeg de tirades van de oude
man aan te horen en tegen hem zei dat Duitsers nooit meer goed konden
maken wat ze de joden hadden aangedaan–'Ik zal me altijd schuldig voelen, al heb ik er zelf niet aan meegedaan'–, wisselde de oude slager wekenlang geen woord meer met haar.

De eerste keer dat Frau Tegern in de leesbibliotheek kwam, was Trudi
geïntrigeerd geweest omdat ze–nog afgezien van het feit dat ze Angelika
heette–er precies uitzag zoals Trudi zichzelf had beschreven in haar reactie op de advertentie die Max had geplaatst. Hoewel Frau Tegern afstandelijk deed, kwam Trudi er ten slotte toch achter dat haar ouders in
concentratiekampen waren omgekomen. Toen haar vader, een politieke
gevangene, aan het eind van de jaren dertig was gearresteerd, was haar
moeder hem blijven bezoeken, zelfs nadat de gele ster was ingevoerd. Ze
had geweigerd dat ding op haar jas te naaien, en had vrij rondgereisd om
haar riskante bezoeken aan haar man voort te zetten. In 1945 was zij
echter ook gedeporteerd, en ze was in Theresienstadt gestorven.

Een keer, toen Angelika Tegern zei dat de slager haar onbehaaglijk
voorkwam, zoals hij almaar naar haar keek, verzekerde Trudi haar dat
Herr Immers iedereen argwanend aankeek, zelfs zijn oude nazi-vrindjes.

'Ik zal u iets over hem vertellen,' zei ze, en zo begon ze aan de eerste
van haar lessen voor Angelika, waarin deze te horen kreeg wie ze kon
vertrouwen en bij wie ze uit de buurt moest blijven. 'Hij is niet alleen
een driemaandskindje, maar hij liegt ook nog.'

'Waarover?'

'Nou, in wezen is hij wel oprecht–een soort eigenwijze oprechtheid,
als u weet wat ik bedoel–maar hij liegt dat hij in de Eerste Wereldoorlog
heeft gevochten. Hij was afgekeurd voor het leger, dus heeft hij de preparateur worstjes gegeven in ruil voor diens uniform, en toen heeft hij zich
laten fotograferen... Die aktetas waar hij altijd mee rondloopt–die hebt
u toch wel gezien?–is zogenaamd voor het verzamelen van informatie
over mensen, maar zijn schoondochter zweert dat er alleen maar kran-
tenknipsels over de Führer in zitten.'

Trudi merkte dat Frau Tegern graag nieuwe boeken leende: het was
een speciaal gevoel als je ze voor het eerst opensloeg en de pagina's zich
verzetten tegen je vingers–dan waren ze alleen nog verhalen, letters die
op schoon papier waren gedrukt, onbelast door het lot van de mensen die
ze zouden lezen en die sporen van hun aanraking zouden achterlaten,

bijvoorbeeld een vouw of een vuile veeg. Trudi begon nieuwe boeken apart te leggen voor Angelika Tegern en bewaarde ze voor haar achter de toonbank, voordat ze ze aan iemand anders uitleende. Ze kende de voorkeur van haar klanten en raadde hun boeken aan over hartstocht of misdaden of avonturen, zelfs voor mensen die deden alsof ze zulke boeken niet lazen, bijvoorbeeld Klara Brocker die haar lippen stiftte als ze alleen maar 's ochtends naar de slager ging en beweerde romannetjes te lenen voor haar invalide moeder die bij haar en haar buitenechtelijke zoon inwoonde in hun kleine woning aan de Barbarossastrasse. Men zei dat de beroerte van de oude vrouw het gevolg was van haar schrik over Klara's zwangerschap. Het deed er niet toe dat de jongen die uit die zwangerschap was geboren, inmiddels drie was, en dat zijn grootmoeder vóór haar ziekte erg van hem had genoten. Nu echter was ze linkszijdig verlamd, ook de ene helft van haar gezicht, en ze moest met een lepel gevoerd worden. Haar aanhoudend afkeurend masker werd slechts gezien als bevestiging van haar vreselijk lijden onder de schande van haar dochter.

Trudi vond het eigenlijk heel juist dat haar klanten de keus kregen tussen haar verhalen, en de gepubliceerde verhalen die afgedrukt stonden in boeken met felgekleurde omslagen, boeken die veilig waren omdat er niemand in het stadje bij betrokken was. Van tijd tot tijd zei ze bij zichzelf dat ze verhalen over zichzelf moest bewaren voor Hanna – verhalen die ze, als ze ouder was, zou begrijpen. Als ze dacht aan zichzelf met Hanna, werd het gemakkelijker die beelden te scheiden van veel vroegere beelden – van haarzelf met háár moeder in het aardhol – en dan dacht ze aan de eerste verhaaltjes die ze ooit had verteld, verhaaltjes die een bepaalde bedoeling hadden gehad: haar moeder teruglokken naar het licht.

Nu was de bedoeling van haar verhalen veranderd. Ze vertelde ze om hun betekenis te ontdekken. Tijdens het vertellen, merkte ze, bereikte je een punt waarop je niet meer terug kon, waar het verhaal, naarmate het veranderde, ook jouzelf transformeerde. Het was van belang elk verhaal door je heen te laten gaan. Het werd langzamerhand onmogelijk terug te keren naar haar vroegere redenen om verhalen te vertellen – wraak, uitdaging of geruststelling. Maar de meeste mensen wisten dat niet. Ze waren nog steeds bang voor haar. Ze begrepen niet dat ze tegenwoordig een verhaal vertelde om het verhaal, en genoot van de manier waarop ze stuk voor stuk in haar ontstonden. Het begon nog steeds met geheimen waartoe ze zich aangetrokken voelde, maar ze kon de drang tot vertellen onderdrukken, laten rusten, zodat het zich ontwikkelde tot iets waarin de brokken leven die op haar weg kwamen, zich konden koesteren, totdat een verhaal klaar was om zich te openbaren.

Eerst had Hanna niet geweten wat ze eigenlijk miste, alleen dat ze 's ochtends, als ze wakker werd, opeens werd overvallen door een treurigheid die maakte dat ze wilde terugkruipen onder de donzen deken, om te huilen. Haar moeder las haar vaak voor, haar vader liet haar spelen met zijn schaakstukken, en dan glimlachte ze en omhelsde hen, en ze vroeg zich af of die treurigheid misschien aangaf wat het was om een kind te zijn. Niet dat ze dat gevoel voortdurend had–nee, het overkwam haar soms in geen dagen, maar daarna wist het haar weer te vinden.

In haar vierde levensjaar maakte haar vader de schutting in de achtertuin steeds hoger omdat ze door de buurt dwaalde en werd aangetroffen in huizen van andere mensen, waar ze naar binnen was geklommen door een raam, en waar ze dan zat te spelen met een stuk speelgoed, bijvoorbeeld, of met een stel schnapsglaasjes. Soms wist ze Manfred Weiler, die in de andere vleugel van het flatgebouw woonde, te overreden samen met haar te ontsnappen, en dan speelden ze op de schommels van de katholieke school, tot een van de nonnen hun armen vastpakte en hen weer naar huis bracht.

Hoewel de schutting steeds hoger werd, klom Hanna eroverheen, achter een vaag verlangen aan dat haar meetrok tot buiten haar eigen wereld. En toen, op een drukkende zomerdag, een paar maanden na haar vijfde verjaardag, zag ze de kleine vrouw op de markt met een mandje, en ze stond te praten tegen een boer die tomaten voor haar afwoog, met een geel vest dat over haar geel-en-blauwe schortjurk hing. En opeens wist Hanna waarom ze aldoor was weggelopen. Ze schoot op de kleine vrouw af, liet haar vingers in de brede handpalm glijden en keek stralend op naar het ronde gezicht dat zoveel dichter bij haar was dan de gezichten van andere grote mensen. Vanbinnen voelde ze een diepblauwe rust, een trage blauwe maalstroom van rust, in hetzelfde blauw als de bloemen op de schortjurk en de ogen waarin ze keek, blauwe ogen die knipperden terwijl de grote hand zich van haar wilde losrukken.

Maar Hanna was niet van plan los te laten.

'Waar is je moeder?'

'Thuis. Ze schildert.'

'Weet ze...'

'Ik ben over de schutting geklommen.'

'Dat mag toch niet.'

'Dat weet ik.'

Een ooievaar vloog over het dak van de bakkerij, en Hanna wees ernaar. Ze volgden beiden zijn vlucht tot hij landde op café 'Potter'.

'Toen ik kleiner was dan jij,' zei de kleine vrouw, 'moest ik van mijn moeder suikerklontjes op de vensterbank leggen.'

'Waarom?'

'Dan zou de ooievaar me een zusje of broertje brengen. Maar ik heb die klontjes opgegeten... En mijn broertje is gestorven.'

'Mijn broertje is ook gestorven.'

'Ik ben bij zijn begrafenis geweest.'

'Maar hij kwam uit mijn moeders buik. Niet van een ooievaar.'

'Jouw broertje was tenminste levend geboren. Het mijne was al gestorven voordat hij geboren was.'

'Hoe dan?'

'Ik heb hem nooit mogen aanraken.'

'Hoe heet hij?'

'Horst. Dat staat op onze grafsteen.'

'Mijn broertje heette Joachim. Heb je mij gezien bij zijn begrafenis?'

'Ja.'

'Huilde ik?'

'Je was te klein om het te begrijpen... Laat ik je nu maar naar huis brengen.'

'Mag ik bij je op bezoek komen?'

'Die tomaten... ik moet ze nog betalen. Laat me even los.'

Hanna sloeg naar een vlieg die op haar bezwete arm wilde landen en verplaatste haar hand naar het hengsel van Trudi's mand. 'Nu zou ik wél huilen.'

De blauwe ogen rustten op haar.

Vlakbij werd een scooter gestart, en het lawaai nam toe terwijl de dikke pastoor langs de markt reed, met zijn grote lijf wankel op het kleine zadel. Hij leek goedgehumeurd en wuifde naar parochianen die hem groetten. In de maanden sinds zijn zuster Hannelore naar Burgdorf was gekomen om de plaats van zijn huishoudster in te nemen, waren zijn preken stichtelijker geworden. De mensen zeiden dat het hem niet gemakkelijk was gevallen Fräulein Teschner aan te raden te vertrekken naar een betere baan, en ze zeiden dat zijn zuster bofte dat ze voor hem mocht werken. Wie anders zou een oude vrijster met misvormde handen in dienst willen nemen? Maar Trudi wenste geen kwaad woord te horen over Hannelore Beier. De zuster van de pastoor zou haar vroeger onbehaaglijk hebben gestemd, maar nu beschikte ze over een eigen erecode tegenover mensen die ook als afwijkend werden beschouwd.

Bij het volgende kraampje was een boerenvrouw bezig de prijzen op de leitjes met krijt te veranderen, en ze schreef er nieuwe cijfers onder. Trudi koos acht witte champignons en een kleine bloemkool. Hanna hield de mand nog steeds vast toen ze haar moeders flatgebouw bereikten, en ze wilde niet loslaten tot haar moeder had beloofd dat ze haar, als Trudi het goedvond, binnenkort naar de leesbibliotheek zou brengen.

Trudi aarzelde. Het was meer dan twee jaar geleden dat Hanna voor het laatst in haar huis was geweest. Ze dwong zich een beeld voor ogen te halen – een beeld van haar en Hanna – en dat voelde niet meer gevaarlijk aan: ze zaten aan haar keukentafel; tussen hen stond de satijnen hoedendoos waarin haar moeder haar papieren poppetjes had bewaard, en zij liet het meisje zien hoe ze de uitsteeksels over de schouders en heupen van de poppetjes moest vouwen. Hanna lachte toen ze hun die lange papieren kleren aantrok, diepe tinten paars en rood en groen, en ze gaf hun bijpassende hoeden en parasols.

Langzaam knikte Trudi, en Hanna liet de mand zo abrupt los dat hij op de grond viel.

'Wanneer?' vroeg het kind terwijl ze de groenten opraapte. 'Wanneer?'

'Dat mag je moeder zeggen.'

Trudi ging heel voorzichtig om met het kind dat naar haar toe kwam, met jaren van opgekropte liefde. Maar geleidelijk, naarmate ze haar eigen grenzen begon te vertrouwen, begon ze te genieten van de bezoekjes van Hanna. Ze vond het fijn haar te verrassen met cadeautjes: een kleurboek met krijtjes; gebakjes met slagroom en chocoladevlokken; twee groene linten die pasten bij haar zondagse jurk.

Hanna kende een paar van de liedjes die Trudi als kind had geleerd, en soms zongen ze die samen: '*Fuchs du hast die Gans gestohlen...*' of: '*Wie das Fähnchen auf dem Turme...*' Trudi liet haar spelen met de muziekdoos die Emil Hesping haar had gegeven, en haalde foto's te voorschijn die Herr Abramowitz van haar had gemaakt toen ze zo oud was als Hanna. Maar die stijve afdrukken in bruine tinten, rossig verkleurd, waren allemaal donkerder dan ze zich herinnerde uit de tijd dat de foto's genomen waren.

Beneden bij de beek liet Trudi aan Hanna zien wat zij samen met haar moeder had gezien op de dag dat haar broertje begraven was – hoe ze voorbij het bewegend oppervlak van het water moesten kijken, en niet alleen het drab op de bodem van de beek zien, maar ook de hemel en hun eigen gezichten, weerspiegeld in de stroming.

Ze waren met de papieren poppetjes aan het spelen op de dag dat de houten ijskast werd vervangen door een elektrische koelkast. Die reikte tot aan Trudi's schouders en maakte een brommend geluid dat van tijd tot tijd terugkeerde, als het zoemen van een vlieg, echoënd door het huis. Leo Montag, die een groot deel van de dag lag te dutten, kon er dwars doorheen slapen, maar de eerste twee nachten werd Trudi wakker van het geluid, en hoe meer ze probeerde het te negeren, des te indringender werd het gezoem, bonzend in haar oren als water dat erin was blijven zitten nadat ze gezwommen had.

In het begin had Trudi altijd iets om aan Hanna te laten zien of te geven, maar ze besefte algauw dat het meisje niets heerlijker vond dan luisteren naar haar verhalen. Hanna, die veel bedachtzamer was dan Jutta, een vrouw die brandde in het moment, bewoog zich in Trudi's verhalen, legde verbanden, overbrugde leemten met vragen die Trudi dieper in haar eigen herinneringen deden afdalen. En naarmate ze meer deelde in haar eigen verhalen, voelde ze de vreugde van de zelfopenbaring.

Maar net als andere kinderen die in de oorlog of daarna waren geboren, stelde Hanna geen vragen over de oorlog. Voor die kinderen, dat wist Trudi, was dat zwijgen normaal: ze waren ermee opgegroeid. *Normaal* – een afschuwelijk woord als je erover nadacht. De meesten wisten wel dat er een oorlog was geweest – per slot van rekening waren er nog een paar ruines die daarop wezen –, maar ze hadden al vroeg geleerd dat het ongepast was over die oorlog te praten, zelfs als er, diep in hun binnenste, vage vragen opkwamen. Trudi hoopte dat Jutta, als Hanna ouder was, haar zou vertellen over de oorlog. Het was onwaarschijnlijk dat Klaus dat zou doen. Het enige wat zij kon doen was Hanna aanmoedigen alles te vragen wat ze wilde weten.

'Alles?' In de ogen van het kind stond verwondering te lezen, een zeker verlangen.

'Alles.' Ze zaten in Trudi's keuken, en Hanna balanceerde over het platform boven de vloer, voor de keukenkastjes. 'Ik zal je antwoord geven als ik kan. En als ik dat niet kan, of niet wil – of als jij te jong bent om het te weten – dan zal ik dat zeggen.'

'Ben jij klein omdat je moeder je op je hoofd heeft laten vallen?'

Trudi verstarde. 'Wie heeft dat gezegd?'

'De moeder van Rolf.'

'Ik zou je hele verhalen kunnen vertellen over die Klara Brocker. Dat is wel de laatste die iets over mij zou mogen zeggen.' Trudi hield zich in. Ze had beloofd Hanna antwoorden te geven, en geen tirades. 'Ik ben klein omdat ik zo ben geboren. Het is net zoiets als geboren worden met rood haar, zoals je vader, of met een kromme vinger zoals Frau Blau. Ik dacht vroeger altijd dat haar vinger zo was geworden van al dat stof afnemen... Er is een woord voor mensen zoals ik – *Zwerg*; niet dat ik dat een mooi woord vind, maar zo noemen ze het. Ik weet wel dat mensen hun kinderen waarschuwen dat ze er net zo zullen uitzien als ik als ze hun tanden niet poetsen of hun gebakken lever niet opeten of boter eten met een lepel of kikkers doodmaken of de straat oversteken zonder uit te kijken of spinnen aanraken of...'

'Maar ik vind het fijn dat jij klein bent.'

Trudi staarde haar aan.

'En ik wil net zo'n huis als jij als ik groot ben.'

'Tegen die tijd ben je te lang voor die planken.'

'Misschien kan ik klein blijven.'

'Dat is niet iets om te wensen, kind.'

'En wie heeft je over hem verteld?' vroeg Trudi op de dag dat Hanna haar vroeg naar de man aan de rivier.

'Herr Immers.'

'De oude of zijn zoon?'

'Ze zijn allebei oud.'

Trudi lachte. 'In jouw ogen natuurlijk wel. Net als ik.' De leesbibliotheek was leeg, en Hanna mocht haar helpen met boeken die teruggezet moesten worden op de planken.

'Jij bent niet echt oud.'

'Ik kan nog lopen zonder stok.'

Hanna knikte, ernstig.

'Dat was een grapje. Van die stok... Maar vertel eens, wat heb je van Herr Immers gehoord?'

'Dat hij en je vader je net op tijd hebben weggehaald.'

'Net op tijd waarvoor?'

'Om je te redden.'

'O, om me te redden? Dan zal het de zoon zijn geweest... Die man bij de rivier is tien-, nee, honderdmaal beter dan vader of zoon Immers.' Ze rechtte haar schouders. 'Ik zou misschien met hem zijn getrouwd.'

Hanna beklom de ladder en ging daar zitten, met de ellebogen op haar knieën, neerturend op Trudi.

'Die man,' zei Trudi, 'dat was een lieve man, een goede man...' Ze kon hem ruiken, voelde het gewicht van zijn lange lichaam. Hoe kon Max zo dichtbij zijn? En zo ver weg? 'Maar de mensen in ons stadje, die kunnen zich niet voorstellen dat een dergelijke man belangstelling zou kunnen hebben voor mij. Nee – ze vinden het gemakkelijker te geloven dat die man mij kwaad wilde doen.'

'Herr Immers zei dat hij naakt was.'

'Herr Immers heeft gelijk. Dat kwam doordat die man wilde gaan zwemmen, en hij had geen badpak.'

'Mijn moeder zwemt ook zonder badpak. Als ze in zee is. Of in de rivier. Dan trekt ze het uit. Mijn vader zegt dat ze het nog eens zal kwijtraken.'

'Ja, dat zegt je vader natuurlijk.'

'Is die man gaan zwemmen?'

'Hij kon goed zwemmen.'

'Waarom ben je niet met hem getrouwd?'

'Omdat hij niet is teruggekomen.'

'Misschien is hij onderweg.'

'O, Hanna.' Ze was weer terug in haar eindeloze dagen van wachten, van wensen dat Max bij haar terugkwam. *Vertel me wat je deze keer hebt gezien, Max.' 'Ik zal het voor je schilderen.' 'Vertel het me nu...'* De gloed van geeloranje bloemblaadjes die zich over witte stadsmuren uitspreidde, tot in de hemel. 'Hij was schilder.'

'Net als mijn moeder?'

Trudi knikte.

'Mis je hem?'

En opeens huilde ze, ze stond te huilen waar het kind bij was. Hanna gleed van de ladder af en sloeg haar armen om haar heen en zei almaar: 'Je hebt míj nu.'

'En hém zal ik ook altijd hebben. Weet je – weet je, Hanna, hij moest naar een ander land... Hij is een stedenbouwer, een bouwer van huizen die mooier zijn dan je je kunt voorstellen...' Ze huilde terwijl ze Max beschreef voor Hanna, terwijl ze licht opbouwde uit haar herinnering en verdriet, het soort licht dat je vindt op beschaduwde plekken – niet het aardige glanzen dat spoedig voorbij is, maar licht dat zijn eigen tegendeel van duisternis bevat – als de flits van aardbeienrood tegen de witte vingers van een vrouw.

Maar Hanna's vader reageerde gechoqueerd op het verhaal waarmee zijn dochter thuiskwam, en de volgende ochtend, toen Trudi de leesbibliotheek openmaakte, stond hij voor de deur te wachten. Met een korte groet stapte hij langs haar heen in zijn gesteven witte jas.

'Hanna is te jong voor dergelijke verhalen.'

Trudi sloot de deur achter hem en volgde hem naar de toonbank. 'Wat voor verhalen?'

'Over die man bij de rivier. We weten allemaal dat je hem nooit eerder had gezien.'

'O ja? Weten we dat?'

Zijn ogen schoten weg van haar, naar zijn handen.

Ze herinnerde zich hoe graag ze die handen had willen aanraken, langgeleden. En ze herinnerde zich de jurk die ze gedragen had op de avond dat ze met hem had gedanst, die mouwloze van chiffon, met dat Spaanse bolerootje dat ze van Frau Abramowitz had gekregen. Ze herinnerde zich dat ze op haar tenen had gelopen op die idioot hoge hakken, en ze bedacht hoeveel prettiger ze zich nu voelde op haar lage gymschoenen en in haar verwassen schortjurk.

'En als ik hem nou eens wél had gekend, Klaus Malter, wat dan? Zou dat er iets aan veranderen? Stel dat ik hem al maanden had gekend? Of jaren? Stel dat hij het soort man was geweest die, nadat hij me gekust had, niet deed alsof het nooit gebeurd was?'

Toen het gezicht van de tandarts rood werd, een lichter rood dan dat van zijn baard, wist ze dat ook hij die kus nooit had vergeten, dat hij zich die altijd had herinnerd en zich er onbehaaglijk over voelde, en op dat zegevierende moment bedacht ze hoeveel gemakkelijker allebei hun levens verlopen zouden zijn als ze over die avond hadden gepraat. Misschien had ze dan, in plaats van deze overwinning, zijn vriendschap bezeten.

'En stel dat die man echt van me had gehouden?' fluisterde ze.

'Ik – daar kan ik geen antwoord op geven.'

'Ik vraag je ook niet om een antwoord. Ik wil dat je je dat voorstelt.'

Zijn hoofd werd nog roder. 'Hanna is pas vijf. Het is beter als ze dergelijke dingen niet te horen krijgt.'

'Hanna kwam bij mij met vragen – geruchten – over een man zonder kleren bij de rivier, over een gevaar waarin ik zou hebben verkeerd. Het enige wat ik gedaan heb is dat ik haar zoveel heb verteld dat ze zich geen zorgen meer maakt.'

'En toch wil ik niet meer dat ze hier komt en jou lastigvalt.'

'Je dochter valt me niet lastig.'

'Mijn vrouw en ik... Dit is het enige waarover we het niet eens zijn, dat Hanna hierheen komt.'

'En Hanna dan? Tellen haar wensen niet?'

Hij zweeg.

'Denk eens aan alles wat ik haar níét heb verteld – bijvoorbeeld wat er in werkelijkheid gebeurd is met haar oudoom en met Eva.'

'Alexander is gestorven. Meer hoeft Hanna niet te weten.'

'Ze wéét al meer... En dat heeft ze niet van mij. Ze heeft in de bakkerij gehoord dat hij uit het zolderraam is gesprongen.'

'En wat heb jij toen gezegd?'

'Dat dat verhaal klopt.'

Klaus kreunde.

'Je dochter zegt dat jij haar verteld hebt dat Eva aan tuberculose is gestorven.'

'Dat is iets wat een kind kan begrijpen.'

'Maar daardoor wordt het nog niet wáár. Maar goed – dat is binnen jouw familie. Op het ogenblik gelooft ze dat Alexander zelfmoord heeft gepleegd omdat zijn vrouw aan tuberculose was gestorven. Ik heb haar niet wijzer gemaakt. Al staat het me niet aan. Maar als ze me vragen over mijzelf stelt, dan vertel ik haar de waarheid.'

De oude vrouwen vonden het een goed idee toen de tandarts Klara Brocker in dienst nam om zijn dochter en zijn woning te verzorgen, omdat zijn vrouw het te druk had met haar schilderijen, en met de rouw om haar zoontje, alsof niemand anders ooit een kind had verloren.

Trudi echter kon niet begrijpen hoe Jutta haar dochter kon overdragen aan de zorg van dat keurige vrouwtje met haar geplukte wenkbrauwen en stijve permanent. Klara Brocker had al eens eerder een manier gevonden iets te pakken te krijgen wat voor een ander bedoeld was, en haar nieuwe rol in Hanna's leven was voor Trudi moeilijker te dragen dan de ruil van Ingrids bijouteriedoosje.

Hanna, die de eerste vijf jaar van haar leven had doorgebracht met haar schilderende moeder vlak naast zich, en met de vrijheid om weg te lopen en door het stadje te dwalen, ergerde zich aan de nieuwe huishoudster. Niet alleen werd ze voortdurend in het oog gehouden en minstens eenmaal per dag naar de kerk gesleurd om te bidden – ze was op die manier ook haar moeder kwijtgeraakt, want die trok zich terug op de derde verdieping, waar ze de hele dag zat te schilderen. Herr Tegern had voor haar een studio ontworpen in de kamers waar ze als meisje had gewoond, en door het ene, heel grote raam – waar haar oom doorheen was gestapt – kon Jutta over het hele stadje uitkijken.

Rolf Brocker kwam altijd met zijn moeder mee. Hij was een mollige jongen met fijngevormde oren, en hij maakte ruzie met Hanna over haar speelgoed en zei tegen haar dat zijn vader in de oorlog gesneuveld was. Hoewel zij nog meer kinderen kende met vaders die als soldaat waren gesneuveld, waren die ouder dan Rolf en zij. Als ze nu in de leesbibliotheek kwam, was dat meestal in gezelschap van de huishoudster en haar zoontje. Maar Trudi wist hoe ze Klara Brocker kon afleiden: ze bood aan een oogje op de kinderen te houden en zei dat zij ruimschoots de tijd moest nemen om de juiste boeken te zoeken.

Zelfs toen haar moeder veel te ziek was geworden om te lezen was Klara Brocker boeken blijven lenen voor de oude vrouw. Ze kwam dan de leesbibliotheek binnen met beide kinderen, schudde haar hoofd en zei tegen Trudi: 'Ik weet niet waarom mijn moeder die rommel wil lezen.' Maar er was een zekere gretigheid in haar ogen als ze de romannetjes aanraakte: die waren namelijk – naast de Franse sigaretten die ze rookte, Gauloises – haar enige luxe.

En Trudi speelde het spelletje mee. 'Misschien vindt je moeder dit wel aardig,' zei ze, wijzend op een boek, en ze vroeg zich af wat Klara zou verzinnen als haar moeder eenmaal dood was. Misschien zou ze wegblijven bij de leesbibliotheek, een maand lang bijvoorbeeld, of zelfs een halfjaar, maar op een dag, dat wist Trudi zeker, zou ze binnenkomen en zwijgend een paar romannetjes lenen.

Een paar dagen nadat de kinderen voor het eerst naar school waren gegaan, hoorde Trudi geruchten dat Sybille Immers Hanna op de speelplaats beentje had gelicht, en dat Hanna een klap op Sybilles arm had gegeven. Toen beide moeders op het matje moesten komen bij het hoofd van de school, dat beide meisjes twee rozenkransen als straf wilde opleggen, zei Jutta dat ze haar dochter altijd zou aanmoedigen om zich te verdedigen als ze werd aangevallen. Hoewel Trudi haar beslissing toejuichte, zag het stadje het als alweer zoiets waardoor de vrouw van de tandarts zich van anderen onderscheidde.

Leo Montag leed nu bijna voortdurend pijn, en de nieuwe dokter van het stadje, Frau Doktor Korten, kwam hem dagelijks een injectie geven. Een paar uur lang hield het dan op, dat zware gevoel dat ontstond uit een kloppen in Leo's linkerknie en vervolgens door zijn hele tengere lichaam werd gepompt – maar algauw kwam het terug en worstelde het zijn weg vanuit diezelfde plek, alsof die stalen knieschijf zijn vlees had besmet en alles in staal had veranderd.

Een paar maanden eerder, op de koudste dag van de winter, was de kleine, jonge arts uit Bremen overgekomen, en had het landhuis van de pianiste gekocht – een huis dat sinds de oorlog leeg had gestaan –, met plannen er een vrouwenkliniek van te maken, al vertelden de mensen haar dat het te ver van het centrum vandaan lag. Ze vond het kennelijk niet erg ook mannen te behandelen, want ze reed overal heen als ze werd opgebeld. Toen ze Leo waarschuwde dat zijn ribben zichtbaar werden en dat hij meer moest eten, vertelde hij haar hoe zwaar hij zich voelde. Om dat loodzware, stalen lijf te bewegen was meer uithoudingsvermogen nodig dan hij kon opbrengen, en hij bleef in zijn slaapkamer, waar Trudi hem eten bracht dat hij zelden opat, en waar hij lag te dommelen of las in zijn boeken die langs de muur naast zijn bed waren opgestapeld.

Soms wilde hij wat doen aan die bezorgde blik in zijn dochters ogen, en dan vond hij goed dat ze hem de trap af hielp, waarna hij op Emils sofa ging liggen en zij bij hem kwam zitten om hem voor te lezen; hij voelde zich echter veel meer op zijn gemak in zijn eigen kamer, omringd door de foto's van Gertrud. Die waren in die tientallen jaren zozeer vergeeld dat haar gezicht voor ieder ander onherkenbaar was geworden – hoogstens afbeeldingen van een spookachtige vrouw, nuances in parelgrijs –, maar wat hij zag, dat was haar zwarte, verwarde haar, het koortsig roze van haar gezicht.

In de nacht dat de dijk bezweek, dacht Leo dat hij Gertrud hoorde lachen, buiten voor zijn raam. De Rijn was de hele winter bevroren geweest, en toen het ijs dunner werd, trad de rivier buiten zijn oevers, hij bedekte de verkoolde resten van een herdersvuurtje tussen de rotsen en vloeide over de uiterwaarden. Net als in andere jaren hadden de bewoners van het stadje geprobeerd de dijk te versterken met zandzakken en schoppen. Maar de rivier brak door de barricaden heen, rukte bomen en struiken met wortels en al uit alsof het onkruid was. Hij stroomde door straten en huizen, over bedden en tafels. In de winkel van de preparateur bevrijdde de overstroming de opgezette tekkel van de familie en een stoffige eekhoorn.

Toen stromende regen de overstroming aanvulde, steeg het water. Gezinnen droegen hun bezittingen naar de bovenverdiepingen. Sommigen trokken in bij buren op een hogere verdieping. De mis werd opgedragen in de kapel op de heuvel. Uit zijn slaapkamer kon Leo Montag kijken naar de bootjes in de straten. Het leek hem dat deze overstroming Burgdorf tot een eenheid smeedde, meer dan sinds de oorlog: opeens vochten alle mensen tegen dezelfde vijand, hun rivier, een vijand die gemakkelijk zichtbaar was, en buiten henzelf. Voor sommigen werd de overstroming zelfs iets feestelijks: ze wezen op een mus, op een mees of een duif; ze stonden versteld van de zeemeeuwen die de Rijn tot in het stadje waren gevolgd.

Nadat de rivier zich had teruggetrokken, meldde Frau Weskopp een grafroof. Ze was hysterisch toen ze op haar fiets bij het politiebureau aankwam, maar toen Andreas Beil haar familiegraf inspecteerde, bleek dat de overstroming—net als bij andere graven—alleen de aarde boven de middelste kist had gladgestreken, waardoor een kleine holte was achtergebleven.

Diezelfde dag kookte Trudi een verrassingsmaaltijd voor haar vader, ter gelegenheid van zijn zevenenzestigste verjaardag: een geroosterde kip die ze had geruild voor bibliotheekboeken, nieuwe aardappels en verse erwtjes, aardbeiengebak en wijn. Terwijl ze kookte, lukte het haar zich een tijdje geen zorgen over hem te maken, omdat ze zich voorstelde hoe hij van de maaltijd zou genieten. Nadat Frau Doktor Korten was gekomen voor de injectie, bracht Trudi hem naar de tafel, die gedekt was met kaarsen en het mooiste linnen tafellaken van haar moeder, dat ze zo zorgvuldig gestreken had dat er nauwelijks nog vouwen te zien waren. Zijn ogen glansden toen hij de kaarsen zag, maar hij at nauwelijks. Toen Trudi hem weer de trap op hielp, voelde hij zo licht aan dat ze dacht dat ze hem had kunnen dragen, en hij viel in slaap terwijl ze hem zat voor te lezen uit zijn verjaardagscadeau, een boek van Bertolt Brecht dat hij tot dusver niet had kunnen vervangen.

Hij stierf in de middag van de volgende dag. Ze wist het voordat ze de trap oprende naar zijn kamer, ze wist het door te kijken naar de takken van de kastanje voor het raam van de bibliotheek en zich te herinneren wat haar vader haar had verteld: dat hij die boom bij de meelfabriek uit de grond had getrokken en hem daar had geplant om haar moeder binnen te houden. Bij haar moeder had dat geen succes gehad, en nu de boom hoger was geworden dan hun huis, schaduw verspreidde en, aanstaande herfst, glimmende kastanjes zou afwerpen die uit hun stekelige bolster barstten – nu had de boom ook geen succes gehad voor haar vader. Ook hij had weten weg te glippen, en zij vond alleen nog zijn lichaam.

Frau Weiler en andere buurvrouwen verschenen in haar leven, haar huis, en regelden allerlei dingen voor de begrafenis die haar ongelooflijk ingewikkeld voorkwamen, hoewel ze in vroeger jaren zelf ook dergelijke dingen had geregeld voor andere gezinnen. Half verdoofd dwaalde ze van de ene kamer naar de andere, ze weigerde te eten als men haar iets toestak, keek door de mensen heen die voor haar stonden en met haar wilden praten over haar vaders tederheid, zijn attentie.

Matthias Berger kwam per trein over voor de begrafenis, en Klaus Malter vroeg of hij Trudi naar de begraafplaats mocht rijden, op zachte toon, alsof hij bang was haar vader te wekken. Voor de begrafenis van Leo Montag verschenen meer mensen dan bij enige uitvaart in de afgelopen jaren. De weduwen van Burgdorf droegen bloemen naar zijn graf alsof ze rouwden om hun eigen man, en toen Trudi verder keek dan haar eigen tranen, zag ze een mateloze rouw, alsof haar vader echt al die weduwen had nagelaten.

Bij het graf stond Herr Stosick – dik en kaal – achter haar, als om haar op te vangen als ze mocht flauwvallen. Alle mannen van de schaakclub waren er, hoewel haar vader daar al heel lang niet meer was geweest. Ingrids dochter, met lange vlechten over haar schouders, stond naast haar grootvader, wiens schaduw altijd zou liggen over het plafond van Ingrids kamer. Kon ze maar tegen Karin zeggen: '*Ik heb je moeder gekend toen ze nog een meisje was...*' Kon ze Karin maar van Ingrid vertellen, van alles wat haar dierbaar was geweest. Ze dacht aan haar vader, die zo'n goed leven had geleid, en ze wist dat ze geluk had dat ze haar eigen herinneringen aan hem had. Ze zou willen dat Karin zich haar moeder op die manier kon herinneren. Ze zag voor zich hoe ze geschuild had in de kerk op de dag dat de Amerikanen waren gekomen, zag Ingrid zoals ze zich had gebukt om haar eerste dochter in haar armen te leggen. '*Ik zal er zijn,*' beloofde ze het meisje stilzwijgend, '*ik zal er zijn als je oud genoeg bent om naar je moeder te vragen.*'

Angelika Tegern bracht een boeket witte lelies naar het graf, en Frau

Weskopp droeg twee bloempotten met viooltjes, een voor Leo Montag, en een voor Helmut Eberhardt, omdat de vroedvrouw – die zo zorgvuldig was als het om haar huis ging – de verzorging van het graf van haar man had verwaarloosd sinds haar dochter polio had gekregen. Nu onderhielden Frau Weskopp en de andere weduwen het graf – niet uit vriendschap voor Helmut, maar omdat ze het graf van een soldaat niet onverzorgd konden laten.

De vroedvrouw was ervan overtuigd dat de geest van haar man haar strafte met de ziekte van Renate, omdat ze het kind naar zijn moeder had genoemd. Om zijn woede tegen te gaan riep ze de oudere Renate aan. Het was of de meeste van haar gebeden tot haar gericht waren, in plaats van tot Jezus en de heiligen. Telkens wanneer de vroedvrouw haar dochtertje bezocht in het Sint-Lukashospitaal, nam ze de sjaal van haar schoonmoeder mee en wikkelde ze haar dochter in die zachte wol, in de overtuiging dat ze, althans op dat moment, allebei veilig waren.

Soms dacht ze dat haar band met de oudere Renate sterker was dan die met haar eigen kinderen. Uit respect voor haar woonde de vroedvrouw met haar kinderen nog steeds boven, en onderhield ze de benedenverdieping voor Renate. En ze vond het heel gewoon dat de oneetbare peren aan de boom elke zomer haar en het hele stadje herinnerden aan de dag dat haar schoonmoeder was weggevoerd.

Het begrafenismaal voor Leo Montag werd gehouden in het huis van Frau Blau, die nu tweeënnegentig was, al enkele jaren weduwe was en verschrompeld in een rolstoel zat. Toch geurde haar woning naar verse vloerwas, en iedereen wist dat ze nog steeds alles afstofte wat ze vanuit haar rolstoel kon bereiken.

'Je vader...,' Frau Blau greep Trudi's pols vast met verrassend veel kracht, toen ze daar was aangekomen in de auto van de Malters, 'je vader was in staat zijn vaderland lief te hebben, ondanks zijn desillusies...' Haar rimpelige kin trilde, en haar lippen bewogen naar voren toen ze slikte. 'Jij hebt de trots op je vaderland verloren, Trudi. Vergeet nooit dat wij een volk zijn dat gerespecteerd wordt in heel Europa... Men weet van ons dat we vlijtig zijn, trouw, intelligent, schoon en ordelijk...' Ze hoestte, luid.

Trudi probeerde zich los te maken uit de greep van de oude vrouw. 'Ik zal u een glaasje water brengen.' Haar hoofdhuid deed pijn, elke haar, alsof al haar zenuwen daarin uitkwamen.

'Zoveel goede eigenschappen, Trudi. Er zijn veel goede mensen, veel belangrijke mensen in Duitsland...'

'Dat weet ik wel, maar...'

'...bouwmeesters en kunstenaars en componisten die over de hele wereld beroemd zijn... Grote geleerden en dichters, Trudi... Je hoeft je er niet voor te schamen dat je een Duitse bent.'

'Ik ben belast doordat ik Duitse ben. Wij allemaal.'

'Je vader...'

'Mijn vader... Weet u wat hij altijd tegen me zei, Frau Blau? Dat het, zolang ons land behoefte heeft aan geweld om conflicten op te lossen, allemaal wéér zou kunnen gebeuren.'

'Nee, nee, Trudi. Dit grote *Unglück* is het *Vaterland* overkomen door toedoen van één individu, en dat is heel betreurenswaardig... Maar gelukkig is niet het hele volk daardoor bedorven.'

Zodra Trudi zich had kunnen losmaken, werd haar hand gegrepen door anderen, terwijl stemmen hoog boven haar zeiden hoe geweldig haar vader was geweest. Ze kon het niet verdragen omhoog te kijken naar die gezichten die haar verdriet tot een publieke aangelegenheid maakten. Wat ze eigenlijk wilde was alleen zijn in haar huis, met haar verdriet en haar gedachten over haar vader. Maar Frau Weiler vertrouwde haar toe dat ze erover dacht haar kruidenierswinkel te verkopen en te verhuizen naar een van die nieuwe flatwoningen, vlak om de hoek bij haar kleinkinderen; en Fritz Hansen, met een vers verband dat alweer ettervlekken vertoonde, bracht de condoleanties over van zijn ouders, met een geelwitte *Käsekuchen* waar niemand een stukje van wilde. Frau Tegern nodigde haar uit te komen eten bij haar en haar man – 'U zegt maar wanneer. U mag het zelf zeggen. Laat het me alleen even weten...' – terwijl Matthias tegen haar fluisterde over zijn extra jaren op het seminarie – 'Ik stel mijn geloften telkens weer uit...' En toen vertelde Klaus Malter haar, met een stem vol bezorgdheid alsof hij al die afstandelijke jaren was vergeten, dat hij zich zorgen maakte dat zijn vrouw, die zoveel jonger was dan hij, hem vele jaren zou overleven, en Trudi zag hem in zijn echtelijk bed liggen, alleen.

Toen de gasten geleidelijk vertrokken, wilde ze opeens niet meer alleen zijn, en ze vroeg aan Matthias of hij haar thuis wilde brengen. Maar toen hij aan de piano zat en voor haar speelde, was zijn muziek een geschenk dat te laat was gekomen.

In de weken na de begrafenis vond Trudi telkens weer geschenken op haar drempel, anoniem neergelegd, in de geest van de onbekende weldoener: boterzachte leren pantoffels, precies in haar maat; het kanten kraagje dat ze maanden geleden in een winkel had bekeken; een blauw-en-witte porseleinen vaas zoals ze had gezien in het solarium van Frau Tegern; en voedsel–complete maaltijden op borden, afgedekt met een theedoek.

Zonder haar vader voelde het huis heel groot aan, en leeg, en ze ging zoveel mogelijk de deur uit. Ze at niet meer warm tussen de middag, maar nam dan roggebrood met kaas, en dwaalde door het stadje terwijl de leesbibliotheek dicht was, en dan deed ze wat ze het beste kon: verhalen verzamelen. Hoewel nieuwe roddels haar wel interesseerden, konden de mensen merken dat ze er niet echt met haar hoofd bij was. Ze vergat halverwege een zin dat ze aan het woord was, en ze liep weg zonder de juiste vragen gesteld te hebben. Haar wangen leken minder vol dan anders, en soms leek ze te hinken.

In de avonden, die nu lichter werden, ging ze weer wandelen, tot ze moe was. Haar benen deden pijn, en haar onderrug verkrampte als ze ging zitten, maar geleidelijk wende haar lichaam aan de wandelingen. Ze kon echter niet ontkomen aan het feit van haar vaders dood, want de vrouwen die voor boeken naar de leesbibliotheek kwamen, wilden over Leo praten, en dan hoorde ze het verlangen in hun stemmen. Soms dacht ze dat ze hem nog hoorde, in de keuken of in de woonkamer terwijl zij klanten bediende, en dan verwachtte ze haast dat hij een deur opendeed en daar zou staan, leunend op zijn stok, met al die laagjes kleren die hem niet genoeg warmte konden schenken. Het alledaagse bestaan zonder hem was erger dan zijn dood. Wat ze het meest miste was de zekerheid de kleine details van het leven te kunnen delen met iemand die haar zo goed kende. Wie anders interesseerde het immers wat je gedacht had toen je uit het raam keek, of waarmee je ontbeten had?

Toen ze zich eindelijk ertoe bracht de bezittingen van haar vader te sorteren, begon ze met de brokkelige foto's van haar moeder, die ze van de muren haalde. Ze opende de hangkast om zijn kostuums eruit te halen, en zag zichzelf als klein meisje daar staan, met haar moeders zijden sjaal tegen haar wangen, zo overtuigd dat haar moeder zou terugkomen–alleen was ze toen nog jong genoeg geweest om te denken dat dat mogelijk was.

Toen ze haar vaders kleren inpakte voor de armen van de kerk, kwam ze een van haar moeders hoedendozen tegen, en daarin zat een hoedje van rood vilt, sinds lang uit de mode. Misschien moest ze dat aan Monika Buttgereit geven, die zou er iets moois van kunnen maken. Hoewel Sabine Buttgereit al bijna zes jaar dood was, zetten de muziekonderwijzeres en Alfred Meier het soort vrijage voort waarvan je las in sprookjes, het soort vrijage dat de pastoor als voorbeeld gebruikte wanneer hij sprak met jonge paren die zich graag wilden verloven. Hoewel zij tweeën elke zaterdagavond uitgingen, weigerde Herr Meier zelfs de woning van Monika te betreden wanneer hij haar kwam afhalen, met een bos bloemen. Zij stond altijd klaar wanneer hij kwam, en hij hoefde maar een paar hartslagen te wachten voordat ze naar buiten kwam, hem een hand gaf, de bloemen bewonderde en even naar binnen verdween om ze in een reeds met water gevulde vaas te zetten. Zo ging het ook als hij haar thuisbracht: hij begeleidde haar tot de deur, drukte haar de hand en liep dan terug naar zijn auto, een beetje stijfjes, alsof – zo vermoedden de oude vrouwen – zijn hartstocht teniet was gedaan door deze traditie van romantische vrijage.

Toen de zuster van de pastoor twee misdienaars naar de leesbibliotheek stuurde, laadden ze de dozen met de bezittingen van Leo Montag op een houten kar, waarmee ze naar de pastorie reden. De enige dingen die Trudi hield waren haar vaders boeken, zijn handgesneden schaakspel en het grijze vest, dat ze over zijn stoel hing, zoals hij dat altijd had gedaan. Soms, als ze erlangs liep, gaf ze er even een geruststellend kneepje in.

Laat op een avond, nadat ze uren had gewandeld, klopte iemand op haar deur. Het was Jutta Malter, in een donszacht angoratruitje, met een weckfles frambozen van de vorige zomer. Ze stond erop de vruchten voor Trudi in een kom te doen – met melk en wat suiker – en ze kwam erbij zitten en keek zwijgend toe hoe Trudi at. Die frambozen vulden iets op in Trudi, gaven haar veel meer voedsel dan de stevige maaltijden die anderen haar hadden gebracht, en hoewel ze even weer die oude angst voelde dat ze ziek zou worden van suiker, verdween die meteen toen Jutta een arm om haar schouders sloeg. 'Hanna heeft je gemist,' zei ze.

Die nacht werd Trudi telkens weer wakker uit dezelfde, dringende droom dat ze in de meelfabriek was, met haar vader en Georg. Elke keer dat ze in slaap viel, herkreeg ze die droom – die haar waarschuwde voor iets wat ze zich hoorde te herinneren, daar was ze van overtuigd, zelfs terwijl ze droomde –, en de laatste keer dat ze wakker werd, om een uur of vijf, stond ze op en ging bij het raam staan. Maar ze kon haar herinneringen aan de fabriek niet losmaken van de droombeelden; hoe meer moeite ze deed, des te ongrijpbaarder werd de droom totdat, aan het eind van de dag toen de leesbibliotheek dicht was, alleen nog het gevoel van dringende haast en gevaar restte dat ze in haar droom had gehad.

In plaats van te koken stapte ze die avond op haar fiets, en ze reed naar de fabriek buiten het stadje, de fabriek die nooit herbouwd was. Toen ze het kleine bos bereikte dat het uitgebrande gebouw omgaf, rees er mist op uit de moerassen, en het was zo stil dat ze meende de ademhaling van de hemel te horen. En met een schok realiseerde ze zich vervolgens dat het haar eigen adem was.

Hoewel de bogen kapot waren, kon ze nog de elegante ronding van de bakstenen zien, net als in haar droom. Hier hadden zij en Georg Weiler tikkertje gespeeld, en hun stemmen waren opgerezen boven het rode pannendak en het bos. Ze kreeg het opnieuw, het voorgevoel dat haar die dag, meer dan dertig jaar geleden, had overvallen – alleen werd ze nu omringd door de voorvoelde verwoesting: bomen staken hun gehavende kruinen naar het opengereten dak; afbrokkelende trappen rezen op naar leegte; een zwarte balk, half verbrand en hier en daar dunner geworden, overspande de gapende ruimte tussen de schoorsteen en de dichtstbijzijnde muur. Maar ze rook geen brandlucht, alleen de zoete vochtigheid van vermolmd hout.

Een verdroogde distel verhinderde de groei van een pol kamille, en toen ze hem uittrok, zag ze Georg en zichzelf, lachend, zoals ze boeketten paarse distelbloemen hadden geplukt, die ze mee naar huis hadden genomen om distelsoep te maken met zand en water uit hun beek. En haar vader – ze zag haar vaders gezicht zoals het op die dag was geweest, en wist dat hij in haar droom ook zo jong was geweest – haar vader had een lepel gepakt en die zogenaamd verrukt in hun soep gedompeld.

En nu was haar vader dood.

Het raakte haar zo hevig dat ze neerhurkte waar ze stond en haar armen om haar middel sloeg. De geur van kamille wolkte omhoog en toen ze naar beneden keek, zag ze de bloempjes recht voor zich, gele hartjes omgeven door witte bloemblaadjes. Hoe aandachtiger ze keek, des te meer zag ze, en geleidelijk vergat ze zichzelf en haar pijn en ging deel uitmaken van iets wat ze niet kon definiëren, alsof ze, door dichter bij een kleinere wereld te komen, een ruimere wereld had gevonden. Hoe vaak had ze niet verlangd naar een wereld waarin ze gratis of bijna gratis kon reizen, een wereld waarvan ze wist dat ze er thuishoorde? Hoe vaak had ze zich niet voorgesteld te wonen op het eiland van de kleine mensen? En toch, het enige wat ze nodig had was hier al aanwezig. Pia had gelijk gehad – dit was waar ze thuishoorde. Ondanks het zwijgen van de oorlog. Vanwege dat zwijgen. De samenwerking met Emil Hesping en de onderduikers had haar geleerd wat thuishoren betekende, en dat je dat zelf kon ontwikkelen, opbouwen, waarmaken.

Ze kwam overeind en liep naar een boomstronk bij de schoorsteen. Ze ging zitten en leunde met haar rug tegen de bakstenen en het verkruimelde cement. Haar linkerknie was stijf, en terwijl ze haar voet naar zich toe trok en haar been wreef, zachtjes, van enkel tot knie, tot het weer soepel aanvoelde, kon ze zich niet meer voorstellen dat ze een ander lichaam zou hebben. Een nieuw lichaam zou jaren kosten voordat ze eraan gewend was. Er wordt niet meer in deurkozijnen gehangen, beloofde ze zichzelf, en ze vergaf haar jongere ik de manier waarop ze haar lichaam had mishandeld. Scherven glinsterden tussen het mos en het onkruid die uit het puin groeiden – schoonheid die zich door het afval wrong. Toch bleef ze overal om zich heen de dood voelen, en opeens wist ze dat dat gevoel uit haar droom voortkwam. *Georg*, dacht ze, *Georg*, en ze voelde opnieuw het gevaar, zag haar vaders gezicht, jong en ernstig, en ze begreep dat ze Georgs dood had gedroomd. En toen ze zich inspande om verder te kijken – hij zou door eigen toedoen sterven, en zijn vrouw zou niets ondernemen om hem tegen te houden – stond hij daar voor haar, *een jongen die eruitziet als een meisje als een meisje als een meisje*, in zijn keurige blauwe jurk tot over de knieën, met blonde pijpenkrullen tot op zijn schouders. Hij stak haar een zwart-en-oranje vlinder toe. '*Wedden dat deze nog kan vliegen! Ik heb het stof niet van zijn vleugels geveegd. Kijk.*' Hij gooide de vlinder omhoog, keek hoe hij wegvloog. Zijn gezicht was omhooggekeerd, net als vroeger als hij buiten voor haar raam had gewacht tot ze kwam spelen, en hij zag eruit zoals vroeger, voordat hij net als andere jongens was geworden, vóór die dag in de schuur, voordat hij was gaan drinken, voordat hij zijn vrouw en kinderen was gaan slaan, voordat vergiffenis een schijnvertoning was geworden – terwijl ze daar stond in haar zesendertigjarig lichaam, van hem gescheiden door de tijd, met hem herenigd door de tijd.

'*Vertel het me.*' Hij pakte haar hand vast en trok haar overeind, zodat ze groter was dan hij.

'Wat moet ik je vertellen?'

'Wat er met me zal gebeuren.'

Terwijl die zandkleurige ogen in de hare keken, voelde ze zich terug-
wentelen naar haar kindertijd, toen ze had geloofd dat iedereen wist wat
zich in het hart van anderen afspeelde: ze zag zichzelf met Georg in de
kerktoren, voelde het knippen van de schaar toen ze zijn krullen had afgeknipt, rook de bloemen in de tuin van Frau Eberhardt, hoorde de muziek die uit het landhuis van Frau Birnsteig zweefde en het gejammer
van baby's en het dreunen van laarzen; maar toen veranderde de muziek,
en het was Matthias die pianospeelde bij zijn concert, en daar waren de
laarzen, samen met de vrees die ze bij het eerste concert had gevoeld.

'Vertel het me.'

'Jij was mijn eerste vriendje...' Haar stem verstikte toen haar oude liefde voor Georg in haar opwelde. Ze pakte die liefde even stevig vast alsof
ze hem met beide handen vasthield, stak hem uit naar de jongen. Kon ze
haar oude wraakverlangens maar offeren in ruil voor zijn bevrijding. Ze
wilde die jaren tussen de jongen en de man die hij was geworden overspannen, ze wilde ze overspannen met het verhaal van een vriendschap
die was blijven bestaan nadat zij en Georg naar school waren gegaan, een
wijs en somber verhaal met een waarheid die de wonden die het blootlegde, kon genezen. Ze hoorde de stem van haar stadje – 'Het is niet goed
lang stil te staan bij die vreselijke dingen...' 'Niemand wil die jaren nog
een keer beleven...' 'We moeten vooruitblikken...' Meer dan ooit tevoren
begreep ze de behoefte van de mensen elkaar te beschermen met hun
zwijgen. Wat zou het verleidelijk zijn Georg eine heile Welt te schenken,
en alles weg te laten wat hem pijn zou kunnen doen. Maar als ze dat
deed, zou ze het zwijgen waartegen ze al die tijd had gestreden, laten
voortduren.

En toch – ze kon beginnen met hun vriendschap. En de waarheid was
dat ze vroeger een vriend had gehad die Georg heette, dat ze in haar moeders aardhol hadden gespeeld, en in de Allerheiligenprocessie hadden
meegelopen, en gestolen chocoladesigaretten hadden gerookt, en bootjes
van berkenbast en blaadjes hadden laten varen, een sneeuwpop hadden
gemaakt met een wortel als neus, en mussen en duiven achterna hadden
gezeten in de weilanden, samen in de kerk geknield hadden en...

Het was te zwaar, ze kon het niet dragen, de wetenschap dat hij dood
was.

'Vertel het me.'

Een ogenblik – even plotseling als het verdween – schoot het bolle drankgezicht van de man over de fijne gelaatstrekken van de jongen. *Nee.* Dit was Georg, haar gulle vriend Georg die wist hoe hij de zon uit de hemel moest lokken en opsluiten in zijn rood-en-gele glazen knikker; Georg die altijd nieuwe weddenschappen met haar bedacht – hoeveel weduwen of duiven ze op hun wandeling zouden tellen, hoeveel kinderwagens in een uur tijd langs de kruidenierswinkel zouden komen... *Geluk.* Voor Georg waren geluk en wonderen hetzelfde geweest. Hij had geloofd zijn eigen wonder te kunnen doen – een vogel maken van aarde en water, en die overdragen aan de hemel.

'Jij was mijn eerste vriendje...' Ze voelde zich verdoofd door de vrees hem te verliezen, door de rouw dat ze hem zou verliezen. En toch was het ook in zekere zin heerlijk dat ze haar wraakgevoelens kon laten varen. Het was niet de eerste keer dat ze zich tot haar verhalen had gewend om vrees te bezweren, en naarmate Georg haar de woorden ontlokte, voegden momenten uit hun leven zich samen tot één werveling van een nimmer eindigend verhaal dat zich heen en weer bewoog door dikke lagen tijd – een verhaal vol magie en waarheid, bederf en verlossing, treurnis en vreugde, liefde en verraad, dat haar aan Georg bond terwijl ze er haar eigen liefdes en verliezen in verwerkte, en hem vertelde over Konrad en zijn moeder die zich in de tunnel hadden verborgen, over de onbekende weldoener die die *Lederhosen* voor Georg had achtergelaten, over Klaus Malter die in haar kies had geboord, over Ingrid die haar dochtertjes had meegenomen naar de brug, over Frau Doktor Rosen die boeken over *Zwerge* had gelezen, over Max Rudnick die zijn Russische grootmoeder had getekend, over Frau Abramowitz die het hoofdkwartier van de Hitler-Jugend aan stukken had geslagen...

Het was een verhaal dat verder zou gaan, verder dan zijzelf, verder dan Georg. Tijdens het construeren voelde ze een diep medeleven met hem en alle anderen die in haar verhaal woonden. En terwijl de dingen die gebeurd waren begonnen over te gaan in wat gebeurd zou kunnen zijn, werd de structuur van haar verhaal rijker, kleuriger. Ze liet Max naar Burgdorf terugkeren op een rijnaak die eigendom was van Georgs vader, die al die jaren gevaren had op de rivier die hem had meegesleurd. Ze liet Georg de kop van Seehund meten en met hem naar het *Rathaus* rennen, waar een groepje inwoners met bijlen insloeg op het Hitler-beeld en het in stukken hakte. In de schuur van de Braunmeiers liet Eva aan Georg zien hoe je je kon verstoppen zonder te niezen, terwijl de slager en de apotheker hen tevergeefs zochten. Eva's vader zette zijn raam wijd open, wikkelde zich in de mantel van de Russische soldaat en ging op zijn bed liggen, klaar voor regen en kou en katten en andere gevaren. Trudi's moeder kwam uit de poort van Grafenberg gestapt, samen met zuster Adelheid, met heldere, kalme ogen, en ze droegen hun eigen altaar tussen zich in. Om de terugkeer van hun dochter Ruth te vieren organiseerden Herr en Frau Abramowitz een groot feest in hun huis... En in dat alles verweefde Trudi de zekerheid voor Georg en zichzelf dat je – als iemand ooit deel had uitgemaakt van je leven – zo iemand in je leven kon houden, ondanks de pijn van het verlies, zolang je er maar op vertrouwde dat je de som van al jullie gezamenlijke uren in één stralend moment kon samenbrengen.

Georg raapte een vogelnestje van de grond, draaide het om en om in zijn handen. Dat was in de tijd dat ze het meest van hem had gehouden – met zijn lange haar en meisjeskleren – voordat hij veranderd was, voordat zij hem bij die verandering had geholpen door zijn haar af te knippen. En toch, hoe zou ze hem dat kunnen weigeren, als hij er weer om vroeg? Ze voelde de oude vreugde van zijn aanwezigheid, en het leek mogelijk dat zijn geluk hem zou redden van de dood die hem wachtte. Toch wist ze al dat dat onmogelijk was. Ze had de jonge stemmetjes gehoord in de kerktoren, toen Georg haar had verteld dat hij op dezelfde leeftijd als Jezus wilde sterven.

'*Drieëndertig is heel oud.*'

'*Misschien kunnen we samen doodgaan.*'

Hardop zei ze: 'Maar we zijn allebei al ouder dan drieëndertig.'

De jongen knikte. Hoewel hij doodstil stond terwijl zij sprak, werden zijn krullen en zijn jurk door de wind bewogen. Ze wist dat de woorden al zijn eigendom waren, hoewel ze nog konden veranderen, en dat het verhaal hen beiden zou kunnen leiden naar het einde dat ze vreesde. En toch, als een verhaal op een bepaalde manier ging, wilde dat niet zeggen dat het altijd zo zou gaan: verhalen namen hun oude vorm mee en lieten die opgaan in de nieuwe vorm. Ze begreep nog niet hoe alle verwikkelingen van hun levens ontward zouden worden in haar verhaal, maar ze veronderstelde dat het net zoiets zou zijn als harken: niet elk stukje aarde zou tegelijkertijd gladgestreken zijn. Haar vader had de aarde achter de leesbibliotheek elke week geharkt, en wat ze van hem geleerd had, dat was dat harken te maken had met geduld. Maar de bodem van de holle ruimten van de meelfabriek was ruw, oneffen van kapotte bakstenen en het stijve onkruid van het vorige jaar, knoestige wortels van omgevallen bomen en de zilveren skeletjes van heel kleine vogels...

Ze zag zichzelf zoals ze haar vaders bamboehark uit het rek onder de achterkant van de leesbibliotheek haalde, en terwijl ze de bamboetanden door de aarde haalde, deed ze steeds een stap achteruit, in de zekerheid dat geleidelijk alle aarde dat gelijke ribbelpatroon zou vertonen. Maar voordat het zover was – net als in haar verhaal voor Georg – waren er nog oneffenheden, en daar moest ze de hark telkens en telkens weer door-heen halen, en het afval weggooien. Het was of elk verhaal dat ze ooit had verteld, haar naar dit moment had gebracht, naar dit verhaal dat zichzelf zou vertellen door middel van haar: het zou het beste verhaal zijn dat ze ooit had verteld, zelfs nog beter dan het verhaal dat zij en Pia samen hadden verzonnen, op die dag in het circus. En terwijl ze dacht aan alle mensen die zo van haar verhalen hadden genoten – haar vader, Hanna, Max, Eva, Konrad, Robert en als allereerste haar moeder –, voelde ze de kracht van hun armen even duidelijk alsof ze haar hielpen de hark door de aarde te trekken. Het laatste patroon zou niet zomaar in één keer ontstaan: het zou allemaal opnieuw gearrangeerd worden, zorgvuldig doorgeharkt; er zou volharding zijn, en een zekere eerbied voor het werk; er zou de zekerheid zijn dat er inderdaad een patroon zou ontstaan.

Georgs ogen stonden ernstig terwijl hij wachtte tot ze verderging met haar verhaal. Het was die korte tijd in de avond dat alle dingen helder geëtst staan in de hemel, vlak voordat ze hun afzonderlijkheid opgeven en opgaan in de nacht. Trudi rekte zich uit. Wat ze Georg kon aanbieden was veel meer dan wat er gebeurd was – een zekere opeenvolging die hem zou leiden naar de kern van het verhaal, een verhaal dat een complete wereld zou omvatten. Dat had te maken met wat je als eerste vertelde – al was het niet als eerste gebeurd – en met welke gebeurtenis je het ver-haal afsloot. Het had te maken met wat je moest benadrukken en wat je moest weglaten. En met wat je in de armen moest sluiten.

Dankbetuiging

Ik ben bijzonder dankbaar voor de royale hulp en ondersteuning die ik heb gekregen terwijl ik aan deze roman werkte. Mijn peettante Käte Capelle is zo dapper geweest antwoord te geven op vragen die ik niet kon stellen toen ik als kind opgroeide in het zwijgen van het naoorlogse Duitsland. Tante Käte, achter in de tachtig, heeft de stilte verbroken door voor mij haar herinneringen aan de oorlogsjaren op de band vast te leggen. De schrijfster Ilse-Margret Vogel, die actief was in het verzet voordat ze naar de Verenigde Staten emigreerde, heeft mij fotoalbums uit haar jeugd geleend en me waardevolle dingen verteld over het leven in Duitsland tussen de beide wereldoorlogen. De historicus Rod Stackelberg vertrouwde me dagboeken toe die hij als jongen in Duitsland had bijgehouden. Samen met de germaniste Sally Winkle heeft hij me geholpen met mijn onderzoek; ook heeft hij het manuscript nagelezen op historische nauwkeurigheid. De schrijfster Sue Wheeler, wier wijsheid en liefde voor de literatuur mij aanmoedigen in mijn romans steeds dieper te graven, heeft vroege versies gelezen van vrijwel alles wat ik geschreven heb, sinds de tijd dat we elkaar bij de doctoraalopleiding leerden kennen. Mijn literair agent, Gail Hochman, heeft me geholpen bij mijn onderzoek naar joodse tradities. Gordon Gagliano juichte de aanwezigheid van Trudi in ons huis toe en heeft me adviezen gegeven op het gebied van katholicisme en architectuur. De vrouwen in mijn vrouwengroep hebben me hun liefdevolle steun geschonken in de acht jaar waarin we onze geschiedenissen hebben gedeeld. Het Northwest Institute for Advanced Study heeft mij voor de zomer van 1992 een researchbeurs toegekend. *Vielen herzlichen Dank.*